ENCYCLOPEDIA OF

Urban Legends

Updated and Expanded Edition

ENCYCLOPEDIA OF Urban Legends

Updated and Expanded Edition

[增补版]

都市传说百科全书

[美] 扬·哈罗德·布鲁范德 / 著
李扬 张建军 / 译

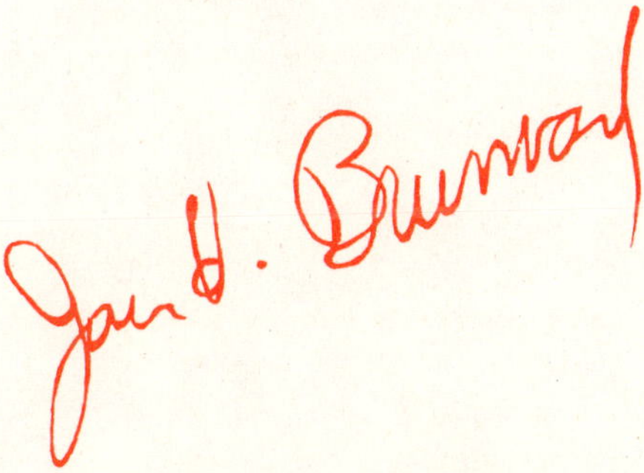

生活·讀書·新知 三联书店 生活書店 出版有限公司

图书在版编目（CIP）数据

都市传说百科全书 /（美）扬·哈罗德·布鲁范德著；李扬，张建军译. -- 北京：生活书店出版有限公司，2020.6（2023.4 重印）
ISBN 978-7-80768-316-2

Ⅰ. ①都… Ⅱ. ①扬… ②李… ③张… Ⅲ. ①民间故事—作品集—美国—现代 Ⅳ. ① I712.73

中国版本图书馆 CIP 数据核字 (2020) 第 035785 号

责任编辑 刘 笛 周昱均
装帧设计 罗 洪
责任印制 孙 明
出版发行 生活書店出版有限公司
（北京市东城区美术馆东街 22 号）
图 字 01-2020-3923
邮 编 100010
经 销 新华书店
印 刷 天津睿和印艺科技有限公司
版 次 2020 年 6 月北京第 1 版
2023 年 4 月北京第 6 次印刷
开 本 635 毫米 ×965 毫米 1/16 印张 54.5
字 数 811 千字
印 数 20,501—22,500 册
定 价 128.00 元
（印装查询：010-64052612；邮购查询：010-84010542）

致中国读者

欣闻拙著《消失的搭车客：美国都市传说及其意义》《白头鹰的隐形羽毛：新编美国民俗学概论》和《都市传说百科全书》(增补版)即将付梓，甚感愉悦。在我的学术生涯中，《白头鹰的隐形羽毛》是我的第一部专著，《消失的搭车客》是我研究都市传说方面的发轫之作，而《都市传说百科全书》(增补版)则是我新近的作品，也是我学术生涯的收山之作。《消失的搭车客》和《白头鹰的隐形羽毛》的中文译本，此次分别为修订后的第二版和第三版，而《都市传说百科全书》(增补版)是第一次与中国读者见面。希望拙著有助于读者更深入地认识都市传说，进而引发对民俗学的兴趣。

魔宙文化在搜集、介绍和研究都市传说方面做了很多开拓性的工作，这次又策划了拙著的出版，并进行了独到的编排设计和推广；三联是中国历史悠久、享有盛名的出版社，能垂青拙著，殊感荣幸。在此，向为拙著出版付出心血和劳动的魔宙文化和三联生活书店的编辑们致以诚挚的谢忱，也由衷感谢我的老朋友、中国海洋大学的李扬教授和其他译者。

扬·哈罗德·布鲁范德

2018年6月10日　美国盐湖城

目录

中文版序言
拓展都市传说的民俗研究新领域

《都市传说百科全书》的翻译出版，不但对中国的都市传说研究，而且也对民俗学学科建设有着重大意义。这是李扬教授亲率门下民俗学新秀所耕耘出的硕果，可喜可贺！付梓之际，李扬嘱咐我写一序。诚惶之余，我也感到为了有助读者“消费”此书，可以借机交代一下他与扬·布鲁范德（还有我）之间的“都市传说”的“语境”。毕竟，有关“都市传说”研究的理论发展问题，中美“二扬”都有更深的论述，无须我在此赘述。

的确，说到都市传说，不能不把中美“二扬”连在一起。虽然美国的扬不是“都市传说”一词的创造者，但他无疑是促成这个概念成为美国公众生活和学界的常用词语的人。而中国的扬则是在中国引介和推动这个概念普及的第一人。

就在2019年4月于犹他州杨百翰大学召开的美国西部民俗学学会年会上，有一对话专场，是献给美国的“扬”——扬·布鲁范德的。他本人和夫人也在场。先是有六位与扬·布鲁范德结识了几十年的学界“大咖”回忆各自与扬的交往，分享扬对他们的学术影响，而扬也不时插几句话，气氛十分愉悦，为在场的几十位学界后生传递了美好的学科记忆。之后，在场的人又有不少讲了自己是如何因为看到扬的书而进入了民俗学的圈子的。我也为扬和在场的诸位送上了一份意外的惊喜。我说，也许大家不知道，扬在中国还有一个“克隆”的“扬”，他叫扬·李！因为这位扬·李在2006年就将《消失的搭车客》翻译成中文，激起了中国读者对都市传说的兴趣，该译本与英文版一样，不但再版，而且也成了中文世界畅销一时的民俗学著作。而且，这位中国扬也将美国扬的《美国民俗学》翻译成了中文。随后，我从身上“变出”一本书，一打开，正好是一张“二扬”的照片，展现在扬的眼前。他立刻戴上花镜，仔细一看，顿时大声说道：“扬！扬·布鲁范德！扬·李！”

展露出无限的愉悦！随后，扬与我捧着有“二扬”照片的书，也拍下了一张照片。我随即通过微信发给在青岛的中国扬，他也为我们三人这样“同框”而激动，即刻转发到朋友圈。稍后，美国扬拉着我的手，讲起他与中国扬的一个个故事。他还讲到他如何喜欢钓鱼和滑雪，并从手机中翻出一张照片给我看，那是他6岁的时候与弟弟一起滑雪的情景，还指着身边的夫人说：“我们现在还在滑雪。”我顿时哑言了，86岁了，还在滑雪！

那张“二扬”的照片是1994年美国扬邀请中国扬参加美国民俗学学会年会时共同捧着一本书的珍贵瞬间。那本书就是中国扬翻译的《美国民俗学》（再版为《新编美国民俗学概论》，上海文艺出版社，2011）。那张照片收在我上面“变”给美国扬的那本书（《亚民俗：中美民俗学者交流的故事》，中山大学出版社，2017，第131页）里，是附在中国扬为了我组织编辑的这个集子所撰写的一篇回忆文章中的。文中也讲述了他如何与美国扬结识，如何翻译了美国扬的著作，并成为忘年交。从中，有心的读者也可以发现，李扬与我因对民俗的共同兴趣而相识相知，转眼已近四十载。虽不是同师同门，但我一直视他为我所敬佩的学长，和无话不谈的朋友。

近40年前，李扬作为中国民俗学重建后最年轻的研究生参与翻译了丁乃通用英文所著的《中国民间故事类型索引》（春风文艺出版社，1983）。该书的出版开创了中国民俗学界对故事类型研究的新局面。而今，李扬又携张建军等弟子翻译出这部《都市传说百科全书》（增补版），内含“都市传说类型索引”，无疑，这将把中国的都市传说研究推上一个新的台阶。由此可见，李扬的穿越犹如“消失的搭车客”（见《消失的搭车客》，李扬、王珏纯译，广西师范大学出版社2006年初版，2018年三联生活书店再版）又成为本书的“后座推手”（不是“后座杀手”），相信他一定还会继续出现在更多的都市传说中。当然，他还推动了“故事形态”（见其《中国民间故事形态研究》，中国社会科学出版社，2015年再版）等其他领域的理论与方法研究。至于李扬对当代中国民俗学的贡献，学界有目共睹，无须我赘述。

而美国扬在美国都市传说研究发展方面，无疑起到了至关重要的作用。这不仅体现在他所出版的一系列有关都市传说的著作中，还体现在他凭借超常的演说才华与鼓动能力，多次在公开场合宣传都市传说与民俗学研究，包括在报纸、电台、公司集会上等。他曾被邀请到美国的国家公共电台（NPR）谈他的有关都市传说的书。至今还有许多人谈论他被邀请参与的著名电视秀节目主持人大卫·莱德曼（David Letterman）的节目。而他自己则对那些所谓的名人不屑一顾。他在校园之外的活动无疑使他成为民俗学的出色代言人，极大地提升了民俗学的知名度。

美国扬对研究都市传说这个领域的贡献是有目共睹、无人可比的。他所积累和出版的著述为民俗学拓宽了学科领域。1981年，布鲁范德的第一部有关都市传说的著作出版了，即《消失的搭车客》。由此，不但“都市传说”成为家喻户晓的时髦词，更重要的是它使都市传说成为广为人知的民俗学新领域。此后，布鲁范德出版了一系列有关都市传说的著作。这部《都市传说百科全书》也可以说是他对都市研究的最新成果。该书于2001年初版，随即于2002年出版了简装版。2012年出版了增补版，扩充为两卷，此中文译本即据此译出。这样的出版过程本身就说明了该著作的重要。尤其重要的是他所编著的“都市传说类型索引”，标志着相关的理论研究以及发展的新高度。尽管许多国家的民俗学学者都试图为都市传说建立一个用于分析的分类标准，但是，只有美国扬数十年如一日，在综观都市传说“全景”的基础上，归纳出目前这套最可行的都市传说的分类标准和类型体系。他曾在1993年的《婴儿列车》一书中首次发布他的“都市传说类型索引”，在这本《都市传说百科全书》中，这一类型索引再次被修订扩充。

扬·布鲁范德的“布氏索引”体系经受住了时间的考验，20多年来得到越来越广泛的认同。通过“布氏索引”，我们也能够快速地浏览美国都市传说（甚至包括其他国家的都市传说）的概貌及其突出个性。他将都市传说分为汽车，动物，恐怖，意外事故，性和丑闻，犯罪，商业和职业，政府、军事和社会，名人，以及学院十大类别。这些类别涉及都市传说的叙事文本、对象、情绪、领域等多种维度。毫无疑问，各个类别之间还存在着较为明显的交叉，正如围绕着汽车的传说也有可能是恐怖的，与动物、性、犯罪、名人相关的传说，或是一场描述意外事故的传说等。然而，可能正是这样的多重交集显示了布鲁范德对都市传说叙事文本和文类特征的精准提炼和把握。可以说，“布氏索引”暗示了都市传说研究的“关键词”。因而，这些类型不仅是都市传说如何分类的依据，也是我们认识何为都市传说的绝佳窗口。更有意义的是，这个“索引”有助于中国民俗学学者结合中国社会和文化的特点，去搜集、分类和研究具有中国特色的都市传说，构建有特色的中国民俗学中的都市传说研究领域。例如，书中有许多关键概念的词条——D19.灾难谣言和故事、F15.电影和都市传说、M15.模因论等，为有兴趣研究都市传说的人提供了充分的理论观点与文献资料。这也是翻译《都市传说百科全书》（增补版）的最大功德。

翻译常常是被误解的辛勤再创作。而在阅读或使用《都市传说百科全书》（增补版）时，读者一定会有种轻松和自然的感觉，这背后是译者们的集体才能，当然离不开李扬的卓识与督导。例如，保留专有名词或术语的原文，这不只是个技术上的问题，而且为将来统一学科术语译名做了准备。其实，翻译这部著作只是中国扬为中国社会和民俗学界进一步了解和研究都市传说所做的诸多事项之一。而今他指导的民俗学新生力量又在继续着他所开启的译介国际民俗学界研究成果的有意义的工作。

但愿读者能以本书按图索骥找到自己身边的都市传说，记录下来，传出去，而不只是读此一乐，切盼！

张举文
于美国俄勒冈州西宁市
Salem, OR, US
2019年4月20日

增补版序言

《都市传说百科全书》是一部综合性的参考著作，涵盖了为大众所熟知的“都市传说”这种口头叙事文类，民俗学学者也常常把“都市传说”称作“当代传说”或“现代传说”（或者“现代都市传说”）。不管使用哪个术语，这些故事在当代文化中比比皆是，不论是“民间”（口头传统的）还是“流行”（通过商业媒体传播的）版本。事实上，互联网已经成为曾经仅仅口耳相传的都市传说的主要传播渠道，亦是了解都市传说的一个有效途径。几十年来，都市传说引起了新闻记者和学术界民俗学学者的兴趣，而且，伴随着创造性的艺术改编，有时夹带着对其“民俗”身份的曲解，许多故事最终成为文学、电影、电视节目甚至是流行音乐的一部分。人们或许会说，就像这些传说本身一样，“都市传说”**一词***与民俗学学者们最初定义的限制性用法不同，它已经获得了自己的生命。

这部百科全书旨在介绍学术界的都市传说研究，以及关于这一现代民间传说文类大众化和商业化的一些信息。在这个更新和拓展的版本里，增加了许多新的参考资料和新的词条。既有对单个传说词条的增列，也有对诸如灾难谣言和故事、新兴和短暂的传说、移民谣言和传说、摄影都市传说、导游故事和都市传说中的事实说法等常见话题的补充。增补版共增加了约100个新词条，针对大部分原有的词条，则做了扩展，或补充了更多的参考资料。

可以说，本书的核心是由数百个单个传说词条组成的，标以它们惯常的标题名称，如“男友之死”“钩子”“可口可乐中的老鼠”和“丢失的奶奶”。这一版中的新标题名称包括“婴儿诱饵”“庆贺的阿拉伯人”“公交车上的鸡”“卓柏卡布拉”“致命的清洁女工”“心怀感恩的恐

* 文中作楷体处理的部分在英文原版中为斜体；文中作加粗处理的部分为字母全部大写的词、短语、句子。（本书页下注，均为译者或编者注）

怖分子”“护卫天使”“全国帮派周”“啐口水场景”和“倒下的企鹅”。当存在不同的标题时，则选取一个作为标准名称（例如，“多毛的搭车客”或“兔子吹风机”），并为另一个标题加上交叉引用（例如，“手提包里的斧头”和“兔子复活”）。通常而言，传说的情节是概述介绍的，但是本书也包含了来自出版资料和口头传统的大量实际文本；在增补版中增加了更多这样的例子（其中的一个优点是，一些都市传说的文本引用了其外语原文的版本，例见法国、德国、荷兰和西班牙的词条）。在所有这些单个传说的词条中，读者应查阅某些来源词条的注释，它们讨论了故事的异文、学术分析，以及媒体对特定传说的运用情况（如果存在的话）。同样重要的是，读者需要记住，由于变异性是民间传说的特征，因此任何一个单个的都市传说在传播过程中（不管是通过口头、电子媒介，还是以印刷形式传播），都可能与该“类型”的标准框架略有不同。

除了特定传说的标题，还有一些词条是经典传说的主题，例如暴行、婴儿、公司、污染、快餐、同性恋、打猎、裸体、偏见性指责、报复、购物中心、超自然、电话、盗窃和暴力。此外，有一些重要主题类别的词条，经常用以归纳都市传说：汽车、动物、意外事故、恐怖、性、犯罪、名人、学院等。一些常见的传说主题也收录在内（例如，尴尬、人性、妄下结论、报应、种族歧视、闹剧、社会阶层、技术盲和仇外心理等）。

以下词条涵盖了研究都市传说的过程：分析和阐释、分类、搜集和誊录、语境、定义、演述和风格。而一些常见的民俗背景主题包含在以下词条中：蔡尔德叙事歌、集体再创作、民俗、民间故事、回忆、母题、故事类型，以及异文和版本。专门用于都市传说的理论术语包括“朋友的朋友”、巨人效应、精灵效应、传说之旅、原始传说和明示。聚焦于解读都市传说的方法的词条包括：比较的方法、弗特的方法、弗洛伊德的方法、历史的方法、语言学的方法、模因论、社会学的方法和象征的方法。下列词条讨论了都市传说和流行文化的关联：漫画、电影、文学、音乐、电台、小报、脱口秀和电视，还有介绍都市传说的戏仿和真实的都市传说的词条。

一些与都市传说搭界的话题也被收录在内，因为它们常常和传说有交集，包括一些手写或印刷的例子，诸如“共产党革命章程”“大学女儿的来信”“过去的好时光”“奶奶的洗衣日”和“啰唆的政府备忘录”。与传说有关的词条还有如逸闻、阴谋、民俗词源学、骗局、笑话、神话、恶作剧和谣言等。

尽管大多数都市传说在分布上似乎确实是国际性的，但是一般情况下，本书只对在美国广为人知的都市传说进行全面介绍。当然，本书也包含了许多外国传说，例如“挣脱了皮的猫”（爱沙尼亚）、“脏被子”（荷兰）、“一日游”（英国）、“吃票”（欧洲）、吹风死（韩国）、“合金轮毂”（澳大利亚）、“卢尔德奇迹”（爱尔兰）、放生毒蛇传说（法国和意大利）。虽然几乎每一个现代国家都有都市传说，但其他国家只有在有可供引用的已发表的例子的情况下，才能有单独的词条。增补版中增加了非洲、中国、爱沙尼亚、冰岛、印度、墨西哥、沙特阿拉伯和斯洛文尼亚的词条。所有的“国家”词条都有所扩充，有的比其他更多一些，取决于可供使用的已发表材料。阿根廷、荷兰、爱尔兰、意大利和日本词条的新材料尤其丰富。

单个词条的参考资料列表中引用的材料，只有在所选书目出现完整引文的情况下，才采用缩写形式（作者、短标题、页码）。词条中提到名字的资料本身，在“参考书目选录”中不再单独列出。对笔者自己的都市传说集的参考，在引用时只以短标题的形式出现，不附加我的名字。参考书目确实是“选录”的，因为当前存在数千种与都市传说相关的已发表作品，从学术巨著和学术论文，到畅销书、报纸和杂志文章，以及互联网网页。在词条中被引用超过两次的任一参考资料都会被收入参考书目中。在参考书目中，包含了流行的、非正式出版的都市传说集子，其中的传说是改述或者概述的文本，但是在单个词条下的参考文献中，没有引用这些作品中的单个传说。附在“另参见”之后的有诸多词条的交叉引用，对于搜集关于某一特定传说、特定国别或学术研究的所有可能信息而言是非常重要的。

这一版的一个主要补充是扩展和改进版的“都市传说类型索引”，它基于最初收录在我的《婴儿列车》（*The Baby Train*，1993）一书中的索引，并增加了由荷兰和比利时的都市传说研究者提供的材料，他们将这个索引系统运用到了存档和鉴别本国材料的工作中。我添加了许多新“类型”，并建立了一个允许补充更多内容的编号系统。

这是民间传说的本质——尤其是现代或当代的民间传说——即任何传说一旦发表，无论是以印刷、广播或电子形式，都会很快成为过去式。而传说依然继续。因此，笔者引用了2010年和2011年上半年发表的材料，竭尽全力使这部百科全书尽可能与时俱进，除此之外，读者也可时刻关注跟进这一领域的发展。欢迎来到都市传说的精彩世界！

除特别注明外，词条中的所有概述、改写、描述与翻译都由笔者完成，但我是从诸多出版物和来自五湖四海的民俗学学者的慷慨帮助中获得了材料。我们的电子邮件，有时是复印件、抽印本，甚至是来自世界各地的书籍，都为本书的修订与扩展提供了非常宝贵的资源。我对这些朋友及民俗学同侪的帮助表示最诚挚的感谢：巴尔-伊扎克（H. Bar-Itzhak）、阿莫斯（D. B. Amos）、布拉什（M. Blache）、布莱德尼契（R. W. Brednich）、布朗纳（S. Bronner）、卡罗尼（F. Caironi）、坎皮农-文森（V. Campion-Vincent）、B. 克里斯滕森（B. Christensen）、R. Z. 克里斯滕森（R. Z. Christensen）、杜波里（Catherine Dewbre）、多诺万（P. Donovan）、贺福纳（E. N. Dhuibhne）、邓肯（B. Duncan）、埃利斯（B. Ellis）、恩德斯（J. Enders）、弗罗恩（B. N. Fhloinn）、法恩（G. A. Fine）、菲施曼（F. Fischman）、戈德斯塔克（A. Goldstuck）、格林（R. Green）、哈尔珀林（J. Halperin）、埃雷拉-索贝克（M. Herrera-Sobek）、希斯科克（P. Hiscock）、霍布斯（S. Hobbs）、金城-豪普特曼（Akemi Kaneshiro-Hauptmann）、林达尔（C. Lindahl）、洛布（F. Lobb）、麦肯泰尔（N. McEntire）、麦克圭尔（P. McGuire）、麦克尼尔（L. S. McNeill）、梅德尔（T. Meder）、蒙塔利（L. Montali）、诺瓦克（Z. Nowak）、希尔（C. Scheer）、谢尔（G. Seal）、史坡林（S. Siporin）、史密斯（P. Smith）、坦戈里尼（T. Tangherlini）、托普（S. Top）、托塞利（P. Toselli）、塔克（E. Tucker）、韦尔登（R. A. Weldon）、山本真司和李扬。

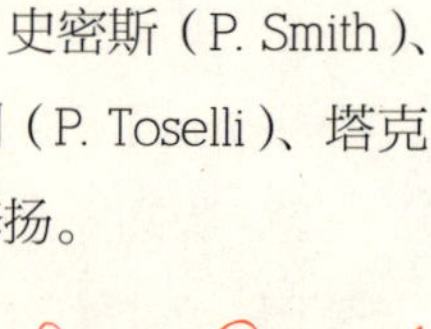

序言

任何一个看过哥伦比亚影业公司1998年《下一个就是你》（*Urban Legend*）的民俗学学者，在看到影片中图书馆那一段时，都会对民俗学的这一研究对象被如此好莱坞式地描述而忍俊不禁。影片中，漂亮的大学生娜塔莉（艾丽西亚·威特饰）怀疑，最近发生的校园凶案是凶手受了都市传说启发所致，她在新英格兰地区彭德尔顿学院的民俗课上，正在研究同类传说。如同一位影评人所言，《下一个就是你》的情节包括了“故事必不可少的、穿着掩饰性别衣服（带帽的外套，而不是遮脸的万圣节的面具）的杀手，从次要角色开始，有条不紊地干掉帅气靓丽的男女大学生”。娜塔莉感觉到了罪案中的**民间传说**套路，便去图书馆查阅这方面的重要图书，那是一本大部头的《都市传说百科全书》（*Encyclopedia of Urban Legends*）。在书中，她找到了自己寻求的证据——对最近的杀人案中使用的作案手法图文并茂的描述。

彼时还没有多少相关的书籍，但大约在影片上映前一年，你现在正阅读的这本书，就已经着手准备了。2001年，这部《都市传说百科全书》的第一版，把电影里的虚构变成了现实。《下一个就是你》那部电影后来无甚影响（除了一部水准更差的续集《下一个就是你：最终剪辑》[*Urban Legends: Final Cut*]），但“都市传说”这一民间传说文类却继续蓬勃发展，特别是在电子媒体中；而世界各地的都市传说研究也方兴未艾，从而催生了这部第二版的《都市传说百科全书》。

电影《下一个就是你》中所描述的“韦克斯勒教授”主讲的民俗学课，仍然吸引了民俗学学者的兴趣，因为它向无数观众展示了好莱坞眼中的大学民俗学课堂。不幸的是，它是个差劲的样板。韦克斯勒教授只会讲述很多惊悚故事，放一些幻灯片，并鼓励学生们去尝试“都市传说实验”，比如吃了跳跳糖之后喝一罐苏打水，来测试一下这样的组合会不会在胃里爆炸。在影片中，漂亮的大学生主角们，坐在教室前排，回答老师的提问，看不到有哪个学生参加考试或者写期末论文。虽然影片中也出现了刊载在报纸上、夹杂着真实采访的期末论文，但那却是捏造的假新闻（写得倒还不错，如果在我的课上，肯定会得到B+的成绩）。

虽然媒体在炒作《下一个就是你》时，把它描述成“注定是最热门的惊悚片”，宣称“那种不寒而栗的惊颤、那只勾魂摄魄的大钩子……使得它从惊悚电影中脱颖而出”，然而大多数影评人却对它嗤之以鼻，其中一位称之为“《惊声尖叫》（*Scream*）的蹩脚翻版，只是更血腥、更脑残”。另一位影评人莫里兹（Neal H. Moritz）指出，《下一个就是你》是“去年出于同一制片人之手、令人失望的《我知道你去年夏天干了什么》（*I Know What You Did Last Summer*）的克隆版”。在这部被影评人称为“先前惊悚片的跟风之作”的影片中，罗伯特·英格伦饰演韦克斯勒教授，他曾在《猛鬼街》（*Nightmare on Elm Street*）中饰演费雷迪·克鲁格。

尽管《下一个就是你》只是一部充斥着好莱坞套路的校园杀人狂电影，在介绍本书的序言里，仍然应该提到它，不是因为它在电影和小说的基础上有什么新的突破（除了给只有暴力威胁的传说增添了实际的杀手），而是因为它展现了当代民俗的学术，是如何在某些时候与流行文化发生交集的。影片中包含着装模作样的学术研究，所以在这里我们应当考虑到，《下一个就是你》和其他流行文化是如何处置迅速增长的都市传说的。总之，这部百科全书既可以供民俗学学者也可以供都市传说的爱好者们阅读。这一传说文类的大众化普及，与其原始传统本身一样值得研究。

影片对民俗学术研究的处理，与民俗学学者没有什么直接的干系，但在一场新闻发布会上，编剧透露：“我们甚至参阅了所有的都市传说方面的书籍。”（为什么说“甚至”？难道你不认为弄清题材的背景知识是理所当然的吗？）另一个提到学术研究的地方，是在制片人的公关材料中，里面提到了加州大学洛杉矶分校彼得·托克斯基（Peter Tokovsky）的课程，以及民俗学家诺林·德雷瑟（Norine Dresser）、帕特丽夏·特纳（Patricia Turner）和我本人的一些著述。电影制片人如何寻找资料、怎样使用搜集来的背景资料，当然是他们自己的决定；据我所知，他们没有直接咨询任何一位民俗学学者。

回到女主角娜塔莉，她差点被自己的好奇心害死。在韦克斯勒的民俗课堂上，似乎只有她发觉了都市传说的线索，并知道去图书馆寻找答案。她穿行在阴森无人的图书馆，暗处埋伏着凶恶的清洁工。她找到了杜威十进制图书分类法*的GR部分，开始翻阅实际上并不存在的“百科全书”。她确实在书库里找对了位置，因为书架上那本都市百科全书旁边，就是我自己1986年出版的《墨西哥宠物》(*The Mexican Pet*，在韦克斯勒教授带到课堂上的书中，你也可以认出我1981年出版的那部《消失的搭车客》[*The Vanishing Hitchhiker*])。

很明显，1998年的时候，人们就知道了都市传说，凭着寥寥无几的提示和细节，就能确立起这一民间传说类别，并且影片还借助血淋淋的细节对其加以演绎利用。在《下一个就是你》最后惨烈的一幕中，同学布兰达把娜塔莉绑住，并挥舞手术刀恐吓她，叫喊着要把“最喜欢的都市传说‘盗肾’”付诸实践。影片观众们肯定听说过这个20世纪90年代初著名的都市传说，或者在电子邮件中读到过它。同最近的很多都市传说一样，“盗肾”很快从口口相传的“民间”文化，转入流行文化和互联网，从而更加风靡开来。

曾经只有民俗学学者关注的都市传说，至少在《下一个就是你》上映10年前，就已经被公众所知晓。1981年，在伦敦的一个民俗学学会讲座上，当代传说研究的开拓者桑德森(Stewart F. Sanderson)宣称：“当代传说构成了当今**最**广泛流传、**最**受欢迎、**最**重要的民俗形式之一，甚至可以说没有之一；打动我的最突出的特征，是其由各种各样的人物……，在呈现它们时带来的创造性、想象力与精湛技巧。”[1]

我赞同桑德森的评价，1989年，在我的第四本都市传说著作《作死！再晒一次！》(*Curses! Broiled Again!*)的题词中，我还引用过这段话。但是到了桑德森讲座30周年、那本书问世22年之后的2011年，作

* 是英语国家大多数图书馆采用的一种图书分类法，被译成30余种语言。

为口头叙事的一个文类，都市传说已经活力大减，开始从口头传统领域中消失（如同幽灵搭车客一样），从**民俗文化**转移到了**流行文化**中，被定型、固化、开发、商品化，以多种方式被重新包装。[2]如今，都市传说最普遍的传播媒介是互联网，比起口耳相传、面对面的传播方式，其“演述”更多地被这种远程电子媒介所重塑。无论如何，我认为都市传说依然是现代“民俗”的一部分，依然值得民俗学学者去研究。

2000年，多家报刊上重刊的一篇文章里写道：“都市传说可以通过口头或者书面传播，但是互联网已经成为传播的主要载体。”[3]罗伯特·富尔福德（Robert Fulford）是另一位认识到当今都市传说实际上如何传播的人，他不是民俗学学者而是一位加拿大记者，在其精彩的小书《叙事的胜利》（*The Triumph of Narrative*）中，他满腔热情地将都市传说描述为“民间叙事的最流行的现存形式……一种不自觉的文学艺术，是大众想象的自发结果”。[4]富尔福德这样总结都市传说的传播途径：

> 这些故事毫不费力地通过互联网流传，但互联网不应当被谴责。在我们沉迷于万维网之前很久，都市传说就如同风一样掠过大地。如今，网民们在揭穿这些传说的同时，也在扩散它们。（第68页）

在这部百科全书第一版问世的前一年出版的另一部拙著里，我谈论了当时扎针伤人的虚假信息是如何扩散并被揭穿的。我总结说：“也许这就是都市传说真实的未来：可疑故事在互联网上迅速传播，然后又在互联网上被快速地揭穿否认。”[5]我当时是半开玩笑的，但也许并非戏言。一则谣言或故事“在网上病毒般扩散”，随后“在网上被证伪揭穿”，似乎是最近很多都市传说的必经之途。

在此需要清晰地加以说明的是，我所谈论的都市传说，指的是所有那些稀奇古怪、异想天开、99%不足为凭，却又有可信度的“好得令人难以置信”的故事。它们过于奇特、过于蹊跷，以至于在其讲述或声称的发生地，都很难让人字字当真。这些故事与日常事务相关，如旅行、购物、宠物、保姆、罪案、事故、性、生意、政府等。尽管这些故事号称是真实事件，也通常与特定的地点相关联，但都市传说实际上是会迁移的，同所有的民间传说一样，它们也会有不同的异文。都市传说的来源通常是“朋友的朋友”，其叙事结构常常是先设下迷局，然后情节突然逆转破局，故事随之戛然而止。我强调非正式定义的**故事**，并没有包含缺少情节的谣言、八卦、假消息之类。虽然这些东西与都市传说有些共同的特点，但从学术上而言它们并非同一文类，尽管有少数很接近的例子，值得在本书的一些词条中提及（这里并不包括着陆的火星人、外星人劫持、麦田怪圈、牛群虐杀、特异功能、信仰疗法、大脚怪、尼斯湖水怪之类的故事）。

简言之，都市传说是民俗学学者搜集和研究的、有着众人皆知的名称的现代叙事，例如“丢失的奶奶”“下水道的鳄鱼”“后座杀手”“微波炉中的贵宾犬”和“艾滋病玛丽”等。

有些传说，民俗学学者们从口头传统中已经搜集**不到**很多了。我们或可将20世纪60年代到80年代称为都市传说——作为主要的当代民俗文类——的黄金时代，那时每个人对此都津津乐道。正如桑德森在1981年观察到的，“老人和年轻人、识字的和文盲、受过教育的和没受过教育的人们”都在讲述都市传说。

在那时的民俗刊物上，与传说有关的论文中有很多故事文本，或者故事摘要，学术会议论文也是如此。还没等民俗学学者们研究完“包裹里的死猫”“结实的水泥凯迪拉克”和“被噎着的杜宾犬”，风靡全国甚至全世界的新故事又接踵而至，如“电梯事件”（1981年开始）、“墨西哥宠物”（1983）、“作死！再晒一次！”（1987）和“兔子复活”（1988）。我注意到的新近广为流传的都市传说是“盗肾”（约1991年开始）和“饼干子弹”（1995）。在数月内，这两个传说主要在互联网流传，也在流行文化中作为虚构故事被提及。

在20世纪40、50年代，美国民俗学学者开始搜集和研究“都市信仰故事”时，认为它们大都是通过口头流传的。很多头一批的搜集者是大学教授和他们的学生，他们注意到这些传说在校园里流传。这一领域早期的重要著作，是由这些民俗学家完成的：欧内斯特·鲍曼

（Ernest Baughman）、理查德·比尔兹利（Richard K. Beardsley）、博特金（B. A. Botkin）、理查德·多尔森（Richard M. Dorson）、罗莎莉·汉基（Rosalie Hankey）、威廉·休·詹森（William Hugh Jansen）和罗素·雷沃（J. Russell Reaver）。畅销书作家如贝内特·瑟夫（Bennett Cerf）、亚历山大·伍尔科特（Alexander Woollcott）和一些报纸专栏作家，也充当了记录、宣传这些传说的早期角色（有关早期代表性的研究，可参阅书中这些词条："车里的尸体""致命的入会仪式""幽灵马车夫""毒衣""消失的搭车客"）。伍尔科特颇有先见之明地命名了"消失的女士"故事，并将它当成"正在形成的民俗标本"，试图通过记者们的接龙追踪来探究其来龙去脉。在博特金、多尔森等学者的指引下，民俗学学者们终于认识到，有大量的口头传统的都市传说，正在生气勃勃地通过口头和书面传播。

贝迪（J. Beatty）在《星期六评论》（*Saturday Review*）上撰写《信风》（Trade Winds）专栏多年，他在1964年7月4日的专栏中，刊登了"裸体主妇"这一都市传说，不过他并没有意识到这是一个广为流传的故事。他后来承认了自己的疏忽，在1970年11月的《时尚先生》（*Esquire*）杂志上，发表了一篇题为"有趣的故事"（Funny Stories）的文章，描述了他是如何领悟到传说的特点的：

在伊利诺伊州霍姆伍德，我有个认识的人，告诉了我发生在她朋友身上的事情。那朋友是个家庭主妇，她去地下室洗衣服，洗着洗着，她脱下身上穿的衣服扔进了洗衣机。在等的过程中，她拿起扫帚，决定清扫窗户上的蜘蛛网。为了保护头发，她抓起边上的一个橄榄球头盔戴在头上。正在这时，门口有人敲门并喊道："查水表的！"她赶紧抓起一件浣熊皮大衣穿在身上。抄表员没等回话就走下楼梯，用手电筒照了照水表，记下读数，从头到尾一言不发。要离开的时候，他瞥了一眼躲在角落的主妇，说道："希望你的球队能赢，女士。"

后来在某个场合，我重述这个故事，说它发生在"伊利诺伊州我朋友的朋友的身上"以增加可信度。别人告诉我有家全国性杂志已经刊载了这个故事。我不信，但人家后来给了我一份那本杂志1961年3月号的剪页，说那件事情发生在康涅狄格州的东汉普顿。后来我找到一个机会，询问了伊利诺伊州霍姆伍德那位声称自己的主妇好友曾遇此事的人，实际上并没有人会把她当成说谎者。这类事件的问题在于：它真的发生过吗？但这是一个没有多少人会问的问题。[6]

在1983年10月26日贝迪给我的信中，他补充了剪页的信息，是来自《读者文摘》（*Reader's Digest*，参见“裸体主妇”词条），他还承认：“我很高兴看见兰德斯（Ann Landers）几年后也上当了。”

我自己对都市传说本质的领悟，发生在1959年5月，那时作为印第安纳大学多尔森教授手下的研究生，我正在帮忙校对他那部将于年末出版的《美国民俗》（*American Folklore*）一书。在最后一章“现代民俗”中，多尔森举例讨论了“无处不在的百货公司传说……‘包裹里的死猫’”。就在我们忙于编书的那一周，印第安纳州布卢明顿当地的一份报纸《电讯先驱日报》（*Daily Herald-Telephone*）刊登了一个类似的故事，声称是印第安纳波利斯一位记者的朋友的真实经历。我从报纸上剪下了这个故事，它是我搜集的第一个故事文本，后来渐渐与其他故事汇集成源自无数渠道的大量都市传说文本的档案库。我认为很有意义的是，这个最初的例子，是一则口头流传于社区的故事的报纸报道。

1965年，一部有趣的都市传说小集子出版，作者是帕罗什蒂（J. S. Parochetti），内容是基于她自1963年起，在印第安纳州拉斐特的普渡大学读书时所搜集的故事。[7]很明显超前的是，帕罗什蒂用磁带录音机记录了传说，听写了文本，并为之设计了一个分类系统，文章中还包含了讲述者的姓名、年龄、家乡等资料。她将自己搜集的材料简称为“恐怖故事”，并冠以不同于后来民俗学学者所用的名称。但是并不难识别出，像“神秘汽车追踪的女人”“独处的两个姑娘”或者“在宿舍被割喉的姑娘”这类故事的标题，是著名的都市传说的早年样本。帕罗什蒂在文中提到，她从22名讲述者那里搜集到了18个不同故事的50种异文，讲述者大都是普渡大学的本科生，其中有18人是女生。她的采录方式既有小组讲述，也有事前摸底的一对一的讲述。除了故事本身和她的统计，帕罗什蒂对讲述者的讲述风格和意义也做了一些很好的评论。

通过戴琳达（Linda Dégh）教授和她的学生们的努力，在20世纪60年代末，印第安纳大学取代普渡大学成为都市传说搜集和研究的中心。戴琳达和学生们从1968年起，开始在《印第安纳民俗》（*Indiana Folklore*）刊物上发表他们的成果。随后几十年，对都市传说的兴趣在美国和国际民俗学学者中不断扩散，了解其历史的最好途径是阅读个别传说和国家的词条。都市传说研究的里程碑事件，理应包括詹森1973年发表题为“出人意料的惊奇”（The Surpriser Surprised）的文章，本人1981年出版《消失的搭车客》，1982年召开首届“国际当代传说大会”，1988年成立国际当代传说研究会（ISCLR），以及1993年贝内特（Gillian Bennett）和史密斯（Paul Smith）合作出版《当代传说：一部民俗学的参考书目》（*Contemporary Legend: A Folklore Bibliography*，包括1116个词条）。有关国际都市传说的记录在持续增加，特别是在澳大利亚、比利时、英国、芬兰、法国、德国、荷兰、爱尔兰、意大利、波兰、苏格兰、南非和瑞典，丰富的资料陆续出版。在阿根廷、中国、冰岛、以色列、日本、墨西哥等国的新材料和个人交往，使我得以增加或补充关于这些国家的词条。然而，尚有很多国家的都市传说，未被认识、搜集和出版。随便转动一下地球仪，我就想，谁来报告巴西、智利、埃及、希腊、海地、印度尼西亚、伊朗、肯尼亚、尼日利亚、葡萄牙等国家的都市传说？我毫不怀疑，几乎在每一个国家都可以发现都市传说；需要做的就是，在每一个地方，都有人开始关注追寻它们。

从我们提到的一些著作的书名来看，很明显，并非所有的民俗学学者都使用“都市传说”一词。国际当代传说研究会在其宗旨和会议公告中，一直给它加括号；《当代传说》（*Contemporary Legend*，国际当代传说研究会的刊物）的内封上如此表述：所谓的“现代都市传说”。1998年在这份刊物上，英国民俗学家杰奎琳·辛普森（Jacqueline Simpson）发文攻击此词，她断言：“一般而言，作为一种文类的定义术语……**‘都**

市'并非是一个好的选择。"[8]美国民俗学家比尔·埃利斯（Bill Ellis）则较为务实，在其《民俗学：一部信仰、习俗、故事、音乐和艺术的百科全书》（*Folklore: An Encyclopedia of Beliefs, Customs, Tales, Music, and Art*）的"传说，都市"词条中，仅如此述及此词："一个通俗术语，指有关现代生活某些方面的叙事，讲述者信以为真，但实际上是不真实的。"[9]很多民俗学学者选择的术语——"当代传说"——也有它的问题。但是它确实可以找到一个正统的依据（正如桑迪·霍布斯［Sandy Hobbs］所指出），弗·司各特·菲茨杰拉德（F. Scott Fitzgerald）在其1925年的杰作《了不起的盖茨比》（*The Great Gatsby*）中，使用了这一术语，用法多少与现代民俗学学者类似：

盖茨比的坏名声，通过接受了他的款待而成为他的经历的权威的千百号人传播开来，并且整个夏天都在扩散，直到他差一点成为新闻人物。各种当代传说，像"通往加拿大的地下管道"之类，都和他挂上了钩，还有一个长期流传的谣言，说他根本不是住在一座房子里，而是住在一条船上，船看上去像座房子，并且沿着长岛海岸秘密地来回移动。[10]

在法国，"当代传说"（包括该名称和这个概念）的历史更悠久。让-布鲁诺·勒纳尔（Jean-Bruno Renard）指出，法国杂志《美人鱼》（*Mélusine*，1877—1900）便有个固定的专栏名叫《当代传说》（Légendes contemporaines），而1886年的《民间传统杂志》（*Revue des traditions popularies*）也有一篇文章提问："难道都市里就没有像乡下那样的民间传说吗？"这些法国期刊谈论的当代传说中，包括了一些政论故事，是"舞厅中的魔鬼"的变异版本，还有残害儿童的传说。勒纳尔在文章的结论中断言："检索旧民俗学期刊对今天的学者依然有用，因为从中可以找到许多和当代传说相似的故事。"[11]

在关于术语和定义的争论中，从第一本故事集和专著的命名开始，应该是"当代""现代"还是"都市"的传说研究，学界一直以来都莫衷一是。其中对于"传说"一词倒没什么异议，但是其前面的修饰语，到底是“现代”“当代”还是“都市”，则没有定论。由于对所有这些术语的缺点都感到颇为沮丧，阿兰·邓迪斯（Alan Dundes）在1993年提出干脆叫“20世纪晚期传说”。[12]这个叫法的可行性自然是很低的，甚至在这部百科全书的第一版出版之时就已经不能这么叫了。在2011年国际当代传说研究会的年会（第29次全会）上，有一篇论文的题目是“有当代传说这一回事吗？”（Is There Such a Thing as the Contemporary Legend?），这暗示着一种更为激进的观点，即认为都市传说作为一个类别可能根本就不存在。虽然当时我没有参会，但我希望这个问题的答案是肯定的（就我所知会议如常进行，因此可能答案是肯定的）。“都市”一词似乎胜过其他的词而被常用，词类研究者大卫·威尔顿（David Wilton）提供了一个有用的看待这个词语的角度，他认为都市传说是“由生活在我们现代都市化社会中的人们所讲述的故事，通常有劝诫的意味”。[13]威尔顿如此高明的解释，我连他书名中把“神话”和“传说”混为一谈都可以原谅了（有关定义和术语方面的问题以及更多的参考资料，参见书中相关词条）。

无论学者们的分歧是什么，现代人已经普及并利用了“都市传说”这一术语，这些人包括儿童读物作家、成人流行故事选集编辑、专业的说书人、广告和电视作家，以及前面提及的电影制片人。在流行文化中，“都市传说”是人们选择的术语，而所有这些传统的口口相传的现代传说的衍生物，都在这部百科全书中占有一席之地。

近年来，媒体也热情地接受了都市传说的一般概念，将诸如都市**神话**、都市**民间传说**、**恶搞**等该术语的多种变异形式应用于各种各样的现象。从近些年的媒体传播中我们可以找出几百个相关的例子，但我这里仅举几个2000年末关于公众对都市传说的认识的例子。9月19日，一篇关于纽约州共和党参议员候选人里克·拉齐奥（Rick Lazio）的文章称，他例行巡回演说中的一段关于学校纪律问题的逸闻“相当于一个都市传说”。9月28日，一篇关于悉尼夏季奥运会开幕的报道说：“这已经成为奥运会的一个都市传说了……在奥林匹克公园门口，据说保安人员都会没收游客手中的百事可乐瓶子。”（因为可口可乐是其官方赞助商，而百事可乐不是。）11月23日，一篇关于企鹅“盯着飞机的时候是否会像多米诺骨牌一样倒下”的新闻报道，援引了一位科学家的话：“恐怕这只是一个都市神话。”在2000年里昂比恩服装公司的度假旅行目录中，推荐去巴黎时的着装风格的那一页写道：这是“都市传说的风格，……酷酷地来到光之城巴黎”。在圣诞专辑动画片《小驯鹿奥利弗》（*Oliver the Other Reindeer*）中，驯鹿鲁道夫的故事只是“那些都市传说中的一个”。显然，民俗学学者的“都市传说”一词已被广泛接受，但它在媒体使用中被彻底重新定义，转而指可疑的奇闻轶事、谣言、错误信息、广告炒作和笑话等形式。当民俗学学者看到当代伟大的科学家和作家史蒂芬·杰伊·古尔德（Stephen Jay Gould）在他广受欢迎的《自然史》（*Natural History*）杂志的专栏中使用这个词时，真是既兴奋又有点沮丧。古尔德这样动人地写道：

有一个人类心理学的奇怪原理，它被大量的撒谎者所熟知和利用，从巴纳姆这样可爱的咆哮者，到戈培尔这样邪恶的煽动者，不一而足。这个原理就是，即便是最愚蠢的谎言也可以通过不断地重复来赢得信任。在当今美国人的说法中，那些重复宣称的“真实故事”——如果足够温和，不会造成什么伤害，却包含着“从上帝口中传到你的耳朵里”那样至理名言般的力量——便属于“都市传说”这一迷人的领域了。[14]

民俗学学者可能会反对说，都市传说的讲述者通常不是故意撒谎，他们仅仅是在传递他们认为是事实的东西。然而，我们应该赞扬古尔德，因为他指出“重复”是传说传播的一种常见形式，而且都市传说是“迷人的”，这一点我当然同意（幸好他没说“都市神话”）。然而，古尔德这篇文章有一个问题，他脑海中的例子，即“科学家说我们只用了大脑的百分之十”——这样的话没有任何叙事元素，因此更像是谣言或戏仿，而不是传说。实际上，把它放到“错误信息”的类别中可能最合适（或者如果这句话碰巧是真的，也可归为“琐事”，但显然这不是真的）。

在大众媒体中能恰当地使用“**都市传说**”这个词的是《超速挡：美

国卡车司机杂志》（*Overdrive: The Magazine for the American Trucker*），真有些出人意料。[15]作者讲述了好几个都市传说，在这些传说中卡车司机都充当了好人、坏人或胜利者的角色。值得注意的是，作为资料来源，作者列出了真实姓名和一本漫画书，那是一本最近流行的非正式出版的集子，同时还有三个都市传说的网站。民间、学术和流行资源完美地融合，这可谓21世纪都市传说的题中之意。

其他的例子，无论好坏，都不赘述了。我想说明的是，民间传说的普及和再创作并不是什么新鲜事；事实上，这是不可避免的。从格林兄弟到迪士尼，欧洲的童话故事都是如此。民歌也一样，因为大多数现代人只能通过专业的表演者和唱片才能欣赏到，万圣节和其他几个以前的“民间”节日也不例外。而传统的原木建筑，小到简单的民居小屋，大到价值数百万美元的大型设计款原木度假屋，点缀着爱达荷州的太阳谷、科罗拉多州的维尔和犹他州的鹿谷等豪华滑雪场周围的景色。它们都是经过普及和再创造的。

口头传统的都市传说的消失（或至少是衰落）并不意味着它是个死去的类型，并不意味着当代传统叙事对民俗学学者来说已经没有研究价值，或者说都市传说一旦汇入大众文化就乏善可陈了。1984年，德国民俗学家卢茨·罗里奇（Lutz Röhrich）问道：“第二或第三‘版’的民俗文本有什么意义呢？”他指的是，口头民间传统是第一版的文本，民俗学学者搜集的材料是第二版，而当这些传统进入更广泛的媒体和商业化公共领域中便是第三版了。这样的发展没有使罗里奇灰心丧气，相反，他敦促人们去研究民间传统，因为这些传统“一旦被翻译成其他语言，就会成为电影和电视节目的主题，成为益智娱乐而声名远扬”。[16]这里罗里奇对传统民俗发展的评价完全可以延伸到都市传说的研究中，因为它们也已经从口头流传进入互联网时代和更广阔的天地。

在民间传说的集子和档案中，有大量的传说资料等着我们去分析和解读。民间传说的商业化过程和产品，以及都市传说的普及值得民俗学学者关注。网络谣言和传说的传播已经为我们开辟了另一个新的研究领域。而无数警诫故事正以不同的方式到处流传，比如针和香水之类的攻击、电子邮件税、被做了手脚的自动取款机和付费电话投币口、路怒的事故、加油时手机引起的火花、超速监控区的经历、婚礼上一次性相机的恶作剧，等等。谁知道都市传说传统冒出来的下一个故事会是什么呢？

1 Stewart F. Sanderson, "The Modern Urban Legend." Katharine Briggs Lecture, No. 1. London: The Folklore Society, 1982, 14.

2 这句话以及下面一些关于都市传说从民间到流行传播的讨论，源自拙文 "The Vanishing 'Urban Legend,'" *Midwestern Folklore* 30 (2004), 5–20, 或者更准确地说，源自我的早期会议论文，后来综合修订发表，也许是我自作聪明的标题误导了某些民俗学家，他们觉得我"沮丧"或者"不安""担心"，或者对我描述的趋势颇感悲观。完全不是这样！我仅仅是在报告我所看到的传统演变情况，敦促民俗学家与时俱进，关注研究大众文化和电子传播中的都市传说。我修改了此序言的一些地方，更加强调这些变化是不可避免的，民俗学家应当继续搜集和研究都市传说。

3 By Kirk Kicklighter, distributed by Cox News Service. 此文的一个标题是 "Hoax-busting Web Site Created by CDC"；另一个标题是 "Health Hoaxes, Rampant on the Internet, Have People Scared to Death"；还有一个是 "Urban Legends Have Created Bizarre Scares, Lately through E-mail"。所有的重点都是都市传说的电子传播，而不是口头传播。

4 Robert Fulford, *The Triumph of Narrative: Storytelling in the Age of Mass Culture*. New York: Broadway Books, 2000 (originally published in Canada in 1999), ch. 3, "The Literature of the Streets and the Shaping of News," 61–92.

5 *The Truth Never Stands in the Way of a Good Story*. Champaign: University of Illinois Press, 2000, 208.

6 *Esquire* (November 1970), 48, 50.

7 JoAnn Stephens Parochetti, "Scary Stories from Purdue," *Keystone Folklore Quarterly* 10 (1965), 49–57.（一个脚注里提及，此文更早的版本发表于印第安纳州民俗学学会1963年的一次会议。）

8 "Are the Terms 'Modern' and 'Contemporary' Synonymous?," *Contemporary Legend*, New Series 1 (1998), 134–148, quotation on 135.

9 Bill Ellis, "Legend, Urban" in Thomas A. Green, ed. *Folklore: An Encyclopedia of Beliefs, Customs, Tales, Music, and Art*. Santa Barbara, CA: ABC–CLIO, 1997, 495.

10 "'Contemporary Legends,' 1924," *FOAFtale News 15* (September 1989), 2.

11 "Old Contemporary Legends: 19th–Century French Folklore Studies Revisited,"

FOAFtale News 32 (February 1994), 1–4.

12 Alan Dundes, "Editor's Preface" in Gillian Bennett and Paul Smith, *Contemporary Legend: A Folklore Bibliography*. New York: Garland, 1993, xi.

13 David Wilton, *Word Myths: Debunking Linguistic Urban Legends*. Oxford, England: Oxford University Press, 2004, 2.

14 "The Paradox of the Visibly Irrelevant," *Natural History* (December 1997/January 1998), 12–18, 60–66.

15 Jill Dunn, "This Ain't No Lie! Truckers Become Heroes, Villains and Victims in Urban Legends," *Overdrive* (October 2000), 56–57.

16 Lutz Röhrich, "The Quest of Meaning in Folk–Narrative Research: What Does Meaning Mean and What Is the Meaning of Mean?" in Kviedeland and Selberg, *Papers* IV, 165.

词条目录

List of Entries

A

B

C

D

E

F

G

H

L

M

N

O

P

Q

R

S

T

U

V

W

X

Y

Z

百科全书

The Encyclopedia

A1. 诱拐
Abductions

参见 “诱拐未遂”；扎针传说；“幽灵小丑”

A2. 学院传说
Academe, Legends of

大学校园除了是进行研究、学习和培养提升文化修养的中心，也是盛产传说和其他民俗的沃土。就像巴瑞·托尔肯（Barre Toelken）指出的那样，学生“可以被看作是一个可以独立读写、共同创作的独特民俗群体”。也就是说，虽然校园里的人是认字的，这一点不可否认，但是他们所分享的关于校园生活和传统的许多知识是通过惯例和口头来传播，而非印刷品，最近他们更加依赖的是电子通信。就这方面而言，学生和教职员工一模一样。托尔肯在他1968年发表的文章中列举了一个典型的校园故事案例：

> 就在去年，有人从一个可靠的朋友那里听说了一个故事。有个很容易脸红的生物老师，他害怕在男女混合班里讨论性问题。他赶走班上女生的方式是在小组讨论前往黑板上写一些淫秽的词语，或者故意提一些容易产生歧义的问题，如：“小姐，请问当人完全兴奋起来时，身体的什么部位能变得比它平常大三倍？”当年轻女孩离开后，这个教授故作天真地问班里的学生：“关于瞳孔的问题有那么邪恶吗？”

数量惊人的超自然传说依然流传在大学校园里，这些传说包括闹鬼的宿舍和实验室的故事，过去的居住者发出的可怕警告，还有在大学建起来之前，最初生活在这片土地上的本地人亡灵不息的故事。更多关于学院的都市传说，要么和古怪的老师有关（“杂技教授”“训练教授”

等），要么和学生之中的危险有关（“室友之死”“同性恋室友”等）。关于考试和学期论文的传说比比皆是，其中包括“重复提交的学期论文”，“一个词的考题”（“为什么？”）[1]，对“气压计问题”的机智解决，对没有复习到的题目的“狡猾回答”，特别是学生们充满想象力地用“第二页答题卷”抗议考试体制的故事。其中两则流传最广的考试传说描述了一个学生如何智斗爱装腔作势的老师的故事，它们是“鸟足考试”和“你知道我是谁吗？”。

由于学生将一些校园传说视为官方规定，他们的行为因而受此影响，即便这些传说只是在“民间”流传，从未得到正式承认。这些传说包括被信以为真的“规则”，即如果学生的室友自杀，他或她将会获得全优成绩；学生必须在课堂上等待迟到教授一个特定的时长（取决于教衔）的传统观念；以及人们普遍认为，坐在前排、与教授保持目光接触并微笑能够获得高分。

校园本身就是传说的对象，比如，建筑师忘记计算图书的重量而导致图书馆下沉，或者建筑物被阴差阳错地建在另一个校园，或者建筑物的朝向建反了。另一个主题是20世纪60年代，在学生游行示威之后，校园规划师们密谋制造了新的“防暴”建筑。据说，他们通过限制有可能会聚集学生的大型开放场所，以及设计楼梯和走廊，来避免大量学生涌入。计划的另一部分是挖秘密隧道，警察可以使用这些隧道潜入示威者占领的任何一栋建筑物。

能追溯到明显来源的都市传说较为罕见，学院故事“无解的数学难题”是其中之一。走上了另一条路的传说主题——由单纯的故事成为真实事件——包括有关学生恶作剧的学院传说（例如在路过收费亭时留下一截胳膊，或者偷走花园的装饰品，并让它们去“度假”）。

特别是联网计算机在校园普及后，除了直接涉及校园生活的故事之外，都市传说的大部分主题也在学院里大肆传播。学生和教授们在电子邮件、电子公告栏、网站和邮件讨论组中热烈地传播和讨论最新

[1] 该考试的题目是一个英文单词，即“Why?”。

的故事。数量多到令人惊讶的“分别都受过教育的”人们，在“信息高速公路”上津津乐道、推波助澜，给这些五花八门的故事增添了些许可信度。

另参见 “测验已公布”；“一桶砖”；“致命的入会仪式”；“同情心课程”；“洞察力课程”；医学生的恶作剧；恶作剧；“漫游土地神”；苏格兰；斯洛文尼亚；“斯坦福起源传说”；“被盗的试卷”；“写嗨了”

参考文献 Simon J. Bronner, *Piled Higher and Deeper: The Folklore of Campus Life* (1990); Charles Greg Kelley, “Joseph E. Brown Hall: A Case Study of One University Legend,” *Contemporary Legend 2* (1992), 137–153; Kimberly J. Lau, “On the Rhetorical Use of Legend: U.C. Berkeley Campus Lore as a Strategy for Coded Protest,” *Contemporary Legend* New Series 1 (1998), 1–20; Barre Toelken, “The Folklore of Academe,” in Brunvand, *Study of American Folklore* (1st–3rd eds., 1968, 1978, 1986); Alexander M. Bruce, “Building Community: The Folklore of Physical Space at Florida Southern College,” *Contemporary Legend* New Series 7 (2004), 112–136; Cathy Preston, “University Campus Legends: Student Tactics and Habitable Spaces,” *Contemporary Legend* New Series 7 (2004), 137–171; *Culture & Tradition* (每年由纽芬兰纪念大学民俗学系学生出版), vol. 26 (2004), Special edition “Student Life and Campus Customs”; Tucker, *Campus Legends* (2005), *Haunted Halls* (2007), and *Haunted Southern Tier* (Charleston, SC: Haunted America, 2011), 81–92 (“Haunted Colleges”).

A3. “意外食人者”
“The Accidental Cannibals”

故事类型1339“奇怪的食物”（Strange Foods）的大意如下：（五花八门、形形色色的食物）一个无知的男人或女人不熟悉某种食物。在这则古老故事流传的过程中，人们的误解包括：认为肠衣是里面真正食物的包装袋，吃香蕉皮或西瓜皮而不是真正的果实，将煮沸的茶叶与黄油配在一起吃，以及多种食物混合而成的一道难以下咽的菜。这一连串纯属无稽之谈的传统食物传说的结尾是1339G“瓮里的亲戚”（The Relative in the Urn），一个关于意外食人者的现代传说。

在这则都市传说中——这个故事在欧洲和其他欧洲移民国家都流传甚广——被当作食物的神秘物品是（请做好心理准备！）亡亲的骨灰。“二战”刚刚结束，一个欧洲家庭（通常是东欧）收到美国亲戚寄来的一个食品包裹，其中有一罐没有标签或任何说明性文字的粉末。这家人以为它是美国的某种速溶饮料，于是挖了一勺倒入热水中冲饮。在其他版本中，这些粉末被当成了烹饪作料、脱水椰子粉、面包粉或者是蛋糕粉。后来这家人才收到一封信，信里解释说，这个罐子里是一位多年前移民到美国的亲戚的骨灰，他/她在战争中去世，想要落叶归根。有时这封说明性的书信和粉末被放在同一个包裹里，但信件是用英文写的，没有人将其转译，直到骨灰被吃完以后。

在英国版的“意外食人者”故事里，骨灰被放在澳大利亚堂兄弟所寄来的包裹中。但是在澳大利亚流传的版本则“将寄收地倒过来了”，就像澳大利亚的民俗学家格雷厄姆·谢尔（Graham Seal）在他题为“灰飞烟灭”（Ashes to Ashes）的故事中所说的那样：

一个荷兰家庭背井离乡移民澳大利亚。每年丰收的时候，荷兰的亲戚们都会从农场给他们寄来一箱苹果，这家人就用这些苹果做一个巨大的苹果派。

有一年，这箱苹果里还装着一小袋灰色粉末。母亲误以为这些粉末是做苹果派用的一种特殊香料，于是她把这些粉末加到了苹果派中。它特别美味，当收到那封来自尼德兰[1]的迟到的信的时候，这些苹果派已经被吃完了。

这封信里写道：“我们像往年一样给你们寄了一箱苹果，希望你们喜欢。但不幸的是，赫尔曼叔叔上周去世了。你们非常爱他，所以我们认为应该把他的骨灰寄给你们。”

有很多以这个故事为基础的异文。比如，这里有一个1986年在英国约克郡流传的故事，由一位读者寄给我：

一群参与“工作福利制”项目（援助贫困人员的项目）的年轻人被派去修缮一位老妇人的家。老妇人走出家门以便他们能够继续工作，而且她还让年轻人自己去倒茶喝。这些年轻人想要休息一下，他们找茶叶时颇费了点劲，但最终还是找到了，泡上茶喝了起来。老太太回家了，往他们找到茶叶的地方惊诧地望了一眼，问那

[1] 尼德兰是中世纪末期的一个地区概念，包括今天的荷兰、比利时、卢森堡一带。

个罐子去哪儿了。年轻人解释说，他们已经把茶叶泡完了。老太太惊呼道："天哪！罐子里是我亡夫的骨灰！"

在南非，民俗学家阿瑟·戈德斯塔克（Arthur Goldstuck）发现了两个版本的"意外食人者"。第一个故事的标题是"香料信"（The Spicy Letter），这是一个典型的情节。一个意大利家庭从南非的亲戚那里收到一个包裹，在得知这是"朱利奥舅舅的骨灰"之前，他们把这个华美罐子里的东西当成了调料。第二个故事"嗅和泪"（A Sniff and a Tear）讲述的是一个印度家庭在他们祖父的追悼会结束后驾车回家，途中被一个警察拦下，警察想要看看在他们"整洁的小木箱"里有什么东西的故事。箱子打开后，里面是白色的粉末。"啊哈！可卡因！"警察说着就把他的手指伸进粉末里，"按照在电影《迈阿密风云》（*Miami Vice*）里看到的方式"舔了一下。"不要啊，"那个被吓坏的司机说，"那些是我祖父的骨灰。"（来自《行李箱里的豹子》[*The Leopard in the Luggage*]，第103—105页）

另参见 澳大利亚；"木桶里的尸体"；"人肉香肠工厂"；罗马尼亚；南非；故事类型

参考文献 *Baby Train*, 75–79; *Be Afraid*, 100–101; *Choking Doberman*, 114–115; *Too Good*, 198–199; *Vanishing Hitchhiker*, 117; Seal, *Cane Toad High*, 70–71; Bennett and Smith, *Urban Legends*, 258–259.

A4. 意外的多人死亡 Accidental Multiple Deaths

这个主题出现在一些恐怖或可怕事故的传说中，其中包括一个在"一战"和"二战"期间流传于几个国家之间的传说：一个丈夫去了前线的女人，正在楼上给她的两个孩子洗澡时，门铃响了。她急忙冲下楼梯去开门，结果被一个玩具绊倒，一摔到底，把脖子折断了。门外的人是个军方信使，他奉命来通知她：她的丈夫在军事行动中阵亡了。当有关人员进门查看时，发现这个女人已经死在了门廊处，两个孩子也溺死在了浴缸里。

另一个室内多人死亡的故事由一位盐湖城的女士记录于1986年，她是从一位声称此故事发生于“美国东部”某地的朋友那里听说的：

一位有三个孩子的母亲正在给6个月大的婴儿洗澡，这时她2岁的儿子不小心把自己割伤了，伤得很严重。她不能把小婴儿单独留在浴缸里，于是让6岁的孩子跑着穿过街道去向邻居求助。孩子去了很久未归，她只好暂离小婴儿去帮助已经昏迷过去的2岁的儿子。她听到了警笛声，以为救援到了，但其实那是因为她6岁的孩子被一辆汽车撞死了。同时，浴缸里的小婴儿也溺水而亡，她那2岁的儿子也因流血过多而丧生。

上述故事中的“割伤”与另一个传说“妈妈的恐吓成真”相互关联。在这个传说中，小男孩的阴茎被他的姐姐切断，因为姐姐曾无意中听到母亲或父亲提到过这种事情发生的可能性。可参见这个传说的词条以了解这个“不称职的母亲”主题的更多细节和历史。

参考文献 *Baby Train*, 70; *Too Good*, 224; *Be Afraid*, 149–150.

A5. “错当匪人” “The Accidental Stickup”

这个传说基于人们熟悉的主题——不知情的盗窃。在这个主题中，一个无辜的人被误认为小偷，并被所谓的受害者报复。在这种情况下，误认为自己是“受害者”的人，只拿了一张钞票（5、10、20或50美金）购物。购物者突然意识到自己的钱丢了，他/她以为是被路人偷了，于是强烈要求拿回那些钱而且成功了。回家后，“受害者”才发现钱落在了家里。在英格兰，这个故事被称为“五英镑纸币”。在美国和海外都流传着与之相关的故事，描述了整个钱夹或怀表被盗的假象。通常，这个传说发生的场景是在拥挤的公交车或有轨电车上，在一些版本中，则是发生在一辆小汽车上，“受害者”顺路搭载了一位长相可疑的搭车客。

另参见 “被盗的钱包”

参考文献 Katherine M.Briggs and Ruth L.Tongue, eds., *Folktales of England* (Chicago: University of Chicago Press, 1965), 101–102; *Choking Doberman*, 190–191; Bennett and Smith, *Urban Legends*, 81–83.

A6. 意外事故 Accidents

意外事故传说代表了都市传说的一个主要类别，包含了关于冒险的不幸事故的故事，它们要么是恐怖的，要么是滑稽的（有时两者都有）。这些故事几乎总是怪异的。除了在这个标题下讨论的关于汽车事故的故事外，还有大约30个著名的都市传说专门讨论那些据说是偶然发生的、有趣且危险的事情。

令人毛骨悚然的意外事故传说包括把隐形眼镜“焊熔”在角膜上、丁烷打火机在衬衣口袋中爆炸、跳跳糖在胃里发生爆炸、割草机使用不当导致手指被割掉等。另一个失去手指的故事描述了一个劳动事故，一名工人在演示他如何被一台工厂机器切掉了一根手指时——失去了另一根手指。

滑稽的意外事故描述的往往是同样可怕的故事，但是有笑点。例如，一位丈夫被“爆炸的马桶”炸飞，这肯定是一次痛苦的经历。但是这让救援的医护人员笑个不停，以至于躺着伤者的担架被丢到了地上。在另一个滑稽的意外事故故事中，一位女士脱下裤子的时候引起了一场充满痛苦的滑雪意外事故（细节参见“滑雪意外事故”）。这场事故导致一名滑雪教练也发生了意外事故，最终这名滑雪教练遇到了她并向这位尴尬的女士说了他可笑却痛苦的经历。

大部分意外事故传说的离奇性在“树上的水肺潜水员”故事中得到了充分体现。尽管许多人复述这个故事时将它当成绝对真实的，但受害者以完全不可能的方式在那样的情况下死亡是令人难以置信的。也许所有意外事故传说中最奇怪的是“失败的自杀”，在迅速发展的一连串事故中，多种自杀的方式相互抵消，而想要自杀的人仍然活着。

另参见 汽车；“一桶砖”；虚假警告；“最后一吻”；“手机火花爆炸”；“鼠丘和捷豹”
参考文献 Bennett and Smith, *Urban Legends*, 74–75 (“Accidents Galore”).

A7. “指责者碰壁” “The Accuser Rebuffed”

参见 “未被认出的战争英雄”

A8. “杂技教授” “The Acrobatic Professor”

一位教授在课堂上承诺，除非“你有一天看到我从气窗爬进教室”，否则他是不会进行随堂突击小测验的。然后有一天，大家都到了教室后，他们的教授脸上挂着开心的笑容，手里抓着一大堆试卷从气窗爬了进来。事实证明，他曾经是一个马戏团杂技演员。这个故事的异文描述了拿着试卷的教授从二楼窗户爬进来，或从一架大钢琴里爬出来。

这个故事中出现过的美国教授数不胜数，他们经常是有名有姓的，而且对其学术专长的描述亦准确无误，然而这些故事都没有得到肯定的证实。其中最著名的是“钢丝”威廉姆斯（1881—1968），他是俄克拉荷马大学的一位化学教授（从1906年开始直到去世），在一个故事中，他被描述成“一个娴熟的体操运动员和杂技演员”。但是，即便是在威廉姆斯的传记里，也没有具体提到这个爬气窗的特技。

参考文献 Oliver Finley Graves, “Folklore in Academe: The Anecdote of the Professor and the Transom,” *Indiana Folklore* 12 (1979), 142–145; *Mexican Pet*, 192–195; *Too Good*, 436–437.

A9. 非洲 Africa

非洲作为一个有许多不同国家，以及众多城市社区和村落社会的大陆，这里蓬勃发展的都市传说却鲜有文献记录。只有南非的都市传说已经被系统地记录。目前，还有一些其他被记录在册的案例零散地出现在本书中。参见词条“烘烤婴儿”、身体零部件的谣言和传说、“血祭诽谤”和“中间的男人”。

约翰·威廉·约翰逊（John William Johnson）发表了他在20世纪80年代听说的“消失的搭车客”的两个有趣版本，这两个版本都是大学生告诉他的，一个来自撒哈拉以南的非洲东部，一个来自西非。1987年，约翰逊在索马里国立大学做了一次民俗学讲座，提到了搭车客的传说，讲座结束后，一名学生前来告诉他，这样的事情“实际上是几年前在索马里发生的”。他说，一名索马里学生从美国留学归来，他在摩加迪沙的机场与通信四年的女友见了面。这对情侣一天下来形影不离，然后整个晚上都在夜总会跳舞。在那个寒冷的深夜，他送她走回家，为了不让她着凉，年轻男人把自己的夹克给了她。第二天，他往女友的家里打电话，却被女友的父亲告知：“很抱歉，法杜马（学生的女友）两年前在一次车祸中丧生了。”这个学生和女孩的父亲到墓地去吊唁她，当然，他们发现男孩的外套就盖在女孩的墓碑上。

在非洲西海岸的塞内加尔也有类似的事情。“20世纪80年代的某天”，约翰逊在他的民俗学课堂上，从一位学生那里搜集了一个不同版本的“消失的搭车客”传说。这次是一个沃洛夫的出租车司机在舞会上遇到了一个女孩，他把自己的毛衣借给了女孩并送她回家，他忘记了拿毛衣——不出意外——第二天他知道自己遇到了鬼。出租车司机和这个女孩的祖母一起去墓地，发现墓碑上披着他的毛衣。“因为这件事，这个沃洛夫的青年疯了。”

约翰逊认为，随着非洲社会变得愈来愈都市化，愈来愈受到外来文化的影响，这些都市传说已经被纳入现代非洲社会的传统之中，而且精神世界的本土信仰也使其文化接纳了超自然故事。有一个以非洲为背景，看起来与原版相似，但不是超自然主题的都市传说——也是一名学生讲述的——在我于1976年在犹他大学开设的一门民俗课程上，被一名尼日利亚学生记录了下来。她在听了西方版本的“烘烤婴儿”（参见该词条）传说后，讲了一个细节丰富的本土化版本。

参考文献 Ellis, “Roots... ‘Myth in Modern Africa,’” 2007; Luise White, *Speaking with Vampires: Rumor and History in Colonial Africa* (Berkeley: University of California Press, 2000); John William Johnson, “The Vanishing Hitchhiker in Africa,” *Research in African Literatures* 38: 3 (2007), 24–33.

A10. “艾滋病哈利” “AIDS Harry”

这个标题相当于男性版本的“艾滋病玛丽”（讲述一个女人故意把艾滋病传染给男人，并在墙上或镜子上留下一些嘲讽的话）。受到男性艾滋病病毒携带者传染的受害者通常是在加勒比海或其他热带地区度假的年轻女性。在很多版本中，这个年轻女性都是来自东部或中西部地区的大学生。她与一个英俊的陌生男子相遇，并与他共度了几个日夜。男子在去机场送她回家时给了她一个包裹，告诉她稍后再打开。在飞机上，年轻女性发现包裹里是一个小小的棺材，里面有一张纸条，写着“欢迎来到艾滋病的世界”。

大约在1986年，这个传说的“玛丽”版开始在世界范围内传播，但是在20世纪90年代中期，“哈利”版差不多已经取而代之。不同版本间微型棺材的尺寸、颜色和配件的细节描述相差甚远，而且在一些版本中，棺材被一包咖啡或咖啡壶所取代。尽管这个变化极易被解释为只不过是对单词的误解，但传说讲述者灵机一动，即兴地将其解释为，这名女性认为她的情人可能试图将毒品走私到美国，用咖啡来掩盖毒品的气味。这在情节上还是有一定的逻辑性的。或者，据说有时这个男人的说辞是，女人需要一些咖啡“来度过即将到来的所有漫漫长夜”。

A

另参见 意大利

参考文献 *Baby Train*, 237; *Too Good*, 133–134; Elissa R. Henken, "Gender Shifts in Contemporary Legend," *Western Folklore* 68 (Summer 2004), 237–256; Bennett and Smith, *Urban Legends*, 110–112.

A11. "艾滋病玛丽" "AIDS Mary"

一个男人在出差或参加会议的途中，在酒吧或夜总会遇到一个美丽的女人，并与她共度良宵。第二天早上，男人醒来时发现那个女人已经走了，她只是用口红在浴室的墙（或镜子）上留下了一行字："欢迎来到艾滋病的（奇妙）世界。"男人报了警，并得知警方已经找了这个女人一段时间了。她是一个愤怒的艾滋病患者，曾经发誓要把这种疾病传染给每一个她能引诱到的男人。

1986年，这个传说开始席卷全国，丹・谢里登（Dan Sheridan）当时在《芝加哥太阳时报》（*Chicago Sun-Times*）上撰文称其为"艾滋病玛丽"（让人想起了"伤寒玛丽"）。同时，这个故事在国际上蔓延开来，尤其是在欧洲，有时写下的恶语是"欢迎来到艾滋病俱乐部"。在酒吧引诱受害者也是"盗肾"中的一个母题，而且，墙上的字迹最初与"被舔的手"和其他恐怖传说相关；后来，这个母题进入了"盗肾"的传统。这个现代传说在19世纪的原型描述的是一个复仇的女人在敌国军队中传播性病。到了1990年，这个传说中的女性形态差不多已经被"艾滋病哈利"所取代，这是一个男性患者传播艾滋病的版本。

尽管真的有人试图将艾滋病病毒传染给其他人，但是艾滋病研究者还是一致认为这一事件从未发生过。虽然异性淫乱也确实产生了一定的危险，但是到目前为止，在这个国家，艾滋病主要在同性恋者中传播，或者通过吸毒者共用被污染的针头来传播。当然，"艾滋病玛丽"和"艾滋病哈利"的传说警示了因异性淫乱而感染艾滋病的可能性。

另参见 印度；扎针传说；"避孕套上的针孔"；波兰

参考文献 *Curses!*, 195–202; *Too Good*, 133–134; *Be Afraid*, 220–222; Bennett and Smith, *Urban Legends*, 103–114; Goldstein, *Once Upon a Virus*, 37–39, 100–115; Bennett, *Bodies*, 104 –141; Whatley and Henken, *Did You Hear...?*, 67–90; Fine and Ellis, *Global Grapevine*, 142–144.

A12. 艾滋病起源的传统
AIDS-Origin Traditions

各种关于艾滋病起源的准科学理论，以未经证实的报道（谣言）或叙事形式（传说），还有出版物和网站来传播。这些理论因人们对阴谋的普遍信仰——政府、科学家或医学研究者可能会作恶——而得以生存。戴安·戈尔茨坦（Diane Goldstein）在对艾滋病民俗学的翔实研究中将艾滋病起源的传统分为三类。“动物理论”认为艾滋病“是从先前只存在于其他动物物种的自然疾病中发展而来的”（通常是猴子）。“孤立案件理论”认为艾滋病是从“一种以前未被科学注意到的古老人类疾病发展而来的”（通常在某一种族群体中）。“实验室病毒理论”认为艾滋病“是一种意外或故意制造出来的人造病毒”（通常被认为是中央情报局或其他秘密政府机构所为）。这些理论一般聚焦于非洲或海地，声称这种政府阴谋的目的通常是消灭某些少数民族或同性恋者。

另参见 阴谋；爱沙尼亚
参考文献 Goldstein, *Once Upon a Virus*, 52-54, 77-99.

A13. “空运宠物”
“The Air-Freighted Pet”

在这个传说中，航空公司的行李员在宠物托运箱内惊恐地发现了一只死狗。他们决定筹钱并派一名工作人员去买一只长得像的狗作为替代品。当主人来认领托运箱时，她打开箱子查看她的宠物，这条新狗跳出来舔她的脸。女人晕倒了，因为她是要把她死去的狗运回家埋葬。这个场景往往发生在一个美国以外的国家的机场，主人从美国旅行归来，在那期间她的狗死了。

这个传说于20世纪50、60年代在航空公司的职员中流传，但是在20世纪80年代，它通过出版物和广播拥有了更广泛的受众群体，然后又进入了口头传统。2001年，我从佛罗里达州迈尔斯堡的一位读者那里

A

得到了这个版本：

> 搬到佛罗里达之后不久，我带着我的贵宾犬吉卜赛在沙滩上散步。一位老妇人把我叫住并表现出极大的兴趣。她说："让我来告诉你，一个女人是怎么把她的小拳狮犬运到以色列的。事实上，她在以色列航空公司多购买了一张机票，这样狗就可以被装在一个宠物箱里放在她旁边的座位上了。"
>
> 飞机起飞后，一名乘务员看到了这个宠物并告诉她："很抱歉，女士，所有的宠物都必须存放在货舱里。"这名女子竭尽全力地抗议，但乘务员坚持说："我感到非常抱歉，但这些都是规定。我会随时看护您的狗，确保它安然无恙。"于是，乘务员把宠物箱放在了飞机的货舱里。
>
> 大约一个小时后，乘务员到货舱里查看这只小拳狮犬。她惊呆了，因为她发现这只狗已经死了！她想了一会儿，决定和飞行员一起商量这件事。飞行员打电话给特拉维夫机场，询问是否可以找到另一只大小和颜色相似的拳狮犬来代替这只狗。半小时后，特拉维夫的工作人员回电告诉他，他们已经找到了合适的替代品，万事大吉。
>
> 当飞机到达目的地时，女乘客去认领她的宠物。她一看到狗就生气地说："这不是我的狗！"飞行员和行李员辩称："但是，女士，这是飞机上唯一的一只狗。它肯定是你的狗。"
>
> 但乘客还是对不耐烦的航空公司工作人员提出了最后的抗议："不！我的狗死了。我是要把他送回以色列去埋葬！"

这个有趣的故事有很多细节，但也有很多漏洞。乘务员一开始没有注意到狗是死的吗？一个外国机场的工作人员仅仅根据口头描述，在半个小时内就找到一只外表相似的狗有多大的可能性？为什么这个女人会想到把她的死狗装在宠物箱里，然后放在她的座位旁边？她起先是如何带着死去的宠物通过海关、登上飞机的？是否有可能在喷气客机飞行的过程中进入它的货舱呢？但这样的问题仅仅是学术问题，毕竟，这是一则都市传说。

1987年，保罗·哈维（Paul Harvey）在广播中复述了一个达拉斯听众的版本，一份由“伊朗门”丑闻中的海军陆战队中校奥利弗·诺思发表的演讲报告显示，他在1988年的一次巡回演讲中讲述了这个故事。和这则传说至少共享一个母题的早期传说是“包裹里的死猫”和一个有关狗的尸体被盗的传说；“空运宠物”本身可能就是1988年猛然兴起的“兔子吹风机”（或“兔子复活”）传说的鼻祖。

参考文献 Paul Harvey Jr., ed., *Paul Harvey's For What It's Worth* (New York: Bantam, 1991), 67; *Curses!*, 156–158; *Too Good*, 43–44.

A14. “空气采样器” “The Air Samplers”

参见 罗马尼亚

A15. “下水道里的鳄鱼” “Alligators in the Sewers”

纽约市的孩子们从佛罗里达把鳄鱼宠物幼崽带回家（有时是在康尼岛或狂欢节上购买）。当鳄鱼长得太大而令人不适时，许多鳄鱼就会被孩子的父母丢进马桶冲走。数以百计的小型两栖动物在下水道系统中成长、交配和繁育，由于缺乏阳光照射，它们中的大多数变成了白色。纽约市当局否认了这些下水道鳄鱼的存在，但有关鳄鱼的消息偶尔会泄漏出去。

这则下水道传说在一本爬行动物学家的书中被指斥为“20世纪60年代晚期最愚蠢的民间故事之一”，但是许多领域仍然会提到这个传说，在1963年的一部严肃小说（托马斯·品钦［Thomas Pynchon］的《V.》［*V.*］）中、在1974年的儿童书（彼得·利普曼［Peter Lippman］

的《大逃亡》[*The Great Escape*]）中、在1980年的恐怖电影（《大鳄鱼》[*Alligator*]）中，以及在1993年的现代艺术装置（由安妮·韦拉尔迪[Anne Veraldi]在纽约地铁站完成，是该市创意电视节目的一部分）中，都有体现。纽约市下水道局的办公室经常会收到关于下水道鳄鱼谣言的询问，他们对此均予以否认。然而，该局出售的T恤和运动衫都在暗示这个传说。许多漫画、专栏和其他流行文化资源都认为"下水道里的鳄鱼"是美国最著名的都市传说之一，虽然令人奇怪的是，它通常只与一个城市有关联。

罗伯特·戴利（Robert Daley）在1959年出版了《城市的地下世界》（*The World beneath the City*），其中包括一段访谈内容。一位宣称自己是20世纪30年代下水道专员的人说，他当时正在进行一项彻底清理下水道系统中的鳄鱼的工作，但是新闻发言人在这位消息提供者死后透露，事实上这个人从来没当过下水道专员，而且实际上他乐于编造耸人听闻的故事。

1935年，《纽约时报》（*The New York Times*）的一篇文章描述了人们从城市的下水道中拽出来一只成年鳄鱼。文章明确地提到了人名和特定的地点，但是作为一个可能的成年鳄鱼的来源，被冲进下水道的鳄鱼宠物幼崽却没有被提及。就像托马斯·博伊尔（Thomas Boyle）1989年所著的《汉普斯特下水道里的黑猪》（*Black Swine in the Sewers of Hampstead*）一书中所讨论的那样，虽然美国传说的起源仍是不确定的，但似乎也受到了19世纪一个相似的英国传说的影响。两则关于古罗马城镇下水道中的章鱼的故事是现代传说的有趣类似物，但可能与现代故事没有直接联系。

参考文献 Sherman A. Minton Jr. and Madge Rutherford Minton, *Giant Reptiles* (New York: Scribner's, 1973); *Vanishing Hitchhiker*, 90–98; *Too Good*, 182–185; James Reitter, "Western Symbolism of Crocodillians in Literature and Culture," *Midwestern Folklore* 31: 1 (Spring 2005), 26–36; Bennett and Smith, *Urban Legends*, 2–4; Camilla Asplund Ingemark, "The Octopus in the Sewers: An Ancient Legend Analogue," *Journal of Folklore Research* 45: 2 (2008), 145–170.

A16. “闪闪发光者，未必皆黄金”
“All That Glitters Is Not Gold”

一名乘坐曼哈顿地铁的女人在列车减速进站时，感觉到她的金项链被拽断了。出于本能，她伸手拽断了偷袭者的项链，而偷袭者跑下车上了楼梯。后来，一位珠宝商告诉她，她拽断的项链是纯金的。而她自己的项链是件不值钱的假货。

1989年，一位纽约市的记者听说了这个故事，但未能证实。因和莫名其妙的盗窃主题相符，它被收录在都市传说集子中。此外，一个大约从1940年开始在美国和英国流传的名为“珍珠”的传说证明了这一传说类型的存在，在这个传说中，真假珍珠被混淆了。这个珍珠故事的某一版本与法国作家莫泊桑（Guy de Maupassant）1884年的小说在情节上相似。最近在意大利也已经搜集到了这个故事的其他异文。苏格兰的词条中引用了一个1968年发表在一份苏格兰报纸上的版本。

参考文献 *Baby Train*, 125; Bennett and Smith, *Urban Legends*, 223–224.

A17. 游乐园中的危险
Amusement Park Dangers

与其他地方相比，虽然游乐园的安全记录良好，犯罪率也不高，但是有关在游乐园里发生的犯罪及重大事故的谣言和故事，几十年来一直令园区困扰。这则民间传说似乎暗示了在无害的亲子娱乐项目的表象之下潜藏着一些新闻界拒绝报道的隐患（在这方面，游乐园的故事类似于那些商场犯罪的故事）。这些传说通常点明是在附近一个特定的公园，并声称有人——通常是一个孩子——最近受伤或遇害，而且没有向公众发布任何消息。

许多类似的传说都描述了潜伏在游乐设施和其他景点内的蛇、蝎子、蜘蛛或其他有毒生物。这些描述包括“情侣隧道”和“激流勇进”

飞车里的水蛇、在过山车或碰碰车中藏匿的响尾蛇，以及大批出现在旋转木马上的叮咬生物。通常，据说这些事件发生在海外某国（通常是印度），入侵生物是在施工期间或冬季暂停营业期间，把巢筑在了游乐设施中。当这些游乐设施在春天投入运营时，人们没有发现这些生物。

这些故事花样翻新，据说在现代快餐店的一些“游乐场”中，供快乐的孩子们蹦跳和玩耍的塑料球箱子里藏着毒蛇。当然，没有人知晓现实中的哪个孩子被咬过，因为惨剧总是发生在朋友的朋友身上。

游乐园的另一个危险主题与电有关，即当某人在奇幻屋、游乐设施或其他嘉年华景点游玩时，一不小心碰到一根通电的电线。这个主题的一个版本说的是，一个男孩从车上偷偷摸摸地溜下来，在游乐设施的电轨上撒尿时触电而死。

许多父母的主要恐惧都体现在绑架传说中，它们很可能发生在游乐场。据说已经有孩子从父母那里被人抢走——或者当他们落在大部队后面时被人带走了——而且孩子被人扔给了在公园围栏外等待的帮凶。绑架者逃走了，孩子再也没有被找到，即便有人说在一部儿童色情电影中认出了他或她。这类所谓的真实犯罪从未有过备案记录，这些故事从一个公园流传到另一个公园，从一个地区流传到另一个地区。

另参见 “游乐场中的蛇”；“情侣隧道中的蛇”

参考文献 *Curses!*, 37–39; *Too Good*, 348–349; *Vanishing Hitchhiker*, 182–184.

A18. 分析和阐释
Analysis and Interpretation

在都市传说研究中，民俗学家详细考察过单个传说的历史、异文、分布和结构。这些研究也主要集中在几个传说和传说系列共同的母题和主题上，还包括都市传说传播的方式和背景，无论它是通过口头，还是通过手写、印刷、广播或电子媒体传播。另一个研究路径是评论传统的都市传说情节在文学、电影、电视、漫画、歌曲、广告和其他流行文化资源中的使用情况。定义的根本问题是所有这些研究的基础：什么是传说，而不是谣言、原型传说、笑话、逸闻或骗局？以及如何区分都市（或当代、现代）传说和更古老的传统传说？

出色的都市传说研究与大多数其他民俗学研究的基本要求是一致的。文本记录必须准确无误，而且还要确保文本记录的完备性，如谁在讲述这些故事、受众是谁、目的何为，以及接收到了何种回应。来自出版资源的文本必须标明出版物和日期；如果可以的话，向作者询问这些传说的来源将大有裨益。

像《婴儿列车》（1993）中包含的体系，以及该体系在本书中的扩展版（参见附录）一样，单个传说的分类有助于对都市传说进行历史和比较分析。在《消失的搭车客》（1981），以及由吉莲·贝内特和保罗·史密斯汇编的参考书《当代传说》（1993）等传说集中，参考引用了更多的已出版的都市传说案例和传说研究成果。斯蒂思·汤普森（Stith Thompson）的《民间文学母题索引》（*The Motif-Index of Folk Literature*，1955—1958）是在更为广阔的民间传统中——包括国际上的和过去的——追溯共同主题的重要参考著作。

尽管许多人想知道这些特定传说的起源，但是很少有明确的答案。有两个传说（百里挑一！）实际上可以追溯到它们可能的来源，这两个传说都在大众传媒中得到了极大的宣扬，而且，在很大程度上正是通过比较这些媒体来源，我们才追溯到了它们的起点（参见词条“炉栅上的鞋跟”和“无解的数学难题”）。其他几个传说，包括“被噎着的杜宾犬”和“受伤的盗匪”，显然是来自更古老的传统传说。但是对于绝大多数的都市传说来说，起源问题的最好解释是“集体再创作”（communal re-creation）——同一故事的不同讲述者都从一部分记忆的细节中重新创造情节的过程。故事讲述者有意或无意地添加、删除或改变某些细节来改造故事。因此，无论情节的最初起源如何，每个故事讲述者都有助于保持动态故事的鲜活性。

都市传说的意义或信息往往是清晰、具体和明显的，有时甚至是直接的，例如“诱拐未遂”的讲述者警告说，在商场或百货公司里，千万不要让你的孩子从视线中消失。其他都市传说则有更巧妙的建议，例如，人们应该检查自己车子的后座，不要信任大公司，对匿名礼物保持警惕（参见“后座杀手”“宝洁公司的商标”和“二次被偷”）。可以肯定的是，每个都市传说都带有某种明示或暗示的信息，无论它是否直接作为个体的讲述者有意而为之的结果。

有些人声称，人们讲述的大多数都市传说只是为了娱乐——除了明确阐述道德的故事外，但是民俗学家可能还是会指出那些具有鲜明象征意义的故事元素。例如，“钩子”就是这样一个恐怖故事，有时由参加睡衣派对或者野营的青少年讲述，他们并不相信这个情节。然而，在另一个层面上，这个故事似乎很明显是在警告青少年在黑暗僻静的地方“停车”有危险。汽车收音机里关于逃跑的钩子杀手的警告，代表了父母的典型警告：“小心点，不要在外面待太晚！”民俗学家阿兰·邓迪斯指出，钩子本身可能代表着阴茎，它因汽车的快速驶离而被象征性地扯断，这反映了车中的男友在企图“将其钩子放入女孩体内”之前，他的尝试被这个警告所打断的事实。

另参见 比较的方法；语境；“传说”和“都市传说”的定义；弗特的方法；弗洛伊德的方法；历史的方法；语言学的方法；母题；都市传说的演述；社会学的方法；结构的方法；象征的方法

参考文献 Hand, *American Folk Legend* (1971); Brunvand, *The Study of American Folklore* (1998), ch. 9, “Legends and Anecdotes,” 196–228; *Vanishing Hitchhiker*, “Glossary” and “Appendix,” 193–202; William M. Clements, “Mythography and the Modern Legend: Interpreting ‘The Hook,’ ” *Journal of Popular Culture* 19 (1986), 39–46; Daniel R. Barnes, “Interpreting Urban Legends,” *ARV: Yearbook of Scandinavian Folklore* 40 (1984), 67–78（原始参考文献见：Kvideland and Selberg, *Papers* III, 97–104；再版见：Bennett and Smith, *Reader*, 1996, 1–16）.

A19. 逸闻
Anecdote

一个被认为是真实的个人传说，往往是杜撰的，讲述社会名流或当地名人故事的目的，是为了说明这个人在个性或性格方面的一些不同寻常的或古怪的特征。通常，逸闻会引起一些诙谐、离奇、不合常理，或者仅仅是引人发笑的评论，由此，这个故事宣称的主题也就已经表述清楚了。一系列的逸闻可能传播的是一个人的人格特质，例如，棒球运动员约吉·贝拉（Yogi Berra）在许多其他事情上，曾说过，“你可以通过观察了解很多东西”“这是再一次的似曾相识”“当你走到岔路口时，过去就好”，以及（也许是最流露真情的言论）“有一半的事情我从未说过”。与这些单一程式化的趣闻轶事相比，关于棒球运动员雷吉·杰克逊（Reggie Jackson）在电梯里吓到别人的传说，是一个流传时间更长、更加复杂，而且没有事实依据的故事，这个故事据说也发生在其他几个名人身上。

另参见 名人；“被坐扁的狗”；“电梯事件”；民间故事；笑话；音乐家和都市传说；“什么是爵士乐？”

参考文献 Thomas E. Barden, “Anecdote” in Brunvand, *American Folklore: An Encyclopedia* (1996), 28; Brunvand, *The Study of American Folklore* (1998), 216–219.

A20. 都市传说中的动物 Animals in Urban Legends

都市传说（约60个故事）的分类中有一整个部分与动物传说有关，动物也出现在其他几个部分的传说中。吉莲·贝内特和保罗·史密斯1993年的参考书《当代传说》包含了大约150个关于“动物”的词条和几个交叉引用，其中包括了从青蛙、蝾螈、鼻涕虫、蟾蜍到大象、牛、猴子和狼等物种。许多经典的都市传说都是动物故事，例如“被噎着的杜宾犬”“墨西哥宠物”“下水道里的鳄鱼”和“包裹里的死猫”。除了汽车、犯罪、性和恐怖，动物也是现代都市传说中最突出的主题之一。

都市传说中描述的动物有很大一部分是宠物，通常，这些兽类会有一些悲惨的结局，如一只被刨出尸骨的死兔子（“兔子吹风机”）、被压扁的沙鼠（“地毯上的隆起物”）、被做熟的贵宾犬（“微波炉中的宠物”和“小狗的晚餐”），或被引爆的猎犬（“炸药狗”）。然而，在其他动物传说中，来自野外的宠物或生物可能会实施报复，例如一只猫的死亡致使它的主人们去洗胃（“派对上中毒的猫咪”）、一只受惊的鹿毁坏了一辆车（“猎手的噩梦”）、一只袋鼠带着某人的外套和外套口袋里的东西逃走了（“袋鼠盗贼”），或者（像“炸药狗”的大多数版本一样）不幸的受害动物把猎人的新卡车或房车毁掉了。

许多都市传说中的动物被刻画成寄生于或污染了食物（如“可口可乐中的老鼠”“肯德基油炸鼠”和“黑麦面包中的老鼠”），甚或是人体（如地蜈蚣的故事、“头发里的蜘蛛”和“体内蛇”）的形象。其他动物污染故事通常被归类在“臭虫信”和“蛛噬”等不同的标题下。在“猫（或狗）和裸男”“坐在大众汽车上的大象”“电梯事件”“飞牛”“路上的猪”“被钳住的潜水员”和“火鸡脖子”这类传说中，动物在复杂的人类生活中扮演着其他角色。

另参见 “空运宠物”；大型猫科动物出没；“结直肠老鼠”；“被坐扁的狗”；“祸不单行”；“菲菲打翻了油漆”；“巨型鲇鱼”；打猎；“传教士和猫”；“变异鸡”；蛇；蜘蛛；减肥药里的绦虫；放生毒蛇传说；“手提箱里的野猫”；“动物园部门”

A21.“动物的报复” “The Animal's Revenge”

这是一系列故事的类属标题，一个虐待狂或给动物系上爆炸物的人，点燃导火线并将动物放走。然而，这些预期的受害动物在一些值钱的财产附近或其中避难，并将它炸成了碎片。在各种各样的故事版本中，被这样绑上爆炸物的动物包括狼、狗、老鼠、兔子、浣熊、负鼠、鹰，甚至是鲨鱼。被毁坏的财产可能是卡车或其他车辆、船、帐篷、烟囱、门廊或整个建筑物。在一些版本中，折磨动物的人成为这次报复行动的受害者。

格雷厄姆·谢尔将他发表的澳大利亚版本解释为“一个真正的现代化的古老乡野故事”，它描述了一个专业捕兔人的挫败：

炸药兔

一个捕兔新手（专业野外捕兔人）运气不好。不管他怎么做，就是连一只兔子都抓不到。捕兔老手们经验丰富，所以这个新人决定向他们求助。老手们让他去捉一只兔子，在兔子尾巴上拴上一根硝铵炸药并点燃，然后放兔子跑进最近的兔子窝里。如果造成混乱的话，就能保证捕获一大群兔子了。

这个捕兔新手认为这是一个好主意。唯一的问题是他捉不到第一只兔子，所以他决定从镇上的宠物商店买一只。返回灌木丛后，他把兔子从笼子里抓出来，在兔子的尾巴上拴上炸药并点燃引线，将它引向兔子窝。兔子跑了，但是，由于宠物兔出生时就被圈养了起来，因此它并不知道在野外该做些什么。兔子绕了一圈又一圈，然后带着噼里啪啦的引线跑向了捕兔新手。最后，兔子在捕兔新手昂贵的新车（SUV）下面窜来窜去，尾巴上的炸药也爆炸了。

《圣经》中的一段经文（《士师记》15：4—5）和一个被称为“火引子燃烧”（The Burner Burnt）的伊索寓言是“动物的报复”的故事原型；在这些故事中，动物身上的引线被点燃，并被放到了成熟的庄稼地里。在“动物的报复”的旧版本中，动物被拴上炸药，目的是侵害他人或他人的财产，但是在最近的版本中，残酷的作恶者往往是猎人，他们的猎犬——寻回犬——无意中叼起了炸药。

另参见 澳大利亚；“死鹿”；“袋鼠盗贼”；“炸药狗”；“植物的报复”；南非

参考文献 *Baby Train*, 235; *Choking Doberman*, 67–68; *Mexican Pet*, 36–40; *Too Good*, 71–73, Seal, *Cane Toad High*, 75–76.

A22. 脚踝杀手
Ankle Slashers

参见 “车底杀手”

A

A23. “测验已公布”
“The Announced Quiz”

一个教授向他的班级保证，他不会进行突击测验，他会提前通知。但是，有一天他在班上进行突击测验，并解释说昨天他在报纸的分类广告中刊登了测验通知。为了使故事看起来合理，它常常被说成是出现在新闻学的课堂上，尽管我们并不明白为什么学生要像读新闻和观点专栏一样细读广告。

参考文献 *Curses!* 284.

A24. 反传说
Anti legend

这是民俗学家约翰·弗拉赫（John M. Vlach）提出的一个术语，与恐怖故事相关，这些故事通常由孩子们讲述，虽然好像是真的，却以一句开玩笑的妙语结尾，以此来证明它们是笑话而不是真实的传说（有时被称作“滑稽故事”）。最受美国青少年喜爱的一个反传说描述了一个反复出现的令人毛骨悚然的声音：“它浮着……它浮着……它浮着？”故事的最后，被吓到的孩子尖叫道：“什么浮着？”令人毛骨悚然的声音回答说：“象牙皂。”一个比利时青年讲述了一个包含另一种“清洁”的反传说，它是对“保姆和楼上的男人”的戏仿。

出乎意料的建议

这个女孩是一位保姆。宝宝睡着的时候，她拿着一杯可乐和一包薯片坐在电视机前。她在漂亮的地毯上洒了一点可乐，吓得要死，因为她害怕那家人会非常生气。所以她试着用水和肥皂洗掉那个污点，但是没有成功。这时候电话铃响了，一个诡异的声音说：“如果你洗不掉那个污点……”这个女孩非常害怕，她开始用更多的清洁产品用力擦洗那个污点，在慌乱中，她弄洒了更多的可乐。

电话铃再次响起："如果你现在真的洗不掉污点……"就在这时，门铃响了！她打开门……然后一个推销员说道："你就需要买我的速效去污剂了。"

另参见 挪威；都市传说的戏仿；惊悚故事

参考文献 John M. Vlach, "One Black Eye and Other Horrors: A Case for the Humorous Anti Legend," *Indiana Folklore* 4 (1971), 95–140; Stefaan Top, *Op verhaal komen: Moderne sagen en geruchten uit Vlaanderen* (2008), story number 106, 92.

A25. 蚂蚁或白蚁侵入体内
Ants or Termites Invade the Body

据说，这些穴居昆虫已经进入了某人的石膏绷带或窦腔中。在前一种情况中，当石膏被移除后，人们发现了大量的虫子，从而解释了为什么石膏下的皮肤会剧烈瘙痒。在后一种情况中，一个孩子可能会控制不住地尖叫并挠自己的头，最终将叉子刺在自己的两眼之间，从伤口中涌出许多蚂蚁。在帕罗什蒂总结的一个版本中，正如她在印第安纳波利斯的高中听说的一样，一个女人在死亡谷沙漠中迷路了，被营救之后，她却在医院里"不停地挠脸"。她被监禁起来，以防抓伤自己。在她神秘死亡后，医务人员发现大群蚂蚁寄生在她的身体里，它们正在她的皮肤下"吃出一条路来"。

另参见 "体内蛇"；地蜈蚣的故事；胶纸的危险；"章鱼卵致游泳者怀孕"；"蛛噬"；"头发里的蜘蛛"；减肥药里的绦虫

参考文献 JoAnn Stephens Parochetti, "Scary Stories from Purdue," *Keystone Folklore Quarterly* 10 (1965), 49–57 ("The Ants," 54); *Vanishing Hitchhiker*, 80; *Be Afraid*, 124; Bennett and Smith, *Urban Legends*, 117–119, 另参见第122—123页的"(Im)Planted"，一个关于植物在体内发芽的故事.

A26. 建筑师的失误
Architects' Blunders

尽管建筑师是训练有素的专业人士，他们的设计必须符合建筑条例和安全要求所规定的严格标准，但是他们的作品常常被谣言和传说描述为是错误的、不完整的、无用的，甚至是危险的。有时这些所谓的问题据说是由于初始设计中的错误——比如建筑师没有考虑到新图书馆中藏书的重量。其他问题可能被归因于建筑工地的特点，例如陡峭的地面坡度、周围的沼泽或一个被遗忘的隧道。在其他情况中，建筑师的规划是符合要求的，但建造商要么无意中把这个规划与另一个即将在其他地方建设的项目调换，要么把设计图“看反”以至于把建筑物的方向建反了。

可能在一些故事中，建筑师的失误来源于公众的观点，这些观点认为，设计师对发表“艺术”声明或提高自己的声誉更感兴趣，而不是为人类的居住和工作设计出更舒适的环境。其他故事可能来自人们的感觉，一些建筑物仅仅是“看起来不对”，所以一定是一开始的设计或者建造出了问题。这样的故事常常讲述的是最著名、最成功的建筑师的设计，尤其是弗兰克·劳埃德·赖特（Frank Lloyd Wright），或许这是“巨人效应”的另一个例证。

不可否认的是，一些建筑师和建造商无意间会在每年建起的无数建筑物的一些建筑细节上犯下错误，但是这些错误通常会在建筑投入使用前或使用后不久，在合同条款中被更正。尽管如此，谣言和传说仍然会附着在新旧建筑物上，事实上，同样的故事讲述的是许多不同地方的建筑物。

另参见 反向的建筑和雕塑；斜塔；下沉的图书馆；下沉的购物中心；互换的校园建筑

参考文献 *Baby Train*, 299–304; *Curses!*, 253–258; Bennett and Smith, *Urban Legends*, 4–5, 239–243.

A27. 阿根廷 Argentina

1949年，阿根廷精神分析学家玛丽·兰格（Marie Langer）搜集了几个在布宜诺斯艾利斯流传的“烘烤婴儿”传说的版本。她在1951年出版的《生育和性》(*Maternidad y Sexo*)一书中讨论了这个传说，她指出，这个传说在用人、出租车司机和理发师之中流传度很高；同时，正如她所指出的那样，这个故事“通常被能够做出批判性评价的人们作为事实接受”。大多数外国民俗学家没有注意到这些“烘烤婴儿”传说的例子，直到巴西民俗学家保罗·德·卡瓦略-尼托（Paulo de Carvalho-Neto）的英译本《民俗与精神分析》(*Folklore and Psychoanalysis*)由迈阿密大学出版社在1968年出版。以下是兰格关于“这个正在流传的奇怪故事的最完整的版本”的总结：

> 由于妻子怀孕，临盆在即，一对年轻的已婚夫妇雇用了一名用人。宝宝出生了。几个星期后的一天晚上，夫妇俩出门去看电影，把宝宝留给用人照看。直到那时她还是一直很可靠的。在一个版本中，夫妇俩回来时，用人穿着女主人的婚纱隆重地迎接他们，并告诉夫妇俩，她为他们准备了一个相当大的惊喜。她嘱咐他们到餐厅里去，她要为他们上一道特别的菜。夫妇俩进入餐厅，看到了一个可怕的场景：在桌子中间，精心摆放着一个巨大的盘子，盘子里是他们被烘烤了的儿子，周围还摆着土豆。可怜的母亲立刻疯了。她失去了语言能力，从那以后再也没人听过她说话。而那位父亲，在一些版本里是一个军人。他拔出了左轮手枪向用人射击。然后他逃跑了，人们再也没有听说过他的消息。

这个阿根廷版本的细节非常接近“烘烤婴儿”的国际版本：新父母出门享受一个愉快的夜晚，把宝宝留给一个后来被证明是精神不健全的人照管，这个人烹饪了婴儿，并将其作为食物。这里的结局——母亲疯了，父亲离开了镇子——使人联想到“惊喜聚会中的裸体主人”的一贯结尾。这个总结中两次提到了故事的其他版本，而且缺乏事实背景，从而进一步确立了这个故事的传说色彩。

《民俗研究杂志》(*Revistade investigaciones folklóricas*，即*RIF*，或*Journal of Folklore Research*)期刊上至少刊载过两个都市传说的研

究成果。1989年，鲁道夫·弗洛里奥（Rodolfo A. Florio）讨论了“女孩之死的传说”（即“消失的搭车客”）。1991年，米尔塔·比亚沃格尔斯基（Mirta Bialogorski）写过一些故事，声称在布宜诺斯艾利斯的一个韩国人社区里有人吃猫。

20世纪40年代后期，“烘烤婴儿”的传说首次在阿根廷被讲述，在20世纪60年代再次成为流行故事。在20世纪80年代，记者豪尔赫·哈尔珀林（Jorge Halperin，当时是阿根廷著名报纸《号角报》[*Clarín*]的专栏编辑）记录下了这个故事，以及流传在自己国家的一些其他谣言和故事，并开始搜集和研究它们。1993年，哈尔珀林在纽约的美洲协会（America Society）上发表了关于阿根廷都市传说的演讲，他关于这个主题的著作《真实的谎言》（*Mentiras verdaderas*，即*True Lies*）于2000年出版。

哈尔珀林的著作——其标题（不是主题）受到了阿诺德·施瓦辛格电影的启发——以大约100个流传在阿根廷的都市传说为基础，并比较了这些相同故事的全球传统，特别是在西班牙和拉丁美洲，其中包括来自互联网的资料。作者发现，在神话、文学、美术、电影和其他流行文化中有许多都市传说主题的影子。虽然主要不是传说文本的集合，但是《真实的谎言》揭示了阿根廷传说与国际现代传说传统的许多相似之处，其中包括“盗肾”、中国餐馆故事、“同性恋室友”、“意外食人者”等传说的当地版本，以及几个关于污染和其他恐怖事件的故事。在一个章节中，哈尔珀林在一连串讲述者复述的“墨西哥宠物”故事中追踪到23个环节，展示了故事讲述中的差错和“错误信息”的插入是如何导致基本情节的变化的。

参考文献　Brunvand, *The Truth*, 49–51 (Langer和Carvalho-Neto的讨论); Marie Langer, “Le ‘mythe de l’enfant rôti,’ ” *Revue Française de psychoanalyse* 16 (1952), 509–517 (相关章节的法语翻译来自*Maternidad y sexo*); Rodolfo A. Florio, “ ‘El encuentro con la joven muerta’ : Un estudio de leyenda urbana entre adolescentes,” *RIF* 4 (1989), 20–25; Mirta Bialogorski, “ ‘¿Vos sabés que comen gatos?’: Una leyenda vinculada a la comunidad coreana de Buenos Aires,” *RIF* 6 (1991), 36–41.

A28. “拘捕”
“The Arrest”

一名州警拦下一辆正在高速公路上拐来拐去的车，并用呼气式酒精测试仪对司机进行测试。这个司机没有通过测试，同时被告知他被捕了，就在这时，高速公路的另一边发生了严重的交通事故，警察命令这个男人在他去处理事故的时候原地等他。

这个醉酒的司机准备逃跑，他跳到车上，手握方向盘开回了家，然后把车停在了车库，他告诉妻子，如果警察来问话，就说他一整夜都在家中。当警方找到他的时候，要求看一下他的车，警察被带到车库，发现他们的巡逻车就停在那儿，发动机仍在运转，警灯还在闪烁。

1986年，美国多个州、澳大利亚以及英国均出现了“拘捕”事件，这得益于保罗·哈维等人在报纸或广播上发表过几个类似的报道。具体的关于当地的细节——高速公路的编号、汽车的型号等——使故事看起来是可信的，但这个故事从未被证实，一些执法人员说，这个故事已经流传好多年了，但从未有人亲眼看见过。

演员托尼·兰德尔（Tony Randall）在他1989年出版的《这让我想起了》（*Which Reminds Me*，与迈克尔·明德林［Michael Mindlin］合著，纽约：德拉科特出版社，第105页）一书中，讲述了下面这个无人名版本的“拘捕”。兰德尔认为这个故事是真的，他把它和其他“邪恶的好莱坞故事……出于显而易见的原因，而非属性归类”，一起列入“好莱坞无名氏”一章：

> 在镇上与男孩们度过一个夜晚后，一位好莱坞制片人开车回家。他喝醉了。在离他家还有几个街区的地方，两名加利福尼亚高速路巡警让他停车，并命令他从车上下来。他正摇摇晃晃地走着时，警察听到了附近可怕的汽车撞击声。警察让制片人等着，他们绕过一个弯道，朝声音来源处跑去。制片人把车开回家停进车库里，以最快的速度跑进屋里，并告诉他的妻子，如果巡警来了就说

他还睡着，并且整晚都在家。

不一会儿巡警就到了。他们问制片人的妻子，她丈夫在哪儿。妻子答道："在睡觉，他整晚都在家。"

"他的车在哪儿？"

"在车库里。"

"请您把车库打开。"

妻子打开了车库，停在那儿的，是巡警的车。

下面这个版本是一个英国女人邮寄给我的，她在1986年5月听说了这个故事，其细节之丰富，与"拘捕"中平淡而粗略的叙述形成了鲜明的对比：

周二，我从一位老朋友那里听到了这则都市传说，她是从她母亲那里听来的，她母亲在工作中听说了这个故事。朋友的母亲是雷丁市的一名缓刑犯监视官，给她母亲讲故事的那位同事是雷丁皇家法院的一名官员。

一个有点喝多了的男人，正沿着巴斯路驾驶着他的福特雅士。他不稳定的驾驶引起了一辆路过的熊猫车（一辆黑白相间的巡逻车）里的警察的注意，警察让他在路边停下并告知他，他们认为他有酒驾的嫌疑。但是警察还没来得及用呼气式酒精测试仪对他进行测试，另一辆车为了避让这辆停着的车猛打方向盘，翻车了。在事故现场的警察赶去查看另一位司机，并嘱咐喝醉了的司机不要离开。

当然，就剩他一个人了，这个男人抓住了摆脱困境的黄金时机。在英国法律的规定中，如果他能回到家再喝一杯，警察就不能起诉他酒驾。他上了自己的车，把车开回家并停进了车库。他进了家门，迅速喝了几杯，感到很满足。

几个小时后门铃响起，是警察来了。

警察问他在今天的早些时候是否在巴斯路被拦下过。他承认了，但补充说自己在被拦下之前并未喝酒，直到回家后才喝了几杯。警察似乎对这个细节漠不关心，而是要求去他的车库看看。

他打开了车库的门，本以为会看到自己的车，可面对的却是一辆警车——另一辆闪烁着蓝色警灯的福特雅士！

参考文献 *Curses!*, 101–103; *Too Good*, 109–110.

A29. “后座攻击者”
“The Assailant in the Backseat”

参见 “后座杀手”

A30. 自动取款机上的危险
ATM Dangers

据说自动取款机（ATM）至少有两种方式会给使用者带来危险。在一个已被报道但从未被证实的骗局中，身份信息窃贼在自动取款机卡槽里插入“一个轻薄透明的硬塑料套”，这个塑料套让自动取款机无法读取银行卡，然后使用者就一直尝试输入他的个人密码。暗藏在附近的骗子会记下密码，接着机器吞掉了卡片，稍后骗子会取出卡片。自动取款机的使用者被建议在插卡之前，应该先摸一下有没有凸出来的塑料套。

据说，第二个危险是自动取款机网点的存款信封的封口上带有氰化物。使用者收到的电子邮件警告说，他们要往信封口上吐口水，并用手指摩擦，然后把信封封住，很明显，之后不要再用手指接触嘴巴，或接触其他任何可能碰到嘴巴的东西。

不幸的是，通过电子邮件传播的警告——倒序输入某人的密码会引来警察的说法是错误的。如果窃贼强迫你输入密码，输入错误的数字或按返回键仅仅只会显示拒绝交易。这些动作或许能为受害者争取到一点时间来思考逃跑的策略，或者也可能导致激怒窃贼的危险。或许，这个方法并不值得尝试。

参考文献 *Be Afraid*, 203–204.

A31. 暴行 Atrocities

关于暴行的传说通常在战时或高压政权的统治下传播，或者在国外旅游期间出现，尤其是在饱经种族、少数民族、政党或宗教问题侵扰的国家。当然，真实的暴行通常就发生在这些情境之中，但是某些含讽刺手法的离奇故事，在没有经过专门证实的情况下匿名流传，它们在被证实为真实事件之前，可以被视为具有传说色彩（或者，在某些情况下，可以被视为宣传手段）。

暴行传说的一个常见主题是，尽管受害者遭受了可怕的毁容或受到了严重的创伤，却仍然试着通过电话、照片或信件中的隐藏或编码信息，将自己的情况告知家人。在其他故事中，受害者可能无法传递信息，但一个熟人还是认出了他或她——尽管已经毁容——在一部滥俗电影或一场嘉年华畸形秀中。

绑架、折磨甚至是外国特工的杀戮传说揭示了对外来者的恐惧和怀疑，受害者后来在菲律宾被认出的日本传说“肢体残缺的新娘”（The Mutilated Bride）是这类主题的一个典型例子。同样，西方游客被绑架后致残或被杀害的传说，通常涉及在中东、非洲或东方国家的旅行。这类现代故事使人想到过去的传教士被食人族吃掉或被迫成为当地头人妻妾的传说。

另参见 “邮票下的信息”；军事传说；“肢体残缺的男孩”；旅游恐怖故事

A32. 暴行故事
Atrocity Stories

这是社会学家所使用的一个术语，指某个工作小组成员为支持和捍卫自己的职业，批评那些可能倾向于贬低其工作的相关专业人士所讲述的故事。因此，英国的“卫生巡访员”——一种公共健康护理人员，讲述了关于医生、社会工作者和护士的不当行为或恶劣态度的暴行故事。在这个意义上，“暴行”一词指的不是极端残酷的行为，而是指与自己的模范表现比较，其他人在专业工作中可能存在的缺点。正如医学社会学家罗伯特·丁沃尔（Robert Dingwall）对这一用法的解释：“选择一个戏剧性的术语（即‘暴行’）反映了叙事中的戏剧性特征。通过这个特征，一次直截了当的抱怨或怠慢被转变成一个道德故事，使所有具备正义感的人（观众）来证明讲述者的价值，而不是故事中其他人物的缺点。”暴行故事也存在于在精神病院传播的故事中，以及由肺结核病人讲述的故事，和在门卫之间讲述的故事中（他们的故事描述了条件困难的租户的行为）。虽然大多数暴行故事只是在专业人员自己的圈子内流传，但那些律师所说的以产品责任案件为中心的故事，有时会衍生出像都市传说一样流传甚广的夸张版本。

另参见 法律恐怖故事

参考文献 Robert Dingwall, "'Atrocity Stories' and Professional Relationships," *Sociology of Work and Occupations* 4: 4 (November 1977), 371-396.

A33. “诱拐未遂”
“The Attempted Abduction”

在这个传说中，父母们在购物中心、百货商店或游乐园内一时没注意，小孩就不见了。商店或公园管理部门得到消息后，会封锁其他出口，只打开一个通道，然后建议家长观察所有离开的人，尤其要看被带出去的小孩的鞋。因为尽管诱拐者可能会在外貌上对孩子进行装扮或给他们换衣服，但他们常常忘记给孩子换鞋。果然，当父母看到孩子最喜欢的那双带有鲜明标志的网球鞋时，他们认出了自己的孩子，此时孩子已被麻醉和乔装打扮，正要被一个陌生人带走。有时，诱拐孩子的人在洗手间里正要给孩子剪发和染发时被抓。

实际上，至少从20世纪70年代中期开始，关于特定企业（包括迪士尼乐园和宜家家居）的变化不大的类似传说就已经流传开来，它们持续不断地在美国和海外传播，故事频繁发生在新开的商场、商店和公园中。据说诱拐者通常打算强迫孩子拍摄儿童色情电影，有时，据说诱拐成功，后来有人在观看儿童色情电影时认出了孩子。这个传说常常以这样一个谣言收尾：当地警方对这个案子很熟悉，但是为了不影响特定公司的生意而掩盖事实。这可以解释为什么当地的新闻媒体没有报道这些诱拐未遂的事件。事实上，很多地方的媒体对这些故事进行了报道，但目的都是揭穿诱拐未遂的谣言和传说。

“婴儿绑架者”（The Baby Snatcher）是一个来自澳大利亚的故事的缩写版本，说明了公众对当地突发事件的典型反应，也为我们接下来转入澳大利亚都市传说的词条提供了一个很好的过渡。就像格雷厄姆·谢尔发表的故事一样，哪怕只是凭着这个不太可能的购物中心的名字，这个故事似乎也值得一读：

> 1994年3月16日，周三下午，在帕斯郊区的狗沼泽购物中心，一位母亲正在超市柜台等待付账，有人试图绑架她七个月大的孩子。母亲转身看到有一个男人正要把婴儿车推走，当她朝那个男人大喊并追赶他时，男人丢下婴儿车跑掉了。
>
> 像往常一样，尽管公众普遍关注这个案件，但狗沼泽购物中心的安保人员和当地的警方都没能找到任何证据证实这一犯罪行为发生过。当电视台工作人员到达现场时，“他们只能采访到一个疑惑的中心管理层代表，他对此次绑架毫不知情”。

“肢体残缺的男孩”是一个类似的故事，比这个故事更古老、更可怕。

另参见 “肢体残缺的男孩”；陌生人带来的危险

参考文献 *Be Afraid*, 151–155; *Choking Doberman*, 78–82; Joann Conrad, “Stranger Danger: Defending Innocence, Denying Responsibility,” *Contemporary Legend*, New Series 1 (1998), 55–96; *Curses!*, 207–208; *Mexican Pet*, 148–156; *Too Good*, 315–317; Bennett and Smith, *Urban Legends*, 18–20; Graham Seal, *Cane Toad High*, 162–163; Donovan, *No Way of Knowing*, 85–109.

A34. 澳大利亚 Australia

比尔·斯科特（Bill Scott）是澳大利亚民俗学先驱，他很早就关注到了澳大利亚的都市传说，1969年，他发表在《澳大利亚传统》（*Australian Tradition*）上题为“流行民间故事”的短文讨论了“搅拌好水泥的司机”（即“结实的水泥凯迪拉克”）的当地版本。这使得美国民俗学家理查德·罗伊斯（Richard A. Reuss）在该杂志上也发表了一篇文章来回应他，文章把这个故事和其他几个故事确定为国际性的都市传说。斯科特被这个意外的发现所吸引，他在后来的许多著作和文章中继续搜集和发表澳大利亚都市传说，和更多的来自澳大利亚或新西兰的传统民间传说。他在《澳大利亚民间传说全集》（*Complete Book of Australian Folk Lore*，1976，第359—363页）一书中，收录了1969年的那篇文章，并且在1985年出版的《高矮胖瘦》（*The Long and the Short and the Tall*，第223—251页）一书中加入了一个关于“都市民间故事”的章节。第二个汇编本中的最后一个故事题为“不必再睡”（Not Worth Going Back to Sleep），是一个被赋予了澳大利亚独特风格的“婴儿列车”的版本。

比尔·斯科特对澳大利亚都市传说研究的新近贡献是1996年出版的《鹈鹕、吉娃娃和其他都市传说》（*Pelicans and Chihuahuas and Other Urban Legends*）。这个题目提及了一个“宠物劫持者”故事的当地版本，讲的是一只小型家养动物被一只大野鸟抓走的故事。斯科特报告了丢失的吉娃娃故事的14个不同版本。作为一位说故事的大师、作家和民谣歌手，比尔·斯科特在2005年以82岁的高龄辞世，在此之前，他一直与世界各地的民俗爱好者保持着广泛的联系。他整齐的打印信件里往往有他最近听到的故事，其中一些故事在他的书中从未出现过。下面的这个案例来自2000年3月他寄给我的信：

> 一个富有的墨尔本女人觉得自己脸上的皱纹太多了，她决定做一个提拉脸部的整容手术。当外科医生手术做到一半（没有具体说是脸的上边、下边，还是仅仅只是一侧）时，麻醉师紧急叫停了。这个女人心脏病发作，情况很严重。所以手术只好暂停，他们转而全力挽救这个女人的性命。她的心脏状况不允许继续做脸部提拉手术，所以她回去的时候一半是年轻的脸，一半是中年人的脸！

其他澳大利亚民间传说搜集者的书与斯科特的书（还有我自己的书）的书名（或副标题）相似，都提到了一个在澳大利亚大受欢迎的故事。记者阿曼达·毕晓普（Amanda Bishop）在1988年出版了一本名为《古驰袋鼠和其他澳大利亚都市传说》(*The Gucci Kangaroo and Other Australian Urban Legends*）的小集子，提到了“袋鼠盗贼”的传说。民俗学家格雷厄姆·谢尔在1995年出版了一本厚一点的集子，名为《杰出的澳大利亚都市神话：车顶行李架上的奶奶和其他现代恐怖故事》(*Great Australian Urban Myths: Granny on the Roofrack and Other Tales of Modern Horror*)。2001年，谢尔修订出版了他这本书的扩编版，将他第一本书中的故事和许多其他故事结合起来。他新书的副标题“甘蔗蟾蜍的快感”（The Cane Toad High）指的是青少年试图通过舔甘蔗蟾蜍的背部来获得快感，据说那里会分泌致幻剂。

大多数澳大利亚都市传说似乎都是全世界所熟知的现代故事的本土化版本。像“消失的搭车客”“被噎着的杜宾犬”“兔子吹风机”“停电婴儿”“婴儿列车”和其他在澳大利亚或新西兰以文本传播的传说，可能在英国或美国亦有流传，除了澳大利亚地名和俚语的部分外。其他传说——包括“电梯事件”和“盗肾”——讲述的是澳大利亚人在国外旅游，通常是美国，但是故事情节的要点与在其他地方讲述的版本一致。

和其他国家一样，澳大利亚的报纸也常刊登一些离奇的故事，这些故事似乎只不过是四处流传的都市传说而已。

两则国际都市传说在澳大利亚传统中有着深厚的根基，它们出现在19世纪晚期的文学资料中就证明了这一点。詹姆斯·布伦顿·斯蒂芬斯（James Brunton Stephens，被称为“昆士兰诗人”）大约从1888年开始在他的题为“我的另一个中国厨师”（My Other Chinese Cook）一诗中引入了被吃的宠物（在这里是一只狗）的老故事。1899年前后，亨利·劳森（Henry Lawson）以被绑上爆炸物的狗跑向折磨它的人的传说（“动物的报复”）为基础，写了“炸药狗”。最近的一个融入了都市传说的澳大利亚作品是彼得·凯里（Peter Carey）1981年的小说《布利斯》（*Bliss*，1985年被拍成电影），其中描述了一只坐在一辆红色小汽车上的马戏团大象。

格温达·比德·戴维（Gwenda Beed Davey）在她参与编写的《牛津澳大利亚民俗指南》（*The Oxford Companion to Australian Folklore*，1993年，由戴维和格林厄姆·谢尔编写）的“现代传说”词条中写道：“断定一个明确的澳大利亚当代传说很难。”实际上，她表明没有一个搜集者给任何“澳大利亚所特有的”现代传说定名。甚至像“袋鼠盗贼”这样的关于独特的澳大利亚动物的故事，它们无论是在澳大利亚还是其他地方都广泛流传着。袋鼠版的故事不可能比那些北美鹿、麋鹿或熊等野生动物的故事更为古老，那些动物被认为已经死了，然后它们苏醒过来并带着人的东西（外套、护照、步枪、相机等）逃跑了。

一些澳大利亚现代传说似乎有一个明显的澳大利亚或新西兰特点，而且在其他地方不为人知。例如，阿曼达·毕晓普讲了一个“聪明的狗”（The Clever Dog）的故事。一位牧人的狗在它的主人从马上掉下来、摔伤了腿之后，跑回营地求助。牧人在他帽边的缎带上塞了一张求救纸条，并把帽子绑在了狗的项圈上。但是这只狗并没有去求助，它只是跑回了牧人在营地的住处睡觉去了。当牧人的同伴沿着模糊的马蹄印到了事故现场时，牧人才得救。

澳大利亚原创型都市传说的其他候选故事，当然是涉及当地名人的且在国外不为人所知的故事，其中最主要的是商人弗兰克·派克爵士（Sir Frank Packer）、克里·派克（Kerry Packer）和雷·安捷（Reg Ansett）的故事。其他突出的澳大利亚传说与当地的政治家和艺人有关。格雷厄姆·谢尔在他的两个集子中提到的另一个有明显澳大利亚特点的故事是“空乘人员的报复”（The Airline Steward's Revenge）。一位飞机乘务员被一个傲慢的头等舱乘客斥责后，乘客的丈夫对这位乘务员说：“我的夫人想知道澳大利亚的家政服务情况。”正如谢尔所说，乘务员表现出了“澳大利亚人的急中生智”，她回答说：“我相信这位女士一定不愁找工作。”

格雷厄姆·谢尔认为澳大利亚都市传说“与我们桀骜的、独立的和口语化的传统密切相关”。这在他题为“滚吧，雷！”（Piss Off, Reg!）（这里提到的杰出的澳大利亚商业家是雷·安捷爵士［1909—1981］，他是安捷航空公司和其他一些大公司的创始人）的故事中得到了很好的体现。

一个野心勃勃的商人正和一位潜在的客户在一家精致的布里斯班餐厅吃午饭。商人急于打动客户从而获得生意，他浮夸地描述了自己的能力和所能达到的结果。就在这时，他注意到雷·安捷进入了餐厅，并坐到了附近的一群成功金融家中。

这简直是一个千载难逢的好机会。尽管不了解雷，他还是找了个借口离开，走近了雷的桌子，请求和他说话。雷同意了，商人说：“雷先生，虽然你根本不认识我，但你介意帮一个同样是商人的我一把吗？你需要做的仅仅是在我和我的客户一起出去的时候说一句‘你好，很高兴再次见到你’。你愿意帮我一把吗？”

雷悠闲地喝了一口午餐葡萄酒，慷慨地答应了。商人对雷再三感谢，甚至有些让人尴尬，然后回到了他的客户那里。他们吃完饭，商人付了账并和他的客户朝门口走去。果然，在他们经过时，雷·安捷遵守了诺言，像许久不见的老朋友一样热情地和商人打招呼。

商人蔑视地看着他。“滚吧，雷，你没看到我正忙着陪一位很重要的客户吗？”（来自《甘蔗蟾蜍的快感》，第97—98页）

尽管“滚吧，雷！”故事中描述的澳大利亚人的性格是恰当的，但这则逸闻在其他地方至少有一处变动。大卫·霍尔特（David Holt）和比尔·穆尼（Bill Mooney）在他们受欢迎的选集《爆炸的马桶》（*The Exploding Toilet*，2004，参见“参考书目选录”）中讲述了另一个版本。米克·贾格尔（Mick Jagger）是那个正在加利福尼亚州圣莫尼卡的一家餐厅用餐的名人，而妙语是：“哦，米克，别烦人了！没看到我正在进行一个重要的会谈吗？”

另参见 “意外食人者”；“诱拐未遂”；“婴儿诱饵”；“包裹里的死猫”；“祸不单行”；“坐在大众汽车上的大象”；“塌陷的天使蛋糕”；“杂货店骗术”；“多毛的搭车客”；“合金轮毂”；“送信的男孩”；“全国帮派周”；都市传说的演述；“后窗劫车计谋”；“丢失的奶奶”；“滑雪意外事故”；“不幸的隐形眼镜”；“被丢下的妻子”；“遗嘱”；影印传说

参考文献 *Baby Train*, 170, 231–236; *Curses!*, 250–251, 305–307; *Mexican Pet*, 65–66, 102–103.

A35. 汽车 Automobiles

许多杜撰的故事都和汽车有关，理查德·多尔森（Richard M. Dorson）在1959年对美国都市传说的调查中将其称为“现代美国的主要标志”。家庭轿车提供的移动性和便利性、驾驶的危险性、汽车对年轻人和老年人共同具有的吸引力、不同型号和汽车装置的神秘感、车主的花费、汽车和驾驶的技术方面，以及与其他驾驶员之间的关系，都在大量的汽车传说故事中展现出来。

这些传说有着从“消失的搭车客”的超自然情节，到“富人的报复”（一个豪车司机没有抢到停车位，故意撞了一个穷司机的车）中描述的日常可信的情况。随着汽车技术的进步和复杂的功能成为标准，新的传说出现了，产生了关于诸如自动变速装置、巡航控制和气囊等东西的故事。有时发生了戏剧性的事件，很快就会有一个新的汽车传说随之而来。例如，1980年圣海伦斯火山爆发后，在西北部流传的“消失的搭车客”的新版本声称，在5号州际公路上会遇到一名身穿白衣的神秘女子，她警告驾车者，火山将会再次爆发。同样，在1989年海湾地震发生后，出现了这样一则传说：一名偷车贼因高速公路部分坍塌而被埋在公路下面，当时他正驾驶着一辆从正在举行年度棒球冠军联赛的烛台公园的停车场偷来的宝马。

一些汽车传说和小事故有关，比如换轮胎（“疯子和轮胎螺母”）或忘记某人（“被丢下的妻子”和“车顶上的婴儿”）。其他传说涉及意外事故（“汽车上的尸体”），通常是特殊的意外截肢（“钩子”）。与汽车相关的犯罪是一个流行的主题，以“后座杀手”“车底杀手”和“二次被偷”等传说为代表。

汽车也出现在纯粹以性幽默为背景的传说中，例如“结实的水泥凯迪拉克”和“被拉开裤链的管道工”。像“推车启动”和“‘R’意为加速”这样的以汽车为中心、关注技术不熟练的故事，尽管前者也有与性相关的主题，但后者通常被讲述成一个种族主义的故事。

最受欢迎的汽车都市传说是那些反映了对廉价又相当抢手的汽车的幻想的传说。据说一些人（通常是朋友的朋友）已经发现了被藏起来的崭新老爷车，且价格便宜；朋友的朋友也被描述为发现了被一位心怀怨恨的妻子出售的一辆50美元的保时捷，她的丈夫和别的女人私奔了。

“死亡之车”是最长寿也最受欢迎的美国汽车都市传说之一。它将廉价汽车的幻想与无法去除的死人气味的超自然母题相结合。这个传说已经被反复讲述了数十年，有气味的汽车的品牌和型号已经改变，车主的死亡方式也在变化，廉价车的价格也随着通货膨胀而上涨。今天售价500美元、带有难闻气味的玻璃纤维材料的克尔维特汽车，是昨天售价50美元、座套散发着气味的别克汽车。

另参见 “拘捕”；“祸不单行”；“节油汽车”；“坐在大众汽车上的大象”；“火箭助推器汽车”；“鼠丘和捷

豹”；“后窗劫车计谋”；劳斯莱斯传说

参考文献 Dorson, *American Folklore*, 249; Stewart F. Sanderson, "The Folklore of the Motor-car," *Folklore* 80 (1969), 241–252; *Too Good*, 89–118.

A36. “雅芳暴露狂”
“The Avon Flasher”

“叮咚”，门铃响了，雅芳女士登门推销。在完成了一次平淡无奇的销售宣传后，又高又壮的旅行推销女子说想借用一下卫生间。不一会儿推销女子就朝外喊，里面没有厕纸了。因为这一家的女主人那天早上刚刚换了一卷新的，所以她心生疑虑，叫来了警察。警察到了，他们发现女主人的浴室里藏着一个赤裸的男人。

像“多毛的搭车客”一样，这则传说描述了一个男扮女装的人，他试图诱骗女子，但是失败了。这个故事的异文——在20世纪80年代中期十分流行——讲述的是一个洗衣机修理工试图引诱女子到浴室去，他在浴室里光溜溜地等着。有时候没有修理工，女子仅仅因为听到洗衣机在启动，就十分怀疑地叫来了警察。

雅芳女士的版本在澳大利亚广为人知，或许也正如像澳大利亚民俗学家格雷厄姆·谢尔推测的那样，“它在所有有雅芳女士登门推销的地方流行着”。

参考文献 *Mexican Pet*, 121.

B1. 婴儿
Babies

作为被人忽视或暴力行为的无辜受害者，在大多数有婴儿出现的都市传说中，婴儿要么被杀害，要么受重伤。下面的一些词条，以及本书所讨论的其他传说，描述了婴儿被遗弃、被诱拐、被一只横冲直撞的动物杀死、被弄丢、被放错、被弄残、被忽视、被烘烤、因为器官买卖而被杀害，以及被那些负责照顾他们的人虐待。看护人的罪行延伸到了父母、兄弟姐妹和保姆身上，尽管在某些情况下，这种疏忽是无意的、偶然的，而不是故意的。

在一个罕见的传说例子中，婴儿转危为安——车上的一个婴儿被心不在焉的家长遗忘在了车顶上，幸好被一个警觉的旁观者发现，婴儿在受伤前获救。在一个最恐怖、最愤世嫉俗的死婴传说例子中，据说有人将一个婴儿的尸体掏空，目的是将毒品走私到美国，而婴儿一直在国际航班上被所谓的父母抱在怀中。

另参见 “婴儿诱饵”；“车顶上的婴儿”；“求救的哭声”；儿童；“聪明的保姆”；“全国帮派周”；器官盗窃；“草莓地里的蛇”；“填充婴儿”

B2. “令人伤脑筋的宝贝”
“The Baby Headache”

一个少女的妈妈意识到她的女儿已经与男友发生了性行为，于是她提醒女孩意外怀孕的可能后果。这个女孩向她保证：“哦，别担心，我一直在服用你的避孕药。”但是这位妈妈并没有发现避孕药少了。于是女儿承认，她用阿司匹林，或者是（在大小和颜色方面更像真实的避孕药）婴儿阿司匹林、糖精片替换了药片。没过多久，这位妈妈发现自己怀孕了。在1960年避孕药开始销售后不久，美国和英国就出现了这个故事的不同异文。1968年，由大卫·尼文（David Niven）和黛博拉·蔻儿（Deborah Kerr）主演的电影《从心所欲》（*Prudence and the Pill*），包含了一系列复杂的避孕药替代品，其中包括将它们换成阿司匹林。

另参见 比利时

参考文献 *Choking Doberman*, 132.

B3. “婴儿诱饵” “The Baby Lure”

这是在一些犯罪传说中出现的一个现代传说母题。罪犯们在高速公路上或高速公路旁边留下一个箱子或儿童汽车安全座椅，里面放着一个小包袱，外面盖着一条毯子，以此来引诱路过的司机停车，这样她（很少有“他”）就会被袭击。有时罪犯也会播放婴儿的哭声。以下是2010年在澳大利亚通过电子邮件传播的一个典型的扩展版故事，由格雷厄姆·谢尔转发给我。它在原文中以另一种犯罪警告的形式作结，即汽车被“装扮”成一种攻击他们的方法：

> 周四早上，当我驾车行至乡间车道的尽头时，我看见路边有一个婴儿汽车安全座椅，上面盖着一条毯子。不管出于什么原因，我没有停车，尽管我脑海里有各种各样的想法。但是当我到达目的地时，我报了警，警方将前往那里进行调查。但是，这甚至是警方在去那里调查之前就建议的……有几件事情需要注意……帮派和盗贼正在密谋用不同的方式，让一个人（大部分是女性）停车并从车上下来。据当地警方报告，这是一个帮派的入会仪式，他们会在路边放一个汽车安全座椅……里面有一个假婴儿……当然，他们在等一个女人停下车来查看这个被遗弃的婴儿。注意，这个汽车安全座椅的位置通常在一片树木繁茂或长满草的（田野）区域旁边，而这个人——女人——会被拖进树林里殴打和强奸，通常会被留在那里直到死亡。如果是个男人，通常会被殴打和抢劫，可能也会死亡。

另参见 “求救的哭声”；丹麦；“全国帮派周”

B4. “车顶上的婴儿”
“The Baby on the Roof”

许多美国人讲述这个故事，它被我称为一个普遍的民间故事版本，它和1988年一位印第安纳州波蒂奇的读者寄给我的下面这个故事很像：

> 一位手忙脚乱的女士从超市里跑出来，她把婴儿从购物车里抱出来放进婴儿座椅里，并把婴儿座椅放在了车顶，然后，她匆忙地把买好的东西放进车里，自己也跳进车里，开车回家了。回到家后，她从车里出来，发现自己的小宝贝正在车顶上舒服地吮着手指。

在这个主题的异文中，一对夫妇在长时间的旅途中交换驾驶时，把婴儿忘在了车顶。女人从车里出来，把婴儿座椅放在车顶，绕过车走到驾驶座。丈夫直接坐到右边的副驾驶座上，然后关紧车门，就离开了。在一些版本里，婴儿从车顶上掉下来，但没有受伤，而且就在他们返回去寻找的时候发出了声响（这个版本的故事也给1987年的电影《抚养亚利桑那》[*Raising Arizona*]带来了灵感，并成为该电影中的一个场景）。在其他的讲述中，一个路过的摩托车手、自行车手或州警注意到了这个情况，并告诉了开车的人。有人可能认为，这个故事一定源于现实中人们把东西忘在车顶的许多例子，如手提包、钱包、手套、午餐盒、包裹、鱼竿、照相机、乐器等所有你能叫出名字的东西。但是这些故事背后不仅是想象。

我搜集了许多新闻故事——全部都有名字和地点，其中许多新闻故事也有照片——包括实际生活中婴儿被忘在车顶上这一事件的照片。下面是一些新闻标题：“车顶上熟睡的小宝贝”（密西西比州，1987）；“被遗忘在车顶上的婴儿”（佛罗里达州，1988）；“从出租车顶上掉下来的婴儿”（明尼苏达州，1900）；“从车顶飞下来的婴儿劫后余生”（纽约州，1992）；“狂野货车上未受伤的孩子”（加利福尼亚州，1993）。也曾有人告诉我，他们警告过一个司机说他车顶上有“易摔坏的货物”，或者在小孩掉下来之后帮忙救下了他/她。

结论：这样的事时有发生，所以要从那些匿名的传说版本中吸取教训，当你开车的时候要照顾好孩子。考虑到世界各地都有汽车和婴儿，那么在国际上，相似的事件会产生相似的故事，这是有可能的，然而，到目前为止，我还没有找到任何类似的报告。

参考文献 *Choking Doberman*, 55–57; *Too Good*, 112–113.

B5. “烘烤婴儿” “The Baby-Roast”

这个传说也被称为“烹饪婴儿”或“嬉皮士保姆”，它一贯的特点是，一个婴儿被活活地烹饪熟了，要么是在传统的炉子里，要么是在微波炉里，而且通常是保姆干的。有时那个不幸的婴儿被描述成以制作烤猪或其他美食的方式被填充，而且还配上了各种装饰菜。这是彼得·布格尔（Peter Burger）1995年出版的荷兰都市传说集《烘烤婴儿》（*De gebraden baby*）一书的标题故事。这本书的平装版封面插图是一张彩色的照片——一只烤盘里放着一个微笑的婴儿，婴儿的周围点缀着新鲜蔬菜。

做出这种恐怖行为的人，或是家庭成员（通常是兄弟姐妹），或是父母不在家时雇来照顾婴儿的人。从20世纪70年代就被讲述的美国故事版本中，常常是一个青少年保姆在喝醉或嗑了药的情况下把婴儿给烹饪了，有时保姆向婴儿的父母汇报“我给你们做了火鸡”。在一个由斯特凡·托普（Stefaan Top）发表的来自比利时的版本中，保姆通过电话向孩子的父母汇报“我刚把鸡放进烤箱里了”（Ik heb juist de kip in de oven gestoken），当然，实际上她指的是那个可怜的婴儿。在布格尔的荷兰版本中，婴儿的父母让保姆去冰箱里拿一些冷冻的马铃薯制品（可能是“炸薯条”），并把它们放进烤箱里。婴儿的父母回来时却发现“应该拿出来的东西还在冰箱里。保姆把婴儿放在烤箱里烤了”。

(De patat lag nog in het vriesvak. De baby-sit had de baby in de oven geroosterd.)

这个传说更多的国际版本可能描述了一个来自国外或者乡下的天真女佣，主人命令她要“给婴儿保暖”或者“叫婴儿起床”，但是这个女佣却将指令误解为“把婴儿煮了”。[1]下面是20世纪70年代中期在尼日利亚流传的一个当地版本：

一位在政府农业部门工作的女士给保姆打电话，她想看看孩子怎么样了。当保姆告诉这位女士她的孩子还在床上时，她告诉保姆让孩子离开床并让他坐起来。在埃菲克语里，那个词语——men eyen oro k'etem——的意思有两种，一种是“让婴儿坐起来”，一种是“烹饪婴儿”。因此这位作为这门语言初学者的保姆，把婴儿放进烤箱里烤了。当婴儿的妈妈下班回到家时，她看到保姆的眼睛红得像夕阳。这位妈妈说道：“快点，不要有事没事就一副惨兮兮的样子。快把我的孩子抱过来。”

保姆非常沉默，十分不情愿地走到烤箱前，打开烤箱门，烤箱里的婴儿已经变成了一具僵硬的尸体！“这不就是你要的吗？”话刚说完，她就匆忙地走出去，回家了，留下孩子的母亲瞪着发疯的双眼，哭喊着“我的儿子？死了？”。

有时候，孩子的母亲本身就是烘烤婴儿的人，这是意外怀孕引发相关的精神疾病导致的结果；这种异文在瑞典、土耳其、南美洲、澳大利亚和其他地方都被搜集过。甚至在更远的地方——密克罗尼西亚的南太平洋地区也搜集到了传统的故事，描述了被留下来照顾他们年幼的兄弟姐妹的孩子烹饪了婴儿，他们要么是因为不得不帮父母干活而泄愤，要么是误解了那个照顾婴儿的指令。这类国际民间故事主题所代表的故事

[1] 对应的英文分别为：keep the baby warm（给婴儿保暖），get the baby up（叫婴儿起床），cook the baby（把婴儿煮了）。

类型是J2460.1（**因误解指令带来的灾难性后果**［Disastrous following of misunderstood instructions］）。

20世纪50年代，烹饪宠物的美国传说可能催生了后来的烹饪婴儿的故事，尽管早在20世纪20年代就有这样的谣言——保姆在睡前用一点煤气来让婴儿保持安静。“烘烤婴儿”是所有都市传说中最广为人知和最多样化的故事之一，然而上面概述的类似故事和主题的广泛分布，并没有告诉我们这个烘烤婴儿故事的完整历史。

“烘烤婴儿”故事似乎证实了年轻父母的深层担忧——他们的孩子离开了他们的关爱就会不安全。这个故事也反映了对现代育儿实践的愧疚感——特别是当父母都不在家的时候——将孩子们的早期抚育委托给日托中心或家庭保姆；值得注意的是，父母们常常被描述为很享受自我——外出就餐，参加聚会、音乐会或看电影——而他们的孩子却在家里被活活烘烤。在这个故事的许多其他版本中，同胞争宠是一个显而易见的主题。烤箱作为子宫象征的可能性，或许能够用一句常见的与怀孕相关的俚语来证明——“烤箱里有一个（面包）”[1]。“烘烤婴儿”的故事已经成为弗洛伊德学派分析的课题，这也不足为奇。

另参见 阿根廷；“聪明的保姆”；荷兰；“微波炉中的宠物”；母题

参考文献 “The Baby-Roast Story as a ‘New American Urban Legend,’” in 3rd ed. of Brunvand, *Study of American Folklore* (1986), 修订并转载于*The Truth*, 38–61; *Vanishing Hitchhiker*, 68（尼日利亚版）; *Be Afraid*, 147–148; Bennett and Smith, *Urban Legends*, 49–50.

B6. “保姆和楼上的男人”
“The Baby-sitter and the Man Upstairs”

一个保姆接连不断地接到一个男人的恐吓电话，对方问：“你查看过孩子没？”有时他说他已经杀了孩子，很快也会杀了她。这个保姆太害怕了因而没有去楼上查看孩子，而是直接打电话报警，警察建议

[1] “烤箱里有一个（面包）”的原文为to have one (a bun) in the oven，是一则俚语，意为“怀孕”。

她下次那个男人打来电话时不要挂电话，这样警方就可以追踪到那个电话的来源。恐吓电话又一次响起之后，警方打电话警告这个保姆："现在立刻从房子里出去！"在外面等候的警察解释道，他们发现恐吓电话的源头就在楼上，那个男人已经把孩子们杀了，并且正在准备袭击这个保姆。

从20世纪70年代初开始，这个传说就已经被广泛讲述，尤其流行于当保姆的青少年之间，这个传说也发展成了一部1979年的恐怖电影《来电惊魂》(*When a Stranger Calls*)。像"后座杀手"和"被噎着的杜宾犬"一样，这个保姆传说讲述了一个入侵者躲在房子里的故事；对于入侵者的警告，和杜宾犬传说差不多，是通过电话传达的，潜在的受害者被命令"离开房子！"。

民俗学学者曾指出，孩子们在保姆的看护下死亡，代表了这个保姆作为未来家庭主妇和母亲的最终失败；而杀手的位置——在保姆之上——可能象征着男性在性和权力关系中的传统主导地位。

虽然上面关于这个都市传说的解读代表了一种相当典型的情节模式，但个人的叙述可能会有很大的不同。例如，下面这个文本就和那个典型的情节不同，这个文本是1999年在纽芬兰纪念大学的民俗学课堂上，由一个20岁的男生提交的：

> 一个女孩为一个家庭照看两个孩子。在女孩让孩子们睡觉之前，孩子们正在楼上吃着爆米花看电影。这个女孩则坐在沙发上看新闻，就在这时她听到一个报道，一名男性疯子从当地的医院里逃了出来。对于这则新闻，她什么也没想，直到电话响起。她接了电话，听到的是沉重的呼吸声。在接听了几次这样的电话之后，她开始害怕起来。她打给接线员想要追踪打过来的这个电话的来源，在下一通电话响起之前，接线员回电话了，并且告诉这个女孩，电话的来源就在这栋房子里。女孩随即上楼想让孩子们离开这栋房子。然而当她打开卧室的门，她看到那个疯了的小男孩手里正拿着电话。然后他跳起来，杀了这个女孩。

有趣的是，这个特殊版本的“保姆和楼上的男人”可能来源于一个民俗学的学生或教授，故事的语言显得平淡乏味，它更像是一个总结，而非生动的叙述。这个都市传说的内在悬念和戏剧性，激发了专业的故事讲述者就这个故事进行精心的演绎，这不足为奇。例如，以下是两位老师/故事讲述者对故事的关键部分进行的改写，除了其他部分，他们让房子里电话的设置更复杂和真实，并且把打恐吓电话的人从楼上移到楼下。保姆和孩子们都被这几通恐吓电话吓坏了，于是他们撤退到楼上的卧室，当电话再次响起，然后……

> 慢慢地，女孩带着孩子们走进父母的卧室，接了电话。
>
> “出去……”
>
> 她“砰”的一声挂断电话，然后拿起听筒，拨打了911。当电话接通后，她告诉警察有人一直在打恐吓电话。
>
> “待在原地，我们会派一辆警车到你的住处。”
>
> “我不在家。”保姆说。
>
> 警察笑了笑，然后说出了医生（孩子们的父亲）的家庭地址。“让我们想想，”这个警察又说道，“你是在楼上。”
>
> “你怎么知道？”这个女孩用嘶哑的声音小声说道。
>
> “电脑显示，医生有一个商务电话放在楼下用来接听病人的电话，另一个不同号码的家庭电话在楼上。你现在用的这个电话就是来自……”
>
> “楼上的电话。”这个女孩小声说道。
>
> 楼下，有东西掉落的声音，因为某人正在黑暗中慢慢移动。
>
> 电话是从楼下打来的。

这样令人满意的重述就像戏剧和恐怖故事一样，它不应该被误认为是“保姆和楼上的男人”故事的“民间”版本。相反，它属于两位戏剧语言艺术家的个人作品，他们将其发表在最具代表性的流行文化作品中（在这个例子中，根据书皮来看，这是一本针对“10岁到13岁”读者的选集）。

参考文献 *Be Afraid*, 67–69; *Choking Doberman*, 214–215; *Too Good*, 220–222; *Vanishing Hitchhiker*, 53–57; Douglas M. Jole, "Some Legend Variants," *FOAFtale News* 45, November 1999, 5–6; Richard and Judy Dockrey Young, *The Scary Story Reader* (Little Rock, AR: August House, 1993), "The Call from the Downstairs Phone," 27–30; Bennett and Smith, *Urban Legends*, 50–53; Cathy Lynn Preston, "Babysitting and the Man Upstairs: Negotiating the 'Politics of Everyday Fear,'" *Contemporary Legend* New Series 2 (1999), 109–136.

B7. "婴儿一个人留在家中"
"Baby's Stuck at Home Alone"

一对夫妇即将去海外度假，他们把婴儿放到了高脚椅中，看护者（保姆、邻居、外婆等）打电话说她正在去他们家的路上。飞机将要起飞，这对夫妇等不及就先走了。然而，看护者在来的路上发生了致命的意外，因此那个在高脚椅里的婴儿被活活饿死了。

这个传说在20世纪70年代早期就已经在挪威和瑞典流传了，然后传播到了英国、美国，并且可能在20世纪80年代传播到了其他国家。在一些版本中，家里的宠物狗也被困在了房子里，它咬死并吃掉了婴儿。

尽管对于担心孩子安危的父母来说，这种噩梦般的情况似乎是合理的，但这样的情节是不太可能发生的，因为看护者肯定会告诉别人关于长期护理工作的事情，所以当看护者死了之后，一定会有人来救孩子的。挪威的一份报纸试图核实1972年流传的这个故事的版本，而且得出结论，这些版本只不过是**谣言**（ryktene）。

参考文献 *Be Afraid*, 148–149; *Too Good*, 222–223.

B8. "婴儿列车"
"The Baby Train"

特定的城镇、郊区、居民区、公寓楼或其他住宅区有特别高的出生率，这是因为每天清晨响亮的火车声唤醒了一对对夫妻。由于这个时候起床上班或上学太早了，而再回去睡觉又太晚，于是夫妻们选择做爱——因而产生了更多的"汽笛婴儿"。一些夫妻没有跟随当地的潮流，因为他们习惯了汽笛声（或者很难听到声音）而一直处于沉睡状态。在一些海滨社区，扰人清梦的声音是一种雾号。

“婴儿列车”的传说作为一个美国的大学故事很受欢迎，其内容与全国各地的已婚学生公寓有关，但为了适应当地文化，这个故事也在不断地被改编，而且在美国乡村以及欧洲、南非、澳大利亚和其他地方都很出名。在加拿大法语区，“婴儿列车”的一个异文更像是一个笑话，而不是一个传说：

> 一位人口普查员在魁北克省的一个镇子里四处走访，他问了每个家庭各种各样的问题，包括“你们有多少个孩子？”。答案似乎总是这样——“13（讨厌的让－皮埃尔！）”“15（讨厌的让－皮埃尔！）”或“17（讨厌的让－皮埃尔！）”。最后，这个调查员问一位女士：“谁是让－皮埃尔？”她回答道：“他是一名开着火车穿过我们镇的火车司机。每天早晨大约五点他的火车都经过这里，他还会非常大声地吹哨。这个时候起床太早而再回去睡觉又太晚。讨厌的让－皮埃尔！”

“婴儿列车”的故事可以追溯到英国的早期工业革命传说，也就是当火车刚刚发展成为主要的交通工具时。人类本性的相同普遍特征反映在这个民间传说中——据称，高出生率就出现在由地震和飓风等自然灾害导致的长时间断电的九个月之后。

另参见 “停电婴儿”；灾难谣言和故事

参考文献 *Baby Train*, 33–37; *Too Good*, 325–326.

B9. 反向的建筑和雕塑
Backward Buildings and Statues

在这些传说中，由于建筑师的规划被错误解读，一个建筑物在其原地建反了（正面变成了背面）。有谣言说，建筑师在看到实物时自杀了。一个公共雕像朝向了“错误的方向”，要么是布局错了，要么可能是表达了对雕像人物的看法。

非常著名的反向建筑传说，包括格拉斯哥的凯文葛罗夫艺术博物馆、利物浦的市政厅、孟买的泰姬陵酒店以及檀香山的三普勒医院。在哥本哈根，据说在救世主教堂的尖顶上，那个独特的螺旋形外部楼梯实际上是“方向搞错了”（逆时针方向旋转），而那个18世纪的建筑师很是绝望，于是爬上屋顶、跳下来摔死了。反向的建筑物和其他建筑上的错误是美国大学校园里民间传说的常见主题。

人们常说，反向雕塑其实是故意偏离了原定设计的，以此来侮辱一个机构，并引起人们对另一个机构的关注。例如，八角广场（新西兰但尼丁市中心的一个广场）上苏格兰诗人罗伯特·彭斯（Robert Burns）的雕像被指出是背对着圣保罗大教堂，并朝向城市的商业区的。同样，摩门教会（后期圣徒）的早期领袖杨百翰（Brigham Young）的雕像坐落在盐湖城的市中心，雕像背对着摩门圣殿，而它的一只手指向锡安第一国民银行。从那以后，这座雕像就被移回了原来的位置——位于两个主要街道的交叉路口，因此那个奇怪的布局就不再那么明显了。然而，当地人继续引用传统的解释性押韵童谣：“杨百翰站在这里，像鸟在枝上栖息。/他的手指向银行，他的背朝着教堂。”

另参见 建筑师的失误；下沉的图书馆；互换的校园建筑

参考文献 *Curses!*, 255–258; Bennett and Smith, *Urban Legends*, 4–5; Westwood and Kingshill, *Lore of Scotland*, “Suicidal Artists and Architects,” 156–157 (Sandy Hobbs 贡献的部分).

B10. “便宜的跑车” “The Bargain Sports Car”

在这个廉价汽车的幻想里，一位母亲最终决定卖掉儿子的旧车，她的儿子在随军赴越南参战时丧生，车子还留在母亲的车库里。由于这辆车是十年前的，而且很小（“只能坐下两个人”），于是她刊登广告——

1965年的雪佛兰，售价200美元。有时她会给经销商打电话，咨询这种车龄和大小的汽车值多少钱。一个只能买得起廉价旧车的人到了这里发现她正在出售的是经典款的克尔维特跑车，且性能优良。他赶紧掏出支票簿，然后用广告上的价钱买下了这辆车。有时那个人只是迟到了几分钟，就看见那辆克尔维特被另一个买家开出了车库。

另参见 “死亡之车”；崭新的老爷车；“花心男人的保时捷”

参考文献 *Curses!*, 123–125; *Too Good*, 117–118.

B11. “气压计问题” “The Barometer Problem”

一位物理教授在考试中让他的学生描述，如何用气压计来测量建筑物的高度。一个聪明的学生对于显而易见的算法置之不理，即针对建筑物顶部和底部的不同气压值，利用公式来计算；相反，他回答道：“把一根长线（或绳子）绑在气压计上，从屋顶上把它放下，然后测量线的长度和气压计的长度。”

当教授认为这是不可接受的解决方案时，学生得到了第二次机会并提出了几个不同的方案，例如，记录气压计从屋顶到达地面的下降时间、测量建筑物的阴影和气压计的长度，或简单地以“一个气压计”为单位测量建筑物的阶梯。教授拒绝了所有这些解决方案，因此学生建议，可以将气压计卖给建筑主管，来换取所需的信息。

这个故事（有时标题为“气压计疑问”）的来源，通常被认为是亚历山大·卡兰德拉（Alexander Calandra，1911—2006）的功劳，他是圣路易斯华盛顿大学的一位物理学教授和测试设计专家。1959年，卡兰德拉首先在一份名为《傲慢》（*Pride*）的期刊上发表了这个故事，然后又在1961年的课本中、1964年《当代科学》（*Current Science*）杂志上，以及在1968年的报纸《星期六评论》中发表了。他的故事以第一人称的口吻讲述了“不久前”发生在他身上的事，当一个同事让他评论一个学生的观点时，他认为这个使用线或绳子的解决方案应该得到满分。卡兰德拉写道，这个学生提供了其他三种解决方案：把气压计扔下来并记录降落时间，将气压计作为一个钟摆放在街道的水平面和建筑物的顶部，以及将气压计卖给建筑主管以换取需要的信息。

卡兰德拉教授的故事——有时会有细微差别的异文——已被广泛转载，并在已出版的资料和网站上被引用。然而，关于这个故事及其背景的最详尽的讨论却没有出现在任何书籍或文章中，而是出现在了维基百科和snopes.com网站上。维基百科上有一长串的参考文献和转载的故事，其中一个故事发生在德国，一直被用来说明各种各样的科学和文化观点。snopes.com网站上的条目包括一个来自1988年报纸文章上的完整例子，一个来自1999年互联网上的故事，以及下面这个来自1958年《读者文摘》（*Reader's Digest*）的证据，其中的基本情节出现得比卡兰德拉最早的叙述还要早：

> "你会采取哪些步骤？" 在大学考试中有一个问题，"如何使用气压计来测量建筑物的高度？"
>
> 一个学生，学识浅薄但人很机灵，回答道："我会把气压计绑在一根线上，然后把气压计从楼顶放下去，测量线的长度。"

作为一个"都市传说"，这个"气压计问题"故事在口头上并不是很活跃，然而，它相当冗长而详细的文本却经常在互联网上被复述和转发。这个故事的一个通行版本声称这件事发生在哥本哈根大学，那个聪明的学生是尼尔斯·玻尔（Niels Bohr），即1975年丹麦诺贝尔物理学奖获得者。

关于亚历山大·卡兰德拉所写的原始文本的一个便利的新近来源，是吉姆·威廉姆斯（Jim Williams）的书——《模拟电路设计手册：艺术、科学和个性》（*Analog Circuit Design: Art, Science, and Personalities*，波士顿：巴特沃思-海涅曼出版社，1991，第3—4页）。威廉姆斯在这本书里汇编了30篇或多或少与模拟电路设计相关的文章，以"气压计和模拟电路设计”开篇，这是他对卡兰德拉文章的重命名。和其他“转载”一样，威廉姆斯认为他发现的那个版本（1970）的日期反映了它初版的实际日期。奇怪的是，卡兰德拉是这个选集唯一的贡献者，除了给出了他的“博士”头衔外，没有进一步的背景介绍。

参考文献 *Baby Train*, 294–295; *Too Good*, 440–441. 网址：http://en.wikipedia.org/wiki/Barometer_question; http://www.snopes.com/ college/exam/barometr.asp.

B12. “一桶砖” “The Barrel of Bricks”

这是一个以书面报道形式讲述的关于滑稽事故的故事，有时包含了一份保险索赔，提出它的工人描述了造成自己工伤的原因。这个人要独自将沉重的砖或瓦片从建筑物的房顶运到平地上，于是他决定借助绳子和滑轮，然后用一个桶把砖从房顶运到地上。但是，当他解开绳子的时候，没能及时松手，于是就被砖块的重量拉到了屋顶上。当桶砸到地面上四分五裂时，那个人又掉了下来，落到了砖块上。撞到桶上（被拉上去又被扯下来）已经使他伤痕累累，他的手指还绞到了滑轮里，而且被砖头击中，那个破裂的桶也砸在了他身上。

这个工人在报告中以一种平和的、不带感情的方式描述了所有内容，分列好几点，然后总结道：“我逐条申请带薪病假。”同样的基本情节已经被改编，以适应几种不同的建筑和制造行业（石油钻探、天线塔架设、电气承包等），而那个工人有时被描述成是一个非英语母语者或者是未受过教育的人，这解释了为何他描述这场闹剧时采用了一种恰当的、云淡风轻的语气。

“一桶砖”的故事在许多匿名的打印文本中流传，它也多次出现在印刷品中。至少从20世纪30年代开始，它被用作广播和舞台上的喜剧独白，而且据报道，它是英国最受欢迎的酒吧朗诵。一个美国牛仔诗人创作了一个版本，讲的是搬运一个装满了马蹄铁的威士忌桶。

这个基本故事被改编成一首由现代民歌歌手表演的、传唱度较高的歌曲，通常被称为《亲爱的老板》(Dear Boss)或者《为什么帕迪今天不上班》(Why Paddy' s Not at Work Today)。它最初是由在爱尔兰出生但在英国中部长大的歌手帕特·库克西(Pat Cooksey，生于1945年)创作的。他的作品《病假条》(The Sick Note)以一首诗开始，而这首诗的结尾是这样的：

我写这张纸条是为了说
为什么帕迪今天不上班

1918年，在匹兹堡出现了一种爱尔兰方言版的印刷本。它来源于一本由私人印刷的名为《记忆的里程碑》(*Memory's Milestones*)的小册子，这要归功于珀西·史密斯(Percy F. Smith)，这个简短的故事值得被全文引用，以说明它如何预示了其现代文本的：

帕特正在从一栋十层楼高的建筑顶部往人行道上运沉重的瓷砖。桶严重超负荷，因此在绳子一端的帕特被拉到了大楼的顶部。当桶落在人行道上时，摔得粉碎并释放了它的重量，于是帕特开始以一种比他上升时更快的速度下降。每层楼的工人都惊讶地看着飞快地上上下下的帕特，当帕特落在地上后，他们才喊道："帕特，你受伤了吗？""天哪，我在一分钟内和你擦肩而过两次，而且每一次你都没有和我说一句话，你一点都不合群。"

有时，这个故事被认为起源于独立战争时期乔治·华盛顿将军军队中的一位下士，不过这种可能性非常小，然而，这个现代故事可能与故事类型32有关，它包含了母题K651(**桶里的狼掉入井里并救了另一只桶里的狐狸**[The Wolf desceds into well in one bucket and rescues the fox in the other])。

在网上可以发现许多"一桶砖"故事的文本，常常带有插图，其中有几个被改编成基础物理课上用来提问的问题。学生们被告知这个故事，同时还有建筑物的高度以及材料和那个工人的重量，然后要求学生运用牛顿的运动定律和“阿特伍德机”的特点（即一个没有摩擦力的滑轮和可以忽略不计的旋转惯性），来计算出“这个戏剧上演”的时间长度。

在佐治亚大学，“一桶砖”的故事已经被雄辩者文学社（Demosthenian Literary Society）采用，这个社团是一个在1803年成立的本科生公共演讲和辩论组织，而“一桶砖”的故事则被他们用来羞辱自己在校园里的主要竞争对手——菲卡帕（Phi Kappas）社团。这个雄辩者文学社有一块真正的砖，砖上粘贴着一份这个故事的打印文本，并且被放在校园大厅里展示。他们认为这一事件说的是菲卡帕社团，而且还将竞争对手的大厅称为“砖堆”。

另参见 “屋顶的男人”；小报和都市传说；电视和都市传说

参考文献 *Curses!*, 180–188; *Too Good*, 166–168; Jan Harold Brunvand, "'The Barrel of Bricks': The Ups and Downs of a Sad Story," 未发表的论文宣读于 the ISCLR 23rd International Conference, held at the University of Georgia, Athens, May 25–28, 2005.

B13. “巴特·辛普森迷幻药” “Bart Simpson Acid”

参见 “蓝星迷幻药”

B14. “臭虫信” “The Bedbug Letter”

一个乘坐火车卧铺的商人发现他的铺位上都是臭虫。于是他给铁路公司写信抱怨，尔后收到了公司董事长的回信，信里都是低声下气的道歉，而且承诺开除对此负责的工人，以及清洁卧铺车并消毒。信里还向他保证，这样的事情以前从未发生过，以后也不会再发生了。然而，这封礼貌的回信后面还附着一张传送名单，写着“把臭虫信送给这个狗娘养的”。有时候，那个原始信件连同道歉一同被退回了，而且被退回的这个原始信件上还贴着“臭虫信”的指令。

这个故事总是与旧时代的铁路旅行有关，通常是20世纪40年代，尽管有些人声称（尚未核实）它可以追溯到19世纪，那时候乔治·普尔曼（George M. Pullman）仍然掌管着一家卧铺车公司，而他的名字也就是那些列车的名字。这个故事的主题可以追溯到20世纪20年代，来自《纽约客》（*The New Yorker*）杂志（1927年3月5日，第19页）的这个故事可以证明：

> 重复的是故事，或者是事件本身。一位绅士在搬到一个新公寓时发现了水虫。于是他立即给出租代理人写了一封充满愤怒的信。那个代理人在回信中说了很多，他表达了最深沉的歉意以及打算和房子的主人一起立刻处理这件事情，并且保证会采取一切补救措施。然而，粗心的秘书却附上了一个便签，上面写着：“弗雷泽小姐，把臭虫信给那个可恶的家伙寄过去。”

这个故事似乎和美国国家铁路客运公司的卧铺车厢没有什么联系，尽管偶尔讲述的这个故事与商务航空旅行或酒店住宿有关。近年来，据说发现了一份附在回信中的关于发送“臭虫信”的便利贴。

参考文献 *Baby Train*, 158–162; *Too Good*, 255–257.

B15. 比利时
Belgium

在佛兰德斯（比利时讲佛兰德语的北部地区）的鲁汶大学，斯特凡·托普教授和他的学生于1982年开始搜集现代传说。在最初的六年间，他们搜集了50个不同故事类型的500多个文本。比利时16岁到18岁的年轻人似乎是最喜欢讲述都市传说的，不过相似的故事也在报纸上出现，在广播中也会被讨论。

几个众所周知的国际传说类型也被搜集到了，包括当地版本的“丢失的奶奶”“仙人掌里的蜘蛛”“被噎着的杜宾犬”“二次被偷”“嬉皮士保姆”以及下面这个版本的“消失的搭车客”（已出版的选集的第15篇，援引如下）：

> 一个女孩想要搭便车，一个年轻的男人便搭载了她。他们开始交谈，然后决定一起去酒馆喝杯红酒。女孩将酒溅到了裙子上。稍后那个男孩把她送回了家，而且他们约好了下次见面的时间。第二天，那个男孩如约而至。女孩的母亲给男孩开了门，然后告诉男孩，她的女儿已经死了两年了。母亲向男孩描述说她的女儿是穿着白裙子下葬的。令他们感到好奇的是，他们去墓地打开坟墓，发现坟墓里躺着的女孩穿着白裙子……裙子上面有酒渍！

“偷盗鹅卵石”（The Stolen Cobblestones）似乎才是比利时人的独特故事。一个人正往自己的车里装从一个城市修路工程中偷来的鹅卵石，当警察抓住他时，他说自己卸载鹅卵石的时候多卸了一些，于是警察命令他赶紧把那些鹅卵石装进车里然后离开。然而，相似的故事在荷兰也有，是关于偷瓷砖的，而在美国是关于偷砖或圣诞树的。（参见词条“滚开！”）

“偷盗鹅卵石”和其他一些故事证明了在比利时现代传说中时而也存在着幽默感。然而，托普教授发现，一般来说，“当代比利时传说只有三种意义：坏——更坏——最坏”；他还认为，比利时人的事件通常包括：“坏运气——意外事故——灾难”的分级。他用一个农民的故事来解释这一论断：一个农民意外地杀死了藏在联合收割机里的自己的孩子，他没有告诉妻子发生了什么，而且把妻子支到了田地里，当妻子离开后，她发现了那个悲剧，他便开枪自杀了。

托普教授从他对比利时都市传说的初步调查中得出结论，这样的故事“被认为是目前日常生活的一种反映……（以及）也可能作为对社会上正在发生的错误事件的一种警报信号”。

2008年，托普教授出版了一本包含着370个都市传说和80个谣言的合集。这本书是一个系列的第六卷，这个系列专门介绍来自比利时五个省份的各种传说，标题是**“故事即将到来”**（Op verhaal komen），而这个合集的标题是**“佛兰德斯现代传说和谣言”**（Moderne sagen en geruchten uit Vlaanderen）。一般而言，比利时故事的编排沿袭了《婴儿列车》里的类型索引（而且扩展到了《都市传说百科全书》的这个版本），但是有一些变化。政府传说和名人传说的章节没有了，而是加入了一个叫作**“其他故事”**（Andere verhalen）的章节。而且，在恐怖传说这一章中，幽灵故事的内容大大扩充了。同时，文本中还增补了评论、注释和标题索引。

托普教授早期将比利时都市传说的特征描述为充满悲剧的，与其一致的是，恐怖主题也是这个已出版合集的主要内容。例如，第115个故事，**“满血的同类相食”**（Kannibalisme pursang），讲的是一个年轻人曾意外地咬到了自己的舌头，然后养成吃人肉的癖好。第179个故事，**“这是洛特的妈妈”**（Het was de moeder van Lotte），描述的是一群年轻女孩一起玩占卜牌，却意外地召唤到已自杀的同学妈妈的灵魂。书里还有一些相对异想天开的故事，比如下面这个“令人伤脑筋的宝贝”的异文版本（合集中第242个故事）：

> 1976年夏天，布拉斯哈特小镇女子中学的一个毕业班，准备去意大利进行为期两周的毕业旅行。在出发之前，所有的女孩都很激动，而且她们已经收拾好了行李。当然，她们并不想让两周的旅行就那样过去，她们幻想着遇到某个男生。因此她们提前做了一些准备措施。
>
> 班里的一个女孩是一位药剂师的女儿，在出发前一周的每天晚上，她都从爸爸的店里拿几小盒避孕药。她爸爸注意到药不见了，但不知道是谁偷了它。为了找出小偷，他把剩下的避孕药换成阿司匹林，但是发现小偷还在偷。

女孩们准备好一切就去度假了。就在这个时候，小偷也停止了偷窃，于是那个女孩的爸爸心里大致有了怀疑对象。但是那时去提醒任何人都太晚了。14天后，女孩们从意大利回来了，然而，对归来成员的检测数据显示，超过一半的女孩都怀孕了。

B

这个优秀合集中的每个故事都标记了它的**来源**（bron），它们或者来自先前的出版物，或者来自民俗档案，而且每个故事都带有一个关于讲述者的简介（名字、年龄、在哪里听到的故事）。托普教授分析了这些数据，他报告说，大部分的故事讲述者都是青少年，他们把传说的消息来源说成是这些人（数字四舍五入）：

朋友、邻居和其他人	32%
媒体	21%
家庭	20%
学校	13%
俱乐部	10%
个人经历	3%

在这些比利时故事文本中，整整四分之三来源于口头传统，这在互联网传播故事和流行文化吸收都市传说的当前形势下，是最有趣的事实。这本关于比利时传说的书自身具有典型的特征，是一个可以做成英译本的不错选择。

从网上搜集的比利时传统传说故事文本，可能会保存在www.volksverhalenbank.be网站中。2011年的时候，现代传说还没有进入该网站，但我们相信它们最终一定会出现的。

另参见 反传说；“吃票”

参考文献 *Baby Train*, 237–239; Stefaan Top, “Modern Legends in the Belgian Oral Tradition: A Report,” *Fabula* 31 (1990), 272–278; Katrien Van Effelterre, “www.volksverhalenbank.be: The Disclosure of a Rich Collection of Flemish Folk Legends on the Internet,” *Fabula* 46 (2005), 314–323.

B16. 信仰传说
Belief Legend

民间故事和传说的区别就在于传说具有强烈的民间信仰元素，在此之后，早期的民俗学家还声称并撰写了“信仰传说”是传统叙事的一种特殊类型。正如德国人所给出的定义，这些**信仰传说**（Glaubensagen）区别于**知识传说**（Wissensagen，在英语中我们叫“历史传说”[historical legends]）。在搜集美国现代传说的初期，这样的故事也被叫作“都市信仰故事”（urban belief tales），因而进一步混淆了这一术语。

最终，“信仰传说”这一术语被弃用了，正如匈牙利裔美国民俗学家戴琳达（Linda Dégh）所写的那样，由于“信仰在传说中具有尤为关键的地位，所有传说都成了信仰传说”。戴琳达反对“当前传说命名的泛滥”，同时她给出结论：“‘传说’这一术语能够很好地为我们的研究服务。”然而，英国的民俗学家吉莲·贝内特提议，可以复用另一个曾经使用过的术语——“信仰故事”（belief story），它可以指代“目前使用的术语所不能很好地概括的一种非正式的对话式叙事”。在这里，贝内特指的是一些人与他人进行信仰讨论时，所讲述的“非公开的、包含个人技巧的全部”的故事（与公认的传统故事相反）。

另参见 都市传说中的事实说法

参考文献 Gillian Bennett, “Belief Stories: The Forgotten Genre,” *Western Folklore* 48 (1989), 289–311; Linda Dégh, “What Is a Belief Legend?” *Folklore* 107 (1996), 33–46, followed by Gillian Bennett, “Reply,” 47–48; Dégh, *Legend and Belief.*

B17. 大型猫科动物出没
Big Cats Running Wild

关于大型猫科动物的谣言——经常被认为是黑豹——跑到城市或郊区附近，有时（随着媒体的宣传）发展成当地的传说，其中包含着详细的记述——这些野兽的足迹、身影、对家畜的掠夺、所谓的来源等。然而，这些大型猫科动物本身从来没有被捕获过，而且这些传说故事的主题和结构是一致的，它们都与自然界真正的迁徙故事不符，所以那些大型猫科动物不是真正流浪的猫科食肉动物。

通常，这些故事在同一地区重复流传了好几年。例如，据说在1984年、1985年、1989年和1992年，在密歇根州东南部的一个地区，人们看到了黑豹的身影。密歇根州自然资源部和当地媒体对此进行了调查，但连黑豹的影子也没发现。《弗林特（密歇根州）日报》（*Flint* [Michigan] *Journal*）在1995年曾报道过类似的目击事件，但有关部门却无法找到任何大型猫科动物。1992年在伊利诺伊州的莫林附近、1994年在马里兰州的贝塞斯达附近、1995年在费城附近也曾被报道过类似的对野生美洲狮的搜寻。

自19世纪以来，无论是在美国还是其他国家，“幽灵豹”的目击事件一直是谣言的主要内容。大部分故事可能都被解释成出于对当地其他动物的错误观察。这些目击事件受到了一种流行文化影像的影响，这些影像中有乌黑的、神秘的、带有嗜血欲望的大猫——与大多数美洲狮的外表和实际的躲藏习性相去甚远。由于大型猫科动物只在南美洲（如美洲虎）和非洲（如金钱豹）生活，在世界其他地方，任何这样的野生动物一定都是从动物园或马戏团逃出来的，它们不太可能在被报道失踪之前的很长一段时间内就已经在四处游荡了。

这个游荡的大型猫科动物主题具有国际性。例如，1989年到1990年间，据说曾经有人在意大利罗马的郊区目击了神秘的**猫科动物**（felini misteriosi）。在英国，大猫的目击事件一再发生，并在媒体上被冠以“萨里的美洲狮”或“埃克斯穆尔的野兽”的称号。在法国，维若妮卡·坎皮农-文森（Véronique Campion-Vincent）调查了1945年至1989年间来自全国35个不同**地区**（départments）的52份关于“野兽与神秘猫”的报道。这些动物物种，如果有名字的话，包括狼、黑豹、美洲狮、母狮，或者只是“巨大的猫科动物”。在荷兰，对已报道的目击大猫事件的关注始于1996年，并且激起了全民搜寻“美洲狮温妮”的兴趣。荷兰民俗学家西奥·梅德尔（Theo Meder）对大多数目击美洲狮事件提出了一种解释——WYBIWYS原理，即“你所相信的是你所看到的”

(What you believe is what you see)。

另参见 放生毒蛇传说

参考文献 *Baby Train*, 247–248, 267–268; Bennett and Smith, *Urban Legends*, 38–41; Véronique Campion-Vincent, "Appearances of Beasts and Mystery-Cats in France," *Folklore* 103 (1992), 160–183; Michael Goss, "Alien Big Cat Sightings in Britain: A Possible Rumour Legend?" *Folklore* 103 (1992), 184–202; George Monger, "Dragons and Big Cats," *Folklore* 103 (1992), 203–206; Theo Meder, "The Hunt for Winnie the Puma: Wild Animals in a Civilized Dutch Environment," *Contemporary Legend* New Series 10 (2007), 95–127.

B18. "骑车人与吸烟者"
"Bikers versus Smokers"

有个人正在咖啡馆的无烟区吸烟，一个戴着摩托头盔、穿着皮夹克的人要求他把烟熄灭。那个吸烟人拒绝了，而在吸烟人离开咖啡店的时候，他看到一辆哈雷·戴维森（Harley Davidson）牌的摩托车停在那里，于是他挑衅般地踢了这辆摩托车，并在车前留下了一张便条，上面写着"这将教会你干扰吸烟的人会有什么下场"。

但是他踢错了，那位坐在咖啡店里的车手的哈雷摩托车其实停在大楼的另一边。而他踢的这辆摩托车的主人，是一个块头巨大、留着胡子、充满威胁性的人，这个吸烟人挨了一顿揍，然后被交给了警察。

这个故事的一个版本，以第一人称发表在门萨协会[1]（Mensa International）地方分会的时事通讯中，可能是为了说明即使是智商异常高的人也会开摩托车。

另参见 "卡车司机和骑车人"

参考文献 *Baby Train*, 212–214.

B19. 被踢进壁炉的鸟
Bird Kicked into Fireplace

参见 "传教士和猫"

[1] 一个将智商作为唯一入会标准的国际性组织。

B20. “鸟足考试”

“The Bird-Foot Exam”

B

大学鸟类学的期末考试内容包括通过鸟的脚来辨别鸟类，即教授给学生一些鸟足的图片，或者给学生看一排被遮住全身、只露出脚的鸟。

学生们对此都很气愤，但是除了一个人外，大家都在尽己所能地去完成考试。这个学生走到教室前面，将自己的试卷狠狠地摔到桌子上，说：“这是我见过的最愚蠢的考试！”教授看了一眼那张空白的试卷，问道：“你叫什么名字？”于是这个学生拉起裤腿露出自己的腿，说道：“你看呢？教授！”同时跺了跺自己的脚。

2000年搜集到的一个来自华盛顿大学的版本中，一个学生把这个故事当成一个可能发生在“俄勒冈州的一个学院”的笑话来讲述。在这个版本中，考试内容仅仅是一幅鸟足图片，学生被要求“写出这个动物的名字及其种属。如果有的话，列出它的克星和捕食对象，并描述其栖息环境中的其他动植物”。值得注意的是，在这个故事的所有异文中，都没有解释哪个学生（如果有的话）通过了考试，以及抗议的学生在没有提交任何答案的情况下分数如何。（可能那个教授知道如何辨认这名学生，方法是通过查找没有写名字的已提交的试卷。）与其说这个故事是一个传说，不如说它是一个不错的笑话。

不合理的测试程序和大学教师不认识他们的个别学生，这样的主题在其他学院传说中也有出现。

另参见 “定义‘勇气’”；“你知道我是谁吗？”；“一个词的考题”；“第二页答题卷”；“哪个轮胎？”

参考文献 *Curses!*, 275–277; *Too Good*, 442–443; Duncan and Harris, *Laugh without Guilt*, 93.

B21. “饼干子弹”

“The Biscuit Bullet”

参见 “脑浆外流”

B22. “黑人和白人”
“Black and White”

参见 认错人

B23. “停电婴儿”
“Blackout Babies”

1965年11月9日，一场大停电袭击了纽约市，导致大多数居民不能看电视、不能听收音机，也没有灯光。于是许多夫妻早早地上床睡觉，但是辗转难眠。所以他们自然而然地选择做爱（参见词条“婴儿列车”），九个月后，全城的出生率有了大幅度的提升。虽然这种行为看起来是人性使然，但这个故事却不是真实的。人口学家和调查记者查看了这些出生数据，发现那个时间和地点的出生率与以往并没有什么大的差别。同样地，1989年10月17日的海湾地区地震、1992年袭击佛罗里达州的安德鲁飓风，以及其他因自然灾害而导致婴儿出生率上升的故事都没有得到证实。即便如此，一些父母仍然将自己在这些自然灾害发生九个月后出生的孩子与这些事件联系起来，并称他们的孩子为“飓风婴儿”或“地震婴儿”；更有甚者，佛罗里达州的一个母亲给她的儿子起名叫安德鲁，以此纪念那场飓风。当然，个别婴儿的出生可能正是停电造成的，但这也不能说明出生数据的主要走向与灾难密切相关。

2010年3月7日，《纽约时报》周日版在一篇关于灾害中的行为的文章中重述了这个谣言，然而一周后又发了一篇报道来澄清：

> 上周日，一篇关于灾难时抢劫的道德问题的文章错误地陈述了1965年的那次停电事件。该文章指出，这次停电并没有给纽约带来混乱，反而导致九个月后出现了婴儿潮。然而，事实上并不存在什么婴儿潮。人们普遍认为1965年的“停电婴儿”故事来源于《纽约时报》的一篇文章，它报道了当时纽约一些医院出现了高于

平常的分娩率；但是，后来的科学研究发现，没有统计证据能表明那个时候的出生率有明显激增。

格雷厄姆·谢尔报告，他曾于20世纪60年代在澳大利亚的新南威尔士听说了“停电婴儿”的故事，毫无疑问，这个传说有其他国际版本。

另参见 澳大利亚

参考文献 *Baby Train*, 37–38; *Too Good*, 326; Seal, *Cane Toad High*, 17.

B24. “相亲” “The Blind Date”

这个故事有两个版本，这两个版本都提到了购买或使用与性有关的物品时可能出现的尴尬。在第一个版本中，一个年轻人在买避孕套时，向药剂师吹嘘说那天晚上他和一个漂亮的女孩有约会，并且希望能和她共度良宵。然而当他给这个女孩打电话时，他发现她竟是药剂师的女儿。

第二个版本描述了一名年轻女子必须去医院的急诊室取出卡在身体里的卫生棉条。然而，当天晚上她发现那个稍早前帮助过她的年轻医生或实习生竟是她的相亲对象。

避孕套的故事从20世纪40年代起就很著名，然而现在已经过时了，因为很多商店都会公开陈列避孕套这类商品，但是有一个版本却作为真实的故事于1994年刊登在安·兰德斯（Ann Landers）的专栏中。这个卫生棉故事暗示了女性月经初潮的焦虑，以及接受男性医务人员治疗时的尴尬。而这两个故事都揭示了相亲场合中的不确定和不自在。

一个类似的故事也发生在一家药店里并且出现了同样的尴尬，这个故事刊登在1995年1月29日的《人民药房》（People’s Pharmacy）专栏（金氏特稿社所开设）。专栏作家乔（Joe）和特蕾莎·格雷登（Teresa Graedon）解释说，“一个读者转述了这个故事”：

我的前姐夫很擅长使用弹弓，而且经常练习。他用威猛奥公司（Wham-O）制造的一个金属弹弓练习了很长时间，直到弹弓的橡胶报废了。

他去了买那个弹弓的药店，但是柜台那里只有一个年轻的女孩子。于是他告诉这个女孩子，他需要一根橡皮筋来做他的威猛奥弹弓。那位姑娘显然没有听说过威猛奥，因为她的脸变红了，忽地转过身到商店后面去处理急事，只留下他自己站在那里。

另参见 “买丹碧斯卫生棉”

参考文献 *Choking Doberman*, 138; *Mexican Pet*, 126; *Too Good*, 153–155.

B25. “送百叶窗的男人” “The Blind Man”

当门铃响起的时候，一个女人刚刚脱下衣服去洗澡。她大声问：“是谁？”——然后听到了回答：“盲人（blind man）。”她想着一个盲人是不会知道自己是裸体的，于是她拿出几美元来做好事（买铅笔或者他卖的任何东西），然后打开了门。她把钱塞到那个男人手里，而这个男人却吃惊地看着她，然后问：“现在您想让我把百叶窗（blinds）安在哪里？”

这个故事在民间传统中，以及专业作家和喜剧演员之间广泛流传了数十年。早期版本提到的是软百叶窗，正如这些窗帘曾经被称呼的那样。安·兰德斯于1986年发表了一个版本，她评论道：“这是一个有趣的故事，不管它是真是假。”她在自己1998年10月13日的专栏中再次发表了这个故事。

参考文献 *Curses!*, 213–215; *Too Good*, 424.

B26. “血祭诽谤” “The Blood Libel”

正如阿兰·邓迪斯所总结的，“这个传说至少可以追溯到12世纪的欧洲，据说在复活节期间，为了完成将血液和薄饼混合的仪式，犹太人杀害了无辜的基督徒婴儿或儿童”（第vii页）。这个怪诞且完全虚假的故事，或故事的其他异文，是关于一个叫“林肯郡的休（Hugh of Lincoln）”的英国小孩（在其他版本中，是在其他国家），据说他在1255年被犹太人杀害了。此传说在传统的英国叙事歌《休先生，或，犹太人的女儿》（Sir Hugh, or, the Jew's Daughter）中被再三传唱（“蔡尔德”155）[1]，而且杰弗里·乔叟（Geoffrey Chaucer）在《女修道士的故事》（The Prioress's Tale）中对其进行了改编。当这个叙事歌传到美国的时候，故事中的犹太人常常被“珠宝商的女儿”“公爵的女儿”或者“吉卜赛女郎”所代替。这个血祭诽谤故事本身作为谣言或传说继续在国际上流传。

传统的反犹太人传说，若去除其宗教偏见的话，也许会成为现代都市传说“肢体残缺的男孩”的基础。“肢体残缺的男孩”讲述了在购物中心的洗手间或其他公共场所，一个孩子被阉割了，然后被丢弃并流血至死的故事。凶手通常被认为是一些都市少数民族群体或同性恋群体的成员，而不是犹太人。这个古老传说的仪式成分被保留在一些声称这种罪行是成为帮派成员的入会仪式的故事版本中。

正如民俗学家比尔·埃利斯所展示的那样，极具讽刺意味的是，“血祭诽谤”的反基督教版本作为都市传说流行于古罗马。埃利斯认为，“我们不应该谈到现代传说时只说现代文本”。人们发现更广泛的吸血鬼传统是国际性的，其中包括非洲殖民地的谣言和传说。

另参见 身体零部件的谣言和传说

参考文献 Florence H. Ridley, “A Tale Told Too Often,” *Western Folklore* 26 (1967), 153–156; *Choking Doberman*, 78–92; Bill Ellis, “*De Legendis Urbis*: Modern Legends in Ancient Rome,” *Journal of American Folklore* 96 (1983),

1 参见词条蔡尔德叙事歌。

200–208; Alan Dundes, *The Blood Libel Legend: A Casebook in Anti-Semitic Folklore* (Madison: University of Wisconsin Press, 1991); Bennett and Smith, *Urban Legends*, 243–246; Bennett, *Bodies*, 247–303; Luise White, *Speaking with Vampires: Rumor and History in Colonial Africa* (Berkeley: University of California Press, 2000).

B27. “血腥玛丽”
“Bloody Mary”

参见 “我信仰玛丽·沃思”

B28. “蓝星迷幻药”
“Blue Star Acid”

“一种叫作蓝星的文身贴总是被卖给（或者直接送给）学校里的儿童，而且每颗星都浸有LSD[1]。”这样的虚假警告以打印、影印、印刷的形式流传着。警告传单上写着，LSD通过文身贴很容易被吸收，而且其中一些文身贴中“含有士的宁[2]”。据说文身贴的图案有“一块橡皮擦那么大”，其中可能包括蓝星、蝴蝶、超人、米老鼠、巴特·辛普森，或者其他角色和图案。因文身贴而中毒的人会出现“严重的呕吐、失控的笑声和情绪变化”等症状。

据推测，当孩子们将印刷的图案作为“一舔即粘”文身贴时，他们将会面临极大的危险。由于“已经有年轻的生命因此丧生”，这些虚假警告的读者被怂恿去传播并分发这些传单的复印件。有时这些警告传单上会出现学校、公司、教堂、日托中心等机构的信笺抬头，而且上面常常会提到一个所谓的发放传单的权威机构（例如，“我们已被告知……”），甚至是一家医院及其发言人的名字，发言人声称他们已经发出了警告。大写字母、感叹号、粗体和其他印刷样式的过度使用都表明，这些传单是业余的、非官方文件。

1 即麦角酸二乙酰胺，一种半人工致幻剂。
2 又称番木鳖碱，是一种剧毒的化学物质。

自20世纪80年代初以来，这些警告传单就已经在美国流传开了，同时还传播到了国际上，且措辞相同，而且已经被直接翻译成了其他语言。由这些传单所引发的严重的“谣言恐慌”在英国、澳大利亚、荷兰、法国、意大利和其他地方都爆发过。这些警告有时会由善意的机构发布并刊登在出版物上，但这些机构未能核实这些信息。警察和记者们经过调查，一致揭穿了这些虚假警告。然而，“蓝星迷幻药”的警告可能源于一个对实际存在的警方公告的误解，它提醒说，儿童可能会将纸片形式的LSD“标签”误认为是文身贴。

蓝星迷幻药是一种不存在的威胁。尽管“迷幻药纸”确实可以以浸有LSD的吸水纸的形式存在，这些吸水纸上可以印有卡通或其他图案（很少有蓝星和米老鼠！）——但是没有任何一个图案是用于文身或含有士的宁的；LSD是不能被皮肤吸收的，而且没有人会大规模地把这种致幻剂送给或卖给儿童。如果大规模贩卖LSD的说法是真的，那么就会构成一个全国性的药物紧急事件，并且很快就会被大肆报道。虽然LSD是20世纪60年代流行的一种违法娱乐药物，而且自20世纪80年代以来，它卷土重来，但是与冰毒和可卡因等产品相比，人们并不认为它是一个严重的问题。

另参见 虚假警告；法国

参考文献 *Choking Doberman*, 162–169; *Curses!*, 55–64; *Too Good*, 390–392; Bennett and Smith, *Urban Legends*, 211–214.

B29. “床里的尸体” “The Body in the Bed”

一对夫妇入住了拉斯维加斯的一家酒店——通常，据说是神剑酒店或海市蜃楼酒店——他们发现房间里有一股难闻的气味。这对夫妇搜查了一番也没能找到气味的来源，于是要求换房间。但是酒店的房间已经满了，所以他们不得不整晚都忍受着这种气味。

第二天早上，气味更加难闻了，这对夫妇又向前台抱怨了这一状况。那天晚上，当他们回到旅馆时，发现房间门口有一名警察，同时他们被领到另一个房间，他们的所有衣服和行李也已经被转移到了这个房间。原来，女服务员在打扫房间的时候，在这对夫妇客房的床基里面（或者藏在弹簧床垫里，或者在床底下）发现了一具腐烂的尸体。有时，受害者被认为是一名死去的妓女或是黑手党的受害者。

在这个传说的众多版本中，由于这对夫妇的痛苦经历（或者为了让他们保持沉默），酒店管理部门以让他们终生免费入住作为补偿。其中一个版本叫作“死亡之车”，讲述的是一个人低价购买了一辆车，而车里散发着尸体的恶臭味。“死亡之车”的各种版本描述的是一辆昂贵的汽车或一辆老式跑车，与之相似，“床里的尸体”说的是豪华度假区的高级酒店。

从1991年至1992年，“床里的尸体”成为一个非常受欢迎的传说，1988年和1989年的新闻报道了在酒店房间里发现尸体的真实事件，在1994年和1996年也有这样的报道。然而，没有一个记录在案的案例完全符合传说的版本，而且这些案例是发生在新泽西和佛罗里达的旅馆里。现代传说似乎有着自己的生命，尽管在某种程度上也受到了现实生活中类似事件报道的影响。2011年6月2日，美国犹他州的一家汽车旅馆里发现了一具藏在床的木框架内的尸体，这是另一个案例。据《盐湖城论坛报》（*Salt Lake Tribune*）报道：“尸体被认为在这个房间里至少待了一天的时间。在一位客人租了房间并抱怨说有一种难闻的气味之后，汽车旅馆的员工曾去过那里。”两天之内，受害人身份被核实，一名嫌疑犯也被逮捕。这并不完全是都市传说，但很接近。

参考文献 *Baby Train*, 131–133; *Be Afraid*, 109–111; Barbara Mikkelson, "The Body in the Bed," *FOAFtale News* 43 (1998), 15–16; *Too Good*, 266–268; Bennett and Smith, *Urban Legends*, 246–47; "Woman's Body Found Stuffed inside Motel Bed," *Salt Lake Tribune* (June 4, 2011), B2.

B30. “汽车上的尸体”
“The Body on the Car”

一个烂醉的男人在凌晨开车回家。尽管处于喝醉的状态，但他最终还是把车停在了私人车道上，然后跌跌撞撞地回到家，立刻就睡着了。几个小时后，他在妻子的尖叫声中醒来。她出去拿晨报，发现汽车前面卡着一具年轻女孩的尸体。

在1986年安·兰德斯的专栏发表了这个故事之后，来自美国、加拿大和欧洲的人们寄来了大量信件，这些信件都在向专栏作家和民俗学学者们咨询，信上说他们在自己的家乡听到过相同的故事，只是故事的细节不同。在反醉驾母亲协会（Mothers Against Drunk Driving）和反醉驾学生协会（Students Against Drunk Driving）的会议上，"汽车上的尸体"有时被作为警告故事来讲述，尽管当这两个组织被询问时，都不能对事故发生的时间和地点提供一个准确的参考。

自20世纪50年代以来，这个匿名故事的原型就已经在流传了，而早在20世纪30年代的新闻报道中也可以发现类似的证据充足的事件。现代传说似乎是将事实（实际的肇事逃逸事故）与想象（揭示悲剧的戏剧性方式）结合起来了。

有一个相似的传说是与船只相关的。据说一艘远洋班轮、海军军舰或货船撞上了一只小帆船，但是大船上没有人注意到这一点，直到大船驶入港口，人们才发现那只小船被卡在了大船的前面。

另参见 "祸不单行"

参考文献 *Baby Train*, 22–23; *Be Afraid*, 106–107; *Curses!*, 92–95; *Too Good*, 110–111; Bennett and Smith, *Urban Legends*, 75–77.

B31. 身体零部件的谣言和传说
Body Parts Rumors and Legends

国际上有这样的说法，贫穷的下层阶级是富裕的上层阶级的受害者，这些富人雇用小偷盗取穷人的血液、眼睛、肾脏或其他器官用于治疗或移植。吸血传统（相信吸血鬼存在的信仰）可以追溯到古希腊罗马时期，但是在最近的传说中却有了不同的形式。例如，在非洲殖民地，吸血鬼常常以木乃伊（mumiani）或消防员（wazimamoto）的形象为人熟知，后者与吸血鬼的关系就在于他们典型的红色消防车。“盗肾”是基于这些说法的主要的都市传说，但是这个主题在谣言和故事形式中都有其他的表现方式。

另参见 “血祭诽谤”；“盗肾”

参考文献 Campion-Vincent, *Organ Theft Legends* (2005); Ellis, “Roots of ‘Perspectives on Contemporary Legend,’” (2007), 22–31.

B32. 虚假警告
Bogus Warnings

匿名传单——手写、打印、复印，甚至专业印刷的——有时以耸人听闻、大惊小怪的风格警告某些危险、威胁、阴谋的存在，或者——也有积极的情况——提到一些鲜为人知的机遇。这些虚假警告的传递可以是在人与人之间、张贴在公告栏上、作为公司备忘录发送出去以及通过邮件传播；它们经常以印刷的形式传播，如今它们主要通过电子邮件传播。一些善意的组织都曾发出过虚假警告，包括教堂、学校、童子军、旅馆、公司，甚至是军事单位。

虚假警告的典型主题是犯罪（尤其是毒品犯罪以及与汽车相关的犯罪）、电脑病毒和企业或政府的不诚实交易。这些警告之所以“虚假”，是因为它们缺乏关于所谓危险的本质或者警告通知的来源的具体可证的信息。虽然这其中可能有官方来源的暗示（例如，“我们已经被告知……”或者“权威部门已经注意到……”），但是却缺乏更多的详细信息。有时，警告中会给出一个特定的名称或地址，然而结果总是要么同样是伪造的，要么所给的消息来源处否认他们曾发出过类似的警告。有时候警告中会提供参考“证据”——比如电视节目《奥普拉秀》（*Oprah*）、《20/20》（*20/20*）、《60分钟》（*60 Minutes*）都曾播出过该警告，然而对这些消息来源的验证结果却是一致的——它们从来没有播出过这样的警告。

虚假警告的风格和格式当然不像官方来源，比如警察或其他政府机构。虚假的传单和邮件都有这样的特点——大量使用大写字母和感叹号，而且还有大量的拼写和标点错误。通常，再次发布虚假警告的人会加入大写的手写评论，如“**请传播！！！**”或“**这不是笑话！！！**”。一些虚假警告通知包括建议读者采取行动——抵制产品、签署请愿书、提出索赔等。

当一个虚假警告没有夸张的印刷特征，并且似乎包含一些直白的事实时，也应该谨慎地对它们进行评价，而且它们通常也是未经证实的。例如，这样的警告似乎可信——小偷可能穿着美国联合包裹服务公司（UPS）或其他快递服务的制服进入家庭住宅，但是警告的细节却尚未证实。据说，在过去30天里，易趣网（eBay）上卖出了价值32 000美元的UPS制服，而且消息来源于美国国土安全部的“金佰利·布什-卡尔”。但是这个人并不存在，而且在易趣网或者其他任何地方都没有销售这类物品；事实上，来源不同、基本要素相同的警告已经流传了好几年。用谷歌搜索那个名字及其包含的“事实”的唯一结果就是澄清网站。在这类警告的大多数版本中，唯一的排版共性就是那句“**请认真对待！！**”，千万不要！

尽管大多数虚假警告在严格意义上不算传说，因为它们很少通过口头传播，而且缺乏强有力的叙事元素，但是他们在匿名、刻板、离奇或令人恐惧方面和都市传说相似，并且会有一些异文变化。此外，所描述的情节通常类似于著名的都市传说，例如“车底杀手”或“多毛的搭车客”。

另参见 “蓝星迷幻药”；“求救的哭声”；“好时光病毒”；胶纸的危险；“盗肾”；“别闪灯！”；“麦达琳·默里·欧黑尔的请愿书”；“全国帮派周”；扎针传说；香水袭击；“宝洁公司的商标”；“后窗劫车计谋”；“拨打手机获救”；“汽油弹”；“填充婴儿”；“老兵保险红利”；“焊熔隐形眼镜”；影印传说

参考文献 *Too Good*, 385–410; Bennett and Smith, *Urban Legends*, 207–209.

B33. “沸水喷脸” “Boil on Troubled Waters”

2000年，这个故事被发布在snopes.com网站上，标签为“分类待定”，也就是说，这个故事不能被清楚地证明为传说或者事实。同样地，就在这一年，一名调查记者判断这个故事“游离在都市传说和部分事实之间”。

这个“分类待定”的故事讲述了一个在互联网和公司备忘录上广泛流传的所谓的事件，故事描述了一个人用微波炉加热一杯水来沏茶或泡咖啡。当他拿走杯子的时候，水并没有沸腾，但是当他稍微挤压那个杯子的时候，水突然“喷到他的脸上，因为加热过程中积聚了能量”。据说那个人受了重伤，有的故事版本说他的一只或两只眼睛失明了。

尽管咨询过的科学机构证明这个事件的某些方面是存在可能性的，但从未发现这样的具体事件，即便故事的不同版本明确指出了各种各样所谓的事故发生地点。

参考文献 *Be Afraid*, 177–178; Mark Glazer, “Microwaved Water,” *FOAFtale News* 49 (June 2001), 3–4; Paul Smith, “Microwaved Water,” *FOAFtale News* 56 (October 2003), 8–9.

B34. “体内蛇”
“The Bosom Serpent”

1843年，纳撒尼尔·霍桑（Nathaniel Hawthorne）在一篇发表的短篇小说（《自负，或者，体内蛇》[Egotism, or, the Bosom Serpent]）中用了这个词语，指的是蛇（通常是通过嘴）进入人体的一个传统传说。现代民俗学学者已经采用了这个词条，它不仅是指吞下蛇的故事，同时也作为其他活体生物进入人体的传说的一个通用参考。

在更古老的欧洲体内蛇传说中（该传说在爱尔兰尤为有名），当一个人喝溪水或池塘里的水时，蛇或蛇蛋也被吞下了，或者蛇爬进了张着嘴睡觉的人的嘴中。通常，受害者通过忍饥挨饿的办法来将肚子里的生物引诱出来，受害者张着嘴躺在地上，旁边放上一碗牛奶。因为人们认为牛奶可以吸引蛇，尽管在现实生活中，蛇是食肉动物，并不特别钟爱牛奶。

"草莓地里的蛇"是最接近体内蛇传说的现代版本。其他关于身体被入侵的故事聚焦于蚂蚁、地蜈蚣、青蛙和蜘蛛等生物。在这些主题的都市传说中，通常，这些生物必须通过手术移除，但有时它们会自己离开，甚至像科幻恐怖电影系列《异形》(*Alien*)里的生物一样，从皮肤里迸出来（跳跳糖传说虽然是关于化学品而不是生物的故事，但它也有这种爆炸母题的元素）。

一些分析者认为，体内蛇传说可能代表着对怀孕的恐慌或幻想，而事实上，的确有这样的都市传说——在游泳池里，一名女性游泳者吞食了男性的精子，然后怀孕了。

另参见 蚂蚁或白蚁侵入体内；地蜈蚣的故事；"章鱼卵致游泳者怀孕"；"游泳池里的精子"；"蛛噬"；减肥药里的绦虫

参考文献 Daniel R. Barnes, "The Bosom Serpent: A Legend in American Literature and Culture," *Journal of American Folklore* 85 (1972), 111–122; *Choking Doberman*, 106–112; Richard C. Poulsen, "Bosom Serpentry among the Puritans and Mormons," *Journal of the Folklore Institute* 16 (1979), 176–189; Frances Cattermole-Tally, "The Intrusion of Animals into the Human Body: Fantasy and Reality," *Folklore* 106 (1995), 89–92; Bennett and Smith, *Urban Legends*, 115–117; Bennett, *Bodies*, 3–59.

B35. "恼怒的新娘"
"The Bothered Bride"

在一场盛大、美丽、豪华、宴请宾朋的婚礼上，就在最后宣读誓言之前，新娘转身面向客人做了演讲，感谢每一个人——父母、客人、服务员等。接着她转身面向新郎，说她想"因为昨晚你和我的伴娘睡觉"而感谢他。她把花束甩到了背叛者的脸上，然后离开了教堂。

20世纪80年代后期，这个故事在美国各地被广泛报道，并且被套在各种群体（意大利人、波兰人、爱尔兰人、犹太人等）身上。轶事报道出现在印刷品中，而编排巧妙的故事版本则发表在小报上。但是没有目击者站出来证实这一事件，即使是调查记者也无法找到故事的来源。

"恼怒的新郎"（"新郎的报复"[Bridegroom's Revenge]）的异文出现在20世纪90年代初期。在婚礼后的招待会上，新郎站起来宣布他将一个人去度蜜月，而且当他回来后将宣布婚姻无效。他让客人们在他们的盘子下面找原因，紧接着现场的每一个人都发现了新娘和伴郎的照片。一位记者试图追踪这个名为“难堪境地”的故事的起源，但没有成功。

这些故事都似乎反映了一种现代趋势——新婚夫妇要订制一场带有参与者发表原创性演讲的个性化婚礼。这个委屈的新郎的故事暗示了在招待会的餐盘下面为每一位客人藏一个惊喜的习俗（至于为什么没有客人在新郎说话之前偷看一眼自己的盘子底部，或者为什么客人们都不曾保存一张那个代表犯罪证据的照片，则没有任何解释）。另一个关于婚礼的照片传说涉及这个习俗——为客人分发一次性相机来拍摄活动照片。聚会结束后，照相机被收集起来，然后拍摄的照片被冲印出来。其中的一些是由溜出去的轻佻客人拍摄的色情照片。

“新郎的报复”语境下的表演

2010年2月27日，当我在犹他州的斯诺本斯滑雪胜地乘坐缆车时，我听到有人主动地讲述这个故事的一个版本。其他六个滑雪的人——五个男人一个女人——也在缆车上，其中四个似乎彼此认识，再有就是一对年轻夫妻。而我不认识他们当中的任何人。我提到，我听说有一场婚礼即将在缆车尽头的旅馆里举办，而且大约就在我们乘坐缆车到达的那个时间。这让一个人想起了他在一个朋友的婚礼上当伴郎的个人经历。新郎当时对婚姻犹豫不决，但是他又不得不硬着头皮让自己出现在婚礼上。六个月后，他说，他们离婚了。这个人评论道，他觉得自己把新郎准时送到教堂，尽到了应尽的职责。我也认为是这样的。然而另一个人却说，他认为伴郎的主要工作是在婚礼前为聚会雇一个脱衣舞女郎。这让第三个人想起了一个他想告诉我们的故事。

他说，他不认识这个人，但是他曾听说，一个新郎不知怎么地发现他的新娘和伴郎有染，这个新郎甚至还拍了一张他们“裸体同床”的照片。因此他大量打印这张照片，然后在举行婚礼的大厅的

B

每一张椅子下面粘了一个信封，信封里就放着那个照片。接着他在婚礼结束之前打断了司仪的主持，并告诉每个人看看椅子下面，然后就会明白为什么今天他最终打算不结婚了。“当她打开信封的时候，你们应该看看她奶奶的脸色！”

缆车里所有人的反应都是愉悦的，只有一个人例外，而且几个人都表达了他们的观点，他们认为那对情人是罪有应得。只有我这个民俗学学者表示怀疑，并且指出，这是由我们的故事讲述者精心叙述的一个都市传说。我递给他我的名片，并且邀请他看看我的一本书。那个讲故事的人很吃惊：“但是我相信它肯定是真的。我是在杰伊·雷诺（Jay Leno）的脱口秀上听说的！”就在这个时候，我们也抵达了终点，同时这个讲述传说故事的小会议也结束了。

另参见 小报和都市传说

参考文献 *Mexican Pet*, 134–135; *Too Good*, 124–128; Whatley and Henken, *Did You Hear…?*, 164–166.

B36. “男友之死” “The Boyfriend's Death”

一对年轻情侣在约会时把车停在了一条黑暗偏僻的情侣路上。当他们准备开车回家的时候，却发现汽车无法启动了。男孩说他走回主道上去寻求帮助，并且让他的女朋友锁好车门在里面等着。时间过去了很久，男孩还没有回来，女孩感到惊慌失措。她看到奇怪的影子在挡风玻璃上移动，并且听到了车顶上的刮擦声。那可怕的景象和声音一直在持续，于是女孩整晚都蜷缩在车里。

天亮了，她听到有人走近，然后看到了一名州警。警察示意她下车，随后开始引导她离开，同时提醒她不要回头看。但她还是回头看了。她看到，男朋友已经丧命，倒挂在车顶上方的树枝上，他的指甲刮着车顶，他的血流到了挡风玻璃上。有时，据说这个女孩的头发因为受到惊吓而变白了。

这个经典的少年恐怖故事最初是20世纪60年代早期在美国搜集到的。一些版本强调了那个女孩的被动角色，由于高跟鞋不舒服，她没有和男朋友一起走。有时，其中会包含“钩子”中典型的无线电警告的母题，或者杀人者可能被描述成“钩子男（The Hookman）”。一个来自纳瓦霍[1]（Navajo）儿童的版本提到，凶手可能是一个剥皮行者，这是他们民间传说中的一个传统怪物。

“男友之死”故事的讲述者通常会说故事发生在当地的某个地方，然后用这些细节来修饰这个故事——可怕的刮擦声、撕抓声、敲击声、滴答声，以及鬼影、倒影等等。在篝火晚会、睡衣派对和类似的社交活动中，这是一个最受欢迎的传说。在由得克萨斯州南部的墨西哥裔美国人（也许还有其他人）讲述的一个“B型”异文中，故事中的人物是一对夫妇，地点只是在公路上（不是情侣路），似乎仅仅因为汽油耗尽，驾车的丈夫不得不从车里出来，从而导致了他的死亡。这个传说传到欧洲之后有了一个典型的细节——杀手把她男朋友的头砍了下来，然后就坐在车顶上像拍球一样拍打这个头。在一个1976年的苏格兰版本中，故事的讲述者总结道：“他现在在卡斯泰尔斯（一所精神病院），那些看护他的人依然很怕他。这个故事也就发生在三四年前。”

正如《圣经》中所多玛城和蛾摩拉城[2]故事中的罗得的妻子，或者像希腊神话中离开地狱的俄耳甫斯，虽然被告知不要回头看，但是女孩却违命了。在各种各样的民间故事中，禁忌总是被打破。

另参见 弗洛伊德的方法；日本；恶作剧

参考文献 *Be Afraid*, 73–75; *Too Good*, 103–104; *Vanishing Hitchhiker*, 5–10; Mark Glazer, “The Cultural Adaptation of a Rumour Legend: ‘The Boyfriend’s Death’ in South Texas,” in Bennett, Smith, and Widdowson, *Perspectives*, 1987, 93–108; David Buchan, ed., *Scottish Tradition: A Collection of Scottish Folk Literature* (London: Routledge & Kegan Paul, 1984), “The Severed Head,” 88; Bennett and Smith, *Urban Legends*, 54–56.

1 美国印第安居民集团中人数最多的一支。

2 所多玛城和蛾摩拉城都是《圣经》中的罪恶之地。

B37. “扮演超人的男孩”
“The Boy Who Played Superman”

在看完超人电影或电视节目后，一个小男孩在脖子上绑了一条毛巾或窗帘作为披风，从高处跳了下去，以为自己可以像超人一样飞起来。其他类似的“幻想飞行”故事都讲述了孩子们试图像玛丽·波平斯（Mary Poppins）一样飞行，或者像大力水手波派（Popeye）一样展示强大的力量。

一些人说，漫画书可能会对易受影响的孩子造成伤害，然而这样的故事一般都无法得到证实。通常，这些故事只不过是父母们对孩子为什么从高处掉下来的原因的猜测，或者他们记错了那些与传说不太相符的新闻故事。

参考文献 *Baby Train*, 65–67.

B38. “小丑波佐的出错花絮”
“Bozo the Clown’s Blooper”

在这个故事里，“blooper”（差错）这个词语带有下流的意思，或者是一种不礼貌的表达，它在儿童电视节目《小丑波佐》（*Bozo the Clown*）的现场直播中由孩子脱口而出。通常，据说一位观众的孩子参与了某项游戏或技能竞赛，却因搞砸了任务而口吐脏话。当小丑告诉孩子他所说的是“小丑禁忌”的时候，那个小孩恶声恶气地说道：“见鬼去吧，小丑！”或用其他粗鲁的话语反击。

一个不太常见的版本说的是，在电视节目结束的时候，小丑或者电视节目中的某个成年人说了一些类似于“改天应该抓住这个小混蛋”的话，恰好通过麦克风传了出来。

这两个有关出错传说的部分异文，被认为主要源于美国众多的小丑波佐节目，以及其他一些儿童连续剧。一些人声称他们曾亲眼见证过事件的发生，但是所有参与制作和播出电视节目的人——尤其是小丑波佐的扮演者本人——都否认了这一事件的发生。总之，还没有人通过录像证明这类事情确实发生过。

这些出错故事的“小混蛋”版本很明显来源于一个关于“唐叔叔”的故事。唐叔叔是一个儿童广播节目的长期主持人，但这个版本也被坚决否认了，并且其真实性从未被证实过。这两种表达——“去你的（见鬼去吧），小丑”和“应该抓住这个小混蛋”——作为流行语和传说一同流传开来，有时，人们在自己生活的具体情况中也会使用。

另参见 “唐叔叔的出错花絮”

参考文献 *Mexican Pet*, 184–185; *Too Good*, 328–329; *The Truth*, 84–94.

B39. “脑浆外流”
“The Brain Drain”

在一个非常炎热的日子里，一个女人从停车场来到超市。在路上，她看到一个女人弯着腰趴在方向盘上，并且有一只手捂在脑后。她只是模糊地看了一眼并没有在意。当她提着日用品从超市出来的时候，她又看了看那辆车，发现那个女人依然保持着先前的姿势。于是她轻敲窗户，询问那个女人是否需要帮助。

车里的女人——依然弯着腰，一只手捂在脑后——喘息道：“打911！我被子弹击中了头部，我的脑浆正在往外流！”果然，一种灰色黏稠的物质从她的指间渗出。于是这个女人冲到商店求救，拨打了911。

当警察、店员以及医护人员挤到车前的时候，一名急救员打开车门，小心翼翼地把女人的手指拿开。观察之后，他笑道：“在汽车后座的购物袋里，一罐品食乐面团宝宝（Pillsbury Poppin’ Fresh）的饼干面团，在高温下爆炸了。罐头的盖子和罐子里面的饼干击中了女人的后脑勺。”

在一些版本里，救护人员检查了女人的购物收据，发现她在热车里坐了半个小时，一直在等待救援。在有的版本中，商店经理给了这个女人一罐新的饼干面团。其他版本描述的“枪击”是在女人驾车回家的路上发生的，这个女人在慌乱中把车停在了路边，然后得到了过路司机的帮助。

“脑浆外流”（或“饼干子弹”）传说流传于1994年冬天。但是直到1995年初夏，它才以一个极受欢迎的美国都市传说的面貌出现，同时它也证明了这是一个破纪录的炎热季节。深秋时节，这个故事已经渐渐消失，只是作为一个“笑话”，在网上流传了几个月的时间。鼎盛时期，许多报纸专栏作家都撰写过“脑浆外流”的故事，这个故事也曾被喜剧演员布雷特·巴特勒（Brett Butler）改编和重述成了一个真实的家庭故事。

尽管传说中包含现代的参照和观念，如对随机的城市犯罪的恐惧，一个众所周知的商业产品，甚至是在1995年的炎热天气，但“脑浆外流”也还是有一些传统的民间原型。早期故事的两大母题十分明显：母题J1820（**误解引发的不当行为**［Inappropriate action from misunderstanding］）和母题X1630（**炎热天气的谎言**［Lies about hot weather］）。更具体地说，有一个荒诞故事讲述了爆米花在炎热的地方发生了爆炸，附近的骡子以为下雪了，于是骡子被冻死了。

在欧洲民间故事中，这类传说是关于动物的——故事类型4——讲的是狐狸把生面团弄在自己头上，然后欺骗狼说自己的脑浆流出来了。然而，更有可能的是，“脑浆外流”故事的直接来源是一个不断流传的英裔美国人的故事——一个人将偷来的黄油藏在了帽子底下。黄油融化后流了出来，正好证明了这个小偷的偷窃行为。马克·吐温（Mark Twain）在《哈克贝利·费恩历险记》（*Adventures of Huckleberry Finn*，1885）一书中描写哈克尝试恶作剧的时候，引用了这个故事。萨莉姨妈未经思索地说道：“我的上帝！这孩子怎么了？准是得了脑膜炎了。瞧他的脑浆都流出来了！”

但是，美国人在讲述当代传说时，并没有意识到这种民俗背景。相反，他们的故事反映了人们对都市犯罪的恐惧，当事故的真正原因被揭露时，滑稽的场面就能减轻这种恐惧。当然，这其中也明显包含着妇女在持家上的挫败感，遭罪的女子不仅愚蠢地妄下结论，而且显然不能烤出“真正的”饼干，必须要依靠现成的混合物。这个生生不息的主题在南方搜集到的版本中表现得尤为突出，在那里，“从头做起的饼干”（biscuits from scratch）是一个影响巨大的地区传说。南部幽默作家刘易斯·格里扎德（Lewis Grizzard）写过装在罐子里的所谓“撞击饼干”（whomp biscuits）。正如他所说的，“‘轰’的一声！又一个可怜人吃不了自制饼干了。难怪离婚率这么高”。

参考文献 *Too Good*, 28–29; *The Truth*, 23–37; Bennett and Smith, *Urban Legends*, 77–78.

B40. 宝宝乐泡泡糖
Bubble Yum

参见 “宝宝乐泡泡糖中的蜘蛛卵”

B41. “耳朵里的虫子”
“A Bug in the Ear”

参见 地蜈蚣的故事

B42. “地毯下的窃听器”
“The Bug under the Rug”

一对在苏联旅行的美国夫妇入住了莫斯科的一家旅馆。虽然时间已经很晚了，但他们依然在房间里检查了一番，以防有窃听设备，夫妇俩对俄罗斯的安全以及被监听的可能性保持着警惕。他们在检查地板的时候，发现地板中间有些凸起，于是就把地毯卷起来，发现有一个用螺丝固定在地板上的金属盘。他们卸下螺丝，把地毯铺了回去，然后就入睡了。

第二天早上，当他们结账退房的时候，前台接待员问他们休息得怎么样，他们说："嗯，挺好的。"

"那就好，那就好，"接待员说道，"你们不知道，住在你们楼下的一对夫妇抱怨说他们经历了一个可怕的夜晚。"

"发生了什么？"这对美国夫妇问道。

"昨天晚上，吊灯掉在他们身上了。"

这个故事有时是由一名美国外交官或其他被派往莫斯科的官员讲述的。在这个流传于1989年至1990年间的戈尔巴乔夫改革时代的版本之前，同样的故事在1972年就已经被讲述了，说的是加拿大职业冰球运动员在苏联旅游，而且在此之前，"地毯下的窃听器"已经作为一个故事在美国流传了，故事内容是一对新婚夫妇担心他们的朋友可能会在酒店房间里装窃听器。在一个由邓肯和哈里斯（Duncan and Harris）于1994年搜集的笑话版本中，故事发生在华盛顿的水门饭店，这位顾客担心，尼克松时代的监听装置可能还安装在他的房间里，于是他拧掉了在桌子下面发现的一个翼形螺母。

参考文献 *Choking Doberman*, 94–95; *Too Good*, 45–46; Duncan and Harris, *Laugh without Guilt*, 87; Bennett and Smith, *Urban Legends*, 5–6.

B43. "子弹婴儿"
"The Bullet Baby"

一封1982年的信发表在《亲爱的艾比》（Dear Abby）建议专栏中，具体表述如下：

似乎是在美国南北战争（确切地说是1863年5月12日）期间，当一场战斗在附近打响时，一位年轻的弗吉尼亚农场女孩正站在房子的前廊上。一颗流弹首先穿过了一位年轻的联邦骑兵的阴囊，然后又进入了这位年轻女子的生殖道中。因此，在两人相距100英尺[1]以外的情况下，她怀上了这名男子的孩子！九个月后，她生下了一个健康的宝宝！

将上述处女生子的故事寄给《亲爱的艾比》专栏的这个人引用了一篇1971年的文章，这篇文章刊登在一个“非常值得信赖”的杂志《美国遗产》（*American Heritage*）上。事实上，“子弹婴儿”的故事的确在这本杂志上出现过，但这仅仅是一个骗局故事的一系列重述与异文中的最新版本，这个骗局故事最早发表在1874年的医学杂志上。

故事最初的来源——据说是第一手资料——是由一名军医小罗格朗·盖里·卡珀斯（LeGrand Guerry Capers Jr.）博士撰写的，他撰写的这个故事发生在密西西比州（不是弗吉尼亚州）维克斯堡附近的雷蒙德之战（Battle of Raymond）中，而且还说，它发生在一个叛军士兵（而不是一个联邦军士兵）身上。他还声称，那枚携带精子并导致女子怀孕的米尼弹，后来在那个男婴的阴囊中被发现，而且当这个女子怀孕的真相被发现的时候，她已经和那个无意中让她有了第一个孩子的士兵结婚了。

这个故事在1896年一本名为《医学上的反常和好奇心》（*Anomalies and Curiosities of Medicine*）的书中出现之后，得到了广泛传播，尽管这个特殊专栏的编者给这个“子弹婴儿”故事做了脚注：“来自医学想象领域的一个奇特例子。”作家们依旧继续相信这个故事，读者们仍旧一再复述，直到1981年，它最终才被学界揭穿。

实际上，几乎从一开始就很明显，“子弹婴儿”是一个骗局。1874年，在这个故事的初版刊登两周之后，这个医学杂志的编辑就在一份简短的公告中承认，这个故事是被作为一个笑话，以匿名的方式发送给他的。但当他认出这个骗子的笔迹的时候，他已经将这个故事按照所收到的那样一字不差地刊登了，同时将这个报道冠上了卡珀斯博士的名字，

1 英尺约等于0.3米。

以增强可信度。

即使在今天，密西西比州维克斯堡的旧法院博物馆还展览着一枚小子弹，声称——半开玩笑地——这是“子弹婴儿”事件的原始物品。博物馆还出售纪念该故事的T恤衫，它还出版了一本小册子，册子中有来自《美国医学周刊》(*The American Medical Weekly*) 1874年11月7日的原始文章，以及关于卡珀斯博士的一个简介。小册子中仅有的评论是这样的：

> 这个故事是真的吗？这样的事情可能吗？如果你是那位年轻女士的母亲，你会相信吗？有一件事是肯定的——讲故事的人有一个最恰当的名字，罗格朗·卡珀斯，因此这是一个大大的恶作剧！[1]而且如果这个故事是真的，那个孩子就真的是最早的混“弹”(Son-of-A-Gun[2]) 了！正如维克斯堡的历史学家、已故的布莱恩·拉塞尔(V. Blaine Russell) 曾经告诫的那样，“永远不要让真相破坏一个好故事”。

参考文献　James O. Breeden, "'The Case of the Miraculous Bullet' Revisited," *Military Affairs* 45: 1 (February 1981), 23–26; *Choking Doberman*, 134–138; *Too Good*, 469–472; Gordon A. Cotton, *The Minie Ball Pregnancy* (Vicksburg, MS: Old Court House Museum, 1994).

B44. “地毯上的隆起物”
“The Bump in the Rug”

一个地毯工人刚刚给一户人家的地面铺好地毯，但是当他一边站在那里欣赏自己的工作成果，还一边摸着口袋找香烟的时候，他注意到地板中间有一块隆起物。他没有在口袋里找到香烟，因此他认为一定是工

1 该医生的名字罗格朗·卡珀斯(Le Grand Capers)与大大的恶作剧(grand caper)的英文拼写相近。

2 骂人的俚语，指混蛋、王八蛋，英文的字面意思是“枪的儿子”。

作时把香烟弄掉了，而且正好被新铺的地毯盖住了。

他不打算为了一包香烟而把新铺好的地毯再挪开，于是他从工具箱里拿了一把锤子击打隆起物，很快就把它砸扁了。当他把工具放到卡车上时，发现自己的香烟放在仪表盘上。就在这时，一位女士从房子里走出来问道："你在工作的时候有没有看到我的长尾小鹦鹉？它又从笼子里跑出来了。"

1987年，一位读者寄给我一个版本，通过引用两个地毯工人之间所谓的对话来详细阐述了锤击那个隆起物的决定。据说这两个工人曾在印第安纳州的一个小镇上为一家特定的商店工作：

> 他跑出来把这个难题告诉了他的同伴。当然，他们不想掀起地毯，而且由于铺的是宽幅地毯，所以割开一条缝的想法也是不可能的。
>
> 他的同伴问他："什么牌子的香烟？"
>
> "这又有什么区别呢？"
>
> "当然有区别。到底是什么牌子的？"
>
> "'好彩'（Lucky Strike）。怎么了？"
>
> "有香烟过滤嘴的还是普通的？"
>
> "普通的。又怎样？"
>
> 他的同伴解释道："好吧，如果没有过滤嘴，你可以锤扁香烟，这样就不会有凸起。你的香烟可以在这里待15年，而且没有人会知道地毯下面有香烟。"
>
> 后来他们铺地毯的这家女主人打电话说，她在家里发现了几乎是一整包的"好彩"香烟，但是却没能找到"小比利的仓鼠"。

有时那个失踪的宠物是金丝雀或沙鼠。至少从20世纪50年代开始，这个故事就已经流传在美国的地毯工人和家庭装修工之间了。1964年的《读者文摘》和1990年的《人物》（*People*）杂志中刊登了一个版本。连环漫画《天生的失败者》（*Born Loser*）在1984年9月8日使用三幅图描绘了这个版本的故事。“地毯上的隆起物”也在英国流传，可能也存在于其他国家。罗德尼·戴尔（Rodney Dale），基本术语FOAF[1]的创造者，在他的第一本都市传说集中，以这种方式复述了这个故事——他用英国术语来称呼美国人所说的长尾小鹦鹉：

一个朋友的朋友搬进了新家，一群工匠也来了——地毯已经铺好，家具也搬进来摆好了——一切都像军事行动一样。不必惊讶，因为这家的男主人是一名退休的军事参谋。工作在五点半准点结束，最后一件家具已经被安放好，然后工匠们就离开了。这家人坐在客厅里，伸着腿，庆祝这次完美的搬家。天有点冷，于是妈妈去关门，发现地毯下面有个隆起物。然后，他们把它锤平，顺利地把门关上了。接着，他们发现虎皮鹦鹉不见了……

参考文献 *Choking Doberman*, 93–94; *Too Good*, 357–358; Dale, *Tumour in the Whale*, 61, 另有一幅漫画及讨论见于62; Bennett and Smith, *Urban Legends*, 138.

B45. “搞砸了的救猫行动” “The Bungled Rescue of the Cat”

1978年英国消防员罢工期间，当军队接管了消防员的工作之后，伦敦的一位老妇人请求帮助，把她的猫从树上引下来。一支陆军分队做出了回应，并用云梯消防车救下了这只猫。充满感激的老妇人邀请士兵们进屋喝杯茶，但是消防车在倒车时又轧死了这只猫。

那年的确发生了一场消防员的罢工，而且这次搞砸的营救行动也被作为真实事件报道了，尽管除了“一位伦敦的老妇人”和“一支陆军分队”外，没有更多的证据信息。这个故事的异文被不断地讲述，而且在英国和美国都有出版；有时那个搞砸了事情的救援者是消防部门的成

[1] 参见词条朋友的朋友。

员。不管这个故事的原始来源是否为真实事件，它已经加入了死猫都市传说的行列。在传说故事中有一个事件与这个“搞砸了的救猫行动”相类似——一位母亲急着带她受伤的孩子去急诊室，却在倒车的时候碾压了另一个在车道上玩耍的孩子。

参考文献 *Curses!*, 163–165; *Too Good*, 361–362.

B46. 笨新娘
Bungling Brides

一位丈夫看到他的新婚妻子在烘烤前将烤肉或火腿切成两半，或者是从火鸡身上取下鸡腿。他问新娘为什么这样做，新娘告诉他说她的妈妈就是这样做的。丈夫心怀好奇，打电话询问她的岳母，岳母解释说，她只是从来没有拥有一个可以容纳整块烤肉、火腿或大火鸡的足够大的盘子，而不得不这样做而已。这个主题的异文包括新娘错误地理解了饼干食谱中的“留出空间来发酵”[1]指示，或者把小棉球装在她的纱门上以驱赶苍蝇（她的母亲用药瓶上的棉花来堵住纱门上的洞）。

尽管无能或天真的新娘是一个过时并且带有性别歧视的刻板形象，但这样的故事仍然在流传，有时被当成是证明习惯的力量的例子，或者被当成是对旧习惯需要弄清楚真实来源和意义的例子。

参考文献 *Curses!*, 191–192; *Too Good*, 146–147.

B47. “垃圾袋里的夜贼”
“The Burglar in the Bin Bag”

参见 南非

[1] “留出空间来发酵”的原文为 leave to rise，也有“离开房间来发酵”的意思。

B48. “埋上圣人出售房产”
“Buried Saint Sells Property”

如果把家庭的守护神——一尊圣约瑟（Saint Joseph）的塑料雕像埋在院子里，待售的一栋房子或其他房产就会很快地吸引到买家。然而，人们却在这些方面意见不一——这尊雕像是应该正面朝上埋还是应该颠倒过来，雕像应该面朝哪里，是埋在前院还是后院，是靠近还是远离“出售”的指示牌，以及是否应该在房子卖出去之后把圣约瑟的雕像挖出来（一些人坚持雕像应该被挖出来，清洗干净，摆放在卖方新家的显眼位置）。

从1990年开始，有关这种埋葬圣人做法的描述就在房屋业主和房地产中介之间流传，同时它也体现在宗教用品商店里，或者是家庭和园艺产品目录中，小而便宜的圣约瑟雕像的稳定销售上。有人说这种做法源于一种古老的欧洲传统，但这种说法没有得到证实。天主教会的发言人也一直否认官方教会存在着任何类似于这种做法的教条。

参考文献 *Baby Train*, 181–184; *Too Good*, 246–247.

B49. 商业传说
Business Legends

公司和企业经常会成为谣言和传说的目标——这些谣言和传说通常是负面的——有时也被称为“商业传说”（mercantile legends）。这些虚假的声明倾向于大型公司或者是那些占有主要市场份额的公司。因此就像加里·艾伦·法恩（Gary Alan Fine）说的那样，“巨人效应”导致大多数软饮料故事聚焦于可口可乐，许多比萨公司传说提到达美乐比萨（Domino's Pizza），许多电脑病毒谣言以微软命名，等等。

在与商业有关的都市传说中，污染可能是最常见的主题，尤其是快餐特许经营加盟店。例如，麦当劳的汉堡被谣传含有蠕虫或袋鼠肉；肯德基（后来的“KFC”）发生过这样的故事——有人吃了一顿油炸鼠；胜奇士炸鸡（Church's Fried Chicken）的鸡肉中据说含有一种使黑人男性不育的化学物质；宝宝乐泡泡糖中据说含有蜘蛛卵。此处仅列举几个这样的类似故事。或许这种困扰大公司的最为久远的污染故事的例子是可口可乐中的老鼠传说，这个传说可以追溯到1914年，有一个实际发生的类似案例。然而到了20世纪70年代，这种带有固定情节和虚构细节的口头故事版本才变得普遍。

其他与商业有关的负面传说包括：公司因“秘密配方”而收取高额费用的故事、公司高层反消费者决策的谣言，以及公司虐待或欺骗自己员工的故事。我们必须承认的是，商业传说中的许多负面主题都能在现实的商业历史中找到依据，但是，通常这些令人震惊的具体细节却不能得到证实，而且它们似乎通过传统的民间传说模式和主题而被明显地夸大和扩充了。

在一篇关于公司如何识别影响他们业务的都市传说和对于这些传说他们应该如何应对的文章中，约翰·托德·卢埃林（John Todd Llewellyn）回顾了“肯德基油炸鼠”“宝洁公司的商标”“车底杀手”这些例子。他叙述了自己面对三个传说时的个人经历：商场杀手传说、“遗嘱”，以及一个高价配方故事。对于“让你的公司减少在都市传说中扮演主角的机会的方法”，他提出的令人欣慰的建议是“购买并阅读布鲁范德的书”，因为里面有应对负面故事的一些有益策略。

至于为什么有关企业对社会产生积极影响的都市传说很少，这没有什么神秘性可言。很明显，公司对慈善机构的慷慨捐赠，或者它的研究和开发项目中出了一些有用的新产品，有关这些内容的故事几乎是没有悬念和幽默的。即使当现代的谣言和传说涉及这样的主题时，故事中也不可避免地带有虚假的负面元素，比如关于一项有突破性的新产品的说法。像令人惊奇的节油汽车，它被大公司（这里指的是石油公司）压制了，原因是大公司会因为这一技术创新而损失销售额。

有些传说是这样描述的，某家公司会提供一些有价值的福利或奖品，以换取某种特殊形式的包装或其他包装，或只是作为在该公司登记的回报；这样的说法曾与同笑乐（Tootsie Pops）棒棒糖、嘉宝（Gerber）婴儿食品以及其他产品有关。搜集铝罐的拉环，然后用它们兑换免费使用肾透析机的时间，这是一种与上述想法类似的观念。

另参见 “臭虫信”；污染；“别和得克萨斯混在一起”；“节油汽车”；“找到帽子了”；“犹太人的秘密税金”；商业传说；“菲尔斯太太曲奇配方”；“变异鸡”；“内曼·马库斯曲奇”；“宝洁公司的商标”；“红丝绒蛋糕”；救赎谣言；劳斯莱斯传说；“飞机上的妻子”

参考文献 Fine, *Manufacturing Tales*; Koenig, *Rumor in the Marketplace*; *Too Good*, 251–268; John Todd Llewellyn, “Understanding Urban Legends: A Peculiar Public Relations Challenge,” *Public Relations Quarterly* 41 (1996), 17–22.

B50. “屠夫的恶作剧” “The Butcher’s Prank”

一个爱开玩笑的屠夫把一根香肠、腊肠或奶牛的一只乳房放进自己的裤子里，这样他敞开的裤链间就伸出了两英寸长的东西。当一位顾客注意到这个摇摆的附加物的时候，屠夫说道：“哦，这该死的怎么又出来晃荡了？”然后就用切肉刀把它切了下来。这位顾客吓晕了，有时甚至因为重重倒下而死亡，有时死于心脏病发作。

在一些年纪稍大的美国人的记忆中，这是一个实际发生于大约1915年至20世纪30年代之间的恶作剧，而且它被发表在1931年出版的一本关于法国生活的书中，有很多相同的细节。另一个欧洲版本在20世纪60年代出现在捷克电影《严密监视的列车》（*Closely Watched Trains*）中。尽管恶作剧和骗局本身就是一种民俗的形式，但当人们在讲述过程中重新对它进行阐释的时候，“屠夫的恶作剧”便进入了传说传统。有一种说法认为，这个故事曾经出现在《读者文摘》上，这种说法并未被证实，当然这也是民间传统的一部分。这个故事（很明显）和其他一些故事反映了阉割焦虑。

另参见 “火鸡脖子”

参考文献 *Baby Train*, 47–49.

B51. “买丹碧斯卫生棉”
“Buying Tampax”

一位妇女在超市结账时，在她购买的商品里有一大包丹碧斯卫生棉，但是卫生棉上没有标价钱。于是店员通过扩音器询问“摆放在第四过道那里的超大量丹碧斯卫生棉的价钱”。这位妇女在别人的注视下感到很尴尬，然而超市的备货员再次通过扩音器问道：“你是想要用手指推进去的那种，还是用锤子钉进去的那种？”收银员和其他顾客都大笑起来，而这位女顾客没顾得上付款或者是没有携带她所购买的商品，就跑出了商店。几分钟后，备货员的声音再次通过扩音器传了出来：“你想购买的图钉的价钱有什么不对吗？”[1]

这个故事常常被当作一个传说流传，有时发生在商店里，可能只是店员的恶作剧，有时也在新员工培训会上讲。尽管超市里的价格标签实际上已经被印刷的产品条形码和自动结账所取代，但是这个丹碧斯卫生棉/图钉的故事仍然在流传，这也反映了一些人对与性别相关的身体机能所感到的不安。

参考文献 *Choking Doberman*, 138; *Too Good*, 155–156.

[1] 图钉（thumbtacks）与丹碧斯（Tampax）的英文发音相近。

C1.“椰菜娃娃的悲剧”
“The Cabbage Patch Tragedy”

如果一个孩子的椰菜娃娃被弄坏了（被狗咬碎、被风雪卷走、被洗衣机洗坏等），那么父母会把它们送回厂家修理，但玩具的制造商并不会对椰菜娃娃进行修补或者换新，而是会寄来一个类似死亡证明、葬礼账单或虐童证明的东西。

这则短命的传说是由以下事件引发的：在1983年和1984年的圣诞季，最热门的礼物是送软雕娃娃，这些玩偶全部带有来自佐治亚州克利夫兰市“儿童综合医院”的收养文书。关于这个销售策略的合理解释是，如果一个玩具带有证明其“出生”的文件，那么，同样也要为它制作一份“死亡”证明。制造商并不会关注娃娃的“死因”，他们只是在网站上公布自己将提供清洁和维修服务，包括一个基本“洗浴室”和各种“急诊室”，从娃娃脸上的睫毛、雀斑到肚脐和屁股，都可以修补。

尽管这些与椰菜娃娃的死亡相关的条目或服务并非真实存在，但是根据1985年的一则新闻报道，的确有一些为椰菜娃娃举办的夏令营，他们还专门找来了一位加拿大牙医给娃娃补牙（其实它们并没有牙齿）。不过这两个活动都不是娃娃的生产厂家组织的。

另参见 日本（“活玩偶”故事）
参考文献 *Mexican Pet*, 74-75; *Too Good*, 268.

C2.尸体
Cadavers

为了让医学生学好解剖学，需要解剖人的尸体，这导致了一些骗局、恶作剧、笑话和传说，在实习医生群体中广为流传。许多故事都会涉及被截掉的一段肢体，甚至是一段阴茎，以及拿这些东西来搞恶作剧。演绎得最甚的一则尸体故事，讲的是一个医学生发现分配给自己解剖的尸体竟然是一位新近去世的亲戚。

另参见 医学生的恶作剧；“亲属的尸体”；收费亭的恶作剧

C

C3. 校园谣言恐慌 Campus Rumor Scares

美国的大学里屡有谣言，声称一位巫师预测：在不久之后，或是在某个特定的日期（通常是万圣节），会有一个嗜杀成性的杀手袭击校园。据说，这种警告大多在一档知名电视脱口秀节目的播出期间出现，通常是《杰拉尔多秀》(*Geraldo*)、《唐纳修秀》(*Donahue*)，尤其是《奥普拉秀》。脱口秀的发言人坚称他们从未在节目上说过这些预言，校方也将其视为骗局，尽管如此，他们还是会提醒学生保持警惕。媒体调查也始终未能发现任何能够证实这些预测或谣言的证据。

校园恐怖谣言的内容往往是非常明确的，但具体细节却适用于多所学校。例如，根据预测，谋杀案将会发生在学校最高层或最底层的宿舍；案发地点可能被描述成一个“非常非常平坦”的地方，或是靠近一条河、一个池塘、一块墓地。建筑物的外观往往像一个字母——例如，L、T、X或U——而不是大学建筑物的常见外形。谣言中还提到了可能发生凶杀案的实际楼层，但是通常是一个很小的数字（从二层到四层），在美国大学校园里，这可能就包括了90%的学生宿舍。

既然预测谋杀案将会在万圣节的晚上发生，那么通常这个故事会包含“凶手做伪装”的情节。最常见的细节是，罪犯常常打扮成小波比（Little Bo Peep）的模样。凶手作案的目标院校的线索可能暗含于代表学校校名开头的特定字母中。当1991年11月1日爱荷华大学的五名学生遭遇枪击身亡时，有些人记起了先前的一个预言：在州名的开头和结尾都有一个元音的某个州的一所大学中将会发生谋杀案。但事实上这样的有关爱荷华州（Iowa）的故事并没有流传过。

那些听过且散布这些谣言的学生倾向于记住所有真实发生过的校园

犯罪，他们尽量将其套进自己听说过的故事模式，同时也很容易忘记许多类似的预言其实都是虚构的。针对这种典型的合理化现象，缅因大学的民俗学家爱德华·艾维斯（Edward D. Ives）1991年曾评论说："这就像是预测明天加利福尼亚州将会沉入海底，然后当天在大苏尔附近发生重大岩滑事故之后，人们又会提起这则预言来一样。"

1991年秋天是美国东北部的大学出现校园谣言恐慌的高峰期。1988年，在南部和中西部的学校中也广泛流传过一系列的类似故事。但事实上，在20世纪80年代和90年代间的每一年，甚至是更早的几年间，类似的故事就在美国高校中蔓延。一个近期出现的例子：1998年10月30日出版的《底特律自由新闻报》(*Detroit Free Press*)中的一则新闻标题就是"MSU，U-M校园惊现万圣节大屠杀故事"。(MSU和U-M分别指的是美国密歇根州立大学和密歇根大学)。

参考文献 *Baby Train*, 116–119; *Too Good*, 429–430 (Ives教授的报告); *Be Afraid*, 191–196.

C4. 加拿大
Canada

长期以来，加拿大对各种形式的民间传说进行了大量的搜集和分析，这些传说来自当地土著居民、法裔加拿大人、英裔加拿大人，还有许多少数民族。但是都市传说很晚才引起加拿大民俗学学者的关注，就加拿大的国土面积和学术兴趣而言，这些材料累积到现在，其数量还是相当少的。

最早注意到加拿大都市传说的民俗学学者是多伦多约克大学的伊迪丝·福柯（Edith Fowke），她的学生苏珊·史密斯（Susan Smith）在《加拿大民俗学》(*Folklore of Canada*，1976）一书中，公开发表了福柯在1973年搜集到的一些都市传说。史密斯的文本来源于住在多伦多及其郊外的青少年，包括"钩子""男友之死"和"保姆和楼上的男人"等著名传说。除了史密斯版的"消失的搭车客"，福柯在她的《加拿大故事集》(*Tales Told in Canada*，1986)一书中，收录了她1985年在多伦多搜集到的另一个版本。除了在安大略省工作的福柯，在马尼托巴省温尼伯大学工作的凯·斯通(Kay Stone)，也鼓励学生去搜集都市传说，朱迪·瓦格纳(Judy Wagner)搜集的一些文本还被收录在斯通的《草原民俗学》(*Prairie Folklore*，1976)一书中。

在这些搜集来的都市传说中，恐怖故事占绝大多数，因此福柯在她1988年《加拿大民俗学》(*Canadian Folklore*)的调查中将都市传说描述成"关于不幸灾难和离奇事件的相当可怕的叙述……通常被信以为真(而且)据说就发生在身边某个人的身上"。福柯承认大部分传说也"为整个北美洲和世界其他一些地区的人们所熟知"。确实，在大多数加拿大传说的文本中，我们很难找到任何真正意义上的独特的"加拿大"传说，除了那些偶尔提及当地地名或公共机构的文本。例如，据说钩子男就埋伏在"安大略省米德兰地区附近的情侣路"上，而保姆险遭谋杀的事件就发生在一个"正在蒙特利尔市的大房子里照顾三个孩子"的女生身上。更典型的是，据说"消失的搭车客"的多伦多版本就发生在"我女朋友的最好的朋友和她父亲身上"。

但是，还有一些当代传说看起来的确跟加拿大有着特殊的渊源，或者至少是加拿大版本的分支。例如，在整个北美洲甚至英国都家喻户晓的"不是我的狗"的故事，最早见于露西·莫德·蒙哥马利(Lucy Maud Montgomery，《绿山墙的安妮》[*Anne of Green Gables*]的作者)1924年出版的童书《埃米莉的诗样年华》(*Emily Climbs*)。蒙哥马利可能是在复述一个她从家乡加拿大东部爱德华王子岛听到的故事。正如1985年的一篇报纸文章中报道的那样，来自加拿大西部艾伯塔省的"遗失的残骸"故事，似乎是从一个19世纪的斯堪的纳维亚传说中衍生出来的，而这个传说可能是被移民带到加拿大的。尽管"拘捕"故事的加拿大版本看起来同在美国搜集到的版本一模一样，但是可怕的"毒品走私传说"却包含了关于北达科他州法戈附近的海关过境处的具体细节(与此类似，一些加拿大版本的"丢失的奶奶"把加美边境作为事发地点)。

现代的商业传说似乎在加拿大和美国都有流传，尽管它们不是人尽皆知。1970年，作家约翰·罗伯特·科伦坡（John Robert Colombo）从一位多伦多商人那儿听说了“飞机上的妻子”的一个版本，这个商人是在前往美国的商务旅行途中听到的。后来科伦坡在加拿大的广播节目中又一次听到了这个故事。同样地，1991年11月，纽约西部的加拿大广播公司的一档节目讲述了“臭虫信”的故事。正如《作死！再晒一次！》中写到的那样（第112—113页），或许，目前搜集到的最具独特性的加拿大都市传说是“底特律汽车停下”（Stopping the Detroit Car）。安大略省（与底特律有一河之隔）温莎市附近的加拿大皇家骑警拦下一辆密歇根牌照的豪车，以警告其轻微的违规行为（例如有一只前车灯烧坏了），车内四名穿着深色西装、人高马大的乘客急忙下车，弯腰趴到引擎盖上，同时叉开双腿以备搜查。这个故事强调了加拿大人对来自美国的有组织的犯罪团伙的印象。

刻画加拿大人自我形象的一个著名传说（或笑话）叫“别放下你的叉子”（Keep Your Fork），见于已出版的逸闻录、期刊，它还经常在口头传统中出现。以下是20世纪90年代网络上流传的一个版本：

> 菲利普王子（Prince Philip）与伊丽莎白女王（Queen Elizabeth）结婚后不久，他就开始了加拿大之旅，作为行程的一部分，他去了北部的一个因纽特人社区。村里的妇女们在社区中心为所有的来访者准备了饭菜，正当她们清理盘子的时候，一位老妇人说：“王子，别放下你的叉子，还有个馅饼呢。”

据说，“别放下你的叉子”的故事发生在许多去加拿大旅行的王室成员身上，大多数在加拿大的英国人，都用家庭待客的方式款待这些贵客，而饭桌上必然会有“馅饼”这道简单实在又硬邦邦的点心，吃饭的时候主人还会提醒他们“LSF”[1]（舔干净并收好你的叉子）这个传统。

[1] 即Lick and Save Fork。

近年来，都市传说的国际性研究已经集中在加拿大，特别是在圣约翰市的纽芬兰纪念大学。保罗·史密斯是“当代传说观点”（Perspectives on Contemporary Legend）会议的创办人，这个会议从1982年开始在英国谢菲尔德大学举办，他在1990年加入了纽芬兰纪念大学的民俗学系。传说研究学术会议的召开，促成了1988年国际当代传说研究会的成立，史密斯是第一任主席，他还着手编辑该研究会的年刊《当代传说》，第一卷于1991年面世。保罗的一位同事菲利普·希斯科克（Philip Hiscock）1994年担任研究会时事通讯《FOAF故事通讯》（*FOAFtale News*）的编辑。第17届当代传说国际研讨会于1999年5月在圣约翰斯市的纽芬兰纪念大学举行。国际当代传说研究会还于2003年在纽芬兰岛的科纳布鲁克、2009年在新斯科舍省的巴德克，召开了会议。

当戴安·戈尔茨坦在纽芬兰纪念大学担任教员时，她对加拿大当代传说进行了独特而详细的分析。在1992年发表的一份初步报告中，戈尔茨坦论述了纽芬兰传说“欢迎来到艾滋病的世界”如何揭示“纽芬兰人文化的复杂性……一个只相信自我和家庭的世界……一个改变无意义的外来信息以创造有意义的本地信息的世界”。戈尔茨坦2004年出版的《曾经有种病毒》（*Once Upon a Virus*）一书中包含了这项研究成果。

在伦敦西安大略大学，迈克尔·卡罗尔（Michael P. Carroll）使用弗洛伊德理论完成了一系列针对都市传说的分析，包括“钩子”和“下水道里的鳄鱼”，但是他使用的大部分材料并非直接来自加拿大传说。

另参见 “婴儿列车”；“保姆和楼上的男人”；“塌陷的天使蛋糕”；粉丝之死；“遗失的残骸”；“避孕套上的针孔”；“树上的水肺潜水员”；“商店扒手和冷冻食品”；“结实的水泥凯迪拉克”

参考文献 Michael P. Carroll, “Alligators in the Sewer, Dragons in the Well, and Freud in the Toilet,” *Sociological Review* 32 (1984), 57–74; Diane E. Goldstein, “Welcome to the Mainland, Welcome to the World of AIDS: Cultural Viability, Localization, and Contemporary Legend,” *Contemporary Legend* 2 (1992), 23–40; Robert M. MacGregor, “Québec’s Killer Beer: A Dark T(ale),” *Contemporary Legend* 5 (1995), 101–114; *Culture & Tradition*（每年由纽芬兰纪念大学民俗学系的学生出版）, vol. 26 (2004), Special edition “Student Life and Campus Customs”; “Keep Your Fork” 可以在网站http://www.snopes.com/embarrass/celebrity/keepfork.asp上找到.

C5. “罐子里的蛇”
“The Can of Snakes”

两个渔夫正沿着一条溪流走路，遇到一个正用钓竿、钓钩、钓线和浮标钓鱼的小男孩，他旁边还放着一罐虫子做鱼饵。这两个渔夫问道：“怎么让鱼咬钩啊？”男孩回答：“鱼不一定能咬，但我的虫子肯定能咬。”听到这个奇怪的回答，两人笑了笑就离开了。但是过了一会儿，当他们再回来的时候，发现男孩已经死在了河岸上。他的虫子罐里满是小响尾蛇（铜头蛇、噬鱼蝮蛇等），是这些蛇把小男孩咬死了。

尽管故事的发生地点以乡下居多，但“罐子里的蛇”仍被放在当代语境中进行讲述。这个故事与其他“蛇窝”（bed of snakes）传说有关，它在美国南部和中西部流传甚广，涉及的人物多为游泳者和滑水者，而不是渔夫。

另参见 “倒霉的滑水者”
参考文献 *Mexican Pet*, 28.

C6. “汽车在地震时被盗”
“Car Stolen during Earthquake”

一封从旧金山寄来的信写道：

> 1989年10月17日，一对夫妻，应该是我朋友老板的朋友，开着他们的新款白色宝马车去观看年度棒球冠军联赛。这辆车上标着“最多可以跑500英里[1]”。他们把车停在烛台公园停车场里一个偏僻的位置，这样他们的新车就不会被剐蹭了。他们刚在赛场找到位置坐下，就发生了地震，比赛取消，所有人都迅速撤离了烛台公园——但这对夫妻除外。他们认为在如此混乱和恐慌的情况下，等

[1] 1英里约等于1.61千米。

所有人都走了，再把车缓缓开走更安全。当掉队的他们最后来到停车场时，车不见了！

他们向警方报案，填写了所有的保险单等。令人吃惊的是，他们没有听到任何关于汽车的后续消息。车没有被找到，也没人再见到。他们在警方那里一无所获。几个星期后，他们终于接到了一个电话。车找到了——在已塌陷的尼米兹高速公路下面，车里还有一个人，尸体已被压烂，无法辨认。

呼……

在另一个版本中，这台车是一辆崭新的保时捷，当一个警察拿着汽车牌照出现在车主家的前门时，他们才明白发生了什么事。

这封信是旧金山的芭芭拉·伯恩斯坦（Barbara Bernstein）在1990年1月寄给我的，这是在1989年10月17日特大地震发生之后流传于加利福尼亚北部地区的典型汽车盗窃传说。在风格上，这个书面版本与口头传统相呼应，包括对异文的借用。其他讲述这个故事的人提到了不同品牌和样式的豪车、汽车被毁的不同地点，或专门指出小偷极有可能是少数民族的一分子。当地记者调查了这一事件的可能来源，最后得出结论："都市煎饼"（Urban Pancake，一位作者给故事起的名字）是一个虚构故事。

参考文献 *Baby Train*, 146–148; *Too Good*, 85–86; *Be Afraid*, 202.

C7. "职业决策" "Career Decisions"

一个乡下男孩在大城市找工作时特别不走运，因为他是文盲，所以在应聘妓院的簿记员时被拒绝了。妓院的女主人觉得有点对不住他，给了他两个红苹果。男孩系鞋带的时候，把苹果放在了一个垃圾桶上，一个陌生人路过时把苹果买了下来。男孩买了更多的苹果，转手卖掉，后来他用自己赚的钱先开了一家杂货店，然后是许多连锁店。到了晚年，他成了一名富人，并被誉为“年度商业人物”；后来，一个记者发现他仍旧是个文盲。“先生，”他问，“要是您会读书写字的话，您觉得您将拥有什么呢？”男人回答道：“我想我可能只是个妓院的簿记员。”

2010年，一张在犹他州弗纳尔的一辆破旧小货车上被发现的车尾贴，把这个故事的主体内容缩减成一句妙语。弗纳尔——必须要解释一下——那个在因塔盆地的城市，是个主要的石油产地；钻工是指油田工人。车尾贴上写着：“千万不要告诉我的父母我是个钻工，他们还以为我正在妓院里弹钢琴呢。”马克·格兰特（Marc Galanter）在关于律师、政客、债券推销员、唱片公司经理、匈牙利的秘密警察以及一位澳大利亚哲学教授的笑话中，记录了这句妙语的异文。

萨默塞特·毛姆（W. Somerset Maugham）的读者发现这个故事其实是毛姆1929年的短篇小说《教堂司事》（The Verger，题目中的这个词是教堂守护人［church caretaker］的英式写法）中某个情节的异文。在毛姆的版本中，主人公在被别人发现是文盲之后，被教区牧师开除了。在接连碰了几次好运气之后，他成了伦敦一家时尚连锁店的老板，他还告诉记者，要是他会读书写字的话，他可能就只是个内维尔广场圣彼得教堂的司事了。

在毛姆的另一部作品中，也出现了类似的情节。毛姆解释说，这个故事“是一个比较知名的犹太民间传说”。的确，西格蒙德·弗洛伊德（Sigmund Freud）说过这个故事的另外一个传统版本：一个不识字的犹太人成了石油大亨，其实，如果他会读书写字，他可能只是个“犹太教堂的仆人”。

最新版本的《民间故事类型》（*The Types of the Folktale*）把这个故事分类到了故事类型1659“迟来的满足”（Late Satisfaction）中，引用了荷兰、弗里斯亚（Frisian）、德国、犹太和澳大利亚传统中的例子。类型索引[1]（Type Index）中的故事概要提供了这个主题的另一个异文：

1　代指《民间故事类型》中确立的ATU分类体系。

一个男人想要申请一份酒店行李员（或是教堂司事、影院售票员等）的工作，但因为他不会读写而没被录用。他移居外地，经历了一连串走运的事情，变得非常富有。后来他衣锦还乡，住进了一家旅馆，在那里他被要求填一份表格，很明显他依然是个文盲。行李员问他："如果你会读写的话，你可能会做什么呢？"男人回答："我可能只是这家旅馆的行李员。"

不同的"职业决策"故事涉及多种职业。例如，据说一位足球教练在招募球员的时候会去乡下问问这些正在耕田的农场男孩，去大学走哪条路，如果男孩答对了，教练就会签下他，让他去拿体育奖学金。尽管这个故事讲的是作为美式橄榄球巨星之一的布隆科·纳古尔斯基（Bronko Nagurski），但基本情节可以追溯到为沙皇、国王或皇帝的军队招募士兵的欧洲故事。

所有这些故事之所以吸引人，是因为现实人生中的职业决策、大学专业选择、职业变动这类事情，本身就具有偶然性。一个与之相关的个人逸闻是"我是如何遇到我的伴侣或配偶的"，它在任何一个情侣们聚合的场合那里都是一个超棒的谈话引子。

另参见 故事类型

参考文献 *Baby Train*, 155–157; Elliott Oring, *The Jokes of Sigmund Freud: A Study in Humor and Jewish Identity* (Philadelphia: University of Pennsylvania Press, 1984), 55; Marc Galanter, *Lowering the Bar: Lawyer Jokes and Legal Culture* (Madison: University of Wisconsin Press, 2005), 200.

C8."被阉割的男孩" "The Castrated Boy"

参见 "肢体残缺的男孩"

C9. “猫（或狗）和裸男”
“The Cat (or Dog) and the Nude Man”

一个刚好一丝不挂的男人猛地撞见家里的宠物狗或宠物猫，被吓了一跳，结果造成了一场痛苦的“滑稽事故”。有时是一个男人正在洗澡时，他的妻子冲着他大声尖叫，因为热水器（或厨房水槽）突然裂开了很大的一条缝。

男人没有穿衣服，而是跑过去跪在地上，试着把水龙头关上。他的狗在嗅他的屁股（或他的猫在抓他的睾丸），男人立马跳了起来，结果重重地撞到了头，昏了过去。医护人员赶了过来，当知道这个男人是怎么受伤的之后，他们大笑不止，以至于打翻了正抬着他的担架。

通常，这个故事会以家人正在把一株户外的植物或圣诞树搬进屋里为开头。当看到一条蛇从花盆里或树的根部往外爬，妻子声嘶力竭地尖叫，男人匆忙从浴室跑出来。他跪下来查看厨房水槽下面、沙发后面之类的地方有没有蛇。有时，他的妻子再次看到蛇时，又尖叫了起来，刚好吓到了护理人员，于是医护人员打翻了担架。或者，医护人员自己被蛇吓到了。

裸男和大笑或粗心的医护人员这两种主题，还有狗、猫和蛇，在其他一些都市传说中也出现过。

参考文献 *Choking Doberman*, 220–221; *Mexican Pet*, 114–116; *Too Good*, 364–365.

C10. 鲇鱼
Catfish

参见 “巨型鲇鱼”

C11. “包裹里的猫”
“The Cat in the Package”

参见 “包裹里的死猫”

C12. “挣脱了皮的猫”
“Cats Out of Their Skins”

一则性质恶劣的虐待动物故事从20世纪90年代开始在爱沙尼亚传播，有可能是故事类型1896的新形式，讲述了一个标题夸张的幽默故事——“男人把狼尾巴钉在树上”（The Man Nails the Tail of the Wolf to the Tree）。在爱沙尼亚民俗档案馆（Estonian Folklore Archives）中有一个1998年由一位13岁男孩讲述的版本：

> 曾经有一只烦人的猫一直想跑回到楼梯上。人们朝它背上扔了好几块松脂。这只猫吓得仓皇逃窜，随后坐了下来，伸出前爪趴在地上。看见猫不会离开，早就受够了它的男孩们在猫脖子上系了根绳子，他们拉住绳子的末端，然后把它扔出了窗外。据说这只猫跳着挣脱了皮，落在地上时只剩一大块肉。

在爱沙尼亚乡下搜集到的这个故事的早期版本，更像以下这则古老的荒诞故事：猎人们撒了个大谎，说他们把几只狼的尾巴钉在了一个树桩上，然后使劲地吓唬这些狼，导致它们跳着挣脱了皮，然后逃走了（这些故事有时也被称作“孟乔森故事”[Münchausen Tales]，跟德国文学中的一位知名骗子有关）。2005年，当男孩通过恐吓使猫挣脱了皮的杀猫故事继续流传并被一份爱沙尼亚报纸报道时，一篇关于警方后续调查的文章以“基于都市传说的杀猫故事”（Article on Cat-Slaughter Based on an Urban Legend）为标题发表了。这些离奇故事作为现代传说，对人们产生了一定的吸引力，这或许与人们会把它们和其他当代死猫故事（例如“包裹里的死猫”“派对上中毒的猫咪”）联系起来有关。

另参见 爱沙尼亚；故事类型

参考文献 Eda Kalmre, “Cat Out of Its Skin!—The Return of an Old Münchausen Tale in Estonia,” *FOAFtale News* 64 (April 2006), 1–2; Bennett and Smith, *Urban Legends*, 145–146.

C13. “身陷耦合器”
“Caught in the Couplers”

参见 “最后一吻”

C14. “庆贺的阿拉伯人”
“The Celebrating Arabs”

记者报道过，民俗学学者也证实过，“在世界贸易中心遭到袭击后的几小时内，在美国就有谣言开始传播，声称‘阿拉伯人在街上跳舞’以庆祝恐怖袭击”（法恩和赫瓦贾［Fine and Khawaja］，第191页）。这些谣言广泛地重复出现在广播、电视脱口秀、纸质媒体，尤其是网络上。一封邮件宣称该事件发生在一家唐恩都乐（Dunkin' Donuts）甜甜圈店里，还引发了一场抵制活动。部分内容如下：

> 在新泽西州的锡达格罗夫，一位顾客看到一家唐恩都乐甜甜圈店的店主烧了美国国旗。在利特尔福尔斯的另一家唐恩都乐甜甜圈店里，一位顾客看到地上有一面写满了阿拉伯文的美国国旗。在新泽西州的韦恩，当听到袭击的消息时，阿拉伯裔员工在柜台后面欢呼雀跃。一位顾客朝他们扔了自己的咖啡并报了警。
>
> 我们开始在全国范围内对唐恩都乐甜甜圈店发起抵制活动。在这个悲伤的时刻，请确保所有的美国朋友都能收到这条消息。

底特律民俗学家珍妮特·朗格卢瓦（Janet L. Langlois）针对这一流传在她所处的大都市地区的谣言/传说复合体发表了一篇详细的分析文章，称它为“信息高速公路上的匿名交易”。在底特律地区，人们将这个故事跟一家受欢迎的名为“酋长”的地中海餐厅联系起来，正如一封电子邮件中描述的那样：

C

> 我的女婿大卫·坦南鲍姆（化名）今天早上打电话跟我说，一名来自他所工作的亨利·福特医院的护士，昨天去明镜湖果园路和庞蒂亚克小道交汇处的酋长餐厅吃午餐——在那里，所有人在看到我们美国的悲剧镜头时都在欢呼。不要再光顾这家餐厅了，也请把这句话传给每一个你认识的人。

另参见　“心怀感恩的恐怖分子”

参考文献　Janet L. Langlois, "'Celebrating Arabs': Tracing Legend and Rumor Labyrinths in Post-9/11 Detroit," *Journal of American Folklore* 118: 468 (Spring 2005), 219–236; Gary Alan Fine and Irfan Khawaja, "Celebrating Arabs and Grateful Terrorists: Rumor and the Politics of Plausibility," in Fine et al., *Rumor Mills*, 189–205; Fine and Ellis, *Global Grapevine*, 30–32.

C15. 名人 Celebrities

千万不要被那些对名人的刻意吹捧和关于他们的流言蜚语迷惑了——通常是由公关人员捏造、主要通过媒体传播——真正关于名人的“民间”谣言和传说的源头都是匿名的，流传渠道都是非正式的，内容也都是多变的。故事中流传着的名人可能来自娱乐界、媒体界、体育界、政界或其他领域。尽管名人故事在现代民间传说中所占比重并不大，但有些亦真亦假的名人故事却出人意料地经久不衰。

例如，“电梯事件”就是一个自1981年开始流传、附会了多名黑人运动员与艺人的传说，涉及的人物包括雷吉·杰克逊、埃迪·墨菲（Eddie Murphy）等。在每一个版本中，没有被认出的男人随口说的话

(“女士，坐下！”或“按四楼！”)，容易被站在同一个电梯中的白人乘客误认为是一种威胁。无论如何，这个误解他人的种族主义故事在更早的传说中还有非种族主义故事的原型，这些原型中包括其他一些言语方面的误解。

更早的一个故事是“小丑波佐的出错花絮”，几乎每一家儿童节目广播公司都与这个故事有关——但事实上没有一个是真的。至今还没有确凿的证据证实有哪个主持人，或是年轻嘉宾在这样一档电视节目的直播中说脏话。相反，这个传说可以追溯到最早的广播时代，它描述的情况对每一位播音员来说都是噩梦。

其他一些名人传说的典型主题包括关于某人死亡的虚假报道（例如“保罗已死”）、一位名人保持健康和美貌的所谓秘密（例如“桃丽·芭顿的节食食谱”）、魅力明星的负面传闻（例如“塞沙鼠”），以及与名人的偶遇（例如“蛋卷冰淇淋的戏谑”）。另一个属于“偶遇名人”主题的例子是“另一个家伙”，这则来自都柏林的故事是爱尔兰民俗学家伊尔斯·尼·赫布恩·阿尔姆奎斯特（Eílís Ní Dhuibhne Almquist）发给我的，2009年，她从一位在她家打工的男人那儿听说了这个故事：

几天前，（工人的）姐姐和她朋友去都柏林的威斯伯雷酒店餐厅吃晚饭。她们刚坐下，就发现房间另一侧坐着的正是（摇滚明星）波诺（Bono），他正和另一个人一起吃饭。她们特别兴奋，想要一张和波诺的合影。但她们不好意思去打扰他，就请来服务员帮忙。服务员过去问了波诺，回来告诉她们说没问题，波诺很乐意和两位女孩合影。于是她们走了过去，简单寒暄了几句，然后姐姐的朋友把手机递给波诺的朋友，让他帮忙拍一张三个人的合影。拍完合影，她们回去继续吃饭。

离开餐厅之前，两人去前台结账。服务员说：“可以了，已经买过单了。”她们又惊又喜：“噢，一定是波诺给我们买的单！”

"不是的，"服务员回答，"是布鲁斯·斯普林斯汀[1]（Bruce Springsteen，即和波诺一起就餐的同伴）买的。"

法国民俗学家让-布鲁诺·勒纳尔（Jean-Bruno Renard）2010年发表了一篇文章，提到了许多国际政坛人物，他们曾是这些"逸闻、谣言、传说和笑话"的主人公。上述范畴的定义取决于故事是否被**当作真事讲述**，尽管如此，正如勒纳尔指出的那样，政客的公众形象与这些故事到底是"真的、可疑的、还是假的"并没有多大关系。

与真正的传说相比，无论过去还是现在，或许与名人相关的逸闻更多一些；二者的区别在于，一般来说，逸闻都比较短小（一个独立的情节），而且至少部分是真实的，常常包含一个诙谐的评论或反驳。与之相反，传说的篇幅更长、情节更丰富，而且与事实偏离得更远。根据这个定义，一位爵士乐音乐家对"什么是爵士乐？"这一问题的回答本质上是一则逸闻，而另一位爵士音乐家意外地坐到了一只小狗身上（"被坐扁的狗"）很明显就是个传说。

名人们自身对这些故事有着不同的反应。极少有谣言和传说是恶意诽谤的，当然，这些言论会被名人们坚决否认，尽管可能更好的做法仅仅是忽略这些故事，让它们自生自灭。有时名人们似乎会被那些关于自己的、不可能发生的故事逗乐，甚至会互相争抢，声称一个虚构的故事是人们对自己个人崇拜的一部分。

另参见 代沟传说；认错人；"射杀公牛"；脱口秀和都市传说；"最小的粉丝"

参考文献 *Mexican Pet*, 178–190; Jean-Bruno Renard, "La construction de l'image des hommes politiques par le folklore narratif. Anecdotes, rumeurs, légendes, histoires drôles," *Mots. Les langages du politique* 92 (2010), 11–22.

[1] 著名的美国乡村与摇滚乐歌手、吉他手、创作人。

C16. “名人的车出了故障”
“The Celebrity’s Car Breakdown”

在这个传说中，一位司机停下车去帮助另一位被困在抛锚汽车旁的车主。故事通常发生在夜间和/或一条繁忙的高速公路上。这位司机帮忙换了一个轮胎，提供了一根拖车绳，把车主送到服务区然后返回，等等。尽管当时司机没有认出抛锚车的车主是谁，但后来，这个乐善好施的人收到了一辆崭新的豪车或其他一些奢侈品，他这才意识到原来自己帮助的是一位名人或名人的妻子。

这个故事从20世纪50年代就开始流传了，相关的音乐家包括佩里·科莫（Perry Como）、路易斯·阿姆斯特朗（Louis Armstrong）、纳金高（Nat King Cole），还有拳击手里昂·斯宾克斯（Leon Spinks）的夫人。请注意在这些人当中黑人占了四分之三，还有一位有时会赠送凯迪拉克新车给陌生人的歌星是埃尔维斯·普雷斯利（Elvis Presley），他早期的许多成功的演出是按照黑人表演风格进行设计的。

参考文献 *Curses!*, 114–116.

C17. “名人的电话（或电话卡）号码”
“The Celebrity’s Telephone (or Phone Card) Number”

伯特·雷诺兹（Burt Reynolds）1981年在《今夜秀》（*The Tonight Show*）节目中告诉约翰尼·卡森（Johnny Carson），他最近从电话公司获得了一大笔赔款，并且可以在特定时间（或特定日期）内免费通话。他在广播中宣布了自己的电话信用卡号码，并邀请所有观众使用这个号码打免费电话。

与此同时，还流传着与罗伯特·雷德福（Robert Redford）有关的类似故事，据说他公布了自己的信用卡号码。几十年前，当电话公司拒绝向他们支付其尚未使用的长途电话的押金时，史蒂夫·麦克奎因

（Steve McQueen）和保罗·纽曼（Paul Newman）还号召粉丝们帮忙花光他们的那一大笔存款。

1984年，另一个名人电话谣言开始传播。据称，迈克尔·杰克逊（Michael Jackson）的《战栗》（*Thriller*）专辑上的十位数产品代码其实是他的私人电话号码。这则消息可能是通过全球音乐电视台（MTV）广播发布的。一时间，大量的电话纷纷打进了华盛顿州贝尔维尤市的一家美容院，因为它的电话号码碰巧和杰克逊专辑上的产品代码完全一致。

参考文献 *Choking Doberman*, 203–208; *Curses!*, 234–235; *Mexican Pet*, 181–182.

C18.“水泥车司机”
“The Cement-Truck Driver”

参见 “结实的水泥凯迪拉克”

C19.“帽子里的鸡肉”
“The Chicken in the Hat”

参见 “商店扒手和冷冻食品”

C20.“公交车上的鸡”
“The Chicken on the Bus”

2010年7月，旧金山一位名叫“TK”的用户在他的博客上发表了一篇题为“难以置信的公交车上的鸡的故事”（The Incredibly Common Muni Chicken Story）的博文。他这样写道：

几年前，在我搬到旧金山后不久，听说了这样一个故事：

有一次，我朋友的弟弟在斯托克顿市的30路（一条市政公交车线路）公交车上，在即将到达唐人街这一站时，他看到一位带着一只活鸡的中国女人想要上车。司机说道："喂，你不能把一只活鸡带上车！"于是，她拧断鸡的脖子，然后上了车。

尽管"TK"确定这个故事是一则都市传说，还提到了传说特有的"朋友的朋友"这一常见属性，但很快在他博客的评论区又多了其他几个"真实"的版本：

我姐姐有一次曾在斯托克顿市30路公交车上，看到一位矮小的中国老太太，当被告知不能携带活的动物上车时，她拧断了鸡的脖子然后上了公交车。

***

几年前，我的妻子正搭乘一辆开往海特区的公交车，在鲍威尔附近一个中国女人上了车。她带着一只活鸭。司机告诉她不可以把活鸭带上车。于是，当着全车人的面，她开始拧鸭的脖子直到拧断为止。乘客们都目瞪口呆，但司机还是让她带着那只死鸭上了车。

***

几年前，我在乘坐市政公交时，看到一个提着包的亚洲女士想要上车，她的包里装着一只活鸭。司机告诉她公交车上禁止携带任何宠物。她说这不是宠物，而是晚餐的一道菜。司机还是不让她上车，于是她把手伸进包里拧断了鸭的脖子，接着对司机说："现在它成了一道菜。"司机让她上了车。

感谢旧金山的丹尼尔·马莱（Daniel Marlay）发给我这条博客的链接，马莱还说："我也听说，14路公交车在经过一个以西班牙裔为主的社区时发生过这样的故事。"截至2010年夏天，"公交车上的鸡"的故事至少已流传了20年，并且在纽约也很有名。1989年，在纽约市广播脱口秀中还出现了其中的一个版本，参见《婴儿列车》（1993）。

参考文献 http://40goingon28.blogspot.com/2010/07/incredibly-common-muni-chicken-story.html; *Baby Train*, 16.

C21. 蔡尔德叙事歌 Child Ballad

此处指的是哈佛大学教授弗朗西斯·詹姆斯·蔡尔德（Francis James Child，1825—1896）搜集和发表的305首传统英国叙事歌，收录在他的杰出著作《英格兰与苏格兰叙事歌》[1]（*The English and Scottish Popular Ballads*，1882—1898）中。叙事歌就是一种叙事民歌——一种讲故事的传统歌曲。尽管蔡尔德搜集到的叙事歌主要来自手写稿和早期的印刷资料，但正如“蔡尔德叙事歌”还在沿用的名称一样，它们在口头传统中广泛流传，在英国和美国都是如此。民俗学家在引用时，无一例外都会提及它们在蔡尔德叙事歌集中的编码和标题（例如，“蔡尔德”155，《休先生，或，犹太人的女儿》，涉及古老的血祭诽谤传说，因此它是都市传说“肢体残缺的男孩”的背景的一部分）。

C22. 儿童 Children

我们随便翻开一本都市传说集的索引就会发现，通常，在标题带有“儿童”的传说中，从小孩到青少年都会被描述成恐怖犯罪和虐童事件的受害者。这些索引的副标题包括绑架儿童、意外事故、阉割和阉割恐吓、狗的袭击、儿童群体的毒品事件、暂时走丢或失踪的儿童、谋杀、肢体残缺、涉及儿童的色情描写、邪恶的虐童仪式、儿童的性启蒙，以及针对儿童的威胁。可悲的事实是，所有这些事情在现实世界中的确时有发生。但是回头再想一想，令人欣慰的是，大部分广为流传的有关儿童的

1 该合集分十次于1882年至1898年间陆续出版。

都市传说的具体细节是完全虚构的。

例如，有时儿童会被陌生人绑架，但并不是被开着厢式货车在城市游荡的“幽灵小丑”绑架的，或者也不是被在洗手间里给小女孩染发并给她换上衣服，以便把她偷运出去的商场人贩子绑架的；至少这种“绑架未遂”传说都有一个圆满的结局，因为坏人忘了给女孩换鞋子，人们通过鞋子把女孩认了出来。这个故事的一个更糟的版本声称，一个小男孩在一家商场的洗手间被犯罪团伙成员阉割了。在这个传说中，那个“肢体残缺的男孩”往往会因失血过多而死亡。

父母和其他成年人对儿童安全和健康的本能关注，催生了描述对儿童的威胁的虚假警告的善意传播。但是“蓝星迷幻药”（“米老鼠迷幻药”）和万圣节施虐狂都不能代表真实的犯罪场景，尽管这些传单和公开声明常年存在，提醒人们警惕这些想象中的危险。

同样，车祸也会夺去许多儿童的生命，但像“汽车上的尸体”和“车顶上的婴儿”这样的传说所描述的场景只是民间传说而已，而不是真事。

在其他一些传说中，儿童待在家里还不如在外面安全。例如，在“妈妈的恐吓成真”中，一位母亲在生气失望时说出的不顾一切的恐吓话语，最终由她的另一个孩子兑现了，造成了致命的后果。即便是独自玩耍，一个孩子也有可能陷入危险的境地，比如“扮演超人的男孩”故事中的那个小朋友。

先不管这一系列描写儿童遭遇危险的都市传说，我们应该认识到，那些描写孩子健康快乐、未曾遇到危险的故事，往往不会给人们留下深刻的印象。各种各样的叙事都离不开一定程度的矛盾冲突和不确定性。因此，那些儿童遇到危险的现代故事，不过是夸大了部分来自于真实生活的典型情节而已。

举个例子，现实中有个孩子遭遇了一场医疗危机，成为备受国际关注的焦点，在他痊愈后的很长一段时间，依然会收到源源不断的捐赠。“给小巴迪的明信片”传说为这个案例提供了背景，最终演变成克雷格·舍古德传说。

另参见 婴儿；“锤击孩子”；撒旦恐慌

C23. 中国 China

1995年，一名在加利福尼亚州菲蒙市阿拉米达县图书馆成人识字班（英语作为第二语言）念书的学生，讲了下面这个故事。这个故事是她在一份由台湾地区发行的中文报纸上看到的。那时，她的导师弗兰克·莱瑟姆（Frank Latcham）用电子邮件把这个故事发给了我，并说他严重怀疑故事的真实性：

> 中国有这样一对夫妻，在生下两个女孩之后，他们急切地想要一个男孩。但是根据政府的计划生育政策，如果他们再要一个孩子的话，就必须交一大笔罚金。最后他们决定还是再要一个孩子。妻子怀孕了，并且有十足的把握她怀的一定是个男孩。当男人把儿子抱回家时，他随口说道：“用3000美元[1]买个‘鸡鸡’也太贵了！”他的两个女儿无意中听到了这句话，因为年纪太小，她们试着去帮助父母解决这件事的时候，并不知道这样做会害死她们刚出生的弟弟。第二天父亲回家后发现两个女儿切断了男孩的阴茎，导致他失血过多而亡。父亲一怒之下杀了两个女儿，然后自杀了。当母亲看到这一幕时，她疯掉了。

这个骇人听闻的故事在以下几方面都很有趣。首先，这是国际著名传说“妈妈的恐吓成真”的一个版本。在这个例子中，其异文在于：父亲提到了阉割，并且说到了中国限制每个家庭生育子女的数量的计划生育政策。多人死亡的悲剧加上母亲的精神失常是这个离奇故事的典型特征。这个故事在报纸上刊登之后，在美国的一间教室里就传开了。事实

1 原文为美元。

是，这个故事虽然是在台湾地区出版的，却描述了一个据说实际发生在中国大陆的事件，从而引发了出版物是否在有意引导人们对大陆文化产生不良印象的争论。也许对一个民俗学家而言，这一故事最有意思的地方在于，它揭示了都市传说正在中国流传，尽管收录类似故事的集子还没有出版。(顺便告诉大家，当我提起这个故事时，弗兰克·莱瑟姆接着回忆道："我告诉全班同学这就是一个常见的都市传说，居然没有人相信我的话！")

在中国，有一些关于当代传说的早期的迹象。1967年和1968年，加利福尼亚大学伯克利分校的中国民俗学学者艾伯华(Wolfram Eberhard)主持了一个项目——搜集从台湾人和旧金山人那里听来的中国鬼故事。在搜集到的282个鬼故事中，有许多是古老的传统传说，或者是对一些亲身经历的可疑的超自然现象的记录，只有少部分具有当代传说的特色。例如，下面这个具有特定当代背景的故事，是其他地方也存在的"厕所鬼魂"和"镜中女巫"传说的再现：

> 在新盛剧院(台北一家曾发生过一场大火的剧院)里有一个鬼。曾有一位女士去看电影，她去厕所时顺便照了照镜子。就在她梳头发时，突然，耳边传来一个女人的声音："别再梳了。你再怎么梳，也不会比我好看。"当这位女士回过头想看看是谁在说话时，她什么也没看见。但是当她转身面向镜子时，突然看到镜中有一个全身烧伤的女人，面容极其狰狞。恐惧万分的她急忙逃走了。回家后，她生了一场大病。

另一个较早的中国都市故事与旧上海外国租界的一个城市公园有关。人们普遍相信1868至1928年间在黄浦公园入口处有"中国人和狗禁止入内"的标识牌，而且它在新闻媒体、旅行指南和小说中也经常出现。的确，在公园入口处会有类似的限制条件，但并没有像这样明确将中国人与狗关联起来的标识(在中国，将人和狗相提并论是一种很大的侮辱)。甚至一直到今天，"中国人和狗禁止入内"的标识牌仍然被提及，也许对这个传说最出名的呈现是在1972年的功夫电影《精武门》（*The Chinese Connection*，或*Fists of Fury*）中，这部电影用了一连串的慢镜头来展示演员李小龙毁坏标识牌的动作，以表现他高超的武技。

青岛市中国海洋大学中文系的李扬教授，翻译了我的《消失的搭车客》（广西师范大学出版社，2006）一书。针对这一词条，他提供了几个近些年中国都市传说的英译本。不出所料，其中就有一个搭车客故事，这个故事见于王小影的通俗读物《城市传说1：都市最惊悚鬼故事集》。“urban legends”这个术语译成中文是“**都市传说**”或“**城市传说**”[1]。

午夜，一个面色苍白的女孩上了一辆出租车。她想去一个特别遥远的村庄。司机一开始并不想载她去，但女孩不断坚持，并答应付给他三倍的车费，这让他改变了主意。到了那个村子之后，女孩付给了他100元，然后消失在夜色中。

第二天早晨，出租车司机感到特别害怕，因为他发现自己前一天晚上拿到的钱竟然是张冥币[2]（烧给死人用的假钱）。他回到那个村子，向人们问起女孩的事情。他得知女孩几年前死于一场车祸，但她的鬼魂还在四处游荡。据说她有好多冥币而且常常特别大方，总是付给司机超出车费很多的钱，因为这是她把钱花出去的唯一机会。这个司机已经不是第一个开车送她回家的人了。

其他现代中国传说也有鬼魂花掉烧给死人用的假钱的情节。艾伯华曾发表过这样一个传说：深夜，一个女人在一家美发店烫完发之后，用一把面额都很小的钞票结了账。第二天早晨，她付的钱全变成了锡纸做的假钱。李扬教授还给我发了另一个主题相同的故事：

1989年12月的一天，一家名叫“潮涌记”的茶餐厅收到了一

1 原文此处为*dushi chuanshuo* or *chengshi chuanshuo*。

2 原文此处为*mingbi*。

个订餐电话，对方点了一份四人餐。送餐员将外卖送到了指定的地点，门后有个人让他把食物先放在地上，接着从门缝里伸出一只手来，付了账。

餐厅关门后，老板发现在现金盒里有一些冥币。第二天，餐厅接到了同样的订单，也发生了同样的事，但没人知道这些冥币是从哪儿来的。所以第三天当同样的电话再次打来时，老板决定亲自去送餐。

他把食物放在门口，从门缝里拿了钱。老板仔细核对了钞票，确定是真钱。回到餐厅后，他在现金盒里腾了个地方，把这些钱单独放了进去。餐厅关门后，老板非常害怕，因为他发现这些钱又一次变成了冥币！

于是他报了警，警察赶到那个订餐地点时，没人来开门。警察破门而入，发现地上躺着四具尸体。邻居们说并没有发生什么怪事，他们还经常听到这些人深夜打麻将的声音。警方检查了尸体，得出的结论是，这些人至少在一周前就已经死了，但是他们胃里的食物却是最近几天吃进去的。警方还在冥币上发现了送餐员和老板的指纹，以及其中两个死人的。

李扬还报告说，20世纪90年代，在香港一度流传着关于一个铁路的电视广告的惊悚事件。这条广告应该能在YouTube视频网站上搜到。

故事如下：

九广铁路公司（KCRC）为他们的火车拍了一则广告：几个孩子在森林里排成一排，模仿一列火车。拍下可爱的孩子们玩“火车”游戏的场景，本来是想为九广铁路公司塑造一个正面形象。

据说，广告导演在拍摄时找来了六个孩子，但是当他重看这个广告时，看到了本不该在那里出现的第七个孩子。那个孩子把手搭在了一个小女孩的肩上，这个小女孩在广告播出后不久就死了。

一些观众坚持说，他们看到这个广告里有一个小孩的嘴在流血，更令人毛骨悚然的是，一些人说这六个孩子一个接一个地死去了。一家杂志社和九广铁路公司共同展开了一项调查，试图揭露事情的真相。他们还把所有孩子聚在一起，举办了一个圣诞节派对。他们解释说，他们找了不止六个孩子、分了几段不同的镜头去拍这个广告，所以在剪辑之后，有些画面上是七个孩子，而有些只有六个。九广铁路公司甚至还公布了一些拍摄花絮作为证明。然而，这个故事持续发酵，最终他们不得不从电视上撤回了这条广告。

近些年，中国版本的“被盗的样本”涉及三个不同的地点，还包括一处细节上的异文。在这些故事中，存放抽样的包的品牌在不断变化，也暗示了中国最近几年财富的不断增长。

一名来自新加坡的年轻女孩在广州工作，医生让她把自己的大便样本带来做医学检查。她把这个样本放到了蒂芙尼牌的包里，但是在去医院的路上，她的包被一名骑摩托车的男子抢走了。在台湾的一个版本中，一位老太太也是类似案件的受害者，据说她还是一位警察的母亲，有些台湾报纸把这个事例当成一个真实案件来报道。其他一些来自中国大陆的版本写道，样本被带走时是放在著名珠宝零售商周大福的包装盒里的。

中国文化多元的庞大人口、不断扩大的城市化、爆炸式的经济增长、多种多样的制造业和出口业，以及总体上从一个拥有古老传统文明的国家，向当今世界经济和国际事务中的主要力量的快速转型，都为当代谣言和传说提供了丰富的主题。除了那些早已为人们熟知的在中国流传的传说之外，国外还有一大批与中国有关的传说也在西方流传。这些传说中，包括了长城是唯一一个在太空中可以看到的人造建筑、幸运饼干是在中国发明的、好市多（Costco）公司或其他一些大型国外零售商归中国人所有、从中国出口的一次性筷子中含有致癌物质等各种观点。更多被当作事实的传说，是那些英文广告语在被译成中文时因断章取义而产生错误的故事，其中最有名的传说与美国的一种软饮料有关。

20世纪60年代中期，百事可乐公司将“百事新一代，活力一起来！”（Come Alive! You're in the Pepsi Generation）作为广告语。随着其全球范围内营销活动的开展，据说这则广告语在被翻译成中文时出现了错误，暗示该饮料可以让人起死回生。各种有关营销策略和失误的书籍、文章，都提到过这个故事，正如snopes.com网站上分析总结的那样，“时常被提起，但有待证实”。这个蹩脚的翻译不管是在普通话、广东话，还是在中国的其他方言中，翻译过来的意思都是“百事可乐能让坟墓中的人活过来”，或“百事可乐能让你的祖先起死回生”，或“把死去的祖先从天堂带回人间”。根据传说，同样是因误译而让人摸不着头脑的事情也发生在“可口可乐”的中文译名上。在可口可乐公司还没找到发音听起来既像Coca-Cola，又不包含可笑含义的汉字组合之前，某些中国店主制作了一些手写标牌来代表他们想要的发音。但这些汉字组合起来就成了“蝌蚪啃蜡”（Bite the Wax Tadpole），据说中国的可乐销量一直很低，直到公司自己不再使用之前的那个拙劣译名。词类研究员大卫·威尔顿（David Wilton）承认“这个传说有一定的真实性，但只是一点点而已”。普通话中确实存在着故事情节中所说的汉字组合，但可口可乐公司从未用过这个名字，可口可乐的销量也未曾受到这个错误的影响。

另参见 “公交车上的鸡”；毛衣和文身

参考文献 Wolfram Eberhard, "A Study of Ghost Stories from Taiwan and San Francisco," *Asian Folklore Studies* 30 (1971), 1–26; Robert A. Bickers and Jeffrey N. Wasserstrom, "Shanghai's 'Dogs and Chinese Not Admitted' Sign: Legend, History and Contemporary Symbol," *The China Quarterly* No. 142 (June 1995), 444–466; 关于百事可乐故事的讨论见于http://www.snopes.com/business/misxlate/ancestor.asp; Wilton, *Word Myths*, 第190—193页有"Bite the Wax Tadpole"的故事.

C24. 中国餐馆（和其他民族餐馆）
Chinese Restaurants (and Other Ethnic Eateries)

一般来说，尽管民族餐馆是众多食品污染传说的主角，但在西方国家开设的中国餐馆似乎特别容易招来大量谣言和故事。宣称中国餐馆的饭菜里含有异物的诽谤性言论，在英国、斯堪的纳维亚半岛和德国尤为常见，在美国也有流传。在一定程度上，这些故事里出现的“中国”只是一个便于记忆的、用来指代“国外”的词语，因为类似的有关希腊、南斯拉夫、东印度、越南以及其他一些民族餐馆的故事也有流传，只不过范围小一些（在美国，墨西哥餐馆经常用以指代任何一个为人诟病的民族餐馆）。所有这些传说反映了一种对移民的不信任，以及对其他民族饮食习惯的厌恶或误解。

对中国餐馆最单调的指控，是某人在食物中发现了一块老鼠的骨头、一截手指，或其他异物。有时说法还会更加具体——是在餐馆的杂烩菜里发现了一根手指。据说这根断掉的手指是一个厨师的，这个厨师得了麻风病，他的手指脚趾在逐渐脱落。

由这些主题发展而来的一则故事写道，一位某领域的科学家正在一家中国餐馆用餐，他发现菜里有一块坚硬的、纤维质的肉。他悄悄地把这块肉放进口袋里，带回他的实验室化验，发现这是一根手指（或者，用餐者可能忘了自己口袋里的手指，但当他把夹克送去干洗时，有人报了警）。这个故事的一则异文描述的是一位用餐者的喉咙里卡了一块骨头，骨头被取出来后，一位急救医护人员认出那是一块猫骨头。

另一类中国餐馆故事的关注点是厨房的检查、卫生局的常规检查，或工人在移动垃圾桶时的意外发现。据说，有人在垃圾堆里发现过猫狗的皮和头。有一种说法是亚洲人把猫肉和狗肉作为日常饮食的一部分，于是后来产生了关于抓走人们的宠物以满足外国人怪异的烹调需求的故事。

中国餐馆故事在某地的爆发通常集中于一家特定的商家，故事和失控的口耳相传可能会导致该商家蒙受损失，甚至被迫停业。

另参见 “小狗的晚餐”；“吃宠物”；南非

参考文献 *Choking Doberman*, 121–122; *Mexican Pet*, 103; *Vanishing Hitchhiker*, 83; Bennett and Smith, *Urban Legends*, 214–216.

C25. "被噎着的杜宾犬"
"The Choking Doberman"

一位女士购物回来，发现家中的杜宾犬躺在门口，被什么东西噎着了。她立马丢下手中的东西，把狗抱到车里，火速去找兽医。兽医说必须要动手术把异物取出来，并建议女士回家等他的电话。

女士回到家，正当她开门的时候，电话响了，她急忙去接。是兽医打来的，他急迫地命令她赶紧挂上电话跑到外面去；他已经报了警，警察会解释的。

女士照兽医说的做了，不久，警察也到了。他们告诉她，兽医发现在杜宾犬的喉咙里卡着两根手指头。他们把整个房子搜了一遍，发现一个窃贼正惊恐地躲在壁橱里，一只手的两根手指被咬掉了。

这个传说的异文提到了不同品种的狗，窃贼的藏匿地点不尽相同，有时手指的数量也不一样，这些手指常常被认定是"黑人的手指"或"墨西哥人的手指"。有时窃贼并没有被找到，但警方却在他露面的时候认出了他——少了两根手指——他正在当地一家急诊室接受治疗。或者，指纹也能成为定罪证据。有时兽医把狗带进手术室后，主人就在一边等着。兽医端着盛有手指的托盘走出来后，叫来了警察护送女士回家。

这个故事，无论是在什么样的异文中，都反映了人们对犯罪的恐惧，尤其是对那些出自少数种族或少数民族之手的犯罪，同时还反映了人们对警察保护能力的信任。潜在的受害者总是女士，她们常常独自生活，养了条杜宾犬——或其他品种的特别凶猛的狗——作为她的保镖。在谜底揭开之前，她似乎没什么危险；但到故事结尾的高潮部分，危险就惊人地显现了。看门狗、兽医、电话和警察的出现都增加了故事的真实性和及时性。

"被噎着的杜宾犬"从1981年开始在美国流传，很快就传遍全国，甚至还传到了国外。以下是1982年12月从一个13岁的英国男学生那儿搜集到的一个简要版本，他是从他父亲那儿听来的，他父亲是从一位同事那儿听来的：

一位女士买了只阿尔萨斯狗，这只狗被噎着了。于是她带它去看了兽医，兽医说："一会儿它就会把卡在喉咙里的东西咳出来。"于是她回家了，两个小时之后阿尔萨斯狗咳出了四根手指。她上了楼，看到有血从卫生间的门下面渗出来，然而卫生间的门是锁着的。她报了警。警察破门而入，看到一个被咬掉四根手指的窃贼正在卫生间里！

C

在贝内特和史密斯的传说集中，有一个20世纪90年代由一位在英国西南部上学的高中生讲述的版本，说明这个故事在英国年轻人中仍然很受欢迎。这个故事中的狗是一只杜宾犬，兽医打电话让女士保持警惕，狗咬掉了窃贼的三根手指，人们发现窃贼正躲在女士家中的橱柜里。

这根本就不是一个近期发生的真人真事，实际上，"被噎着的杜宾犬"源于更早的外国故事。有关莱维林王子（Prince Llewelyn）和他的狗格勒特的威尔士传说，讲述了王子回家后发现家中孩子的摇篮被打翻了，里面空空如也，而他的狗满嘴是血，躺在走廊上。王子杀了这只狗，以为是它咬死了自己的孩子，不料却发现其实是他的忠犬保护了婴儿，婴儿才没有被狼吃掉。人们在房间里发现了死掉的狼和安然无恙的婴儿。

虽然威尔士人普遍认为"莱维林和格勒特"讲述的是13世纪真实发生的事件，但是这个特别的"中世纪"威尔士传说最早只在一首19世纪的诗歌中出现过。尽管如此，其实在中世纪的手稿中还是能找到一些讲述英勇的灰狗保护婴儿不被蛇咬伤，然后被人怀疑是它伤害了孩子而被误杀的故事。基本情节最终来源于更为古老的中东民间故事，其中有许多寓言都讲述了家养宠物因为自己的一个举动而被误杀。下面是"类型索引"中对本源故事的概括，在"类型索引"中，故事类型178是普通主题的故事，而故事类型178A是"草率地杀死了忠诚的动物"（The Faithful Animal Rashly Killed）：

无辜的狗（The Innocent Dog）。一只狗从一条蛇的口中救出了主人的孩子。当主人看到狗滴着血的嘴时，他以为是狗吃掉了自己的孩子，然后就杀了它。后来当他看到死蛇时，才意识到自己错杀了狗。

“类型索引”中引用了大量的流传于世界各地、具备该故事基本情节的异文，可以为这个故事及其历史的进一步研究提供材料。在一个澳大利亚版本的“忠犬”（The Faithful Hound）故事中——没有“咬掉手指”的情节——展示了传说由“无辜的狗”到“被噎着的杜宾犬”的过渡阶段：

一对年轻的夫妻初为人父、人母后不久，突然接到通知说，必须赶去参加一次急救任务。他们来不及雇保姆，并相信忠诚的家犬能照顾好他们的小婴儿。他们把婴儿抱到婴儿床上，把狗锁在家中，然后匆忙离开了。

一回到家，他们就立马进屋查看婴儿的情况。打开卧室的灯时，他们懊悔不已，因为看到自己的忠犬正对着地毯上的血和肉流口水。他们的孩子却怎么也找不到了。很明显，是这只忠犬“吃”了他们的孩子！这对遭受了愧疚和恐惧双重打击的年轻父母，立马割断了狗的喉咙。

正当做完了这一切的时候，他们听到了微弱的啜泣声。于是他们不顾一切地在屋子里四处搜索，一路寻找，发现声音是从婴儿床底下传来的。婴儿就在那儿，活得好好的，旁边是一具德国牧羊犬的尸体。

困惑不已而又松了一口气的夫妻俩对孩子又抱又亲，这时警察冲了进来。“你们有没有看到一只德国牧羊犬在附近？”一位警官问道，“我们正在追捕一只经常袭击孩子的狗。”

这对夫妻非常震惊：他们刚刚杀掉的那只忠犬为了保护孩子，把牧羊犬撕碎了。

但是回到都市传说“被噎着的杜宾犬”的传统中来，正如那个近期流传到美国大陆和其他地区的威尔士传说，（袭击婴儿的）狼（蛇、狗等）变成了一个窃贼，忠犬被杀变成了匆忙赶往兽医办公室。

通过电话发出警告（“快从房子里出去！”）的母题在“保姆和楼上的男人”中也出现过，而“一个凶恶的人藏在房子里”的情节在保姆传说和“后座杀手”中都出现过。同样值得注意的是，和“墨西哥宠物”一样，兽医是那个解开谜团的人。断掉的手指和手在其他许多传说中也有出现，包括“钩子”，其中的种族主义主题跟“电梯事件”相似。因此，“被噎着的杜宾犬”似乎是20世纪80年代“新”都市传说中一个重要而典型的例子。

1992年，尼德兰作家彼得·布格尔收到了一篇看上去像是由“被噎着的杜宾犬”衍生而来的故事，这是一位记者同行寄给他的，果不其然，这位记者不能确定故事的出处。布格尔把这个故事收录在他1995年出版的传说集《烘烤婴儿》中，题目是**“当心那条狗”**（Pas op voor de hond），他把这个故事的译文发给了我。

这个故事应该是发生在去年夏天的克拉林根，鹿特丹的一个富人区。一对住在豪宅里的夫妇要出去度假，留下两只杜宾犬在家守卫。

他们拜托邻居照看这两只狗，但警告他们千万要与狗保持安全距离。杜宾犬很凶猛，所以邻居要通过栅栏把食物放进去，但自己要站在栅栏的外侧。后门已经打开，这样两只狗可以在房子里自由进出。

邻居照这些指示做了，每天按时喂狗。但有一天，当邻居把狗的食物送过去后，只有一只狗出来吃。第二天只有另一只狗出来吃。似乎哪儿出了点问题，但邻居不敢冒着生命危险去查看到底发生了什么事。

他们决定给狗的主人打电话，并说明了情况。主人也认为应该是发生了什么奇怪的事情，于是立马赶了回来。

进屋后他们发现走廊上有一个死人。两只狗都坐在卧室的被单毛巾柜下面，露出牙齿，咆哮着。在柜子上面还趴着一个人——一个又恐惧又饥饿的窃贼。

原来，两只狗轮流去吃东西，这样就可以留下一只看着那个试图逃跑的窃贼。

另参见 小报和都市传说；故事类型

参考文献 *Choking Doberman*, 3–49; Jean-Claude Schmitt, *The Holy Greyhound* (Cambridge: Cambridge University Press, 1983); Adrienne Mayor, "Ambiguous Guardians: The 'Omen of the Wolves' (A.D. 402) and the 'Choking Doberman' (1980s)," *Journal of Folklore Research* 29 (1992), 253–268; *Mexican Pet*, 41–47; *Too Good*, 51–52; *Be Afraid*, 185–186; Seal, *Cane Toad High*, 151–152（澳大利亚版本）; Bennett and Smith, *Urban Legends*, 147–148.

C26. 卓柏卡布拉
Chupacabra

"卓柏卡布拉"在西班牙语中的字面意思是"山羊吸血怪"（Goat Sucker），这种神秘的野兽1995年在波多黎各的民间传说中突然出现，在接下来的五年中，相关的报道或谣言就传到了墨西哥、得克萨斯州、佛罗里达州、尼加拉瓜、阿根廷、巴西、西班牙，以及其他地区。互联网上有大量的帖子都在讨论，有些还会试图证明卓柏卡布拉的存在。通常，它要么被描述成一个长着锋利爪子、背上有一排长刺的直立行走的动物，要么是一个看起来有点像骨瘦如柴的小狗或郊狼的小型哺乳动物，据说卓柏卡布拉会杀死山羊、奶牛和鸡等动物，并吸食它们的血。大部分卓柏卡布拉传说与传统的吸血鬼传说相似，只是它喝动物的血，不喝人血。与吸血鬼传说相同的是，卓柏卡布拉故事大量出现在各种流行文化当中，包括小报新闻、电影、通俗小说，同时还催生了一大批手工艺品。尽管有些研究者在引用卓柏卡布拉的故事时，将其视作"都市传说"，但跟大多数同时代的现代传说相比，卓柏卡布拉故事跟乡村恐怖故事有更多的共同点。有一些所谓的第一目击者声称自己曾亲眼见到卓柏卡布拉还有动物的遗骸和脚印，有一些所谓的受害者声称自己曾被卓柏卡布拉袭击，其真实性通通被持怀疑态度的科学调查人员彻底否定了。

参考文献 Benjamin Radford, *Tracking the Chupacabra: The Vampire Beast in Fact, Fiction, and Folklore* (Albuquerque: University of New Mexico Press, 2011); Radford, "Slaying the Vampire: Solving the *Chupacabra* Mystery," *Skeptical Inquirer* 35: 3 (May/June, 2011), 45–48.

C

C27. 胜奇士鸡肉谣言 Church's Chicken Rumors

这个谣言正如民俗学家帕特丽夏·特纳总结的那样："据说胜奇士炸鸡为三K党的人所有，他们污染了鸡肉导致黑人男性在食用之后无法生育。"跟三K党名下公司有关的类似谣言，或其他公司将有危险添加剂的产品售卖给黑人的谣言，在非裔美国人中间流传，包括特陆（Troop）运动服和"热带幻想"（Tropical Fantasy）软饮料。尽管这些谣言完全是虚构的，但被提名的公司在形象或销量上，都遭受了不同程度的损失。

胜奇士炸鸡于1952年成为一个独立品牌，由圣安东尼奥市商人乔治·丘奇（George Church）经营。小乔治·丘奇接管了这家公司，在得克萨斯州和其他地方开设了分店，该公司于1965年上市。1989年，胜奇士炸鸡被"大力水手喜爱的炸鸡和甜品店"（Popeye's Famous Fried Chicken and Biscuits）接管，这个谣言最终也销声匿迹了。

帕特丽夏·特纳的分析指出，人们可能是把"胜奇士"（Church's）这个名字，和南方某些三K党所支持的白人至上主义教堂（churches）弄混了，而该公司在南方起家，食谱又是南方口味，这导致了谣言的传播。无论是与胜奇士炸鸡相关的产品还是谣言，都不为美国白人所熟知。不过，当然还存在着大量其他的污染谣言和快餐传说。

参考文献 Patricia A. Turner, *I Heard It through the Grapevine* (1993), 82–92, 105–107, 139–144.

C28. 雪茄保险（“雪茄纵火”）
Cigar Insurance (“Cigarson”)

一个男子买了满满一箱昂贵的雪茄，他还为它们买了保险，以防失火。当他把烟全都抽完之后，他向保险公司提出索赔，说雪茄“接二连三地被火烧毁了”。保险公司赔偿了他，接着他因纵火罪被逮捕了。给他定罪时，一共有多少支烟，他就被判了多少年刑。1996年，这个故事出现在网上，接着就慢慢消失了，尽管它仍偶尔在流传。

尽管“雪茄纵火”故事是虚构的，但在谈论美国法律体系中所谓的暴行以及侵权法改革的必要性时，有时这个故事还是会被引用。

参考文献 详见http://www.snopes2.com/business/genius/cigarson.htm.

C29. 都市传说分类
Classifying Urban Legends

所有搜集来的民俗学资料都需要在一些分类系统中进行整理，以便研究者更好地识别相关的资料、存档、做比较，以及分析文本。民间叙事通常分为以下三大类：神话（Myths，对古代的描述，常常涉及神灵）、传说（Legends，关于人们信以为真的过往历史的口头叙事），以及民间故事（Folktales，虚构故事，范围包括从童话到笑话）。《民间故事类型》以民间故事为基础进行编号和分类，当其他人试图对任何一种民间叙事进行分类时，都可将其作为范例。

一般来说，传说本身经常被细分为宗教的、超自然的、历史的、个人的，以及地方的这几类。在这个体系中，都市传说似乎介于超自然的和地方的之间，因为它们是对离奇事件的解释，据说这些事件都有明确的发生地点，那些根本不可能发生的除外。

都市传说的网络档案馆一般都有一些主题的标题，还附带一个搜索引擎作为补充。例如，流行的snopes.com网站的主页，会提供类似汽车、学院、假期、医疗、宗教、旅行等的分类。这些还是非常清晰的，但其他分组就不够清楚，甚至是异想天开。例如，“消逝的传说”（Lost Legends），或“消逝的传说资源库”（The Repository of Lost Legends，亦称TROLL），包括哪些内容，谁知道呢？至少“励志传说集”（Glurge Gallery）还给出了定义：“如同掺了几杯糖的鸡汤，或者鼓舞人心的故事（人们常常信以为真），比起声称传达的积极向上的道德教化，它们往往隐藏了更多的负面含义。”这种分类对于随意浏览和仅供娱乐的话是很好的，但要想查找某个特定传说的话就比较麻烦——不过，根据某个特定主题的任意相关材料的标题或关键词，几乎瞬间就能完成对整个在线合集的搜索，这一优点让这种分类的矛盾有所缓解。遗憾的是，目前尚未出现一种工具能够将纸质资料夹中的手写、印刷样本这样的实体档案，和数字资料的虚拟档案相互结合起来。

得克萨斯州爱丁堡市泛美大学的马克·格雷泽（Mark Glazer）在1984年的国际民间叙事研究会（International Society for Folk Narrative Research）大会上，简要概述了一个与都市传说的集中存储和类型索引相关的提议。这个计划是由格雷泽与英国谢菲尔德大学的保罗·史密斯、俄亥俄州立大学的丹尼尔·巴恩斯（Daniel Barnes）合作完成的，他们把三种独立的档案系统化，并开发了一个线上适用的分类系统。举例来说，格雷泽提供了一个示例条目“第77条：男友之死”，包括一个故事梗概和一栏参考文献。不过，他并没有提供与该类型索引的实际形式和具体细节相关的信息，至于第1—76条（或其他）都是什么主题，也没给出任何说明。同样是在1984年的大会上，保罗·史密斯还概述了一个研发该电子档案的更为具体的“策略”，但是除了声明“一个档案应当致力于创建某种形式的当代传说类型索引”外，没有提到任何索引系统。史密斯的发言还包括一个他在会议成员之间进行的问卷调查，被调查者对这样一个项目应该采用哪种数据类型、哪种归档格式表达了他们的看法，但我并没有找到关于这些目标的达成进度的后续报告；于是，我打算自己去创制一个都市传说类型索引，这可能会对其他民俗学学者手中的档案有所裨益。

实际上，在学者对都市传说的命名中，也暗含着一些我们可以拿来谈论的分类系统，比如，“消失的搭车客”和“男友之死”可以作为一个独特的故事类型。这种系统对于好的研究来说，可能不是那么完美，但是，很少有标题能这样恰当地涵盖特定故事的所有异文。例如，在“多毛的搭车客”中，人们通过男子下巴上的短须把他认了出来，而不是他的胳膊，或许他根本不会被认出来，在乔装打扮的罪犯逃跑后，警察才发现“手提包里的斧头”（同一传说的另一个名字）。同样，在《民间故事类型》中，有个叫“灰姑娘”（Cinderella）的故事，可能在故事里并没有一个真叫这个名字的人，主人公甚至可能是个“男性灰姑娘”。尽管用“没有希望的（女）主角”这个题目可以准确描述该故事，但“灰姑娘”这个名字可以被当作这些故事的通用标题。

尽管还没有一个完全为人们所接受的、将所有都市传说进行分类的系统，但大多数民俗学学者似乎倾向于一种基于内容的分组。因此，可以根据搜集到的谣言和故事的主题、人物、情节或情感来分组，例如汽车、宠物、犯罪、商业、政府，以及学院生活。我自己做的主要基于美国都市传说的系统，以《婴儿列车》（1993）中的“都市传说类型索引”的形式出版。这是我1993年索引中的主要分类及副标题：

（1）关于汽车的传说
- 鬼故事
- 旅行不幸事故
- 意外事故故事
- 汽车恐怖故事
- 廉价汽车的幻想
- 有关汽车的调情或裸体
- 技术盲
- 汽车的破坏或犯罪

（2）关于动物的传说
- 动物的灾难
- 动物的侵扰或污染
- 可靠的看家狗

（3）恐怖传说
- 保姆故事
- 医疗恐怖
- 其他恐怖

（4）意外事故传说

可怕的意外事故

滑稽的意外事故

（5）性和丑闻传说

春药故事

避孕故事

性教育故事

性丑闻

其他性故事

（6）犯罪传说

盗窃故事

暴行和绑架

毒品犯罪

（7）商业和职业传说

公司和商业

电话

其他技术

电脑民俗

职业和贸易

（8）关于政府的传说

低效率

阴谋

科学与宗教

军事和战时传说

五花八门的政府传说

（9）名人谣言和传说

名人

音乐家

（10）学院传说

教员和研究

学生

答题卷和其他考试传说

许多大类都包含着更多的亚类。例如，“性丑闻”部分包含的亚类有“裸体窘境”或“性事曝光”等故事；“盗窃故事”包括“稀里糊涂的盗窃”和其他一些“食品盗窃”故事，以及所有偷东西的故事。

实际上，上述拟定的大致分类与早期那些对民间故事进行分类的尝试有共同之处，那就是上述分类中的大类之间存在着矛盾，因为这些分组分别是基于内容（比如汽车）、社会组织（比如政府）、异常行为（比如犯罪）、心理状态（比如恐怖）等。同样，《民间故事类型》中存在着诸如动物、魔法、宗教、真实故事、逸闻、笑话，以及程式故事等一些主要类别，同时它还附带着大量的交叉引用和一个详细的索引。《民间文学母题索引》在内容上更多样化，在分类上不够系统。但是，不知何故，历代民俗学学者在做研究时都会将这两本书的分类作为主要参考，他们无疑已经接受了都市传说类型索引中存在的矛盾。

与几乎所有对任何类型的数据进行分类的尝试一样，总有一些都市传说的类别会出现重叠。例如，如果一个故事当中包含汽车、犯罪和性的要素，那有必要将其归入系统的某个类别，同时在其他主题下面插入一个交叉引用。有时对某个特定传说的归类是随机的。“被噎着的杜宾犬”肯定是一个犯罪故事，但它在上述系统中却被归入了“可靠的看家狗”这一类，邻近“被舔的手”——另外一个与狗有关的/恐怖故事。在其他主题下面会有这两个传说的交叉引用。有些都市传说集已经采纳了“布鲁范德系统”这个初级的类型索引，尽管它还存在着一些不足之处，不过这是在所难免的，我已经做了扩充，并在本书的附录中提供了索引的编码。

吉莲·贝内特和保罗·史密斯在他们2007年出版的传说集中，采用了一个与之类似的基于主题的分类系统，包含九个大类：城市生活，恐怖，意外事故、命运和机遇，身体和疾病，动物，性和裸体，商品，谋杀、死亡和埋葬，还有超自然。当内容有重叠时，例如当一个性故事涉及商品，或一个疾病故事涉及恐怖或动物时，他们都会插入一个交叉引用，或以其他形式引导读者通过标题或主题索引来查找相似的材料。

而至于依据主题、含义、功能或其他特征对都市传说做出分类，有人探索过这种可能性，但还没有发展出一个完整的体系。例如，在《好得令人难以置信》(*Too Good to Be True*，1999）一书中，故事是根据以下主题分类的：“妄下结论”、“罪有应得”(Just Deserts)、“丢脸”(Losing Face)、“科技困惑”(Baffled by Technology)。其他分类可以根据都市传说流传的国家、流行的时期、情节结构、风格或其他方面来制作索引。大卫·梅因（David Main）和桑迪·霍布斯迈出了设计一个可替代先前分类系统的第一步，他们简要概括了其中存在的问题，然后提议通过更好地定义“什么是当代传说的构成要素”，从而“研究出一种系统性的分类”。认识到有些条目更多地是“传说母题”而不是“传说故事”，梅因和霍布斯就在考虑如何将整个领域纳入一个“都市传说”类型索引中，但除了坚定“任何广泛流传的信仰都是值得研究的”信念之外，并没有得出任何有用的结论。在他们对传说结构的见解中，至少有一点看起来是有意义的：许多传说都遵循着这样一种模式——受众接收信息时“跟故事主人公对信息的获取是同步的”。也就是说，藏着“秘密”的故事，或结尾会令人大吃一惊的故事（例如识别出某个人物其实是罪犯或是鬼魂）就是以这种方式讲述的：受众在接收到这个信息的同时主人公也收到了。“替代个人经历叙事”（Substitute Personal Experience Narrative，简称SPEN）结构最终可能会在都市传说分类中发挥作用，至于将其应用到构建一个类型索引这种更大的难题，还有待研究。

除了在创造一个涵盖所有类型都市传说的大规模分类系统方面还存在问题之外，在研究中还需要对某一特定传说的版本和异文进行分类。因此，“墨西哥宠物”的文本可能会根据涉及的动物品种、“被收养”的地点、发现它真实身份的途径，或不同版本中的文化“信息”再进行细分。就像基于内容的分类一样，这些分类也可能会有重叠。

另参见 母题；神话；故事类型

参考文献 *Baby Train*, 325–347; Mark Glazer, “The Creation of Centralized Archives and a Type Index for the Study of Urban Legends,” in Kvideland and Selberg, *Papers* I (1984), 213–216; Paul Smith, “A Planning Strategy for Computerised Archive of Contemporary Apocryphal Legends,” in Kvideland and Selberg, *Papers II* (1984), 217–225; Bennett and Smith, *Urban Legends*; David Main and Sandy Hobbs, “The Substitute Personal Experience Narrative in Contemporary Legends,” *Contemporary Legend* New Series 10 (2007), 38–51.

C30. “聪明的保姆”
“The Clever Baby-sitter”

也被称为“苦恼的保姆”，这个故事讲述的是有人在公交车或地铁上，无意间听到两个年轻女人在交流使婴儿入睡的方法。“我只需要将煤气打开，让他们把头靠在炉子上或者伸进烤箱里，直到他们睡着为止。”

从20世纪20年代起，“聪明的保姆”的故事在美国流行，当时的煤气炉还需要使用火柴点燃，即便到了煤气设备已经可以自动点火的现代，这个故事还在流传（有时是被当作对过去事件的陈述）。更早的版本来自英国，有人在海德公园无意间听到了两个保姆的谈话：“我只需要把小煤气炉举在她可爱的小脸旁，给她吸一口。”

参考文献 *Be Afraid*, 145–46; *Choking Doberman*, 77–78; *Mexican Pet*, 69–70; *Too Good*, 216–217.

C31. “恐怖的高潮”
“The Climax of Horrors”

这是一个传统的欧洲民间故事（故事类型2040），一位仆人在迎接他长时间外出归来的主人时，说除了狗死了以外，家里“没什么消息”要报告的。但是，当主人问到狗的死亡之事时，仆人却描述了已经发生的一连串大灾难——一直说到主人妻子之死——狗的死只是顺带提了一下。

有时这个故事被称为“没什么消息”（No News）或“狗死了”（The Dog Died），它在旧教科书和其他印刷材料中流传，也以故事或朗诵的形式在口头上传播。都市的故事讲述者仍会偶尔讲到“恐怖的高潮”的故事，因为它多少还体现了些当代传说的风格。

参考文献 *Baby Train*, 92–94.

C32. 小丑
Clowns

参见 “幽灵小丑”

C33. 可乐传说 Cokelore

关于可口可乐具有所谓的腐蚀性或其他化学特性（有些是危险的，有些是有益的）的传说。“可乐”这个名字既是一个注册商标，也可以用来泛指民间的其他可乐饮料。不过特别的是，据说使用可口可乐激活废旧电池、清洁挡风玻璃、除尘或疏通堵塞的排水管，是非常有效的。一些人认为，如果使用恰当的话，可乐可以有效避孕或缓解宿醉；但是，可乐传说也声称可乐的滥用可能会导致喝可乐成瘾，使你喝醉，溶解你的牙齿，或者腐蚀你的舌头或胃黏膜。

大多数可乐传说以简要概述的形式流传，带有极少量的轶事证据，通常被归在朋友的朋友身上。有关可口可乐演绎最甚的都市传说是“可口可乐中的老鼠”。

参考文献 L. Michael Bell, "Cokelore," *Western Folklore* 35 (1976), 59–64; 转载于 Brunvand, *Readings in American Folklore* (1979), 99–105.

C34. “滤锅复印机把戏” "The Colander Copier Caper"

一个小部门的警察正在审讯一个嫌疑犯，在调查中，他们坚信这个人就是罪犯，但他拒绝认罪。警察在他头顶放了一个滤锅，并用导线将其与复印机连接，告诉他这是一个测谎仪。警察在复印机的盖子下面放了一张印有“他在撒谎！”的纸，每次嫌犯回答问题的时候，他们就按下“复印”按钮，然后会出来一张写着“他在撒谎！”的纸。很快，嫌犯就认罪了。

有些提供消息的人说他们记得早在20世纪70年代，这个故事由《费城询问报》（*Philadelphia Inquirer*）的专栏作家克拉克·德里昂（Clark DeLeon）于1977年第一次报道，他说这种认罪方式是在法官艾萨克·嘎伯（Isaac Garb）执法之前出现的，因为这位法官禁止在法庭诉讼中使用这样的证据。故事的异文在许多地方被复述和重印，经常被说成与宾夕法尼亚州特拉华县拉德诺的执法机构有关，而这个机构始终坚决否认故事是在他们那里发生的。然而，1993年，嘎伯法官宣称，事情确实是在他主持宾夕法尼亚州多伊尔斯敦市巴克斯县的民事诉讼法庭之前出现的。但是，法官并没有提供相关案件的日期或任何细节。

“滤锅复印机把戏”是一个全美警察局和出庭辩护律师都熟知的故事。许多人是从同行那里听来的，但是没有人声称这种把戏被使用时自己在场。这个故事被作为真事多次出版（以各种各样的版本），作者愿意相信，如果有一个早期的出版物中说警察采取过这样一个把戏，那它在现实中就一定发生过。至少有两部警匪片演绎过这种把戏。

普通大众通过各种渠道，也得知了这个业内人士非常熟悉的恶作剧故事；而且，至少在一个案例中，它似乎在法庭上真实发生过。记者恰克·谢泼德（Chuck Shepherd）是多家报纸上的联合专栏《奇闻怪谈》（News of the Weird）的汇编者，他在1996年坚称这个故事可能是真的，并引用了一份未标日期、来历不明的、提及拉德诺的新闻剪报，但他并没有对材料进行核实，也拒绝同民俗学学者分享。他之所以对故事的真实性坚信不疑，是因为“几乎每一个和你交谈过的警察，实际上都曾逮捕过不止一个，而是好多个轻信这种把戏的人，这些人承认是自己太傻了”。换句话说，谢泼德认为如果这件事情能够实现的话，那它可能就发生过，所以不应该被视为一个传说。无论这个出现过不止一次的事件可能的“真相”到底是什么，这些故事本身还是可以被视为一个通过传统渠道传播的都市传说。

另参见 “自制测谎仪”

参考文献 *Baby Train*, 139–145; *FOAFtale News* 38 (December 1995), 12（一个1986年的版本）; *FOAFtale News* 39 (June 1996), 9 (Shepherd的声明); *Too Good*, 303–305; Bennett and Smith, *Urban Legends*, 7–8.

C35. 化妆品中的胶原蛋白
Collagens in Cosmetics

参见 “秘密成分”

C

C36. 搜集和誊录都市传说
Collecting and Transcribing Urban Legends

尽管记者，尤其是专栏记者，有很长一段时间都记录并写作各种各样口头流传的奇特故事，包括我们现在称之为“都市传说”的故事——但是此类故事的系统化搜集始于20世纪40、50年代，当时学界的民俗学学者和他们的学生在做这个工作。即便到了今天，记者、教授和学生依然是都市传说的主要搜集者。

“系统化”是一个夸张的说法，因为大部分都市传说的学术汇集都是相当随意的，而且数量很少；如果有的话，那就是按照专业标准对民俗资料做的优秀记录。正如民俗学家比尔·埃利斯所写的，“当人们普遍赞成理想中的一字不差的手抄本时，相应的实践却相当混乱——在一个传说的演述中，到底哪些内容需要保存在相关的印刷资料当中呢”？埃利斯在他1987年的论文中，展示了一个逐字逐句、忠实记录“钩子”传说的文本的方法；由此生成的手抄本有非常丰富的细节，但也因存在着不便于阅读和分析的问题，而为一些民俗学学者所诟病。（对埃利斯抄本的部分引用，参见词条“钩子”。）

最早的由美国民俗学学者及其学生搜集来的被印刷出版的文本，是以单个故事的零散注释的形式出现的，通常刊登在地方性的民俗学期刊上。到了20世纪60年代，几个大型的校园民俗学档案馆兴建起来，其中包含了很高比例的在选修民俗学课程的大学生群体中流行的资料。典型的条目包括逸闻、笑话和都市传说。随着这些档案被用于研究，大量的都市传说文本的异文开始出现在期刊上，并最终出现在书上。

除了由口头传说转化而来的文本之外，出版的传说集也开始大量从文学作品、广播节目，尤其是纸质媒体和网络中汲取素材，这也表明都市传说在我们的文化中无处不在。随着都市传说研究拓展至美国以外的其他地区，从报纸杂志到学术文集、媒体和电子资源中都出现了大致相同的模式。在搜集纸质故事和广播故事时，重要的是记录每则故事的日期和来源，如果读者或听者稍不注意，很容易就会漏掉一些信息。

逐字逐句地搜集文本并密切关注背景、功能和演述的理想，应当作为人们努力搜集都市传说的指导，不管在实践中它是否得到了始终如一的遵循。这意味着不光要把故事讲述者说的每句话都记下来、录下来或拍摄下来，还要注意周围的整体氛围和讲述风格。谁讲了这些故事？他们是讲给谁听的？在什么样的情境下？

另一个需要关注的层面是，这个故事实际上是由一个单独的个体“讲述”的，还是在几个人的互动中产生的，后者中的每个人都对关于某个特定传说的场景对话做出了贡献。相应地，民俗学学者和其他都市传说的搜集者需要制订策略，在实际的演述场合中聆听、引出和探讨都市传说。至于如何以一种有意义又有效的方式，去记录演述时的诸方面，是个大问题。伊丽莎白·费恩（Elizabeth C. Fine）在1984年出版的书（参见下文）中提出了一套方法，在细节上令人印象颇深，但作为一种研究体系却备受质疑。迄今为止，只有极少数的都市传说是依据她提出的标准进行搜集和誊录的。

或许，在未来的搜集中，研究者会更多地用到问卷和田野调查。最近，在网上涌现的大量都市传说，也引发了一系列全新的关于什么是搜集、誊录都市传说的最好方法的讨论。

参考文献 Elizabeth C. Fine, *The Folklore Text: From Performance to Print* (Bloomington: Indiana University Press, 1984); Bill Ellis, “Why Are Verbatim Transcripts of Legends Necessary?” in Bennett, Smith, and Widdowson, *Perspectives on Contemporary Legend II* (1987), 31–60; Linda Dégh, “Speculations about ‘The Hook’,” *Folklore Forum* 24: 2 (1991), 68–76; John Niles, “The Berkeley Contemporary Legend Files,” in Bennett and Smith, *The Questing Beast* (1989), 105–111; *Vanishing Hitchhiker*, 197–202; Bonnie Stone Sunstein and Elizabeth Chiseri-Strater, *FieldWorking: Reading and Writing Research*, 2nd ed. (Boston and New York: Bedford/St. Martin’s, 2002), 315–323 (“Researching Verbal Performance: Urban Legends”).

C37. "结直肠老鼠"
"The Colo-Rectal Mouse"

一位朋友的朋友认识一个在当地医院工作的人，据说有一次，当直肠里塞进了一只活老鼠或其他小动物的同性恋者被推进手术室，需要做移除手术时，他就在现场。原来这个同性恋者用一根涂上油脂的塑料管把老鼠插进了体内，听说这样可以获得极致的性快感。当他试图把老鼠拽出来的时候，拴着老鼠的那根绳子断了。有时是老鼠的一根骨头卡在了人的体内，或者这个动物是只小蜥蜴，当人试图把它拽出来的时候，它的尾巴断掉了。

这个故事出现在1984年，并且很快在美国传播开来。在随后的几年中，这只动物一直被认定为沙鼠，当时这个传说常常被专门安在几个被大众认为是同性恋的男性媒体人身上。

另参见 塞沙鼠

参考文献 *Mexican Pet*, 78–79.

C38. "出来吃饭啦！"
"Come and Get It!"

当不速之客来到一对夫妇家中时，丈夫/妻子正在洗澡。正在洗澡的这个人毫不知情，赤裸着身体就冲着外面大喊："过来洗澡吧，水是干净的！"有时，男宾客在晚饭前刚打扫完院子，接着被邀请过去洗澡。妻子以为是丈夫正在洗澡，就穿过浴帘，抓住了客人的下体，说："叮咚，开饭啦！"

20世纪40年代，"浴室里的陌生人"的版本始见于书面文本，这个故事因"叮咚，开饭啦！"（或"该喝下午茶了"）这句妙语而为英国人所熟知。这个情景跟"被拉开裤链的管道工或机修工"非常类似。

参考文献 *Too Good*, 149–150; *Vanishing Hitchhiker*, 146–47; Bennett and Smith, *Urban Legends*, 171–173.

C39. 漫画和都市传说
Comics and Urban Legends

由于包含了简单的情节、离奇的情景、人物的类型化和通常是惊悚或滑稽的行为，都市传说一直备受漫画创作者的青睐。在大众传媒中，有着数不清的关于“下水道里的鳄鱼”“钩子”“包裹里的死猫”“微波炉中的宠物”和“后座杀手”等传说的卡通故事和重新演绎。从《纽约客》到报道当地事件的免费报纸，都会使用类似的插图。

有时一整部漫画书集中讲述了一则传说，例如漫画家斯坦·李（Stan Lee）1976年的《女王神剑》（*Red Sonja: She-Devil with a Sword*）和1987年的《超胆侠：无畏之人》（*Daredevil: The Man without Fear!*），这两部书都是由漫威漫画公司（Marvel Comics）发行的，原型是一则鳄鱼传说。整部漫画书都与都市传说相关的是《都市传说系列1》（*Urban Legends No. 1*），1993年由黑马漫画公司（Dark Horse Comics）出版。该书包含的传说有“肯德基油炸鼠”“消失的搭车客”和“微波炉中的婴儿”（Baby in the Microwave）。

有许多以吸收都市传说为创作特色的连载漫画和动画片，包括《天生失败者》（*The Born Loser*）、《逍遥骑士》（*Captain Easy*）、《加菲猫》（*Garfield*）、《鹅妈妈和格林》（*Mother Goose and Grimm*）、《谢尔曼的潟湖》（*Sherman's Lagoon*）、《蒲公英》（*Tumbleweeds*）、《齐皮士》（*Zippy*），还有一些来自盖瑞·拉尔森（Gary Larson）的《月亮背面》（*The Far Side*）系列的漫画。除了主流漫画，都市传说也常常为另类或地下漫画杂志中的连环漫画提供素材，例如吉尔伯特·谢尔顿（Gilbert Shelton）在他的《难以置信的毛茸茸的怪胎兄弟》（*Fabulous Furry Freak Brothers*）1972年的一集中就用了“相亲”故事。

几乎无一例外，全世界的都市传说集都会使用卡通风格的绘画作为插图。把这一点做到极致的是《都市传说超级绘本》（*The Big Book of Urban Legends*，1994），它把整整200个都市传说都做成了连环漫画的形式，并且每一个都是由不同的艺术家创作的。这本绘本呈现了多种多样令人惊叹的现代漫画艺术，这些传说都是从我的书中摘录的。

有时，都市传说本身也源自漫画。“米老鼠迷幻药”就是一个明显的例子，卡通形象在这些虚假警告中出现，最后还牵扯到巴特·辛普森（Bart Simpson）。在“扮演超人的男孩”中，一个男孩模仿了漫画书中的英雄，造成了许多灾难性的后果。相同的基本主题还体现在“超级英雄的狂欢作乐”中，这是由一位成年人演绎的。

C40. 集体再创作 Communal Re-creation

当一则都市传说在一个社区（即任意群体）中传播时，每位讲述者都会对故事进行再创作，而不是逐字逐句地重复。换句话说，人们会记住故事的要点和一些细节，但他们在复述时无一例外地会漏掉、增加或改变个别情节。通过这种方式就会产生不同的版本，社区的人是接受还是忽视这个版本，取决于新的异文是否符合这一群体对一个好传说的评价标准。因此，都市传说的再创作也被认为具有集体性。

如果某个人对故事的改动毫无逻辑或令人费解的话，听众要么会放弃这个版本，要么会试着按照自己的方式去理解。例如，“欢迎来到艾滋病的世界”中的纸条，有人说是藏在了一罐咖啡里，而不是通常说的小棺材里，少数几个重复这一细节的人表示，咖啡可能是用来掩盖藏在将要走私到美国的包裹中的毒品的气味的。

集体再创作是一个在传统叙事歌（民间叙事歌曲）研究中提出的理论，但它也同样适用于分析口头叙事在讲述过程中发生的变化，包括都市传说。亚历山大·蒲柏（Alexander Pope）的长诗《名人堂》（The Temple of Fame）中的一个诗节很好地诠释了这一过程的实质：

飞翔的谣言翻滚聚集，
故事被快速口耳传述；

讲故事的人都添枝加叶，
听故事的人也增加填补。

参考文献 *Baby Train*, 88; *Vanishing Hitchhiker*, 14–15, 193.

C41. "共产党革命章程"
"The Communist Rules for Revolution"

这个政策传说指的是一个有编号的章程列表，通常有十条，以打印或手写的形式被分发出去，传单声称这是一个共产党人接管西方世界的宏伟蓝图的复印件，"于1919年在德国杜塞尔多夫市被盟军缴获"。有时传单的标题是"能带来一场变革的章程"，里面的条款包括抵制宗教、增加性趣、工会组织罢工、登记枪械、鼓励政府铺张浪费和其他非常受极端右翼狂热分子欢迎的规定。一个典型的"章程"写道："通过轻视、嘲笑和毁谤来破坏人民对他们的天生领袖的信任。"

"共产党革命章程"根本就不是一份1919年的文件，它起源于一份1946年的英国出版物。保守党的主要发言人和一些出版物经常揭穿这些章程（本词条的参考文献列出了三份存档完好的资料）的虚假性。在《美国国会议事录》(*Congressional Record*) 的记载中，至少有三次，国会议员否认了"共产党革命章程"的真实性。

到了20世纪90年代，激进的右翼出版物仍在继续重印"共产党章程"，有时日报的编辑还会收到他们的恐吓信。例如，有一封恐吓信的作者来自犹他州的普罗沃，1990年他引用了五条规定，并且附上了一些诸如"那些为枪支管控而战的无辜之人，无形中推动了共产主义目标的实现"之类的言论。

参考文献 Paul F. Boller Jr. and John George, *They Never Said It* (New York: Oxford University Press, 1989), 114–116; *Choking Doberman*, 184; John George and Laird Wilcox, *Nazis, Communists, Klansmen, and Others on the Fringe* (Buffalo, NY: Prometheus, 1992), 445–447; Morris Kominsky, *The Hoaxers* (Boston: Branden Press, 1970), 600–611; *Mexican Pet*, 108–109.

C42. 公司 Companies

关于商业的都市传说常常集中在几个特定的公司上，通常是那些大型的和占据大量市场份额的公司。按照字母顺序，成为都市传说讲述对象的公司和商品包括：宝宝乐泡泡糖、汉堡王（Burger King）、胜奇士炸鸡、可口可乐、科罗娜（Corona）啤酒、达美乐比萨、嘉宝婴儿食品、宜家家居、凯马特（Kmart）商店、肯德基、麦当劳汉堡、菲尔斯太太（Mrs. Fields）曲奇、内曼·马库斯（Neiman Marcus）百货公司、跳跳糖（Pop Rocks）、宝洁公司（Procter & Gamble）、锐步（Reebok）体育用品、劳斯莱斯（Rolls-Royce）和华尔道夫（Waldorf-Astoria）酒店。

当然，也有许多关于小公司和地方企业的谣言和传说，有时故事会集中在某位公众心目中的公司的代表人物身上（例如比尔·盖茨［Bill Gates］或唐纳德·特朗普［Donald Trump］），而不是公司本身及其产品或服务。

另参见 商业传说；商业谣言和传说

C43. 比较的方法 Comparative Approach

将某一特定都市传说的所有文本相互比较，或同其他相似的传说做比较，以便在变化的细节中找出相同的要素。故事被分成了大类（types）和亚类（subtypes），在具体类别中，又通过故事发生的时间和地点做区分。这种比较的方法在都市传说研究中常常显得不够规范，但它确实来源于自20、21世纪之交以来国际民间故事研究者所遵循的严格的历史地理研究法。

在关于古老而复杂的民间故事的规范比较研究中，人们都会试图建立一个“原型”（archetype）或假设的该故事的原始形式，以及原型故事可能的发生时间和地点。都市传说研究中的比较，不太可能像简单地解释情节的迁移和异文那样寻找起源。

在任何一种传说研究中（事实上，在任何一种民俗学的大多数研究中），比较都无处不在；然而，有些对于比较的分析比其他分析更系统化。实际上，关于都市传说的任何一本书或文章，都运用了比较的方法来阐释主题和异文，不过我们可以通过简要回顾三个较长的比较分析案例，来说明它们的典型方法和成果。

威廉·休·詹森（William Hugh Jansen）对“惊喜聚会中的裸体主人”的经典研究，回顾了45年来搜集到的28个文本。他得出结论，该传说由三种主要的故事类型构成。詹森发现，尽管每一种版本都被独立的故事讲述者改动过，但都提到了对令人震惊的情况的态度、派对的场合，以及裸体夫妇被发现后的后果。不过故事发生的场合千差万别（生日、结婚前夕的单身女子派对、乔迁庆宴、相亲等等），后果却极其一致（男孩离开了，女孩疯掉了）。

戈登·麦克洛克（Gordon McCulloch）针对“火鸡脖子的故事”（The Tale of the Turkey Neck）的研究比较了一个传说在三条独立“传播链”（transmission chains）中出现的不同版本，这个传说是他于1982年用了十多天在苏格兰搜集到的一个恶作剧。在对这一故事的十几个文本的演述和风格进行周密分析之前，麦克洛克比较了涉及的人物、恶作剧的细节，以及受害者妻子遭到的伤害。在所有故事中，基本都有一些“可以吃的东西”（例如火鸡脖子）被放到了一个沉睡的人敞开的裤链中；当他的妻子看到一只动物（猫或狗）一点点地去啃这个突起的东西时，她晕倒了，并受了伤（脚踝骨折或手腕骨折）。

1985年春，威廉·福克斯（William S. Fox）在纽约一所私立大学和一所州立大学的社会学课程上，用调查问卷的形式，搜集并比较了采自232名同学的关于“自杀的规则”的信息。他对这些数据进行了比较，并制作了四个表格，说明了在两种体制下的学生之间，以及在校生和走读生之间，对这一信条在了解程度和获取渠道上的区别。这一信条的异文包含一些据说是为了获得作为回报的“满分”而必须满足的特定条件，以及声称的该政策的制定理由（实际并不存在的）。

参考文献 Fox, "The Roommate's Suicide and the 4.0," in Bennett and Smith, *A Nest of Vipers* (1990), 69–76; Jansen, "The Surpriser Surprised: A Modern Legend," repr. in Brunvand, *Readings in American Folklore* (1979), 64–90; McCulloch, "'The Tale of the Turkey Neck': A Legend Case-Study," in Smith, *Perspectives on Contemporary Legend* (1984), 147–166.

C

C44. 电脑 Computers

电脑作为都市传说的主题、传播渠道，以及都市传说研究的辅助工具，开始在当代传说传统和研究领域发挥重要作用。然而，电脑民俗已经远远超出了传说的范畴，包括笑话、连锁信、“民间”游戏和图像、杰出程序员和技术员的英雄事迹、业内人士的逸闻、“黑客”行话，以及其他许多内容，其中曾经被系统搜集和研究过的只是一小部分。

许多与电脑相关的传说——被讲述者信以为真的虚构故事——以可能会出错的东西为依托，比如程序故障、漏洞或病毒。尽管这种错误和故意搞破坏的行为的确存在，但这些故事却倾向于套用模式、改编和夸大事实。这类传说经常作为关于“神秘故障”或“著名漏洞”的系列故事被传播，人们并没有从这些未经证实的故事中辨别出哪些是真的。

人们会用诸如“曲奇怪兽”（Cookie Monster）、“黑色星期五”（Friday the 13th）、“米开朗琪罗”（Michelangelo）和“好时光”（Good Times）之类的名字，去表现某些电脑病毒（或病毒传说）具有的充满创造力的风格特点；人们还预测，在千年更替的世纪之交会出现程序故障，不久它就获得了一个绰号，叫“Y2K”（2000年）。至于2000年1月1日会发生什么事情，人们的描述从因程序到期而无法识别新世纪日期的现实恐惧，到新世纪汽车将无法启动、电子表将停转、供电和电话服务将停止的荒唐忧虑，各不相同。

在一个流行的电脑传说类型中，主人公往往是一位没有经验的或者迷糊的用户，他（或者更常见的是她）试图通过电脑说明书或公司的服务热线寻求帮助。通常，故障是由于这位用户做了非常愚蠢的事情，例如没有打开机器或插上电源，或者没有把连接线插到打印机上，或者没有理解“按任意键”指令的意思。服务热线工作人员的回答可能是用户应当把所有部件装箱打包，然后退货，“因为你太傻了，不配拥有一台电脑”。或者，用户最后从身边的人那里得到了帮助，通常是家里的一个年轻人，或是成长于数字化时代的一位邻居。也许是对“愚蠢的用户”做出的回应，如今许多电脑配件都会带有“快速启动”的指南，即通过一些简单的卡通化图标来说明如何连接电缆和电源线。

电脑新闻组、电子公告栏、博客、聊天室和电子邮件日益成为都市传说（其实是各种民间传说）传播的主要渠道。犯罪和恐怖故事、幽默传说、名人谣言和虚假警告在网上非常丰富，还有专业民俗学学者和其他人对都市传说进行的揭露和讨论。尽管计算机通信在全球范围内以极快的速度传播这些材料，但大多数文本只需点击一个按钮即可转发，没有任何变化，评论也很少。这种“网络传说”（cyberlore）缺少演述特征和口头讲述风格，但是在模仿网上流行的那些都市传说的过程中，发展出了自己的独特风格。

电脑为都市传说的研究提供了有趣的可能性。学者可以使用网上数据库检索在学界和大众媒体中出现的主题和话题，或者他们可以简单地向其他用户咨询新兴的谣言和传说。有些网站是专门用来发布都市传说的。电子邮件为同其他学者合作研究、安排会议和联合出版论著，提供了一个快捷、简单又廉价的方法。已经有人提议建立一个完全计算机化的、所有文本都可供下载的传说档案，但除了少数有限的合集之外，这样的电子档案库还未创建。的确，我们拥有更多能够在线访问的档案只是时间问题。

对于写论文的大学生甚至小学生来说，网上有许多关于都市传说和其他话题的有用资源，此外，网络还提供了一种可以直接向作者咨询他们的著作和项目的方式。作者是否会有效地回复电子邮件中的问题，就是另外一回事了，因为有些作者可能觉得关于这个话题必须要说的内容，已经很容易就能在书上或网站上查到了。

另参见 “好时光病毒”；互联网资源；“调制解调器税”和“电子邮件税”；电脑新手的故事

参考文献 Erik Brunvand, “The Heroic Hacker: Legends of the Computer Age,” in Brunvand, *The Truth* (1999), 170–198; Karla Jennings, *The Devouring Fungus: Tales of the Computer Age* (New York: Norton, 1990); Michael J. Preston, “Computer Folklore,” in Brunvand, *American Folklore: An Encyclopedia* (1996), 154–155; Paul Wallich, “Cyber View: This is Not a Hoax!” *Scientific American* (November 1998), 54.

C45. 阴谋
Conspiracies

已发表的文章和出版的书籍、谣言、电子邮件，以及偶尔会在口头流传的传说，都暗示了某些组织在密谋夺取统治权，或者相反，他们想要推翻我们的社会和政治体制。有许多网站都支持或揭露了阴谋论。据说，犯罪者是犹太人、激进的少数民族、跨国公司、所谓的秘密社团（比如共济会、耶稣会或罗马天主教会）、撒旦教徒，尤其是政府，包括我们自己的政府在内（通常通过中央情报局或联邦调查局）。有时，这些阴谋者只是被指认为一些胡乱想出的组织，例如“世界人”（One Worlders）、“现世人文主义者”（Secular Humanists）团体中的成员，或是“新世界秩序”（The New World Order）的发起人。

少数群体可能会惧怕来自规模更大的组织的阴谋。例如，帕特丽夏·特纳在她1993年的《我是通过小道消息听来的》（*I Heard It through the Grapevine*）一书中，用两个章节写了这些谣言：要么是三K党和跨国公司，要么是美国政府，在酝酿反对非洲裔美国人的阴谋。

所谓政府阴谋，通常被描述成为避免公众得知一些事实真相而做出的“掩饰”。例如肯尼迪遇刺事件、不明飞行物、残杀牲畜，以及百慕大三角之谜。以科学证据和观察为支撑的针对这些事件的合理解释，并不能使“真正的怀疑者”信服，这是埃里克·伊莱亚森（Eric Eliason）给那些人起的绰号，他将这些人描述为正在塑造“对官方、主流文化分析存在异议的知识分子亚文化圈”。1978年，好莱坞拍摄的一部娱乐电影通过描述一个火星登陆骗局，表现了一种流行的观点，即登月行动完全是美国宇航局（NASA）伪造的，他们通过使用精心制作的电影布景和内部人员网络来保守这个秘密。这部电影就是《摩羯星一号》(*Capricorn One*),由艾略特·古尔德(Elliott Gould)、哈尔·霍尔布鲁克(Hal Holbrook)、萨姆·沃特斯顿(Sam Waterston)、詹姆斯·布洛林(James Brolin)和辛普森(O. J. Simpson)出演,这部电影算不上能获奥斯卡奖的影片,但它确实很好地说明了试图伪造完成此类高难度任务的过程中可能出现的现实问题。想必制片人之所以选择火星而不是月球作为表现对象,为的就是不要跟实际阴谋论的说法过于接近。

或许,在美国口头叙事(都市传说)传统中,演绎颇多的阴谋"病株",要么涉及对撒旦教仪式中的虐待的狂热,要么涉及关于曾在地球着陆的外星人反复出现的故事,据说他们的存在被政府隐瞒了几十年。

伴随着2001年9月11日的恐怖袭击,人们制造了许多言论——只是基于谣言和传说——这次袭击是由高层策划好的,可能是一个阿拉伯政府或以色列政府,或是美国政府的阴谋。

另参见 艾滋病起源的传统;"血祭诽谤";"共产党革命章程";法国;"犹太人的秘密税金";锐步谣言;宗教和都市传说;撒旦恐慌

参考文献 Eric Eliason, "Conspiracy Theories," in Brunvand, *American Folklore: An Encyclopedia* (1996), 157-158; Bill Ellis, "Cattle Mutilation: Contemporary Legends and Contemporary Mythologies," *Contemporary Legend* 1 (1991), 39-80, and "The One-World Demonology: Projection and Conspiracy," in *Raising the Devil* (2000); Robert Alan Goldberg, *Enemies Within: The Culture of Conspiracy in Modern America* (New Haven; Yale University Press, 2001); Véronique Campion-Vincent, *La société parano: Théories du complot, menaces et incertitudes* (Paris: Payot, 2005); Campion-Vincent, "From Evil Others to Evil Elites: A Dominant Pattern in Conspiracy Theories Today," in Fine et al., *Rumor Mills*, 103- 122; Jean-Bruno Renard, "Negatory Rumors: From the Denial of Reality to Conspiracy Theory," in Fine et al., *Rumor Mills*, 223-239; Fine and Ellis, *Global Grapevine*, 51-72; David Aaronovitch, *Voodoo Histories: The Role of The Conspiracy Theory in Shaping Modern History* (New York: Riverhead Books, 2010); James McConnachie and Robin Tudge, *The Rough Guide to Conspiracy Theories*, 2nd. ed. (London and New York: Penguin, 2008); Ted Goertzel, "The Conspiracy Meme: Why Conspiracy Theories Appeal and Persist," *Skeptical Inquirer* (January/February 2011), 28-37.

C46. "脏被子"
"The Contaminated Comforter"

"会动的羽绒被"(Het wandelende dekbed)是一则1990年由尼德兰莱顿市的作家彼得·布格尔报告的荷兰都市传说:

去年，我哥哥告诉我，有一个女人以低到难以置信的价格买了一床鸭绒被（羽绒填充的被子）。她对被子非常满意，并把它铺到了床上。当她再次进入卧室时，被子滑到了地上，于是她又把被子放回床上。她第一次盖这床新被子时，在夜里醒了，因为被子再一次滑到了地上。最后她把被罩打开一看，发现里面全都是蛆虫。这并不是真正的鸭绒被，而是用鸡毛填充的，上面还粘着苍蝇在血迹中产的卵。

这个传说后来传到了比利时，2004年在瑞典出现了一个异文，但在美国还没听说过，因为羽绒被在美国远不如在欧洲普及。但是，这个故事包含了两个美国传说的常见主题：污染物（参见下一个词条）和质量很差的廉价产品。此外，在很多故事里，蛆虫是严重污染的一种国际性标志。

参考文献 *Baby Train*, 237–238; *Be Afraid*, 133–134; Bengt af Klintberg, *Glitterspray* (2005), 186–187.

C47. 污染 Contamination

将异物掺入——通常是故意掺入——食物和水中，是现代都市谣言和传说的主要题材。通常，这些涉嫌犯罪的公司要么是被点名的，要么是能被清楚辨别的。尽管这些故事中很少有——如果有的话——丝毫的事实根据。在美国，大型快餐专营店和包装食品制造商是这些故事的典型目标，其中的产品包括罐头、汽水、糖果、麦片粥、汉堡包、炸鸡、比萨和墨西哥食品。典型的污染物包括昆虫、宠物、老鼠、大鼠、蛇、蠕虫、狗粮、人体零部件、精液和唾液。

据说所谓污染食物的动机通常是公司职员对薪水、工作条件不满，或者因性别、性取向问题而受到了不公正待遇。例如，有一系列在全国范围内传播的故事声称，一位因感染艾滋病而被解雇的工人心生仇恨，于是他对着一家大公司的比萨手淫，有时在顾客吃完比萨后他才会打电话通知他们这件事。

城市供水的污染通常被归咎于在主水箱中发现的尸体——但是没人能够解释为什么会有人把尸体丢在那里。不过，更早的关于乡村井水污染的传说，专门说明了水是出于一些军事或政治原因而被投毒的。与之类似，1978年的一则欧洲谣言宣称，来自以色列的橘子被水银污染了，目的是为了破坏中东经济，进而阻碍其和平进程。

与“污染”相关的主题还有，某些活体动物导致身体、住宅或商品遭受侵扰，这些活体动物包括蜘蛛、昆虫、蛆、蛇、大鼠等。纽约市的“下水道里的鳄鱼”就是一则侵扰传说的极好案例，还有蛇侵入进口毛毯、蜘蛛或蝎子侵入盆栽仙人掌、地蜈蚣一路吃进人脑之类的故事。有关电脑病毒和音乐唱片中对邪恶信息的“倒放掩饰”故事，是现代谣言和传说中描述更为抽象的侵扰传统的例子。

污染传说反映了人们对进口产品、种族产品和加工产品的不信任，以及对大公司分销的不信任。这些故事可能也部分源自人们因过度依赖包装食品和快餐，而不是更多地在家使用新鲜食材、准备营养餐而产生的内疚感。人们早就因新闻报道而对食品的包装、储存和准备场所的卫生问题有几分不安了，在这些报道中，那些场所的不卫生状况在官方检查中暴露无遗，污染传说聚焦、夸大并套用了这些发现。

另参见 中国餐馆（和其他民族餐馆）；胜奇士鸡肉谣言；“木桶里的尸体”；“泡菜罐里的手指头”；胶纸的危险；万圣节施虐狂；“肯德基油炸鼠”；食物中的精子；麦当劳谣言；“可口可乐中的老鼠”；“秘密成分”；减肥药里的绦虫；“蠕虫汉堡”

参考文献 *Choking Doberman*, 103–130; Susan Domowitz, “Foreign Matter in Food: A Legend Type,” *Indiana Folklore* 12 (1979), 86–95; William M. Clements, “Catflesh in Mexican Food: Meaning in a Contamination Rumor,” *Studies in Popular Culture* 14 (1991), 39–51; Robert M. MacGregor, “Québec's Killer Beer: A Dark T(ale),” *Contemporary Legend* 5 (1995), 101–114; *Mexican Pet*, 83–109; *Too Good*, 173–200; *Vanishing Hitchhiker*, 75–101; *Be Afraid*, 229–232; de Vos, *Tales, Rumors, and Gossip*, 132–157; Bennett and Smith, *Urban Legends*, 214–216.

C48. 当代传说（术语）
Contemporary Legend (Term)

相较于“都市传说”“现代传说”——或把它们混在一起的“现代

都市传说”，“都市传说”是一个民俗学学者更为偏爱的术语。所有这些术语以及其他名称（“都市神话”“信仰传说”“谣言传说”）有时也被用作同义词，尤其是在大众媒体中，但是一些学者坚持这样高明的逻辑——要使用一个特定的术语而非其他。“当代传说”显然有其坚定的学术追随者，因为它是致力于研究传说类型的学术团体（国际当代传说研究会）及其年刊所选择和使用的名字。

1982年，首届当代传说会议在英国谢菲尔德召开，就应当使用怎样的定义和术语进行了讨论，同时也促成了1988年国际当代传说研究会的成立。学者持续参与讨论了“当代性的问题”，当国际当代传说研究会成立时，人们一致同意这个术语“不仅指所谓的‘现代都市传说’，也指在既定区域内活跃流传着的任何传说”。

除了个别传说及其历史的个案研究外，无法确切地回答，根源于古代民间传说的传说传统中什么是当代的这一问题。

另参见 《当代传说》（期刊）；“‘传说’和‘都市传说’的定义”；国际当代传说研究会；都市传说（术语）

参考文献 Noel Williams, “Problems in Defining Contemporary Legend,” in Paul Smith, *Perspectives on Contemporary Legend*, vol. 1 (1984), 216–228; Jacqueline Simpson, “Are the Terms ‘Modern’ and ‘Contemporary’ Synonymous?” *Contemporary Legend*, New Series 1 (1998), 134–148.

C49.《当代传说》（期刊）
Contemporary Legend (Journal)

这是国际当代传说研究会年刊的名称。第一卷出版于1991年，加拿大纽芬兰纪念大学民俗学系的保罗·史密斯教授任总主编。《当代传说》“旨在促进与鼓励研究，并为致力于为这一充满活力的传统叙事研究领域的人提供一个平台”。年刊中的典型条目包括调研成果、个案研究、理论文章、书目介绍、书评等。《当代传说》拥有一个国际性的审查投稿编委会。这份期刊会寄给所有国际当代传说研究会的成员，也有许多图书馆订阅。从1984年到1990年，“当代传说观点”（Perspectives on Contemporary Legend）系列已经出版了五卷，刊登了在国际当代传说研究会的会议上提交的部分论文，这个系列以对《当代传说》的介绍而宣告结束。投稿说明、国际当代传说研究会的会员信息，以及《当代传说》订阅服务，出现在每一期刊物的封底内页和国际当代传说研究会的网站上。1998年，在首版五卷本（1991—1995）推迟了几年出版后，《当代传说》的新系列正式推出了第一卷。新系列的最新两卷是2010年发行的第九卷（2006）和第十卷（2007），新系列的第三部分是从2011年卷开始的。

另参见 《FOAF故事通讯》；国际当代传说研究会

C50. 语境
Context

讲述某一民间传说的直接环境，加上这则民间传说所传播的社区具有的更大的社会和文化特征，构成了围绕着文本的语境。要想完全理解任何一种民间叙事形式，必须搜集和分析文本，并且完整描述传说传播的真实语境（或者多个语境）。

但是，正如马克·格雷泽指出的那样，"当代传说的叙事中没有结构化的语境。民俗学学者不可能知道一个当代传说的演述将会发生在何时何地"。相反，格雷泽说明了讲述这些传说的典型环境只是"随机的和自发的"。

人们可能会在以下常见的社交场合中讲述都市传说，例如聚会、宿舍闲谈、彻夜狂欢（或睡衣派对）、露营、通勤和其他旅行、工作期间的小憩，以及在家庭环境中。但是它们也会通过电话、广播、电视脱口秀和网络传播；有时还会在报纸和其他纸质媒体上出版。每种不同语境都有其模式、风格和演述的传统惯例，它们都会影响文本的性质和对文本的接受。

其他影响都市传说及其意义的语境特征，包括故事讲述者和听众的态度，他们对故事细节的熟悉度，故事的其他版本是否为讲述者或听众所熟知。因此复述一个商场犯罪的都市传说时，如果这个故事发生的背景环境是小范围的，如果讲述者认为它是真的，如果没有人曾听过这个故事，那么听众可能只会有一种反应。但是如果背景是模糊的，如果讲述者（或听众）表示了怀疑，如果人们意识到了还有其他类似的故事，那么这就变成了——正如他们所说的——只是另外一个故事。

故事讲述者和听众的年龄、成熟度以及受教育水平，会对讲述者讲哪个故事、听众如何看待这个故事产生明显影响。如今，大多数人都听过古老的类似"钩子"和"室友之死"的恐怖故事，但是一个青少年就会谨慎地把它们当作犯罪报道，他们第一次得知类似的传说都是从吃惊的同龄人那里听来的，对他们来说，这些古老的奇谈怪闻甚至可能是新鲜的、吓人的和可信的。

年龄和性别影响着都市传说的表演技巧和演述风格。一个故事在相同性别的同龄人之间讲述，或者说，由父母讲给孩子（反之亦然），或由同性讲给同性、同性讲给异性时，效果会有所不同。类似的，传说讲述者在准确度方面的声望或拥有"内部消息"，将有助于提升听众对故事的接受度。例如，关于所谓犯罪浪潮的纸质或电子邮件的虚假警告，如果是来自某一组织的高层，或者用印有公司名抬头的信纸或以公司备忘录格式复制的话，就会有效地刺激人们产生异常狂热的反应。如果这些警告是通用的、匿名的，可信度就会打些折扣。

规模更大的社区文化，通过主要宗教、政治体制、种族和民族成分，以及社区的经济基础和富裕程度这类因素来影响民间叙事。在一次"超文本研究"中，埃里克·芒特约（Eric L. Montenyohl）描述了"当代传说和谣言（有关所谓的恶魔崇拜事件）是如何（在路易斯安那州的拉斐特）变得危险的，这是由于最初的短期口头传说最终进入了该社区对这一事件的官方（制度化）认知，它为官方提供了行动章程"。

传说可能是在自然语境下搜集的——换言之，如果民俗学学者足够熟练和幸运的话。一个看似自然的语境可能是被一个搜集者巧妙引导出来的，或者一个完全人为的语境可能是被迫产生的，正如把一个麦克风贴在人脸上，然后只是想要听到一个好故事一样。传说的搜集者也是语境的一部分，任何一种方法，无论是多么不自然，也许都能得到可用于分析的有趣文本。正如丹·本-阿莫斯（Dan Ben-Amos）提醒我们的那样，“民俗形式的演述，可以在其文化界定的事件之内或边界之外发生，但是它们永远不能脱离语境”。

另参见 “恼怒的新娘”；搜集和誊录都市传说；都市传说的演述

参考文献 Dan Ben-Amos, “Contextual Approach,” in Brunvand, *American Folklore: An Encyclopedia* (1996), 158–160; Mark Glazer, “The Contexts of the Contemporary Legend: ‘The Vanishing Hitchhiker’ and‘Gravity Hill,’ ” in Bennett and Smith, *A Nest of Vipers* (1990), 77–87; Sylvia Grider, “Dormitory Legend-Telling in Progress: Fall 1971–Winter 1972,” *Indiana Folklore* 6 (1973), 1–32; Eric L. Montenyohl, “Beliefs in Satanism and Their Impact on a Community: Moving beyond Textual Studies in Oral Tradition,” *Contemporary Legend* 4 (1994), 45–59.

C51. “烤熟的动物或婴儿”
“The Cooked Pet or Baby”

参见 “烘烤婴儿”；“小狗的晚餐”；“微波炉中的宠物”

C52. “车里的尸体”
“The Corpse in the Car”

在一个“二战”期间的欧洲传说中，一位搭车客预言希特勒会死，或者战争会在特定的某一天结束，而且，他在那一天搭乘了谁的车，谁就会在那一天结束时在车中发现一具尸体。第二个预言实现了，而第一个没有。通常，这具尸体是司机在车祸发生后停车去救助的一位乘客，这个受伤的人在去往医院的路上就死在了车里。

这个“神话”是希腊的玛丽·波拿巴公主（Princess Marie Bonaparte）从事的一项著名精神分析研究中的研究对象，她最早在1938年9月听说了这个“神话”以及“希特勒将在六个月之内死亡”的预言。这个故事在战争年代一直有着许多版本，有时还会被吸收到“消失的搭车客”中。在早期的传统传说中也能找到这两个预言。

波拿巴搜集到了这个传说的几种异文，她的分析表明，这个故事说明了由战争的焦虑引发的“倒退”，“这一定是唤醒了向命运献祭一个人类牺牲品的心理需求”。

两个心理学家——桑迪·霍布斯和大卫·康韦尔（David Cornwell）回顾了现有的材料，并注意到了民俗学学者对这则传说提出的“比较忽视”（comparative neglect）理论。他们的研究表明，学者们自己对“车里的尸体”的评论，是如何导致当代传说在定义、分类和分析上的混乱的。

参考文献 Marie Bonaparte, *Myths of War*, trans. by John Rodker (London: Imago Publishing, 1947), ch. 1, “The Myth of the Corpse in the Car”; Sandy Hobbs and David Cornwell, “A Behavior Analysis Model of Contemporary Legend,” *Contemporary Legend* 1 (1991), 93–106; *Be Afraid*, 42–44 (转载了Bonaparte的讨论); *Vanishing Hitchhiker*, 30.

C53. “木桶里的尸体”
“The Corpse in the Cask”

在这个传说中，一个英国家庭在他们最近买的一栋旧房子的地窖里，发现了满满一桶朗姆酒。他们在一两年的时间内，又是做饭又是喝酒，酒被喝完了；接着，他们把桶劈成两半，想要把它做成花盆。但是，他们在桶里发现了一具很久以前从殖民地被运回家的男尸，尸体被封存在烈酒之中。

事实上，阵亡军官和其他官员的尸体，有时会被装在葡萄酒桶或其他酒桶中运回英格兰。甚至连纳尔逊勋爵（Lord Nelson）的尸体都是被装在一桶白兰地里运回来的。1805年，他在特拉法尔加海战中牺牲，尸首被放在桶里运回英国安葬。一个传说声称，水手们在桶上钻了孔，然后用吸管喝掉了一些白兰地，从而产生了“打孔上将”[1]（tapping the admiral）这个表述。

“木桶里的尸体”与在城市供水水箱内发现尸体的美国传说非常类

[1] 海俚，指私自违禁饮酒。

似，也让人联想起许多“意外食人者”传说。

参考文献 *Be Afraid*, 98–100; *Choking Doberman*, 114–118; *Too Good*, 197–198; Bennett and Smith, *Urban Legends*, 248–250.

C54. “辅导员之死” “The Counselor's Death”

改编自“室友之死”的情节，用于儿童夏令营的场合。纽约冷泉镇的“惊湖夏令营”（Surprise Lake Camp）的野营顾问从1968年起就会讲一个恐怖故事，故事描述的是：一个逃跑的强奸犯挥着斧头杀死了一位年轻的女野营顾问，死之前她疯狂地乱抓房门，她微弱的努力无济于事，她的同事听到了门外的声音，吓得又急又怕，不敢出门救她。或许，其他都市传说也被其他地方的野营顾问改编成了能在夏天的夜晚，讲给围在篝火旁的孩子听的故事。因此，都市传说可以结合其他恐怖故事，形成典型的野营民俗学（camp folklore）。

参考文献 Elizabeth Tucker, *Children's Folklore: A Handbook* (Westport, CT: Greenwood Press), 88.

C55. 心肺复苏术的安妮传说 CPR Annie Legend

《被噎着的杜宾犬》一书中总结过这个传说（1984，第98页）：

> 一个名叫安妮的年轻漂亮女孩，因周围没有受过心肺复苏术（CPR）训练的人来挽救她而失去了生命。于是她有钱的父亲，为开发用于心肺复苏术训练的逼真的人体实习模型提供了资金，并规定所有模型的脸都应该仿制成他爱女的脸，而且，以后所有如法炮制的模型都应被称作“安妮”，以纪念他的女儿。

以上是对这个故事的一般复述，这个故事经常在很多急救类出版物和CPR指导书的人体模型介绍部分出现。“安妮”的年龄跨度从幼童到青少年不等，那场所谓的意外要么是一次落水，要么是一场车祸，一些人将这个事故的时间定在20世纪30年代，然而其他人说它发生在20世纪50至60年代间。事发地点可能在芝加哥或另一个美国城市，或者是国外。

每一个用于心肺复苏术训练的人体模型都是由一家挪威公司——挪度医疗公司（Laerdal Medical Corporation）加工制造的，他们确实给模型贴过名叫“复苏安妮”（Resusci Anne）的标签，这个“安妮”与所有在心肺复苏术指导书上的“安妮”（Annie）的发音是一样的。这个和一个青年女孩的形象非常相似的逼真的人体模型，于1957年由两个挪威人——商人奥斯蒙德·挪度（Asmund S. Laerdal）和一位来自斯塔万格的医生引进，他们与一位名叫彼得·萨法（Peter Safar）的巴尔的摩医生合作创造了这个教具。

1987年，在“复苏安妮”制作成功的30周年纪念日上，这个挪威公司为她举办了一个纪念庆祝会。1988年7月，大卫·哈克（David Hacker），《底特律自由新闻报》的一位撰稿人，采访了一位挪度医疗公司驻密歇根州代表，并发表了一篇讲述安妮真实故事的文章。

在参与制作“复苏安妮”的人当中，没有谁的女儿曾在事故中丧生，他们制作出的人体模型所仿制的脸，也不是来自他们自己的熟人。实际上，这张脸基于一个死亡面具，该面具是根据20世纪初漂浮在巴黎塞纳河上的无名年轻女尸制成的。她的故事变成了一个流行的欧洲传说，她脸上的表情也为人们所熟知。而“安妮”这个名字则是由挪度制作过的一个洋娃娃的名字“安娜”改编而来的。

人们在得知“复苏安妮”那相对平淡的起源故事之后，又创造了一些更具戏剧性的传说。有些故事篡改了真实故事的部分情节，比如提到了“阿斯曼·廖里多（Asman Leauridal）博士”，据说他的女儿掉进了“挪威的某条运河”，或是在“挪威斯塔万格的一条海峡”游泳时溺水身亡。

C56. 克雷格·舍古德传说
The Craig Shergold Legend

克雷格·舍古德是英国萨里郡卡苏顿的一个7岁男孩，他得了脑瘤，生命垂危。他最后的愿望就是创下史上收集贺卡最多者的吉尼斯纪录。请您把贺卡寄至如下地址，并将这封信转发给另外十个人或十家公司。（此处略去地址以保护克雷格的隐私。）

从克雷格·舍古德7岁那年，也就是1989年起，无数的这种请求就以纸质、传真和电子邮件的形式传播开来，他确实是想要打破由马里奥·摩比（Mario Morby）——一位年轻的英国癌症患者——创下的收集到了1 000 265张明信片的吉尼斯纪录。这个收集明信片的想法似乎始于1982年，来自一个子虚乌有的苏格兰男孩“小巴迪”（Little Buddy），据说他想要创下这项吉尼斯纪录。

小巴迪和马里奥很快就淡出了人们的视野，但是克雷格·舍古德那个已经被他自己遗忘了很久的请求，还在连锁信、传真和电子邮件中流传着，尽管克雷格在1991年就被带到美国进行了手术，并成功地移除了一个良性脑瘤。克雷格渐渐康复、长大，从此正常地生活着，除了那些依然会寄到家中的无穷无尽的信件和包裹，会带来各种各样的卡片供他收集。

这个故事具备民间传说的典型特征，即在流传过程中，有许许多多关于克雷格名字的拼写、家庭地址详情、他要收藏的到底是什么（明信片？康复卡？名片？）的异文。克雷格的年龄通常是7岁或8岁，但是，到了1998年，他都已经16岁了。舍古德一家发出了大量的请求，想让大家不要再寄信了。1990年，克雷格收集到数量高达3300万的卡片后，吉尼斯公司也终止了“卡片收集”这项纪录。这个真实的故事众所周知，但各式各样的卡片依旧络绎不绝地寄到舍古德家中。

另参见 “给小巴迪的明信片”

参考文献 Anna Kearney Guigné, “The ‘Dying Child’s Wish’ Complex: The Case of the Craig Shergold Appeal,”

Contemporary Legend, New Series 1 (1998), 116–133; Charisse Jones, "A Dream Comes True and Comes True," *New York Times* (September 1, 1993); John Pekkanen, "The Boy and the Billionaire," *Reader's Digest* (March 1991); *Too Good*, 461–465; Bennett and Smith, *Urban Legends*, 11–13.

C

C57. 犯罪 Crime

大量关于盗窃、欺骗、诈骗、威胁、谋杀、绑架和违禁药品的故事表明，"犯罪"是都市传说的一个重要主题。的确，在其他类别的故事中，也有许多涉及犯罪——尤其是关于汽车、性和政府的大类——表明当代传说讲述者对这个话题的痴迷；此外，大多数关于犯罪的都市传说在全世界都很流行。通常，都市谣言和传说中描述的犯罪浪潮，被归因于斗争的帮派或令人恐惧的少数族裔。

将犯罪的流行作为一个传说话题来考虑，其中描述的很多犯罪实际上都不是什么大案件。例如，盗窃传说中的典型物品包括饼干、汽车零部件、餐厅的一顿饭或一块冷冻鸡肉。而且，犯罪未遂的传说有很多，即便传说中那些成功的罪犯，据说最终也被抓住了。不过，民俗学家尼古拉森（W. F. H. Nicolaisen）在关于窃贼和入室盗窃案的现代传说中，发现了一种更为险恶的意义层面。在诸如"被噎着的杜宾犬"和"二次被偷"之类的传说中，不仅描述了"入侵不可侵犯的民宅"，而且也暗指（其他盗窃传说也是如此）"侵入私人空间的毁灭性力量"，包括强行入侵受害人的身体。尼古拉森的许多例子引自布莱德尼契等人编辑出版的德国当代传说集，还交叉引用了其他国家的相似故事。

有时当罪犯被指控盗窃时，他受到的伤害可能比受害者更为严重，这说明报应不爽。例如，一个贼偷了包之后，发现里面是一只死猫或尿样；他偷了辆车，发现车顶上放着一具老妇人的尸体；或者，在逃跑的过程中，发生了地震，坐在车里的偷车贼被压死了；一个本想用吸管偷汽油的贼，却吸了满嘴大房车水箱里的污水；在"受伤的盗匪"中，入侵者根本没法进入别人家中，并且在尝试闯入时被严重烧伤；同样，在"被噎着的杜宾犬"中，窃贼的确进入了房子，但在盗窃过程中失去了两根手指，而且最后还是被抓住了。

一些都市传说描述的是犯罪活动对人们的威胁，而不是犯罪行为本身。这在汽车传说中尤其能得到印证："钩子""后座杀手"和"多毛的搭车客"的传说，暗示了早些时候的袭击和谋杀行为，但在故事的叙述中，这些都没有发生。相反，"男友之死"则生动地描述了一场可怕的杀戮。

当然，在都市传说中，我们会发现许多真实的罪行和谋杀。尽管在"诱拐未遂"中，罪犯的行动失败了，但"肢体残缺的男孩"就没那么幸运了。在"盗肾"中，受害者不光丢掉了一个器官（有时甚至是两个），而且还不知道什么样的人是作恶者，因为这些作恶者超出了人们对于参与器官移植的罪犯的普遍特征的认知。据说"床里的尸体"中的杀手一直都没有被抓获，尽管那些试图把毒品塞进婴儿尸体里进行走私的人在边境上被抓住了。

一些传说会提出所谓的针对罪犯的心理洞察。例如，在"偷不走的汽车"中，一辆受到充分保护的汽车被证明其实是不安全的，小偷还给车主留下了一张嘲讽便条。在"牙刷照片"中，窃贼在照片里留下了他们作恶的直接证据，不过在一些关于被污染的快餐的故事中，据说犯罪的一方会给受害者打电话坦白他们的罪行。在"两个搭车客"中，一个持枪抢劫的人破坏了另一位搭车客的计划；而在"二次被偷"中，小偷策划了一个精明的骗局。然而，有时即便是有组织的犯罪团伙的成员，也会制止他人的犯罪行为，比如"乐于助人的黑手党邻居"。

在一项针对网络上流传的犯罪传说的研究中，社会学家帕梅拉·多诺万（Pamela Donovan）回顾了关于色情虐杀电影、被偷的身体零部件和诱拐未遂情节的网上讨论。她发现在这些类别的故事中，讨论者主要关注的是以下三个重要主题：

> （1）强烈感受到社会分化和公民社会的衰落；
>
> （2）感受到监护的缺失；
>
> （3）感受到罪犯和掠夺者的行动是高水平组织化、系统化的。（第157页）

另参见 虚假警告；“滤锅复印机把戏”；万圣节施虐狂；警察；“证言便条”；撒旦恐慌；社会学的方法；陌生人带来的危险

参考文献 *Baby Train*, 113–154; Michael Goss, “The Halifax Slasher and Other ‘Urban Maniac’ Tales,” in Bennett and Smith, eds., *A Nest of Vipers* (1990), 89–111; *Mexican Pet*, 137–159; *Too Good*, 299–320; Eleanor Wachs, *Crime Victim Stories: New York's Urban Folklore* (Bloomington: Indiana University Press, 1988); W. F. H. Nicolaisen, “Burglars and Burglaries in Contemporary Legends,” *Folklore* 112 (2001), 137–146; Fine and Turner, “On the Road Again: Rumors of Crime and Confrontation,” *Whispers*, 167–190; Donovan, *No Way of Knowing*.

C

C58. “巡航控制” “Cruise Control”

有个人买了一辆配备各种便捷按钮、包括巡航控制的野营车。在销售员简要示范了如何操作之后，车主把车开回了家。在高速路上，只要一达到指定速度，他就会打开巡航控制开关，然后自己到车后座去泡一杯咖啡。

这个技术盲故事可以追溯到巡航控制技术发明的初期（20世纪70年代中期），也让人联想起关于按钮换挡和自动变速的相似传说。与其他汽车传说的相同之处在于，通常，“巡航控制”并不会继续描述由此造成的撞车事故。

在许多版本中，车主可能会被描述成一个外国人（通常是一个阿拉伯人）、一个少数种族成员、一位老年人、一个人傻钱多的小伙子或一位女士，因此，这个传说多方位地呈现了排外情绪、种族歧视、性别歧视或老年歧视——在任何一个心胸狭窄的讲述者的版本里，想必他/她会说自己永远不会弄混巡航控制和自动驾驶。

一篇与幽默的保险索赔有关的《华尔街日报》（*Wall Street Journal*，1986年7月9日）头版文章，复述了一个女性主人公的版本，声称实际上保险公司确实要为损失做出赔偿。一份针对该报道来源的调查显示，这仅仅是一个在保险索赔经理之间口头流传的故事。

另参见 “推车启动”；“‘R’意为加速”

参考文献 *Choking Doberman*, 63–65; *Too Good*, 295–296.

C59. “被坐扁的狗”
“The Crushed Dog”

一个年轻人是一个地位显赫的家庭的房客，通常，这家人对他的未来至关重要。他在卧室里不小心把墨水瓶里的墨水洒在了地毯或其他家具上。在试图收拾残局未果之后，他连夜溜走了，因为他觉得实在过意不去，就没去跟主人道别。有时这家人在事后原谅了他，并且又把他请了回来；但这次他在昏暗的客厅里，意外地坐在了一只趴在软坐垫椅上的小狗身上。他把小狗的尸体藏了起来，然后又一次逃跑了，这次他再也没有回来。

故事中的双重插曲结构在都市传说中很常见。的确，“被坐扁的狗”在许多书面材料中流传甚广，包括金斯利·艾米斯（Kingsley Amis）1954年的小说《幸运的吉姆》（*Lucky Jim*）、特里·萨瑟恩（Terry Southern）的《闪光灯和银丝网》（*Flash and Filigree*，1958）和汤姆·罗宾斯（Tom Robbins）的《啄木鸟与静物写生》（*Still Life with Woodpecker*，1980）。但是，这个故事也有口头流传的版本，在连夜拜访的原因、墨水是怎样弄洒的、狗的品种、狗的尸体被藏在了什么地方等细节方面都存在着异文。有时这两个插曲的顺序是颠倒的，而且这部荒诞喜剧的非狗（泼墨）部分也有一些异文。

“被坐扁的狗”揭示了人们在想要给对方留下好印象时，尤其是在一个令人不安的社交场合中可能感到的焦虑。这个传说也揭示了人们对于部分富人将一些小品种的狗，尤其是那些只能供玩赏的小狗作为宠物的鄙视。少量版本描述了一个出国的美国人对国外习俗感到的困惑和胆怯，这让我想起有一个故事曾描述过的情形，这个故事发生在一位受到富裕之家邀请的爵士音乐家身上，这家人非常欣赏他的音乐。比尔·克劳（Bill Crow）在他1990年出版的《爵士佳话》（*Jazz Anecdotes*，纽约：牛津大学出版社）一书的序言中引用了这个故事（第ix—x页），并给出了如下精到的评论：

由口头传说发展而来的逸闻有自身的规律可循。一个好的故事在被复述的过程中通常会经过改动和演化。如果一个讲述者记不起某个特定细节，为了把故事继续推进下去，他就编造一个情节，半数人会相信它的真实性，因为这个情节也适用于故事原本的情境。有时发生在某个人身上的事情，可能会让其他人觉得主人公换作另一个人会更合适。

比尔·克劳本身就是个贝斯手，他用一个关于莱德·凯利（Red Kelly）的逸闻说明了这一过程，20世纪50年代，莱德·凯利在伍迪·赫尔曼（Woody Herman）的乐队中担任贝斯手。

莱德受一位有钱的音乐赞助人之邀参加他的家庭聚会。酒水免费，莱德喝掉了提供的大部分酒。晚会即将结束，他摸索着上了楼，想找洗手间。当他穿过一间没有灯光的卧室走向洗手间门时，撞到了一张小写字台，把一瓶墨水洒在了白色的地毯上。他笨手笨脚地想要把墨迹擦掉，却越弄越糟。最后，他慌忙冲出房间，留下了一摊可怕的墨渍，和几个带墨水的脚印。他溜出房子，逃回家中，一下子瘫倒在床上。

他在第二天醒来的时候，才想起自己在聚会上制造的混乱。他懊悔不已地回到事发现场，试图把地毯清理干净。应门的女仆把他带到一个小客厅里，让他在这里等着，她去叫夫人。他一屁股坐到安乐椅上，听到身下传来一小声狗叫。莱德一下就跳了起来，发现是女主人的小狗，它的脖子被压断了。身心俱疲的他把狗的尸体藏在大钢琴的盖子里，然后又一次逃跑了，这次他再也没回来。

当比尔·克劳向莱德·凯利问起这件事时，他才知道凯利也是从另一个爵士乐手那里听来的，并把它作为笑话复述了一遍。不过，一些听他讲过这个故事的人起初认为这件事就发生在凯利本人身上。在他被许多人问过“你就是那个坐在狗身上的人吗？”之后，莱德·凯利便不再否认，而是回答："对，那就是我。"比尔·克劳在他的序言中这样总结道："当你读这本书的时候，请记住这些故事更近乎传说，而不是真人真事。"

另参见 "传教士和猫"
参考文献 *Curses!*, 135–137; *Too Good*, 58–60.

C60. "求救的哭声"
"A Cry for Help"

据一封最早出现于2003年的电子邮件称，一个休斯敦女人的朋友一天夜里听到家门外有婴儿的哭声。她觉得这有点"不可思议"，于是报了警，警察叮嘱了她两三遍："**千万别开门！**"正如"被噎着的杜宾犬"故事中描述的那样，当警察赶到的时候，他们揭穿了罪犯的作案意图。一个连环杀手或强奸犯正利用一段婴儿哭声的录音来诱使房主开门。这个警告的一些版本指出邮件发送者是一个"经过认证的运输代理人"，还提供了一个电话号码"800"以获取更多信息。事实证明，这个电话号码根本打不通。"婴儿诱饵"的母题有时会和"求救的哭声"的录音相结合，讲述的是在高速路边放一个人形襁褓的诡计，以此引诱司机停车然后袭击他们的故事。

另参见 "婴儿诱饵"；虚假警告；"全国帮派周"
参考文献 *Be Afraid*, 256.

C61. 文化冲突传说
Culture-Clash Legends

当某人试图在另一种文化中表现得举止得体的时候，常常会出现许多因误解而引发的故事。有几则这样的逸闻以茶包为中心——在美国人尽皆知，而一些外国人却不甚知之。不了解茶包的外国人可能会拆开茶包，把茶叶倒出来；在知道了如何正确使用茶包后，外来者又试图用未打开的糖包给他的茶水增加甜味。在一个异文中，美国人在一次国际会议上，对外国代表团搞了个恶作剧：他们把茶包放进嘴里，然后喝热水去冲泡那个茶包。外国人也跟着照做了。

毫无疑问，关于西方游客误用筷子也有类似的故事。另一种针对此类尴尬的“报复”出现在以下故事中：美国人把汉字或阿拉伯文当成了一种装饰，却没有意识到这些字包含了一些粗俗或让人尴尬的信息。在一个版本中，一位女士把她在餐厅菜单看到的几个汉字织在了毛衣上。后来有人翻译了她毛衣上的汉字，意思是“这道菜物美价廉”。

人们常常会在讨论国与国之间的社会、经济和政治问题的语境中，讲述文化冲突传说。因此，在我看来，关于1963年约翰·肯尼迪（John F. Kennedy）总统在西德的著名演讲中犯了一个语法错误的这个传闻是真实的。不过，肯尼迪“Ich bin ein Berliner”的表述，不像有些人声称的，也不像我复述的那样，在字面上是“我是个小甜面包”的意思。相反，它在德语中是“我（象征性地）是个柏林公民”（I am [figuratively] a citizen of Berlin）的很正确的表述方式。在本书的第一版中，我错误地把这个故事界定成传说，特此修正。

另参见 偏见性指责；毛衣和文身

参考文献 *Baby Train*, 223–225; Bennett and Smith, “The Tagged Lady,” in *Urban Legends*, 202–203.

C62. “‘9·11’的诅咒” “The Curse of 9/11”

2001年9月11日，美国遭遇恐怖袭击后不久，谣言和故事就开始在网上发酵，声称数字9和11有一些神秘的组合。最常见的信息是简单地指出这几个重要数字的出现绝非偶然，例如，“119是伊拉克或伊朗的区域号码；1+1+9=11”或“阿富汗的英文单词由11个字母组成”，或“双子塔并排而立，看起来像数字11”。一个常见的故事描述了一位修理工正在纽约一家公司的窗边修一个巨大的视频显示器。运行显示器的电脑坏掉了，日期就锁定在世贸大厦遭受恐怖袭击的这一天，尽管这家公司的建筑在纽约的另一端，也没有在那次事件中受到损害。怀疑论者还发布了对这些谣言和故事的仿作，或指出其他由11个字母组成的毫不相干的词语或名字（我自己的名字和姓氏加起来也是11个字母）。

C

另参见 恐怖主义谣言和传说
参考文献 *Be Afraid*, 88–90.

C63. "作死！再晒一次！" "Curses! Broiled Again!"

一个年轻女士想要或是需要尽快被晒黑。她所在城市的所有美黑沙龙都有每天最多只能晒20分钟的限制。于是有一段时间，她光顾了镇上的每一个沙龙，而且她在每一个沙龙都要晒够那里所允许的最长时间。除了晒得更黑之外，她还要忍受自己身上散发出的糊臭味。不管她洗澡有多勤快，也不管她喷多少古龙香水，这股味道一直都有，而她也开始感觉到身体不舒服。最后，她去看了医生，坦白自己都做了什么。她被告知自己的内脏已经被美黑射线烤熟，而且只能活几个星期了。在故事的一些版本中，一个已婚妇女想要怀孕，但是在美黑床上躺了太久之后，她意识到自己把卵巢烤熟了，导致不孕不育。

这些危险的美黑行为的动机多种多样，从要做伴娘，到度蜜月、去热带度假，或参加啦啦队夏令营。这个传说在1987年的炎热夏天突然出现，可以说在这一年接下来的大部分时间里，它都特别火爆。通常，这个悲剧事例中涉及的所谓当地的美黑沙龙、诊所、医院和医生都非常明确，但是人们从不知道年轻女人的名字，只是把她描述成一个虚荣而愚蠢的人。

沃特利和亨肯（Whatley and Henken）开启了他们对于当代民俗学中的人类性行为的研究，两人把"作死！再晒一次！"的文本作为一则当代传说的例子。这个版本是由“一个女人对她上大学的女儿”讲述的：

> 我相信那个女人来自墨菲（位于北卡罗来纳州）。几年前，她开始用美黑灯，因为她想让自己在结婚的时候变得黑一点。我想她大概要在4月份结婚。不管怎样，她并没有多少时间去好好地做一次美黑。在婚礼的前几天，她开始在一天之内使用三至四次美黑灯——希望在结婚前晒得足够黑。要知道，你每天只能晒一次，而且那样也不一定有益健康。南希（讲述者的一位朋友）说有人告诉她，他们发现这个女孩在婚礼的前一天死在了美黑床上。她的内脏都被烤熟了。想想看，这可是在她婚礼的前一天啊！

“作死！再晒一次！”明显混淆了阳光中能把人晒黑的紫外线和烤箱中发出的微波。除了表现技术上的白痴之外，这个故事还批评了年轻人的爱慕虚荣和粗心大意。但是这个故事忽略了过度暴露在美黑灯辐射下的真正危害——严重的晒伤和可能导致的皮肤癌。

参考文献 *Curses!*, 29–36; *Too Good*, 292–293; *Be Afraid*, 216–219; Amanda Gretchen Brown, "The Price of Skin-Deep Beauty: Some Folklore of Tanning Salons," *Midwestern Folklore*, 27: 1 (Spring 2001), 5–17; Whatley and Henken, *Did You Hear...?*, 1–4.

C64. “被切断的手指” "The Cut-Off Finger"

一位女士在一家大商场购物，她的丈夫或男友在外面等她。但是，商场快要关门的时候，她还没出来，于是她的丈夫或男友请保安帮忙一起找她。人们在一个试衣间找到了她，据说有个黑人匪徒为了偷取钻戒，切断了她的一根手指。她因失血过多而不省人事，于是他们火速把她送往急诊室接受治疗。小偷一直都没有被抓到。

和其他几个传说一样，这个在20世纪70年代中期到80年代早期流传于美国的传说也发生在购物中心（或商场的停车场），民俗学家埃莉诺·沃克斯（Eleanor Wachs）将这一故事的主题解读为：炫耀式消费、紧张的种族关系以及“对都市犯罪和身体攻击的畏惧”。这个现代传说在瑞典民间传说中有一个原型，本特·阿夫·克林特伯格（Bengt af Klintberg）的索引将其归类为类型Y27。

“断指”的主题在一个与之同名的汽车传说和“被噎着的杜宾犬”中也出现过。“钩子”传说与一个袭击者的断手（其实是用钩子代替的）有关。断指和断手也出现在传统民间故事“盗匪新郎”（The Robber Bridegroom）中，这个故事也被称为“福克斯先生”（Mr. Fox，故事类型955）。在一个名为“受伤的盗匪”的都市传说中，袭击者自己伤到了手指。

还有一个与之不同的传说（“多了一只手的骑手”[The Rider with the Extra Hand]）描述了一个携带着被砍掉的手指或手的罪犯，最后在公交车或地铁上被抓住了，当人们发现他包里那些被砍掉的东西在滴血时，也就发现了他偷来的戒指。这个故事在美国偶尔流传，但在国外更为知名，包括瑞典、西班牙和哥伦比亚。

另参见 丹麦；“被锯掉的手指”

参考文献 *Baby Train*, 122–124; *Be Afraid*, 189–191; Eleanor Wachs, “The Mutilated Shopper at the Mall: A Legend of Urban Violence,” in Bennett and Smith, *A Nest of Vipers* (1990), 144–160; Bennett and Smith, *Urban Legends*, 25–26; Bengt af Klintberg, *The Types of the Swedish Folk Legend*, Folklore Fellows’ Communications No. 300 (Helsinki: Finnish Academy of Arts and Letters, 2010), “Finger with Ring Is Cut Off,” 439.

C65. “分流的卧铺车”
“The Cut-Out Pullman”

20世纪40年代，一位纽约商人在芝加哥开完会后，乘坐一列纽约中央铁路公司的列车连夜赶回家。他睡不着，就穿上睡袍和拖鞋去餐车买了杯睡前酒。在那里他遇到了一位年轻女郎，喝了几杯酒后，他们到女士的包厢共度良宵。第二天商人醒来时，发现自己正躺在一辆停在布法罗铁路调车场的一个卧铺车厢里；年轻女郎已经走了，他的钱包也没了。女人的卧铺车已经离开布法罗了，而这个男人的衣服和行李还在他自己那节开往纽约的卧铺车厢里。

这个传说出现在几十年前，那时大部分的商务旅行都要坐火车。许多火车线路上的铁路员工都知道这个“猛然醒悟”的故事。民俗学家韦兰·汉德（Wayland D. Hand）经常在20世纪40年代坐火车出行，他向很多铁路员工询问过这个故事，搜集了几种异文，其中就包括这个在美国联合太平洋铁路公司工作的火车制动员讲述的故事，他所在的列车从犹他州的奥格登向东行驶：

（他听过类似的故事吗？）见鬼，我听过！在这条铁路的西行列车上，这种情况时有发生。那些前往洛杉矶或旧金山的乘客，经常被女孩引诱到开往波特兰的车厢内。这些车厢在夏延分流，接着通过俄勒冈州的短程铁路线，被分往怀俄明州的格兰杰。有时，他们在醒来之前还不知道自己已经在开往波卡特洛或博伊西的车厢里了。与此同时，他们的衣服已经被运到了奥格登和更往西的地方。

（美国国家铁路客运公司目前只运营一列由芝加哥直接向西开往旧金山湾区的加州和风号列车［California Zephyr］，并没有开往波特兰或洛杉矶的支线。）

也许，“分流的卧铺车”传说影响了后来的“旅居车上的裸体”故事。在这个故事里，一个男人同样被半裸地留了下来——但是，是被留在高速公路上，而不是在火车车厢里。

参考文献　Wayland D. Hand, “Migratory Legend of ‘The Cut-Out Pullman’; Saga of American Railroading,” *New York Folklore Quarterly* 27 (1971), 231–235; *Vanishing Hitchhiker*, 136–138.

D1. “大学女儿的来信”
“The Daughter's Letter from College”

父母收到期待已久的大学女儿的来信，却惊愕地发现它是一个令人震惊的灾难列表。但是，信的结尾否认了所有灾难，并提到了她低分的事实。她写道：

> 并没有宿舍火灾，我没有遭遇脑震荡或头颅骨折，我不在医院，我没有怀孕，我没有订婚，我没有感染梅毒……但是，我的历史考了D，理科考了F，我希望你们能从正确的角度看待这些成绩。

这封信通常以匿名复印件的形式流传，有时名为“视角”(Perspective)，有时据说是一个大学生吓唬或逗弄她的父母的恶作剧。一些异文包括阶级的、反犹太人的或种族主义的因素，这暗示着女儿正在和保守的父母反感的一位同伴住在一起。从父母的角度看，这封信揭露了现代的、极端自由主义的大学生活的不利影响；从学生的角度看，这封信或许表明了他们在终于摆脱了父母的直接控制后，在大学生活里要进行各种自由尝试的渴望。

参考文献 *Baby Train*, 312–314; *Too Good* (引用全文), 439–440.

D2. “一日游”
“The Day Trip”

这是一个关于旅行不幸事故的英国故事，它的韵味最好用一个来源于本土的直接引文来体现。罗德尼·戴尔在《鲸鱼的肿瘤》(*The Tumour in the Whale*, 1978) 一书中对其进行了概括，并穿插了一些解释性说明：

剑桥的一群人正在参加煤气厂的郊游（工厂工人的集体度假），去的是雅茅斯（一个海滨度假小镇），他们不得不把其中的一个人送回到长途公车（旅游大巴）上，因为他醉得很厉害。

到达剑桥后，他们把他带回家并让他躺在床上睡觉。当他醒来时，他对于自己竟然在剑桥的家中感到十分惊讶，因为他并不是长途公车旅游团的一员，而是在雅茅斯度假14天（两周）的中途，误入了恰巧在郊游的工人同事团队。

与此同时，他的妻子（本来和他一起在雅茅斯）向警方报告他失踪了。（第128页）

在故事的另一个版本中，这个男人在酒馆里遇见陌生人，而且还喝醉了，当时他正在度蜜月。人们通过他钱包夹层里的东西确认了他的身份，并送他乘船回家，留下了蜜月套房里一头雾水的新娘。

这两个故事都描绘了旅行中行为不当可能造成的危险，更广为人知的传说“艾滋病玛丽”也有类似的教训。

另参见 “神秘旅行”
参考文献 *Baby Train*, 229–230.

D3. “包裹里的死猫” “The Dead Cat in the Package”

一个小偷从一位购物者那里偷走了一个包裹或塑料袋，却只得到了一具别人打算丢掉的死猫尸体。有时候两个包裹被意外调换——装猫尸体的和装有牛排、火腿等的包裹。

这个关于恶有恶报的经典都市传说——小偷只得到了令人讨厌的物品——传播得极为广泛而且富于变化。在美国，这个故事可以追溯到1906年，尽管它在20世纪50年代才达到了流行的巅峰，并且从那以后一直流传。“丢失的奶奶”讲述的也是同样的故事，但不同的是被偷盗的是尸体，“下水道里的鳄鱼”是另一个关于处置死亡宠物的都市传说。

大多数更早的版本描述的是某人的宠物猫奄奄一息，而这位住在公寓里的主人，把死掉的宠物装起来，打算把包裹交给一位她将在百货商店碰面的朋友，朋友会把猫埋在她郊区的院子里。但是，包裹被一个小老太太偷走了，当她悄悄瞥见包裹里的东西时被吓晕了。

1993年，这个故事的澳大利亚版本发表在当地报纸《圣乔治领袖》（*The St. George Leader*）上，其中的典型情节使用了一些澳大利亚方言和地名：

> 一位读者发誓，这件事真的发生在他丈母娘的最要好的朋友身上——
>
> 老奶奶住在卡灵巴的一个单元楼里，两个星期前，她养的猫突然死了。
>
> 她不能在后院好好地埋葬小猫咪，于是把它装进一个塑料袋，放在车的后备厢里，接着开车去米兰达西田购物城，想要在那里的任意一个垃圾箱里把小猫莫格处理掉。
>
> 正当她在汽车后备厢里翻找东西的时候，一个路过的女子偷走了装有尸体的塑料袋，以为自己得手了什么有价值的宝贝。
>
> 后来女贼偷偷瞄了一眼，被吓得魂不附体并且昏死过去。有人叫了救护车，女贼和装着莫格的塑料袋一起被送到了萨瑟兰医院。
>
> 这些都证明了（1）你不能相信任何人以及（2）有时候恶有恶报。

后来的版本描述了一个购物者在商场的停车场里不小心碾到一只流浪猫，她把小猫装进一个有商店商标的塑料袋里，放在车顶上，然后它被偷了。通常，这些版本的结尾是昏厥的小偷被放在担架上抬走，好心的旁观者把未打开的塑料袋放在小偷的胸前。在这些版本中，关于小猫之死、购物中心、商店商标和小偷行为的细节都被描述得非常具体和本土化。

当这个故事包含了两个包裹的意外调换时，通常宠物的主人已经把它包起来，打算在这一天里把它处理掉。但每当他或她试图丢掉它时，总有“好心的”陌生人把包裹送回来。晚上回到家时，主人才发现被偷换了。

“包裹里的死猫”催生了许多卡通插图，至少有两首歌和一首模仿中世纪英语的诗。俄罗斯作家叶夫根尼·叶夫图申科（Yevgeny Yevtushenko）的小说《浆果处处》（*Wild Berries*，1981）中就有一个版本。

另参见 “狗的尸体被盗”

参考文献 *Baby Train*, 20–22, 245–246; *Choking Doberman*, 216–219; *Mexican Pet*, 31–34; *Too Good*, 74–76; *Vanishing Hitchhiker*, 103–111; Bennett and Smith, *Urban Legends*, 143–145.

D4. “亲爱的约翰的报复”
“Dear John's Revenge”

一个年轻的男人——通常是在美国以外的地方服役的士兵或海军——收到了家中甜心女友写着“亲爱的约翰”的来信。她不仅希望终结他们的恋爱关系，而且要求归还她的照片。为了报复，这个男人搜集了所有他的朋友们能提供的女性快照，把它们寄给了那个女孩，并声称他不记得她是哪一个了。他要求她找出自己的照片并把剩下的还给他。

研究者们将这个故事的版本追溯到了1881年，它在“一战”“二战”和之后的时间内一直被讲述和发表。在后期圣徒（摩门教教徒）中，它讲述的是一个在外国工作的年轻摩门教传教士的类似故事。

参考文献 Bennett and Smith, *Urban Legends*, 169–171.

D5. “亲爱的汤姆斯先生”
“Dear Mr. Thoms”

参见 英格兰

D6. “死亡之车”
“The Death Car”

一辆新型汽车，通常是豪华款，在一家经销店廉价出售，因为原来的车主死在了车里，尸体长时间未被发现。尽管付出了巨大的努力，车主都无法除去车中的死人气味。

这个经典的廉价汽车幻想，从20世纪40年代50美元的别克，发展到90年代500美元的保时捷或克尔维特。据说死亡发生在遥远的森林或沙漠里。当地经销商的身份从未得到过证实，但是故事讲述者知道某人的朋友曾亲眼看见，可能还闻到过那辆汽车里的特殊气味。

D

其他引人注目的廉价汽车传说有“50美元的保时捷”（被抛弃的妻子卖了车）和“便宜的跑车”（不知情的母亲贱卖了已故儿子的经典款汽车）。“床里的尸体”是另一个讲述了死者气味渗透到某个地方的传说。

尽管“死亡之车”以五花八门的异文广泛流传，理查德·多尔森却坚信自己找到了这个传说的源头，即一个涉及旧的A型福特的真实事件，发生在一个密歇根小城，1938年时那里的居民大多是非洲裔美国人，到了20世纪50年代，人们仍在讲述这个故事。一次民俗学讨论会上，在民俗学家描述了这个传说之后，一位消息提供者告诉多尔森：“你把故事弄错了。你知道，它就发生在这里。”这个男人说事情就发生在1938年“一个叫戴明斯的……白人”身上，他在自己1929年的福特车里以接入汽车尾气的方式自杀，好几个月里都没人发现他的尸体，腐烂的尸体留下了一股恶臭味。故事结尾说：

> 里默斯的一个二手车经销商将车低价出售给克利福德·克罗斯。他尽一切可能去除臭味；他给车装上垫子，用烟熏，但都没有效果。在隆冬，他不得不开着车窗驾驶……最终他放弃了除臭，并把车开到了垃圾堆里。

多尔森的主张引发了英国民俗学家斯图尔特·桑德森（Stewart

Sanderson）和其他人的争议，他们找出密歇根事件和传说传统之间的关键区别，以及古老母题“**血腥的悲剧过后无法清除的血迹**”（The ineradicable bloodstain after bloody tragedy，母题E422.1.11.5.1）可能产生的影响。来自波兰和苏联的几个版本，同样暗示了更广泛的“死亡之车”传统和可能的海外起源，它们由丘巴拉（Czubala）发表于1992年。这些文本中的大多数故事都已经高度本土化，并且充满了关于污染物的来源和本质、汽车的价格、车主如何尝试去除气味等内容细节。

真正与死亡有关的豪华汽车——一辆1959年的低里程的凯迪拉克，其车主于车内被谋杀多年后，该车仍被作为证据——被《汽车》（*Automobile*）杂志1990年7月刊报道。尽管编辑们想起了这个传说，他们也证实了这个事件的真实性，不过明显不一样的是这辆汽车没有气味。“死亡之车”的传说版本在“死亡凯迪拉克”（Death Cadillac）被发现、购买并收入博物馆之前，已经流传了几十年。

或许最好将“死亡之车”理解为是关于痴心妄想（低价好车）的传说，它在战后得以第一次流行，那时任何一种新车都很稀缺且昂贵。死亡的母题似乎是从古老的传统传说中脱胎而来的，这些传说都有关于谋杀或其他悲剧性死亡的“证据”留在事件现场的情节。在这个传说的现代新版中，一位艾滋病患者的车卖不出去，或以很低的价格售出，因为人们害怕自己会感染病毒。

另参见　崭新的老爷车

参考文献　*Be Afraid*, 105–106; *The Truth*, 15–21; *Choking Doberman*, 212–213; *Mexican Pet*, 12–13; *Too Good*, 236–237; *Vanishing Hitchhiker*, 20–22; Richard M. Dorson, *Negro Folktales in Michigan* (Cambridge, MA: Harvard University Press, 1956), 99; Dionizjusz Czubala, “The Death Car: Polish and Russian Examples,” *FOAFtale News* 25 (March 1992), 2–4; Bennett and Smith, *Urban Legends*, 209–211; Goldstein, *Once Upon a Virus*, “The AIDS Car,” 43–45.

D7. “医生查尔斯·德鲁之死”
“The Death of Dr. Charles Drew”

查尔斯·德鲁（Charles R. Drew）医生（1904—1950），一位负责开发血库的科学家，难道真的是在一次车祸中，因为一家南部的医院拒绝给黑人输血救命而死亡的吗？这个故事在许多参考书中都有讲述，并且许多演说家都曾复述其异文，有的是非常杰出的人物，但它只是——一个故事。德鲁医生于1950年4月1日，在北卡罗来纳州伯灵顿附近遭遇车祸后死亡，但是他在附近的医院得到了及时恰当的治疗，只是没有成功。关于“白人”医院的员工拒绝使用正是他发明的医疗创新成果来援救他的“悲剧性讽刺”，只是一个都市传说。

许多仍可在图书馆中找到的非裔美国人历史的参考资料中，都有德鲁医生之死的传说版本，无数演说家援引这些资料以谴责现代生活中的种族主义。斯科特·莫里斯（Scot Morris）一开始在他的《游戏》（Games）专栏里把这个故事认定为是真实的，但是后来在《奥秘》（*Omni*）杂志上撰文时转变了自己的观点，并详细地解释了故事的虚假性。莫里斯指出，一个相似的虚构故事讲述了蓝调女王贝西·史密斯（Bessie Smith）之死。

参考文献 Scot Morris, *Omni Games* (New York: Holt, 1983), 76, 135; Spencie Love, *One Blood: The Death and Resurrection of Charles R. Drew* (Chapel Hill: University of North Carolina Press, 1996).

D8. “小米奇之死” “The Death of Little Mikey”

1987年7月20日发表在《广告周刊》（*Adweek*，西部广告新闻版）上的一篇题为“跳跳糖回来了”（Rocks Redux）的短文，很好地总结了这个故事：

> 米奇还活着。因此，通用食品公司（General Foods）的跳跳糖也还在。
>
> 因为造谣者们声称生命方脆谷物麦片（Life cereal）的这位小发言人在咬了一口这种碳酸糖果后倒地而亡，所以跳跳糖在1980年被撤出市场。

现在米奇重返生活——他出现在新的谷物麦片广告里——不夺人性命的跳跳糖也是。在一些西方市场中，这种甜美的嘶嘶声又重新出现在跳跳糖爱好者面前。

“米奇”由演员约翰·吉尔克里斯特（John Gilchrist）扮演，实际上他从未在1971年推出的生命方脆谷物麦片电视广告中说过话，当时他只有3岁。但是他确实吃过哥哥给的新麦片，这使得他们惊呼：“嘿！他喜欢这个！”不久，跳跳糖——一种非常受欢迎的冒泡糖果——在1974年被引入，流言四起，说小米奇在吃了跳跳糖之后喝了苏打水，然后他的胃发生爆炸，小米奇死了。

通用食品公司用整版的报纸广告页为其产品的安全性辩护，但从未提到关于小米奇的谣言。然而最终，该产品被下架，故事也消亡了。后来，米奇（成为一个少年）和跳跳糖重新出现，仍然从未正式地在任何由公司参与发布的广告或新闻稿中被联系在一起。

尽管这是公司如何以最佳方式应对棘手的负面谣言的教科书式的范例，但事实是，产品可能还有演员确实会受到口头传统的影响。

参考文献 *Choking Doberman*, 103–106; *Too Good*, 171–172; *Vanishing Hitchhiker*, 89.

D9. 断头的骑手和司机
Decapitated Riders and Drivers

或许从家庭汽车问世以来，父母就一直在警告他们的孩子将脑袋和手脚都放在车内：“如果伸出窗子，你的头可能会被撞断！”艺术家、作家芒罗·利夫（Munro Leaf）在他针对儿童安全与行为教育的经典著作之一《安全也可以很有趣》（*Safety Can Be Fun*，费城和纽约：利平科特出版社，1938）一书中，描绘了“把头放在窗外的傻子”的可能的命运：他“正把头放在汽车的窗外，或许他可以在另一辆车或其他东西撞断他脖子之前把它收回来，但我们对此表示怀疑”。

在基于这一情节的典型传说中，一个孩子或一只狗在拥挤的公路上把脑袋伸出窗外，另一辆经过的车靠得很近并干脆利落地割下了他或它的头。有些版本中，斩头是如此快速而干净以至于车内的其他人在好长一段时间内都没发现这个情况。类似的断头据说是由路边的岩石或悬崖造成的，或是由另一辆车上掉落的冲浪板造成的。更多的异文可能涉及了一位出租车乘客或一名过山车乘坐者。

在其他版本中，一个摩托车骑手正从一辆载了一堆薄钢板的大卡车旁经过，一片钢板向侧面滑出并迅速割下了骑车人的人头。这个无头的身体继续向前从卡车旁驶过，吓坏了卡车司机。

这个传说的前一个版本在美国更为普遍，后一个在英国更为常见。在加拿大、爱尔兰和澳大利亚也有不同的异文。1982年，在前往英国约克郡的旅游巴士上，我坐在靠前的位置，当一辆装满钢板的“货车”从我们旁边经过时，司机告诉我，“非常危险，那样装载东西特别危险。就在去年，一块薄钢板从那样装载的车上滑落，正好砍掉了一个摩托车骑手的脑袋！”

查尔斯·狄更斯（Charles Dickens）的《匹克威克外传》(*Pickwick Papers*，1836）中的一个人物描述了坐在驿站马车顶端的一个女人，在经过低矮拱门时断了头的情景，她手里拿着三明治却“没有嘴巴能放进去”。在一些小狗故事的现代美国版本中，宠物坐在一个孩子的膝盖上，他不停地抚摸着这只无头小动物。在摩托车故事里，有时当卡车司机看到无头的骑车者时，他心脏病突发，卡车失去控制，冲向了路边的人群。

小报《世界新闻周刊》(*Weekly World News*）似乎钟爱这个故事。在1987年的一期中，一个标题为“公车乘客的问候是致命的错误”（Bus Rider's Greating was a Deadly Mistake）的故事讲述的是，据说当纽约城的一个13岁女孩探出车窗外问候朋友时，她丢掉了自己的脑袋。1992年，《世界新闻周刊》发表了这个故事的一个异文，在标题中进行了精辟的（尽管相当通俗）总结：**“醉汉断头**……当他从卡车窗户探出头去，呕吐！”

参考文献 *Be Afraid*, 107–109; *Mexican Pet*, 56–57; *Too Good*, 96–97.

D10. “死鹿”
“The Deer Departed”

一个猎鹿者一枪射倒了一只长着华丽鹿角的公鹿。他决定给自己和战利品拍张合照，于是把新猎枪架在鹿角上。但是，当猎人将相机装在三脚架上时，这只鹿——只是因皮肉伤而受了惊吓——站起来跑进了树林里，同时还带着那支昂贵的猎枪（瞄准镜、背带等）。

这个故事是每年猎鹿季时被复述的笨蛋猎手故事之一。“动物的报复”的主题也可以在其他几个都市传说中找到，包括“袋鼠盗贼”和一个讲述黄石公园里的游客把孩子放在熊的头上拍照的故事。那只熊和受了惊吓的鹿（以及袋鼠）一样，带着身上的东西逃跑了。

另参见 “猎手的噩梦”

参考文献 *Mexican Pet*, 24–25; *Too Good*, 341–342（重述了中国英语教科书中使用的一个版本，并附学习和讨论问题).

D11. “定义‘勇气’”
“Define ‘Courage’”

在这个传说中，一位大学生面对着唯一的一道考试问题：“定义‘勇气’。”她只是写下了“这就是勇气”，然后交了白卷。在这门考试中，她获得了A。有时，这个问题出现在一场至关重要的入学考试中，或是哲学课期末考试的唯一考题，或是博士学位初审考试的全部内容。

这是关于大学考试中狡猾问题和答案的最受欢迎的故事之一。它在英国、新西兰以及美国都广为人知。一个法语版本是让学生们定义“勇气”（l’audace），荷兰版本问的是“什么是胆量？”（Wat is lef？）。

通常，教授提出的看似办不到的要求被聪明的学生轻易地做到了，也就是说，问题仅仅是“为什么？”，而赢得高分的答案是“因为”或“为何不呢？”。而在另一个案例中，教授对学生的缺考借口进行了测试——他们说自己因为爆胎而错过了期末考试；补考时的第一个问题就是“哪个轮胎？”，而学生们则被安排在不同的教室里写下他们的答案。

据说一个学生被要求写下自己的问题并作答，这反映了一些教授的真实经历。一个学生问自己“你吹大号吗？”，接着回答“不”。

另参见 “一个词的考题”；“开卷考试”；“哪个轮胎”

参考文献 *Too Good*, 444–447; Meder, *The Flying Dutchman*, 165.

D

D12. “传说”和“都市传说”的定义 Definition of “Legend” and “Urban Legend”

民俗学学者很难准确地定义其研究材料的个别类型，实际上，在界定“民俗”（folklore）时，也难以让所有研究该学科的学者满意。尽管如此，在整个领域的范围和有待研究的材料的个别分类方面，都存在着普遍的默契和共识。

“传说”一般从属于民俗学范畴中的口头叙事（Oral Narratives），同时区别于民间故事和神话这两种叙事形式。当我们考虑到现在所有的这些故事可能通过印刷、广播或电子媒体以及口头传统传播时，复杂化的程度就会增加，而且“叙事”本身并不容易界定。

尽管如此，“口头叙事”这一术语仍然被广泛接受，因为它适用于许多以不同异文传播的匿名故事，这些故事大多是口口相传的。在这个一般范畴内，“神话”被定义为曾经被相信的、古代对神灵和创造世界的叙述；“传说”被认为是对过去历史事件的叙述；而“民间故事”是带有虚构性情节的故事（童话、笑话、逸闻等），这些故事并不追求真实性。

尽管传说的标准——叙事、信服、置于过往历史当中——似乎足够清晰，但是当应用到实际的例子中时，每一条标准又有着许多特例。这一令人沮丧的情况使民俗学家罗伯特·乔治斯（Robert Georges）在1971年的一篇文章中宣称：“一个传说是一个可能根本不是故事或叙事的故事或叙事；它以最近的或历史上的过去为背景，这些最近的或历史上的过去可能被认为是遥远的或反历史的，或者根本不是真正的过去；它被一些人认为是真实的，被其他人认为是假的，而被大多数人认为都是或都不是。”

戴琳达在1989年的一篇会议论文中，批评了那些提倡使用“以真实呈现，但实际上不真实”来定义“传说”的民俗学学者中的“传统主义者”的观点。相反，她提出了“传说”在语境方面的一系列特征：“它是……在对话中表达的矛盾观点的产物，在其传播的部分或所有阶段中，即从诞生初始到详细阐述、变化、消失和复兴，于讨论、冲突、补充、实施、更正、认可和反对中展现。”而自那时以来，很少有传说文本或演述以如此详细的程度被记录下来，无论是在戴琳达的作品中，还是在其他人的作品中。

正如蒂莫西·坦戈里尼（Timothy R. Tangherlini）提议的那样，定义难题的一个解决方法，是对民俗学学者自己的著作中大量的可能定义和传说例子，进行调查并提炼共同特征。从这一方法中得出的定义的简短形式阐述如下：“一个‘传说’是一种在对话模式中被讲述并信以为真的、单一情景的、地方化和历史化的传统叙事……从心理学来说（它是）民间信仰的符号化表达，反映了其群体传统的集体经验和价值观念。”坦戈里尼把这些概念应用在具体的中世纪材料中，为《中世纪民俗学：一部百科全书》（*Medieval Folklore: An Encyclopedia*，两卷本，加利福尼亚州圣巴巴拉市：ABC-CLIO出版社，2000）撰写了颇具价值的词条。

古老的传统传说的主旨通常是宗教的、超自然的或历史化的，并常常和特定的人物、地点和事件有关。这些故事反映了每个传说各自的重点，它们在分类上可以细分为英雄传说、鬼魂故事、地名传说和许多其他传说。

除了对传说特征形式的抽象解释外，定义还需考虑到传说的讲述语境和讲述方式（例如，其“演述”）。此外，我们还需要区分都市传说中固定的和可变的内容特征，因为它们在不同的背景下会本土化。超越基于叙事内容、语境和演述的定义，我们可以从产生民间传说的社会结构、民间材料本身与社会结构的相互影响的角度来描述传说——实际上，是所有民间传说。加里·法恩认为这是“美国民间传说的第三种力量”，他敦促人们更多地关注“民间传说如何融入社会秩序”。唐娜·威科夫（Donna Wyckoff）把这一方法运用到性侵犯指控中，这种指控要么用第一人称讲述，要么用第三人称讲述，并且作为真实存在而被呈现出来。虽然过去的定义倾向于将这些指控排除在构成“都市传说”的范围之外，但威科夫认为，它们最相关的特征是“**故事的社会力量就是故事**”。比尔·埃利斯在几篇文章中对这些方法进行了比较和评价，其中最直接的是下面引用的这篇2007年的文章。

一般来说，定义“传说”确非易事，将“都市传说”更确切地定义为“传说”的一个亚类型同样具有挑战性。这当然不是简单地把这些故事仅仅称为传统传说的现代或当代表现（不管它们是什么）。传说定义在这方面的更复杂之处在于，定义是什么构成了“都市”“当代”和“现代”的主题，以及如何界定“叙事”并区分传说的各种传播方式。一个尝试的简洁定义指出，都市传说是“一个虚构的当代故事，被作为事实被讲述，但融入了传统主题，并且通常归功于朋友的朋友”（布鲁范德，《美国民俗百科全书》，1996，第730页）。

在1997年的参考著作《民俗学：一部百科全书》（*Folklore: An Encyclopedia*，托马斯·格林［Thomas A. Green］编）中，可以发现持续不断地努力定义传说类型的例证，其中三位著名的民俗学家提供了三种个人见解作为相关类型的基本定义。关于“传说”，戴琳达开头就写道：“基于演述者和观众之现实的简短口头散文体叙事。”保罗·史密斯提出了“当代传说”的定义，即“一个简短的传统叙事，或叙事摘要，它没有明确的文本、程式化的开头和结尾，或是艺术发展形式……当代传说主要是置于现实世界中的非超自然的、世俗化的叙事”。而针对“都市传说”，比尔·埃利斯写道：“一个流行术语，用于涉及现代生活某些方面的叙事，被讲述者认为是真的，但实际上不是真实的。”

为了支持对定义问题的进一步讨论，以及作为回顾这一问题的指南，保罗·史密斯于1999年拟定了一份列表，列出了60多个当代传说

"持续反复出现的定义特征"，并将它们归类为主要特征（传说被描述成是或不是什么）和次要特征（根据可能或不可能是什么来描述传说）。这些特征可分为13大类，其中大多数有几个亚类。史密斯使用的主要类型有叙事身份、形式、结构、风格、传播、"叙述者"、叙事语境、内容、真相、信服、选择、意义和功能。关于当代传说的"真相"这一关键问题，史密斯写道：

> 一个当代传说可能全部或部分是真实的，也可能不是。这可能不一定是确凿的真相，但也许是来自20世纪典型生活的真相。

2007年，在保罗·史密斯和吉莲·贝内特的《都市传说：国际荒诞故事与恐怖传说集》（*Urban Legends: A Collection of International Tall Tales and Terrors*）一书中，史密斯先前列出的特征列表被简化为九条"指南"，用于识别一个故事是否是都市传说；这一努力得到了大约155个实际传说类型的支撑，并有大量的例子和丰富的注释。在这部著作中，关于"真相"的问题，作者写道：

> 几乎不可能完全确定都市传说中描述的事件是否发生过，而且大多数试图追踪传说起源的尝试都失败了。

关于现代传说中当代性的具体问题，史密斯在《民俗学》（*Folklore*）杂志（1995，第106卷，第98—100页）上发表了另一种有所裨益的说法。在这里，他把"当代传说"称为"一个在演述中'穿衣服'的'身体'……以便为讨论相关的当代性问题提供一种工具"。尽管有复杂的隐喻，这一观察连同短文的其余部分有助于阐明任一传说是否为"当代的"传说。

关于都市传说定义最全面的讨论之一，出现在比尔·埃利斯2001年的著作《外星人、幽灵和邪教：我们生活的传说》（*Aliens, Ghosts, and Cults: Legends We Live*）的第一部分中（"传说的生命"，第3—92页）。埃利斯首先认识到当代传说是“一种**新出现**的形式，最好将其理解为一个民俗过程，而不是静态形式”，他从近来感兴趣的模因论（memetics）视角，仔细分析了作为叙事和作为传统的传说的当代性问题。这一节有许多传说演述的现实例子，并通过全面回顾有关这一主题的学术文献来作为支撑，它应当被任何一位有兴趣认真从事传说研究领域工作的人重视。

在完成上述段落所建议的阅读之后，寻找“传说”的合适定义的学者接下来需要研究艾略特·奥林格（Elliott Oring）2008年发表的篇幅更长的论述。奥林格借用了亚里士多德《诗学》（*Poetics*）的修辞语言，将其运用于大量的传说文本——其中有许多是当代传说——在**信誉**（Ethos，“与叙述者有关的问题，关系到叙事的可信度”）、**情感**（Pathos，“故事的论证及其伴随的评论”）和**逻辑**（Logos，“受众的立场”）的标题之下，有大约36种传说修辞形式。奥林格总结说，一个传说或许可以定义为“一种借助真相说辞的叙事演述”，他认为这样的定义“将把对传说的评价从信服的事情转变为对真相的演述”。这个论点——这里几乎没有展开论述——是复杂而抽象的，奥林格的陈述风格如此清晰，例子如此之多且令人信服，因此无论是在研究民间传说的学者还是普通读者中，这篇专门的学术论文肯定都会对“传说”这一概念产生重大影响。

另参见　反传说；信仰传说；都市传说分类；当代传说；新兴和短暂的传说；民俗；民间故事；笑话；语言学的方法；模因论；神话；原始传说；谣言；惊悚故事；都市传说中的超自然；真实的都市传说；都市信仰故事；都市神话

参考文献　Brunvand, “Legends and Anecdotes,” ch. 9 in *The Study of American Folklore* (1998), 196–228; Hand, *American Folk Legend* (1971); “Legend: Definition,” in Bennett and Smith, *The Questing Beast* (1989), 27–101 (不同学者的四篇文章); Linda Dégh, “Are Sectarian Miracle Stories Contemporary American Folk Legends? A Preliminary Consideration,” in Lutz Röhrich and Sabine Wienker-Piepho, eds., *Storytelling in Contemporary Societies* (Tübingen, Germany: Gunter Narr Verlag, 1990), 71–89; Paul Smith, “Definitional Characteristics of the Contemporary Legend,” *FOAFtale News* 44 (May 1999), 5–8; Timothy R. Tangherlini, “ ‘It Happened Not Too Far from Here...’ : A Survey of Legend Theory and Characterization,” *Western Folklore* 49 (1990), 371–390; Tangherlini, “Legend,” in Brunvand, *American Folklore: An Encyclopedia* (1996), 437–439; Gary Alan Fine, “The Third Force in American Folklore: Folk Narratives and Social Structures,” in Bennett and Smith, *Reader* (1996), 311–324 (初版于1988年); Donna Wyckoff, “ ‘Now Everything Makes Sense!’ Complicating the Contemporary Legend Picture,” in Bennett and Smith, *Reader* (1996), 363–380; Ellis, “Roots of ‘Perspectives on Contemporary Legend’ ” (2007); Elliott Oring, “Legendry and the Rhetoric of Truth,” *Journal of American Folklore* 121 (2008), 127–166; Bennett and Smith, *Urban Legends*, xvi–xviii.

D13. 丹麦
Denmark

丹麦民俗学学者从他们的国家搜集到了一些都市传说，大多以丹麦语出版。一个例外是关于“没拉好的裤链”的简短讨论，其中包括一篇来自哥本哈根的英语译文，由卡斯滕·贝延霍（Carsten Bergenhøj）发表在《FOAF故事通讯》（1991，第24期）。丹麦报道的其他现代都市传说（vandrehistorier）包括“丢失的奶奶”“盗肾”，以及一个关于移民偷走了某人的宠物并将它们吃掉的传说，在该传说的一个异文中，小狗在得到拯救之前，被剃光了毛以待宰杀。关于这一主题，有一个很好的例子来自一个丹麦民俗档案馆，由加州大学洛杉矶分校的民俗学家蒂莫西·坦戈里尼提供了丹麦语和英语的文本。他的译文如下：

我听说过大约四年前被土耳其人偷走并吃掉的那条狗的故事。这是在一群通情达理的人的圈子里发生的，但故事的讲述者知道事情发生在谁身上。这些人和他们的达克斯猎犬散步时，突然有几个土耳其人从他们手里抢过狗绳，带着狗消失了。当警察找到罪犯时，晚餐才刚刚吃完。土耳其人全家围坐在桌子旁，只剩下被啃过的狗骨头。

最近的丹麦口头传统中还包含了两个版本的故事，基于“婴儿诱饵”主题，并融合了“断指”的故事。同样来自坦戈里尼的报告：

一个漆黑的深夜，有雾，一位帮忙做家务的女士——或是一个护士？——从偏僻的农场驾车回家。她把车开得很慢，因为能见度很低。突然，她觉得听到了孩子的哭声。她停下车，走进浓雾中寻找哭声传来的方向。她立刻感到不安并迅速冲回车旁，跳进去，然后启动，尽可能快地开回家。当她回到家打开车门时，她看见一只手的四个最外侧骨端（即四根手指）被夹在车门上！

在第二个丹麦版本中，受害者是“奥胡斯的一位年轻护士”，当她看见“躺在路中间的一捆东西”时她停了下来，那似乎是一个裹在毯子里的婴儿。同样，这个护士察觉到了危险并迅速驾车离去，逃离了潜在的袭击者，后来她发现“一根夹在车门上的血淋淋的手指”。

1998年，作家兼大学教授罗伯特·佐拉·克里斯滕森（Robert Zola Christensen）出版了他的文集《秋千里的死婴：现代丹麦都市传说》（*Det døde barn I hoppegyngen: Moderne danske vandrehistorier*）。标题故事是传说“婴儿一个人留在家中”，有几章的标题证实了其他国际传说和传说主题的存在，例如“**死猫和其他动物**”（Døde katte og andre dyr）、“**颤抖和恐惧**”（Gys og gru）、“**微波炉和现代科技**”（Mikrobølgeovne og moderne teknik），以及“**性和丑闻**”（Sex og skandaler）。国际都市传说的其他丹麦异文包括“花心男人的保时捷”（仅以250克朗出售）、“商店扒手和冷冻食品”、“老者与年轻人”，以及下面这个有趣的“室友之死”异文（我的翻译）：

两个丹麦女孩在英国的一家旅馆工作，在那里，她们共用一个房间。一天晚上，其中一个女孩到城里去了，而另一个女孩待在家里，早早上床睡觉了。第一个女孩出发了，但她很快意识到自己忘了拿钱包。她回到了她们的房间，但她不想吵醒室友，于是只开了一条缝，伸手进去，拿起了放在门内梳妆台上的钱包。

她出去一会儿后往回走，发现一辆警车就停在她们的住处外面。她冲进房间里，发现她的室友已经被奸杀。在房间入口的镜子上，用口红写着：“很高兴你没有开灯，否则你会害死自己。”（Du skal vaere glad for, at du ikke taendte lyset, for ellers var du også blevet draebt.）

所以说当她回来取钱包的时候，凶手已经在房里了。

2001年，罗伯特·佐拉·克里斯滕森和他的同事亨里克·拉森（Henrik Lassen）出版了一本小集子，名为《草坪躺椅飞行员：奇异、恐怖和生动的都市传说》（*Havestols piloten: Vandrehistorier om det bizarre, det makabre og de saftige*）。这本书很大程度上借鉴了国际传统，从互联网上摘录了许多例子，但仍包括一些丹麦文本。

在雷蒙德·克韦德兰德（Reimund Kvideland）和亨宁·塞姆斯多夫（Henning K. Sehmsdorf）的《斯堪的纳维亚民间信仰与传说》（*Scandinavian Folk Belief and Legend*）一书中，有更多英译的丹麦都市传说例子，包括"断指"的另一个版本，正如丹麦民俗学家本·霍贝克（Bengt Holbek）在访问瑞典档案馆时讲述的那样：

> 我从一位律师的妻子那儿听说了这个故事。她从一位在赫斯霍尔姆警察局工作的熟人那儿听说了这个故事。
>
> 一位女士正在赫斯霍尔姆公路（现在是赫尔辛基公路）上开着车，她从哥本哈根回家。当她到了人烟稀少的地方时，一群摩托车手在后面骑着摩托车追赶她。她的车很小，开得也不太快。摩托车手们从她旁边经过并试图把她逼到路边。他们想让她停下来，她知道他们很可能会强奸她。为了吓唬她，他们中的一个开车到她减速的汽车前，并用链子在挡风玻璃上砸出了一个洞。当然，她很害怕，但她一脚把油门踩到底，从摩托车手身边逃走了。令她惊讶的是，他们并没有跟着她。她开到最近的一个警察局，报告了所发生的事情。在那里，她才发现这根链子缠在了挡风玻璃上，而摩托车司机的两根手指被卡在了链子的一端。

另参见 "吃票"；"全国帮派周"；挪威；瑞典

参考文献 Reimund Kvideland and Henning K. Sehmsdorf, eds., *Scandinavian Folk Belief and Legend* (Minneapolis: University of Minnesota Press, 1988), 381–382; *Too Good*, 142–143 ("The Unzipped Fly"); Timothy R. Tangherlini, "From Trolls to Turks: Continuity and Change in Danish Legend Tradition," *Scandinavian Studies* 67 (1995), 32–62.

D14. 看牙死
Dental Death

当一个病人死在椅子上时，据说牙医会把尸体抬去洗手间，让别人去发现他。这有时会发生在拥有两个治疗室，并试图同时在两个椅子上交替为病人治疗的牙医身上。据说，有一次，牙医的病人“尸体”走回了房间，因为他在被搬往楼下洗手间的路途中意外地接受了有点类似于心肺复苏的抢救，从而苏醒过来，其实他只是被深度麻醉了。

这类故事源于人们对牙科工作的恐惧和对牙医的不信任，但这是完全不可能的，不仅是因为医德，还因为牙医助理、接待员或另一个病人肯定会目睹这一罪行，或者家属会知道病人那天要去什么地方。此外，如果这是一种普遍的做法，迟早会有一位犯罪的牙医被抓，引发大量的报道。盐湖城一位名叫乔·奥诺（Joe Ono，真实的人！）的老牙医曾向我保证，当他在上牙科学校时，这是一个典型的笑话，即如果一个病人死在了你的椅子上，你应该将尸体抬去洗手间，把它丢在那里。

参考文献 *Curses!*, 68–69; *Too Good*, 207.

D15. 百货商店里的蛇
Department Store Snakes

参见 “商店里的蛇”

D16. “舞厅中的魔鬼”
“The Devil in the Dance Hall”

一个英俊的陌生人经常穿着一身黑衣服走进舞厅，令所有年轻女人都翩翩起舞。他和一个接一个的舞伴跳个不停，一直跳到深夜。接着，其中一位女士注意到他有鸡脚（或偶蹄，或尾巴等）。她尖叫道：“魔鬼！”陌生人在一团硫黄烟雾中冲了出去，骑着燃烧的黑色种马飞奔而去。他可能会在地板上留下烧焦的痕迹，甚至和他跳舞的最后一位舞伴身上会留下疤痕。

这是一个古老而传播广泛的超自然传说，在欧洲民间传说里有原型。在新世界，它尤其受到法裔加拿大人、说法语的路易斯安那人，特别是墨西哥人和墨西哥裔美国人的欢迎。在这个传说的一个古老版本中，几个墨西哥男人去跳舞，在听到“遥远的音乐”响起之后，他们才发现自己碰上了一个女巫的舞会，在那里，“女人有鸡脚，所有的男人都有蹄子而不是脚”。这几个男人匆忙溜走，并且“后来的很长一段时间里，他们都没有在晚上出过门”。

故事的现代化让魔鬼出现在酒吧或迪斯科舞厅，甚至是赌场中（尤其是由印第安纳人经营的赌场），而且他们乘坐豪华汽车进进出出。

民俗学家若泽·利蒙（José Limón）在一个关于他1979年至1981年在得克萨斯南部进行的田野调查的章节中，生动地叙述了他对这个传说的追踪，特别是由年轻的墨西哥裔美国女人讲述的，她们中的其中一位向他保证，“**别担心魔鬼，他只会出现在女人面前**”（nomas se la aparece a las mujeres）。这些信息提供者形容她们听说的跳舞魔鬼“真的很可爱”，肩膀宽阔、装束优雅，而且“金发，像罗伯特·雷德福（Robert Redford）”（实际上他的头发是红色的，但是可能被称为“草莓金发”）。另一位得克萨斯南部的民俗学家马克·格雷泽，在1984年的一篇文章中报告说，那时，他已经搜集了83个舞厅魔鬼的故事，其中58个故事将魔鬼置于现代化的迪斯科舞厅，而不是传统的舞厅中。

这个故事的现代版本保留了一些古老的魔鬼传说，例如魔鬼如何被认出，但是一个同样经典的古老传说“卡片派对上的魔鬼”（The Devil at the Card Party）却没有成为一个都市传说。不过，舞厅故事的发展可能受到了卡片派对传说的影响，因为两个故事都将魔鬼原形毕露描述为一个可识别的母题（母题G303.4.5.3.1，**魔鬼因他的蹄子而被发现**［Devil detected by his hoofs］）。

另参见 墨西哥；沙特阿拉伯

参考文献 William A. Owens, "Trailing the Devil in Louisiana," *Southwest Review* 42 (1957), 144–148; Américo Paredes, ed., *Folktales of Mexico* (Chicago: University of Chicago Press, 1970), "Horse's Hooves and Chicken Feet" (搜集于1948年), 25–26; Mark Glazer, "Continuity and Change in Legendry: Two Mexican-American Examples," in Smith, *Perspectives*, 1984, 108–127; Maria Herrera-Sobek, "The Devil in the Discotheque: A Semiotic Analysis of a Contemporary Legend," in Bennett and Smith, *Monsters with Iron Teeth* (1988), 147–157; Thomas LaBorie Burns, "On Becoming the Devil in the Dance Hall: or The Perils of Narrative," *FOAFtale News* 25 (March 1992), 1–2 (来自巴西的例子); José Limón, *Dancing with the Devil: Society and Cultural Poetics in Mexican-American South Texas* (Madison: University of Wisconsin Press, 1994), ch. 9, "The Devil Dances," 168–186; *Too Good*, 247–250; *Vanishing Hitchhiker*, 180–181; Bennett and Smith, *Urban Legends*, 279–283.

D17. "拨打911求救"
"Dial 911 for Help"

紧急电话号码应该是"9-1-1"，而不是"9-11"，有一次，有人因为找不到电话上的11键而未能拨通911。在生死攸关的情况下，这应该是一个很容易犯下的错误。

这一观念作为一个严肃的警告，同时也作为一个笑话流传，并时不时出现在报纸的建议专栏和广播电台的访谈节目中。一些故事讲述者详细地描述了紧急情况，以及伴随这一误解而产生的可怕后果。

不仅911问题从未被证实为真实事件，而且还有一个20世纪40年代的"小傻瓜"笑话，聚焦于同样的拨号错误。当911被选为紧急拨号代码时，也许这个古老的笑话会催生出一个新的都市传说，这是不可避免的。在2001年9月11日的恐怖袭击之后，数字911呈现出一种新的、更邪恶的内涵。

另参见 "'9·11'的诅咒"

参考文献 *Baby Train*, 42–43; *Choking Doberman*, 208–209; *Too Good*, 333–334.

D18. "叮咚，晚餐铃"
"Ding-Dong, Dinner Bell"

参见 "出来吃饭啦！"

D19. 灾难谣言和故事
Disaster Rumors and Stories

谣言、传说、个人经历故事、笑话和其他口头传说常常是由自然灾害（地震、洪水、飓风、火山爆发、暴风雪等），以及人类活动导致的灾难（暴乱、战争、有毒物质泄漏、核反应堆泄漏、车祸、恐怖袭击等）引发的。这些民间传说在这类事件的直接受害者和目击者，以及被这些破坏和人员伤亡所吸引和惊吓的局外人中流传。

典型的地震传说包括个人经历故事、关于地震的超自然预测的声明、关于地震严重程度的相互矛盾的报告、关于掩盖地震破坏程度的阴谋的讨论、奇迹的救援故事、关于无偿保险索赔的谣言，以及关于事件期间和事件之后发生的奇怪行为的描述。有一个很好的例子是在最近的地震之后开始流传开来的一个都市传说，说的是一个汽车小偷在1989年10月17日加利福尼亚州北部的地震中逃跑时被压扁了。

1992年8月袭击佛罗里达州南部的飓风“安德鲁”（Andrew），引发了一系列典型的关于此类灾难的谣言和传说。这些报道分为四大主题：“奇迹保护”（Miraculous Protection）故事声称神灵的干预使一些人和财物免于遭受破坏；谣言“未统计的尸体”（Uncounted Corpes）声称政府隐瞒了实际的受害者数量，并描述了在海里使用潜水艇秘密处理尸体的情况；故事“野兽和艾滋”（Wild Beasts and AIDS）描述了感染艾滋病病毒的猴子从医学研究实验室中逃脱的故事；而“飓风婴儿”（Hurricane Babies）是“婴儿列车”式的人类行为在没有电的日子里的结果。

飓风“卡特里娜”（Katrina）在2005年夏天夺去了美国南部人们的生命和财产，这一骇人听闻的灾难引发了大量的谣言和传说。大卫·雷姆尼克（David Remnick）在10月初发表于《纽约客》的文章报告说，新奥尔良市普遍谣传，“政府”（无论是联邦、州或是地方政府）故意毁坏防洪堤，以引导洪水远离富人的财产，而淹没比较贫穷的居民区。正如一位居民告诉雷姆尼克，“这是一场有预谋的灾难。他们淹没了这座城市。它发生在一个美好的、阳光明媚的日子，两天里水位不断上涨。

你告诉我：富人们在哪里？”四年前，在法国，当河水以惊人的速度上涨时，一个相似的谣言流传开来，正如维若妮卡·坎皮农-文森报告的那样。一位消息人士声称（在她的译文中），“‘有人’把塞纳河的水引向索姆河，以保护首都，因为首都将迎接奥运会推选委员会”。

正如一位波兰民俗学学者所发现的，2010年1月海地发生了灾难性的地震之后，一个古老的谣言/传说获得了重生——海地的缔造者和恶魔签订了一份契约，导致一个“诅咒”降临在这个国家头上。地震也“偶然引发了一个已经被彻底遗忘的关于波兰的后裔在海地的传说”。海地地震后不久，谣言（也许是由爱开玩笑的人作为恶作剧传播的）在加纳流传，说类似的灾难即将在该国发生，而网上评论也散播着在其他国家即将发生地震的谣言，这一情况被民俗学学者描述为“安静沉睡的传说或许有一天会在遥远的地方醒来”。

2011年春天，大洪水袭击了美国中西部和南部，一系列龙卷风横扫这片区域，造成了巨大的生命和财产损失。4月27日，亚拉巴马州塔斯卡卢萨受到龙卷风的重创，之后——一如既往地——大量耸人听闻的谣言立即流传开来。《塔斯卡卢萨新闻》（*Tuscaloosa News*）建立了一个谣言博客来评估那些到处流传的故事。报纸揭露的虚假故事包括：宣称死亡人数远远超过了官方公布的死亡人数；尸体被堆放在临时搭建的停尸房内；整个亚拉巴马大学被夷为平地；在购物中心顶部或垃圾填埋场发现了尸体；在查克芝士（Chuck E. Cheese）餐厅的废墟中发现了几具孩子的尸体，当时人们聚在那里参加生日派对；几具尸体因当地的湖水干涸而被发现；震后数天，一个躲在冰箱里避难的孩子被发现还活着的。5月15日，《塔斯卡卢萨新闻》的作者马克·休斯·科布（Mark Hughes Cobb）为该报撰写了一篇文章（题目为“谣言、逸闻在毁灭性的龙卷风之后迅速传播”），展示了脸书（Facebook）和其他社交媒体是如何继续散布此类谣言的，即使它们已经被彻底调查并被证明是假的。5月18日，《塔斯卡卢萨新闻》发表社论，敦促市民停止传播此类谣言。不幸的是，在《体育画报》（*Sports Illustrated*）6月刊载的一篇关于亚拉巴马大学曾经的足球明星回家乡助力救援工作的文章中，又出现了一个虚假的谣言：

“三具尸体躺在商场的屋顶上，它们被暴风雨抛到了那里。”

大约一个月后，一场更具破坏力的龙卷风袭击了密苏里州的乔普林，相似的谣言也流传开来，主要是通过社交网站传播的。一个典型的帖子出现了：“我朋友有一个堂弟，他的小男孩从屋子的窗户被吸了出去。到现在为止，他们能找到的，是他湿了的T恤和裤子，粘在了一根电线杆上。”一个通常通过电子邮件转发的持续不断的消息，说堪萨斯城的儿童慈善医院有很多身份不明的、因灾难而受伤的儿童正在等待确认。即使是在医院官方一再否认这一说法之后，受到电子邮件中的典型标语**“请继续传递下去！”**的鼓励，这个谣言仍在继续传播。

另参见 “停电婴儿”；“汽车在地震时被盗”；“‘9·11’的诅咒”；“心怀感恩的恐怖分子”；日本；军事传说；恐怖主义谣言和传说

参考文献 Michael Oricchio, “Shaking the Quake Myths,” *San Jose Mercury News* (October 14, 1990), L1; Gail Matthews-DeNatale and Doug DeNatale, “Disaster Folklore,” in Brunvand, *American Folklore: An Encyclopedia* (1996), 202–203; Yvonne J. Milspaw, “Folklore and the Nuclear Age: ‘The Harrisburg Disaster’ at Three Mile Island,” *International Folklore Review* 1 (1981), 57–65; Regina Bendix, “Reflections on Earthquake Narratives,” *Western Folklore* 48 (1990), 331- 347; “Hurricane Andrew Rumors,” *FOAFtale News* 20 (June 1993), 8–9; Eda Kalmre, “Legends Connected with the Sinking of the Ferry *Estonia* on September 28, 1994,” *Fabula* 39 (1998), 209–218; David Remnick, “High Water: How Presidents and Citizens React to Disaster,” *The New Yorker* (October 3, 2005), 48–57; Véronique Campion-Vincent, “From Evil Others to Evil Elites: A Dominant Pattern in Conspiracy Theories Today,” in Fine et al., *Rumor Mills*, 103–122; Larisa Fialkova, “Chornobyl's [sic] Folklore: Vernacular Commentary on Nuclear Disaster,” *Journal of Folklore Research* 38 (2001), 181–204; The “Katrina Issue” of *Southern Cultures* (Summer 2008); Violetta Krawczyk-Wasilewska, “The Haiti Legend Revisited: Earthquake, Devil's Pact, Polone Nwa, Hoax and Online Comments,” *FOAFtale News* 77 (January 2011), 3–6; Frank, *Newslore*, “The Mayhem Legend” (of Katrina), 102–105.

D20.“不厚道的便条”
“The Dishonest Note”

一名司机回到他停着的车前，发现他的车被另一辆离开停车场的车撞了。挡风玻璃的雨刷下有一张纸条，上面写着：“看着我的人以为我留下了我的名字和地址，然而我没有。”

从20世纪60年代开始，“不厚道的便条”作为一个故事重复出现在口头和报纸专栏中，但它实际上也发生过几次，受害者和肇事者都站出来证明了这一点。一些故事讲述者详细讲述了相关细节，描述的是一群人看到了肇事的一方写下了便条，但似乎没有人曾记下他的车牌号。

在1963年9月22日发表的一篇专栏文章中，《旧金山纪事报》（*San Francisco Chronicle*）的著名专栏作家赫布·凯恩（Herb Caen）把该故事的一个当地版本刊登了出来，随后他在伦敦《每日镜报》（*Daily Mirror*）上发现了“上周”的这篇文章：

> 我认识的一个小伙子回到他停着的车旁，发现有人撞到了他的车。挡风玻璃的雨刷下夹了一张便条，上面写着：“一些人看见我回到了你的车旁，他们现在正看着我给你写这张便条。他们以为我正在给你写我的名字和地址。他们错了。”

在一本1973年出版的“安迪·卡普”（Andy Capp）漫画书中，有一幅图里，英国小恶棍安迪正骑着他的自行车且略带醉意（表现在他打出了一声响亮的“嗝”以及他大大的红鼻子上）；在第二幅图中，安迪撞到了什么东西；第三幅图显示那是一辆汽车，现在车窗被撞坏了；最后一幅图展示了安迪留下的纸条：

> 亲爱的先生：
>
> 我刚才撞到你的车了。看到这一幕的人现在正看着我。他们以为我正在写下我的名字和地址，然后贴在你的挡风玻璃雨刷下面……**愚蠢！**

另参见 “凯迪拉克里的杂音”

参考文献 *Curses!*, 118–120; *Too Good*, 330–331; Bennett and Smith, *Urban Legends*, 13–14.

D21. 论文传说
Dissertation Legends

博士论文在学术生涯中的重要性，以及撰写一篇令人满意的论文所带来的压力，催生了许多传说。它们基于非常真实的可能性，例如故意剽窃，无意中重复其他人已完成的工作，丢失或破坏了论文所需的数据，审批委员会对论文主题的反对意见变化无常，以及（所有情况中最常见的）丢失了唯一的一份论文定稿。

在这里，传说与现实的区别在于，虚构的故事都有匿名的泛型人物（例如，加州大学的一名研究生），且传说中的危机往往是在学生努力了多年后才发生的，并且不能用任何方法克服。当然，另一个传说的特征，是同一故事的不同异文在一个国家的不同地方，甚至在世界各地被讲述。

剽窃故事通常涉及一个研究生从一部不著名的作品中窃取成果，但负责他的其中一位委员会成员碰巧熟悉这部作品。丢失数据的故事是典型的科学主题，精心设计的实验可能会因为断电或某人开错了门窗等简单的原因而出错，从而使受控的实验室空气暴露在外部空气或光线中。

在更早的传说中，据说论文唯一完整的版本因为起火、洪水、盗窃而丢失，甚至是因为学生在开着敞篷车去学校将论文交给他的导师时，后座上的论文被一页一页地吹走这样简单的缘故。尽管这样的灾难确实有可能发生，但是这些故事未能确认所谓受害者的身份，而且他们忽略了多份副本的制度要求，以及谨慎的学生对备份的必要性的认识。

论文传说的最近版本描述了计算机崩溃造成的令人沮丧的损失，作者自然（忽视了标准的电脑程序）没有任何备份。虽然当电脑出现故障，或者更常见的是，当使用者犯了不可挽回的错误时，论文的提纲、建议、草稿、章节或子章节确实会丢失，但是某人冒着丢失整篇论文的风险只保留一份电脑备份文件的可能性似乎不大。这些传说的含意或许是，任何一个如此愚蠢的人无论如何都不应该获得博士学位，并且取得高级学位也不能保证此人有常识。

参考文献 *Baby Train*, 322–324.

D22. “高楼上的狗” “The Dog in the High-Rise”

一个男人来接他的约会对象，她住在一栋高楼的公寓里。当她在另一个房间为出门做准备时，他投出一个球让她的狗去叼回来。在第三次投球时，球从敞开的门弹出去，落在了阳台上，并穿过栏杆直接掉到下面的街道上。这只狗紧跟在球的后面跳了下去。

作家杜鲁门·卡波特（Truman Capote）常常在讲座、脱口秀和采访中讲述这个故事的不同异文，无论是作为个人经历还是作为一个真实的事件，都涉及一个模特、她的相亲对象以及她的大丹狗。其他版本也在流传，通常是关于小型犬的。另一个喜欢讲述此故事的作家是出生于澳大利亚的小说家和剧作家萨姆纳·洛克·艾略特（Sumner Locke Elliott，1917—1991）。1975年1月，一个名为“叼回来”（Fetch）的简短版本发表在《男孩生活》（*Boy's Life*）杂志上，并在一本供校园读者阅读的选集中被转载出版。与“被坐扁的狗”相似——这个传说描述了一个紧张的拜访者的失礼导致了一只宠物的不幸死亡。至少有两个电视节目使用了这一情节，一个是情景喜剧，另一个是啤酒广告。

亚历山大·科伯恩（Alexander Cockburn）在《国家》（*The Nation*，1990年4月23日，250：16，第550页）杂志的《击败恶魔》（Beat the Devil）专栏中提到，“高楼上的狗”暗喻了里根总统在“伊朗门”调查中作证时的表现：

> 在读报纸时，我们很难不想起那个令人毛骨悚然的都市传说。一个小伙子去女朋友的顶层公寓接她。她在浴室里对他喊道：“在客厅里等着。”他漫不经心地把球丢给她活泼的小狗。他最后一次丢出球时，力道太大，球弹着穿过了阳台的门，越过栏杆，后面跟着那只迫不及待的猎犬。
>
> 现在你可以想象，在近十年之后的今天，媒体应该已经学会了不被罗纳德·里根（Ronald Reagan）愚弄。但是并没有，他只

需要把球丢出去就行了。

科伯恩把总统的表现描述为“一个聪明的老演员毫不费力地欺骗了律师和新闻记者”。他在自己的评论文章中总结：“球在窗外飞行，狗紧跟在它后面，飞速落下。”

参考文献 *Choking Doberman*, 96–97; *Too Good*, 60–61 (Truman Capote 出版于1985年的版本).

D

D23. “狗的尸体被盗” “Dog’s Corpse Is Stolen”

一只大狗——一个住在纽约市公寓里的女人的宠物——死了。她给人道协会或其他机构打电话咨询，得知她必须把狗的尸体交给他们进行掩埋，于是她把死狗放进一个大手提箱或行李箱里，前往最近的地铁站。一个陌生人主动提出帮她把沉重的箱子抬过地铁闸门，但是当她进到里面然后转过身来取回箱子时，这个男人提着箱子，顺着楼梯跑到了街上。

在1987年和1988年，两份纽约报纸的专栏作家戏谑式地报道了这一事件，援引了不同的细节，他们仅仅将它归于道听途说。一个版本说这只狗是一只大丹犬，另一个版本说是一只德国牧羊犬。故事在开头交代完处置死亡动物的问题之后，随之而来的是不知情的小偷偷走尸体，标志着这可能是更古老的“包裹里的死猫”的一个变体。

2010年8月，一位密歇根女子在黄石公园附近的赫布根湖泛舟时，向她的同伴讲述了她从朋友的朋友那里听来的一个版本，这也证明了这则狗的故事仍在口头流传。这群人中的另一位游客想起来，她那年迈的宠物狗健康状况不佳，可能会在度假期间死去。这让故事的讲述者想起了她在纽约听说过的一个女人的故事，这个女人和她的朋友一起照顾一条年迈的大型宠物狗。狗死了，她打算将尸体运到人道协会，在那里它可以被火葬。她把狗的尸体放进一个大手提箱中，费了九牛二虎之力才带到了公交车站，一个好心的陌生人主动提出在她上车后把箱子递给她。然而，他带着手提箱跑了。

“哇，这肯定是因果报应。”一位听众评论道。一想到小偷打开手提箱时会有什么反应，大家就咯咯地笑了起来。一位有民俗学意识的听众（我的妻子朱迪）保持沉默，但后来她向我讲述了这个故事，我赶紧找到那位叙述者，听她复述了该故事，并温和地告诉她，这是一个众所周知的都市传说。

D

参考文献 *Mexican Pet*, 32–33; *Too Good*, 63–65.

D24. “小狗的晚餐” “The Dog's Dinner”

一对夫妇带着他们的贵宾犬去远东旅行，正在一家没有人会说英语的中国餐馆里吃饭。他们想让宠物也吃顿饭，于是用手语——指了指狗，然后指着自己的嘴。服务员点点头，微笑着，抱起小狗并把它带进了厨房。后来，服务员端上来一个有盖子的大盘子，他们发现里面是已经烤熟了的宠物狗，配着辣汁和竹笋。

1971年，这个故事作为一个关于一对瑞士夫妇在香港的新闻流传，并被广泛转载。报纸的专栏作家特别喜欢这个故事，它也被融入几部小说和电影作品中。从20世纪30年代后期开始，口头版本在国际上流传开来，有时这只狗被认定为吉娃娃，而服务员则解释道：“您的狗是第八道菜。”有时，“小狗的晚餐”讲述的是一个关于聋哑旅行者在民族餐厅试图通过手语让别人理解自己的故事。

“小狗的晚餐”揭示了在一个不能说母语的国家旅行的不安，以及对于亚洲人将狗肉作为日常饮食的一部分的普遍幻想。故事的不合理性在于，现实中，大多数国家都要求宠物在被带入境之前有一个检疫隔离期，所以带着宠物进行休闲旅行是不太可能的。

另参见 “吃宠物”

参考文献 *Choking Doberman*, 95–96; *Too Good*, 53–54; Bennett and Smith, *Urban Legends*, 160–161; Fine and Ellis, *Global Grapevine*, 130–131.

D25. "桃丽·芭顿的节食食谱"
"The Dolly Parton Diet"

1981年，这个故事通过口头和复印件传播，说桃丽·芭顿通过严格的节食减了肥，她每天只吃一种食物，外加一道"T. J. 奇迹汤"。许多人，主要是中西部地区的人，按照这一节食食谱安排饮食，一些人声称很有效。但事与愿违的是，没有人报告胸围有任何增大。

这个节食食谱的一些相似版本被命名为"好莱坞节食食谱"（The Hollywood Diet），或声称它是由"圣心医院—斯波坎"开发的。一个叫作"压力食谱"（The Stress Diet）的滑稽模仿作品几乎在同一时间流传开来；这个食谱每天以清淡的早餐开始，然后在一天里摄入越来越多的饼干、比萨、啤酒和甜点。这个拙劣模仿也包含了一个"节食秘诀"的列表，例如，"如果没有人看见你吃东西，那它就没有卡路里"以及"电影院里吃的不算"。

里奇·福曼（Ricki Fulman）刊登在《纽约新闻报》（*New York News*）上的关于该故事的个案研究，通过追踪每个人陈述的消息来源揭穿了这个口头传说。福曼的研究发现这个故事无法验证，只有一个"朋友的朋友"关系链，因此，她总结说："在详细询问了和该故事相关的近50个人之后，也该适可而止了。"

参考文献 *Mexican Pet*, 186–190.

D26. "别和得克萨斯混在一起"
"Don't Mess with Texas"

1987年，得克萨斯州的公路局开始了一场反对乱丢垃圾的运动，其宣传口号是“别把得克萨斯搞得脏乱不堪”(Don't Mess with Texas),而且这个口号还出现在广告、保险杠贴纸、T恤、冰箱贴等上面。据说,当一位得克萨斯商人在一家纽约银行为新企业寻求资金支持时,他被拒绝了。当问及为什么的时候,他在银行办公室看到了贴着“别和得克萨斯混在一起”的贴纸,这暗示了石油价格大幅下跌对得克萨斯州经济的打击。[1]

《得克萨斯月刊》(*Texas Monthly*)杂志未能证实这个故事,“也许它只是最新的都市传说”。

D

参考文献 *Mexican Pet*, 265–266.

D27. “宿舍惊喜” “The Dormitory Surprise”

下面是我对这个校园故事的概括,有时简称为“惊喜”,我记得,20世纪50年代中期,我在密歇根州立大学听说了这个故事:

> 一位男生宿舍里的住户忘了这天是探访日,他走出大厅去洗澡,留下他的两个室友在屋里聊天。他洗完澡回来,身上只裹着一条毛巾,房间里传来声音,他以为室友们还在聊天。
>
> 他决定制造一个戏剧化的出场。他扯下毛巾,一只手握住自己的下体,一脚踢开门,跳了进去,大喊:“砰砰,你们都死了!”
>
> 但是,他听到的是他的妈妈、爸爸,还有刚来看望他的家乡女友的声音。(《婴儿列车》,第305页)

从20世纪50年代到现在,在无数个美国大学校园里,这个传说流传甚广,但从未有人亲眼看见,它是一个典型的裸体窘境传说。校园环

[1] “别把得克萨斯搞得脏乱不堪”与“别和得克萨斯混在一起”的英文原文都为Don't Mess with Texas。

境的背景是合适的，因为对许多学生来说，这是他们第一次长时间远离家人和家庭的束缚而生活。父母和学生对宿舍环境的关注都反映在这个传说中。另一个主题是学生们有时倾向于玩粗俗的恶作剧。

故事的异文—— 一位年轻女子刚洗澡回来，身上只裹着一条浴巾——可能会描述女子用毛巾裹住头，这样就没有人能认出她来。与之对应的一个男性版本中，这个细节成了：年轻的男人把毛巾包在头上，看起来像头巾，然后大摇大摆地走进去，手里握着下体，假装外国口音大喊大叫。

在男女同校的时代之前，校园宿舍里的裸体故事似乎更加常见，尽管这样的遭际在现在更有可能发生。也许是学生们越来越自由，或者只是厌倦了同一生活单元里异性的经常出现。

参考文献 *Baby Train*, 305–307; *Mexican Pet*, 201; *Too Good*, 430–431.

D28. "二次被偷" "The Double Theft"

小偷偷了一件东西，是为偷更多的、更有价值的物品做的初步准备。这里有两个典型的场景：

在第一个场景里，一个女人的钱包在百货商店里被人从洗手间的隔板下面伸手偷走了。她向商店管理部门报告了这个失窃事件，然后回家了。过后，她接到一个电话，说商店找到她的钱包了。但是当她回去时，商店表示没有人打过这样一个电话，并且她发现，就在她外出时家中失窃了，有人用她钱包里的钥匙进入了她家。

第二个版本描述了某人的汽车被盗，但是第二天车被还回来了，还有一张窃贼的感谢便条，说是因为情况紧急需要运东西。随信附上了两张热门演出的门票。当汽车的主人从剧院回来时发现，在他们外出时，家里被盗了。这个版本构成了科林·德克斯特（Colin Dexter）短篇小说《邻里守望》（Neighbourhood Watch）的基础，见于《莫尔斯的惊天秘闻与其他故事》（*Morse's Greatest Mystery and Other Stories*，纽约：皇冠出版社，1993）第101—114页。

至少从20世纪70年代初开始，这两种版本的“二次被偷”就已经在国际上广泛传播（从斯堪的纳维亚到澳大利亚）。在每个国家，这个故事都通过具体的百货大楼名称和特定的剧院或演出实现其本土化。在美国，通常是汽车的电池，甚至是烧烤架一类的小东西被盗。送给受害者的票可能是芭蕾舞或歌剧演出的门票，也有可能是曲棍球比赛或摇滚音乐会的门票。例如，汽车故事的荷兰版本就明确地指出了那些票是《茶花女》（*La Traviata*）演出的门票。在钱包被偷故事的荷兰异文中，一个女人接到据说是警察局打来的电话，对方说她的钱包里有信用卡，已经被找到了。当她出现在警局时，警局却对钱包和电话的事情一无所知，并且在这个女人回到家之后，她发现家中已经失窃。

虽然现实中犯罪分子有时会用类似的策略进入房屋或以确保主人不在家，但是“二次被偷”中所概述的计划的复杂和危险是不必要的。有更简单的方法来对一间屋子实施稳妥的盗窃，而不需要买昂贵的门票或设计狡猾的骗局。

另参见 “受伤的盗匪”

参考文献 *Choking Doberman*, 193–194; *Too Good*, 308–309; Bennett and Smith, *Urban Legends*, 10–11, 35–37; Meder, *The Flying Dutchman*, 151, 162.

D29. “祸不单行” “The Double Whammy”

这是一个类似于“汽车上的尸体”的澳大利亚汽车事故传说，一个动物被撞死，然后（有时）它被发现嵌在汽车的散热格栅上。正如一开始在20世纪90年代讲述的那样，一个澳大利亚汽车司机撞到了一只动物，通常是一只猫。他停下车，发现了躺在路边昏迷不醒的动物，决定帮这只可怜的小东西脱离痛苦，他要么拧断它的脖子，要么用卸胎棒、铁铲、篱笆桩之类的东西迅速了结了它的生命。在一些版本中，一个女人从附近的房子里冲出来抗议他的行为，而他们发现那只真正被撞死的宠物卡在了汽车的散热格栅上。其他版本中，在这个男人在开车回家之后，他的妻子发现遭遇不幸的小猫嵌在散热格栅上。

参考文献 Seal, *Cane Toad High*, 54–55; Scott, *Pelicans & Chihuahuas*, 84–87; Bennett and Smith, *Urban Legends*, 75–76.

D30. “你知道我是谁吗？”
“Do You Know Who I Am?”

在一次大班课堂论文考试中，一个大学生在考试结束铃响过之后又写了几分钟，一位多事的监考员或教员告诉学生，他不会收这份答题卷，学生会挂了这门课。“你知道我是谁吗？”学生问道。这个班级人很多，回复是“不知道，我也不在乎”。这个学生说“好！”，并将自己的答题卷塞进了桌上的一大沓答题卷中（有时在把自己的答卷塞进一大堆答卷里之前，他会先把这些答卷撞到地板上）。

这是另一个关于考试的校园传说，与“定义‘勇气’”“一个词的考题”“第二页答题卷”相似，都是聪明的学生以机智胜过了高要求的老师。在一些版本中，教员指责学生在考试中作弊，却不知道学生的名字。这个不知名学生的主题也出现在“鸟足考试”中，而“将军，你知道我是谁吗？”主题出现在非校园背景的故事中，在这个受欢迎的军事故事中，一个人在电话里不小心侮辱了一位将军，接着他问道：“你知道我是谁吗？”（“不，我不知道，但是……”）然后那个人挂断了电话。

参考文献 *Curses!*, 275–276; *Mexican Pet*, 198–199; *Too Good*, 443–444; Duncan and Harris, *Laugh without Guilt*, 91–92.

D31. “梦中的警告”
“The Dream Warning”

参见 “幽灵马车夫”；“还有一个空位”

D32. “迷奸”
“Drugged and Seduced”

下面的传说来自1973年的文章，整合概括如下：

一个年轻的女大学生，通常是大一新生，和大学生联谊会的一个男孩约会，他们一起去参加联谊之家举办的派对。傍晚时分，男孩将药物倒进女孩的饮料里，让女孩昏迷不醒。他开始猥亵她，但她及时醒了过来。然而，在一些版本中，女孩直到第二天早上才恢复意识，到那时才知道发生了什么。这个传说的一个异文以女孩喝下了被偷偷加了LSD的酒而结束。在这种情况下，她要么在麻醉时被强暴，要么体验了药物带来的各种不良影响。

在20世纪60年代和70年代，“迷奸”是一个流传在大学校园中的常见故事。尤其是在临近新学年的时候，它被当作送给新生的警告。然而，故事的讲述者既没有经历过这一事件，也不认识亲身经历此事的人。但是，在20世纪90年代，随着氟硝西泮（Rohypnol）这一所谓的“约会强暴药”的出现，传说成为现实，在某种程度上，它的出现催生了一些真实的约会强暴事件。一个类似的故事描述了一名牙医趁病人在接受治疗处于麻醉状态时，占她们的便宜。

另参见 “同性恋室友”

参考文献 *Choking Doberman*, 133; Andrea Greenberg, “Drugged and Seduced: A Contemporary Legend,” *New York Folklore Quarterly* 29 (1973), 131–158.

D33. 毒品恐怖故事
Drug Horror Stories

谣言和故事严重夸大了毒品的不良影响，尤其是LSD和普斯普剂（PCP，即闻名街头的“天使粉”）。最常见的是“神话故事”，正如一位研究者给它们贴的标签，说的是一群20世纪60年代的大学生，吸食了LSD，然后直勾勾地盯着太阳看，直到他们双目失明。一个相似的故事声称，吸食了PCP的人剜出了自己的眼珠。据说疯狂吸毒者的其他典型暴力自残行为还包括跳楼和拔牙；据说一些瘾君子在吸毒时获得了足够的力量，使自己从上了锁的手铐中挣脱出来。关于吸毒者烹饪婴儿或走私者利用被掏空的婴儿尸体来走私毒品的故事，也是毒品恐怖故事传统的一部分。

虽然吸毒成瘾和毒品犯罪是当今世界的严重问题，但上述故事中没有一个是真实的。尽管如此，反毒品组织，甚至警察当局有时还是会重复这些故事，以此作为对吸毒危害的严重警告。

爱尔兰民俗学家彼得·麦克圭尔（Peter McGuire）在一封电子邮件中报告说："一个朋友告诉我一个故事，吸食了LSD的小伙子抓住了一个'小妖精'或者可能是一个'巨魔'，结果发现是一个患有唐氏综合征的小男孩。"这似乎是将一个传统的爱尔兰（或斯堪的纳维亚）传说主题和现代毒品恐怖故事相结合的例子。

另参见 "烘烤婴儿"；"配药派对"；"填充婴儿"

参考文献 Richard M. Dorson, *America in Legend* (New York: Pantheon, 1973), 260–303 ("Druglore"); *Baby Train*, 109–112; *Be Afraid*, 212–216.

D34. 一则毒品走私传说
A Drug-Smuggling Legend

参见 "填充婴儿"

D35. 荷兰都市传说
Dutch Urban Legends

参见 荷兰

E

E1. 地震故事
Earthquake Stories

参见 “汽车在地震时被盗”；灾难谣言和故事

E2. 地蜈蚣的故事
Earwig Stories

地蜈蚣的名字来源于一种古老的民间信仰，该信仰声称这种昆虫喜欢往人的耳朵里爬，然后深钻入人的头部。这一想法可能因地蜈蚣的外表而得以强化，它的尾部有一个锐利的、钳子一般的附着物。但是，地蜈蚣是食草动物，它们和蚂蚁、蜜蜂、苍蝇或任何其他小昆虫一样，不可能穿过人的耳朵。尽管地蜈蚣确实偶尔能进入人的耳朵，但它们无法啃穿皮肤并进入大脑。

关于地蜈蚣的现代都市传说详细讲述了啃穿耳朵的主题，据说一位医生从蜈蚣入耳处对面的耳朵中将它取了出来，并声称是一只雌蜈蚣，而且它在爬过大脑时一定产卵了。关于此主题一个更深入详细的描述，是一个伪装成医疗公告的匿名影印的“地蜈蚣警告”，它建议被地蜈蚣感染的病人服用添加了大量铁的维生素，然后用强力电磁铁将它吸出来。

地蜈蚣的故事已经进入了流行文化，科幻小说情节里就包括小型的贪食生物被放进敌人的耳朵里。还有一首朋克音乐歌曲的副歌唱道：“你逮着一只地蜈蚣，它正在爬向你脑袋。”

参考文献 *Be Afraid*, 123; *Curses!*, 40–43; *Too Good*, 187–191; Bennett and Smith, *Urban Legends*, 117–119.

E3. “吃宠物”
“The Eaten Pets”

西方人普遍认为，一些外国人尤其是东欧人和亚洲人，把猫或狗作为日常饮食的一部分，这引发了大量的谣言和传说，它们宣称，移民在餐桌上或在民族餐馆里偷吃了我们的猫和狗。这样的故事在欧洲和澳大利亚拥有悠久的历史，但最近在美国也出现了，特别是伴随着从20世纪60年代后期兴起的亚洲新移民浪潮。

当地警方、卫生官员和记者一再调查此类故事，但最终得出的结论几乎都证实了故事的虚假性。被传说作为目标的移民群体的发言人解释说，他们自己的国人很少吃狗和猫，在美国，有许多其他的肉类可以随时食用，不存在猎取别人的宠物作为食物的动机。

除了这些故事中显而易见的种族成见之外，许多在现实中消失的宠物似乎为这种说法提供了可信性（“如果那些亚洲人**没有**吃掉我们失踪的宠物，那么它们消失到哪里去了呢？！”）。通常，这些吃宠物的谣言和传说，以及关于它们的新闻报道，暗示着即使这种做法没有在当地被记录在案，它们也确实存在于其他州，加利福尼亚州是一个经常被援引的例子。

一个令人恶心的笑话暗示了人们对这些故事持有一定程度的怀疑：有一个新的越南菜谱，标题为“100种方法烹饪你的狗”。

另参见　中国餐馆（和其他民族餐馆）；“小狗的晚餐”

参考文献　*Baby Train*, 255–258; *Choking Doberman*, 122–127; *Mexican Pet*, 99–103; *Too Good*, 362–364.

E4. “吃票”
“The Eaten Ticket”

这是20世纪80年代中期出现在丹麦的一个欧洲传说，这个故事被第一次引用是在1989年来自丹麦维堡的一封信中。原文故事以“**一位老太太和一位朋克正在S型火车上面对面坐着**”（En äldre dam och en punkara satt mitt emot varandra I ett S-tåg）开头[1]。朋克的装束、发型和响亮的手提式录音机惹恼了这位女士，她提高嗓门，大声地对所有乘客说出她对这个家伙的看法。朋克忍受着批评，默不作声，但是当售票员来到车里检票时，他一把抢过老太太的车票，嚼碎并吞了下去。尽管老太太解释和抗议，她还是不得不支付200克朗的罚金。售票员离开之后，朋克拉开他的钱包，补偿了她的损失，说只要看到她的反应，这笔费用就值了。

故事的异文很快传播到芬兰、德国、法国和瑞士。1987年，这个故事成了一部挪威短片的蓝本，旨在敦促人们购买公共交通的季票而不是每日车票。1993年，德国和比利时也制作了基于同一个故事的短片。

“吃票”和“电梯事件”“饼干的包装”这类都市传说，共享“偏见性指责”或“宽容教导”的主题。

参考文献 Bengt af Klintberg, *Den stulna njuren* (Stockholm: Norstedts, 1994), 86–89 (*Den uppätna biljetten.* 包括来自挪威短片的两张截图); Véronique Campion-Vincent, “Preaching Tolerance?” *Folklore* 106 (1995), 21–30.

E5. “节油汽车”
“The Economical Car”

有些人的新车油耗低得惊人，有时甚至每加仑能跑1000英里，司机大吃一惊并向卖他车的经销商提起了这件事。经销商意识到，试验车模型被意外地卖给了这位顾客，而工厂正在拼命地寻找并召回这辆车。这名男子因归还了汽车而得到一笔巨额现金，或是工厂承诺每年都会给他一辆新车直到他离世。

“节油汽车”的异文至少从20世纪40年代后期就流传开了，当时据说新汽车通过吸收最近战争中率先取得的技术进步而获得极大的改进。

[1] S型火车（S-train），是一种往返于城市和郊区的铁道交通工具。一些较大的S型火车系统提供类似于快速交通系统的服务，而较小的系统往往类似于通勤甚至区域铁路。它们在德国和奥地利尤其常见，被称为S-Bahn。

这个传说时不时地出现，带着不同的细节，特别是在石油危机和高油价时期。所谓的奇迹里程的原因，通常被认为是革命性的化油器，石油公司和汽车制造商正在使用阴谋压制它的发展。

尽管这些说法完全缺乏科学或工程学的支持，但是节油汽车和奇迹里程的谣言和故事仍在流传。有些人即便是面对着异想天开的说法，也似乎渴望购买或投资虚幻的产品，例如该设备将允许汽车以加水来代替加油。在21世纪初期，有利可图的混合动力汽车和全电动汽车的发展，在某种程度上使这一传说成为现实。

参考文献 *Vanishing Hitchhiker*, 175–178; *Mexican Pet*, 161–163.

E

E6. 教育和都市传说 Education and Urban Legends

从中学教师到大学教师（特别是英语作文班的教师），都会发现都市传说是课堂讨论、论文选题和研究项目的不错主题。无论是使用学生们已熟知的故事，还是介绍出版资料中的传说，老师们发现这些材料可以增强他们的课堂吸引力，并且对文学分析、研究方法和批判性思维的介绍也很有帮助。当然，在为课堂选择特定的都市传说时必须谨慎，以发掘适合学生年龄和成熟程度的案例。

盖尔·德沃斯（Gail de Vos）概括了课堂中可能使用的三种常见话题："研究当代传说的功能""比较异文"和搜集"你们学校的当代传说"。她的前两个话题基于对已出版故事的分析，而她的第三个主题则建议汇编"一本在社区或学校里搜集的传说选集"。除了这类项目的教育价值之外，德沃斯还提到"对于有财政困难的学校来说，民间传说是一种廉价的教材"。

玛丽·尼科利尼（Mary B. Nicolini）描述了她在印第安纳波利斯一所高中的课堂上使用都市传说的方法，展示出她的高年级学生是如何"在沉浸于几百年前的文学之前，先着迷于自己文化中的故事"的。除了阅读和讨论已出版的文集中的都市传说之外，她的学生还搜集并分析了由同学、教职员工和父母讲述的故事。尼科利尼发现，“青少年是怀疑论者，他们需要证据”，因为她的学生考察了他们所搜集的都市传说中宣称的真相和不可能性，他们还发现了电影、电视、漫画和其他媒体中间接提及的都市传说。这个项目的高潮出现在实地考察的一个夜晚，当时一位女性同伴不由自主地“分享了发生在‘一位已经工作了的女性的朋友身上’的惊人故事”。事实证明，这是“仙人掌里的蜘蛛”传说。不仅美国学生把这个故事视为一个“新”都市传说，而且一位来自马提尼克岛的交换生也说，同样的事情据说曾发生在“我母亲的一位法国朋友身上”。

约瑟夫·卡拉夫雷塞（Joseph Calabrese）的著作《传说、知识与谎言》（*Legends, Lore, and Lies*）第一章的主题，是通过都市传说来教授批判性思维的这个具体目标。卡拉夫雷塞收录了我关于“别闪灯！”传说的文章，以及其他三个材料，并提出了讨论和写作的话题，如下：

（1）这个故事的各种电子邮件版本提供了哪些细节？

（2）消息来源采取了何种举措，呈现出官方的样态？

（3）校园生活以每一位学生都熟悉的常规为中心。说出几个常规，以及传说又是如何利用它们的。

（4）“别闪灯！”传说聚焦于帮派。找出更多涉及帮派的传说，分析这些故事以判断它们传达了什么样的恐惧。

参考文献 Mary B. Nicolini, “Is There a FOAF in Your Future? Urban Folk Legends in Room 112,” *English Journal* 78: 8 (December 1989), 81–84; de Vos, *Tales, Rumors, and Gossip*, “Appendix: Classroom Extensions,” 379–397; Joseph Calabrese, *Legends, Lore, and Lies: A Skeptic's Stance* (New York: Pearson Education, “A Longman Topics Reader,” 2007), ch. 1, *Urban Legends*, 17–51.

E7. “坐在大众汽车上的大象”
“The Elephant That Sat on the VW”

马戏团游行中的一只大象，或是最近刚从马戏团退休的大象，正在动物园里走着，它看见了一辆红色的大众汽车。显然，大象认为那是它在表演时坐的红色凳子，于是它笨重地走到大众车旁，一屁股坐下去，压扁了车头。大众汽车车主开着破损严重的汽车回家，路上他停下来喝了点东西以平复自己的情绪，然后被警察拦住，询问汽车的受损状况。他解释说，是一头大象坐在了他的大众汽车上。警察用呼气式酒精测试仪对他进行检测，然后，他因涉嫌酒驾被传讯。

这个故事的异文自20世纪60年代初期流传开来，1970年，大众公司的杂志《小世界》(*Small World*) 揭穿了这个故事，但它仍然存在。这个传说在英国、德国、瑞典、法国、加拿大和澳大利亚广为人知，在那里，彼得·凯里在1981年的小说《布利斯》(涉及一辆红色的菲亚特)中复述了这个故事，而且1985年的电影还以这部小说为基础描述了这一故事。比尔·斯科特在他1985年的“澳大利亚故事”(Australian yarns)的集子中收录了下面这个充满当地特色细节的版本：

> 布里斯班有位医生买了一辆梅赛德斯-奔驰牌新车，内部装有最新配置和电动车窗。新车到手的第一个周末，他开车带妻子和孩子们去参观宾利的狮子公园。孩子们坐在后座上，从后车窗给大象喂面包什么的。当他们不再给大象喂食的时候，大象的鼻子从开着的车窗伸到了车内，以寻找更多的食物。车内的一个孩子被吓着了，他按下按钮将车窗关上，结果卡住了大象的鼻子。大象的第一反应是要踢开这辆新车，结果它把车踩凹了，使之严重损坏。
>
> 愤怒的医生匆匆结束了参观，决定把孩子们带回家以示惩罚。快到金斯顿岔路口时，他遇上了一场糟糕的交通事故，他停下车看看自己是否能给伤者提供什么帮助。他正忙着帮忙时，警察到了。最终，他们开始怀疑这位医生是这次事故的肇事者。当他抗议并说

自己只是刚刚到达时，他们指着他汽车的破损处，“那这是怎么回事？”他们问道。

“它被一头大象踢了。”他回答说。然后，他们指控他酒后驾车、提供虚假信息等。

斯科特花了几页篇幅来讲述大象-汽车不幸故事的澳大利亚异文，品牌涉及MINI[1]、达特桑、大众，并复述了一个他听说的涉及一辆红色雷诺的法国版本。

美国版本总是局限于某个特定的动物园、游乐园或马戏团。有时讲这个故事是为了说明严重凹损的小汽车应该获得保险赔偿。

参考文献 *Choking Doberman*, 58–61; *Too Good*, 107–108; W. N. Scott, *The Long & the Short & the Tall: A Collection of Australian Yarns* (Sidney: Western Plains Publishers, 1985), 226–230; Bennett and Smith, *Urban Legends*, 148–150.

E8. 电梯意外事故
Elevator Accidents

20世纪40年代，流传着一个关于令人不安的梦的传说，警告人们远离一次致命的电梯意外事故。1959年，理查德·多尔森写下了关于电梯意外事故的“另一个令人毛骨悚然的传说”，据说这种事故发生在密歇根的各个地方。他总结了自己听到的三个版本：

在底特律的J. L. 赫德森百货商场，一个女人在电梯尚未停稳之前走进了电梯间，她被夹住了，结果她的身体悬挂在竖井里，电梯里的人只能看到她的头。她的身体在竖井内下坠了十二层楼，而头部则被夹断并滚进了电梯间。电梯里的女性都吓晕了，而且因为受到惊吓，她们的头发都变白了。另一个描述将责任归于粗心的电

1 宝马集团旗下的豪华小型汽车品牌。

梯操作人员，他提前关了电梯门。第三个人说："这件事真的发生在弗林特，在我爸爸工作的大楼里。这不能怪粗心的操作人员。其实是缆绳断了，所以电梯掉了下去。"

这些传说显然没有在20世纪后期流传下来，也许是因为电梯已被证明是非常安全的，而且现在的商场和购物中心主要使用自动扶梯来实现人们在楼层之间的移动。

另参见 "幽灵马车夫"
参考文献 Dorson, *American Folklore*, 254.

E

E9. "电梯事件"
"The Elevator Incident"

这是20世纪后期最经久不衰、最受欢迎的都市传说之一。这个故事的现代形式出现在20世纪80年代初期，讲述的是一位高大的黑人男子用狗绳牵着一只狗进入了电梯，里面只有两三个中年白人女性。他说："蹲下！"或"蹲下，女士！"然后这几位女性以为他是行凶抢劫者，就蹲在了地上。他笑着解释说，他是在和他的狗说话。后来她们才知道，这个人是棒球明星雷吉·杰克逊。

这个传说一直在美国和其他国家流传了近20年，它在背景、命令、名人的身份以及后果上存在着无数的异文，尽管其他国家的版本往往将背景置于美国。通常，这段插曲据说发生在一个著名的度假城市，例如拉斯维加斯、大西洋城或纽约市。受害者要么是度假者，要么是到外地出差或购物的人。有时在大城市里，他们被反复警告要谨慎小心，从而产生误解。

传说中被误认为是劫匪的人也被说成是莱昂内尔·里奇（Lionel Richie）、威尔特·张伯伦（Wilt Chamberlain）、阿塞尼奥·霍尔（Arsenio Hall）、拉里·霍姆斯（Larry Holmes）、迈克·泰森（Mike Tyson）、辛普森和其他的许多人，但近几年来，有关埃迪·墨菲的说法尤其特别。他说的话是“Hit the floor!”（蹲在地上）或者“Hit fo!”（即按一下四楼按钮［hit the button for floor four］）。在事件发生后，这些知名黑人会给受害者送去便条、钱、玫瑰或香槟，以及/或者替他们支付旅馆账单、饭店账单等。

“电梯事件”中明显的种族主义主题包括白人没有搞懂黑人的意思，或误解了他们的口音。由于白人受害者对电梯里的黑人（有时会有狗和/或保镖陪伴）抱着最坏的预期，所以他们以最坏的方式曲解了他说的话。似乎，这个黑人最终显得很有幽默感并且很慷慨这样的事实是在为种族主义“开脱”。埃迪·墨菲在其热门电影中的喜剧角色让他更适合担任这个传说的主角，尽管墨菲强烈否认曾发生过这样的事情。

“电梯事件”传说的旧版本并不涉及黑人，而是一个名叫尼尔的人。当有人喊出这个名字时，旁观者误解为是“跪下”的命令并立即服从。[1]“尼尔/跪下”版本中的受害者通常是被某个权威人士或外表“威严”的人吓到了。

一个明显以“电梯事件”为原型的场景出现在1973年12月1日《鲍勃·纽哈特秀》（*The Bob Newhart Show*）节目的首播中。鲍勃博士的一位黑人客人（不是名人）有一只大狗叫小白。当他命令这只狗“坐下，小白！”时，场景中的一位白人匆忙坐在桌子的边缘上。尽管人物不是在电梯里，但是背景中可以见到办公楼电梯的门。狗的名字是个双关语[2]，听起来像编剧对可能是当时的一个传统故事的补充，这个传统故事已经开始转变为都市传说。

另参见 偏见性指责

参考文献 *Baby Train*, 15; *Choking Doberman*, 18–28; *Curses!*, 21–22; *Too Good*, 413–420; Bennett and Smith, *Urban Legends*, 32–34; Fine and Turner, *Whispers*, 216–219.

1 尼尔（Neil）与跪下（kneel）的英文发音相近。

2 小白（Whitey）的另一层意思是指“白人、白鬼”（带有侮辱性的）。

E10. “伊丽莎白一世时代的电子邮件骗局” “The Elizabethan E-mail Hoax”

一篇广泛流传的电子邮件长文，旨在描述“16世纪的生活”，特别是安妮·海瑟薇（Anne Hathaway，威廉·莎士比亚的妻子）及其家庭最初的生活状况。每一个关于艰难时期（例如室内只有泥地面[dirt floors]）的描述之后，都跟着一个常用俗语的虚构词源（据说它是“一贫如洗”[dirt poor]的源头）。在这些表达中，还有“良莠不分”（to throw the baby out with the bath water）、“倾盆大雨”（raining cats and dogs）、“闲聊”（to chew the fat）和“大夜班”（graveyard shift）。这些解释纯粹荒谬，揭示了整个邮件就是一个骗局，即试图故意混入幽默和古怪的念头，并将之作为事实蒙骗人们。

另参见 民俗词源学
参考文献 Wilton, *Word Myths*, 61-77.

E11. 尴尬 Embarrassment

许多都市传说描述了人们因为自己说过或做过的蠢事而陷入不同程度的尴尬。在讲述或倾听这样的故事时，人们会想起自己曾经犯过的错误和轻率之举。或许，人们对类似的尴尬感觉在某种程度上有共鸣，但讲述这些传说也让我们感觉到自己之前经历过的尴尬有点好笑。

在都市传说中，单纯的无知是造成尴尬的原因之一。例如，某人在使用一台电脑，或按照一个菜谱做菜，或对一道指令做出回应时，很容易犯错，而且通常是以一种特别滑稽的方式。另一个典型的主题是错认另一个人的身份，结果导致某一方或双方的尴尬。社交出错（或出洋相）是都市传说中某人使自己处于尴尬境地的第三种常见方式。这种传说类型的具体案例包括“笨新娘”“买丹碧斯卫生棉”“电梯事件”和“被坐扁的狗”等。

或许，都市传说中反映出来的最大的焦虑——也因此成为尴尬的主要成因——表现为性主题。在传说中，人们时常因正处于裸体状态，或正在发生性行为，或在偏离了中规中矩的美德之路时，被他人抓了现行而感到懊恼和脸红。换句话说，在传说中，当人们出于自然本性和一时冲动去做事时，他们很有可能被别人看到，因而感到尴尬。

可以说，几乎所有都市传说都与人性、妄下结论、报应、报复、丑闻这类主题相关，甚至一些意外或恐怖故事中也包含着一定程度的尴尬。因此，上面提到的和下面列出的例子仅仅显示了都市传说中可能出现的尴尬状况的范围。

另参见 “错当匪人”；“送百叶窗的男人”；“小丑波佐的出错花絮”；电脑；文化冲突传说；“宿舍惊喜”；“爆炸的胸罩”；“爆炸的马桶”；“黑暗中的屁”；“执照”；“不是我的狗”；裸体；“曲奇的包装”；“怀孕的商店扒手”；“令人震惊的录像带”；“滑雪意外事故”；“被盗的钱包”；“超级英雄的狂欢作乐”；毛衣和文身；“不幸的隐形眼镜”；“被丢下的妻子”；“错扔假牙”；拉链故事

参考文献 *Too Good*, 135–156.

E12. 新兴和短暂的传说
Emergent and Ephemeral Legends

那些古怪的、有时幽默或恐怖的，涉及巧合或讽刺，而且未经证实的个人经历、谣言、逸闻和新闻报道，可能会发展成有情节的都市传说，然后流传得更加广泛并发展出异文。这类“在酝酿中的都市传说”被贴上了“新兴传说”的标签。这类消息成为传说的过程被称为“民俗化”（folklorizing）。这里有一个例子，一个报纸专栏报道了运动员滥用类固醇的事，但没有消息来源：“假类固醇通过黑市被卖给运动员。一位男运动员从黑市上买来的类固醇其实是避孕药，但是他还以为是货真价实的类固醇呢。”另一则类似的未经证实的、但被一位专栏作家说是真实消息的报道称：“一位卡车司机被要求做尿检，他从妻子那儿拿了样本作为替代品，据说卡车司机被发现怀孕了。”

唐娜·威科夫记录了一个古怪而幽默的新闻故事发展成传说的极佳

案例。1996年2月，《新墨西哥州圣菲》（*The Santa Fe New Mexican*）报道了一位当地男子试图通过电话购买亚特兰大夏季奥运会门票的沮丧经历。一位客服代表和一位主管都拒绝处理订单，因为“我们不能向居住在美国之外的人出售门票”。这个故事很快就民俗化了，它被那些从来没有读过新闻报道的故事讲述者以评论形式进行了详细阐述，并添加了一些细节。一些故事讲述者补充了更多有关糊涂的美国人搞不清“新墨西哥州”和“旧墨西哥”的例子。因此，正如威科夫写到的那样，这个故事是“捕捉公众的想象，实现民俗化，同时在民间渠道中速来速去”的过程的一个例子，而且也是一个极佳的短暂传说的例子。

E

另参见 “传说”和“都市传说”的定义；“锤击孩子”

参考文献 *The Truth*, 160–169; Bill Ellis, ed. Special issue: Contemporary Legends in Emergence, *Western Folklore* 49 (1990); Wyckoff, "'It has All the Earmarks...' : Spotting Contemporary Legends Early; Predicting Their Course," *Contemporary Legend* New Series 3 (2000), 161–183; Elizabeth Tucker and Janet L. Langlois, eds. Special issue: Emerging Legends in Contemporary Society, *Journal of American Folklore* 118: 268 (Spring 2005), 129–236.

E13. 英格兰 England

斯图尔特·桑德森，时任利兹大学方言与民俗生活研究所的主任，最早发表了关于英国都市传说的拓展研究——《关于汽车的民间传说》（Folklore of the Motor Car），该文于1969年刊于《民俗学》杂志。接着，在1981年，当英国学者和作家最终建立起对当代传说的研究的时候，桑德森选择了“现代都市传说”作为他在民俗学学会首次“凯瑟琳·布里格斯讲座”（Katharine Briggs Lecture）中的主题。在那次讲座中（1982年由民俗学学会出版了一个分册），他说了几句鼓舞人心的话：

> 当代传说构成了当今最广泛流传、最受欢迎、最重要的民俗形式之一，甚至可以说没有之一；打动我的最突出的特征，是其由各种各样的人物——老人和年轻人、识字的和文盲、受过教育的和没

受过教育的人们，在呈现它们时带来的创造性、想象力与精湛技巧。

桑德森在讲座中还提到，他曾于1963年在葡萄牙的一次会议中与他的同事凯瑟琳·布里格斯，以及美国民俗学家理查德·多尔森讨论过现代传说的类型，随后不久，布里格斯开始搜集案例，并于1965年将它们首次出版。

20世纪70年代，各种英国民俗杂志中出现的有关传说的零散记录，包括中国餐馆故事、“饼干的包装”和“二次被偷”。更多实质性的研究还包括杰奎琳·辛普森关于“受伤的盗匪”的文章（《都市传说中的合理化母题》[Rationalized Motifs in Urban Legends]，《民俗学》，1981），以及辛普森关于“《匹克威克外传》中的都市传说”[Urban Legends in *The Pickwick Papers*]的研究（《美国民俗学刊》[*Journal of American Folklore*]，1983）。

罗德尼·戴尔的《鲸鱼的肿瘤》（1978）是来自英国大学之外的一部里程碑式的著作，它汇编了许多故事，而且引入了历久弥坚的术语FOAF（朋友的朋友）。戴尔的第二本集子《这是真的……它发生在一个朋友身上》（*It's True... It Happened to a Friend*），出版于1984年。菲尔·希利（Phil Healey）和里克·格兰维尔（Rick Glanvill）于1992年出版了一本与之类似的通俗集子《都市神话》（*Urban Myths*），但是好像这一书名并不准确。而另一个术语是保罗·史密斯在他编纂的两部通俗读物中使用的，《令人厌恶的传说手册》（*The Book of Nasty Legends*，1983）和《更令人厌恶的传说手册》（*The Book of Nastier Legends*，1986）。

当时任职于谢菲尔德大学英国文化传统和语言中心（CECTAL）的史密斯，组织了第一次有关当代传说的国际会议，会议于1982年在谢菲尔德举办。这次会议的论文由谢菲尔德大学英国文化传统和语言中心于1984年出版，随后又举办了四次会议并出版了论文。1988年，国际当代传说研究会成立，由保罗·史密斯担任主席；史密斯本人转职到纽芬兰纪念大学，继续研究都市传说，同时他以会议和出版物的倡议者与组织者的身份从事相关活动。1996年，国际当代传说研究会重返英国，在巴斯大学召开年会，自那之后，美国、加拿大和其他国家轮流承办会议。

在英国流传的大部分都市传说对美国人来说都是耳熟能详的，事实上，这些故事的英国版本，与欧洲其他地区以及加拿大和澳大利亚的大部分当代传说有重合之处。即便并非不可能，通常也很难确定某个特定流行传说的起源国家。例如，“萨里的美洲狮”或“埃克斯穆尔的野兽”这样本土化的传说标题，仅仅指的是国际传说类型的英国例子，这类传说或许都可以称为“大型猫科动物出没”。

E

但是，独特的英国传说已经被识别和研究。这里只引用三个发表在会议论文集的《当代传说观点》（载于本书的“参考书目选录”中）中的例子，参见欧文·贝克（Ervin Beck）关于“永不腐坏的肉”（The Meat That Never Spoils）的研究（1984）、乔治娜·博伊斯（Georgina Boyes）关于“啼哭男孩的诅咒”（The Curse of the Crying boy）的研究（1989）、迈克尔·戈斯（Michael Goss）关于“哈利法克斯的杀人狂”（The Halifax Slasher）的研究（1990）。在同一系列中，特别引人注目的是吉莲·贝内特的文章，从1984年卷中的关于“幽灵搭车客”的研究，到1989年卷中对故事讲述环节的剖析。其他研究当代传说的英国学者（例如，玛丽昂·鲍曼［Marion Bowman］、布赖恩·麦康奈尔［Brian McConnell］、维尼夏·纽沃尔［Venetia Newall］等）的作品可以在史密斯和贝内特编纂的《当代传说：一部民俗学的参考书目》中找到。史密斯和贝内特2007年的集子《都市传说：国际荒诞故事与恐怖传说集》是最新一部收录了许多英国案例的此类作品。

这是2005年11月一位来自英国西约克郡的妇女通过电子邮件向我报告的“心怀感恩的恐怖分子”的一个版本。正如该通信者暗示的那样，它“拥有都市传说的全部元素”，包括口头传播、异文、将其归于朋友的朋友，以及将一位本来不具有威胁性的“亚洲人”说成与恐怖分子有联系的模糊描述：

今天我去理发时从美发师那儿听说了这个故事，它似乎拥有一个新都市传说的全部元素。

我的美发师说她的一位客户的朋友正走在哈德斯菲尔德市中心的一个亚洲男人的身后，这个男人的钱包掉在了大街上。客户的朋友追上那个男人并把钱包还给了他。这个亚洲男人因此心生感激，并对客户的朋友说：礼尚往来，善有善报。所以他告诉她在12月的某一天不要去特拉福德中心（曼彻斯特附近的一个大型综合式购物中心）。

接着，我的美发师告诉我，她的一位同事从客户那儿听说了类似的故事，不同之处在于，这位亚洲男子建议拾到钱包的人不要在12月的其他日子靠近谢菲尔德的“卖得好”购物中心。

按照推论，当摩肩接踵的人群正在圣诞节期间购物时，这些购物中心遭受了预谋已久的恐怖分子的袭击。

英国汇编的三种杂志，以民间传说资料的小“杂录”（miscellanies）系列的形式发行，为许多来自英国和其他国家的当代传说材料的发表提供了一个渠道，特别是那些出现在媒体上的材料。吉莲·贝内特主编的《亲爱的汤姆斯先生》（*Dear Mr. Thoms*，即*DMT*，第5—36期，1987—1994），始自《英国民俗研究论坛不定期通讯》（*Occasional Newsletter of the British Folk Studies Forum*，第1—4期，1986—1987），而桑迪·霍布斯和大卫·康韦尔主编的《给安布罗斯·默顿的信》（*Letters to Ambrose Merton*，即*LAM*，第1—28期，1995—2002）则一直在不间断发行，直到因订阅者过少和资料供应紧缺而中断。这些杂录的古怪名字来源于威廉·汤姆斯（William J. Thoms），他在1846年首创“民俗”一词，有时会用笔名“安布罗斯·默顿”。这些出版物包含了丰富的转瞬即逝的材料——有些消息只占半页篇幅，但也被很好地记录了下来——以及文章和评论。《给安布罗斯·默顿的信》的最后一期（第28期，2002年夏季）包含了一个针对这些传说系列的索引，对于挖掘这些资源而言，这是一个很有用的起点。西苏格兰大学的桑迪·霍布斯从2011年开始把《亲爱的汤姆斯先生》和《给安布罗斯·默顿的信》的主要民间传说案例放到网上，在网站http://ambrosemerton.org上可以查看这些案例。这个网站包括全部系列的历史记录、一个按年份编排的档案，以及一个搜索引擎。

国际当代传说研究会的期刊《当代传说》于1991年至1994年在英国出版，“当代传说”一词仍是该国都市传说探讨中最受欢迎的术语。也许英国最著名的国际传说主题是以克雷格·舍古德为核心的卡片收集。（有关详细信息，参见这些主题的词条。）

另参见 “意外食人者”；“错当匪人”；“拘捕”；大型猫科动物出没；“搞砸了的救猫行动”；“木桶里的尸体”；“一日游”；“不厚道的便条”；“飞牛”；“鬼魂求助”；“多毛的搭车客”；“我信仰玛丽·沃思”；国际当代传说研究会；爱尔兰；“盗肾”；“被舔的手”；“下水道中的老鼠行军”；“传教士和猫”；“妈妈的恐吓成真”；“神秘旅行”；“旅居车上的裸体”；“老者与年轻人”；“作为致命武器的铅笔”；“企鹅故事”；“后窗劫车计谋”；“漫游土地神”；劳斯莱斯传说；苏格兰；“仙人掌里的蜘蛛”；“被盗的车速监视器”；升学神话

E14. 升级的医疗问题
The Escalating Medical Problem

有人去诊所或医院治疗轻微的身体不适，但规章和程序要求他进行全面的身体检查，转而查出了可能更加严重的病症。但是，当对这种病治疗无果时，病人的状况比以前更糟了。经过长期疗养，当病人最终准备出院时，负责这位病人的同一位实习生发现，病人最初的小病仍然没有治好。

有时候，这个故事被称为“卡夫卡式就诊”（The Kafkaesque Hospital Visit），故事的开始和结束可能仅仅是病人的眼镜不合适，其间一次不当的直肠镜检查导致了腹膜炎或其他并发症（可以这么说）。其他医疗恐怖故事，有些是有事实根据的，讲述了摘错的器官、失败的X光照片、致命的直肠爆炸（它确实发生过，参见下文），以及拖延甚至妨碍了正当医疗服务的没完没了的医院文件和保险文件。显然，在这些故事背后，是对医疗服务提供者的深深怀疑和恐惧。

另一个医疗恐怖故事讲述的是一位神父前去看望正在重症监护病房里的教区居民。病人身上接着许多管子和电线，但仍然很高兴地问候神父。然而，当神父察看病人的时候，这个男人的状况显然变糟了，他似乎正在努力呼吸。病人用手势示意，让神父从床边的桌子里拿出一支铅笔和一张纸给他，并潦草地写下一张纸条，紧接着就失去了意识。神父将纸条塞进自己的口袋里并喊医生前来救助；但是，还未来得及实施救援，这个男人就死了。神父为逝者默哀，然后回到家中，内心触动良多。接着，他想起了那张便条，于是将它从口袋里掏出来展开，上面写着：**“拜托，神父，你正踩在我的氧气管上。”**

另参见 都市传说中的医疗主题

参考文献 *Too Good*, 206–207; Marc-Andre Bigard, Pierre Gaucher, and Claude Lassalle, “Fatal Colonic Explosion during Colonoscopic Polypectomy,” *Gastroenterology* 77 (1979), 1307–1320.

E15. 爱沙尼亚 Estonia

长期以来，爱沙尼亚一直是搜集和研究欧洲古老传统民间故事的重要中心，近年来爱沙尼亚也被证明是各种都市传说的故乡。其他都市传说研究者主要通过两位民俗学学者的著作来了解这些情况——玛瑞·库伊瓦（Mare Köiva）和伊达·考姆瑞（Eda Kalmre）——两人均来自塔尔图的爱沙尼亚民俗档案馆，他们在《FOAF故事通讯》上发表了关于爱沙尼亚都市传说的记录文本，也在国际当代传说研究会的会议上发表了论文。有两个著名的爱沙尼亚都市传说，参见词条“挣脱了皮的猫”和“人肉香肠工厂”。

库伊瓦认为，伴随着国外流行文化的到来，国际都市传说传到了爱沙尼亚，他报告，当美式汉堡在20世纪80年代后期流行起来时，“据说在塔尔图市购物广场的一个售货亭附近一直有狗皮；据说那里的店主会抓流浪狗，并把它们做成汉堡包”。同样地，当艾滋病从20世纪90年代初开始成为爱沙尼亚的严重问题时，爱沙尼亚也出现了各种类似于在其他国家讲述的关于艾滋病的起源和传播的故事。

在爱沙尼亚，可能还流传着许多其他都市传说（事实上，许多其他国家都是如此），只是在等待一个民俗学学者去记录它们。考姆瑞在一份简报中只提到了另外两个例子，即“某些型号的索尼数码摄像机可以……透视衣服”，以及一位年轻女子死于一家塔林夜总会的饮料，因为里面添加了含有致命的茄属植物成分的眼药水（爱沙尼亚药店里甚至都没有这种产品）。

库伊瓦还注意到，在爱沙尼亚，“恐怖故事”深受7岁至10岁儿童的欢迎，这些故事在某种程度上借鉴了传统民间故事，但是它们在将其他传统主题，如神秘的黑点、不祥的黄色窗帘、骷髅、食尸徒、鬼魂和吸血鬼，融合到相当简单和未经详细阐述的故事中时，通常带有荒谬的结尾。露营或聚会时，孩子们会讲述这些故事，而彼时他们往往没有家长的陪同。“故事的结构和表述都很简单，”库伊瓦写道，“和回忆（memorates）相似，而且非常接近都市传说。”

爱沙尼亚民俗档案馆的民俗学学者在网上保存了《FOAF故事通讯》过往和当前的期刊。

参考文献 Köiva, “Dogs, Dog Skins and Hamburger Stands,” *FOAFtale News* 46 (May 2000), 3; Köiva, “Schoolchildren's Horror Stories and Their Supernatural Experiences,” in Petzoldt, *Folk Narrative and World View*, 395–401; Kalmre, “AIDS Narratives in Estonia: Some Considerations,” *FOAFtale News* 49 (June 2001), 1–2; Kalmre, “Two Legends from Estonia,” *FOAFtale News* 69 (December 2007), 5.

E16. 爆炸的动物 Exploding Animals

据说，鸟儿吃了婚礼上丢弃的米饭，然后喝了一些水，就有可能膨胀爆炸。海鸥吃了水手丢给它们的我可舒适（Alka-Seltzer）泡腾片也爆炸了。小宠物鸟在吃了鸟醚（bird ether）之后接受了笨手笨脚的兽医或实习兽医的电灼器治疗，接着小鸟化为了一团夹杂着羽毛的烟雾。一个人试图用吸尘器清除厨房里的害虫，却将焦炉煤气吸了进去，电机的一个火星引燃了煤气，导致被吸到真空吸尘器里的蜜蜂爆炸了。

在关于宠物或野生动物被绑上爆炸物或被放进微波炉的传说中，爆炸动物的主题变得更加详细和具体。

另参见 “动物的报复”；“炸药狗”；“微波炉中的宠物”

参考文献 *Baby Train*, 254–255, 260–261; *Choking Doberman*, 107; *Mexican Pet*, 35.

E17. “爆炸的胸罩”
“The Exploding Bra”

一位女子（有时是一名空姐）在一次飞机旅行中戴着充气胸罩。随着机舱气压的变化，她的胸罩膨胀得吓人。她冲向洗手间，有时她及时小心翼翼地给胸罩放了气，但是，在其他版本里，胸罩在途中爆炸了。或者，膨胀的胸罩可能被一枚别针扎破了——要么是因为她试图阻止胸罩继续膨胀，要么（在非飞机版本中）是因为一位年轻男子穿了一件别着胸花的约会上装。

当然，充气胸罩确实存在，但是由气压变化而导致惊人膨胀的故事是很值得怀疑的，并且它们总是来自第二手或第三手的转述。相似的故事有时讲的是硅胶乳房植入物，然而故事中关于它们会不断膨胀的说法更加令人怀疑。

流行的电视节目《流言终结者》（*MythBusters*）做了一系列的复杂实验，以检测处于强压下的植入物和膨胀物，他们模拟了高空和深海潜水中可能遭遇的强大压力。然而它们并没有发生爆炸，所以这个“流言”就此终结了。

参考文献 *Baby Train*, 80–82; *Too Good*, 375–376; Keith and Kent Zimmerman et al., *MythBusters: The Explosive Truth behind 30 of the Most Perplexing Urban Legends of All Time* (New York: Simon Spotlight Entertainment, 2005), 139–143.

E18. “爆炸的丁烷打火机”
“The Exploding Butane Lighter”

这个故事由传奇的旧金山专栏作家赫布·凯恩在1979年12月21日的专栏中概括道：

> 我收到这个故事时，它写在看似正式的美国运输部门的信纸上，但这是一个骗局。我指的是两位联合太平洋公司的电焊工因火花点燃他们的丁烷打火机而丧生的故事，丁烷打火机“以三根炸药棒的威力”爆炸了。弗拉克·阿尔·克里格（Flack Al Krieg）叹息道：“那个故事在过去的一个月内席卷全国，但是我们没有记下它。这个故事如雨后春笋般继续在各个地方流行。有些神话很难消亡。”

流传于20世纪70年代末和80年代初的复印传单——伪造的警告——描述了这个所谓的涉及电焊工的事件，电焊工通常被认为是联合太平洋公司的工人。（比克公司［Bic Corporation］于1972年推出了一次性丁烷打火机。）爆炸的等级相当于三根炸药棒的威力，这是一个一致的细节，当然整个故事是虚构的。但是，在20世纪80年代中期，有关这类打火机的危险问题开始浮出水面，在1986年，第一宗针对一家丁烷打火机制造商的案件受审，最终原告接受以300万美元的赔偿与该公司达成和解。然而，这个案件和其他与此类打火机有关的案件都不涉及电焊时的火花或实际的爆炸；相反，问题是由打火机在使用后未能完全熄灭的火花突然引起的。

这些事故在法庭外已尘埃落定多年，民间传说显然保存了对此类事故的大致记忆，但同时也混淆和捏造了一些细节。另一个传说涉及了焊接意外事故，描述的是隐形眼镜熔化在某人的眼角膜上。

另参见 “焊熔隐形眼镜”

参考文献 *Be Afraid*, 174; *Choking Doberman*, 155–157; Tamar Lewin, “Lawsuits, and Worry, Mount over Bic Lighter,” *New York Times* (April 10, 1987); *Mexican Pet*, 164–165.

E19. "爆炸的马桶"
"The Exploding Toilet"

一些挥发性物质——典型的有杀虫剂或发胶——通常是被一个男人的妻子，倒进了马桶里，而且她没有冲马桶。当她的丈夫在洗手间吸烟，把烟头丢到屁股下的马桶里时，他从马桶上被炸飞了。医护人员把他往救护车上抬，但是当他们听说男子为何受伤时，笑得太厉害了，以至于把担架打翻在地，因而对他造成了进一步的伤害。

这个故事有无数异文，有时会将几起家庭意外事故连在一起，几乎总是以"大笑的医护人员"的母题结束。例如，妻子可能先前制造了意外事故，把她的丈夫送进了医院，在丈夫不在家时她给浴室刷了油漆，并把油漆稀释剂倒进了马桶里，丈夫出院回来后又接连发生了第二次和第三次事故。

最近流行的"爆炸的马桶"的异文，描述了丈夫不小心驾驶着新摩托车穿过玻璃窗或玻璃门进入了房子。当他正在因割伤和擦伤而接受治疗时，他的妻子清理了烂摊子，并把清理掉的汽油倒进了马桶里，结果可想而知。

1988年，泰尔·阿维夫（Tel Aviv）将"爆炸的马桶"当作新闻来报道。几天后，在这个故事被披露仅仅是一个口头传说之前，这个关于"世界之声"的报道在国际上流传开来，并被广泛转载。

"爆炸的马桶"源于一个乡村笑话，说的是一种挥发性物质（煤油、石脑油、汽油等）被倒进屋外厕所的深坑里。加拿大诗人罗伯特·瑟维斯（Robert Service）在他发表于1949年的诗歌《三裸》（The Three Bares）中详细描述了这一传统故事，但是逸闻肯定在更早的时期就流传了，而且同一时期，它在澳大利亚也人尽皆知。笑话版本中的妙语通常遵循这一程式："这肯定是我吃的什么东西。"

另参见 以色列；"粘在马桶上"

参考文献 *Mexican Pet*, 13–16; *Too Good*, 370–372; *The Truth*, 108–122; *Vanishing Hitchhiker*, 181; Bennett and Smith, *Urban Legends*, 78–81.

F1. “失败的自杀”
“The Failed Suicide”

一个绝望的男人想同时使用多种方法自杀，但它们却相互抵消了。例如，那个男人可能站在海边一个高高的悬崖旁，脖子上绕着系在树上的绞索，一手拿着上了膛的枪，一手拿着一瓶毒药。他喝下毒药，朝着自己的头开了一枪，并跳下了悬崖。但是那一枪射断了绳子，他掉到了海里，呛到嘴里的海水又让他把毒药吐了出来。最后，他游向了岸边。

这个故事还有一个不那么复杂的版本，讲述了一个男人在家里和妻子吵完架，或者是被老板炒了鱿鱼之后，从高处的窗子跳了下去。这个即将发生的自杀却降临到了妻子（或是完成了烦人的解雇工作后外出吃午餐的老板）身上。妻子（或老板）死了，他还活着。

安德鲁·托拜厄斯（Andrew Tobias）在他关于保险业的书中，提到了自杀失败主题的另一个异文，该案例被总结为“一个亚拉巴马州的男人”：

> 他吞下一把安眠药，驱车来到一座大桥中央后下车，当药物使他开始变得昏沉，他从离水面50英尺的桥上跳了下去，但是他没有死，冰凉的水使他逐渐清醒。在水里漂浮了很久之后，他终于摆脱水流上了岸，但是却因为太劳累而导致心脏病发作，他只能躺在岸边。一些野狗来了，对他一阵撕咬。他死了。

“这是自杀吗？”托拜厄斯质疑，而后援引了一位美国毒理学家的话回答道：“‘不是自杀，而是环境造成的紧张和压力’杀死了他。”这一传说般的陈述没有任何的引用来源。

自杀失败故事的异文已经通过口头、打印稿，以及互联网等方式流传开来，并且会不定期地被发表出来，有时它们会被用来说明人的行为、事件的随机性、自杀行为的合法性和道德性等。英国一位法医学专家将他自己发表的多方式死亡故事的版本形容为“同类中的经典……不易被证实的”。

参考文献 *Baby Train*, 86–87; Andrew Tobias, *The Invisible Bankers: Everything the Insurance Industry Never Wanted You to Know* (New York: Linden Press/Simon & Schuster, 1982), 127; Bennett and Smith, *Urban Legends*, 88–89, 255–257.

F2. “塌陷的天使蛋糕”
“The Fallen Angel Cake”

这一故事于1980年出现在澳大利亚悉尼市的一份报纸上，1982年一份加拿大小镇的报纸又报道了一个稍微不同的版本。两篇报道都宣称，这是一个在当地家喻户晓的真实事件，所以这应该是一个广泛流传的虚构叙事，即现代传说。毕竟在相距甚远的两地发生同样的事故是少见的——实际上几乎不可能。

一个女人为教堂糕点义卖会做了一个天使蛋糕，但当她把蛋糕从烤箱里拿出来时，蛋糕中间塌下去了。因没时间重做了，她只好把一卷厕纸塞进去，以撑起蛋糕的形状，她没有把这件事告诉任何人。她急忙把蛋糕送到了教堂的售卖处，然后给了她女儿一些钱，让她赶紧去把自己做的蛋糕买了直接拿回家。但是女儿去晚了，那个蛋糕已经被卖掉了。第二天，她去了桥牌俱乐部，发现女主人买了她的蛋糕而且正摆着当作甜点。她还没来得及告知她，就听见女主人对称赞这个蛋糕漂亮的人说：“谢谢，是我自己烤的。”

大卫·霍尔特和比尔·穆尼在他们的选集《爆炸的马桶》（参见“参考书目选录”）中讲述了一个更加复杂的版本，背景大概设置在美国，其中涉及“玛吉”和她的女儿。书中的每个故事都恰到好处地配有一张的插图——一个人手里拿着一卷厕纸。

参考文献 *Too Good*, 70–71.

F3. 吹风死
Fan Death

在韩国，一种盛行的观点认为，在密闭的卧室开着电扇睡觉会导致死亡，这种观点仅由逸闻性的证据、谣言和口头故事（一些通过电子邮件流传）作支撑。2008年，《多伦多星报》（*Toronto Star*）的一篇报道显示，在韩国移民中，“吹风死”的观念始终存在。冬季，在新布伦瑞克大学旧教学楼的一间闷热的教室里，一位讲师在第二语言的课程（英语）上就遇到了这个问题：

> 讲师对同学们说：“外面下着冻雨，不能开窗，明天大家记得带个风扇过来。”
>
> 这话使得一名韩国学生不安起来，在一个密闭的房间里开着电扇的场景，让她感到紧张。
>
> “这个学生告诉我们，如果在密闭的房间里开着电扇，会降低你的体温，你会死的。”讲师说，“一个人对于房间里的其他人都认为很可笑的一件事这么确信，真是太奇怪了。另一个人说，她常年伴着风扇入睡。韩国的同学答道：‘你还活着算是非常幸运了。’”

其他关于“吹风死”的解释诸如：转动的空气会使人体失去水分，导致体温过低；风扇会在屋里形成一个吸走氧气的漩涡；风扇会清除氧分子，让人窒息；风扇会降低氧含量，留下大量足以致命的二氧化碳。在韩国，媒体的报道，甚至是政府关于开着风扇入睡可能会造成死亡的统计数据，都加剧了人们对“吹风死”观念的狂热，所以在韩国销售的电扇都配有定时开关。

参考文献 Justin Piercy, “Urban Legend: That Fan Could Be the Death of You,” *Toronto Star* (August 19, 2008), Life section, 1; http://www.snopes.com/medical/freakish/fandeath.asp; wikipedia.org/wiki/Fan-death.

F4. “黑暗中的屁” “The Fart in the Dark”

这个故事属于通常所说的“送惊喜的人大吃一惊”类故事（也是“惊喜聚会中的裸体主人”的亚类），当很多人聚在一起打算给主人公一个惊喜时，他（或她）会因为自己在众人面前的惊人举动而尴尬万分。当这位受害者一不留神放了个屁（排出肠胀气），制造惊喜的人们反而被吓了一跳。这个故事在美国和英国（或许还有其他地方）都被当成传说和笑话来讲述，并以“美味的青豆故事”（The Gastronomical Bean Story）为名，作为复印传说而传播。

一个人钟爱烘豆，但由于它容易造成严重的肠胀气，因而不得不放弃这个喜好。不幸的是，这个爱豆人在自己生日这天，随心所欲地享用了大把烘豆，当其爱人（或是女友、男友、室友等）宣布将有惊喜之时，这个人肚内的气体正在生成，令其心神不安。爱豆人戴着眼罩，被单独留在一间空房中等待惊喜，实在憋不住的他（或她），连续放了几个响亮的屁，而后聚会组织者回来摘掉了他（或她）的眼罩，爱豆人才发现屋里挤满了给他（或她）庆生的朋友。

对这个故事的文学改编出现在卡森·麦卡勒斯（Carson McCullers）《心是孤独的猎手》（*The Heart Is a Lonely Hunter*，1940）一书中，短片《约会》（*The Date*，1997）又将这个故事进行了影视化改编。

“黑暗中的屁”的另一个版本则描述了一名年轻女子坐到汽车前座时，没有察觉到后座有两对约会的情侣，因此她放屁的时候也被后座的人无意中听到了。

参考文献 Paul Smith, *Nastier Legends* (1986), “The Bean Feast,” 31–32; *Too Good*, 34–36; *Vanishing Hitchhiker*, 148–149; Bennett and Smith, *Urban Legends*, 197–199.

F

F5. 快餐
Fast Food

主要出售汉堡包、比萨、墨西哥食品及相关配菜的快餐专营店，往往是负面传闻和传说的目标，尤其是那些声称食品受到严重污染的谣言和传说。这类传说的流传似乎涉及了一些内疚因素，因为人们意识到，快餐的速度、低成本和效率，是以牺牲均衡的饮食、家中的新鲜食材和健康食物为代价的。

快餐中的典型污染物是蠕虫、宠物食品、不适合大多数人的肉类（如猫、狗、马、袋鼠的肉），以及体液（精液、脓液、血液、尿液）。这些故事讲述的都是一些知名公司，乃至一些特殊的地方专营店，而且倾向于最大的公司（即所谓的“巨人效应”），故事还会从一个公司转移到另一个身上。事实上，大多数快餐店可能比许多小型的个体零售餐馆有着更加协调、卫生的运营方式。

除污染之外，快餐故事可能还声称，一些公司为臭名昭著的阴谋家所有，或者公司巨额利润的一部分被用于邪恶的目的。

另参见 胜奇士鸡肉谣言；污染；巨人效应；“肯德基油炸鼠”；食物中的精子；麦当劳谣言；撒旦恐慌；“游乐场中的蛇”

F6. “致命的靴子”
“The Fatal Boot”

作为美国边境的遗产，这个荒诞故事仍在以现代传说的形式流传。一个人被响尾蛇咬穿了靴子，残留在鞋上的毒牙杀死了他。由于没人留意到残留的蛇牙，这个男人家中连续两代的人穿这同一双靴子，都被蛇牙上残留的蛇毒杀死了。后来，有人仔细检查了靴子，才找到原因。故事中的靴子可能属于一个牛仔、伐木人、徒步旅行者或者猎人等。在一个更新的版本中，响尾蛇的牙断在了牧场主的卡车轮胎里，毒死了换车胎的技工。

尽管爬虫学家们彻底否认了响尾蛇故事，但从18世纪后期以来，该故事仍在持续流传。20世纪60年代，佛罗里达州一个路边景区展览着一只鞋，称它是故事中的那只靴子，可能其他类似的地方也已利用了同样的故事。

在一份1910年的杂志上，一篇揭秘传说的文章报道，似乎从另一个美国故事中发现了“致命的靴子”的相近故事。塞缪尔·霍普金斯·亚当斯（Samuel Hopkins Adams）非常质疑这种奇谈，他写道：

> 在标题“致命的蛛噬”（Fatal Spider Bite）下，有一份丰富有趣的报纸参考目录，但细节不易分析……
>
> 来自东方国家的一名年轻女子的案例很重要。她把脚伸进一只旧拖鞋里，猛地感到脚趾一阵刺痛。当她匆忙脱了鞋后，她看见了，或者说她可能看见了，一只巨大凶猛的蜘蛛跑了出来。在她看来，这迹象是确凿的诅咒，她拿起刻刀，迅速地切断了自己完好的脚趾，绑好伤口，再让人去请医生。于是，隔天的报纸上涌现出称她为“用了不起的智慧拯救了自己生命的女英雄”的报道。那些体谅她（智商）的人们倒是在想，如果蜘蛛咬了脑袋是不是就得把它也砍了以绝后患呢？

欧内斯特·鲍曼的索引中有两个种类的边境故事。母题B765.19(a)，即**靴子里的毒牙要了几代人的命**（The fang in the boot kills wearers in succession），呈现的是一个东部和中西部地区的人们都信以为真的传说，然而分布在相似地区的母题X1321.4.10*——**蛇死后留下的毒牙仍能害人**（Detached snake fang kills person long after the snake is killed），却更多地被认为是搞笑的荒诞故事而不是可信的传说（鲍曼将这些母题各自的异文形式也编入了索引）。然而，“致命的靴子”有着超出了美国民俗的、更广泛的联系。汤普森的母题N335.4，即**飞来的骨片造成的意外死亡**（Accidental death from flying splinter of bone），彼时仅有来自非洲的记录，该母题似乎是以锋利的骨片替代了毒牙，与蛇牙故事相呼应。下面这个译自1928年版本的日本传说“猎犬的报复”（The Hunting Dog’s Revenge），进一步暗示了这两个故事间可能存在的联系：

住在附近的猎人有一只猎犬。岁月流逝，狗渐渐变得又老又跛，疲惫不堪，无法满足主人的要求。猎人对此非常生气。但是，这只狗的狂吠让他明白，如果他把它逼得太紧，那么他会被咬伤的。所以他决定杀了他的猎犬。猎人带着狗回到了山里，用狩猎的步枪射杀了它，并把它的尸体留在了那里。

大约三年后，猎人突然对自己那只猎犬的尸体感到好奇，于是他回到了射杀它的地方。令他惊奇的是，那只狗只剩一副骨架了，但它还坐在那里，仿佛正在看着自己的主人。

无比恼怒的猎人把骨架踢到一边，骨架垮成了一堆。但在他踢的时候，一根锋利的小骨头扎进了他的腿中，这使他非常痛苦并造成了严重的感染。最终，他因此丧命。

另参见 “错切响尾蛇”

参考文献 Baughman, 1966; Thompson, 1955–1958; *Curses!*, 76–78; *Too Good*, 347–348; Adams, “The Poison Bugaboo,” *Everybody’s Magazine* 23: 4 (October 1910), 518–525; James R. Masterson, “The Tale of the Living Fang,” *American Literature* 11: 1 (1939), 66–73; Michiko Iwasaka and Barre Toelken, *Ghosts and the Japanese: Cultural Experience in Japanese Death Legends* (Logan: Utah State University Press, 1994), “The Hunting Dog’s Revenge,” 91.

F7. “致命的清洁女工”
“The Fatal Cleaning Lady”

网上广泛流传着南非一家医院里可能发生过的一系列诡异离奇的死亡故事，下面这个故事就是其中之一：

杀死病人的清洁女工

“几个月以来，我们的护士十分困惑，因为每周五早上都有一个病人死在同一张病床上，”佩洛诺米医院（南非自由州）的发言人对记者说道，“每一起死亡都没有明显的原因，我们全面排查了空调系统，也研究了可能出现的细菌感染，但都没能找到任何线索。”

然而，进一步的调查如今已经揭示了这些病人的死因。每个星期五早上，一名清洁工似乎都会进入病房，拔掉病人生命维持系统的电源，把她的地板抛光机插到插座上，然后开始工作。完工后，她会把生命维持机的插头插回去再离开，丝毫没注意到病人已经死了。毕竟地板抛光机的响声太大，她不可能听见病人垂死挣扎时发出的呼喊。

“我们很抱歉，也已经向肇事者发出了强烈的谴责。同时，自由州健康福利署正在安排电工安装额外的插座，所以以后不会再有类似事件发生。调查到此为止。”

——《开普敦时报》(*Cape Times*)，1996年6月13日

F

约翰内斯堡记者、都市传说学者阿瑟·戈德斯塔克通过对比报纸上对相关事件的种种描述，并采访其作者，对这个故事进行了考察。他揭示了这个最初在一份南非荷兰语报纸上发表的高度可疑并缺乏文献材料的故事，如何被其他出版物夸张并定型，然后开始流传于网络，成为戈德斯塔克所说的“相对世界其他地方而言，20世纪90年代南非最著名的都市传说”的。

参考文献　Arthur Goldstuck, *The Aardvark and the Caravan: South Africa's Greatest Urban Legends* (New York: Penguin, 1999), 113–129; Bennett and Smith, *Urban Legends*, 257–258.

F8. “致命的高尔夫球钉” “The Fatal Golf Tee”

一个热衷于打高尔夫球的人，习惯在第一次击球后将球钉叼在自己的嘴上，直到比赛结束，而且经常玩这样的把戏。最终，他死于球钉上沾的高尔夫球场草地上的农药。

用化学物质重度处理过的球道和绿地，确实已经成为高尔夫球手生

病乃至意外死亡的原因，尤其是那些长时间打球的专业人士，但是没有任何可靠的报告表明，这种污染来自某人嘴上的球钉。

另参见 瑞典

参考文献 *Curses!*, 65-66; Nancy Lloyd, "Lethal Grass: The Perilous Pesticides on America's Lawns," *Washington Post* (September 16, 1991).

F9. "致命的入会仪式"
"The Fatal Initiation"

这是一个现代学院传说，以某人因极度恐惧而死的传统叙事母题（N384）为基础。作为兄弟会（fraternity）入会仪式的一部分，一个年轻人被蒙住眼，然后让他以为他已经被割伤并血流不止，或是被烙上了炽热的烙铁（实际上，虽然他看见了刀子或者烙铁，但被蒙住眼后，他触碰到的只是一块冰）。这个新入会者死于惊惧。在一个异文中，被蒙住眼的新入会者被领到悬崖边，然后被告知：他将会被推下悬崖。虽然只被推下去了两英尺，但他也因趔趄摔倒，惊惧而死。

20世纪40年代，这个恐怖传说在大学中的吸引力逐渐降低，因为后来的一些入会仪式的确会造成死亡，但通常是由于暴饮暴食。2003年，来自纽约阿尔弗雷德大学的伊丽莎白·塔克（Elizabeth Tucker）报道了一个故事，解释了为什么"希腊社团"（Greek organizations）在该校区被禁：

> 与其他学校的各种兄弟会一样，在某个夜晚，新入会者会在车里被蒙住眼睛，然后被丢到一个陌生的地方，手机、钱、信用卡或者其他的求助方式都没有，只能以别的方式回家。（14个人里面，只有13人返回，当其他人回去找这个失踪的伙伴时，他们仅发现了……一条用来蒙眼睛的红色手帕。）

另参见 "墓地之赌"；印度

参考文献 Ernest Baughman, "The Fatal Initiation," *Hoosier Folklore Bulletin* 4 (1945), 49-55; Dorson, *American Folklore*, 258-259; *Be Afraid*, 82-87; Tucker, *Campus Legends*, 39, 51, 85-87（文本和扩充的评论）; Bennett and

Smith, *Urban Legends*, "Death from Fear," 251–253.

F10. 联邦调查局的故事 FBI Stories

关于美国政府主要执法机构的传说，可能还有更多的类型，但是目前民俗学学者们只注意到了两个联邦调查局的传说。

传说"新身份"提到，联邦调查局会为黑社会告密者提供一个全新的身份：姓名、新的背景、整形手术、新职业等。而他刚搬去了新居，就收到来自他母校校友会的募捐信。收信人写的他原来的名字。

传说"注意边距"提到，长期担任联邦调查局局长的埃德加·胡佛（J. Edgar Hoover），对内部文件的长度及上下边距的宽度都有严格的规定。一次，某特工的报告将边距留得很窄，胡佛便在上面写道："注意边距！（Watch the borders!）"很快，另一批特工就被安排到了美国与加拿大、墨西哥接壤的地区。[1]

参考文献 *Baby Train*, 128–129.

F11. "联邦通信委员会的请愿书" "The FCC Petition"

参见 "麦达琳·默里·欧黑尔的请愿书"

F12. "恐惧炙烤" "Fear of Frying"

这些恐怖故事讲述了人们在遭遇车祸后，被安全带束缚在燃烧的汽

[1] 特工将"Watch the borders!"理解成了"守好边境！"。

车里无法逃生，痛苦而死的过程。人们把这类故事作为他们开车或骑车时不系安全带的借口。在汽车安全专家看来，这当然不可取。一位认同者评论道："在燃烧的车里会被安全带束缚住这一传说，还没有科学研究来证明其真实性……当人们遭遇了严重的车祸，系着安全带的人会比没系的更可能保持意识清醒，从而顺利逃生。"对仍旧恐惧会在汽车事故中被炙烤的人来说，有一种装置叫作"救生锤"，它是锤子和切割工具的组合，能够切断安全带并砸碎车窗。

参考文献 *Curses!*, 96–98.

F13. "菲菲打翻了油漆"
"Fifi Spills the Paint"

专业的油漆工都知道一种把戏：打翻油漆后，为逃避责任便让客户的宠物背黑锅，有人甚至还这样实践过。一个油漆工在一所豪宅里工作，不小心把一罐油漆打翻在了名贵的地毯上或者漂亮的镶花地板上，他抓住客户那吵闹的小贵宾犬，把它的脚按到油漆里，然后大喊道："菲菲！坏蛋！你看看你都干了什么！"诉讼律师们经常讲述这个故事，来举例说明（正如一位律师所说的）"一个间接证据到底能多么诱人但又经不起推敲"。

同样说明了类似观点的，是这个故事的异文：小男孩或小女孩把偷吃食物的错推到了家庭宠物的身上。

另参见 "猫咪背了黑锅"
参考文献 *Curses!*, 132–134; *Too Good*, 61–63.

F14. "50美元的保时捷"
"The 50-Dollar Porsche"

参见 "花心男人的保时捷"

F15. 电影和都市传说
Film and Urban Legends

都市传说因其简单而快速变化的情节、奇特的题材、广泛的吸引力，以及它们以匿名形式在公共领域的自由流传（这可能是最重要的一点），对电影制作人有着极大的吸引力。许多现代民间故事已经进入电影，要么作为故事片的主要剧情素材，要么作为其中一个片段或插曲。在商业电影中，很少有都市传说仅仅是以被讲述（而不是被编成剧情）形式出现的。比尔·默瑞（Bill Murray）在电影《肉丸》（*Meatballs*，1979）中，将“钩子”作为野营故事来讲述，是一个比较罕见的例子。

在好莱坞最早的一批作品中，两部由多丽丝·戴（Doris Day）主演的电影吸收了都市传说的情节。在《谍海玻璃船》（*The Glass Bottom Boat*，1966）中，“炉栅上的鞋跟”变成了一个喜剧性的插曲。在《一样春心两样情》（*With Six You Get Eggroll*，1968）中，“旅居车上的裸体”出现了。美国第一部完全以都市传说为蓝本的故事片可能是1979年的《来电惊魂》，其情节来自“保姆和楼上的男人”。次年，电影《大鳄鱼》（1980）借用了“下水道里的鳄鱼”的主要概念，并将之扩展为一个复杂的科幻故事情节（一个评论者称该电影为“一个可怜男人的《大白鲨》”）。

幽默的传说对电影制作人有持久的吸引力，有许多来自口头传统的滑稽逸闻在流行电影中作为情节插曲出现，诸如电影《假期历险记》（*National Lampoon's Vacation*，1983）中的“丢失的奶奶”和“被拴着的宠物”，《布利斯》（1985，澳大利亚电影）中的“坐在大众汽车上的大象”、《抚养亚利桑那》（1987）中的“车顶上的婴儿”、《锁不住的惊情》（*Her Alibi*，1989）中的“派对上中毒的猫咪”、《油炸绿番茄》（*Fried Green Tomatoes*，1991）中的“老者与年轻人”、《前妻俱乐部》（*First Wives' Club*，1996）中的“花心男人的保时捷”。

一些基于“曲奇的包装”的短片，体现出了对幽默都市传说更为严肃的处理。两个著名的例子是，1988年的荷兰电影《红酒烩肉》（*Boeuf bourgignon*)，与1990年独立创作且背景和风格与前者迥然不同的美国电影《共进午餐》(*Lunch Date*)。此外，至少还有三部电影以同样的"误享"(Sharing by Error)情节为基础。

恐怖传说的邪恶性可能影响了整个所谓杀人狂电影(slasher films)的类型，尤其是万圣节系列电影中对诸如万圣节虐待狂传说的暗示。以校园为背景的恐怖电影《校园怪谭》(*Dead Man on Campus*，1998)还涉及了一个学院传说"自杀的规则"。

1992年，电影《糖果人》(*Candyman*)率先将恐怖片与实际的都市传说研究结合起来。在这个比较成功的作品中，调查民俗的研究生面对着一个危险的人物——他可能是被一个让人联想到"我信仰玛丽·沃思"的仪式召唤出来的，而且他似乎是都市传说中的"钩子男"的人格化体现。

迄今为止，对都市传说及其研究最具有参考价值的电影，是1998年的《下一个就是你》(可惜这是一个有缺陷的尝试)。这一校园杀人狂电影的开场部分将"后座杀手"搬上荧幕，紧接着，电影演绎了"小米奇之死""室友之死""男友之死"，以及(差不多是)"盗肾"传说。该电影以新英格兰大学为背景，影片中的学生们选修了民俗学课程，并开展了讲述传说、探究传说真实性的课堂讨论。当一名学生怀疑一系列的校园死亡其实是受都市传说启发而成的谋杀案时，她便到图书馆查阅《都市传说百科全书》(不是此时在你手中的书，而是此前好莱坞的发明)。有关这部电影的更多说明，参见本书"序言"。

2000年，《下一个就是你》的续集《下一个就是你：最终剪辑》发行，影片中的一群学生都在角逐制片方面的"希区柯克(Hitchcock)奖"，一名学生为此制作了一部与都市传说相关的恐怖电影。在这部阴沉的好莱坞恐怖片中，只有开头几次凶残的袭击与真正的都市传说有关，最精巧的安排是末尾的字幕，它幽默地再现了希区柯克那部电视剧的精神。

1999年，独立制作的恐怖电影《女巫布莱尔》(*The Blair Witch Project*)在总体发行量上十分惊人。该影片主要通过网聊和口头进行炒作。影片声称展现了一群真正的学生研究者将自己为揭示当地超自然传说背后的真相所付出的努力拍摄下来的过程。这部黑白影片虽然在马里兰州一片疏阔的树林里拍摄，却包含了足够多令人震撼的惊喜，并制造了众多的悬念，足以满足大批观众的想象。实际上，《女巫布莱尔》是一个典型的传说之旅（即“明示”）的例子，不过以团队拍摄自己的工作任务这一情节元素稍微进行了设计。

终于，有一部兼具艺术性与吸引力的电影也是从都市传说中获得的灵感，即《爱勾你》（*Urbania*）。这部独立制作的低成本电影在2000年圣丹斯电影节上首映，得到了影评人的褒扬，并在同年晚些时候正式上映。《爱勾你》由乔恩·希尔（Jon Shear）自编自导，丹·富特曼（Dan Futterman）在其中饰演一名同性恋者，他想为被谋杀的爱人报仇。影片以一句——“最近听到好的故事了吗？”——为开场白，其中包含了几个都市传说，无论是被讲述的、被暗示的，还是被直接演绎的，都在一定程度上与整体的情节有关。传说的主题包括盗肾、扎针、“微波炉中的宠物”、车顶上的婴儿、意外的遗产、臭名昭著的牙刷照片，以及“艾滋病玛丽”。《爱勾你》的电影特质是出众的，不论考虑都市传说与否，它都应当是一部成功的艺术影片。

为了促进电影与都市传说的研究，民俗学家、电影学者米克尔·科文（Mikel J. Koven）定义了“电影制作人利用的四大主要叙事策略”，如下所示：

（1）**延展叙事**（extended narrative），如《来电惊魂》中，影片的开头部分是对一个著名都市传说的影视化改编，而其他部分则想象了故事七年后的发展。

（2）**因果叙事**（resultant narratives），如《收获》（*The Harvest*，1993）中一个引人入胜的情节是，一个沮丧的编剧无法完成剧本，因而试图通过造访犯罪现场获得灵感，突然发现自己竟“身处‘器官盗窃’的传说当中”。

（3）**组织大纲**（structuring outline），如《校园怪谈》（1998）中，

片中角色践行了某个都市传说（本例中是“自杀的规则”）以期获得比他人更多的优势。

（4）**融合叙事**（fusion narratives），如《大鳄鱼》中，一个都市传说（“下水道里的鳄鱼”）与另一个传说（关于为了做医学实验而“绑架”宠物的传说）在情节上被联系起来。

在少数情况下，电影本身也会启发都市传说。例如，关于色情虐杀电影的持续的谣言就来自于许多电影中对杀戮的逼真模拟，没有任何证据表明真的有人在镜头中被虐杀过。同样，《绿野仙踪》（*The Wizard of Oz*）中所描绘的绞刑的传言也是假的，隐藏在迪士尼电影录像带盒里的所谓的情色图片也纯粹是观看者的想象。

或许，在与都市传说相关的电影中，最著名的是1987年的幽灵录像带《三个奶爸一个娃》（*Three Men and a Baby*），虽然直到1990年该片以录像带形式发行后，幽灵才被注意到（幽灵其实只是一个真人大小的纸板，在背景中模糊不清）。

民俗学学者尚未完成有关都市传说的纪录片制作（至少还未能大范围发行），但一个值得注意的例外是由沙伦·舍曼（Sharon R. Sherman）制作的《超自然故事》（*Tales of the Supernatural*，1970），其中描绘了一群孩子讲述几个著名恐怖传说，还通过旁白提供了一些专业分析。

另参见 “令人伤脑筋的宝贝”；阴谋，“吃票”；“袋鼠盗贼”；偏见性指责；消失的女士

参考文献 Larry Danielson, “Film and Folklore,” *Western Folklore* 38 (1979), 209–219; Véronique Campion-Vincent, “Preaching Tolerance?” *Folklore* 106 (1995), 21–30; Sharon R. Sherman, “Film and Folklore,” in Brunvand, *American Folklore: An Encyclopedia* (1996), 263–265; Scott Aaron Stine, “The Snuff Film: The Making of an Urban Legend,” *Skeptical Inquirer* (May/June 1999), 29–33; See “Urban Legends on Film” (49 个传说) and “Index to Urban Legends on Film” (145部电影) in Bennett and Smith, *Urban Legends*, 303–309 and 339–340; Koven, *Film, Folklore, and Urban Legends*.

F16. “现场拍摄”
“Filmed in the Act”

1991年3月27日，我曾收到过布伦达·萨默的信，他当时在得克萨斯州奥斯汀市做调酒师，信中讲述了这个故事：

> 前几天在酒吧，我钻进后厨里喝了些冰啤酒，两个厨师正在笑着闲聊，一个说：“不可能，伙计。”另一个回答道：“我对上帝发誓，这是真的。”
>
> 我不由得想问问发生了什么。
>
> 好像是这个厨师女友的妹妹在新泽西的邻居曾去过拉斯维加斯的一个度假胜地。这对夫妇打开房里的电视，惊喜地发现了一段镜头单一、粗制滥造的无声视频，里面是一对情侣在做爱。
>
> 受到视频的刺激，他们也做了同样的事。这趟旅行非常美妙，所以他们把这个地方推荐给了第二对夫妇，于是六个月后第二对夫妇也来到了同样的地方度假。
>
> 他们也打开了房间的电视，观看了一部粗制滥造的色情片，仔细观察后却发现主角是第一对夫妇。这个地方似乎有人一直在拍摄客人。
>
> 我想大家应该要知道此事，而且要在安排旅行的时候注意到这个问题。

在这个广为人知的故事的大多数版本中，同一对夫妇游览蜜月地两次，第二次游览时发现自己成了性爱录像的主角，然后起诉了该处的管理层。在美国东部，最常提到的度假地是宾夕法尼亚州东北部的波科诺山。有时夫妇俩看到的视频是丈夫在调戏别的女人而不是自己的妻子。

一些相信“现场拍摄”的人声称，某些蜜月度假村价格便宜，因为他们能从销售自制色情片中获得巨额利润。据说，这些度假村禁止重复游览，但一对夫妇通过用不同的名字注册钻了空子。他们排除万难，在房间里找到了两人的性爱录像。

毫不奇怪，没有丝毫证据（例如，没有窥视孔、相机、诉讼，当然也没有影片或录像带）来证明这个传说的真实性，不论它在何地被讲述，各地的度假村老板和警察都会对此坚决否认。然而，“现场拍摄”仍在流传，最近，在互联网上流传的版本中甚至出现了受害者的名字（“莱恩和贝丝想去放纵一下，于是……”）。

另参见 “丈夫的监听器”；“令人震惊的录像带”；“录像带中的盗窃”

参考文献 *Choking Doberman*, 139–140; *Too Good*, 128–130.

F17. “找到帽子了”
“Find the Hat”

在人们还常戴帽子的时代里，一个旅行推销员或商人去芝加哥出差时，在一个刮风的日子里丢失了帽子。当他提交报销单并要求财务部报销帽子的损失时，他被拒绝了。在下一次出差时，他多花了几笔钱，以弥补帽子的损失，然后附上一个便条挑衅会计师——“找到帽子了！”。

在各个城市中，仍有类似的丢失雨衣和雨伞的故事被讲述，男性女性都有，所有的版本都表明了同一条商业准则：“如果你有不合理的支出，那就用合理的支出来弥补它。”

参考文献 *Curses!*, 259–260; *Too Good*, 261–262.

F18. “泡菜罐里的手指头”
“The Finger in the Pickle Jar”

简而言之，有人在泡菜罐里发现了一根手指头。大概是在包装过程中，有工人的手指被切断并留在里面了。不知何故，工厂检查员没有发现这个罐子，新闻媒体也没注意到这一事件，可以这么说，它似乎仅仅被保存在口头传统中。

在所有据称被不同成分污染过的食物中，手指和泡菜罐经常一起出现在都市谣言和传说当中。也许是因为一些泡菜或者泡菜结与手指的大小相似，而且在包装过程中手指是人体最可能被切掉的部分。另外，泡菜腌渍液的颜色和气味可能使得手指在罐中完全脱色，以致在罐子打开前没人发现。可能这样的事件真的发生过，虽然手指被切断比起它被腌渍、装瓶和运输似乎更有可能。

与碳酸饮料里的老鼠和面糊炸鼠的故事不同，“泡菜罐里的手指头”这一传说几乎没有形成叙事模式或叙事性内容。

参考文献 *Choking Doberman*, 119.

F

F19. 芬兰 Finland

芬兰的都市传说由赫尔辛基大学的丽亚·维尔塔恩（Leea Virtanen）教授搜集。在她出版于1987年的《被偷的奶奶》(*Varastettu isoäiti*）一书中，约有一百个有记录和评论的代表性文本。虽然语言障碍对非芬兰民俗学学者构成了巨大的挑战，但维尔塔恩教授在1989年的一次国际会议上用英语讨论了她的材料，并分发了德文版的故事摘要。基于这些资料的英文简报已经出版。

除了标题故事有明显的国际性外，维尔塔恩教授书中的插图和摘要还展示了很大一部分在整个芬兰流传的都市传说，包括“商店扒手和冷冻食品”“亲属的尸体”“消失的搭车客”“多毛的搭车客”“微波炉中的宠物”“男友之死”等。有时芬兰语标题也能展示一个国际性的传说，如Tarantella jukkapalmussa，在欧洲其他地方被称为“丝兰棕榈树里的狼蛛”（The Tarantula in the Yucca Palm）。芬兰语版的“艾滋病玛丽”甚至有一个关键句直接用了英文：“Welcome to AIDS-club!”（欢迎来到艾滋病俱乐部！）

维尔塔恩记录的参考文献及书中的参考书目，进一步揭示了（芬兰）故事目录与国际化的传说集之间的紧密联系。针对芬兰是否存在独特的都市传说这一问题，维尔塔恩认为，她搜集的故事中有一个是独一无二的：寒冷的天气里，一个男孩不听母亲的话，外出时没戴帽子，结果大脑冻僵了。虽然父母建议孩子要穿暖和的事情在各地都很常见，但冻僵大脑这样特别的后果在其他国家的传说中还没有出现过。

1996年，维尔塔恩发表了她的第二部芬兰都市传说集《救命啊！肝脏爬行：现代传说与谣言》（*Apua! Maksa ryömii: Nykyajan tarinoita ja huhuja*）。

另参见 “吃票”
参考文献 *Baby Train*, 240–241.

F20. “五英镑纸币”
“The Five-Pound Note”

参见 “错当匪人”

F21. “修理烟道”
“Fixing the Flue”

如果一个正在为新房建造壁炉烟道的砖瓦匠担心自己能否及时得到酬劳，那么他就会在一块玻璃上抹上砂浆，然后用它来堵住烟道。当客户打电话抱怨排烟不畅时，他便会向客户保证，一旦酬劳到手，他就会修好它。客人付款后，他只需要往烟道里扔一块砖，就能把玻璃打碎。

这个传说被砖瓦匠和承包商世代讲述，或许也被实践着。特雷西·基德尔（Tracy Kidder）在为其著作《房屋》（*House*，1988）做调查研究期间听闻了这个故事，他总结说，这一事件“肯定是基于建筑业中人们一厢情愿的想法，就像你在争论之后才想到的反驳的说法”。

另参见 “钻工的报复”

参考文献 *Curses!*, 260; *Too Good*, 277–278; Holt and Mooney, *The Exploding Toilet*, 98.

F22. “幻想飞行” “Flights of Fancy”

参见 “扮演超人的男孩”

F23. “飞牛” “The Flying Cow”

英国民俗学家保罗·史密斯在《令人厌恶的传说手册》(1983)一书中，讲述了一名受惊的苏格兰司机的故事：一头奶牛从天而降，落在了他的发动机罩上。原来是一名卡车司机把牛撞飞到了公路上。史密斯回忆起他在1965年前后听到的另一个版本的“飞牛”，并问道：“关于汽车、奶牛和苏格兰的具体信息是什么？”

20世纪90年代，俄罗斯出现了另一个飞牛的故事，由英文《莫斯科新闻》(*Moscow News*)的伦敦版报道。该故事中，一些士兵偷走了两头奶牛并用军用飞机进行运送，当这些牛在飞行中变得难以控制时，士兵们不得不把它们推下了飞机。其中一只掉到了日本的渔船上，导致了复杂而滑稽的后果。这个故事可能受到了一部俄罗斯流行电影的启发，并在出版物和互联网上广泛流传。1997年，路透社发布的一篇关于故事发展史的文章表明，“它具有都市传说的全部特征”。路透社报道说，他们在一份德国报纸上看到了这个故事，并从中得知这个故事是由德国驻莫斯科大使馆流传到位于波恩的德国外交部的。路透社援引了一位俄罗斯记者的话称，应将该故事归入baiki一类，即“虚构故事”(invented stories)。

“飞牛”在传统中持续流传。《阿拉斯加渔民杂志》(*Alaska Fishermen's Journal*)在1997年6月的一篇报道中以翔实的细节复述了该故事——“从天而降的牛把拖网渔船压沉了”，尽管他们也承认“我们无法证实以下内容的准确性”。该杂志的资料来源于“在互联网上发现此故事”的记者。

2011年1月16日，加利福尼亚大学伯克利分校土木与环境工程专业的一位教授，也是一位“风险研究的权威学者”，在其关于在安哥拉海岸钻探石油的文章中引用了《纽约时报(周日)》(*The* [Sunday] *New York Magazine*)杂志的报道：“2003年7月，一艘日本渔船在太平洋上被一头飞来的牛压沉了。”在分析了类似的传说后，教授总结道：“风险分析无法完成，因为没有人能预测一头牛是否会飞来。”三周后(2011年2月6日)，《纽约时报(周日)》杂志发布了其修正版本：“该故事是一个都市传说，其各个版本在苏格兰、德国、俄罗斯等地都有报道。”

参考文献 *Baby Train*, 273–275; *Too Good*, 346–347.

F24. “飞猫” “The Flying Kitten”

一对夫妇的小猫爬到自家院子里的一棵小桦树顶上，待在那儿不动了。主人们为了救它，往高的树枝上扔了一根绳子，把树的顶部拉了下来，但是绳子打滑或是断开了，小猫被抛到高空，飞出了栅栏，夫妇俩找不到小猫了。一个星期后，小猫的主人之一在超市里碰到了一个正在买猫粮的邻居，便说：“我都不知道你有猫。”邻居回答说：“我们本来没有，直到上周，一只最可爱的小猫从天而降，落入了我丈夫的怀中。”

1987年，《华盛顿邮报》(*Washington Post*)的一篇文章报道了这个故事，讲述者是一位女士，这是她从美发师那里听来的“真实故事”。来自出版物和口头资料的该故事的其他版本也已被搜集起来。snopes.

com网站的芭芭拉·米克尔森（Barbara Mikkelson）在1999年发给我的一封电子邮件中，讲述了该故事一个令人惊喜的异文：一位牧师在把大树当弹弓来射击的过程中，丢失了小猫，询问了邻居也没有找到。几天后，他在超市碰到了一位教民，并注意到她的购物车里有几罐猫粮，他说："我都不知道你有猫。"女人回答说……

> "您不会相信的，尊敬的神父。"然后她告诉他，她的女儿如何乞求她养一只猫，但她拒绝了。前两天，女孩又苦苦哀求，她只好说："好吧，如果上帝给你一只猫，我就让你养。"
>
> 她告诉牧师："我看着我的小女儿走到院子里，跪下来向上帝祈求一只猫，然后真的有一只猫突然从天而降，伸着爪子，正好落在她面前。我知道您不会相信，但这是我亲眼所见。"

当然，猫是许多都市传说的主角，而在这些故事中，猫科动物会遭受某种伤害，但它们都能以脚着地，从而幸免于难。

参考文献 *Curses!*, 162; *Too Good*, 359–360.

F25. 朋友的朋友 FOAF

缩略词FOAF是英国作家罗德尼·戴尔于1978年在《鲸鱼的肿瘤》一书中创造的，意思是"朋友的朋友"（friend of a friend），指都市传说中描述的事件的经常被提到的所谓原始来源。故事讲述者可能会这样说："这事真在我隔壁邻居的一个朋友身上发生过。"也就是说，发生在"朋友的朋友"身上。戴尔喜欢小写的foaf（和loaf押韵），但在实际运用中，民俗学学者通常用大写字母的。

戴尔在他的第二本都市传说集《这是真的……它发生在一个朋友身上》（1984）中解释道："我发明的foaf一词代表'朋友的朋友'，我接下来叙述的诸多可怕之事就发生在他们身上，我在这本书中没有使用这个词，以照顾新奇事物恐惧者（neologophobes）。”然而，国际都市传说学者已经热切地接受了“朋友的朋友”这一术语，作为所谓的故事来源的简捷的速记符号，甚至国际当代传说研究会将其时事通讯命名为“FOAF故事通讯”。该术语已经在民俗学学者之外开始流行，例如，印第安纳波利斯的一名高中英语老师使用了“一个朋友的朋友的故事”（即都市传说），在学习《贝奥武甫》（*Beowulf*）和其他英国史诗、叙事歌之前，向她的学生介绍口头传统和变异的概念。

2011年11月18日，联合刊登在其他报纸上的《纽约时报》纵横字谜第1014号，说明“朋友的朋友”这一短语被认为已取得了普遍认同：根据“两个朋友之间会有什么呢？”这一线索，得到的答案是三个字母——ofa[1]。

另参见 都市神话

参考文献 Mary B. Nicolini, “Is There a FOAF in Your Future? Urban Folk Legends in Room 112,” *The English Journal* 78: 8 (December 1989), 81–84.

F26.《FOAF故事通讯》
FOAFtale News

《FOAF故事通讯》是国际当代传说研究会的时事通讯，1985年至2008年期间不定期出版，并以复印件的形式被邮寄给学会各成员。此后，该刊转变为网络在线通讯，可供所有感兴趣的用户阅读或下载PDF文件。该通讯包含有关国际当代传说研究会及其年会的信息和公告，有关都市传说的简短文章，按语和征询，有关流传于出版物和互联网上的传说事件的报道，以及新近出版物的列表，还有一些书评，诸如此类。最重要的是，《FOAF故事通讯》上有年会论文的摘要。按顺序编号的《FOAF故事通讯》，可在爱沙尼亚文学博物馆的网站上查阅，其网址

1 问题中的“两个朋友”指的是friend of a friend，其中间即有三个字母“of a”。

为：http:www.folklore.ee/FOAFtale。该网站还包含该刊当前编辑的最新信息，以及如何提交个人文稿的信息。

《FOAF故事通讯》的往期刊物非常珍贵，它简要介绍了出现在口头传统、媒体中，以及互联网上的都市传说，如果有学者准备做一份完整的内容索引，这将会是非常好的资料库。

F27. 民俗词源学 Folk Etymologies

词源学（etymology）是考查单词的起源及其历时变化的学术研究。进入词典的词源词条以历史上的旧词为基础，其意义、用法都经过验证并注明了时期。民俗词源则是关于词汇与短语的假定起源的传统描述，仅以传闻或逸闻为证据而未经验证，并且仅有一种观点作支撑：这类词源看似合理，可备一说。通常情况下，当专业的词源学专家无法溯及一个词的起源时，民俗词源学便会以一种想象的理论填补空白。例如，在词典中标记为“起源未知”（origin unknown）的“posh”（优雅或时髦）一词，在民俗词源学中却有源头——在英国与南部国家间往返的船只上，标有表示首选舱位的字母——Port Out，Starboard Home（出港选左舷，回家选右舷），此四个单词的首字母组成了“POSH”。不论这一解释听起来多么合乎逻辑，它也是未经核实的。

有时即使某个词的词源已经被确定了，民俗词源也会创造出一个不同且更有趣的说法。例如“GOLF”（高尔夫）一词，可能源于芬兰方言中对早期游戏的称呼，民俗词源却宣称它来源于Gentlemen Only，Ladies Forbidden（仅限男士，谢绝女士）这一规则（四个单词的首字母），暗示最初仅允许男士参与游戏。民俗词源也为传统短语的意义阐释提供了资料，比如Mind your P's and Q's[1]（注意你的P类和Q类）中的“P's and Q's”常被解释为pints and quarts（品脱和夸脱），Puritans

[1] 意为“小心谨慎”。

and Quakers（清教徒和贵格会教徒），乃至其他与手写或打印的与字母P和Q相关的各类故事。民俗词源还模棱两可地解释了其他一些常见的短语，如“经验法则”（rule of thumb）、“十全十美”（the whole nine yards）、“晚安，好梦”（good night, sleep tight）。

尽管大多数民俗词源的叙事性内容很少，不一定是“都市的”，更不是“当代的”，但它们和都市谣言、传说相似，都以口头方式将可疑的事情表达得跟事实一样，而且它们倾向于在不同的时间和地点发展不同的版本。近年来，民俗词源和都市传说一样，已经开始在互联网上流传。不可避免的是，互联网网站如雨后春笋般涌现，揭露了民俗词源的错误，并在其认知范围内竭尽所能地推广单词短语的真正起源。一个比较出色的揭露网站是大卫·威尔顿的Wordorigins.org，其内容是从2004年威尔顿的《单词神话》（*Word Myths*）一书中抽出的。威尔顿为民俗词源创造了“语言学的都市传说”（Linguistic Urban Legends，作者书的副标题）这一术语，并揭露了一个具有普遍性的故事：居住在阿巴拉契亚偏远山区的一些人讲着伊丽莎白时代的英语。

另参见 “伊丽莎白一世时代的电子邮件骗局”；演员休息室的故事；导游故事；都市传说中的仇外心理

参考文献 Robert A. Georges, “Etymology, Folk (Popular),” in Brunvand, ed. *American Folklore: An Encyclopedia* 1996, 238; Wilton, *Word Myths*; Michael Montgomery, “Myth 9: In the Appalachians They Speak Like Shakespeare,” in Laurie Bauer and Peter Trudgill, eds *Language Myths* (New York: Penguin, 1998), 66–76.

F28. 民俗列表
Folklists

参见 政策传说

F29. 民俗
Folklore

都市传说是民俗的一部分。自19世纪末以来，民俗学已成为一个得到承认的学术领域（美国民俗学学会成立于1888年，迄今为止，仍在持续发行季刊）。1846年，“民俗”一词在英国出现，最初是指“农民”陈旧的语言、风俗传统，但在其意义逐渐扩展后，也包含“现代”传统和“物质文化”。虽然当代民俗学学者们对这个词的确切定义有所不同，但下面的段落总结了一些普遍同意的观点：

> 民俗可以定义为：一般而论，民俗是文化中以不同的样态——无论是以口头的形式，还是以习俗范例的形式——历来流传于任何群体中的事象；民俗亦指传统演述和交流的过程。
>
> （布鲁范德《美国民俗学》[*The Study of American Folklore*]，第4版，1998，第15页）

在一定程度上，都市传说是在民众中口头传播并衍生出不同版本的匿名故事，它们或许可以被明确认定为现代民俗的一部分。和通过影印、互联网大量传播的都市传说一样，在报纸和其他纸质媒体中发表的都市传说，以及融入电影、广播、电视、漫画和其他流行文化形式的都市传说，都极大地延伸了民俗定义的内涵。因此，搜集与研究都市传说的，不仅有民俗学家，而且还有社会学家、流行文化专家、记者、说书人和众多业余爱好者（后者多通过互联网交流材料）。

参考文献 Jan Harold Brunvand, “Folklore,” in Brunvand, *American Folklore: An Encyclopedia* (1996), 285–287; Brunvand, “The Field of Folklore,” in *The Study of American Folklore*, 4th ed. (1998), 3–21; Thomas A. Green, ed., *Folklore: An Encyclopedia of Beliefs, Customs, Tales, Music, and Art*, 2 vols. (Santa Barbara, CA: ABC-CLIO, 1997).

F30. 民间故事 Folktale

从学术层面看，民俗学学者使用的“民间故事”一词是指虚构的口头叙事，如童话故事、程式故事、荒诞故事和笑话。然而，这个词在通常的用法中，甚至是一些专业著述中，都被用来表述传统的口头叙事，包括神话、传说、逸闻及其他“真实故事”。

吉莲·贝内特将“民间故事”作为一种包容性术语，指“既不是神话也不是传说的叙事”（即出于娱乐目的的虚构故事），以说明所谓的都市传说有时是如何被严格地按照叙事诉求来讲述，而非被作为信仰故事来讲述的。因此，就表现形式而言，都市传说也是民间故事。她引用的“肯德基油炸鼠”的例子，既有对信服的陈述，也有讲述者与听众对故事真实性的争论；相反的是，“多毛的搭车客”的例子则没有任何关于信服或怀疑的表现，而只是被简洁地讲述出来，缺乏听众的插话或评论。贝内特在她的文章中又增加了六个都市传说的文本，进一步揭示其他演述形式中蕴含的“类民间故事”（folktale-like）特质。

另参见 都市传说分类；故事类型

参考文献 Stith Thompson, *The Folktale* (New York: Dryden Press,1956; rpt. Berkeley: University of California Press, 1977); Gillian Bennett, "The Color of Saying: Modern Legend and Folktale," *Southern Folklore* 50 (1993), 19–32.

F31. “外国酒店” “The Foreign Hotel”

参见 “消失的女士”

F32. 弗特的方法 Fortean Approach

古怪的英国绅士查尔斯·霍伊·弗特（Charles Hoy Fort，1874—1932），大半生都致力于记录那些“被科学排除了的资料”，他的现代追随者们便称呼自己为“弗特人”（Forteans）。弗特曾长期在英国、美国的各个图书馆搜寻古老而晦涩的出版物，将有关异常天气、动物、日常奥秘及其他各类无法解释的现象汇编成了四卷本的书籍（弗特的书，仍旧可以在1974年的多佛出版社［Dover Books］再版中找到）。值得一提的是，弗特本人特意在搜集资料时略过了民间叙事内容，并将其称为“传统故事”（conventional stories），认为它们具有“鬼故事中‘叮当响的锁链’”和关于“海蛇的故事中‘茶碟般大的眼睛’”之类的细节特征。但是，令弗特着迷的一些异常现象，似乎与某些民间故事的传统母题有着相似之处。

现代的“弗特人”仍然像弗特一样，在田野调查和图书馆中继续搜集类似的资料，也试图为奇怪的新事物寻求解释，并且他们已经组成了一个国际协会。《弗特时报：怪现象杂志》（*Fortean Times: The Journal of Strange Phenomena*）每月在伦敦出版，并且有一个网站：forteantimes.com。《弗特时报》的出版商在伦敦举办了为期两天的“非常规”（UnConvention）年度会议，都市传说也是众多讨论的话题之一。

“弗特人”调查的一些典型主题包括：超出自然范围的动物、怪物、闹鬼地点，以及飞碟。研究未知物种的神秘生物学（Cryptozoology）通常被视为“弗特主义”（Forteanism）的分支。弗特人的研究与都市传说研究的领域有所重合，尤其是像“下水道里的鳄鱼”、大型猫科动物出没、幽灵小丑，以及消失的搭车客等。

美国著名的弗特人洛伦·科尔曼（Loren Coleman）描述了他在这个领域的同僚们的观点：“对众多无法解释的情况保持开明的态度，是弗特人的法宝。”科尔曼本人声称：“我不相信任何事，但我相信任何事都有可能。”

参考文献 Loren Coleman, *Mysterious America* (Boston: Faber and Faber, 1983) and *Curious Encounters* (Boston: Faber and Faber, 1985); Ellis, *Aliens, Ghosts, and Cults*, 105–116.

F33. 法国 France

法国的民俗学研究在19世纪后期已经较为完善并持续兴盛至“一战”之前，阿诺尔德·范热内普（Arnold Van Gennep）在1910年出版的《传说的塑造》(*La formation des légendes*)一书中，呈现了早期传说研究的重点。20世纪后期，在法国衰落已久的民俗学得以复兴，然而，人们对都市传说材料的兴趣却主要集中在谣言上，当时的研究在很大程度上是由精神分析学家、社会学家和社会心理学家进行的。"民俗学"一词在学术上多少有些尴尬。

"二战"期间，玛丽·波拿巴(Marie Bonaparte)的《战争神话》(*Myths de guerre*，1946年法文版问世，1947年出版英文版)运用了弗洛伊德分析法，对"消失的搭车客"这一传说进行分析，成为一部具有里程碑意义的作品。而埃德加·莫林(Edgar Morin)等人编著的《奥尔良的谣言》(*La rumeur d'Orléans*，1969年法文版出版，1971年译为英文)一书更为经典，作者运用了法国社会学的方法来分析谣言。莫林和他的同事对流传于奥尔良各城市间众多的、没有事实依据的故事进行了广泛的田野调查和细致的分析研究，这些故事声称，一些少女已经在犹太人的服装店里被绑架，并且被迫成为"白奴"(即卖淫)。

在他们1990年的关于法国谣言的学术著作参考书目中，维若妮卡·坎皮农-文森和让-布鲁诺·勒纳尔列举了40多本书，有几本是论文集，但这些书基本都是法文的，而且很少被译为其他语言。所幸，同年(1990)稍晚些时候，让-诺埃尔·卡普费雷(Jean-Noël Kapferer)在1987年出版的《谣言：世上最古老的媒介》(*Rumeurs: Le plus vieux média du monde*)以《谣言：用途、阐释与形象》(*Rumors: Uses, Interpretations, and Images*)的译名翻译出版。卡普费雷作为传播学教授，对传说(传统叙事)和谣言(未经证实的报道)进行了论述，但是他一直倾向于将"钩子"和"被偷走的奶奶"一类的例子称为"迁移的谣言故事"(migratory rumor stories)、"惩戒故事"(exemplary stories)，或直接称为"谣言"。(许多民俗学学者则将"传说"这个标签贴到一切具有清晰叙事结构的此类作品上。)卡普费雷的著作对展示法国关于谣言的创造、改变、传播及控制的分析方法，有极大的帮助。另一个关于他的著作的不错的例子，是一篇研究法国版"米老鼠迷幻药"的文章，目前该论文已有英文版，并被收入《当代传说》(1993)第3卷中。

(1991年，让-布鲁诺·勒纳尔在《民俗论坛》[*Folklore Forum*]第24期上发表了一篇论文，描述了迷幻药文身谣言从北美到法国的迁移变化。)

坎皮农-文森和勒纳尔的著作《都市传说》(*Légendes urbaines*，1992)是第一部全面系统论述法国都市传说的著作，尽管其副标题("当今的谣言"[Rumeurs d'aujourd'hui])仍保留了"谣言"这一术语。除了许多著名的国际都市传说("下水道中的鳄鱼""被噎着的杜宾犬""嬉皮士保姆"等)，作者还讨论了其他更具有法国特色的故事，如建于1988年的卢浮宫的玻璃金字塔被认为具有撒旦崇拜的寓意。1990年，坎皮农-文森在两篇英文论文中讨论了1980年至1985年在法国流传的另一系列传说——放生毒蛇故事。其中一篇文章(可以命名为"毒蛇之巢"[A Nest of Vipers])刊登在"当代传说观点"系列中，另一篇则发表在《故事》(*Fabula*)第31期上。文森还有一篇关于器官盗窃传说的文章，刊登在《西部民俗学刊》(*Western Folklore*，1997)第56期上。

让-布鲁诺·勒纳尔的《谣言与都市传说》(*Rumeurs et légendes urbaines*)出版于1999年(2002年再版)，这一本小小的平装书对法国与国际都市传说的搜集研究进行了有益的总结，这部言简明而意广博的作品非常值得翻译成英文。勒纳尔的调查包括：现代传说研究的先驱学者、新研究领域的兴起、传说的亚类、内部分析与外部分析的方法，以及在相关传说中发现的主题与符号。他对"都市传说"有着精炼的定义：

> 存在于多个异文中，具有令人惊讶的或不寻常的内容，但在特定的社会环境中被当作真实的、新近的故事讲述，表达了该群体的恐惧或期待的简短匿名故事。

勒纳尔和坎皮农-文森合著了两本关于"当今的谣言与传说"的重要著作：《都市传说：当今的谣言》(巴黎，1992，2002年再版)、《可靠来源：当今的谣言》(*De source Sûre: Nouvelles rumeurs d'aujourd'hui*，巴黎：帕约出版社，2002)。作者对当今的谣言与传说类型的基本定义可以翻译为："具体起源不明确、内容或真或假的现代生活逸闻。"在他们的例子中，有故事称俄罗斯或阿尔巴尼亚的黑手党在法国贩卖带有辐射的钻石，还有后来变成国际知名传说的“心怀感恩的恐怖分子”的法国版本。论著颇丰的法国学者坎皮农·文森还有一本重要的小书对全世界的阴谋论进行了调查：《社会偏执狂：阴谋论、威胁和不确定性》（*La société parano: Théories du complot, menaces et incertitudes*，巴黎，2005，2007年再版了平装本）。

与法国都市传说相比，一个独特的叙事形式被称为fait divers，字面意思是“多种多样的事实”（diverse facts），但有时候翻译成英语却使用了新闻术语“人们感兴趣的故事”（human-interest stories）。坎皮农-文森解释道，fait divers是出版物上关于谋杀、灾难、离奇的事故及令人捧腹大笑的事故这一类事件（或假想事件）的简短内容。关于这个的一个很好的例子，是1968年一份法国报纸上刊登的标题上写着“阿维尼翁”（Avignon，法国南部的一个城市）的短文。

F

这个故事发生在韦松拉罗迈讷地区的一个法国家庭里，19岁的西班牙黑发女孩在工作时犯了错，这一故事包含了一个关于一个被误解的词语的明显母题（正如在传说“烘烤婴儿”和“微波炉中的宠物”中的一样）。在该案例中，法语的gâteau（**蛋糕**）一词被当成了西班牙语的gato（**猫**）。这样，即使是一个不懂法语的读者也能猜到，当女仆卡门被告知将蛋糕放进冰箱用于晚餐时，家里美丽的安哥拉猫“丰丰”的身上将会发生什么了。威廉·巴克利（William F. Buckley）在1968年3月26日的《国家评论》（*National Review*）中，转载了这个故事的法文原版（本着让一个fait divers流传下去的精神）。

阿维尼翁。“把蛋糕放进冰箱里”，主人对女仆卡门说。卡门是一位19岁的西班牙黑发女郎，在韦松拉罗迈讷生活。她来法国才两个月，而且只掌握了基本的法语知识，所以她听到了gâteau（蛋糕）这个词，就用她的母语把它翻译成了gato（猫）。听话的她从主人家里抓住了一只美丽的安哥拉猫“丰丰”，并将它关进了冰箱里。主人直到晚上才回家。女主人招待朋友们的晚餐快结束时，她才意识到悲剧的严重性。当她叫卡门上蛋糕后，她无比震惊和痛苦地看到端来的托盘上是“丰丰”的尸体——被完全冻住的尸体。

hoaxbuster.com网站除了标题是英文的以外，其他都是法文的。与snopes.com类似，“hoaxbuster”调查并记录了一些新近的谣言和传说，并根据其大致的可信度进行分类。具体的事件用绿色、橙色，或红色的圆点标记，评价它们的术语包括：**误传**（desinformation）、**骗局**（arnaque）、**恶作剧**（canulars），以及**都市传说**（legende urbaine）。

另参见 大型猫科动物出没；名人；“车里的尸体”；“吃票”；精灵效应；“盗肾”；中世纪的都市传说；“童言无忌”；谣言；放生毒蛇传说；卖良为娼传说

参考文献 *Baby Train*, 48–49, 250–251; Véronique Campion-Vincent and Jean-Bruno Renard, “French Scholarship; on Rumor: An Annotated Bibliography,” *FOAFtale News* 18 (June 1990), 1–5; Jean-Bruno Renard, “Contemporary Legends about Parisian Monuments: The Eiffel Tower’s Hydraulic Jacks and the Pyramid du Louvre’s Satanic Significance,” *FOAFtale News* 26 (June 1992), 1–3; Gerald Thomas, “Review Essay: The Contemporary Legend in France,” *Contemporary Legend* 4 (1994),158–164.

F34. 弗洛伊德的方法 Freudian Approach

西格蒙德·弗洛伊德及其追随者的思想被应用到都市传说中（实际上是任何一种民间文学艺术中），大致如下：在一定的文本和语境中，对故事的发明者、讲述者、倾听者的无意识需要与欲望的符号引用加以鉴别。正如同心理分析学家会对诸如梦境、神经质行为及童年记忆可能具有的象征意义（通常是性的意义）进行评估分析，一般认为，民俗学一定也展示出了相似的符号策略。

加州大学伯克利分校的阿兰·邓迪斯教授，长期以来一直提倡弗洛伊德式的民俗学解析，而且还发表了个人研究，包括多篇论文、《民俗解析》（*Analytic Essays in Folklore*，1975）、《阐释民俗学》（*Interpreting Folklore*，1980），以及《民俗问题》（*Folklore Matters*，1989）。尽管邓迪斯经常研究其他民俗形式，如神话、童话、谚语、笑话等，但他早期运用弗洛伊德分析法撰写的文章，都与都市传说有关。1969年，他在加州大学洛杉矶分校的专题研讨会上发表了《论传说的心理学》（On the Psychology of Legend）一文，随后收入韦兰·汉德编辑的《美国民间传说》（*American Folk Legend*，1971）一书。邓迪斯在这篇文章中批评了众多未深入钻研传说的阐释就对传说进行搜集、分类的民俗学学者，并对几个流行的现代传说做出了大胆而又独特的解读。

在邓迪斯的解读中，最著名的是"钩子"传说，他把这个故事描述成一则性寓言，是年轻女性对约会中可能存在的性意图的恐惧。邓迪斯提出，钩子本身象征着一个"有侵略性的勃起的阳具"，它在接触了女孩一侧的车"门"之后，会被突然发动的汽车给撕裂，因此这象征性地阉割了具有威胁性的男性。他总结道："故事中的女孩（也包括讲述和倾听故事的女孩）害怕的不是男人缺少的东西，而是他拥有的东西。"在这篇文章中，邓迪斯还以同样的方式对收费亭的恶作剧、"丢失的奶奶"，甚至是华盛顿与樱桃树的故事做出了心理学阐释。

尽管邓迪斯希望通过展示"对愿意采取心理分析方法的民俗学学者来说，传说具有丰富的内蕴"，以激发学术兴趣，但是很少有人跟随他采用这种分析方法，而且事实上还受到了严厉的批评。基思·坎宁安（Keith Cunningham）在《民俗论坛》第5期（1972）上发表了题为"思考与回归"（Reflections and Regurgitations）的讽刺文章，反映了一个美国民俗学学者的典型负面反馈。这是一个对弗洛伊德分析法的戏仿，文中他假设该方法被应用于"红丝绒蛋糕"传说。但是，加里·艾伦·法恩在《评估精神分析的民俗学：弗洛伊德式学者是否正确？》（Evaluating Psychoanalytic Folklore: Are Freudians Ever Right?）一文中指出，这种方法具有真正的价值，他捍卫了邓迪斯对"钩子"故事的解析的内在一致性与合理性。法恩在分析"乱交的啦啦队长"和"艾滋病玛丽"传说时使用了一部分精神分析法。以上三篇文章都收录在法恩出版的《制造故事》（*Manufacturing Tales*，1992）一书中。

1993年，青睐阿兰·邓迪斯的《社会精神分析学》（*Psychoanalytic Study of Society*）杂志，发表了一个关于这种民俗学阐释方法的全貌的调查报告。其中包括西安大略大学的迈克尔·卡罗尔（Michael P. Carroll）教授撰写的一篇介绍邓迪斯著述的长文，以及他自己关于“男友之死”的研究。他提出，尽管在现实生活中，女性比男性承受了更多来自青少年时期性生活的痛苦，但在最受年轻女性欢迎的“男友之死”中，情况却颠倒了过来，男孩受到了惩罚。由于男孩不会怀孕，所以他被杀死了——被吊死和/或被斩首（即他因搂着脖子接吻而让脖子受到惩罚）的显眼方式——然后被倒悬在汽车上方，作为故事最终的反转。

卡罗尔的其他出版物中还包括两篇发表在英国《民俗学》期刊上的文章：《被阉割的男孩》（1987，第98卷）和《室友之死》（1992，第103卷）。

F

另参见 阿根廷；“多毛的搭车客”；“我信仰玛丽·沃思”；“蛋卷冰淇淋的戏谑”；“红丝绒蛋糕”；“室友之死”；“头发里的蜘蛛”；“消失的搭车客”

参考文献 Margaret Bruchez, “Psychoanalytic Interpretations of Folklore,” in Thomas A. Green, ed., *Folklore: An Encyclopedia of Beliefs, Customs, Tales, Music, and Art*, vol. 2 (Santa Barbara, CA: ABC-CLIO,1997), 668–670; Hasan El-Shamy, “Freudian Psychology,” in Green, *Folklore: An Encyclopedia* (1997), 383–385; Jay Mechling, “Psychology and Folklore,” in Brunvand, *American Folklore: An Encyclopedia* (1996), 601–602.

F35. “冻僵的大脑”
“The Frozen Brain”

参见 芬兰

F36. “烧熔的眼角膜和隐形眼镜”
“The Fused Cornea and Contacts”

参见 “焊熔隐形眼镜”

G1. “偷油贼”
“The Gasoline Thief”

参见 “不幸的偷油贼”

G2. “迷晕遭抢”
“Gassed and Robbed”

有关人们被某种气体迷晕后被抢劫或遭受其他伤害的报道，通常是第一手资料，它们在欧洲、南非等地流传甚广并已经被逐渐搜集。在欧洲版本中，受害者往往是乘火车经过土耳其、东欧、西班牙或意大利的乘客。南非的受害者则通常是在自己的家里遭到袭击，歹徒使用的气体据说是醚化物、氧化亚氮、麻醉性气体，或是一些未知的“镇静剂”或“毒气”。专家证实，这些产品以及任何其他类型的危险气体或液体都不可能轻易地使受害者入睡。此外，这类产品只有训练有素的专家才能妥善管理使用，不太可能被普通的犯罪分子利用。20世纪30、40年代，美国发生过几次毒气恐慌，包括1944年发生在伊利诺伊州马顿地区的一次大恐慌。近年来，至少有三个都市传说以使用镇静剂实施犯罪的情节为基础，包括“迷奸”“同性恋室友”和香水袭击（参见这些标题中的词条）。

参考文献 Seonaid Anderson, “Gassed and Robbed: An Emerging Motif?” *Contemporary Legend* New Series 10 (2007), 52–73; Arthur Goldstuck, *The Aardvark and the Caravan* (London: Penguin, 1999), “Burglars Are a Gas,” 190–197.

G3. “同性恋－耶稣电影的请愿书”
“The Gay-Jesus Film Petition”

“需要立刻采取行动”（ACTION NEEDED NOW）是一则匿名请愿书的标题，从1984年开始流传，旨在敦促基督教徒签署一份请愿书并把它转发至“指定的地址”，以此抗议那些有关耶稣性生活的电影拍摄计划，因为那将把耶稣描绘成一个“乱搞的同性恋”。请愿书中包含了措辞激烈的反对意见，如“我们决不能让这个变态的世界把我们的主拖入泥潭”，还提供了各州检察长的地址（其中一些不准确），当时这些信息通常是被收录在《现代人新闻》（*Modern People News*）这一出版物中。1977年，芝加哥郊区的一个同名出版物发表了一则关于欧洲正在讨论这类电影的短讯，不知何故，谣言的火焰被点燃并逐渐蔓延开来。全世界成千上万的人在这些请愿书上签名并将其邮寄出去，导致伊利诺伊州的总检察长通过安·兰德斯1985年的专栏发出呼吁，让人们认识到没有这样的电影在制作中，并要求停止发送请愿书。安·兰德斯评论说，这个“古怪的连锁信没有丝毫真实性可言”。通过仔细分析这些流言，可以得出结论：“被严重误导的人”一般仅对道听途说和错误信息做出反应。某些版本的控诉信中，不仅提到了这部电影，而且还为称其为“耶稣的性生活”（The Sex Life of Jesus）。

参考文献 *Mexican Pet*, 175–177; Williams, *The Cost of Deception*, 28–31.

G4. “同性恋室友” “The Gay Roommate”

一位男大学生向校园医疗中心抱怨，他的头痛反复而持久，尤其是早晨刚醒的时候。在进行了全面的体检后，医生并没有发现导致他头痛的原因，但是发现他有直肠出血的情况，于是警告他不要进行频繁的同性恋活动。他惊呆了，因为他是异性恋。当他的室友出门后，他搜查了室友的房间，可疑的是，他在壁橱里发现了一瓶乙醚或氯仿以及一块海绵。一直以来，同性恋室友都在夜里将他迷晕后和他发生关系。该故事的另一些版本中，受害者对其室友实施了残暴的惩罚。

大约在1989年到1991年间，这一传说以各种形式席卷了美国大学校园，但该传说可以追溯到更久远的年代。在“二战”期间或者更早的时期，几个国家的军事单位中就流传着相似的事件；1882年的一份资料更提到，中东官员曾在与外国年轻海员饮酒之后凌辱了他们。

同性恋维权活动和同性恋恐惧症当然会促进这个现代校园传说的传播，但是学生们对该故事真实性的关注，可能也反映了在男性大学生之间被压抑的同性性吸引力。如许多其他都市传说一样，“同性恋室友”的各种版本通常有着非常具体的事发地点和细节描述，但所谓的真实案件没有一个得到过证实。

另参见 “迷奸”

参考文献 W. N. Scott, *The Long & the Short & the Tall: A Collection of Australian Yarns* (Sidney: Western Plains Publishers, 1985), 80; *Baby Train*, 308–311; *Too Good*, 431–432; *Be Afraid*, 227–229.

G5. 代沟传说
Generation Gap Legends

G

所谓的代沟一词于20世纪60年代被发明（或被发现？），指老人与年轻人互相无法理解对方的生活和价值观。例如，老人认为青年们的俚语、音乐和服装时尚在很大程度上难以理解，然而年轻人也无法理解和欣赏他们父辈的历史和成就。如“不要相信30多岁的人”“青春浪费在青年人身上”之类的口号，都强调了对差距的感知。

一系列的真实故事都描述了年轻人对历史事件的混淆或误解，包括一些（在成年人的观念中）十分新近的历史。小孩们可能会把宇航员尼尔·阿姆斯特朗（Neil Armstrong）与流行音乐家尼尔·扬（Neil Young）、杰克·阿姆斯特朗（Jack Armstrong）或者约翰·格伦（John Glenn）混为一谈。另一种混淆则发生在披头士乐队解散之后由成员组建的新乐队与最初的披头士之间，这类故事通常有一句双关语：“哇，看呐！保罗·麦卡特尼（Paul McCartney）在‘羽翼乐队’（Wings）之前还参加过一个乐队呢！”[1]

另参见 “老者与年轻人”；“曲奇的包装”；“最小的粉丝”
参考文献 *Baby Train*, 217–219

G6. 嘉宝的和解骗局
The Gerber's Settlement Hoax

1996年，一个广泛流传却毫无根据的故事声称，嘉宝婴儿食品公司已经在集体诉讼中败诉，并被要求为每个12岁以下的美国儿童购买一笔储蓄债券（价值从500美元到1500美元不等）。这些虚假公告（通过传单、传真和互联网传播）建议家长将孩子的姓名、出生记录副本或社保卡寄送到明尼阿波利斯的一个邮政信箱里。

嘉宝婴儿食品公司在那个城市没有邮政信箱，而且公司在其网站上披露说：这个故事仅是谣言和误传。1996年有一桩涉及婴幼儿配方奶粉定价的协议，并不涉及嘉宝公司，不过这可能迷惑了那些想要提出骗局索赔的顾客。

G

G7. “沙鼠（或蛇）造成的意外事故”
“The Gerbil- (or Snake-) Caused Accident”

这个因妄下结论而导致的闹剧般的传说有几个不同的版本，其发生的时间、地点各有差异，但都声称故事是真实的。真实发生过的类似事件可能是这些故事情节的根本起源，下面是一个典型的总结：

一位女士驱车前往儿子的学校，以便把笼中的沙鼠交给要上

[1] 保罗·麦卡特尼曾是披头士乐队的成员之一，披头士解散后单飞，1971年创立羽翼乐队，1981年解散，后再未加入其他乐队。

展示课的儿子。沙鼠从笼子里钻出来，慢慢爬进了女人的裤腿里，她无法摆脱，便把车停在公路边，跳下车后开始上下跳动，抖动着裤腿。

一位路过的司机以为她癫痫发作了，便停车跳了出来，跑到女人身边抱住了她，试图让她镇静下来。

第二个司机看到扭打在一起的男人和女人，也停车跑了过去。他竭尽全力地猛击“歹徒”，把他打倒在地。而后，女人解释了具体情况。

故事变化之处包括：运送的是蛇或蜥蜴，有时是运送到兽医那里而不是学校，这种生物可能会爬到女人的衬衫或裙子里，两个“救援者”可能会采取一些不同的行动方式。除了故事中的不一致之处外，能够进一步表明其传说地位的是该故事完整的三段式结构，以及没有解释接下来发生之事的开放性。

这种离奇故事有时是捏造出来的，有时是根据实际案例加以阐述得来的，供法学院考试使用，以要求学生识别其中涉及的各种法律问题。

参考文献 *Mexican Pet*, 60–62; *Too Good*, 368–369.

G8. 塞沙鼠 Gerbiling

1984年，只有粗略梗概的“结直肠老鼠”传闻迅速演变成了一个具有详尽细节的故事，讲述了一位男同性恋名人为了自慰而向自己的直肠中塞入了一只活沙鼠。据称，当他到医院的急诊室取出被卡住的啮齿类动物时，人们发现了他的这一行为。这一恐怖故事（有时是与艾滋病相关的故事）和费城一个电视台播音员、好莱坞一位重要电影明星，以及其他一些名人有关，但是在所有的版本中，“塞沙鼠”行为都被暗示成了男同性恋的惯常活动。

沙鼠故事中充满了错误信息，患者在医院的治疗信息通常是模糊不清的，而且还有些撰稿人暗示：从医院给出的医疗文件中可以看出，塞沙鼠行为确实存在。实际上，通过搜索医学数据库并没有发现这样的报告。还有人提出了其他的一些证据：南加州宠物店里不可能会有沙鼠，并不是因为同性恋者垄断了沙鼠市场，也不是为了保护动物免遭不当的滥用，而只是为了保护国家的生态和农业，毕竟沙鼠繁殖迅速，在该州饲养或出售都是非法的。最近，网络上流传的在盐湖城医院治疗塞沙鼠事故的报道，完全是虚构的，其中提到的地方医疗机构甚至根本不存在。

另参见 “结直肠老鼠”

参考文献 Norine Dresser, “The Case of the Missing Gerbil,” *Western Folklore* 58 (1994), 229–242; Becky Vorpagel, “A Rodent by Any Other Name: Implications of a Contemporary Legend,” *International Folklore Review* 6 (1988): 53–57; *Too Good*, 209–211; Whatley and Henken, *Did You Hear...?*, 91–113.

G9. 德国 Germany

德国几代学者对本国民间叙事进行了孜孜不倦的搜集和研究，德国最早的那批民俗学学者一直都高度关注传说的定义、风格、内容和意义。因此，都市传说也引起了现代德国民俗学学者的注意，当然，这不足为奇。德国人对传统传说的兴趣可以追溯到著名的童话收藏家和编辑雅各布·格林（Jacob Grimm）的《德意志神话》(*Deutsche mythologie*, 1844）的第二版，他在文中比较了两种体裁。他写道：“童话与传说有关，传说与历史有关。”强调了传说与现实生活中的地点、人物和事件之间的隐含联系。

德国学者关于传统传说研究的悠久历史在本文中无法全部提及，但是读者可以通过美国学者唐纳德·沃德（Donald Ward）编写的《格林兄弟的德国传说》(*The German Legends of the Brothers Grimm*）中的相关译文与参考资料获得该主题的相关信息。格林兄弟于1816年到1818年间出版了他们的搜集成果，沃德翻译的两卷本则于1981年在费城由人类问题研究所（Institute for the Study of Human Issues）出版。另一个重要的英文调查文章是尼古拉森的《德语的**传说**与英语的传说：术语和概念问题》（German *Sage* and English Legend: Terminology and Conceptual Problems，贝内特、史密斯，1988，第79—87页），1992年他还发表了一个简短的“说明”（《当代传说》，第2卷，第165—166页）。尼古拉森指出，sage这个词通常被直译为“**传说**”，但对讲德语的人来说，它总是与动词sagen（**说**）紧密相关，因此“意味着无定型或多种形式”，而英文单词legend则“与文本化的故事相联系”，也就是说，它主要与叙事有关而不是通常的口语传统。虽然德国的都市传说搜集者有时把它们称为**现代世界的传说**（sagen aus der modernen welt），但有一位作家提出，一个更好的术语可能是**当前（民间）叙事**（aktuelle [volks-] erzählung）。

早在1974年，赫尔穆特·菲舍尔（Helmut Fischer）就在齐格河地区的口头传统中逐字逐句地搜集、记录当代传说的文本。他的《当代故事大全》（*Erzählgut der gegenwart*）于1978年在科隆出版，其中包含了大量的文本，尽管这些文本可以被更准确地称为“地区故事”（regional stories），而不是现代传统中广泛分布的都市传说。在其随后的著述中，尤其是他1991年出版的《老鼠狗》（*Der rattenhund*，即“墨西哥宠物”）一书中，菲舍尔转而谈到我们可以称之为“都市传说本身”的东西，以高度赞扬的态度来对待它们，即提供多样的异文和详尽的注释。

德国出版的第一本真正的现代都市传说集，翻译自本特·阿夫·克林特伯格瑞典语的《比萨中的老鼠》（*Råttan i pizzan*），该书于1986年在斯德哥尔摩首次出版。这本书的德文版《比萨中的老鼠与其他现代传说和都市传说》（*Die ratte in der pizza und andere modern sagen und großstadtmythen*）于1990年出版。正如赖纳·韦斯（Rainer Wehse）在1991年的简短书评中指出的那样：“这部原文为瑞典语的译著没有弱化它与德国人的关系，因为这种传说百分之百都是国际传说。”1990年，韦斯发表在《人类学杂志》（*Zeitschrift für volkskunde*）上的一篇文章指出，在历史悠久的德国民间叙事研究中，德国现代传说研究是一个被忽视的领域，我们的研究点主要集中在童话、历史传说、寓言、笑话或其他传统形式上。但是，现代的德国民俗学学者带着“**我们也有**”（Bei uns auch）的态度开始认识到当代传说的研究价值。通过一些简单的例子（“丝兰棕榈树里的蜘蛛”警告人们小心那些伪装起来的歹徒，“艾滋病哈利”[“欢迎来到艾滋病的世界”]，等等），韦斯展示了这些所谓的现代传说与传统传说相比并没有多大的不同，它们也反映了讲述者的时代精神，揭示了当代的故事讲述者正在从超自然的主题转向“更幽默和更广阔的世界观”（引用自杂志中的英文摘要）。

赖纳·韦斯高度赞扬了克林特伯格的著作，这部书收录的是口头文本，并附有很好的比较性说明。然而，在同一篇评论中，韦斯严厉地批评了他的同胞罗尔夫·威廉·布莱德尼契（Rolf Wilhelm Brednich）的同样出版于1990年的书，他指责布莱德尼契仅仅是印刷了他学生搜集的故事的转述版本，而且只附有极少的说明或评论。尽管如此，布莱德尼契于1990年出版的《丝兰棕榈树里的蜘蛛》（*Die spinne in der yucca-palme*，慕尼黑：贝克出版社）却在德国大受欢迎。他又接连出版了几本集子，这些书全部由这家出版社发行：《大型喷气式客机中的老鼠》（*Die maus im jumbo-jet*，1991）、《假腿鸡》（*Das huhn mit dem gipsbein*，1993）和《秸秆鼠》（*Die ratte am strohhalm*，1996）。布莱德尼契1996年的集子中包含了这四本书的索引，它们都用像“**今日传说故事**”（Sagenhafte geschichten von heute）这样的副标题描述了书中的内容。布莱德尼契再次使用这种类似的副标题是在2004年出版的《倒下的企鹅》（*Pinguine in rückenlage*）中，书中包含133个都市传说与文字性说明。布莱德尼契在2006年发表的一篇文章中探讨了“现代传说的黑暗面”，也即他搜集到的不能被刊印的故事，以及被他受欢迎的选本略过的故事，这是极其不寻常的一步。他的论述和案例所揭示的这些“黑暗”的故事，都是关于最极端和最不正常的形式的性、粪便学、怪诞可怕的事物、一些闹剧般的喜剧，以及粗俗的种族刻板印象。很可能所有都市传说搜集者手头都有类似的无法刊印的文本，这也表明，只有通过在学术期刊上发表，我们才能揭示出完整的都市传说谱系。

德国的都市传说与其他许多国家流传的传说有着很高的相似性，即使只会一种语言的读者，也能通过阅读布莱德尼契作品中的某些故事标题体会到这一点。德语和英语中的同源词清楚地说明了在诸如**“野生动物园的大象”**（Der elefant im safari-park）、**“被偷走的奶奶”**（Die gestohlene großmutter），**“微波炉中的贵宾犬”**（Der pudel in der mikrowelle）、以及**“LSD图画”**（LSD-Bilder）这样的传说标题的相似之处。LSD-Bilder在英文中通常被称为“米老鼠迷幻药”，西格丽德·施密特（Sigrid Schmidt）在一份德国报刊上发表了一篇有用的讨论，并在《FOAF故事通讯》（第16期，1989，第1—4页）中提供了英文翻译。施密特关于柏林勃兰登堡门上面雕塑的传统朝向问题的文章（《FOAF故事通讯》，第18期，1990年），以及关于导游故事中希尔德斯海姆地区13世纪教堂的彩绘天花板的文章（贝内特、史密斯，1989，第179—190页），都讨论了独特的德国现代传说。尽管施密特在后一篇文章的总结中提出了“我们在何种程度上可以将这样的故事称为‘传说’？”的问题，但可以确定的是，现在讲述的这个故事的不同版本——即使只有导游在讲述——是真正的传说。

就在两德统一之后，莱比锡的一个学术研讨会于1990年通过广播和新闻媒体发出了征集故事的倡议，这一倡议搜集到了87个文本，其中34个是**“现代传说”**（moderne sagen）。乌拉·菲克斯（Ulla Fix）在1994年的一篇文章中提供了东德都市传说的样本，同时文章还引用或概括了上述全部故事，以及故事讲述者或发送者、故事来源和接收日期等相关信息。在这些都市传说中，有17个传说与其他国家的传说故事在情节、故事概要上非常相似，如“曲奇的包装”和“滑雪意外事故”都是相当标准的版本。有6个东德传说有国际性故事情节，不过也含有一些东德的生活细节或内部场景，例如，“丢失的奶奶”和“袋鼠盗贼”中描述的汽车旅行都是驾驶“特拉比”（Trabi，特拉比车由东德制造）汽车，故事中的主人公一般都是驾车前往苏联或匈牙利（袋鼠是从动物园里逃出来的）。在这些搜集的故事中，最后11个故事在情

G

节和细节上都清楚地反映了东德的生活，例如公寓住房紧缺、公共住房或制造业质量控制不佳、官僚主义问题等。其中的一个故事描述了一个村庄将水样送到政府卫生机构进行检测。报告指出，他们的泉水或井水是完全可饮用的，但村民实际上送来的是一瓶运河里的水，目的是验证他们的检测是否可靠（关于水或空气检测的另一个东欧传说，参见词条罗马尼亚）。

正如美国和其他国家一样，德国大众媒体经常把都市传说作为准新闻故事加以报道。这里有一篇与这一现象相关的简短德语文本，只需要一些有效提示就很容易翻译出来。1981年9月20日的《图片报》（*Bild*）上出现了下面这个故事，并附有一张标题为“**猫怀孕了——家人去医院了**”的家猫照片。虽然这个故事发端于弗莱堡，其中也给出了具体的人名和年龄，但这篇文章显然只是对“中毒的猫咪”的复述。在该故事中，这家人采了**蘑菇**（pilzen），并在自己吃之前让猫尝了一些。当他们刚吃完**蘑菇**时，看见猫突然不断扭动并尖叫。于是，他们马上冲到医院去洗胃，回到家里却发现“中毒”的猫咪和它**刚出生的两只小猫**（zwei junge）！德语原文如下：

商人维尔纳（46岁）与他的妻子和两个孩子（12岁和15岁）一起采来了蘑菇，还用蘑菇做了一顿饭，但他们不确定蘑菇是否有毒。

所以，他们先给家里的猫尝尝。妻子知道，猫永远不会碰任何有毒的东西。

这只猫吃了没事，这一家人也就开吃了。当猫咪突然痉挛，并且凄惨地喵喵叫时，盘子里还有剩余的蘑菇。

这家人吓坏了。维尔纳立马打电话叫救护车，并把自己的情况告诉了医生。当全家人到达医院时，大夫们已经一切准备就绪。一家人都洗了胃。

“这真是一件令人讨厌的事情。”商人说。

当商人、妻子和孩子们回家时，他们看到了猫咪“蘑菇中毒”的结果：它生下了两只小猫。

虽然对一个掌握了大学德语水平的民俗学学者来说，阅读上面这篇文章应该不是什么难事，但是我还是希望能有更多的德语的都市传说集和相关研究成果被更广泛地译介。正如克里斯汀·舒吉·卡万（Christine Shojaei Kawan）1995年在她非常出色的调查中写到的那样，“让我们期待能够很快地在英国和北美的期刊上见到译文”。

另参见 犯罪；“旅居车上的裸体”；都市传说的戏仿；“技术竞赛”

参考文献 Rainer Wehse, “Die ‘moderne’ sage in Deutschland,” *Zeitschrift für volkskunde* 86 (1990), 67–79; Rainer Wehse, “Topical Narrative Research in German: Bengt af Klintberg and Rolf Wilhelm Brednich,” *FOAFtale News* 22 (1991), 4–5; Rainer Wehse, “Concepts and Change of Concepts in Contemporary German Legends, Including a Proposition for a New Genre Terminology,” *Contemporary Legend* 5 (1995), 132–153 (收录了他1990年引用的德语文章的大部分内容); Ulla Fix, “Moderne sagen in der DDR: Ein projektbericht,” *Fabula* 35 (1994), 94–109; Christine Shojaei Kawan, “Contemporary Legend Research in German-Speaking Countries,” *Folklore* 106 (1995), 103–110; Rolf Wilhelm Brednich, “Die düstere seite der modernen sagen,” *Fabula* 47 (2006), 103–115.

G10. “滚开！”
“Get Out of Here!”

据报道，在20世纪70年代中期的纽约长岛曾有这样一个故事：

一名男子决定挖一棵南州公路上最近种植的小松树，那样的话，就可以得到一棵免费的圣诞树。他正用麻布包裹小松树的根，一个警察把他拉起来问他在做什么。

那人说：“我的妻子是犹太人，她是不会让我在屋里放一棵圣诞树的。所以，每年为了庆祝圣诞节，我都种下一棵松树，让大家可以欣赏它。”

警察回答说：“你不能这样做！带上你那该死的树，滚开！”

纽约市也报道过一个20世纪60年代流传的故事，描述了一名男子用同样的策略从建筑工地附近偷走了一些砖。他告诉警察，他正把自己家里修房子时留下的一些砖搬到这里存放，警察叫他带着所有的砖“滚开！”。

欧洲也有这类故事，或许正是这个故事的起源地。以下是在荷兰被讲述的版本：

某个周六，一名男子骑自行车在社区里逛悠，忽然注意到了一幢正在修建的新房子旁边堆着整齐的瓷砖。他想，这些瓷砖肯定能派上用场，因为他自己正在忙着给厨房贴瓷砖。于是他返回家，开着他的汽车，载着一辆小拖车又回来了。然而，当他正在装瓷砖时，一名警察走过来了。

"嘿，你干什么呢？"

"我最近一直在给厨房铺瓷砖，不过剩下了一些。所以当我看到这里有一堆瓷砖后，我想我也可以把我的倒在这里……"

"不行，"警察说，"所有的东西全都给我装到车里，我会守在这儿，直到你搬走最后一块瓷砖。"

在比利时（参见该词条），相同的故事讲的是从建筑工地偷走了一些铺路石。

参考文献 *Too Good*, 319–320; Meder, *Flying Dutchman*, 144.

G11. "鬼魂求助"
"The Ghost in Search of Help"

在一个暴雪肆虐的深夜，一位医生结束了一天的工作，然后听见了一阵持续不断的敲门声，他打开门，看见了一位衣衫褴褛的年轻女孩，她乞求医生前去救治她重病卧床的母亲。虽然医生已经很累了，但他还是穿上大衣，拿起医用包，跟着女孩走进了暴风雪中，最后他走进了一个破旧的公寓。医生在那里找到了她病重的母亲，而且还有得治。当他提到带他来的那个女孩时——女孩在大楼的入口处消失了——女人惊呆了："我女儿一个月前就死了。"她说着，指了指挂在衣柜里的女孩的衣服。其中有她一直穿着的那件红色斗篷，尚带着风雪中沾上的水。

这个版本的鬼故事通常附会在美国费城著名的医生西拉斯·韦尔·米切尔（Silas Weir Mitchell，1829—1914）身上。有证据表明，米切尔医生本人有时也会传播这个故事，可见这一故事可能是一个有意制造的骗局。我个人对米切尔版本的深入研究列举在本文末，超自然科学家乔·尼克尔（Joe Nickell）也提供了一个很好的案例总结，其中包括与米切尔版相关的文档的全文，也都列在了本词条的参考文献里。

这个故事的其他“民间”版本中出现了匿名的医生和不确定的时间，而且这一故事在各种流行的来源中被反复地修改和转载，包括传教士葛培理（Billy Graham）的一本关于天使的书，以及一些年轻读者喜欢的神秘故事书。在英格兰和俄罗斯出现了该传说的亚类，描述了一位神父被鬼魂召唤到了垂死者的家中。

这个古老的故事与更现代的都市传说的联系，偶尔出现在类似的“肖像识别”（portrait identification）母题中，正如在“消失的搭车客”的众多版本中所发现的那样。在这些传说中，医生或牧师一般都不知道幽灵传信人是鬼，他们在第二天又去了病人家里，当他们看见那个传信人的肖像时，被告知这是病人的孩子或母亲，在几年前去世了。在“鬼魂求助”的另一些版本中，医生或牧师本人在照顾病人时还留下了一些东西，后来这些东西是在一个荒凉的建筑里被找到的。

另参见 “护卫天使”；墨西哥

参考文献 Brunvand, “The Folklorists’ Search for the Ghost in Search of Help for a Dying Person,” in *The Truth*, 123–136; Joe Nickell, “The Doctor’s Ghostly Visitor: Tracking ‘The Girl in the Snow,’ ” *Skeptical Briefs* 21: 2 (Summer 2011), 5–7 (Newsletter of the Committee for Skeptical Inquiry, PO Box 703, Amherst, NY 14226–0703); *Be Afraid*, 32–35; *Too Good*, 239–242; *Vanishing Hitchhiker*, 33–35; Bennett and Smith, *Urban Legends*, 283–285.

G12. “幽灵录像带”
“The Ghostly Videotape”

当1987年的电影《三个奶爸一个娃》在1990年以录像带形式发行时，人们才第一次注意到在一个场景的背景中出现的幽灵形象，那显然是一个小男孩。故事逐渐被解释为：该电影拍摄于一所纽约公寓，房主的儿子在那里自杀后变成了幽灵，人们只能在电影中看到他。一些观众认为他们也可以在幽灵旁边看到死者用来自杀的步枪；另一些人则声称所谓的鬼魂是电影导演伦纳德·尼莫伊（Leonard Nimoy）的一个年轻的亲戚，因为导演曾允诺让他在电影中饰演一个角色。

这部电影的制作人揭开了这些故事的谜底：纽约的"公寓"实际上是多伦多的一个音乐舞台，而幽灵形象则是一个失焦镜头中男演员泰德·丹森（Ted Danson）的纸板剪影，它只不过是房屋内的一个装饰物而已。谣言随后不断流传，电影的发行人自己也在散播该故事以推动录像带的租赁，并提醒人们注意其续集《三个奶爸一个娃2》（*Three Men and a Little Lady*，1990）。关于这个短命传说的大部分讨论中都没有提到的是，照片中的死人幽灵图像长期以来都是民间传统的一部分。最常见的是，在一群矿工或其他工人的合照中，他们已故的一位工友也出现在了合照中。

另参见 瑞典

参考文献 *Baby Train*, 89–91; Charles Greg Kelley, "Three Men, a Baby, and a Boy behind the Curtain: A Tradition in the Making," *Midwestern Folklore* 17 (1991), 5–13; *Too Good*, 243–246; *Be Afraid*, 232–233.

G13. "巨型鲇鱼"
"The Giant Catfish"

在水坝基地进行维修工作的潜水员可能会报告说发现了巨型鲇鱼，它们像狗、牛犊，甚至是大众汽车那样大。大鱼可能会威胁到潜水员（咬他们的胳膊或腿），它们也可能正围着一辆沉没在水底的交通工具游来游去，对里面遇难者的尸首垂涎三尺。在浑浊的深水中，鲇鱼如同幽灵般在阴影中时隐时现。有时，这类故事是关于大鲤鱼的。由于这些怪物及其活动太可怕了，一些潜水员在目睹后，头发因震惊而变白，许多人发誓再也不会从事这一行了。

仅就垂钓而言，也能看出某些品种的鲇鱼能长得非常大，但是传说显然夸大了它们的体形及其恶劣程度。在该故事的一些版本中还增加了头发变白的母题，这是表明它是虚构的可靠标志。巨型鲇鱼的故事在南部、中西部，以及西南部的大型水坝附近最为常见。当我在报纸专栏、文章和几本书中写了巨型鲇鱼的故事后，收到了数十封来信，其中包含了该故事的多种版本。它带来的反响比我以往关注的其他个体传说大得多。其中一个原因可能是“巨型鲇鱼”是美国民间传统中一个古老的乡村传说。然而，有一个特殊的版本则主要关注的是城市环境，比如1990年我收到的一封信：

> 我在得克萨斯州的达拉斯长大。那里有一个叫白石湖的小城际湖。关于这个湖的故事有很多，包括常有的鬼故事、消失的搭车客，以及巨型鲇鱼故事等。在水库大坝的尽头，应该有一些非常大的鲇鱼。据一位朋友的朋友介绍，这些鱼很大，以至于潜水员都不敢在大坝里潜水。故事中的鲇鱼至少有六英尺长，而且通常会吃掉湖里的尸体。

关于潜水员对巨鲇的恐惧，几位知识渊博的读者使我茅塞顿开。有人写道：“这些故事一定是那些没有与潜水员打过交道的人编造的。据我所知，所有潜水员回来都会计算每磅鱼的价值，鲇鱼能排在第二位，它们都会进入鱼市的冰柜里。我从来没有从任何潜水员那里听到过‘巨型鲇鱼’的故事。”

参考文献 Jens Lund, “Catfish” in Brunvand, *American Folklore: An Encyclopedia* (1996), 130–132; *Mexican Pet*, 26–27; *Too Good*, 344–345.

G14. “变速杆上的女孩”
“The Girl on the Gearshift Lever”

一个男孩在汽车影院里，把一些“斑蝥混合剂”（据称是一种春药）

放入了约会的饮料中，但他稀里糊涂地放入了两倍的药量。当他买完爆米花回到汽车上时，发现女友因性狂热而坐在了变速杆上，有时这会引发致命的后果。

这个故事也被称为“变速杆的迷乱”（Stick-Shift Frenzy）。20世纪50年代，当变速杆和汽车影院越来越普遍时，该故事也变得更广为人知了。近年来，其他类引诱故事已经取代了它。

另参见 “迷奸”；“同性恋室友”

参考文献 *Choking Doberman*, 133–134; *Too Good*, 123–124; Whatley and Henken, *Did You Hear ...?* (2000), 39.

G15. “剩下三根手指击掌庆贺！”
“Give Me a High Three!”

参见 “被锯掉的手指”

G16. “高尔夫球袋”
“The Golf Bag”

一个高尔夫球手在打第18洞时连续数次击球，结果球都滚到了池塘里，他对自己的发挥不佳感到非常懊恼，然后，他在众目睽睽之下，将自己的高尔夫球袋扔进池塘，离开了球场。几分钟后，看球的观众注意到他走回了池塘边，拿地上的耙子捞出了袋子，打开拉链，拿出车钥匙，又把袋子扔回了水中，然后走向了停车场。

这个故事作为一个真实的事件持续流传，故事的主人公可能是当地的高尔夫爱好者或某些脾气暴躁的名人，但从来没有以高尔夫专业人士作为主人公的。

参考文献 *Baby Train*, 203–204.

G17. 巨人效应
The Goliath Effect

正如加里·艾伦·法恩认定和命名的那样，巨人效应表明，“相对于偶然猜测来说，更多的美国传说与某一特定市场中最居支配地位的公司或产品相关”。法恩在研究都市传说分类时，包括了那些“经常以商业和公司为中心主题和角色”的传说，他将之表述为“商业传说”（mercantile legends），而这样的传说几乎全部是消极的。

法恩认为，展现巨人效应的传说反映了“美国人对‘大’（bigness）的恐惧”，他指出，即使是从那些小公司开始的传说，在不断重复的过程中，往往也会转向大公司。另一个吸引这种传统的因素是声望，故事经常会提到那些声名远播的公司。受到消极谣言和传说影响的公司包括可口可乐、科罗娜啤酒、达美乐比萨、肯德基、麦当劳和宝洁等。即使是地方性公司，当它们在一个地区占主导地位时，也可能成为巨人效应故事的目标。

似乎没有证据表明，这种负面的现代民俗是从公司的竞争对手最先开始传播的。正如法恩提到的，这样的故事“不可能对企业利润造成长期影响”。

另参见 商业谣言和传说

参考文献 Gary Alan Fine, "The Goliath Effect: Corporate Dominance and Mercantile Legends," *Journal of American Folklore* 98 (1985), 63–84; repr., in Fine, *Manufacturing Tales*, 141–163.

G18. “过去的好时光”
“The Good Old Days”

这一传说可能在19世纪50年代至70年代之间产生于某个特定的工厂、企业或学校，其中包含了一套严格的雇员守则，通常以影印或印刷形式流传，并频繁出现在出版物上。通常，传说列表上的“信息”（无论是明言还是暗示）都是“现在你都觉得过得很艰难了……”。因此，对过去美好时光的怀念之情，也染上了对一度可能十分普遍的严酷环境的恐惧，毕竟超常的工作时间、繁重的劳动、公司对员工私生活的干预，都是公认的常态。

这些列表是有编号的（通常是8到12项），不同版本之间有很多重复和变化。例如，一个列表上可能要求员工自己带笔，而另一些列表则规定员工必须小心地把办公室里的笔削尖。大多数版本都要求雇员参加教会并慷慨捐助，犹他州摩门教的版本则规定，员工应该交什一税并参加碰头会。这里是一个犹他州案例的某部分对于后期圣徒[1]行为的描述，此案例在多份可追溯至1870年的文件中被发现，但这些文件只有现代打字稿或印刷本（在犹他州，“教会”一般指摩门教教会）：

> 每个员工都要向教会缴纳自己年收入的百分之十；不管你的收入是多少，每年贡献给教会的，都不能少于25美元。每位员工都要参加星期日圣礼会，并留足时间参加星期四的碰头会。另外，你也要去你的主日学校上课。

无论是在何处，这些规定都涵盖了从工作时间、工作职责（包括为公司的火炉添炭）到个人着装、卫生的所有事情，而且他们经常宣扬道：“每个员工都应积攒下每一份收入来保障自己的晚年生活，以免成为社会或家人的负担。”

以相同的方式流传的类似规则列表，对过去的教师或护士做出了严格规定，还有一种不同的版本，是世纪之交的家政课教师教导女孩们如何做一个贤妻良母的。对于学生的行为，也有一套类似的“校规”，该列表规定了从争吵、打架到“打曲棍球”或“弄脏自己的习字帖”等30到40多种违规行为，并明确了相应的鞭打责罚的次数（一到十次）。

虽然过去的工作、学校、家庭和医院的条件比今天更为艰苦严苛，

[1] 即摩门教教徒。

但没有人从一个真正的19世纪的雇主或主管手里，得到关于这些规则的可信的、日期明确的副本。迄今为止，所有引文都是20世纪30年代或更晚时候发表的版本，人们极有可能是在谣传的时间阶段之后很久，才编造并首次传播了这个列表。

另参见 “奶奶的洗衣日”

参考文献 Alan Dundes and Carl Pagter, *Work Hard and You Shall be Rewarded: Urban Folklore from the Paperwork Empire* (Detroit: Wayne State University Press, 1982), 84–85, “Those Good Old Days”; *Curses!*, 240–242; Barry O’Neill, “The History of a Hoax,” *New York Times Magazine* (March 6, 1994), 46–49; *Too Good*, 271–272.

G19. “好时光病毒”
“The Good Times Virus”

20世纪90年代中期的“好时光”病毒警告，是最普遍的虚假电脑病毒警告之一，当然也是被揭露和戏仿得最全面彻底的“警告”。无数的警告通过电子邮件和出版物传播，声称以“好时光”为主题或附件的邮件中含有一种病毒，会对个人电脑及其文件造成无法修复的损害。计算机专家一致认为这些警告是恶作剧，是某些不怀好意的个人或团体蓄意传播的误导信息。另一种观点可能认为，这只不过是一个玩笑，一部分习惯于接受类似虚假警告的公众误将它当作了一个真正的警告，而不知道其事实真相。（事实上，真正可以通过电子邮件附件传播的电脑病毒于1999年3月被证实，即臭名昭著的“梅丽莎”[Melissa] 病毒。）

对“好时光”警告的众多戏仿中，最突出的是对“坏时光”病毒的描述：它会“损害你试图播放的所有光盘”，并“把你的新电话号码发给你的前妻”。

参考文献 Peter H. Lewis, “Who Should Be Afraid of Good Times Virus?” *New York Times* (February 27, 1996), B12; *Too Good*, 395–397; Bill Ellis, “Legend/AntiLegend: Humor as an Integral Part of the Contemporary Legend Process,” in Fine et al., *Rumor Mills*, 123–140.

G20. 政府传说
Government Legends

民俗学与大众传播、技术，甚至官僚主义被再一次证明是可以共存的，口头和习俗传统中关于政府服务的内容都很丰富，虽然很少被民俗学学者搜集和研究。典型的类型包括俚语和行话、笑话、个人逸闻，以及标记着重要事件和周年纪念的办公室仪式，这几类都通过面对面的交流和政府机构之间的电子链接进行传播。这一系列的话题从美国最高法院制度化但非官方化的传统，一直延伸到美国地区邮局分支机构和招聘中心的绰号和恶作剧。

美国公众关注的有关政府的都市谣言和传说，描述了华盛顿的机构和国家军事机关的冗杂、低效、冷漠、种族主义，对公民需求漠不关心，热衷阴谋，往往不顾及大多数人的价值观。根据传说，在科学与宗教的任何冲突中，政府都会淡化后者；在采取了任何可能的令人尴尬的行动之后，当局都会掩盖真相。虽然政府传说远没有描绘出一幅令人愉快的画面，但是其所有类型往往都带有幽默色彩，这表明了它的一个主要功能，即缓解部分因政府作为（或不作为）导致的失望所带来的压力。可见政府传说及其功能在不同国家是相似的。

另参见 “共产党革命章程”；阴谋；联邦调查局的故事；德国；“格林纳达人说英语”；“麦达琳·默里·欧黑尔的请愿书”；军事传说；“消失的一天时间”；政策传说；“老兵保险红利”；“啰唆的政府备忘录”

参考文献 *Choking Doberman*, 194–200; Fine and Turner, “The Enemy in Washington,” in *Whispers*, 113–146.

G21. “奶奶的洗衣日”
“Grandma’s Washday”

关于这一怀旧型民俗，有一个版本来自密歇根州芬维尔，是关于鹤园苹果酒厂和馅饼屋餐厅所使用的印花杯垫的：

奶奶的洗衣日

（1）在后院生火，加热（heet）装着雨水的水壶。

（2）放置洗衣盆，如果风很大（pert）会把烟吹到眼睛里。

（3）把碱性肥皂刮成圆（hole）饼状放进热水中。

（4）把洗涤物分成三堆：白色的一堆，杂色的（cullured）一堆，工作服、破旧类衣服一堆。

（5）用冷水将面粉搅拌均匀，然后倒进热水中混合，在搓衣板上用力（bile）揉搓污迹，彩色衣物则不需用力，在淀粉中漂洗（rench）就可以了。

（6）把茶杯垫铺（spred）在草地上。

（7）把破旧衣服搭在栅栏上。

（8）把清洗的水倒进花坛里。

（9）把热肥皂水倒进干燥的灌木地里。

（10）把洗衣盆翻过来。

（11）穿上干净的衣服，梳理头发，倒一杯茶（tee），休息一会儿，然后念一句诫语，祈祷祝福。

在美国全境乃至新西兰的一家矿业博物馆里，发现了许多类似的列表，版本各异，包括打字、印刷、影印，甚至还有手写版的，其中的名称、编号和拼写错误等各不相同。它们都声称自己为旧时代的官方文件，且都来源于当地，但迄今为止，没有一份可以追溯到可供核实的早年日期。一些列表异文表明，该列表可能已在人与人之间（可能是口头上的）传播，例如，“搓洗脏床单”（rub dirty sheets）也写成“搓洗污迹”（rub dirty spots），还有一些列表上的断句与拼写则更加合乎规范。

虽然对拓荒时期洗衣服的描述总体上是准确的，其中一些方言（例如：pert、rench、bile）也是可信的，如tee、heet、hole、cullured、spred等的拼写方式，则似乎更多地是为了一种“民俗风”（folksy）的效果，而不是反映书写者的拼写或发音问题，毕竟这个书写者能够写下一份包含编辑好了的要点和熟练使用的讽刺性妙语的列表。列表的一些版本甚至将stir拼写为stur、将soap写成sope。在其他版本中，正确的tea与方言中的tee这两种拼写方式并存。

如果不能被证明有其他的来源的话，那么“奶奶的洗衣日”看起来可能是一个相对现代的作品，它在很大程度上揭示了我们如何想象祖先的生活，而不是他们实际是如何生活的。

“奶奶的洗衣日”的各种复印件被一直不断地印刷，并在古色古香的博物馆、餐厅、购物中心等地出售或分发赠送。毫不奇怪，它也被广泛地张贴到了互联网上，有时还伴有恰到好处的插图。在洗衣房的一块木板上展示了一个版本，2002年，一位堪萨斯州的妇女将其由来告知了我。该故事印在红褐色羊皮纸上，使用了一种艺术字体，上面装饰着十幅小画，画的是一位戴着太阳帽洗衣服的女人。这一艺术品的主人写道：“我在某个地方买了它，但忘了具体是哪里；我烧掉了羊皮纸的边缘，把它贴在木板上，然后把它挂了起来。它存在的时间比我记得的还要长。”

另参见 “过去的好时光”
参考文献 *Curses!*, 243–246; Brunvand, “Nostalgia Ain't What It Used to Be: The Case of 'Grandma's Washday,'” *Overland Review* 32 (2005),7–32.

G22. “心怀感恩的恐怖分子” “The Grateful Terrorist”

这是在2001年9月11日恐怖袭击之后，国际社会通过互联网、口头、印刷物等方式流传的故事，说的是一个“长得像阿拉伯人”的人（通常是一名男子）警告一个曾帮助过他的好心人（通常是一名妇女）提防即将发生的恐怖袭击。据说这种警告是对一些小小的善意（例如借钱、归还遗失的物品等）表示感谢。通常，故事中的袭击目标是购物中心或快餐店，这是其他都市传说中关于犯罪的典型背景。针对这类故事的模仿也很快开始流传。

在该故事的一个瑞典版本中，一名妇女把一个装有大量现金的折叠式钱包归还给了失主，那是一个**长得像阿拉伯人的男子**（en man med arabiskt utseende）。她没有要男子给她的现金奖励，因此失主给了她一个警告：不要在某个日子前往伦敦，因为这一天会发生恐怖袭击。

另参见 “庆贺的阿拉伯人”；“‘9·11’的诅咒”；英格兰

参考文献 Bennett and Smith, *Urban Legends*, 16–18; Gary Alan Fine and Irfan Khawaja, “Celebrating Arabs and Grateful Terrorists: Rumor and the Politics of Plausibility,” in Fine et al., *Rumor Mills*, 189–205; Fine and Ellis, *Global Grapevine*, 32–34: Bengt af Klintberg, *Glitterspray* (2005),27.

G23. “墓地之赌” “The Graveyard Wager”

这种传统的欧洲民间故事（故事类型1676B，“在墓地中衣服被抓住”[Clothing Caugnt in Graveyard]）作为美洲大陆的故事得以幸存，有时以现代都市传说的形式出现。故事的核心在于，一个人在证明他（或她）在深夜敢于进入墓地的胆量时，不小心把自己给卡住了。他接受的冒险任务是将剑、刀、干草叉、木桩或类似的器具放到某个坟墓，以证明自己到达了此地，但是器具意外地刺穿了这个人的斗篷、外套或其他衣服，而且他（或她）认为是某些邪恶力量正在向下拽自己。第二天受害者被发现时已经死于突发心脏病。

在该故事比较古老的形式中，有一些来自中世纪的版本，受害者通常是一名穿着长斗篷并挥舞着剑的士兵。在一份瑞典民间传说的目录所总结的一个版本中，一名男子声称他敢于在深夜往棺材里钉钉子或插刀子。在美国乡村的许多地区，人们还在讲述着“墓地之赌”故事的多种异文。然而，有些最近的版本将受害者说成是一个十多岁的女孩，在一个讲鬼故事的睡衣派对上，她稀里糊涂地用一根木桩插穿了她裙子的下摆；有些版本则是关于一个南非的医学生，他将一把刀子插穿了他学士服的袖子。

1961年开始播出的剧集《阴阳魔界》（*The Twilight Zone*）也以“墓

地之赌”为基础，使之与流行文化相融合。

参考文献 John A. Burrison, "The Fork in the Grave," in *Storytellers: Folktales and Legends from the South* (Athens: University of Georgia Press, 1989), 215–216, note on 249; *Be Afraid*, 44–45; *Curses!*, 79–81; Bengt af Klintberg, *The Types of the Swedish Folk Legend*, Folklore Fellows' Communications No. 300 (Helsinki: Finnish Academy of Arts and Letters, 2010), Type C68, "Coat Nailed to Coffin."

G24. “绿色玛氏朱古力豆” “Green M&Ms”

20世纪80年代，一则有趣的谣言称——可能没有人相信——吃绿色玛氏朱古力豆会增强自己的性欲。该传说的一句流行语是“绿色玛氏朱古力豆让你欲火中烧”。记者史蒂芬·布卢姆（Stephen G. Bloom）在《达拉斯晨报》（*Dallas Morning News*）上的文章《激情动力！》（Passion Power!，1984年5月22日），以半严肃的方式复述了这种看法，通俗小报《世界新闻周刊》以更加哗众取宠的风格对其进行了处理（《绿色玛氏朱古力豆：这是给恋人的糖果》，1984年7月17日）。一张1986年的问候卡提到了这个说法，卡片上画着一个装满了绿色糖果的盘子，上面写着“我把绿色的糖果留给你”。正如《华尔街日报》1997年1月21日报道的那样，绿色朱古力豆的制造商玛氏公司（Mars Inc.）在同年的“超级碗”期间播出的广告中，直接提到了这一谣言。

与口头传统相比，“绿色玛氏朱古力豆”在媒体中似乎有着更为强大的生命力，但这些文章的基础是现代民俗学，它们衍生出了一些相当一致的“民间”习俗：向某人提供绿色糖果以作为调情的开场白，甚至是作为风趣的性邀请。

参考文献 *Mexican Pet*, 111–113.

G25. 演员休息室的故事 Greenroom Stories

每个电视演播厅都有一个演员休息室（greenroom），即供演出人员和嘉宾使用的后台等候室。通常，演员休息室中会有一些舒适的家具、各种饮料和小吃，也可能有一两盆绿植。此外通常还有一台正在运行的电视监控器。尽管广播专业人士对greenroom术语提供的最常见的解释是，“绿色是一种非常让人放松的颜色”，但实际上很少有休息室被粉刷成绿色。一些电视工作者意识到，“演员休息室”实际是一个非常古老而戏剧化的名词，在18世纪早期的《牛津英语词典》（*The Oxford English Dictionary*，即*OED*）中就已经有了很好的证明。但是*OED*对这个词的唯一解释是：“之所以这么叫，可能是因为它最初被粉刷成了绿色。”

这一简略的解释受到了质疑，民俗词源学研究又提供了几个关于其起源的更加丰富多彩的解释，以及可供参考的文本：屋中可能存放着用于舞台布景的绿布或绿衣服，也可能有大量植物或灌木，这些植物或灌木的作用是让人们更好地放松心情或者是释放使人舒爽的氧气。

另参见 民俗词源学

参考文献 *Baby Train*, 185-187.

G26. “绿色兑换券” “Green Stamps”

这是罕见的都市传说之一，有时被当作真实的个人经历来讲述。然而，把这些记录说成是真实的经历则是无法令人信服的，因为在不同的时间、地点，几个不同的人，都宣称有着相同的经历。事件的奇怪之处和不可能性令人生疑，但大多数人仍然坚称自己的故事是真实的。无论如何，这一故事情节在传统中众所周知，而且已然在不断衍生和传播。

故事主要说的是一名妇女做阴道检查时，妇科医生发现她的身体上粘有一些斯佩里和哈钦森公司（S&H）的绿色兑换券。检查前，她在公共厕所方便时发现卫生纸盒里没纸了，只好从自己的钱包里拿出一张纸巾，显然她因此将一些绿色兑换券从钱包里带了出来，结果粘在了身上。20世纪80年代初以来，患者和医生都将之作为真正的经历不断讲述，故事背景被设置在20世纪50年代至70年代，这一时期许多商家都会提供兑换券，消费者也热衷于保留并将之粘在小册子上，以便兑换商品。一些异文提到了其他类型的兑换券乃至邮资邮票，而20世纪90年代出现的故事，则描述了一位女士在她体检之前使用了一罐喷雾，她以为是“女性卫生除臭剂”，但实际上她手里拿的是一罐用于美妆的闪亮喷雾。这一版本的故事为最近出版的瑞典都市传说集提供了一个书名：《闪亮喷雾和其他99个都市传说》（*Glitterspray och 99 andra klintbergare*，2005）。

让人对几乎所有此类故事产生进一步怀疑的，是故事中检查医师说的典型玩笑话（这是笑话而不是传说的特征）：“哎呀，我不知道你还给了绿色兑换券呢！”或“我们今天真花哨呢！”。无论这些传说的真实性如何，很显然，它们的潜在主题是女性对此类体检感到的尴尬和焦虑，尤其是在男性医生对其进行体检的情况下。

参考文献 *Choking Doberman*, 139; *Mexican Pet*, 122–125; *Too Good*, 465–468; Bennett and Smith, *Urban Legends*, “Gyno Glitter,” 174–175.

G27. 精灵效应
The Gremlin Effect

法国短语**精灵效应**（l'effet gremlins），于1992年由让-布鲁诺·勒纳尔创造，指描述新技术潜在的危险的现代谣言和传说，包括“焊熔”隐形眼镜、在美黑沙龙中被“烤熟”、割草机意外事故、由微波炉引起的意外伤害或死亡等主题。勒纳尔从1984年的美国电影《小精灵》

（*Gremlins*）那里借用了这个术语，而这个术语又是借鉴自美国空军的俚语，指想象中的淘气精灵，据说这些小精灵是导致原因不明的机械故障的原因。

正如勒纳尔在他1999年出版的《谣言与都市传说》（第101页）中所说的那样，精灵效应通常有三种不同的形式。故事可以描述误用电器（如使用微波炉烘干宠物时发生了爆炸）、设备缺陷（如据说家庭烤箱散发的杂散微波会导致不育），或隐藏的有害影响（如微波炉会改变食物的结构，使之产生毒性）。

勒纳尔认为，在技术创新的最初阶段（即当产品鲜为人知并且使用者很少时），精灵效应并不会出现，直到“指数式增长”时期，产品变得便宜，使用者达到所有潜在消费者的50%时，精灵效应就会出现了。一旦新产品很好地融入日常生活中，并且让大多数人都感觉舒适，那么体现该效应的传说就会消失。

G28.“格林纳达人说英语”
“Grenadians Speak English”

1983年，美国军队入侵格林纳达时，据说政府指派了说西班牙语的士兵去前线作战，并没有意识到格林纳达人其实说英语。关于这次短期军事交战的另一个故事是，一个机敏的士兵被困在屋子里无法通过无线电与所在的部队取得联系，他使用家里的电话往布拉格堡打，以请求火力支援，结果长途电话费记到了他自己的电话信用卡上。

这两个故事都与都市传说中典型的政府形象是一致的：效率低下，而且常犯致命性错误。

G29. “杂货店骗术”
“The Grocery Scam”

一位老妇人推着装满杂货的购物车，盯着一个在同一家超市购物的年轻人。在收银台旁，她含泪说道，他看起来就像她在越南打仗的儿子一样，她问这位年轻人是否愿意在她离开商店时向他挥手示意，然后喊一声“再见，妈妈！”。他同意了。当这位年轻人拿着几件东西去收银台时，他的账单总额却很大，接着他被告知，他的“妈妈”说他会为她的东西付款。收银员对他的抗议置若罔闻，因为听到了他说：“再见，妈妈！”

有时骗术发生在餐厅，受害者可能是一位年轻女人（据说她与老妇人已故的女儿很像）。这个故事（“再见，妈妈！”）在加拿大、澳大利亚、美国都有流传，可能描述了一个双方合谋欺诈商店或餐厅的真实的骗局。也有报道指出一些不出名的演员或丑角用同样的伎俩去餐厅吃霸王餐。饭桌上一个人先离开，向朋友挥别并告诉收银员：“向我招手的那个家伙会帮我给饭钱。”（汉尼·扬曼［Henny Youngman］在他1991年的专著《请带走我的生命》［*Take My Life, Please*］的第146页讲述了这个版本）。

参考文献 *Curses!*, 247–252; *Too Good*, 311–312; Seal, *Great Australian Urban Myths* (rev. ed.), 167–168.

G30. “恼怒的新郎”
“The Grumbling Groom”

男性版“恼怒的新娘”传说，不是新娘在婚礼仪式中途宣布新郎的不忠，而是新郎因为同样的原因展开了类似的报复。有时他会在婚礼上或接待处分发新娘的不雅照。“恼怒的新郎”从1995年开始在美国广泛流传，但在欧洲有一个更早的原型。有一位加利福尼亚男子于1991年寄给了我一个非常详细的来自苏格兰的版本，讲述了一个慷慨而又恼怒的新郎的故事：

我从爱丁堡的一位朋友那里听到的这个消息。他是一名出租车司机，他的同事告诉了他这个故事，并坚持说这是真的，因为同事从他载的一些客人那里直接听说了这个故事！

喜来登酒店刚在爱丁堡开业，在那里举行婚礼的新郎完成了整个婚礼仪式，直到新人讲话时，他才宣布，他有两张前往西班牙的机票要送给新娘和伴郎，因为他们在过去的六个月里一直在乱搞。他怒气冲冲地走出去，而后发生了一场打斗。人们叫来了警察，这家新饭店损失惨重。我来到美国后遇到了一个来自格拉斯哥的人，他也听说了同样的故事，但发生在格拉斯哥的奥尔巴尼酒店。

另参见 “恼怒的新娘”；意大利
参考文献 *Mexican Pet*, 135; *Too Good*, 125–128.

G31. “护卫天使”
“Guardian Angels”

《圣经》和中世纪的故事，包括圣徒传说，都讲述了天国守护者来帮助那些处于危险之中的信徒。这些故事被记录在18和19世纪的各种各样的欧洲资料中，包括欧洲大陆和英国，演变成了经典的护卫天使传说。潜在的受害者通常是过去那些虔诚的神职人员，而且有名有姓，他们在天使的保护之下旅行，有时还携带着大量现金。在20世纪，关于护卫天使事件的回忆在印刷物中广泛流传，并成为布道、演讲的一部分，继而“护卫天使”的都市传说逐渐形成。在这个传说中，一个虔诚的年轻女人或男人受到自己看不见的天使同伴的庇护——天使击退了歹徒——幸而免遭暴力的威胁。这里有一个版本，来自密歇根州大急流城1982年出版的一本书：

戴安是一名基督教大学的年轻学生。暑假的一天晚上，她去看望朋友，在分享各自过去一年的经历中，时光倏然而逝，最后她停留的时间比她计划的要长，只好一个人走回家。但她并不害怕，因为家乡是一个小镇，她住的地方离这里只有几个街区远。当戴安在高大的榆树下穿行时，她请求上帝保佑她远离危险。然后她决定穿过小巷，因为这是一条回家的捷径。

然而，走到一半时，她注意到在小巷尽头有一个男人，好像在等她。她有些不安，急忙祈求上帝保佑。忽然，一种令人舒适的平静与安全感包围着她，她清楚地感觉到有人与她同行。当她走到小巷尽头时，她径直从那个男人身边走过，安全地回到了家。

第二天，她在报纸上看到一个小女孩在她走过的那条小巷里被强奸了，就在她离开那里20分钟后。戴安想，她也许可以认出那个人，于是去了警察局，讲述了自己的经历。警察问她是否愿意看几个人，辨认一下嫌犯。她同意了，并立马指出了她头天晚上在巷子里看到的那个人。她询问警察是否能帮她问嫌犯一个问题：为什么他没有伤害她?

当警察问他时，那人回答说："因为她不是一个人，有两个很高的男人在她身边。"

类似的故事流传在美国、德国、荷兰、瑞典和澳大利亚等国的各种正统基督教新教的圈子里（一些在互联网上流传）。在这些事件的回忆和传说中，一致的母题是天使般的人物突然神秘消失。在后期圣徒（摩门教）教会成员所讲述的版本中，潜在的受害者通常是摩门教传教士。

美国传教士葛培理在其关于天使的书中，对传说"鬼魂求助"进行了基督教化的改编，从而将其变成了一种"守卫天使"的故事。

另参见 "鬼魂求助"

参考文献 Hope MacDonald, *When Angels Appear* (Grand Rapids, MI: Zondervan, 1982, paperback ed. 1995), 89–91; Katherine Ann Samon, "7 Women Enter the Twilight Zone," *McCall's* (June 1998), 58, 60, 62–63; Fred van Lieburg, "Ghosts, Animals, or Angels: Christian Story-telling in a Modern World," *Folklore: Electronic Journal of Folklore* 20

(2002),17–37; Emma Heathcote-James, *Seeing Angels* (London: John Blake,2002, paperback ed. 2009); David Albert Jones, *Angels: A History* (Oxford University Press, 2010); Billy Graham, *Angels: God's Secret Agents* (Garden City, NY: Doubleday, 1975).

G32. "古驰袋鼠" "The Gucci Kangaroo"

这是澳大利亚版的"袋鼠盗贼"，以及一部澳大利亚都市传说集的书名。

另参见 澳大利亚
参考文献 *Baby Train*, 233–236.

G33. "内疚的节食者" "The Guilty Dieter"

G

一位严格节食的女士在咖啡厅只买了一杯黑咖啡，旁边一位就餐者吃掉两个带糖甜甜圈中的一个之后，便起身离开了餐桌。非常饥饿的节食者拿起剩下的甜甜圈，狼吞虎咽，抬头却正好看到那位就餐者带着第二杯咖啡回来了。节食者尴尬而内疚，她的下巴和胸前还洒落了一些糖粉。一个第一人称的故事版本出现在《红皮书》(*Redbook*，1987年4月，第14页）上，由来自佛罗里达州劳德希尔的一个女人提供，她因将故事提供给杂志而成为"傻瓜百元奖"的赢家之一。她声称："她试图解释，甚至提出再给他买一份自己刚刚偷吃的甜甜圈。可是这个男人一句话也没听见，他笑得太嗨了。"

人们偶尔会在减肥中心和其他节食小组的聚会上讲这个故事，类似于"曲奇的包装"，即另一个在某种路边店里稀里糊涂地偷了他人食物的传说。

参考文献 *Mexican Pet*, 141.

G34. 胶纸的危险
Gummed Paper Dangers

据广泛流传的警告称，信封封口和邮票是绝不能舔的，因为黏合剂生产工厂的环境极不卫生，胶水中可能存在着污染物。在提及该问题的一个故事中，一个女人舔了邮票和信封，密封信封时被纸张割破了舌头，而后她发现舌头肿了。后来病情恶化，她去看医生，医生不得不割开她的舌头，结果跑出来一只蟑螂——它是由粘在胶水里的一颗卵孵化出来的。在该故事的其他版本中，胶水是有毒的，有时歹徒甚至会蓄意添加某种形式的毒药。

另参见 自动取款机上的危险；“蛛噬”

参考文献 *Be Afraid*, 251.

H

H1.“理发师的误判”
“The Hairdresser's Error”

在美发店正要关门的时候来了一个男人，他硬要这位女美发师给他理发。这位男子解释说他正在出差，就住在附近的旅馆，而且第二天早上他有一个重要的会议，他需要以一个很好的形象参会。美发师将一块围布系在男士的脖子上，然后伸手去拿剪发工具，接着她注意到围布中间在上下颤动——就是他大腿根的位置。她立刻做出判断：男子是在自慰。于是美发师用吹风机狠狠地将男子击倒在地，接着她就拨打了911寻求帮助。警察来了，揭下围布，发现男子——刚刚清醒过来——是在围布下擦眼镜。

有时美发师用一瓶洗发水重击男人，或者在取下围布的同时，用一把锋利的剃须刀抵住男子的喉咙。在一些版本里，美发师甚至用发刷猛击围布的中心部位，于是男子发誓一定要起诉她。无论理发师做出了何种反应，也无论故事是发生在美国、英格兰或新西兰（该故事从1986年开始就在这些地方流传），故事中的男子都只是在擦眼镜而已。另外一个误解的场景发生在飞机上，作为商业飞机飞行员的大卫·韦伯斯特机长，在1996年发给我一个这样的版本：

> 和我一起工作的飞行员近期给我讲了这个故事。最近他随机的机长讲述了自己的“亲身”经历。空姐呼叫驾驶舱，告诉他在经济舱的一名男性乘客，大腿上盖了一条毯子，他似乎正在毯子下手淫。她询问应如何处理这种情况。
>
> 机长要亲自去舱室查看一下。他决定先走到那位乘客旁边，顺便查看情况。他在机尾等了一会儿，然后走到乘客跟前。他决定先随便和他温和地聊一聊。
>
> 机长注意到他旁边的座位上有一台昂贵的相机，于是就称赞他的相机很棒。那位男乘客回答说：“是的，这是一台新相机，我刚刚费了好大的劲在毯子下面把卡住的胶卷取出来。”

参考文献 *Baby Train*, 44–46; *Too Good*, 36–37; Bennett and Smith, *Urban Legends*, 177–178.

H2. 头发变白
Hair Turned White

这是一个出现在一些现代恐怖传说中的传统国际民间叙事母题（F1041.7，**头发因恐惧而变白**［Hair turns gray from terror］）。据说由于惊吓，被吓到的人的黑发立即（或一夜之间）变得雪白。这种现代恐怖母题在电梯意外事故传说和“男友之死”“巨型鲇鱼”传说中出现得尤其多。

另参见 母题

H3. “多毛的搭车客”
“The Hairy-Armed Hitchhiker”

下面是一个来自英格兰报纸的报道，它所包含的母题在其后的传说版本中仍然为人所熟知，尽管这个母题在更晚的许多异文中消失了。

> 一个非同寻常的故事正在利兹四处流传，而经验丰富的记者们竭尽全力都未能证实它的真实性——或者是虚假性。人们总是以最详尽的方式来讲述这个故事，女孩作为其中的主角通常被认为是在医院或者银行工作。
>
> 根据故事，在停电期间这个女孩正准备进入自己的汽车里，这时有一位老妇人向她走来，并请求搭便车回家，因为天黑她找不见路。
>
> 女孩同意了，当这个陌生女人进入车内并将一个购物袋放在后座上时，这个女孩注意到“她”提着袋子的手很大，而且体毛很多……
>
> 她脑子一转，让陌生人下车帮她检查一下汽车的尾灯，因为它们出了点问题，她担心被警察找麻烦。
>
> 陌生人照做了，女孩迅速将车开走，消失在黑夜里。
>
> 后来，据说这个女孩发现后座上的袋子里装着一把斧头。

（来自1977年11月11日的《约克郡晚报》[*Yorkshire Evening Post*]，桑德森在1983年关于这个传说的个案研究中引用了这个例子，第163页。）

故事中乔装的搭车客有多毛的胳膊、手或者腿，甚至有超级大的脚，穿着男人的鞋子，等等，后来经证实，搭车客是个男人。它显然可以追溯到从19世纪初期开始就在英国和美国广为人知的各种乔装抢劫犯的传说。这个传说的现代版本是20世纪后期最著名的犯罪故事之一，在1977年“约克郡开膛手”（Yorkshire ripper）恐慌期间，它在英国发展起来，而且迅速传播，同时在英国其他地方以及海外的许多国家被本土化。有时它被称为“乔装的袭击者”（The Assailant in Disguise）、“手背上多毛的搭车客”（The Hairy-Handed Hitchhiker）、“手提包里的斧头”（The Hatchet in the Handbag），或简称为“生病的老妇人”（The Sick Old Lady），它在很多方面与“后座杀手”相似。

正如桑德森和其他人所证明的那样，这个最初在英国流传的传说，反映了公众对停电期间一系列可怕的当地犯罪的极度担忧。不过，这个故事很快传播到了其他地区，甚至变成英国广播公司（BBC）播出的一篇文学作品。这个故事明确传达的警告是，孤身一人的女司机不应该让陌生人，即使是看起来不像是坏人的人进入她们的车中。

这个传说的美国版本在20世纪80年代中期开始流传，在这些版本中，据说这一事件经常发生在购物中心的停车场。潜在的受害者——通常是一个年轻女子——偶尔会注意到搭车客毛茸茸的手臂或手背，但更常见的是，她只是对陌生人搭便车回家的要求感到怀疑。她要么找一个借口回到购物中心，向那里的保安报警，要么哄骗这位有可能是匪徒的搭车客下车，然后锁上车门驾车离去。后来，她在“老妇人”的钱包或手提包里发现了一把匕首、斧头、切肉刀，或者类似的东西。一些人在讲述这个故事时强调，如果拥有正确的策略和足够的勇气，一个现代的年轻女子可能会让自己从危险的处境中逃离出来，而不是在商场保安人员的帮助下寻求来自男性的救援。

这个传说的最新版本，出现在20世纪90年代，有时被称为“购物中心的诱拐者”，讲述的是当一位女士发现自己停在商场车库里的车有一只轮胎漏气时，一个男人走过来帮助这位女司机。陌生人帮她换好了车子的轮胎，然后请她捎带自己一段路，去找他停在车库另一边的车。这个女子谎称自己在商场里还有其他事情要办，就没有搭载这名男子，然后她锁好车门，又在商场里待了一个小时才回来。后来，在这个“热心肠”的陌生人留下的袋子里，她找到了一根绳子、一把刀或行凶者的其他工具。她还发现实际上她的轮胎并没有坏。有时故事附有这样的寓意：“学会自己换轮胎！”这个故事主要通过互联网或电子邮件以虚假警告的形式流通。

2010年，这个故事的澳大利亚版本以电子邮件的形式流传，格雷厄姆·谢尔将它转发给我，它在凶手接近司机的方式及女子逃跑的策略这两个细节方面都有异文：

最重要的故事！！！

我的一个同事贝琳达刚刚和我们这些女孩在一起的时候，告诉我们她的女性朋友在莫里的商业购物中心工作，一个星期前她就在那儿出了点事情，在珀斯的所有女性都应该知道这件事！她的朋友在下午5点半下班后，向自己的车走去，当时发现车旁站着一位老太太，而且她的一个车窗被砸坏了。老妇人说她看到了被打碎的车窗，害怕有人偷车里的东西，所以她站在车旁守着，已经站了20分钟了。女孩非常感激，老妇人解释说，在帮忙看车的过程中她错过了公交车，然后问她是否可以搭个便车。这个年轻的女孩同意了，几分钟后，她注意到老妇人手背的汗毛很重，因而女孩变得惊慌失措，不知道该怎么办。于是她以非常慢的车速撞上了前面的车，这个车速足以让被撞车辆里的人下车拦住她。有人叫来了警察，老妇人逃跑了。随后，警察在乘客的座位下面找到了一根绳子和一把刀。这件事发生在2010年5月的珀斯街头。

（将这件事）告知你所有的朋友！！！警方表示，在河的南边也发生了类似的事件。

“多毛的搭车客”是所有当代传说中最常见、被分析得最全面的故事之一。这个故事之所以能吸引到民俗学学者，是因为它有着悠久的历史、众多的文本和异文，与当前一些犯罪行为的相似性，以及它的主题内容。这个传说重要的方面包括凶手角色的转变、司机对另一个女人（在那个故事中是一个病弱的老太太）的不信任、外界“救助者”的存在与否，以及对乔装打扮者真实意图的后知后觉。迈克尔·卡罗尔指出，这个传说无一例外地都包含了一位老妇人携带斧头或短柄斧，他推测传说“在某种程度上涉及女儿对母亲的态度”。具体地说，他认为这个故事代表了“一种婴儿敌意的投射，即当女儿发现自己没有阴茎时，她对其阳物崇拜的母亲表达了敌意”。故事的最新版本缺少乔装的主题，在意义方面似乎与其他关于男性强奸犯或杀人犯对女性造成威胁的都市传说相似。

另参见 民间故事

参考文献 Michael P. Carroll, “The Sick Old Lady Who Is a Man: A Contribution to the Psychoanalytic Study of Urban Legends,” *Psychoanalytic Study of Society* 13 (1988), 133–148; *Be Afraid*, 78–80, 247–250; *Choking Doberman*, 52–55; *Mexican Pet*, 157–159; Stewart Sanderson, “From Social Regulator to Art Form: Case Study of a Modern Urban Legend,” in *Arv: Scandinavian Yearbook of Folklore*, 1981 (Uppsala, Sweden, 1983), 161–166; Mary Seelhorst, “The Assailant in Disguise: Old and New Functions of Urban Legends about Women Alone in Danger,” *North Carolina Folklore Journal* 34 (1987), 29–37; *Too Good*, 100–103; Bennett and Smith, *Urban Legends*, 18–20, 62–65.

H4. “万圣节派对”
“The Halloween Party”

参见 “乔装幽会”

H5. 万圣节施虐狂
Halloween Sadists

人们普遍认为，施虐狂经常在万圣节给孩子们提供有毒的糖果或内藏有剃须刀片或针头的苹果，这些谣言已经被民俗学家、社会学家和执法人员彻底揭穿。尽管这些发现在学术界和大众媒体上广泛传播，但针对这些所谓的万圣节施虐狂的警告仍在每年的10月出现，有些社区仍在不遗余力地消除“不给糖就捣乱”的影响，或把孩子们在万圣节收到的糖果送去做X光检查。

西尔维娅·格里德（Sylvia Grider）在1974年一名得克萨斯儿童的谋杀案件中追溯到了这些传说的焦虑源头，在这个案件中，男孩的父亲将含有氰化物的糖果放进了男孩的万圣节糖果袋里。乔尔·贝斯特（Joel Best）和杰拉尔德·霍里（Gerald Horiuchi）调查了美国四家主要报纸在过去27年间对万圣节施虐狂的描述，并发现所有这些报道要么无法证实，要么是显而易见的骗局。

经过多年对万圣节糖果袋的X光检查，人们没有发现任何危险的污染物，并且意识到这种方式无法发现真正的毒药。近年来，一些社区负责人已经放弃或减少了这样的检测活动。

参考文献 Joel Best, “The Myth of the Halloween Sadist,” *Psychology Today* (November 1985), 14–16; Joel Best and Gerald T. Horiuchi, “The Razor Blade in the Apple: The Social Construction of Urban Legends,” *Social Problems* 32 (1985), 488–499; *Curses!*, 51–54; Sylvia Grider, “The Razor Blades in the Apples Syndrome,” in Smith, *Perspectives* (1984), 128–140; Bennett and Smith, *Urban Legends*, 259–262.

H

H6. “锤击孩子”
“The Hammered Child”

1986年2月，一封匿名打印的信件被寄给了盐湖城的各个媒体，信里声称一位父亲对自己6岁的女儿犯下了骇人听闻的罪行，而负责治疗女孩的那家医院按照法律被迫将孩子送回其父母身边，而且孩子的父母也未受到任何指控。据说，小女孩用锤子砸坏了家里的汽车，她的父亲“拿着同一把锤子砸了她的手”，女孩身受重伤，以至于不得不截去双手。这封信还提到了当地的一家儿童医院，但是作者在结尾处写道：“我不能在这封信上留下我的名字，因为我只是一个普通公民，本不应该知道这件事。”他恳求道：“看在上帝的分上，媒体难道不应该做点什么吗？”

媒体调查显示，在这个社区里，没有这样的病人被送到这个指定的医院或其他医疗机构。这种缺乏事实依据、声称官方掩盖实情，以及口口相传的谣言中的故事的可能来源，都显示出典型的都市传说模式。至少，“锤击孩子”可能被视作一个新兴的都市传说。

参考文献 *Be Afraid*, 157–158.

H7. 墙上的手迹
Handwriting on the Wall

这是一个经典的民间叙事母题（F1036，**天堂之手在墙上书写**［Hand from heaven writes on wall］），它在《圣经》（《但以理书》5:5）上出现过，可能为在墙上或镜子中发现重要信息的现代传说母题提供了基础。在“艾滋病玛丽”中，这条信息告诉受害者，他感染了可怕的性传播疾病；在融合了“室友之死”的一些版本的“被舔的手”中，前一天晚上他们的同伴被谋杀后，镜子里的信息表达了对幸存者的嘲讽。在这类当代传说中，信息通常是用口红或鲜血写成的。

另参见 母题
参考文献 *Curses!*, 203–205.

H8. “倒霉的滑水者”
“The Hapless Water-skier”

在南部的水库中，一名滑水者由于离暗桩或防护栏区域太近而跌进了水里。当小船过来救他时，滑水者说他一定是被带刺的铁丝网扎了，因为他能感觉到他的腿被锋利的刺扎到了。当他们把滑水者拉上来时，他才知道其实自己是掉进了一个巨大的水蛇洞里。很快，他死于多处蛇咬伤。

这个故事的多种版本讲到了各种各样的湖泊，特别是在南部和中西部。拉里·麦克默特里（Larry McMurtry）在他1985年出版的《孤独鸽》(*Lonesome Dove*）一书中对这个传说进行了改编，书中描述了一个牛仔骑在马背上穿过了雨水泛滥的河流，而书中的故事反过来又在电视电影中催生了一个可怕的场景。在美国南方作家中，重新讲述这个故事的是艾伦·道格拉斯（Ellen Douglas)，她在1988年出版的《不能放弃你，宝贝》(*Can't Quit You, Baby*）一书中，创作了她的版本。"在60年代后期，有一个虚构的滑水者的故事，它像球状闪电一样穿过密西西比三角洲。"在这个故事里，一个美丽的小女孩正在滑水，她深信自己被铁丝网缠住了。"但是这里没有带刺的铁丝网。不，这是一团扭动的水蛇……在他把她拖上船之前，她已经死了。"

水蝮蛇，也叫棉口蛇，是一种好静的生物，不常见，说它们群居或集体行动——至少爬行动物学专家是不会相信的。事实上，在那些据说已经有不幸的滑水者丧命的众多湖泊中，可能根本就没有这种蛇。

H

另参见 "粗心的游泳者"
参考文献 *Mexican Pet*, 29; *Too Good*, 343–344.

H9. "兔子吹风机"
"The Hare Dryer"

这个也被称为"吹干的兔子"（The Blow-Dried Bunny)、"复活的兔子"或"兔子归来"（Bunny Bounces Back）的故事先席卷了美国，接着在1988年和1989年走向国际社会。它在口头传统中非常盛行，从当地报纸专栏作家到约翰尼·卡森以及他的听众都在转载或复述它。这个生命力顽强的传说在断断续续流传的数年间留下了不少文本。这里有一个1995年由弗吉尼亚州的一位男士写出来的简短版本：

最近我听说了这个“真实”的故事。费尔法斯的一个女人养了一条狗，她的邻居都非常讨厌它。一天，这个女人正在洗衣服的时候，她的狗出现了，它嘴里叼着邻居心爱的宠物兔。那只兔子已经死了，并且满身灰土。狗主人想要掩盖自己的宠物犯下的罪行，因此，她把兔子身上的污垢洗掉，用吹风机把兔毛吹蓬松，然后小心翼翼地把兔子放回了笼子里。

几小时后，狗的主人听到邻居院子附近传来刺耳的尖叫声。她假装不明所以，冲到现场，问发生了什么事。

“今天早上兔子死了，我们把它埋了，”那个邻居震惊地说，“现在它又回到了笼子里！”

在另一个版本中，一个发现了死兔子的保姆用护丽（Woolite）清洗剂冲洗了它，然后夹住兔子的耳朵，把它挂在浴室里晾干。

有一个古老的故事，包含着这个传说中心情节元素的原型，这个故事讲述的是一只“死去”的宠物，当它被空运回家埋葬的时候，它看起来好像是活的一样。一个更古老的乡村故事描述了一个人把一头死猪放回猪圈里，还摆出生动的姿势。

密苏里州堪萨斯城的牛仔诗人和乡村音乐家利奥·埃尔茨（Leo Eilts）展示了他用诗体语言写成的“安妮的兔子”（Annie's Rabbit）传说的经典版本。其中一节描述了牛仔们如何处理被狗咬了的兔子的尸体：

首先，我们清洗毛茸茸的身体上的尘土、污垢和煤灰。
然后，我们把它吹干，擦一擦，直到它的皮毛亮闪闪。

2004年9月21日，由珍妮·菲利普斯（Jeanne Phillips）撰写的《亲爱的艾比》专栏发表了一篇很长的第一人称视角的报告，她声称丈夫的宠物兔“开花”已经死了，被邻居的狗挖了出来……剩下的都是熟悉的故事。在把情节推到荒谬的极端后，作者总结说：“我真的不知道故事会到哪儿结束。”但是“亲爱的艾比”明智地回答道：“也许你不会，但我会。它将在这里结束，就现在。”她认为这个故事是“一个都市传说……它古老得都要长出胡须来了”，她还引用了snopes.com和一些媒体对“兔子吹风机”的重述作为证据，总结道：“谢谢你和我分享，它仍然是一个令人拍腿捧腹的笑话。”有了这样一位专栏作家如此专业地为我做这项工作，也许我可以在都市传说研究中休息一会儿，更频繁地去钓鱼或滑雪了。

另参见 “空运宠物”
参考文献 *Curses!*, 151–161; *Too Good*, 40–43（誊录了1989年1月Johnny Carson讲述的与1989年4月Michael Landon在*The Tonight Show*上讲述的版本）; Bennett and Smith, *Urban Legends*, 139–140.

H10. “苦恼的保姆” “The Harried Baby-sitter”

参见 “聪明的保姆”

H11. “手提包里的斧头” “The Hatchet in the Handbag”

参见 “多毛的搭车客”

H12. “炉栅上的鞋跟” “The Heel in the Grate”

这是罕见的“真实”都市传说之一，也就是说，尽管它有很多异文，但它可以追溯到在特定的时间和地点发生的一桩可证实的事件。以下是1958年1月《读者文摘》摘自路德教会杂志的报道摘要，而路德教会杂志则引用了加拿大安大略省的基特尔-滑铁卢市的一份报纸的报道：

在安大略教堂的一个礼拜仪式后，在唱诗班的退场赞美诗中，女声部的最后一名歌手的鞋跟卡在了过道的地炉炉栅上。她把脚抽出来，把鞋子留在了地炉炉栅上，继续一边走一边唱。她身后的男人伸手去捡那只鞋，结果却将整个地炉炉栅都带了出来。“然后，随着调子和节拍，下一个人跌进了敞开的地炉中。”

实质上，同样的故事被多次讲述和刊登，有时场景被描述为教堂的婚礼，而新娘掉进了地炉里，有时那个跌倒的人是牧师。在其他版本中，牧师开始祝福说：“现在，走向那使我们免于堕落的主……”全体会众哄然大笑。这个故事在被引入1966年的电影《谍海玻璃船》的情节时，发生了另外一个转折，多丽丝·戴是在太空站“洁净室”里扮演鞋跟被卡在炉栅上的女人，而由迪克·马丁（Dick Martin）扮演的是掉入通风道的男人。

来自最初事件的参与者的签名——包括掉进地炉的真正的唱诗班成员的签名——证明了1948年春天，在印第安纳州汉诺威的长老会教堂里，真的发生了这件事。为《戴顿新闻先驱报》（*Dayton Journal Herald*）撰文的马季·海杜克（Marj Heyduck），在1957年的一个专栏中描写了这件事，随后所有的异文似乎都来源于此。海杜克在她的演讲中扩充了自己的版本，在最后添加了“祝福”（benediction）母题，但是参与者否认“祝福”母题是事件的一部分。

海杜克于1969年去世，三名参与者在1987年提供了他们的证词。事情似乎已经结案，但是在1993年，一名丹佛女子站了出来，声称自己是女高音歌唱家，在汉诺威同一个长老会教堂里她的鞋被炉栅卡住了——在1943或1944年！然而，在这个实例中，“大而重”的炉栅只是发生了倾斜，走过去的男子也只是碰到了膝盖，并没有真的摔进取暖通道里。这个描述还声称，牧师确实说出了“让我们免于堕落”的祝福。

虽然这个故事的具体日期和细节仍然难以确定，但似乎可以明确的是，后来所有的“炉栅上的鞋跟”之类的传说确实起源于20世纪40年代发生在印第安纳州汉诺威教堂的某个事件。

参考文献 *Curses!*, 167–172; *Too Good*, 457–461.

H13. "乐于助人的黑手党邻居" "The Helpful Mafia Neighbor"

这个传说也被称为"一家人的朋友"(A Friend of the Family),讲述的是一对夫妇搬到一片地价不菲的郊区地带,当他们结束周末旅行回到家时,发现家中被盗。当他们询问新来的邻居是否注意到任何可疑的迹象时,邻居——说话温和,穿着得体——建议夫妇俩不要向警方报案,等他们"打几通电话,看看能做什么"。很明显,邻居有点人脉,因为第二天早上,被盗的受害者发现他们的所有财产都整齐地堆放在自家的前廊上。

尽管郊区版本被当作最近发生的事件,在美国的几个大城市里被讲述,但是从20世纪30年代开始,关于通过一个朋友或者熟人的谨慎询问之后,被盗的东西被重新送回的相似故事就已经在流传了,有时据说这种事是在外国发生的。更老的美国版本暗示着这些乐于助人的人与美国本土的黑社会有联系,而不一定与黑手党有关。

这个故事的一些版本讲述的是一个美国学者在意大利或西西里岛参加会议或暑期学校。当这位访客租借的汽车被偷时,当地活动的主办方建议访问学者在向警方报告失窃之前先等一天。第二天早晨,车子就找到了,而且刚被洗过,就停在主办方所在机构的门前。在这个故事的异文中,访客被盗的钱包、皮夹或自己的论文原件被归还。

参考文献 *Mexican Pet*, 147; *Too Good*, 305–306.

H14. "英雄黑客" "The Heroic Hacker"

电脑黑客经常被大众媒体描述为一个在社交方面心理失调的青少

年，其目标是对毫无防备的用户的电脑进行恶意破坏。然而，在电脑程序员文化中，黑客却有着不同的一面。在通过电脑网络传播的有关黑客惊人的编程技术的故事中，这些被内部人士所钦佩的真正的黑客被推到了英雄的地位。

在这些故事中，最著名、传播最广泛的是“梅尔的故事：一个真正的程序员”（The Story of Mel: A Real Programmer），它于1983年开始通过电脑传播。虽然这篇文章的作者已被确认，但是它依然被许多电脑爱好者认为是匿名故事，而且它有几个异文。通常，这个故事保留了一种自由诗体的格式，它总是充满了高度技术性的行话。“梅尔的故事”发生在“程序员还在用机器代码编写程序”的年代，也就是说，程序员还在直接使用那些实际上由计算机“读取”的组成二进制语言的1和0字符串编写代码。

梅尔令人难以置信的技能，以及他对“程序”的挑战态度，“在这个低度啤酒、手动计算器和‘人性化’软件的颓废时代”，让作为后辈的程序员感到惊叹、受到鼓舞。其他的黑客传说也会提到这个英雄故事，在这些黑客传说中，有可能会出现这样的表述——“我只知道：梅尔会喜欢它的！”。

参考文献 Erik Brunvand, "The Heroic Hacker: Legends of the Computer Age," in Jan Harold Brunvand, *The Truth*, 170–198.

H15. 滑稽的报告 Hilarious Reports

语法错误的报告，据说是半文盲或粗心的人写的，它们在办公室里以手写、打印或影印的形式被传阅，最近也在互联网上传播。经常有人声称这些错误源自同一些办公室，但这样的故事在无数不同的地方已经存在很多年了。

这些报告所采用的形式包括（各举一例）：“福利信”（“按照您的指

示，我在随附的信封里生了一对双胞胎”）、“事故报告”（“回家时我开车进错了房子，撞上了一棵我没有的树”）、“给军队的信”（“我很高兴地说，我那失踪的丈夫，现在已经死了”）、“家长为学生找借口”（“请原谅朱迪，她陪祖父躺在床上”）、“这就是你说的，医生”（“病人拒绝验尸”）和“来自法庭实录”（“那就是你小时候弄断的鼻子吗？”）。

其他类似的搞笑书写错误，据称来自于外国酒店的标语牌、教堂简报中印刷的公告，以及学生们对考题的回答。当然，一些错误可能确实存在，但是这些长长的列表已经存在很多年了，它们通常有相同或非常相似的条目，其中肯定包含一大部分杜撰条目。“福利信”被记载的时间比大多数此类列表的都要久远，早在“一战”时就出现了关于它的例子。

参考文献 *Curses!*, 236–239; *Too Good*, 280–283.

H16. “嬉皮士保姆”
“The Hippy Baby-sitter”

参见 “烘烤婴儿”

H17. 历史的方法
Historical Approach

尽管有严密方法论的阐释“学派”尚未形成，但是针对当代传说历史背景的研究却一直吸引着民俗学学者，特别是那些使用为研究传统的民间故事而发明的所谓历史-地理（或比较）分析法的研究者。从本质上说，这种方法是比较的，即对其他时间和地点的不同版本的差异和相似性进行考察。这种做法又是历史性的，因为人们认为相似主题的过去版本可能是现代传说的原型。

在这些研究中，古老传说和现代传说之间的历史联系相当模糊，可能只适用于大体上的相似之处。例如，一个中世纪的**说教故事**（exemplum，即道德故事）讲述了一只蜘蛛寄生在一个爱慕虚荣的女人的头发里，但是不能准确地断定它是基于同一主题的当代传说的真正始祖。同样，在16世纪的故事和现在的故事中都发现了“断指（或手）”的母题，却很难证明众多叙事之间的直接联系。当像“被噎着的杜宾犬”这样的完整传说与一些较早的传说被联系在一起时——甚至到了描绘出隐含的关系图的程度——“这表示了现代传说的真正谱系”这样的想法也仅仅只是推测而已。

民俗学学者在追踪那些起源不早于20世纪的现代传说的历史方面，取得了较大的成功，因为在这段时期内，可能会有可靠的记载和出版的文献。“炉栅上的鞋跟”和“无解的数学难题”为那些可能被称为单个传说“现代史”的研究提供了很好的成功典范。而对于一些历史悠久的传说，比尔·埃利斯关于“血祭诽谤”作为一个反基督教的故事在古罗马流传的研究，成为成功探索一个经久不衰的传说的历史根源的罕见典范。

历史研究法的另一个方向是在过去作家的作品中找出他们对自己所处时代的传说感兴趣的例子。这些研究对象包括杰弗里·乔叟、丹尼尔·笛福（Daniel Defoe）、查尔斯·狄更斯、纳撒尼尔·霍桑和杰克·伦敦（Jack London）。

另参见 比较的方法；文学和都市传说

参考文献 Thomas E. Barden, “Early Virginia Analogues of Some Modern Legends,” *Contemporary Legend* 2 (1992), 155–164; *Choking Doberman*, 34–37 (severed fingers); Bill Ellis, “De Legendis Urbis: Modern Legends in Ancient Rome,” *Journal of American Folklore* 96 (1983), 200–208; Shirley Marchalonis, “Three Medieval Tales and Their Modern American Analogues,” *Journal of the Folklore Institute* 13 (1976), 173–184, repr. in Brunvand, *Readings in American Folklore* (1979), 267–278; *Mexican Pet*, 44–47 (“Choking Doberman” diagram); Alfred Messerli, “How Old Are Modern Legends?” *Fabula* 47 (2006), 277–288.

H18. 骗局
Hoaxes

在柯蒂斯·麦克杜格尔（Curtis MacDougall）关于这一主题的经

典著作中，严格来说，“骗局”是“一个故意捏造的、伪装成真相的谎言”。一些作家使用这个词来指代都市传说，尤其是虚假警告，但很少有证据表明，在当代谣言和传说的传统中，谎言是故意捏造出来的。相反，这些特殊的故事很少能追溯到源头，它们要么被相信它们的人真诚地传递，要么仅仅被作为笑话复述。那么，对于可证实为具有不诚实和有意的欺骗企图的案例来说，保留“骗局”一词似乎是最好的，而在都市传说的传播中，骗局很少是真实的。然而，法恩和埃利斯指出，最近在互联网上流传的“遍布各地的骗局备忘录”是明显的骗局例子，这些骗局涉及众所周知的都市传说。《纽约时报》每日填字游戏（2007，第1301期）将“一些都市传说”（提示）视为“骗局”（答案）。

必须承认，麦克杜格尔的一些例子确实与这本参考著作中涉及的都市谣言、传说和其他传说有所重叠，其中包括“墓地之赌”、滑稽的报告、救赎谣言以及“消失的女士”。

另参见 “子弹婴儿”；“伊丽莎白一世时代的电子邮件骗局”；法国；互联网资源；恶作剧；“合体夫妇”

参考文献 Curtis D. MacDougall, *Hoaxes* (New York: Dover, 1940; rev. ed. 1958); Fine and Ellis, *Global Grapevine*, 163–167.

H

H19. “不要蛋黄酱”；“不要马苏里拉奶酪”
“Hold the Mayo”; “Hold the Mozzarella”

参见 食物中的精子

H20. 荷兰
Holland

都市传说作为一种现代民俗文类在荷兰得到承认，始于1978年出版的一本名为《猴子汉堡：后工业社会的民间传说》（*Broodje aap: De folklore van de post-industriële samenleving*）的书，由居住在尼德兰的美国人埃塞尔·波特诺伊（Ethel Portnoy）编纂。正如波特诺伊在序言中说的那样，她在美国、法国、英格兰以及尼德兰都听说过这些故事；她坦言，甚至连本书书名涉及的故事都是她在纽约布朗克斯区得知的。根据书中的描述，当进出一家**热狗工厂**（enn hot-dog fabriek）的卡车相撞时，有人发现来自动物园的动物尸体——大猩猩、猴子和熊——正在被制成热狗。

这个污染物传说的美国原始版本并没有影响荷兰人采用broodje aap这个术语来作为都市传说的通用标签。在尼德兰，“猴子汉堡故事”成为一个很常见的概念，从2005年起，它已经被正式拼写成一个词：broodjeaapverhaal。波特诺伊的这本书在1980年出版修订和增补本之前，先后被印刷过六次，随后她在1992年出版了《猴子汉堡与蛋黄酱》（*Broodje aap met*）。波特诺伊强调的重点是恐怖和情色，从她书籍的插图上也很容易发现这一点，其中包括耳熟能详的传说，比如“头发里的蜘蛛”“钩子”“断头的自行车手”“惊喜聚会中的裸体主人”和“合体夫妇”。

1992年，由荷兰莱顿的作家兼公关人员彼得·布格尔出版的《猴子汉堡》故事集中，出现了更多的都市传说主题。他的书《袋鼠的报复：来自现代生活的传说》（*De wraak van de kangoeroe: Sagen uit het moderne leven*）的标题故事，很容易看出是“袋鼠盗贼”的异文，这个例子说的是前往澳大利亚的荷兰游客。布格尔的书中包含了在荷兰讲述的优秀和典型的都市故事，且将其归功于**“一个朋友的朋友”**（een vriend van een vriend），而且还包含了传说的资料来源、比较性注释和参考书目。除了像“微波炉中的宠物”“钩子”“超级英雄的狂欢作乐”这样的国际都市传说宠儿之外，这本书中还包含了一些看上去更具特色的荷兰传说，或者说至少是欧洲传说，其中就包括**“脏被子”**（Het wandelende dekbed）。布格尔关于“老者与年轻人”的简短文本的标题为“停车问题”（Parkeerproblemen），如果你知道这两句话说的是一个小型汽车和一辆大型汽车的司机在停车问题上经常发生的争执，那么就可能已经明白了这个故事，即使它是荷兰语的：

在阿姆斯特丹的运河附近，一辆MINI车抢在一辆劳斯莱斯前面，迅速滑进了停车位。MINI车司机下车对劳斯莱斯司机说："如果你开的是MINI车，你也可以做到这一点。"劳斯莱斯司机不费吹灰之力，开着车将MINI小汽车撞到了运河里。"如果你有劳斯莱斯，你也可以做到这一点。"

在另一个"小与大"故事的荷兰版本中，当一辆大型梅赛德斯-奔驰车在停车场里被一辆小型雪铁龙2CV抢了停车位，愤怒的车主不费吹灰之力就把小车撞到了河道里，说："这难道不是拥有一辆大汽车的优势吗？"

彼得·布格尔在1995年出版了第二部荷兰都市传说集，名为《烘烤婴儿》，2006年出版了第三本书《寻找费吕韦的美洲狮》(*De jacht op de Veluwepoema*)。费吕韦是发现幽灵美洲狮的自然保护区。在他的新书中，布格尔展示了另一个可能起源于尼德兰的都市传说，在这个故事中，一个孩子被狗咬死，因此警察不得不射杀了这只看起来好像疯疯癫癫的狗。后来，一名兽医发现，这只狗的耳朵里有17个（或更多的）钉书钉，所以它是因被折磨得痛不欲生而"发狂"的。

H

荷兰民俗学家西奥·梅德尔和埃里克·温布卢克斯（Eric Venbrux）在他们的研究"鳕鱼的假牙"（The False Teeth in the Cod）中提到了一个与众不同的荷兰现代传说，并于1995年在得克萨斯州圣安东尼奥举行的国际当代传说研究会第13届年会上首次发表（1996年，这篇论文以荷兰文发表，英文译文发表在《当代传说》1995年第5卷中，第115—131页）。研究人员追踪了一个以多种形式讲述和印刷的荷兰渔民故事，这个渔民于1994年在北海的一次捕鱼劳作中弄丢了他的假牙。据说，三个月后，另一个人抓到一条大鳕鱼，里面有渔夫丢失的假牙。然而，民俗学学者评论道："对于那些认为'鳕鱼的假牙'故事中有可疑之处的人，我们向你保证——确实有！"事实证明，这个故事在所谓的1994年事件发生之前，已经在荷兰流传了许多年，它基于更古老的传统母题。最终，阿姆斯特丹的一名出租车司机承认他把假牙放在了鳕鱼体内，这个恶作剧受到了现有的民间故事的启发。

梅德尔和温布卢克斯一直在研究尼德兰和佛兰德斯地区的都市传说，并在《民俗学》(*Volkskunde*)杂志(1999，第100期，第73—95页)中发表了一项调查报告。在关于“从守卫天使到混凝土设备”(引自他们的文章标题)故事的问卷调查结果报告中，他们发现，许多这样的传说在农村和都市地区，在天主教徒和新教徒、老年人和年轻人之中众所周知。荷兰都市谣言和传说中最著名的主题与受污染的食物、入室盗窃、医院和汽车事故有关，最受欢迎的主题似乎是健康、安全、好运和救赎。

在美国发生“9·11”恐怖袭击事件之后，梅德尔和布格尔都发表了有关尼德兰犯罪和恐怖传说的文章，刊载在《西部民俗学刊》的一个特刊上。梅德尔的文章展示了在有关荷兰的穆斯林居民被认为是“危险的‘他者’”的传说与媒体报道中，“事实与虚构是如何交织在一起的”。布格尔展示了“笑脸帮派”(Smiley Gang)犯罪传说是如何在荷兰发展成为暴行故事，并也提到穆斯林居民的。

2000年，西奥·梅德尔出版了一个故事集，书中的各种荷兰民间故事出自梅尔滕斯研究所(Meertens Institute)档案馆。该研究所是荷兰民间叙事搜集与研究的主要中心，还有一个很不错的网站。这个档案馆收录的荷兰都市传说，根据《婴儿列车》(1993)中的“都市传说类型索引”所建议的体系和给出的编号来组织资料。我使用它扩展了这部百科全书中使用的类型索引。

梅德尔2000年的书，书名为《神奇的飞行》(*De magische vlucht*)，这本故事集中包含40个都市传说。26个主要来自此书的都市传说的英文译文，被收录在西奥·梅德尔出版于2008年的《飞翔的荷兰人与其他尼德兰民间故事》(*The Flying Dutchman and Other Folktales from the Netherlands*)一书中。本书的相应词条也引用了这些故事。这两本书都使用了来自梅尔滕斯研究所档案馆中的“BRUN”(即布鲁范德)编号。

2010年，国际当代传说研究会年会在阿姆斯特丹举行，由梅尔滕斯研究所主办。

另参见 大型猫科动物出没；“被噎着的杜宾犬”；“脏被子”；“二次被偷”；“滚开！”；“派对上中毒的猫咪”；“定义‘勇气’”

参考文献 *Baby Train*, 59–60, 237–239; Theo Meder, “They Are Among Us and They Are Against Us: Contemporary Horror Stories about Muslims and Immigrants in the Netherlands,” *Western Folklore* 68: 2–3 (Spring/Summer 2009), 257–274; Peter Burger, “The Smiley Gang Panic: Ethnic Legends about Gang Rape in the Netherlands in the Wake of 9/11,” *Western Folklore* 68: 2–3 (Spring/Summer 2009), 275–295.

H21. “神圣之地” “The Holy Place”

虽然天主教会的会众总是在教堂过道的特定地点处屈膝并画十字，但是没有人知道为什么。一位年长的会众成员给出了这样的解释：几年前，那个地方有一个障碍物，任何一个经过的人都得避让。最终，这种行为发展成屈膝施礼，即使在障碍物被移除之后，也依旧如此。

一个类似的军事故事也说明了传统在维持毫无意义的仪式方面发挥的作用。射击时，一名士兵总是被分配给炮兵，且要伸直一只手臂。为什么要这样做？这个工作是马拉大炮时代遗留下来的，那时士兵的任务是扶住马匹，这样它们就不会在武器发射时受惊乱跑。

参考文献 *Too Good*, 147.

H22. “自制测谎仪” “The Homemade Lie Detector”

这个古老的国际性故事讲述了一个小偷是如何被骗从而暴露了犯下的罪行的，它有很多异文，偶尔出现在现代场景中（通常出现在印刷品中）。传统的母题是J1141.16（小偷受到折磨，然后出卖了自己［The thief is tricked into betraying himself in supposed ordeal］）。被认为发明了这些技巧的人包括一位阿拉伯酋长，以及阿根廷高乔人、美洲土著和欧洲村民等。

陷阱的精髓是，在一群嫌疑犯中有一人必定有罪，他们被告知有一个特定物体，如果触摸它，它就会神奇地识别出真正的小偷。罪犯是唯一一个不碰这个物体的人，他们通常会在这个物体上涂抹一些物质，而清白的人的手上都沾有这些物质。

"测谎仪"可能是一种动物，例如一只锅底下的公鸡或乌鸦（有黑色锅底灰）、一头驴（它的尾巴沾过了薄荷溶液），或一只羊（羊毛上抹了锅底灰）。据说，这个动物在小偷碰到它的时候会发出叫声，但真正揭晓了谜底的，是小偷的手上没有锅底灰或薄荷。在这个故事的中国版本中，物体是一个涂着墨汁的铃铛；在日本版本中，是一个灰尘满身的雕像；一个来自欧扎克的美国版本中，是一个涂有核桃汁的"波普"（即玩偶）。在故事的大多数版本中，无论使用什么物件，触摸都是在帐篷内、黑暗中或幕布下进行的，这样小偷就会认为，如果没有碰到所谓真相发声者的那个物体，他就不会被发现。

尽管"自制测谎仪"似乎没有成为美国的口头传说，但是它在20世纪就已经出现在杰克·伦敦的一个故事里、在连环漫画中、在电视剧《陆军野战医院》（*M*A*S*H*）的一集里和在《读者文摘》中。

H

另参见 "滤锅复印机把戏"；母题
参考文献 *Curses!*, 269–273.

H23. 都市传说中的同性恋
Homosexuality in Urban Legends

男性同性恋——但到目前为止还不涉及女性——是一些负面都市谣言和传说的对象，正如他们被无数现代传统中的诋毁笑话、押韵短诗和讽刺语列为目标一样。20世纪80年代和90年代的两个著名故事，组成了主要流传的反同性恋传说。这两个故事中，"塞沙鼠"故事描述了一种被认为是残忍的、外来的男同性恋行为，而“同性恋室友”中的男同性恋者则在大学宿舍里对他的异性恋室友进行了性侵犯。第三个涉及同性恋的都市传说——“同性恋-耶稣电影的请愿书”——在20世纪80年代初引发了国际抗议，后来人们才确定根本就没有这样的电影拍摄项目。

在都市传说中，同性恋男子有时会因犯罪和其他暴行而被指责，而这些事情没有实质的与同性恋相关的内容。例如，在“肢体残缺的孩子”（The Mutilated Child）故事中，实施暴行的人可能被描述为同性恋，而不是更常见的流氓或少数种族成员。关于一家比萨外卖公司的心怀不满的员工在递送食物前对着食物自慰的传说，有时会指明这种行为来自一名同性恋员工，他因自己的生活方式而被人厌恶或被老板解雇。男性名人，尤其是年轻帅气的名人，有时被谣传为同性恋，他们也可能会成为类似谣言和传说的目标。然而，在关于艾滋病流行的传说中，其焦点几乎完全集中在异性传播的可能性上，而在现实中，艾滋病的流行确实涉及许多同性恋者。

除了这些针对他们的都市传说，男同性恋者自己也会讲述那些描述或评论他们生活的都市传说（以及许多笑话）。举个例子，一位航空公司员工的姓碰巧是盖伊（Gay）；他用公司通行证坐飞机，坐在了一个空座位上。在登机过程中，空姐发现他的座位实际上已经被一个乘客付费购买了，所以她要找到盖伊，她问一个人：“您是盖伊吗？”但她找错了位置，问错了人（不是盖伊先生），但也问对了（她遇到的这位乘客碰巧是同性恋）。听到空姐要求那个人离开，真正的盖伊先生说：“不，我是盖伊；我马上下飞机离开。”于是，飞机上的另外两个人大声说：“嗯，我们也是同性恋，你不能把我们都赶走！”[1]

另参见 升学神话

参考文献 Joseph P. Goodwin, *More Man Than You'll Ever Be: Gay Folklore and Acculturation in Middle America* (Bloomington: Indiana University Press, 1989).

[1] 在美国俚语中，gay指同性恋者（尤其是男同性恋者）。

H24. “钩子” “The Hook”

大多数美国青少年，以及许多记得他们的高中岁月和恐惧经历的成年人，都会知道一个故事，1990年南非的都市传说集对这个故事做了概括。故事现场在布隆方丹的一个社区，位于“这个内陆城市名不副实的中心地标”，即“海军山”上，这里是年轻情侣在约会时最喜欢的停车处。

> 汽车里的收音机正播放着浪漫的音乐。这个夜晚充满了希望。
>
> 突然，一则闪现的消息打断了音乐。一个疯子已经从附近的精神病院逃了出来，最后一次出现是在海军山地区。通过可怕的钩子就可以认出他，这个钩子是他一只手的替代物。
>
> 女孩很紧张，但男孩很多情，他不想离开。女孩抗议，但男孩更加来劲。女孩要求男孩拿开他的手，他却保持原样。女孩伸出手，关掉收音机。
>
> 接下来的事情就是门上有刮擦声。女孩吓坏了，坚持要离开。男孩非常愤怒，伴着轮胎的刺耳声，他发动了汽车。回到家，他绕到副驾一侧的车门为她开门，却迅速地晕了过去。在那里，挂在门把手上的，是疯子那血淋淋的钩子残肢。（来自阿瑟·戈德斯塔克《荆棘树中的兔子》[*The Rabbit in the Thorn Tree*]，第99页）

尽管在“钩子”的传说中有许多不一致的地方（疯子被安装了一个钩子？试着用钩子手打开车门？当收音机里提到他的时候，他就躲在车外？那个欲求不满的男孩居然还很有礼貌地走过去开门？等等），自20世纪50年代以来，美国青少年一直热衷于讲述这个故事并对它深信不疑。这个故事有很多古老的原型，包括当一个强盗恐吓一位骑马者的时候，他的手被砍掉了；关于汽车的现代版本已经流传到世界各地，并在无数地方被本土化。“钩子”也是民俗学学者的最爱，在1993年发表的都市传说研究的优秀文献中，提到这一传说的文献不下33种。这个传说也被连环漫画、电影和电视节目所吸收，以至于一个挂在汽车门把手上的钩子形象足以让大多数人联想到整个都市传说的类型。尽管这样的形象破坏了传说版本所必需的悬念，但它突出了一个事实，即如今“钩子”更多地被认为是一个简单的恐怖故事，而不是对真实发生的事件的可信叙述。都市传说的戏仿作品中也几乎不可避免地会提到这个故事，从某种意义上说，它是都市传说的典型例子。

无数文本有待检验，漫长的传说历史需要回顾，许多具体和令人费解的细节需要解读，民俗学学者已经在阐释领域大显身手。其中最著名的是阿兰·邓迪斯的弗洛伊德式解读，他把钩子本身解释为阴茎的象征，将断肢作为象征性的阉割。其他学者则更愿意从字面上将这个故事看作是一个对停车的警告，一个父母之所以要关心孩子的引人注目的例子，一种对残疾人的恐惧的表达，或是对一个狂暴的反社会人士可能造成的危险的描述。瑞典民俗学家克林特伯格将“钩子”作为一个关于“遵循社会规则的正常人群的代表，与背离并威胁正常群体的不正常人群之间存在的冲突”的故事的例子。该解读受到了以下这种比较的鼓励——即将“钩子”传说，与其他讲述有人企图袭击正在行驶的汽车上的人时失去了手指的都市传说进行比较。

1965年，乔安·斯蒂芬斯·帕罗什蒂（JoAnn Stephens Parochetti）发表过一篇早期的研究，记录了受众对“钩子”故事的反应。她观察到，在小组环境中，听众可能会就故事的细节提出疑问，而讲故事的人往往会通过“从他们能记住的部分中进行逻辑推理”来填补他们觉得模糊的细节。她发表了一个以这些策略来不完整地讲述该传说的例子。

美国民俗学家比尔·埃利斯以他于1981年在俄亥俄州记录的三个年轻女子讲述和讨论“钩子”的录音文本为例，提醒我们尽力确保都市传说的完整原文的重要性（但实际上几乎是不可能的！）。埃利斯指出，在叙述中用换行符表示暂时的停顿，然后用大写字母来表示更强的力度。将叙述者的语气分类，并且在括号中标记为对话、叙述、男性、女性、傲慢和嘲弄；每个层次都由音调、强弱和轻重几方面来界定。下面是故事的一部分，只有一个女人在小组内说话，女孩敦促男孩回家，他最终同意了（这里的转录标记稍微简化了）：

（叙述）他和女孩的对话（女性）
我该回家了已经很晚了（叙述）
然后他继续（男性）不——不这没什么这
没什么
（叙述）还有嗯
（对话）我不会讲那些血淋淋的细节但是
（叙述）他们又磨叽了一会儿
最后小妞说（男性）**不现在到了**
午夜
我必须得回家（叙述）还有嗯
那个男的说，呃——
（对话）不——
我我我你知道我真的不觉得到时间了
（叙述）然后女孩说着（男性）**不已经**
到了
（叙述）突然间这男的说好吧
接下来我要说什么，他们听到了（女性）这个
十分古怪的噪声，就在汽车旁边——
（叙述）然后他说（女性）你知道的
我想我们该回家了（笑声）

仔细研究后，很明显，在这个选段中，男孩被描述为采用了一种更女性化的说话方式，因为他同意——由于“十分古怪的噪声，就在汽车旁边”，他驱车送女孩回家。尽管后来在“钩子”这个版本中有相当多的生殖器幽默，但埃利斯认为这个疯子最好被描述为“一个道德守护者”，他破坏了停车青少年的性爱实验。在埃利斯看来，钩子男的身心

H

缺陷在于“他自己性欲低下”。他总结道：“钩子男的威胁（至少在这次讲述中如此）不是青少年正常的性冲动，而是一些成年人不正常地要将他们分开的冲动。”

多年后，埃利斯“重新思考”了“钩子”传说，回顾了许多民俗学学者研究这个故事的文章，然后查看了已出版的文本，以及加州大学伯克利分校民俗档案馆归档的“钩子”文件夹中的70种完整叙事。在对故事的8个主要母题的不同异文进行统计后，埃利斯能够描述一个“标准”或“典型”版本的组成部分，可惜的是，没有任何一个文本在实际上被证明是典型文本。相反，埃利斯总结说：“在文本库中，‘典型’是可变的……（而且）任何将故事的某一特定母题或‘典型’版本视为‘隐藏含义’的仓库的努力都是徒劳无功的。”或许，下一阶段对“钩子”的分析会将注意力集中在不同叙事的语境、演述和实际的变化，以及该故事在流行文化中呈现出的多种面貌上。在今后的很长一段时间里，民俗学学者和其他学者肯定会被这个最受欢迎的传说（或者不管它是什么样态）吸引。

另参见 弗洛伊德的方法；“断指”；都市传说的风格

参考文献 JoAnn Stephens Parochetti, “Scary Stories from Purdue,” *Keystone Folklore Quarterly* 10 (1965), 49–57 (“The Hook,” 56); Linda Dégh, “The Hook,” *Indiana Folklore* 1 (1968), 92–100; Alan Dundes, “On the Psychology of Legend,” in Hand, *American Folk Legend* (1971), 21–36; Bill Ellis, “Why Are Verbatim Transcripts of Legends Necessary?” in Bennett, Smith, and Widdowson, *Perspectives on Contemporary Legend II* (1987), 31–60; Ellis, “ ‘The Hook’ Reconsidered: Problems in Classifying and Interpreting Adolescent Horror Legends,” *Folklore* 105 (1994), 61–75; Bengt af Klintberg, “Why Are There So Many Modern Legends about Revenge?” in Smith, *Perspectives* (1984), 141–146; *Vanishing Hitchhiker*, 48–52; *Too Good*, 94–95; *Be Afraid*, 69–72; Bennett and Smith, *Urban Legends*, 65–66.

H25. 恐怖传说
Horror Legends

所有都市传说集，无论它来自哪个国家，几乎都有一个单独的章节或部分，它包含了基于意外事故、暴行、污染、犯罪等的极其可怕的故事。因为每一类都市传说事实上都包含着一些恐怖性，所以将某些故事具体分类为恐怖传说有点武断。这一类别的创建主要是为了突出那些好像是以恐怖为主要目的或主题的都市传说。本书的类型索引中包含了保姆故事、医疗恐怖和其他恐怖，总共纳入了44个传说。

都市传说中的保姆可能会受到杀手的威胁，杀手已经杀害了孩子，现在又威胁到了保姆，或者保姆自己本身犯有受人指控的可怕罪行。这些故事里的孩子们有时会被毒气毒死，被微波炉加热致死，或者被活活饿死。

一些医疗恐怖故事展现了人们对医院、手术甚至是体检的恐惧，描述了可能出现问题的可怕情况。这个类别的其他故事涉及感染、尸体和同类相食。

其他恐怖传说往往是一个模糊的范畴，包括关于可怕的死亡、不卫生的生活条件、可怕的经历和所谓的撒旦仪式的传说。

一些现代的恐怖传说实际上是古老民间故事的变形；反之，一些恐怖故事往往被作为虚构的惊悚故事，而不是人们相信的传说来讲述。

另参见 “恐怖的高潮”；“辅导员之死”；爱沙尼亚；“人肉香肠工厂”；惊悚故事

参考文献 *Baby Train*, 65–112; *Choking Doberman*, 69–102; *Curses!*, 29–87; *Mexican Pet*, 69–82; *Vanishing Hitchhiker*, 47–73; Bennett and Smith, *Urban Legends*, 45–72 (14个传说，交叉引用了在不同章节中的13个“其他关于恐怖的故事”).

H26. 人性
Human Nature

虽然它不是一个基于特定故事的内容或主题的明确分类，但是人性——我们认为人们通常会如何反应的想法——经常在都市传说所描述的人物行为中得到体现。用我在下面引述的资料中的话来说，都市传说中的人性揭示了人们的行为倾向：“妄下结论、抓住机会、错过关键、捏造数据、抱怨、批评、找借口、遗憾、吹嘘、幸灾乐祸、坐失良机、跳槽、盲目追随传统又渴望与众不同。”毫无疑问，许多都市传说的吸引力之一在于，如果我们处于同样的境地，我们很可能会以同样的方式做出反应，并且同样遭遇尴尬或受伤。

“婴儿列车”提供了一个很好的例子，它与人类天性的作用有关。这个故事说明，如果有机会，夫妻们会“顺其自然”，在这种情况下，如果他们不小心提前醒来，就会发生性行为。其他受欢迎的传说则描述了人们在自认为没有人会注意到的情况下说“善意的谎言”或犯下轻微的罪行。人性可以在故事中双向运作，例如，在“请拿走我的票！”故事中，一名男子在他没上锁的车里的显眼位置留下了两张表现不佳的当地球队的球赛门票，相信有人可能会偷它们；相反，另一位心存不满的粉丝在同样的心理下把自己的两张票留在了原票的旁边。

甚至当一个展现人性的故事被证明是捏造的叙事时，就像“拨打911求助”（有人找不到电话拨号盘上的“11”键）一样，这个故事还是会被不断重述和相信，因为“有些人就是这么愚蠢！”。也许相信都市传说本身，就是人性的一个很好例证。

另参见 “训练教授”

参考文献 *Too Good*, 321–334.

H27. “人肉香肠工厂”
“Human Sausage Factories”

在“二战”期间和之后，流传着关于秘密工厂的谣言和传说，据说人们会被引诱到那里屠杀，然后被制成香肠和其他肉制品。提到据称是逃脱了的潜在受害者，或声称在肉中发现了一些珠宝或衣服碎片，被用以“证明”这些香肠工厂的存在。“人肉香肠工厂”故事在欧洲各地被讲述，一些版本也流传到了美国，其中包括1946年在《纽约客》上发表（并被揭穿）的一篇文章。在20世纪60年代及其后的爱沙尼亚，孩子们所讲述的这些传说的简化版本并不被认为是可信的故事，而仅仅是“令人毛骨悚然的故事”（thrillers）或“令人震惊的故事”（shockers，即恐怖故事或惊悚故事）。例如：

一位母亲有一个女儿。她送给孩子一枚戒指作为生日礼物。不久她就让女儿去买东西。女儿沿着一条柏油路走着，接着便神秘失踪了。母亲等了又等，女儿还是没有回家。这位母亲去买了一些碎肉回来，在家里开始煎肉。突然，她在肉末里看到了同样的戒指。然后，她意识到女儿出了什么事。

近年来，在美国流传着类似的人肉被当作畜禽肉类来销售的故事，并被认为是经营餐馆的各种少数民族，或无家可归、挣扎求生的人所为。

另参见 “意外食人者”；“木桶里的尸体”

参考文献 Mare Köiva, “Bloodsuckers and Human Sausage Factories (爱沙尼亚),” *FOAFtale News* 43, February 1998, 7–9; Bennett and Smith, *Urban Legends*, 275–277.

H28. “猎手的噩梦” “The Hunter's Nightmare”

一位运气欠佳的猎人碰巧在开车的时候撞到了一只鹿。虽然这样做是违法的，但他还是停下来，把鹿放到了他的车后座上，并把他的国家狩猎标签贴在了鹿身上。但是这只鹿只是被吓晕了，等它苏醒后，就开始踢腿，挣扎着要逃跑。猎人拿一个卸轮胎的铁扳手向鹿砸去，却打中了他的猎犬，然后猎犬开始攻击他。这名男子刹住车，被他的狗追赶着跳下车来，逃进一个电话亭，他打电话给911，告诉警方他被困在电话亭里，一只鹿正在折腾他的汽车。

许多个人和警察部门都有一份据称是原来911录音的拷贝文件，记录了猎人惊慌失措的求助电话，这件事常常被说成是1989年至1992年间在当地发生的事件。然而，唯一记录在案的此类案例发生于1974年的纽约波基普西，并且不是所有流传的录音带都有相同的措辞或细节，尽管大多数录音带都有相同程度的脏话。关于美国政府有关部门存放的录音带的拷贝份数以及对录音带的关注程度，都有夸张的说法。此外，还有一个更古老的关于受惊动物的传统故事。1974年的“受惊的鹿/鹿的绝技”录音带的配音和伪造的拷贝文件可能已经传遍各地，那些听过的人便认为此事件发生在当地，而且还是最近发生的。报纸专栏作家对这个故事的关注也促进了这一观点的蔓延。

另参见 “死鹿”

参考文献 *Baby Train*, 270–272; *Too Good*, 381–383; *The Truth*, “Was It a Stunned Deer or Just a Deer Stunt?” 76–83; Holt and Mooney, *The Exploding Toilet*, “Oh, Deer Me!” 88–90.

H29. 打猎 Hunting

在都市传说中，猎人通常被描述为不幸、愚蠢、不诚实的，或更加糟糕。据说，来自本州之外（犹他州的加州人、科罗拉多州的得克萨斯人、密歇根州的芝加哥人等）的“糊涂猎人”，在猎鹿时曾射杀过马、牛、骡子或其他的家畜。但是，从这些故事来看，当地的猎人们也同样糊涂和无能。狩猎在现代生活中已是过时的行为，而那些参加狩猎活动的人，在民间故事中似乎被描述成了一种回到更早、更原始的生活方式或心理状态的人。

另参见 “死鹿”；“猎手的噩梦”；“炸药狗”；“射杀公牛”

H30. “丈夫的监听器” “The Husband Monitor”

这个传说将技术盲与性丑闻的主题结合在一起：

> 在楼上的育婴室里，几位时髦的年轻丈夫正在给婴儿换尿布，而他们的妻子则在楼下吃饭。育婴室里安装了婴儿监听器，它就像一个装有麦克风的小收音机，当父母在家里其他的地方工作时，接收器会被随身携带，这样父母就能听到婴儿的哭声了。

丈夫们不知道监听器打开了。

接收器和妻子们在楼下。

丈夫们开始用一些生动和私密的措辞来讨论家中有了新生儿对他们性生活的影响。他们所说的每一个字都直接传到了他们妻子的耳朵里。

英国民俗学学者报告了一个类似的复杂故事，被称为“情人拨号M（尴尬至极）”（Lovers Dial M [For Maximnm Embarrassment]）。对讲机、电话上的重拨键、电子邮件和摄像机，是用来转播关于性的谈话或者实际做爱的声音的其他手段。通常，除了配偶之外，还有更广泛的听众。地点可能是酒店或客房，而不是家里。有人坚信，这样的事件实际上已经发生了，其中一些可能催生了传说。

另参见 “现场拍摄”；“令人震惊的录像带”

参考文献 *Too Good*, 120; Bennett and Smith, *Urban Legends*, 182–184.

I

I1. “我信仰玛丽·沃思”
“I Believe in Mary Worth”

这个词条的标题中包含着一则程式，即人们为了把镜中女巫或食尸鬼的复仇灵魂召唤出来，会在一间黑屋子里（通常是卫生间）凝视着镜子——有时会点上蜡烛——反复地叨念“我信仰玛丽·沃思”3次、10次、50次、100次等等。谁想做这种事呢？通常是一群参加派对或夏令营的青春期少女。这种仪式遍布全美，众所周知，它们的不同之处只是鬼魂名号的改变。这些鬼魂名号的异文包括玛丽·惠尔斯（Mary Whales）、玛丽·沃辛顿（Mary Worthington）、玛丽·约翰逊（Mary Johnson）、玛丽·卢（Mary Lou）、玛丽·简（Mary Jane）、玛丽·沃思，甚至是凯西（Kathy）。有时，这种仪式要求说话人反复地说“我信仰（插入姓名）”，甚或是“我憎恨（插入姓名）”。在许多地方都有这样的说法——“玛丽”会从镜子中爬出来，去抓说话人的脸，却没有解释人们为什么会招来这种袭击。尽管没有人声称她们亲眼见过这些做法导致了谣言中的结局，但是仍有很多女人愿意去追忆她们在青春岁月里同伙伴们一起进行这桩恐怖仪式的往事。

仪式的传说部分比较粗略，它通常是由有关现实中的玛丽所遭遇的某种悲剧的模糊故事构成。玛丽容颜被毁，这也驱使她决定要去迫害其他的年轻女孩。这个角色显然与连环画中的玛丽·沃思毫无关联，但是一些民俗学学者认为，它可能与墨西哥裔美国人的民间传说中的哭泣的女人拉·罗洛那（La Llorona）存在关联。另一个与传统相关的联系是童话和民间信仰中关于镜子的传说。

阿兰·邓迪斯集中关注了一组由加利福尼亚大学的学生提供的传说版本，这些版本强调了与“玛丽·沃思”相关的卫生间背景。他认为，这种仪式实际上涉及“（少女）初潮的开始……从少女时代到女性时代的巨大转变”。邓迪斯在批评其他民俗学学者没能对仪式做出充分阐释之后，提出了一系列假说，假说包括：仪式与英国历史上的血腥玛丽皇后（Bloody Mary，在异文中也被称为纯真玛丽［Virgin Mary］）及以伏特加为基酒的同名鸡尾酒之间可能存在联系，以及玛丽·沃思和玛丽·惠尔斯的名字或许指的是成年女性的“价值”（worth）或“哭泣”（wailing）的情绪反应这样的猜测。邓迪斯在进一步深入解读血腥母题的基础上，将他的方法应用于“消失的搭车客”，对幽灵乘客偶尔留在汽车座位上的湿渍和一个正值经期的年轻女性的“暴露实情的血迹”进行了比较。

在瑞典的传统中，男孩和女孩都可以通过反复叨念这样的程式，把**斯瓦特夫人**（Svarta Madame，黑夫人）从镜子中召唤出来。有时候，她是**斯瓦特·布洛迪格夫人**（Svarta Blodiga Madame，血腥黑夫人）、**斯诺斯基格夫人**（Snuskiga Madame，脏夫人），或者是其他的名字。这个传说在瑞典有多种异文——仪式在何时何地举行，反复叨念程式的次数，以及“夫人”到底长什么样子。

马克·阿米蒂奇（Marc Armitage）在英国小学系统工作时，发现了许多可以拿来比较的例证，它们是关于信仰和实践的“厕所鬼魂”，据说这些令人恐惧的鬼影游荡在学校的厕所区域。最常见的鬼魂称号是“白夫人”（The White Lady），但绿夫人或灰夫人也是这一传统的组成部分。在“哈利·波特”系列丛书中，霍格沃茨魔法学校的卫生间里出现的“哭泣的桃金娘”（Moaning Myrtle），是与民间传说中的厕所鬼魂相对应的文学角色。

参考文献 Alan Dundes, “Bloody Mary in the Mirror: A Ritual Reflection of Pre-Pubescent Anxiety,” *Western Folklore* 57 (1998), 119–135; Janet Langlois, “‘Mary Whales, I Believe in You’: Myth and Ritual Subdued,” *Indiana Folklore* 11 (1978), 5–33; *Be Afraid*, 66–67; *Mexican Pet*, 80–82; Bengt af Klintberg, “‘Black Madam, Come Out!’ On Schoolchildren and Spirits,” *Arv* 44 (1988), 155–167; Elizabeth Tucker, “Ghosts in Mirrors: Reflections of the Self,” *Journal of American Folklore* 118 (2005), 186–203; Bennett and Smith, *Urban Legends*, 285–87; Marc Armitage, “‘All about Mary’: Children’s Use of the Toilet Ghost Story as a Mechanism for Dealing with Fear. But Fear of What?” *Contemporary Legend* New Series 9 (2006), 1–27.

12. "冰淇淋汽车"
"The Ice-cream Car"

下文这个"冰淇淋汽车"的版本是摘自1978年6月发表在《交通安全》(*Traffic Safety*)上的文章，它说明了一些杂志是如何彼此互借这些来路不明的故事，并将它们传递下去的。

> 《汽车工程》(*Automotive Engineering*)上报道了得克萨斯州的一位汽车经销商收到了一条不同寻常的投诉。一位妇人向经销商抱怨，无论何时，只要她买开心果冰淇淋，她的汽车就无法启动。她解释说，她的家人都非常喜欢吃冰淇淋，因此，在炎热的夏季，她会把车停在当地商店的门前，然后买一些冰淇淋带回家。每当她买巧克力、香草或草莓口味的冰淇淋时，车子都可以正常启动，但只要她买开心果冰淇淋，她的汽车总是无法启动。最初，经销商以为这位妇人疯了，但是在与这位妇人一起体验了几次冰淇淋之旅后，他发现妇人说的是实话。经销商的一位工程师朋友向他解释了这个问题。他观察到售卖的巧克力、香草或草莓口味的冰淇淋从冰箱里拿出来时是预先包装好的，而带回家的开心果冰淇淋必须在现场手工包装。正是这段多出来的时间，让汽车在得克萨斯州骄阳的暴晒下出现了汽阻，从而无法启动。

让这个故事令人怀疑的原因包括：故事中没有明确的姓名和地点，汽车出现的技术故障说得模棱两可（有时被说成是"汽湿现象"[percolation]或者仅仅是突然熄火），这种事故根本不可能反复发生，特别是众多异文中提到了美国许多其他的州、不同的车型和冰淇淋口味。叙述者在关于汽车发动机是停止转动还是保持空转的说法上也不一致。早在20世纪40年代，当时手动包装冰淇淋的情况还相当普遍，那时就已经出现了这样的汽车故障故事，人们在讲述这个故事的时候，同样缺乏证据且矛盾重重。这个故事再次出现在出版物上的最近时间是

1992年，尽管这时候的汽车已经是电子燃料喷射装置的现代汽车，不再遭受汽阻的困扰。当然，修缮后可驾驶的老式汽车可能会发生汽阻现象，比如我自己那辆1953年的斯蒂旁克指挥官星光轿车，因此我总是选择香草、巧克力或草莓味的冰淇淋。

参考文献 *Curses!*, 121–122; *Too Good*, 296–298.

13. "蛋卷冰淇淋的戏谑"
"The Ice-Cream Cone Caper"

1986年夏天，突然间，那些电影偶像们开始出现在全国各地的冰淇淋商店。这些偶像的狂热粉丝欣喜若狂（根据故事来看，粉丝总是女性），反应过激（总是以相同的方式）。故事最初发生在东北部的一个州，主角是保罗·纽曼或杰克·尼科尔森（Jack Nicholson），后来是在新墨西哥州圣菲的罗伯特·雷德福。其实，这些明星们只不过是从容不迫地去买了个蛋卷冰淇淋。进店买冰淇淋的狂热女粉丝在认出明星时，一时语塞，不管怎样，她最终还是成功地买好了自己的蛋卷。然而，在这个女人走出商店后，她突然意识到自己的手里只拿着刚找回来的零钱，而没有蛋卷冰淇淋。这时她回到了刚才撞见电影明星的那个地方，电影明星舔着自己的冰激凌走到她身边，然后温柔地对她说："冰淇淋在你的手提包里，刚刚是你自己把它放进去的。"

这个可能带有弗洛伊德式隐喻的故事，在口头上大肆流传，甚至在许多印刷出版物中也很常见，上至严肃的新闻报道，下至报纸的闲话专栏，都出现过这则故事。播音员保罗·哈维以及许多人都在广播中复述过这个故事。当故事再次指向这些涉事名人的时候，据《今日美国》（*USA Today*）报道，保罗·纽曼说他要控告尼科尔森和雷德福，"因为这个冰淇淋故事与他没有半毛钱的关系"。尽管这个故事遭到了广泛的否认和揭露，但这个故事还是在1993年再次被登载，因为无论何时，只要他们其中的一个明星参与拍摄了一部新电影，这个故事就会被重新提起。

参考文献 *Curses!*, 173–176; *Too Good*, 422–424.

14. 冰岛 Iceland

冰岛的都市传说研究主要是得益于冰岛大学副教授瓦尔迪马·特里格维·哈夫斯泰因（Valdimar Tryggvi Hafstein）的工作，他在加州大学伯克利分校阿兰·邓迪斯的门下攻读了硕士和博士学位。在教学中，他仿效邓迪斯的“民俗形式”（Forms of Folklore）课程，在这门课程中，每个学生的学期规划是搜集和分析30个活态民间传说。2001年，瓦尔迪马开始在**民俗学**（冰岛语中的þjóðfræði，字面意思是“民俗研究”）系授课。随后布林蒂斯·比约格温斯多蒂尔（Bryndís Björgvinsdóttir）加入成为合作讲师，后者现在一直负责将学生搜集的大量作品进行归档的工作，而且她还在2012年的春季开设了当代民俗学课程。瓦尔迪马班上的学生拉克尔·帕尔斯多蒂（Rakel Pálsdóttir）将她自己知道的以及从朋友和家人那里了解到的传说记录了下来。2001年，当她还在攻读民俗学学士学位的时候，就已经在研究其他同学搜集的传说资料了，她出版过一本书，该书的书名翻译过来叫“微波炉中的猫和其他当代传说”（The Cat in the Microwave and Other Contemporary Legends）。瓦尔迪马、布林蒂斯、拉克尔，还有民俗学家托马斯·阿尔贝特松（Tómas Albertsson），以及瓦尔迪马目前还生活在英国的其他学生，为本词条提供了信息来源和翻译帮助。

（注：许多冰岛人没有“姓氏”，只得用父姓代替。冰岛的电话簿上记录的也只是他们的名，在本词条中我遵循了这一传统。）

冰岛大学众多学生搜集的资料包括多种类型的当代民俗。据布林蒂斯报告，有165个都市传说已经归档，其中有一些传说是同一传说的异文。这些故事按照主题分类，并根据贡献者、搜集者、年龄群体、搜集的时间和地点，以及主题要素设置了交叉索引。一些常见的主题包括性、污染、快餐，以及“我们和他们”（冰岛人和其他人）的观念。布林蒂斯发现，与许多其他国家的都市传说不同，在冰岛讲述的这些传说与青少年的关系不大（如保姆、约会、聚会等），也很少涉及鬼魂或带来威胁的攻击者，不论他们是藏在汽车后座还是其他地方。然而，一些国际传说，如“电梯事件”“艾滋病玛丽”，则都带有冰岛本土的具体细节，“墨西哥宠物”传说在冰岛也相当普遍。

在冰岛，老鼠/狗的传说变成了“西班牙宠物”，来自冰岛的旅游者在西班牙收养或者是在宠物店购买了一只小狗，最后才知道原来是一只老鼠。他们的宠物开始喘粗气或者咬人，攻击家里的猫或狗，或者表现出其他方面的行为失常，当他们带宠物去看兽医时，兽医一眼就认出了这个动物的真面目。

档案馆中的一则恐怖传说与冰岛的一位母亲习惯于把幼儿放在屋外或者是阳台上的婴儿车里睡觉有关，或许我们可以把它命名为“婴儿为什么哭喊”（Why Baby Cried）：

> 孩子在屋外的婴儿车里睡觉。当孩子哭起来的时候，母亲出来摇晃婴儿车。她没有把孩子抱起来，只是摇啊摇，希望孩子能够安静下来。但是孩子依旧哭闹不止，最终她不得不把孩子抱起来。她发现婴儿车里有一只老鼠（rotta í vagninum），这只老鼠一直在咬孩子的脚。（搜集自雷克雅未克的一位56岁的女性。）

拉克尔的书中（第35—38页）也有其他版本的“婴儿车里的老鼠”传说，其中的一些故事说是猫爬进了婴儿车，导致了婴儿窒息。有谣言称，卫生部甚至就此发布了警告，以防止此类危险再次发生。

在关于“我们和他们”的主题中，托马斯在研究冰岛棋盘游戏的历史时，发现了下面这个故事。该故事发表在1965年版的冰岛周报《自由国家》（*Frjáls þjóð*）上，标题是“**有用的钱**”（Gagnlegir peningar）：

> 几年前，一艘来自西班牙的船到冰岛装运咸鳕鱼。抵港后，西班牙船员向当地人出售南方红葡萄酒，当所有想买酒的人都买走一

些后，船也就准备出发了。船员们拿着这些用酒换来的冰岛钱币去镇上买东西，但是他们发现这些钱买不来任何东西，因为那是“斗牛士的钱”（即大富翁游戏的玩具钞票）。据说直到轮船离开港口，他们的这些买主都没再出现过。（注：冰岛的大富翁游戏引自丹麦，在丹麦，这个游戏最初叫“斗牛士”。）

冰岛都市传说的唯一教材是拉克尔在2001年出版的书，本书的素材并非直接取自大学档案馆。该书包括一个介绍性的章节“什么是当代传说？”（Hvað eru flökkusagnir?）和15个其他章节。这15章各自专攻一个具体的主题。全书包括81个文本，每个文本都有确定的来源，并附有参考文献、比较和分析。该书的章节标题直译如下：

（1）我们的日常生活
（2）祝福孩子们
（3）新科学与新技术
（4）情场失意
（5）我们和他们
（6）请自便
（7）“999，早上好”（与急救电话有关）
（8）男人的食物（污染故事）
（9）轻微的罪行
（10）肮脏的想法
（11）在路上
（12）毒物与更多的毒物（LSD和其他毒药/品）
（13）好时光和坏时光
（14）令人毛骨悚然的传说（恐怖故事）
（15）美国“9·11”

搜集来的这些传说有的是国际都市传说，包括“消失的搭车客”“作死！再晒一次！”“合体夫妇”“塞沙鼠”“秽行曝光”“商店扒手和冷冻食品”，以及各种各样的种族餐馆污染物故事。有几个冰岛都市传说描述了人们在国外旅行时误食他物：一个在西班牙旅游的人买了瓶“肉丸”罐头，后来才发现是狗粮；另一个在苏格兰的旅行者买的“糖果”其实是狗饼干。在一个相关的主题中，一位妇女买了一个非洲进口的木桌或小型雕像，里面寄生的木蛀虫钻出来，爬满了她的屋子。这个故事告诫人们要把所有买来的进口木制品放入冰箱冷冻，以杀死这类害虫。

一个冰岛本土的都市传说与文字游戏相关，同一个单词包括“生锈”和“上床”两个意思。这有点类似于screw这个单词在地道英语中的双重含义。[1]

一对夫妇打算卖掉他们的篷式拖车，妻子在广告中说房车的一个角落处有些生锈（rið）了。他们找到了一些可能的买主，其中一对夫妇敲开了他们的门，要求看一下这辆篷式拖车。丈夫和他俩一块儿出来，这对夫妇对篷式拖车检查了一番，一直问“这辆车生锈（riðið）的地方在哪儿？”。这位车主误会了他们的意思（因为他没有看到妻子发布的广告），指着床说：“好吧，我们通常在这儿做爱。”

另一个带有浓厚本土特色的故事是关于一位老妇人经常从雷克雅未克开车到阿克拉内斯的传说。她不相信新隧道（建于1998年）在峡湾之下连通了这两座城市，结果开车又绕了回去：

她出门时天气不错，在驾车行驶了一两个小时后，她看到了一块写着“阿克拉内斯”的指示牌，于是，她调转车头穿过了隧道。其实这条隧道最近才开放，最终她发现自己又把车开回了雷克雅未克。

[1] screw既指“螺丝钉”，也有“上床”的意思。

这些来自冰岛的都市传说资料——不论是国际性的主题，还是本土化的主题——都阐明了都市传说是怎样必然地存在于每一座现代城市的。正是一些敬业的民俗学学者和他们的学生们愿意去搜集和出版它们，才让我们有机会去辨识这些故事。

参考文献 Rakel Pálsdóttir, *Kötturinn í Örbylgjuofninum og Fleiri Flökkusagnir úr Samtímanum* (Reykjavík: Bjartur, 2001).

15. 移民谣言和传说
Immigration Rumors and Legends

任何国家的移民数量都在不断增长。这些可见的增长趋势刺激了谣言和传说的兴起，特别是在经济紧张和不稳定的时期。这些谣言认为政府给移民提供所谓的特殊福利，断言正是移民导致了犯罪率的不断飙升，描述了移民在住房里的邋遢举止，觉得移民会要求东道国给予优惠待遇，即便是那些非法移民也会这样做。在美国，这些故事经常与墨西哥人以及其他拉丁裔有关系，他们从南部边境涌入，希望能够在北方过上更好的生活。美国政府未能实施有效的移民改革，而是试图通过州法律来解决这些问题（如2010年亚利桑那州通过的法案），但这只会使问题恶化，并催生出更多的谣言和传说。

在众所周知的都市传说，如“诱拐未遂”和“别闪灯！”的多种异文中，犯罪的总是拉丁裔或其他移民群体。其他故事宣称美国政府给某些移民群体设立特殊免税期，甚至是无偿地向他们提供住房、汽车或其他福利。在英国流传的当代故事“秘密家具店”（The Secret Furniture Store），描述了一种所谓的能够给任何移民都提供免费家居用品的地下渠道——这些抵达英国的移民只需向海关人员耳语“社会保障”即可。2006年，当拉丁裔的激进分子发起“没有移民的一天”来展示移民对于这个国家的经济贡献时，有谣言称，尽管零售销售额确实下降了几个百分点，但由入店行窃导致的损失减少得更多。

另参见 陌生人带来的危险；毁坏公共住房

参考文献 Fine and Ellis, *Global Grapevine*, 73–122.

16. "改进型产品" "The Improved Product"

正如亨里克·拉森在调查中所记述的那样，这"是一个关于备受压抑的奇迹发明的传说，或者更宽泛地说，是关于一个被极大改进过的'改进型产品'，在近两千年，这个传说一直以各种各样的现代伪装到处流传"。在古典时期，这个主题的版本，讲的是关于坚不可摧或可弯曲的玻璃的故事；在当代传说中，最著名的版本是"节油汽车"。据说所谓的新发明会被阻挡在市场之外，古今皆然。拉森对这一基本传统的总结如下：

> 有一项惊人的技术发现，假如它被公之于众，那么除了某些大权在握的人以外，每个人能从中获得极大的好处。但正是少数的这几个人，为了自己的利益，让这一发现不为人知，而且他们也有足够的权力去无限期地压制这项技术。

现代民间传说中描述的其他改进型产品包括：长明灯泡、永久耐磨轮胎、不抽丝的尼龙袜和不会变钝的剃须刀片。人们通常认为，压制这项新发明的力量，不是作为竞争对手的传统产品制造商，就是政府。偶尔会有报道宣称，一项效用可疑的改进型产品将很快被投入市场。最近的案例是"魔法"洗衣球或洗衣盘，据说用了它从此在洗衣机里洗衣服就再也不需要洗衣粉了。我们还应该注意到，现代塑料已经在诸多方面打造了一个坚不可摧的世界，这些有几分柔韧且透明的产品，可以与古人想象出来的**可弯曲玻璃**相媲美。

参考文献 Henrik R. Lassen, "'The Improved Product': A Philological Investigation of a Contemporary Legend," *Contemporary Legend* 5 (1995), 1–37; Bennett and Smith, *Urban Legends*, 235–237.

17. “粗心的游泳者”
“The Incautious Swimmer”

和“倒霉的滑水者”一样，游泳者直接潜入了水蝮蛇（又名棉口蛇）的窝，然后被蛇咬死了。这是两个关系密切的传说，与“罐子里的蛇”相似，它是更大的蛇窝故事传统的一部分，普遍流传于美国中西部和南部地区。

在拉里·麦克默特里1985年的书《孤独鸽》，以及由该书衍生的影视作品中，都出现过这些“被水蛇咬死”的传说的一个异文。

参考文献 *Mexican Pet*, 30.

18. “秽行曝光”
“Indecent Exposure”

这个来路不明的传说最早出现于1991年，并迅速在国际上传播开来。这个故事讲述了恶棍本人在照片中把自己的卑鄙罪行记录了下来。但是——不足为奇——在那些反复讲述这个故事的人当中，没有谁曾经拿出过这张照片。同时，也许令人惊奇的是，即便是在这个数码摄影的时代，这个故事里提到的还是胶片照相机。

在巴哈马度蜜月的一对新婚夫妇回到酒店房间，发现财物被洗劫一空，所有东西都被偷走了——全部，更确切地说，除了他们的牙刷和相机。他们向管理人员汇报了被偷窃事件，酒店不仅赔付了他们的损失，还给他们提供了免费房间，以让两人度过余下的蜜月时光。

两人愉快地度过了剩下的蜜月时光，其间没有发生其他意外。回到家后，他们把胶卷拿去冲洗。几天后，这对夫妇在翻看照片时大惊失色，他们发现其中一张照片是一个人的裸体特写，这个人的臀部体毛旺盛，在他的直肠里插着他们的牙刷。或者，在更为详细的版本中，他们的牙刷“在牙买加某个日照不足的地方”被发现。

“秽行曝光”又名“牙刷照片”，因其作恶者的作案地点和性质差异而有所不同。当窃贼被认定为黑人、土著居民或拉斯特法里教徒（Rastafarians）的时候，它往往带有种族主义的观点。一些版本，特别是那些在欧洲讲述的版本，声称这种侮辱发生在一次家庭露营旅行期间。据说，有时这些被作恶者冒犯了的夫妇会向亲朋好友展示他们的假期幻灯片，不幸的是，他们没有预先浏览这些照片。1995年在瑞典搜集的版本描述了一对在加那利群岛度假的夫妇。这个发表的版本中配有一幅搞笑的漫画插图，这对穿着睡衣的夫妇一脸苦相地盯着照片，而女人的一只手里正拿着一管已经挤瘪了的牙膏。

电影《可恶的老板》（*Horrible Bosses*，2011）把这个传说中的污染方法当作一种报复手段加以使用，但是没有出现照片情节。

参考文献 *Baby Train*, 54–58; *Too Good*, 314–315; *Be Afraid*, 198–201; Fine and Ellis, *Global Grapevine*, 139–141; Bengt af Klintberg, *Glitterspray* (2005), 57–63.

19. 印度 India

一篇短文报告了印度某城市的一些故事，从文章的字里行间，我们或许可以发现这个人烟浩穰、有着伟大的城市中心和文化传统浓郁的次大陆上的都市传说分布极广、数量极多。古瓦哈提大学民俗学系的研究员阿努尼玛·达斯（Arunima Das），搜集了来自东北部城市古瓦哈提的各个年龄段的32名被调查者提供的故事，受访者的范围涵盖了从学生到州政府官员等多个群体。她将搜集来的资料划分成九大类别，其中的八个类别都给出了案例，并对它们做出了评论。概括如下：

（1）学生生活

一名新生因高年级学生的“恶作剧”（戏弄）而死。他的鬼魂游荡在学生公寓的一个房间内，在每个学年的伊始，这个鬼魂都会出现。它“把手伸向”另一个学生，然后就消失了。在印度的大学里，“骚扰新生”是一种惯用的伎俩，这个故事反映了新生对这种入学仪式的关注。

（2）性渴望与期盼

男孩骑着摩托车去送他的女友，让她坐在后座上。女孩身着一件T恤和长“包装”（宽松的裹裙），她的裹裙卷入了后轮，男孩发动摩托车离开时，女孩身上的那件“包装”就被扯了下来——这个被丢在路边的女孩窘迫难堪——腰部以下一览无余。一位人力车夫给了她一条毛巾来遮住身子，她就那样裹着毛巾回了家。这个“沮丧包装”的故事，反映了女孩在男人面前脱光衣服的性幻想，而男孩和他的摩托车则暗示着男性渴望“进入性生活”，尽管他实际上只是快速离去，避免了与这个女孩发生性关系。

（3）家庭故事

“主要反映了对后代幸福的担忧。”（没有给出案例）

（4）医院传说

X光显示，女人术后疼痛是由于医生缝伤口时留下的针造成的。人们对一些医生的粗心大意心怀恐惧，深信与病人的健康相比，医生对自己的收入更感兴趣。

（5）超自然事件

人们相信，从住宅屋顶传来的一阵阵瓶子敲击声，是肉眼看不到的攻击者制造的。虽然这些攻击可能是爱捣蛋的人干的，但人们还是倾向于相信是某种超自然的力量。

（6）宗教信仰

2002年，为了给新建筑腾地方，城市的部分建筑被拆除。在即将拆除一座寺庙时，一头在该工程中使用的大象拒不从命。很显然，它感觉到拆庙是一种亵渎行为。在经过了训导员的大力劝导和强行逼迫后，这头大象才克服了这种“神圣的不服从”态度，并最终完成了任务。

（7）种族间的关系

这个“神秘女孩”的故事，属于“艾滋病玛丽”的一个版本，全文转引如下：

在一次乘坐夜间超级巴士的旅行中，一个年轻人和坐在他旁边的一位年轻的那加族[1]（Naga）女孩成了好朋友。在整个旅行过程中，他们无话不谈。渐渐地，两人开始讨论一些亲密的话题。

早上，他们到达目的地时，那位年轻女孩邀请这位年轻男士和她住同一家旅馆。于是两人一起去了旅馆，一进入房间，两人就发生了肉体关系。而且，为了有更多的时间能够陪伴彼此，他俩还决定留下来过夜。

但是，第二天早上，当这个男人醒来时，却发现床上的伴侣不见了。他从床上爬起来四处找她，却不见其踪影。忽然，他的目光落到了床上的一张纸上。他拿起那张纸，读完上面的内容后大惊失色。据说，纸上清晰而醒目地写着：**欢迎来到艾滋病的世界。**

神秘的那加族女孩（在另一个版本中她是曼尼普尔人［Manipuri］）的故事原型是危险的陌生人。在古瓦哈提所在的阿萨姆地区的传说中，这是一个典型的主题。

（8）渴望财富

人们可能会使用各种弄虚作假的索赔手法，从保险公司那里骗钱。有时，不诚实的医生会与他们共谋，给他们开具虚假的伤病证明。在古瓦哈提，好工作的稀缺使欺诈行为增加。

（9）恐怖主义

一个小男孩被人绑架。在囚禁他的房间里，有先前的受害者在墙上用自己的鲜血写着“救我，救我”。尽管这个小男孩被麻醉并遭绑架，但他还是设法逃了出来。关于此类犯罪的“传说数不胜数”，

[1] 印度北部的一个族群。

在阿萨姆地区普遍流行。

参考文献 Arunima Das, "Urban Legends: A Study in Guwahati," *Indian Folklife* 25 (January 2007), 19–22.

I10. "不称职的母亲"
"The Inept Mother"

参见 "妈妈的恐吓成真"

I11. "除不掉的血迹"
"The Ineradicable Bloodstain"

这是一个传统的世界性民间叙事母题（E422.1.11.5.1，**血腥的悲剧过后无法清除的血迹**），该母题是著名的当代传说"死亡之车"中死人气味元素的原型。在古老的传统传说中，被杀的受害者的鲜血弄脏了地板或地毯，即使经过很多年——甚至几个世纪——的擦洗，血迹也无法被清除。在现代都市传说中，这个无法清除的特征是死人的气味。

参考文献 William Kline and Marion Newell, "An Ineradicable Bloodstain," *Keystone Folklore Quarterly* 9 (1964), 30–31; *Vanishing Hitchhiker*, 20.

I12. "顿悟传说"
"The Insight Legend"

这个故事说明的是"顿悟时刻"（eureka moment）。"顿悟时刻"就是一个人突然顿悟了如何去解决一个特定问题的时刻。这一类的全部故事都是以阿基米德的逸闻为原型的。他通过用身体演示的排水法，掌握了测量不规则物体的重量的方法，即把不规则物体放入水中，拿已知重量的相同物质（在这个案例中是金子）与溢出的水相比较。这令他非常兴奋，阿基米德从浴缸中跳出来，跑到街上大喊“有了！找到了！”（Eureka！）。有关“顿悟传说”的第二个形象的例子是牛顿的故事，这是一个关于掉下来的苹果，以及随之被发现的万有引力定律的故事。由于“阿基米德的浴缸”和“牛顿的苹果”不断地被广泛重述，它们作为顿悟如何可能发生的案例也随之有了一些变化。一个流传着的现代案例，是有关3M公司研究员阿特·弗里（Art Fry）发明便利贴的传说。他通过创新性地改造黏合剂制品，保证了他夹在唱诗班乐谱和赞美诗中的临时书签不会掉出来。

另参见 “疯子和轮胎螺母”；“无解的数学难题”
参考文献 Ian Brodie, “The Insight Legend,” *Contemporary Legend* New Series 6 (2003), 44–88.

113. 国际当代传说研究会
International Society for Contemporary Legend Research

国际当代传说研究会成立于1988年，以研究“‘现代’和‘都市’传说，以及流传着的任何活形态传说”为目的。该组织是从1982年起在英国谢菲尔德大学举办的一系列年度研讨会中成长起来的。出版的“当代传说观点”系列丛书收录的是研讨会的论文，前后共五卷（谢菲尔德学术出版社，1984—1990）。之后，国际当代传说研究会从1991年起开始出版传说研究年鉴《当代传说》。《FOAF故事通讯》是国际当代传说研究会的时事通讯刊物，负责报道新兴传说、最新书目以及传说研究学者的活动。《FOAF故事通讯》的全部往期刊目均可在网上阅览，目前《FOAF故事通讯》只是一个网络出版物。由吉莲·贝内特和保罗·史密斯汇编，国际当代传说研究会资助出版的《当代传说：一部民俗学的参考书目》（纽约：加兰出版社，1993）是一部有重要参考价值的工具书。该书包括1116个带注释的词条和一个详尽的总索引。国际当代传说研究会通常在春季举办年度会议，地点在美国或国外。关于会员、出版物和会议等信息，可浏览国际当代传说研究会的网站：www.

contemporarylegend.org。

参考文献 Christine Shojaei Kawan, "Perspectives on Contemporary Legend 28th Conference of the International Society for Contemporary Legend Research. Amsterdam, June 28–July 1, 2010," *Fabula* 51 (2010), 303–306.

I14. 国际都市传说
International Urban Legends

许多都市传说都以这样或那样的异文被传播至世界各地，其中尤为著名的案例包括"烘烤婴儿""丢失的奶奶""仙人掌里的蜘蛛"和"消失的搭车客"。自20世纪80年代以来，美国的都市传说作品集已经被翻译成多种语言介绍至国外，这些书经常唤起国外读者对本国类似故事的回忆。国外的民俗学学者已经连续不断地写作了许多都市传说的文章和书籍，记录了真正流传在国内外的当代传说。毫无疑问，我们作为都市传说来接受的某些当代口头传说，实际上在每一个现代城市都一定存在。

本书为几个国家单独设立了词条，这些国家在记录、出版都市传说的工作上已经取得了实质性的进展。有些国家未能进入词条，也绝不意味着那里没有当代传说被讲述，仅仅是没有人去搜集或研究它们罢了（至少我不知道）。

只要可能的话，在国家词条中我都参引了这些国外出版物的英文版的参考文献。但是，囿于语言障碍和查找国外出版材料的困难，它可能会给美国读者寻找这些原始材料带来限制。或许，读者可以通过向专攻民俗研究的大学发起馆际互借，或者是借助互联网进行数据库搜索，来获取这些国外资料。

另参见 非洲；阿根廷；澳大利亚；比利时；加拿大；中国；丹麦；英格兰；爱沙尼亚；芬兰；法国；德国；荷兰；冰岛；印度；爱尔兰；以色列；意大利；日本；墨西哥；蒙古；新西兰；挪威；波兰；罗马尼亚；俄罗斯；沙特阿拉伯；苏格兰；斯洛文尼亚；南非；西班牙；瑞典

115. 互联网资源
Internet Resources

互联网本身有诸多方面，包括社交媒体网络和电子邮件。它既是研究都市传说的一个工具，也是散布、讨论谣言和都市传说的一个渠道。不管怎样，我们都必须坚持一种健康的批判性思维，然后小心地使用这些互联网资源，同时利用其他来源渠道进行补充修正。正如大卫·阿罗诺维奇（David Aaronovitch）在他的阴谋论研究中所提醒的那样，“互联网的民主特性允许发布大量的未分化信息（undifferentiated information），其中有些信息是权威的，有些是猜测性的，有些则是荒谬无稽的”。理查德·勒佩尔（Richard Roeper）通过模仿骗人转发的警告文体撰写了一条警告：“请记住都市传说和阴谋论的永恒创作规则，**它不可能只是因为全部单词都使用了大写字母，并添加了多个感叹号，就变成了真的！！！**”同时人们还应该意识到，这也并不意味着它一定是百分百错误的。

人们在利用互联网搜集关于都市传说的信息时，可以从利用网络浏览器的搜索引擎查找有用的网站开始，包括新建的网站，或者去查找期刊上最新发表的传说文章。但是使用“谷歌”搜索某一主题找到的这些材料，可能是相关的也可能不相关。例如搜索“下水道里的鳄鱼”，其搜索结果大多都是相关材料。但是搜索“钩子”，它首先指向的是一本杂志，该杂志名与拖拉机牵引大赛有关。同样，搜索“玛丽·沃思”，很显然，搜索结果中会出现一些调酒配方，同时也有镜中女巫的都市传说。维基百科中包含一些关于特定传说和传说主题的文章，但这些文章并非全部都是完整的，或者在细节上准确无误。

除了各种致力于综合性地搜集和研究都市传说的网站，其他的网站也在不时地被创建起来，这些网站的创建者不是受谣言和传说影响的公司（如宝洁公司、嘉宝产品公司和内曼·马库斯商店），就是研究个别传说（如高价曲奇配方故事和“蓝星迷幻药”）的个人。国际当代传说研究会也维护运营着一个网站。

最早关注都市传说的网站之一是alt.folklore.urban，它的追随者称之为AFU[1]。一群忠实的AFU粉丝为这个网站的发展做出了贡献。他们在这个网站上分享故事、评价新材料、幽默而又智慧地讨论问题。在http://tafkac.org上可以找到对目前来说仍然有用的AFU档案，虽然通过主页链接可以获取常见问答（Frequently Asked Questions，即FAQ）的文件，但是AFU在过去的几年里似乎一直处于休眠状态，基本上已经被snopes.com和其他网站取代了。

备受欢迎的Snopes网站由芭芭拉·米克尔森和大卫·米克尔森（David P. Mikkelson）负责维护运营（snopes.com上的都市传说参考页）。该网站引人注目的图像和色彩，大幅度增强了它的特色和主题。用户可以随意或带着特定的兴趣，从大量的文本档案和讨论中搜索主题、话题和传说。该网站设有专题版块，包括关于迪士尼、大学、性、恐怖、音乐、电影、广播、电视和许多其他主题的传说。网站上的专题版块还有上架的都市传说书籍、最新的传说、"都市传说排行榜之前10名（或前25名）"，还可以跳转到有相关资料的其他网站。米克尔森令人印象深刻的网站上有一个聊天室，网站还可以自动发送电子邮件，把最新的传说提供给订阅者。Snopes这个名字甚至都变成了一个动词，比如"在人们把这些故事作为真实的警告转发之前，我希望人们能够snopes这些故事"。

2010年，互联网上的一个幽默网站发布了一幅漫画。两个简笔漫画人物开着笔记本电脑，正在snopes.com上浏览那些可能为真的都市传说。然后一个人说："运营snopes.com的那对夫妇也在运营着一个垃圾邮件服务器网络，许多邮件在第一时间推送那些故事，以确保他们总有业务。"另一个人说："这也太荒谬了。而且，这肯定不是真的——它已经被揭穿……"第一个人接着说："是吗？"然后，第二个人忽然意识到了这种可能性，喃喃自语道："天呐。"

这里还应该提到一些其他的网站，这些网站提醒说，该网站可以

[1] 即Air Force Units，空军部队。

短期访问，不过随时可能会更改网址或版主，因此你不太可能总是在同一网址上准确无误地找到之前的内容。多年来，大卫·埃默里（David Emery）的都市传说网址about.com一直是一个可靠的信息来源。UrbanLegendsOnline.com网站将单个传说的记录文本与精美图片、幽默评论相结合，同时还出售各种ULO装备。Straight Dope网站由塞西尔·亚当斯（Cecil Adams）维护运营，他在straightdope.com上为读者提供诙谐的、关于事实的回复，尽管这些回复已经远远超出了都市传说的范畴。在Straight Dope网站上，特别值得一读的文章是《都市传说为什么如此都市？》（What's So Urban about Urban Legends?）。hoax-slayer. com网站致力于识别、揭露和阻止电子邮件骗局和互联网骗局，其中有许多内容与都市传说重叠。hoax-slayer.com网站由澳大利亚的布雷特·克里斯滕森（Brett Christensen）维护运营，该网站保存着大量关于骗局的文章，而且每月免费提供一篇有关最新骗局的电子时事通讯，在其主页上有关于常见骗局的精彩讨论，包括如何识别欺诈邮件和回复转发它们的人。

除了英文网站外，还有许多其他语言的都市传说网站，它们由世界各地的粉丝和研究人员创办。这样的网站数不胜数，无法悉数列入本文。但是，如要全部记下这些网站的话，亦有办法。举例来说，在浏览器的搜索引擎中输入意大利语的“**传说**”（leggende），就会出现全部相关链接。以此类推，找出其他语言中的“传说”一词，然后使用这些不同语言的“传说”进行搜索即可。在本书的国家词条中，读者可以看到该国与都市传说研究相关的主要网站。

最近，民俗学学者已经把互联网本身作为一个虚拟社区来考察了，并拿它同过去的由口头传统维系的民俗群体相比较。在当代电子媒介中，社交网站、聊天室，以及通过电子邮件转发的笑话、传说等诸如此类的材料，都在某种意义上保留和继承了传统民俗的动态性。

另参见 《FOAF故事通讯》；法国；骗局；国际当代传说研究会

参考文献 David Aaronovitch, *Voodoo Histories: The Role of the Conspiracy Theory in Shaping Modern History*, New York: Riverhead Books, 2010; Roeper, *Debunked*; Wiebe, *This Is Not a Hoax*; Blank, *Folklore and the Internet*;

Larisa Fialkova and Marie N. Yelenevskaya, "Ghosts in the Cyber World: An Analysis of Folklore Sites on the Internet," *Fabula* 42 (2001), 64–89; Violetta Krawczyk-Wasilewska, "E-Folklore in the Age of Globalization," *Fabula* 47 (2006), 248–254; Monika Kropej, "Folk Narrative in the Era of Electronic Media," *Fabula* 48 (2007), 1–15; Frank, *Newslore*.

I16. 阐释
Interpretation

参见 分析和阐释

I17. 爱尔兰
Ireland

爱尔兰丰富的传统民俗资源已经被搜集和研究了相当长的一段时间，使一些现代传说的主题可以追溯到爱尔兰相对古老的民俗类型。例如，许多当代的"体内蛇"故事在爱尔兰民俗中都有故事原型。又如，下文讨论的"受伤的盗匪"，它在爱尔兰既有古老的案例，也有现代案例。

1982年，在英国谢菲尔德举办的首届"当代传说的观点"的国际会议上，爱尔兰民俗学家伊尔斯·尼·赫布恩报告了她从都柏林搜集到的现代传说。她的论文在会议论文集上（史密斯，《当代传说观点》，1984，第230页）只有一个简短的摘要，全文则发表在1984年的《民俗学》（*Béaloideas*）期刊上，该刊物由爱尔兰民俗学学会主办。（她还告诉了我更多的爱尔兰传说，包括"卢尔德奇迹"，在会议期间和会后，她还拿给我一些文本资料。）她发表的论文中有23个爱尔兰都市传说文本样例，每个文本样例都对应着拟建列表中的一个亚类，列表共包括7个主要类型。她搜集的这些传说还引起了他人的关注，在一篇名为"意想不到的故事"（Tales of the Unexpected，《爱尔兰独立报》[*Irish Independent*，都柏林]，1982年12月1日）的文章中，民俗学研究者通过引证这些资料，讨论了传说的传播问题：

所有的民间故事都能跨过江河湖海。过去，是水手和渔夫把它们带回家乡。现在，它们由媒体和度假者来传播，甚至连那些世界性的新闻机构也在负责散播它们。

在《民俗学》期刊登载的文章中，尼·赫布恩将她描述的这些传说划分为以下类型：种族中心主义、暴力、偷盗、报复、意外事故、食品和超自然现象。她引述的案例中有一些耳熟能详的国际传说，如“丢失的奶奶”“包裹里的死猫”“消失的搭车客”。一个有关被污染的快餐的广为流传的故事经过了爱尔兰的本土化，在下文这个版本中得以展示。该传说由一名爱尔兰的女学生讲述，她曾经和搜集人聊过该主题：

在波特马诺克好像发生过这样的事情，可能是发生在一辆卖薯条和汉堡的厢式货车上。清洁工（也就是收垃圾的人）来收垃圾桶，看见桶里面有很多Kitikat（猫粮）的空罐头，他很好奇这些空罐头是从哪儿来的。然后清洁工看到，一个男人正在把罐头里面的东西掏出来做汉堡，并把这些汉堡卖给路人享用。

两个可能称得上独特的爱尔兰故事是“基尔肯尼寡妇”和“卢尔德奇迹”。但是，尼·赫布恩提到的一个在“爱尔兰之外不为人知”的传说。实际上，在美国就有一个和它对应的传说（或许其他地方还有）。在美国，这个传说通常不与供油紧张联系在一起，而只是被描述成在加油站发生的司机报复故事。下文这个有关“供油紧张期间的报复故事”（Revenge during Petrol Strike）的爱尔兰版本，摘自她在《民俗学》期刊上发表的文章：

在供油紧张期间，一个女孩想要从汽车服务站外面直接把车插到等待加油的汽车长队（一列）中去。在汽车服务站附近，她瞅准了队伍的一个空隙，直接就钻了进去。过了几分钟，两名男子把车停下来，走到她的车窗前，说她这样做有失公平，因为他们已经排了好几个小时了，现在却排在她的后面。女孩对此不理不睬，把车窗一摇，读起报纸来了。等她到了加油机前，下车准备取下油箱盖的时候，发现一切都变了：她的油箱锁帽不翼而飞，取而代之的是一个上了锁的全新锁帽。她也没法加油了。

在1993年的一篇文章中，尼·赫布恩仔细研究了爱尔兰传统传说"野兔老妇人"（The Old Woman as Hare）的63个版本，指出它是都市传说"受伤的盗匪"的故事原型。在爱尔兰民俗委员会（Irish Folklore Commission）档案的一批较早的文本中，它们讲的是一个女巫能变成野兔，然后去邻居家奶牛身上吃奶的故事。当她被邻居发现并开枪打中后，这只野兔/妇人躲回了自己的屋子，但是人们通过流血的伤口把她认了出来，她保证以后再也不去打扰邻居家的奶牛了。在这些传统传说中，女人是攻击者，奸诈狡猾是她的自卫武器，而男人则用暴力对付女人，以保护个人财产。在与之相对应的现代传说中，这些性别角色发生了互换。一位女性的男性邻居企图强行进入她的公寓，她用暴力手段阻止了他。当这个男人试图去开门时，通常会有一根烧红的拨火棍刺向这个男人的手。在"受伤的盗匪"中没有超自然元素（如变形），但是通过受伤的情况来识别攻击者的母题被保留了下来。尼·赫布恩认为，这样的传说"关注两个世界之间的某种冲突或者相遇：正常和反常、自然与超自然"。

2006年，《FOAF故事通讯》的一篇简短报道称，都柏林大学学院爱尔兰民俗学系的学生彼得·麦克圭尔正在写一篇关于爱尔兰当代传说的研究论文。他已经搜集了"后座杀手""手提包里的斧头"，以及关于香水袭击的一些版本。目前，已发表的文本记录包括了在北爱尔兰自治区搜集的来自都柏林的"河流宠物"（也就是"墨西哥宠物"）的示例版本，及以下版本的"曲奇的包装"：

我的阿姨梅芙走进一家弗洛伦蒂诺的冰淇淋小店。她要了一杯茶，小店店主给了她一条奇巧巧克力棒（KitKat）。她的座位旁边没有其他人，一个男人向她走过来问道："我可以坐在这儿吗？"她说："嗯，没问题。"她坐在自己那杯茶的前面，拿起奇巧巧克力棒，掰下来一小块蘸着茶吃了起来。然后，这个男人和她做了同样的事。她心想："天呐，他太厚颜无耻了！"他的面前还有一个奶油面包。她又掰下一块巧克力吃了下去，而他拿走了最后一块。于是，他俩坐在那里半晌无言。就在她要离开之前，她把手指插到了奶油面包中间，然后，她走了出去。她把手伸进口袋，掏出了一条还未拆封的奇巧巧克力棒！我记得，我是从一位出租车师傅那里听说的这件事，当时我告诉他："这件事就发生在我阿姨梅芙身上！"其实，这件事是他以前从别人那里听来的，现在他在给坐出租车的人讲这个故事。

2011年，麦克圭尔从他搜集的传说中给我发来了更多的文本样例，包括"后座杀手""多毛的搭车客"的其他版本，以及一组绑架儿童的故事。这组绑架儿童的故事涉及一些可能实施绑架的人——有时被说成是吉卜赛人——他们驾驶着一辆黑色、白色或银色的厢式货车。

另参见 名人；毒品恐怖故事；"全国帮派周"；香水袭击；受伤的盗匪；"意外的遗产"

参考文献 Éilís Ní Dhuibhne, "Dublin Modern Legends: An Intermediate Type List and Examples," *Béaloideas: The Journal of the Folklore of Ireland Society* 51 (1983), 55–70; Ní Dhuibhne, " 'The Old Woman as Hare' : Structure and Meaning in an Irish Legend," *Folklore* 104 (1993), 77–85; Peter McGuire, "Two Dublin Legends," *FOAFtale News* 65 (August 2006), 8–9; *Be Afraid*, 187–188 (再版了 Éilís Ní Dhuibhne 关于"The Robber Who Was Hurt"的爱尔兰版本).

I

118. ISCLR ISCLR

参见 国际当代传说研究会

I19. 以色列
Israel

长期以来，以色列学者一直都对以色列的民俗学研究保持着热情，但是他们对当代传说的兴趣却是最近才有的。迄今为止，该领域的研究主要是由海法的研究人员在做。例如，1985年，阿利扎·申哈（Aliza Shenhar）在民间叙事期刊《故事》（第26期，第245—253页）上发表了一篇关于以色列“消失的搭车客”传说的研究论文。该文的文本资料和写作论述所使用的语言都是德语，标题是“以色列版本的消失的搭车客（母题E332.3.3.1：‘消失的搭车客’）”（Israelische Fassungen des verschwundenen Anhalters [Mot. E332.3.3.1: ‘The Vanishing Hitchhiker’]）。申哈讨论了37个传说文本，这些文本是1980年到1983年间由海法大学的学生们搜集的。虽然这些传说版本在中东地区已经高度本土化，但其中的世界性传说传统的基本母题却保留得相当好。一组有26个版本的传说描述了这样一件事：一位司机在耶路撒冷和海法之间的高速公路上给一名女兵让路，但事情的真相是，那名女兵在三年前的一起交通事故中已经丧命。第二组11个版本的传说讲述了一个骑摩托车的人顺便带一名路人回基布兹[1]，随后，他发现他借给幽灵乘客的那件羊毛衫就搭在她的坟墓上。（下文引述了申哈用英文发表的这篇研究论文的简短摘要。）

申哈另一项研究的文章题为“以色列基布兹的作为社会控制的传说性谣言”（Legendary Rumors as Social Controls in the Israeli Kibbutz），刊于1989年（第30期，第63—82页）的《故事》期刊上。虽然该文章引述的三个传说性谣言案例并非是严格意义上的都市传说，但是它们的传播、风格和功能，却毫无疑问地使它们具备了成为本土当代传说的资格。申哈通过展现这些故事中的性放纵、堕落的价值观和受伤的自尊，说明了它们如何“体现了80年代发生在以色列基布兹的变化过程”。它们和所有的口头民间传说一样，这些故事“在由一个人向另一个人传

[1] 以色列的一种集体社区，过去主要从事农业生产。

播的过程中发生了转变”。海法大学的阿亚·巴-伊扎克（Haya Bar-Itzhak）也写过一篇与基布兹有关的民间叙事研究论文，发表在《当代传说》（1995年，第5卷，第76—100页）上。

另一位海法大学的学者是心理学家本杰明·拜特-汉莱密（Benjamin Beit-Hallahmi）。1985年，他研究“男性对女性生殖器恐惧的信仰、神话和文学表达”，并在《英国医学心理学刊》（*British Journal of Medical Psychology*，第58卷，第351—356页）上发表了一些调查结果。拜特-汉莱密惊讶地发现，即便是在医学专业人士中，这些叙事也是人尽皆知的。他写道：

> 值得注意的是，这个神话在医务人员、内科医生和护士群体中大受欢迎。尽管事实上人类性生理学领域内的所有权威人士都对阴茎钳持现象表示怀疑，但是这些故事仍然普遍流行，而且在各种各样的场合中都能听到。（第354页）

这位研究人员的数据均等地源自以色列和美国。

不严格遵守犹太人的宗教仪式可能激发出了一个当代传说。一栋建筑物的**门柱圣卷**（mezuzah或mezuzot，除浴室以外，一个犹太家庭必须在所有的门柱上挂装着宗教经卷的小盒子）一旦出了问题，可能会导致灾祸的发生。拉比[1]约瑟夫·捷卢什金（Joseph Telushkin）在他的著作《犹太文化》（*Jewish Literacy*，第710—711页）中提到一个叫作“不幸的迷信”的故事，包括了两个版本。一个精确无误的**门柱圣卷**必须由一名抄写员非常完美、不作涂改地抄写在卷轴上。拉比说，关于未遵守上述要求而导致不幸的故事中，“流传最广的”说法是，阿拉伯恐怖分子在以色列马阿洛特杀害了25名犹太小学生后，“人们在大楼里发现了25篇不合犹太人教规的**门柱圣卷**”。在一条注解中，拉比捷卢什金提到了来自一个正统宗教出版物的另一版本。该版本涉及1976年从乌干达恩

[1] 英文为rabbi，犹太教的神职人员，通常是教会的经师和精神领袖。

德培解救犹太人人质的事件，“经核实，鉴于大多数人质家中的**门柱圣卷**都存在问题，它们要么是摆错了地方，要么就是没挂在门柱上，因此**所有的**犹太人应该立刻检查自家的**门柱圣卷**”。拉比捷卢什金称这些故事“非常令人不安”，如果仅仅是因为在他们的家中偶然发现了不合教规的**门柱圣卷**的话，那么这些故事可能会“使那些将要遭遇降临到个体身上的惨剧的人们对神灵产生怨恨”。

一个生动的例子是泰尔·阿维夫的“爆炸的马桶”，它说明了一个在以色列流传的著名都市传说是如何迅速地成为一个世界性新闻的。该事件于1988年出现在当地的一份报纸上，并由两家新闻机构传布到了世界各地。在这个事件被证明只是一个流行的都市传说案例之前，有数不清的外国报纸对它进行了报道。我在我的《真相挡不住好故事》(*The Truth Never Stands in the Way of a Good Story*，2000，第8章，“响遍全球的爆炸声”[A Blast Heard 'round the World])一书中对这个案例做了全面的分析。

1999年5月，国际当代传说研究会在纽芬兰圣约翰举办的第17届国际会议，进一步证明了人们对海法当代传说的关注。拉里莎·菲亚尔科娃(Larisa Fialkova)和玛利亚·叶列涅夫斯凯(Maria N. Yelenevskaya)提交了一篇名为“网络世界的幽灵：互联网上的民俗网站分析”(Ghosts in the Cyber World: Analysis of Folklore Sites on the Internet)的论文。虽然两位作者未能出席会议，但是他们的论文被宣读给了与会者。他们研究了“计算机媒介交流”——特别是一个专门讨论超自然故事的网站——是如何揭示了一种“电子文化”的存在的，它和口头传统在传播当代传说方面的作用相当。他们的结论是，“通过比较1993年记录的鬼故事和最近发布的帖子，我们发现，故事的自发性在逐渐下降，正被逐步发展起来的文本中的文学特征和电子民俗群体实践中的组织规则取而代之”。这项研究发表在2006年的《故事》期刊上(第47期，第64—89页)。

另参见 毁坏公共住房；“消失的搭车客”

参考文献 Aliza Shenhar, "The Israeli Versions of the Vanishing Hitchhiker (Mot. E322.3.3.1)" in Kvideland and Selberg, *Papers* II, 203–209; Haya Bar-Itzhak. *Israeli Folk Narratives: Settlement, Immigration, Ethnicity* (Detroit: Wayne State University Press, 2005); Rabbi Joseph Telushkin, *Jewish Literacy: The Most Important Things to Know about the Jewish Religion, Its People, and Its History*, rev. ed. (New York: William Morrow, 2008).

120. 意大利 Italy

著名作家伊塔洛·卡尔维诺（Italo Calvino）于1980年发表在报纸上的一篇文章，引起了人们对意大利都市传说的兴趣。他在这篇文章中讨论了一个他听来的奇怪故事，这个故事就是全球闻名的“断指”。在卡尔维诺的版本中，这位年轻女人是一个“熟人的熟人的熟人”（conoscente di conoscenti di conoscenti）。她在一个深夜开车回家，一伙骑摩托车的小子们扬言要闯入她的车内。这个女人锁好车门，快速地冲破了这些匪徒拿来拦车的重型锁链。回到家之后，这个女人发现她的车上挂着一段锁链，在锁链的另一端上挂着一只被扯下来的手。

1988年，意大利翻译出版了两本有关当代谣言和传说的外国书籍：法国社会学家让-诺埃尔·卡普费雷1987年的《谣言》，意大利文版译作Le voci che corrono；我自己1986年的《墨西哥宠物》，意大利文版译作Leggende metropolitane（也包括我1981年出版的《消失的搭车客》序言的翻译）。1990年，《作死！再晒一次！》（1989）的意大利文版（*Nuove leggende metropolitane*）问世。同年，这些书的意大利文译者玛利亚·特雷莎·卡尔博内（Maria Teresa Carbone）自己出版了一本有趣的小书，书名是《99个都市传说》（*99 Leggende urbane*）。卡尔博内的作品收录了从A到X的简短词条（照字面来看，从Abbronzatura，即“晒黑故事”[tanning tales]，到Xeroxlore[影印传说]），主要谈及诸如鳄鱼、保姆、毒品、移民、修女、性和超市等话题。2001年，我的《好得令人难以置信》（1999）的意大利文版（*Sarà vero? Leggende metropolitane di tutto il mondo*）问世。

意大利都市传说研究的一个里程碑事件是1991年3月第一期通讯

刊物《不过是故事而已》(*Tutte storie*)宣布发行，这标志着当代谣言和传说搜集中心(Centro per la Raccolta delle Voci e Leggende Contemporanee，或Ceravolc)成立。该中心由保罗·托塞利(Paolo Toselli)指导管理，总部设在皮德蒙特大区的亚历山德里亚市。该中心的网址是http://leggende.clab.it，电子邮箱地址是ceravolc@tiscali.it。自此，《不过是故事而已》不定期发行，内容包括有关意大利活态传说的短文和通告，以及对与之相关的近期出版物的评论。据该中心的研究人员描述，他们的主题类型包括人们讲述的真实性存疑的内容，它们“**据说是真的，或被相信是真的**”(raccontate come vere o credute vere)。其中的许多故事是以“集体再创作过程中临时增加的新闻故事”(即谣言)的形式呈现的。而其他的故事则是以真正的传说形式呈现的，它与前者的叙事内容有显著的区别。当然，这些传说从一个人传给另一个人，就像是**一个朋友的朋友**(all'amico di un amico)的亲历。在意大利的大众传媒中，谣言和都市传说也是频频出现的。

尽管《不过是故事而已》以意大利语出版发行，但是它刊登的每篇文章都首先用英语或法语为外国读者提供了简短摘要。后来，该中心网站上的通讯版本就没有这些摘要了。通讯到1997年第9期时停止发行，随后转向了一个专门探讨流行文化(戏剧、漫画、电视、电影等)背景下的都市传说的刊物。通讯专攻的典型主题是盛行的谣言，如**神秘的猫**(felini misteriosi)、**假地震预言**(terremoto annunciato)和器官盗窃的传说。关于**巨型“鱼雷鱼”**(pesce siluro)的漫天的夸张报道令潜水员心惊胆战，它与美国都市传说中的巨型鲇鱼可谓是如出一辙。

2002年，一个名为《不过是故事而已的新闻》(*TutteStorie News*)的在线通讯以意大利语发行了三期。2010年9月，当代谣言和传说搜集中心为了纪念20年来的工作历程，在其总部组织了一场回顾展。全国性报刊《新闻报》(*La Stampa*，2010年9月15日，第23页)对这一活动进行了整版报道。意大利传说中心的网站上有一项传说文本的档案，包括16个类别，提供了一些很好的意大利都市传说案例，包括下文的“闪闪发光者，未必皆黄金”（由“谷歌翻译”翻译，本人编辑）的“珍珠”版本。

“被抢与惩罚”

我叔叔的一位熟人，她正在都灵市中心的一条街道上走着，劫匪把她的假珍珠项链抢走了。过了几天，当她走到那个老地方的时候，她再次遭到了劫匪的袭击，劫匪一拳打在她的脸上，说：“下次戴些货真价实的珠宝吧！”

当我对叔叔说，我要直接和故事中的主人公对话时，我了解到，主人公其实不是我叔叔的朋友，而是他那位朋友的一个熟人，是一个足科医生。当我去足科医生那里寻问遭抢的那位女子的身份时，足科医生承认说，这个故事是他客户的一位朋友告诉他的。

后来，我听到了一个非常相似的故事，故事的背景也是都灵市中心，只是这次被抢的是一件假裘皮，劫匪只不过是扇了这个不幸的受害者一耳光。

另一个关于意大利都市传说的网站是leggendemetropolitane.net。这个网站包含文本、短文、书评和讨论区。作为互联网和科技都市传说方面的权威，保罗·阿迪维斯姆（Paolo Attivissimo）在他的博客http://attivissimo.blogspot.com中对这一主题做了很好的报道。有关这一主题的主要书籍是洛伦佐·蒙塔利（Lorenzo Montali）的《科技传说：盆景猫如何吃草莓鱼》（*Leggende tecnologiche… e Il gatto bonsai mangiò la fragola pesce*，2003）。这里的译文暗示了本书标题的部分内容：

一个女孩必须要去医院看病了，因为她总是感觉不舒服。她的病状表明她有过敏反应，但是却找不到病因。她知道自己对鱼过敏，所以她从不吃鱼，到目前为止她都生活得很安逸。但是现在她不得不去医院看病，因为从她的免疫系统的反应来看，她好像接触了鱼蛋白。

医生询问她最近的饮食状况，最后她说自己吃了一些草莓。医生忽然间意识到草莓可能是她的病因：多汁的大草莓看起来非常有益健康，也很新鲜，即便它们是反季草莓。

医生发现，这些如此诱人的草莓，是有人把草莓的基因和具备抗冻性的北极鱼的基因结合在一起的产物。这是一种根据市场规则，而不是口味规则改造的转基因生物，所以我们无法知道吃的这些东西究竟是什么。

从2001年起，洛伦佐·蒙塔利在《焦点》（*Focus*）月刊的专栏上也写过一些关于都市传说的文章。Cicap（Comitato Italiano per il controllo delle affermazioni sul paranormal，**意大利超自然现象调查委员会**）是一个总部设在帕多瓦的重要团体，其网站有大量与都市传说研究相关的信息。在www.cicap.org/en/index.php网址上，读者可以浏览这些信息的英译版本。我在2011年1月查看该网站时，网站中"都市传说"（Leggende Metropolitane）标题的条目下共有66篇文章，其中一篇文章的标题是"扬·哈罗德·布鲁范德"。

意大利的都市传说作品集不断涌现。保罗·托塞利是出版该类书籍最多的人。1994年他出版了《闻名遐迩的飞蛇入侵》（*La famosa invasione delle vipere volanti*），该书名受到了一则广泛流传的传说的影响，据说有人通过使用神秘飞机和直升机来放生毒蛇。他接下来出版的作品集有1996年的《口口相传》（*Di bocca in bocca*）、2002年的《9月11日：战争传说》（*11 Settembre: Legende di guerra*）、2004年的《普遍谬误的故事传说》（*Storia di ordinaria falsità*）、2005年他和斯特凡诺·巴尼亚斯科（Stefano Bagnasco）合编的《新都市传说》（*Le nuove leggende metropolitane*）。2005年的这本书是一个文件汇编，材料取自2004年11月在都灵召开的一场国际会议。斯特凡尼娅·富马加利（Stefania Fumagalli）出版的《史努比女孩》（*La ragazza dello Snoopy*），辑录了36个版本的"消失的搭车客"，其中一些版本里，驾车人是在一个名为"史努比"的迪斯科舞厅外面搭载的乘车人。

切萨雷·贝尔马尼（Cesare Bermani）在1991年出版了《婴儿是拿来招待的：意大利的都市传说》（*Il bambino è servito: Leggende metropolitane in Italia*），1996年出版了《皮波路过请关灯》（*Spegni la luce chè passa Pippo*）。1993年，蒂塔·坎切列里（Titta Cancellieri，笔名）出版了《如果发生在你身上呢？》（*E se capitasse a te?*）。1994年，达尼洛·阿罗纳（Danilo Arona）出版了《只有故事：意大利的想象与当代传说》（*Tutte storie: Immaginario Italiano e legende contemporanee*）。法比奥·卡罗尼（Fabio Caironi）在2009年汇编出版了《跑调的故事》（*Storie stonate*），全书辑录了50个关于流行音乐和音乐家的传说。要让意大利的传说传统更广为人知，需要做的事情就是把这些大量书籍中的一部分译成英文。

和许多国家的传说一样，很多耳熟能详的国际传说都能在意大利的都市传说库中找到。对英国或美国的读者来说，识别意大利出版物中的这些故事并不是一件难事，如“消失的搭车客”“蓝星迷幻药”“墨西哥宠物”“嬉皮士保姆”“仙人掌里的蜘蛛”等，这些故事在他们自己的国家也很有名。“艾滋病哈利”传说就是一个很好的案例，这个传说在意大利人尽皆知。用一位意大利商人的话来说，1991年，他从同事那里听到这个故事后，就把它写了下来并寄给了我。他发誓说这个故事就发生在他朋友的女儿身上：

一个十六七岁的可爱女孩去撒丁岛过暑假。她在那儿遇到了一个年长她几岁的帅小伙，并爱上了他。几天后，女孩上了他的床，失去了处女之身。他们在一起待了几天，等她准备回家的时候，她问他家住何处。他说还不能告诉她，但他很快就会和她联系。然后，他把一个包装精美的包裹送给了她，并告诉她到家之前千万不要打开。

当她打开包裹时，发现里面有一只死老鼠，同时还有一张纸条。纸条上写着：“欢迎来到俱乐部，现在你也染上了艾滋病。”

没有在世界范围内广泛传播的意大利都市传说，包括《不过是故事而已》(1992年4月，第4期)上报道的“蓝色葡萄柚的神秘”(The Mystery of the Blue Grapefruit)。早在1988年，有关以色列的毒葡萄柚进入意大利的谣言便流传开来。据说，这些被污染的水果上都有蓝色的斑点。这个故事还发展出了许多子虚乌有的细节，在它被揭穿之前，这个故事在口头和报刊上频繁出现。报纸上报道的另一个虚假新闻——甚至出现在《纽约时报》上——声称，人们在那不勒斯可以买到印有安全带的T恤。这样，司机就可以骗过警察，让警察以为他们系了安全带。《不过是故事而已》报道说，人们把这看作是“那不勒斯人都知道的一个与狡猾品性有关的例子”。

1994年保罗·托塞利参加了一场由国际当代传说研究会举办的会议(巴黎)，将意大利都市传说研究的一个例子带入更为广阔的公众视野中，他向大会提交了一篇英文标题的论文：《绑架儿童和黑市上的身体零部件：90年代的意大利谣言和当代传说》(Child Kidnappings and the Body Parts Black Market: Italian Rumors and Contemporary Legends in the Nineties)。托塞利追溯了这些谣言和故事的发展脉络。一则警告信息在1990年流传开来，据说有一个驾驶着黑色救护车的犯罪团伙在全国各地流窜，他们绑架儿童，然后取下孩子的器官用于器官移植。到1992年，在意大利媒体的推波助澜下，这些故事的传播达到了高潮。到1993年，著名的“盗肾”故事传到意大利，有关这一主题的更多异文流传开来。融入这一传说传统的内容还有所谓绑架儿童的吉卜赛人和被称为“诱拐未遂”的传说的元素。在意大利的传说传统中有一个与众不同的母题，就是在货车或卡车上建造一个移动的手术室。

2005年，美国民俗学家斯泰韦·史坡林(Steve Siporin)发现了一个独特的意大利都市传说。这个故事是他的教授在高级语言课程班上讲的。下文是他根据原故事重述的版本：

佩鲁贾的一位年轻人决定向女友求婚，他把求婚钻戒藏在一个巧克力做的复活节彩蛋里。他把彩蛋送给女友时并没有告诉她里面藏着他的礼物。过了几天，女友完全没有提到戒指的事，他问女友是否吃了彩蛋。女友解释说，她更喜欢牛奶巧克力，但是彩蛋是黑巧克力，因此她就去退货了，换回来一个牛奶巧克力。他暴跳如雷，告诉女友彩蛋里有一枚钻戒。他们冲到糕点店（pasticceria）想要回彩蛋，但彩蛋已经卖给了一个店员并不认识的人。还好，这个买主和他们住在同一个街区。买主也是个老实人，不久就把彩蛋还给了他们。尽管这对情侣拿回了戒指，但是求婚这件事却泡汤了。

史坡林很快发现“巧克力蛋和钻戒”（The Chocolate Egg and the Diamond Ring）故事（大多数的故事结局都是没能找回戒指）的各种异文已经在口头和媒体上流传好几年了。而且，这些新闻报道在其他国家也被引用和转载。

在意大利的传说中，无论是相对古老的传说，还是现代的都市传说，食物似乎都是一个重要主题。美国食品历史和政治专家扎卡里·诺瓦克（Zachary Nowak），通过电子邮件给我发了一些关于他正在研究的意大利食品传说的笔记（诺瓦克在意大利佩鲁贾的翁布拉学院［Umbra Institute］教授历史，属于一个美国留学项目）。诺瓦克提供给我的笔记中包括以下三个故事，它们或许可以解释某些传统食品的起源：

“意大利面来自中国？”（Pasta from China?）——一个经久不衰的国际传说，即便在意大利人当中也是如此，说的是马可·波罗从中国带回来了意大利面。这个故事似乎是一个假民俗（fakelore），是由美国通心粉（现在是意大利面）制造商协会（American Maccheroni Manufacturers Association）在1936年推广开来的，但其实早在1900年就已经有这个故事了，正如在一个意大利美食网站的帖子中所写到的那样（参见讨论网址：http://www.foodinitaly.org/comment-how-old-is-the-marco-polo-myth）。

“玛格丽特比萨”（Pizza Margherita）——1889年，皮埃蒙特女

王玛格丽特（The Piedmontese Queen Margherita）邀请一家比萨制造商来到那不勒斯的皇宫。这个传说宣称女王偏爱番茄酱、马苏里拉奶酪和一枝罗勒搭配起来的比萨（恰巧，这是意大利国旗的颜色），因此，从此之后，这个比萨就被冠上了她的名号。

“盐战”（The Salt War）——据佩鲁贾人叙述，作为1540年“盐战”的一部分，他们的祖先为了抗议盐税，将不再往面包中加盐作为一种抗议形式。然而，其实在意大利中部的大部分地区，人们都是吃无盐面包的。在但丁的《天堂》（*Paradiso*，创作于1314年）中，一个佛罗伦萨的同伴告诉他，将来他会吃到加盐的面包。

2011年9月，意大利媒体刊登了一则新闻，标题是“**新郎在圣台上说‘不’**”（Il no dello sposo sull'altare），这实际上是“恼怒的新郎”传说的一个异文。据全国性报刊《共和报》（*Repubblica*）报道，有一个关于在莫诺波利城举办的婚礼的八卦四处流布，牧师问新郎是否愿意娶这个女人，他回答“不”。这个男人唯一的解释就是“新娘和伴娘知道原因”，这暗示了新娘的不忠。根据这些故事来看（莫诺波利大教堂的牧师否认了这些故事的真实性），当时的婚礼派对共分成了两组，新郎这边的一组，为了不浪费婚宴大厅的押金，留在这里庆祝他恢复单身。新闻报道中援引了一位看守教堂的**老妇人**（perpetua）的话，她说：“在我看来，这有可能是真的。毕竟，他们一个是加油工的儿子，一个是美容院员工的女儿。”但是在向莫诺波利的牧师核实情况时，他透露说，教堂多年来并没有雇用过一位看守教堂的**老妇人**，打扫卫生的都是通过合同雇来的人。

意大利都市传说传统的丰富，以及搜集人员和研究人员取得的成就是如此地令人印象深刻。太棒了！

另参见 大型猫科动物出没；“乐于助人的黑手党邻居”；“童言无忌”

参考文献 *Baby Train*, 247–249; Paolo Toselli, “An Italian Center for Collecting Contemporary Rumors and Legends,” *FOAFtale News* 21 (March 1991), 6–7; Steve Siporin, “A Contemporary Legend from Italy,” *Journal of Folklore Research* 45: 2 (2008), 171–192.

J

J1. 日本
Japan

日本民俗具有丰富而古老的传统。在日本，全部类型的民俗都有相对完备的记录，包括许多传说。美国民俗学家理查德·多尔森引用日本民俗学搜集和研究先驱柳田国男（Kunio Yanagita）教授的话说："日本拥有的传说比任何西方国家都多。"一位西方作家提醒人们注意，现代**都市传说**（legends）与在日本被称作**故事**（setsuwa）的古典和中世纪的**民间故事**（folktales，比传说更合适）之间存在一些相似之处。大卫·谢弗（David Schaefer）通过比较这些东方传统的故事和西方晚近的故事，发现两者都宣称故事是真实的，主要通过口头流传，往往篇幅短，作为故事循环链（story cycles）彼此相连，经常是"异常详细的"，并且"不可能追溯到可靠的目击者"。谢弗随后展示了这两种类型的代表性故事，并将其分组归类成"被误解的狗"、可怕的污染、蛇故事、"裸体惊喜"主题和恐怖故事。在谢弗的比较中，有一些比其余的更令人信服。例如，他指出日本的"消失的搭车客"故事确实有现代传说的结构，但是故事中"消失的"女孩变成了狐狸，而不只是简单地消失。他的"处女生子"案例援引了作为现代版本的"子弹婴儿"故事，然而却没有说明这个印刷资料中的"都市传说"实际上是一个骗局。

日本古代传说的许多常见主题在现代传说中仍然存在，包括关于鬼魂或其他精灵、怪物、肢残、奇怪事件和犯罪的故事。对现代生活的新近引用经常出现在古老传说的近期版本中，而其他的一些故事则完全属于现代传统的**都市传说**（toshi densetsu），或"城市传说"。同时，正如小泽俊夫（Toshio Ozawa）在一篇简短的调查文章中指出的那样，古老的日本传统故事仍然在依靠记忆被一些"当今的母亲、幼儿园的育婴保姆和图书管理员们"讲述。

随着我本人的一些有关都市传说主题的书籍在日本出版后，日本读者对都市传说这种世界性的民间文学类型产生了兴趣。从《消失的搭车客》(1981，日文版1988)到《婴儿列车》(1993，日文版1997)，我有五本书先后被翻译成日文出版。翻译出版商东京新宿书房也在1994年发行了一种平装书，从《婴儿列车》中选取了20个英语文本，并附有注释，以供日本学生学习英语。1992年，东京朝日新闻出版社也出版了一个类似的教学选集，该书从《墨西哥宠物》中选取了20个文本，同时也附有注释，书名为《美国新都市传说》(*New Urban Legends in America*)。

这些译著的日本读者很快就开始给我寄一些在他们自己国家流传的故事，他们寄给我的这些故事与西方的都市传说大体相当。日本流传着两个著名的国际都市传说类型——“消失的搭车客”和“卖良为娼”，后者描述了绑架年轻妇女去卖淫的故事。与它们的国外同类故事一样，这些传说的日本版本已经变得高度本土化了。以搭车客为例，日本的搭车客有时被说成是一个年轻女子，她想要搭车去京都大学。其实，她是一个鬼魂，这个女孩死于一场可怕的意外事故，当时她是在博爱会医院接受的救治，因此她的鬼魂偶尔会游荡在医院附近的深泥池(Midoro Pond)。从詹姆斯·柯卡普(James Kirkup)1989年的报告来看，他访问日本时听到的第一个都市传说就与京都的搭便车女孩有关。在这个版本中，女孩搭车的地点是鸭川河，在她消失之后，汽车后座上留下了一摊水。这里还有一封我最近收到的来自日本的电子邮件，是该传说的另一个版本：

这个故事是我的祖母奥津多美惠告诉我的。她生于横滨，结婚之前，她一直都住在那儿。在她年纪还不是很大的时候——大约65岁到75岁——她听说过一个出租车司机搭载一位年轻女士的故事。那位女士让司机拉她去某个地方，但故事中并没有明确地交代这个地点。当他们抵达目的地时，那位女士消失不见了。汽车后座上空无一人。司机非常惊讶，几周后就病倒了。

在我听到的另一个故事版本中，那位年轻女士让司机拉她去住处。当出租车抵达目的地后，那位女士说：“我去房子里拿钱给你。”司机以为她在骗他，便去敲了那户人家的门，他发现屋内的

人正在给这位女士举行葬礼。也有人说，这个司机由于受到惊吓而病倒了。（来自眼目直美）

民俗学家岩坂（Iwasaka）和托尔肯在概述了一个据说发生在1950年的日本的“消失的搭车客”的不同版本后，评论道：“我们最近问一位东京的计程车司机是否曾经拉过幽灵乘客，他舒了一口气，回答说没有，但是他从一些同事那里听过那些令人心神不安的搭载消失乘客的冒险经历。”

根据我的读者来信，绑架日本女孩去卖淫的故事，有时据说是发生在一个去泰国度假的同志社大学的学生身上。在国外旅行的日本游客受伤或被谋杀的主题也出现在其他日本当代传说中。有时受害者是一个刚刚完婚的新娘，她遭遇不幸的地点可能是巴黎或纽约。在一个“肢体残缺的新娘”的传说版本中，这个女人最终还是被找到了，尽管这时她的手脚已经伤痕累累，正在菲律宾的一个马戏团的穿插表演中被展出。

西方民俗学学者要想获得更为详尽的关于日本当代传说传统的知识，还有赖于对日本出版物的翻译。像下文这样的能够提供给我们丰富的故事情节的资源实在是太少了。例如，岩坂和托尔肯总结了这些案例，其中一些来自今野圆辅（Konno Ensuke）1969年出版的书，书名翻译过来是《日本的险恶故事集：人类幽灵》（*Collected Japanese Sinister Stories: Human Specters*）：“一辆无人驾驶的幽灵汽车，飞机上看到鬼魂，（以及）在火车刚好投入使用一年后，那些死于意外的人的鬼魂出现在铁路平交道上……”他们还报告：“今野写道，在日本，各个年龄段和各行各业的人们——诗人、名人，还有专业人士、工人和乡下人——都在讲述这样的传说。”

在日本流传甚广的一个现代传说是“**裂口女**”（Kuchi-sake-onna）故事。迈克尔·迪伦·福斯特（Michael Dylan Foster）对这个故事进行追根溯源，得出结论：“20世纪70年代后期，一个新的怪物出现了，它游荡在都市和郊区地带。”福斯特翻译了1992年的一份出版物中的一个案例：

从小学三年级到四年级，我有一段非常可怕的关于“裂口女”故事的记忆……这个戴着白色口罩、留着长发的女人会从你的身后走过来，然后拍拍你的肩膀。当你转身看她时，她会问：“我美吗？”如果你说：“是的，你很美。”她会说：“哪怕像这样也美吗？”然后摘下口罩来吓你。如果你说：“你不美。”她就会追着你跑。

原来，在口罩之下的女人脸上有一道可怕的大裂口，有时连鼻子都没有。这个故事最初在小学生群体中普遍流传，但很快它就在印刷品、电视和电影等大众文化媒体中反复出现，故事情节也更加详细复杂。

最近，一个不错的日本都市传说文本源自受人追捧的作家松山宏（Hiroshi Matsuyama）的作品。他先是在个人网站（现在已经不存在了）上搜集故事，然后把它们写成了书。从他2003年的作品《三条腿的莉卡娃娃：午夜都市传说》（*The Three-Legged Licca-chan Doll: Midnight Urban Legends*）开始，这些故事被陆续出版。在日本，有一个风靡一时的当代传统，即“活玩偶”。当孩子们和它们一起玩耍、交谈时，它们就有了独立的意识。这些故事宣称，如果这样的玩偶被虐待或丢弃，它可能会回来报复它的主人。莉卡娃娃是一个商业产品，类似于芭比娃娃，它有一个特殊的电话号码，孩子们能够通过打电话得知来自玩偶的友好信息。但是，有一个传说讲述的是一个孩子反而收到了一条邪恶的威胁信息，最终被一个活玩偶缠身。据说，有个“三条腿”的玩偶被丢弃在公共厕所，一个女人看到了这个畸形的莉卡娃娃，被它的外貌吓了一跳，就把它丢到了一边。然后，这个三条腿的玩偶就诅咒她，直到这个女人被逼疯，最终死在了疯人院里。

民俗学家比尔·埃利斯帮我买来了松山的书，我的日本籍美国朋友山本真司（Shinji Yamamoto，他的童年在东京度过）为我充当了翻译，因此我可以用英文再举几个松山书中传说的例子。首先，“闪灯”（Blinking Lights）故事似乎糅合了西方都市传说中的多个主题，包括有名的“后座杀手”和“男友之死”，可能还稍微地结合了“别闪灯！”和“消失的搭车客”：

一个男人在深夜驾车外出，他看到对面车道上开过来的车开灯朝他闪了一下。天太晚了，路上根本没有太多其他的车，但是对面车道上开过来的每辆车都朝他闪灯。他想知道他的车是不是出了什么毛病，但是由于已经很晚了，他继续驾车向前行驶。

突然，他听到车后传来刺耳的声响，是一辆大卡车正在鸣喇叭。卡车司机示意他开车靠过来。这个男人不知道发生了什么，把车停在了卡车一旁，随之卡车也停了下来。

他下车后，问卡车司机："怎么了？我相信我的车不会出什么问题。"

卡车司机一脸苍白地说："有一个短发女孩坐在你的车顶，但是你一把车停下来，她就悄无声息地消失了。"

松山搜集的资料中有一个名为"救命"（Help）的传说，该传说故事发生在北海道（日本最北端的岛屿）的一个铁路平交道。在一个寒冷的冬夜，一个十几岁的女孩在回家的路上经过铁路平交道，由于她过于匆忙，结果一辆急驰的火车把她的身体碾成了两半。令火车司机惊恐万分的是，这个女孩开始用手和胳膊向前挪动，拖着她的上半身爬向他，而且嘴里还微弱地叫着"救命！救命！"（山本真司说，他小时候在日本听说过这个故事，他还记得另外一个细节——当火车司机扔掉手电筒跑开的时候，这个被火车碾掉的上半身还在挪动，但是这次她爬向的是手电筒）。

另一个关于旅游意外事故的故事是"开门！"（Open!）。有两对情侣驾车去旅行，但是其中一个男孩由于办公室的事情没处理完，没能和他们一起出发。因此，他的女友和另一对情侣先走了。男孩说他随后就到，并且会和他们在酒店会面。他的女友在路上睡着了，当她醒过来的时候，发现自己已经到了酒店，此时她正躺在床上，身边的朋友们正看着她。他们告诉她，她的男友在一场意外事故中死了，他们会留下来陪她一起过夜。这个故事以一个令人惊奇的反转情节结束：

深更半夜，有人敲门，说："是我！请开下门！"她听出来了，这个声音是她男友的，于是她跳下床来就要去开门，但是她的朋友拦住了她，对她说："别去！他已经死了！你打开门的话，他会把你带走。"但是她在犹豫了片刻之后，还是偷偷溜过去把门打开了。

房间内光芒万丈，她听到男友说："睁开眼吧！"她睁开眼睛，这才意识到她正躺在病房里。原来她乘坐的那辆车出了事故，但是死掉的是另外那一对情侣。

在日本都市传说中，事故、死亡和鬼魂都是常见的主题。但是，在松山搜集的资料中，还有另外一个死亡故事，它包含了一个与摄影图像有关的现代母题：

这个故事发生在一所学校举办的马拉松比赛上。一名参赛学生体质虽弱，但是意志力却很顽强。所以，虽然他是最后一个跑到终点的选手，但是他最终完成了比赛。整个学校的人都被他的毅力所感动，向他报以了热烈的掌声。但是，令人扼腕叹息的是，他在跨过终点线的时候倒地而亡。

几天后，一位在马拉松比赛上负责拍照的老师把照片洗了出来。他震惊地发现，在其中一张照片上，当所有鼓掌的人的双手合在一起时，恰好就像是在祈祷。

J

再次回到由旅行者詹姆斯·柯卡普在1989年撰写的简短报告，从中我们还可以进一步发现日本都市传说的两个主题。其中一个描述的是一个女人在北海道北部的阿伊努村买了一个木制玩偶，这个女人回到家后，"震惊地发现，这个玩偶的木制头颅上长出了头发"。（阿伊努人是日本北部和俄罗斯的土著居民。有时，在日本人看来，他们的特点是毛发旺盛。）

第二个故事与2011年3月发生的灾害性地震和海啸所导致的后果密切相关，因为它涉及核电站的危险。这些工厂里的工人通常不是本地人

（韩国人、冲绳人等），或者是其余的社会底层的日本穷人。由于他们找不到其他工作，因而都愿意在靠近释放着高度危险的辐射的核反应堆附近工作。不过，柯卡普听说，"有直升机……把那些死于核污染的工人的尸体从工厂里运出来，在远海区域将其秘密海葬……（还有）据说，有时人们会在捕捞上来的鱼堆中发现工人的残骸，它们被一起带到了日本海的港口"。在佛罗里达遭受安德鲁飓风袭击期间，秘密海葬灾民的主题也曾以谣言的形式四处流传。

由2011年的灾难衍生出来的一件事流传开来。据说有人通过电子邮件发送照片，来展示相关人士正在安抚日本的大熊猫，并给它们喂食。但是，除了中国，其他国家肯定是没有本土大熊猫的。即便我们只是粗略地查看一下这些照片，也能够确认这些照片来自中国，而不是日本，而且它们是在好几年前拍摄的。因此，它们有资格被称为摄影都市传说，属于"附有杜撰性文本的、未经修改的真实的照片"类型。

另参见 灾难谣言和故事；"致命的靴子"；传说之旅

参考文献 *Baby Train*, 250–251; *Curses!*, 85–87; Richard M. Dorson, *Folk Legends of Japan* (Rutland, VT and Tokyo: Charles Tuttle, 1961); Toshio Ozawa, "Storytelling in Contemporary Japan," in Lutz Röhrich and Sabine Wienker-Piepho, eds., *Storytelling in Contemporary Societies* (Tübingen, Germany: Gunter Narr Verlag, 1990), 185–188; James Kirkup, "Truth Stranger Than Legend: Contemporary Legends in Europe and the Orient," *FOAFtale* News 15 (1989), 2–4; David Schaefer, *Urban Legends and the Japanese Tale*, Monograph Series No. 29 (London: The Institute for Cultural Research, 1990); Michiko Iwasaka and Barre Toelken, *Ghosts and the Japanese: Cultural Experience in Japanese Death Legends* (Logan: Utah State University Press, 1994); Michael Dylan Foster, *Pandemonium and Parade: Japanese Monsters and the Culture of Yokai* (Berkeley: University of California Press, 2009) ("The Slit-Mouthed Woman," 182–203); www.snopes.com/photos/animals/pandahug.asp.

J

J2. "火箭助推器汽车"
"The JATO[1] Car"

正如snopes.com网站提到的那样，1990年的"车速暴行"（vehicular velocity ferocity）故事通过转发的电子邮件开始在互联网上传播，但是有些人宣称他们记得在20世纪60年代就已经有类似的故事了。整个90

[1] 即Jet Assisted Takeoff的缩写。

年代，以及在随后的一段时间内，这个故事的各种版本被不断地转发，有时也会被发表。在一个典型版本中，一个男人为了看看他的汽车究竟能够在一片平坦的沙漠上跑多快，决定给汽车加上火箭助推器。通常情况下，据说是亚利桑那州的公路巡警在这类事故发生之后，发现了汽车、火箭和司机被压碎并“焖烧”的残骸，嵌入了悬崖的峭壁中。汽车的加速度令人震惊，时速可达250到300英里，在驾驶员试图减速的时候，汽车的刹车和轮胎已经汽化蒸发，最终导致汽车撞毁。这些故事通常包含关于汽车制造商和型号的具体细节、试速地点，以及在灾祸现场留下的一些线索。然而，对于司机是如何获得一个火箭助推器装置，如何精准地把它安装到汽车上，以及他又是如何给它添加燃料的，在故事中都没有给出任何解释。

除了这个故事完全令人难以置信外，通过联系亚利桑那州的公路巡警，这个故事也很容易被揭穿。人们经常向亚利桑那州的公路巡警打听这个故事，但是根本没有任何证据表明曾经发生过这类事件。一些“火箭助推器汽车”版本似乎认可了这个故事的笑话地位，它们会加上一句妙语：“它只是证明了超速不会死人，但是刹车会。”

另参见 电视和都市传说

参考文献 *Too Good*, 93; Holt and Mooney, *Spiders in the Hairdo*, 22.

J3.“犹太人的秘密税金”
“The Jewish Secret Tax”

一个毫无根据的说法正通过印刷传单和口头流传，即存在一种“犹太人的秘密食品税”。包装食品的标签上会以一种或多种方式为此打码——大写字母K，或是圆圈里有个小写字母u，或是单词parve。事实上，在无数产品包装上发现的这些常见标记仅仅是根据犹太人饮食教规而制定的一些指示符号（K表示洁食认证［kosher］，u符号指的是正统犹太教会联盟［Union of Orthodox Jewish Congregations］，parve［不含肉或奶的］意为“中性”)。有时这种毫无根据的税金说法会被打印在黄色小贴纸上，怂恿人们把这些小贴纸贴在杂货架上的这类食品包装上。

一些反犹太出版物的文章经常会提醒消费者要“抵制犹太洁食税！”。但是对于消费者来说，不管制造商为了获得犹太教的批准并在包装上标记符号所花费的成本有多少，其实际成本都是微不足道的。然而，在商品上标有洁食标记的一个好处是可以让消费者和制造商双方都直接受益。因此，这些标记在任何意义上都不能被视作一种税金。

参考文献 *Mexican Pet*, 106–107.

J4. “慢跑者的钱夹”
“The Jogger's Billfold”

参见 “被盗的钱包”

J5. 笑话
Joke

“笑话”被定义为是一个简短的、幽默的民间故事，通常只包含一个单一的情节，并以一句妙语结尾。人们可能仅仅是通过那些常见的妙语就能够辨识出许多经典的传统笑话，比如，“那不是女人，那是我的妻子”(That was no lady, that was my wife)，或“我从来没有听过如此完美的虚拟语气”(I've never heard the pluperfect subjunctive of that)，或“住在茅草屋里的人不能收藏国王的御座”(People who live in grass houses shouldn't stow thrones)。一些笑话甚至只包含了一句妙语，例如，“请带走我的妻子！”(Take my wife—please!)，或“我们不能再继续这样开会了”(We can't go on meeting this way)。

从定义上来说，所有民间故事都是虚构的口头叙事，没有人会把一个显而易见的幻想童话、荒诞故事、寓言或笑话，与一个声称是（甚至可能是）真实的逸闻或传说混为一谈。然而，有很多人会随随便便地就把幽默讽刺、谜语、恶作剧或故事当作是“笑话”，而全然不知民俗学家对这些类型的术语的使用有着更为具体的界定。

在实践中，一些幽默的都市传说经常会被人们当作笑话来讲述，讲述者以演述风格（语调、面部表情、手势等）来说明他或她只不过是将其视为一个子虚乌有的故事而已。以妙语结尾的都市传说，更加模糊了笑话和传说之间的界限。这样的例子包括“老者与年轻人”（以“这就是你老来有钱时会干的事”结尾）、“送百叶窗的男人”（以“现在您想让我把百叶窗安在哪里？”结尾）、“疯子和轮胎螺母”（以“我可能疯了，但是我不傻”结尾），尤其是“裸体主妇”（以“夫人，我不知道你在参与什么比赛，但是我希望你的球队能赢”结尾）。

邓肯和哈里斯的笑话集《笑而不内疚》（*Laugh without Guilt*）中收录了几个都市传说，它们更多地是被作为笑话而非信仰传说来讲述的，包括“路上的猪”“地毯下的窃听器”“曲奇的包装”和“哪个轮胎？”。

另参见 民间故事；“绿色兑换券”；骗局；“火箭助推器汽车”；“被舔的手”；恶作剧；州警的“舞会”；“被锯掉的手指”；“被盗的钱包”；“粘在马桶上”；“请拿走我的票！”

参考文献 Duncan and Harris, *Laugh without Guilt*, 74, 87–90, “Funny Urban Legends”; de Vos, *Tales, Rumors, and Gossip*, 88–89.

J

J6. 妄下结论
Jumping to Conclusions

许多都市传说中的“反转”（twist）是由于有人过于匆忙地下了一个错误的结论，从而使自己陷入了某种不舒服的，经常是滑稽可笑、垂头丧气的状态。下文是一个典型的案例：一位水泥卡车司机看到一辆新车停在他家的车道上，随后发现他的妻子正在屋里和一位英俊的陌生人说话。他立马就断定妻子有了外遇，因此他把卡车上的水泥全倒在了汽车上。事后他才知道，原来屋里的那个男人是汽车经销商，车道上的汽车是妻子送给自己的生日礼物——一辆全新的凯迪拉克（现在叫作“结实的水泥凯迪拉克”）。

在其他都市传说中，人们由于急于下结论而导致了误判，墨西哥的老鼠被人们误认为是吉娃娃，一个无辜的陌生人被认为是扒手，或者是酒店房内地毯下的隆起物被认为是“窃听器”（即一个窃听装置）。让这种故事变得具备吸引力和可信度的原因是，人们意识到任何人都很容易对此类状况产生误判。实际上，我们中的很多人在一生中的某些时候肯定会轻率地得出错误的结论。

另参见 “空运宠物”；“脑浆外流”；“理发师的误判”；“兔子吹风机”；人性；认错人；“曲奇的包装”；“派对上中毒的猫咪”；愚蠢的宠物救援；“送惊喜的人大吃一惊”；“地铁上的电子灯管”

参考文献 *Too Good*, 26–46..

J

K

K1. “袋鼠盗贼”
“The Kangaroo Thief”

澳大利亚版本的“死鹿”故事，有时被称为“古驰袋鼠”，讲述的是一辆载有一群旅游者的租用汽车在路上撞到了一只袋鼠。他们停下车，把这只袋鼠移到栅栏处靠着，然后其中一个男人把自己的夹克披在袋鼠身上，打算拍一张搞笑照片。然而，这只袋鼠其实只是因受惊过度而昏迷，所以当游客退后、拿着照相机对焦时，这只袋鼠清醒过来便逃之夭夭了，而且它的身上还披着那件夹克，夹克里有这位游客的护照、旅行支票、机票、钱以及其他个人物品。

人们认为这个故事的亲历者是一支参加巡回赛的英国板球队、进行巡回演出的金斯顿三重奏（The Kingston Trio）民歌乐队，以及各种在澳大利亚参加比赛的外国快艇队。澳大利亚的民俗学学者认为“袋鼠盗贼”故事最早可以追溯至1902年，并且认为它是由古老的故事发展而来的一个当代传说。1992年的一本荷兰都市传说集描述了一群来自尼德兰的游客是如何遭受了“袋鼠的报复”（De wraak van de kangoeroe）的。1999年，三名研究人员将“袋鼠盗贼”运用于一个实验当中，当讲述完这个故事后，似乎没有几个人愿意转述这个故事，显示了实验参与者的利他倾向，实验结果似乎是很正面的。故事讲述者似乎更喜欢带有某种讽刺性的反转的负面情节。

这个传说成为2003年上映的美国喜剧电影《抢钱袋鼠》（*Kangaroo Jack*）的主要情节。

另参见 斯洛文尼亚

参考文献 *Baby Train*, 233–235; Amanda Bishop, *The Gucci Kangaroo* (Hornsby, NSW: Australasian Publishing Company, 1988), 26–32; Peter Burger, *De wraak van de kangoeroe* (Amsterdam: Prometheus, 1992), 35–37; *Mexican Pet*, 24–25; *Too Good*, 340–341; D. Todd Donavan, John C. Mowen, and Goutam Chakraborty, “Urban Legends: The Word-of-Mouth Communication of Morality through Negative Story Contents,” *Marketing Letters* 10 (1999), 23–35.

K2. “肯德基油炸鼠”
“The Kentucky Fried Rat”

这是最著名的食品污染故事之一，自20世纪70年代早期就已经流传于世。故事描述了一名顾客在一家全国性的炸鸡连锁店里发现一桶炸鸡里有一只油炸鼠。通常，那名受害者已经吃掉了那只油炸鼠的一部分，直到他发现了老鼠的尾巴，才意识到自己吃的**不是**鸡肉。受害者往往是妇女，而且故事一般设定在光线较暗的环境中，例如一家烛光餐厅或一个汽车影院。伴随着肯德基在其他国家的市场开拓，这个故事已经传播到了美国以外。

这里还有一些食品中出现啮齿动物或啮齿动物“零部件”的证据确凿的实例，但是这些真实案例都与传说中的情节不符。“肯德基油炸鼠”不仅是对真实经历的错误复述，它也代表着一类想象性描述，这种描述在现代流行的快餐店和高度城市化的社会里看似可信。对美国人而言，老鼠是极其令人讨厌的害兽，而鸡肉是最受欢迎的肉类之一，在食品污染的传说里，这两种生物的结合似乎是不可避免的。

加里·艾伦·法恩探讨了当代传说的内容“如何反映环境的变化，以及伴随这种变化而产生的心理效应”。他发现，在鸡肉/老鼠的传说中，一个占据主导地位的主题是“快餐店是员工搞破坏和企业贪婪的背景场所”。法恩还评论道：“快餐连锁店的增长代表着谋利企业的职能转变，而人们正在远离家庭烹饪，以及社区或教堂的晚餐。”

另参见 胜奇士鸡肉谣言；民间故事；“可口可乐中的老鼠”；“变异鸡”

参考文献 Gary Alan Fine, “The Kentucky Fried Rat: Legends and Modern Society,” in *Manufacturing Tales*, 120–137（该章节初版于1980年）; *Too Good*, 177–179; *Vanishing Hitchhiker*, 81–84; *Be Afraid*, 229–230; Bennett and Smith, *Urban Legends*, 217–218.

K3. “盗肾”
“The Kidney Heist”

1991年，这个故事在欧洲出现，并且迅速传播到美国和其他国家，它讲述了一个人——通常是一个外出旅游的人——被罪犯引诱并注射了镇静剂，然后被摘除了肾脏，肾脏被用于非法的器官移植手术。在一些版本中，这个游客是在第三世界国家旅游。下面是一个典型的美国版本，1992年由一位来自辛辛那提的男士报告：

一个朋友告诉我，他有一个在芝加哥做生意的朋友决定去忙碌大街酒吧玩。在那里，他邂逅了一个美丽的年轻女人，最终他们一起去了汽车旅馆。第二天早上，那个人醒来时头疼欲裂，床单上到处都是鲜血。那个女人已经走了。不久，这个人发现自己身体一侧有刚缝合的伤口，他费尽周折，终于到了当地的一家医院，结果发现自己的一个肾已经被摘除了。医院的工作人员告诉他，摘肾手术做得很专业，并且他的肾可能正在黑市上被买卖。

这个广为流传的故事中的一些常见异文，可以通过比较上面和下面这个1993年在洛杉矶报告的版本来说明：

两个已婚男人外出做生意，他们同住在旅馆的一个房间里。在回家之前的一个晚上，他们去旅馆的酒吧里喝了一杯。在那里，他们邂逅了两个女人，几个小时后，一个男人跟着其中的一个女人离开了。留下的男人说了晚安之后便独自回到了房间。第二天早上他的朋友还没回来，他等了又等，担心会错过回家的飞机。就在他准备出发去机场的时候，手机响了，是他朋友的来电。他的朋友在电话那头呻吟着，几乎说不出话来："救救我，救救我，我浑身都是血！"他的朋友提供了一个地址，这个人在警察的帮助下赶到了朋友的身边，他发现朋友躺在一家汽车旅馆的床上，四周都是血。他的血从一个外露的伤口里流出来，那个缝合的伤口从他的胸部一直延伸到腹部，他的一个肾被发现不见了。很明显，他被一群受过医学训练的器官窃贼骗了，这伙窃贼诱骗毫无戒备心的人到汽车旅馆，然后麻醉他们，盗取他们的器官拿去卖钱。

“盗肾”故事在通过口头、影印本、传真以及后来的互联网传播时，在细节上也出现了许多变化。不同的地方有：受害者在何处旅游、受害者如何被引诱、他是在哪里被发现的、切口是在身体的哪个部位，以及受害者是怎样被营救的。一些人意识到，这个故事的开场同更早的“艾滋病玛丽”相似，但是，似乎很少有人质疑这一想法，即随便一个陌生人的肾脏不知怎么恰好能够和需要肾脏移植的人相匹配，明明存在着复杂的官方网络，包括组织配型、等待移植的名单，以及为移植手术设立的器官登记。他们也没有考虑到，执行这些手术的医生都是训练有素且薪水很高的专业人员——不太可能被肾脏窃贼收买。

1991年的电视剧《法律与秩序》(*Law and Order*)中的惊悚情节取自“盗肾”，而且整个20世纪90年代，它在口头传统、报纸专栏和网络聊天室中都有流传。1998年的电影《下一个就是你》的高潮部分也取材于该故事——受害人在最后一刻获救。外国的民俗学学者一直都在报告着他们国家的这个故事，一本1994年的瑞典都市传说集就叫《盗肾》(*Den stulna njuren*)。与此同时，在荷兰，这个传说也以“盗肾”(de gestolen nier)而闻名。

医学社会学家罗伯特·丁沃尔从英国诺丁汉大学的一位同事那里第一次听到了这个“丢失的肾脏”(正如他所称呼的)的故事，而他的同事是从她的理发师那里听说的。据说，受害人在当地一家名叫“黑兰花”的夜店被绑架了。接着，丁沃尔13岁的女儿告诉他，她们学校也有人讲过这个故事，不久之后，丁沃尔发现报刊上报道了这个故事，当地警察也非常熟悉这个故事，而且到了1994年，这个故事作为剧情的一部分，被引入英国广播公司出品的连续剧《急诊室》(*Casualty*)当中。1998年，丁沃尔继续在媒体和网络上追踪“丢失的肾脏”的故事，认为“在对专业工作的外行看法和药物对非正式的社会控制的策略方面”，这个故事“提供了很有帮助的见解”。

一些在美国流传的“盗肾”故事的最新版本中，包含了据说曾调查过这个案子的医疗或执法人员的姓名(都是假的)。尽管这个故事的细节似乎变得更加离奇了，但是人们依然在传播这个虚假警告。到20世纪90年代末期，一些版本声称受害者的两个肾都被偷了，而且手术后的受害者在震惊中醒来，发现自己坐在旅馆的一个装满冰块的浴缸里，他身上的一张便条上写着："打911。你的肾已经没了。"怎么可能有人在大厅里弄到足够多的冰块来填满浴缸而不被注意到呢？这一点从未被解释过。

在这个传说中有一个重要的事实：在一些第三世界国家，非法器官买卖和偶尔出现的器官盗窃都曾经被记录在案。但是"盗肾"故事的详细情节完全是虚构的，它是更大的"身体零部件"这个复合传说的一部分；"身体零部件"传说讲述的是，从穷人的身上盗取包括肾在内的其他内脏、眼睛或血液，以供富有的上层阶层治疗或移植。

汤姆·佩因（Tom Paine）2000年的故事集标题——"疤痕维加斯"（Scar Vegas）——就来自最新版本的"盗肾"故事。《纽约时报》（2000年1月13日）对这本书的评论是："作为一种关于剥削的想象，偷盗（主人公的）肾脏似乎离奇到已经超越了意识形态。"

另参见 器官盗窃；俄罗斯

参考文献 *Baby Train*, 149–154; Danusha Goska, "'Waking Up Less Than Whole': The Female Perpetrator in Male-Victim Kidney-Theft Legends," *Southern Folklore* 54 (1997), 196–210; *Too Good*, 398–402; *Be Afraid*, 222–227; Véronique Campion-Vincent, "Organ Theft Narratives," *Western Folklore* 56 (1997), 1–37 and *Organ Theft Legends* (2005); Robert Dingwall, "Contemporary Legends, Rumours and Collective Behaviour: Some Neglected Resources for Medical Sociology?" *Sociology of Health and Illness* 23 (2001), 180–201; Bennett and Smith, *Urban Legends*, 133–135; Bennett, *Bodies*, 199–216; Whatley and Henken, *Did You Hear...?*, 159–163; Fine and Ellis, *Global Grapevine*, 175–199; Donovan, *No Way of Knowing*, 61–84.

K4. "基尔肯尼寡妇"
"The Kilkenny Widow"

参见 "意外的遗产"

K5. “后座杀手”
“The Killer in the Backseat”

这是一个经典的汽车恐怖传说，1965年，它第一次被乔安·斯蒂芬斯·帕罗什蒂发表在民俗学刊物上，这是一篇由普渡大学学生讲述的录音版本的文字记录。因为这个文本不是那么出名，另一个由卡洛斯·德雷克（Carlos Drake）在三年后发表的版本，则被人们认为是民俗学学者提到的最早文本。我在这里引用了帕罗什蒂的题为“被神秘车辆尾随的女人”（Woman Trailed by Mysterious Car）的故事版本：

> 我上高中的时候听说了这个故事。一天晚上，我和其他女孩围坐在一起，讲述我们听说过的事情。这个女孩讲道，有两位女士去印第安纳波利斯参加会议，我猜是去某个女性俱乐部。不管怎样，会议结束的时候已经是深夜了，当然，这些女士回到车里，然后各自都开车回家了。当他们在路上行驶的时候，一位女士——你知道你是怎么看后视镜的——注意到有一辆卡车跟着她。她起初没有想太多，因为这很正常，然而，她降速时那辆卡车也降速，或者她加速时那辆卡车就会跟在她后面——她开始真正地感到害怕。因此她锁了所有车门，并且变道驶入了旁边的路。但是这辆卡车依然跟着她，她只好尽己所能，以能达到的最快速度往家赶。
>
> 见到丈夫后，女士说这辆卡车一直跟在她后面，因此她的丈夫去外面看看到底是怎么回事。他走向卡车里的那个人，说道：“你跟着我妻子干什么？”那个人回答：“我只是想要告诉你妻子，她的车后座上有个人。”丈夫确实很“震惊”，于是他们打开车后座的门，果然，后面有个人。这个卡车司机之所以看到后座上有个人，是因为他会打开前车灯照亮夜间的路，他看到这个人从后座上站起来，身子开始向前伸，然后又低了下去。最后，他们打电话报警，把后座上的这个人送进了监狱。

1968年，卡洛斯·德雷克探讨了该故事的三个版本，并将之重新命名为“后座杀手”，这些故事由印第安纳大学的学生搜集。有趣的是，德雷克的示例文本来自犹他州的一名学生，这名学生说这是关于“一个住在奥格登郊区的高中女孩”的故事。第二年，印第安纳大学民俗档案馆中的其他文本也出版了，而且学生们在其他地方也搜集了更多的文本资料，由此证明，至少从1964年开始，类似的传说就已经在流传了，而且在整个美国都很知名。另一个印第安纳州的民俗学家，齐妮亚·科尔（Xenia Cord）曾经指出，因为故事中藏在车里的男人总是会被发现和逮捕，所以故事的标题最好命名为“后座攻击者”。无论是德雷克，还是科尔，他们都没有提到帕罗什蒂——来自印第安纳州的另一所大学——发表的这个故事。

一个简要的总结略微提到了这个情节的两种常见异文：“杀手藏在后面，司机或加油工发现了他。”在所有版本里，潜在的受害者都是一个女人。有这样一个版本：另一个驾车的人发现了那个企图行凶的攻击者（正如上文所述），而女司机注意到那辆尾随的汽车或卡车一直都在不停地闪着车灯或者开着远光灯。当这个女司机到达一个公路收费站的时候，她希求能够得到帮助，然而当时已是深夜，收费站无人值守，只有自助服务通道是开放的。当她到家的时候——那辆闪灯的车仍然跟在后面——那位紧随其后的司机奔向她的车，揪出了那个潜伏着的陌生人。

在加油站版本中，故事的背景通常是一处提供全面服务的设施。加油工要求司机到办公室去一趟，因为她的信用卡出了问题，或者，正如那个加油工所声称的，她给的20元美钞是假币。另一种场景是，加油工检查了一下她的油，然后谎称车的引擎有问题，并且要求司机出来看一看。无论如何，加油工都会想尽办法说服女司机走进加油站，然后锁上办公室的门，并告诉她来自汽车后座的威胁。他们打电话报警。有一个异文把危险变成了笑话：警察赶到了，发现后座上的那个人是女司机的男朋友，他手里拿着一束玫瑰花和一枚订婚戒指。他本来打算再等一会儿就求婚，给她一个惊喜。

大受欢迎的专栏作家安·兰德斯发表了一封复述这则传说的加州读者来信，这位作者在开头写道："我把这个故事告诉了我所遇到的每一个人，但是我希望通过告诉你来让其他人也能知道这个故事。"她的故事是那个加油站版本，而且这封信以"教训"（"检查你的后座"）和警告"传播这封信，安"作为结尾。这个专栏作家的唯一评论是"考虑到它的传播程度——谢谢你的提示"。这篇专栏文章于1982年7月31日在美国的许多报纸上都刊登了，这也使得这个传说更为流行。

除了口头传播以及出现在安·兰德斯的专栏中以外，"后座杀手（或攻击者）"还经常作为警示性逸闻出现在关于预防犯罪的文章中。例如，《纽约时报》1983年2月的一篇被大量转载的文章中提到了一位女性，她被描述成"一位给女司机提供反诱拐技术课程的黑带空手道专家"。她在描述"常见圈套"时，使用了下面这个例子：

> 一个波士顿女人……把车开进了一个服务站。当服务人员要求她进去给银行卡账单签名的时候，她茫然不解。在里面，那个服务人员告诉她，她的后座上藏着一个人。而当她和那个服务人员说话的时候，后座上的人溜走了。

大多数提到这个"后座杀手"故事的报纸文章，更多是将它作为一个谣言或传说来报道，而不是一个真实的事件。1993年9月2日，爱荷华州迪比克的《电讯先驱报》（*Telegraph Herald*）上的一个版块中，刊登了题为"种族主义谣言'滋生恐惧'。警察否认了事件，故事流传甚广"的文章，它是这样总结的（适合自助加油站）：

> 听说迪比克的最新案件了吗？
>
> 根据这个人的叙述，一位白人妇女驾车进入了迪比克的一个有便利店的加油站，她加完了油，然后进去付款。当她准备回到车里的时候，加油工却阻止了她，因为加油工看见她的汽车后座里藏着一个黑人。于是他们报了警，警察把那个黑人从车里拉了出来。黑

人告诉警察，他想加入芝加哥黑帮，而作为入会仪式的一部分，他必须强奸或杀死一个白人妇女。

这起犯罪事件并没有发生在迪比克。

也没有发生在爱荷华州的克林顿，虽然类似的故事也在这里流传。也没有发生在伊利诺伊州的罗克福德，虽然这起犯罪事件是街上最热门的故事。

在任何情况下，警察说，这样的事件都没有发生。

这是一个谣言。

随后，迪比克的报纸在9月5日又发表了一篇社论，标题是“恶毒谎言伤及大众”。

“后座杀手”为1998年的电影《下一个就是你》制造惊恐提供了素材（然而，在电影里，那个攻击者最终杀死了司机）。大卫·莱特曼（David Letterman）讲述了他在印第安纳波利斯听到的这个故事版本，这个版本被收录在我的《好得令人难以置信》一书中，这个故事也为这本精装书的封面设计提供了灵感。

尽管其他有关汽车犯罪的传说在国外也很有名，但是“后座杀手”似乎并没有深深扎根在北美以外的地方。在《杰出的澳大利亚都市神话》（1995年版）一书中，格雷厄姆·谢尔只追述了20世纪60年代以来有关这个传说的“模糊记忆”，而且他承认，最近他在澳大利亚和新西兰并未听到有人讲这个故事。那个瑞典版本（Mördareni baksätet，即“**后座杀手**”），出现在本特·阿夫·克林特伯格1986年出版的《比萨中的老鼠》一书中，它是一位在美国听过这个故事的丹麦记者告诉克林特伯格的。还有一些故事，如“多毛的搭车客”，讲述的是一个伪装的潜在攻击者和一个女性受害者之间的故事，在英国似乎比那个后座传说本身更受欢迎。包含这个传说和“车底杀手”传说元素的虚假警告大约从1999年开始以电子邮件的方式传播，并且声称这个杀人未遂的案件含有帮派入会仪式的动机。大多数口头讲述的版本和以电子渠道传播的版本都带有的警告是——“上车前一定要检查车后座！”——这个传说不管是真是假，都因此而具备了积极意义。正如卡洛斯·德雷克很早之前指出的那样，这个传说可能是受到了现实生活中类似事件的启发。

另参见 “多毛的搭车客”；日本；“全国帮派周”

参考文献 JoAnn Stephens Parochetti, “Scary Stories from Purdue,” *Keystone Folklore Quarterly* 10 (1965), 49–57 (text on 51–52); Carlos Drake, “The Killer in the Back Seat,” *Indiana Folklore* 1 (1968), 107–109; Xenia E. Cord, “Further Notes on ‘The Assailant in the Back Seat,’ ” *Indiana Folklore* 2 (1969), 47–54; *Vanishing Hitchhiker*, 52–53; *Choking Doberman*, 214; *Mexican Pet*, 58–59; *Too Good*, 97–100; *Be Afraid*, 75–78, 241–242; Bennett and Smith, *Urban Legends*, 47–49.

K6. “猫咪背了黑锅”
“Kitty Takes the Rap”

一位出庭辩护律师讲述了他童年时的恶作剧故事：当他和他的兄弟吃了半个荷兰苹果派之后，他们把宠物猫的脸按到剩下的苹果派里，并且告诉他们的妈妈，是这只猫吃了这个苹果派。他们的妈妈立刻把猫从房子里扔了出去，猫落到了房子后面的小溪里。这个故事的讲述者总结道：“那并不是最后一只因微不足道的间接证据而被投入溪水[1]的猫。”

这一简洁的妙语引起了人们对其真实性的怀疑，事实上，故事讲述者承认，他是从另一个律师那里听到的，只是把它说成了发生在自己身上的事情。他的消息来源则说，自己是从另外一位律师那里听说的这个故事，因此这就建立起了都市传说中常见的“朋友的朋友”模式。

“猫咪背了黑锅”和一个更为广泛流传的传说（“菲菲打翻了油漆”）一样，两者都包含着同样的手段，这进一步证明了整个故事系列的传统性。另一个版本的“猫咪”出现在托妮·莫里森（Toni Morrison）1972年的小说《最蓝的眼睛》（*The Bluest Eye*）中。

K

参考文献 *Baby Train*, 25–27; *Too Good*, 61–63.

[1] “投入溪水”的原文为sent up the river，也有“投入牢房”的意思。

K7. 三K党谣言
Ku Klux Klan Rumors

三K党（Ku Klux Klan，或KKK），臭名昭著的种族主义秘密组织，在各种各样的谣言和传说中，人们认为它拥有或操控着大公司。这些谣言怂恿好公民，特别是非裔美国人要抵制这些据说深受三K党影响的企业或产品。据说这些产品包括万宝路香烟、特陆运动服、“热带幻想”软饮料，以及胜奇士炸鸡。

参考文献 Gary Alan Fine, “Among Those Dark Satanic Mills: Rumors of Kooks, Cults, and Corporations,” in *Manufacturing Tales*, 174-185; Patricia A. Turner, “Conspiracy I: ‘They... the KKK... Did It,’ ” in *I Heard It through the Grapevine* (1993), 57-107; Bennett and Smith, *Urban Legends*, 207-209.

K

L1. “拉·罗洛那”
“La Llorona”

参见 墨西哥

L2. “最后一吻”
“The Last Kiss”

一个工人被夹在一台重型机器中，伤势严重。虽然他还活着，但他无疑会因任何营救他的尝试或者机器重新启动而丧命。那么，短时间内——只要没有移动任何东西——这个工人就还可以与这个世界告别。有人给他上了大量的止疼药，他的妻子冲到他身边给了他最后一吻。然后，机器重新启动，这个男人被碾得粉碎，尸体被卷走。

“最后一吻”的一个常见美国异文是“身陷耦合器”，描述了一个铁路事故。这个临死不惧的工人甚至要了一盏灯，以便可以在火车需要开动时亲自向火车司机示意。其他版本提到了地铁、轧钢机器或重型军事装备。有时，据说男人的妻子只是打电话来做最后的告别，这段通话一不小心连接到了公司的公共广播系统，所以他的同事们都听到了让人心碎的永别。理查德·多尔森记录了一段与三个印第安纳州西北部轧钢厂工人的对话，他们讲述并讨论了这个故事。

在新西兰，类似的故事与佩托尼碎石机有关，指的是靠近惠灵顿的城市佩托尼使用的一种机器，这个机器可以把大块的岩石碾成碎石。

参考文献 *Be Afraid*, 167–172（收录了 Dorson 发表于 1981 年的文本）; *Curses!*, 70–72; *Too Good*, 170–171.

L3. “大笑的医护人员”
“The Laughing Paramedics”

滑稽意外事故传说的一个典型结尾母题，是医护人员一起救助一位伤者，听说了受伤的缘由后，他们笑得太厉害以至于打翻了担架，对伤者造成了更为严重的伤害。这个母题是“爆炸的马桶”和“宠物和裸男”中的一个固定部分，有时它偶尔出现在其他有关离奇事故的传说中，这些事故似乎对任何人来说都很有趣，除了受害者。

参考文献 *Too Good*, 369–370.

L4. 法律传说
Law Legends

大部分趣闻轶事传说是负面的——关于律师、法官、陪审团与法院的故事比比皆是。正如罗伯特·海登（Robert M. Hayden）所指出的那样：“这些故事与都市传说相似，（而且）尽管资料可能是有争议的，但是谁会反驳一个好的逸闻呢？”这些广泛流传的故事大多把注意力集中在美国人极度热衷争讼的观念上——热衷争讼的美国人带来了数不清的针对公司和政府机构的无意义诉讼，直到待处理案件堆积如山，阻塞了法律系统，过高的惩罚性金钱赔偿危及了经济。海登所称的“逸闻争辩”出现在口头和大众媒体中，诸如“灵媒和CAT扫描”（The Psychic and the CAT Scan）或“粪肥里的梯子”（The Ladder in the Manure）等类似的故事可以体现，经过调查，这些故事对诉讼案件和判决的描述都是错误的，而且具有误导性。

马克·加兰特尔（Marc Galanter）——法律传说的主要搜集者和学者，发现了“1992年（总统）竞选时的花言巧语中的一个常听说的趣闻”，即副总统丹·奎尔（Dan Quayle）在一次演讲中宣称，美国拥有全世界70%的律师。这和奎尔的另一个主张如出一辙——我们的法律体系一年要花费美国人3000亿美元——已经在媒体上被多次重复和讨论，然而，这两个数据都是错误的。正如其他政治分析的权威人士宣称的那样，产品责任体系没有“扼杀我们的经济”，80%的环境保护署条例在法庭上也没有遭到挑战。正如一位著名经济学家在1991年提到的那样，法学院也没有“培养出遍布全国的毕业生，他们操控有如鼠疫般泛滥成灾的诉讼案以致扼杀了经济”。这样的说法和故事还有很多，尽管常常被复述，但都可以被证明是子虚乌有。然而，它们之所以被人们相信，是因为它们以令人难忘的趣闻轶事形式，展示出被海登称为美国人对其法律体系的设想的“文化逻辑”。毫无疑问，其他国家也有相似的故事在流传。

另参见 法律恐怖故事

参考文献 Marc Galanter, “News from Nowhere: The Debased Debate on Civil Justice,” *Denver University Law Review* 71 (1993), 77–113; Marc Galanter, “An Oil Strike in Hell: Contemporary Legends about the Civil Justice System,” *Arizona Law Review* 40 (1998), 717–752; Robert M. Hayden, “The Cultural Logic of a Political Crisis: Common Sense, Hegemony, and the Great American Liability Insurance Famine of 1986,” *Studies in Law, Politics, and Society* 11 (1991), 95–117.

L5. “割草机意外事故”
“The Lawn-Mower Accident”

这个法律恐怖故事基于一桩胡作非为的产品责任诉讼案件。案件中的原告赢得了诉讼，尽管受伤显然是由他自己的错误所致。

据说，一个男人提起了正在运转的电动割草机，想要用这个机器来修剪他的树篱。然而，他的指尖几乎都被切掉了，除了拇指因为在刀片护壳的外部而完好无损。他起诉制造商没有发布一个关于在这种情况下应如何使用割草机的警告，并大获全胜。有时，故事中包含两个男人，他们失去了整整16个指尖。

尽管这个“案件”在保险调解员、律师以及电动割草机制造商中人尽皆知，但是没有这类意外事故的记录，也没有诉诸法律的类似事件。尽管如此，这个故事仍然广为流传，并且至少在一本大学法律课程使用的教科书中出现过。

参考文献 *Be Afraid*, 175–176; *Choking Doberman*, 160–162; Jerry Geisel, “Case of the Missing Case: Ad about Lawn Mower Suit Doesn’t Cut It,” *Advertising Age* (October 31, 1977), 102; *Mexican Pet*, 164; *Too Good*, 163–164.

L6. “草坪命令” “Lawn Order”

“把一个装满水的瓶子放在你家的草坪上，会让一只路过的狗望而却步。”这是一本1988年的新西兰杂志给出的建议，它评论了新西兰人普遍遵循的一种做法，并为这个词条创造了这一绝妙的标题。随后，同样的策略——带有一些细节的异文——被澳大利亚、美国、加拿大、日本和英国报道。它们的关注点是“都市”，而且这个主意确实异想天开、未经证实，从而使它们与一些提到了家养宠物和家庭安全的当代传说相似。但是，“草坪命令”在严格意义上并不是一个“传说”，因为它没有讲述故事，没有情节。然而，对于“草坪命令”这一民间习俗建议可能起作用的原因，人们提出了各种各样的看法：

（1）一只狗不会弄脏自己要喝的水。（狗用塑料瓶喝水吗？）

（2）瓶子上闪烁的阳光会让狗感到厌恶。

（3）狗看到自己在瓶子上的倒影会被吓跑。

（4）瓶子本身就让狗望而却步，水只是为了防止瓶子被吹走。

（5）瓶子里的水含有少量的漂白剂或一两颗樟脑丸，应该定期摇一摇瓶子，来帮助释放气味，狗甚至可以透过塑料闻到这种气味。

（6）瓶子会让兔子感到厌恶，而狗会追逐兔子。

1997年，一份英语报纸介绍了这种摆脱公园里烦人的“都市狐狸”的办法：“把装了一半冷水的瓶子放在花园的周围，尤其是在晚上。风会吹进瓶子里，发出一种令狐狸厌恶的低鸣声。”

另参见　“埋上圣人出售房产”

参考文献　*Curses!*, 142–145; *Too Good*, 339（城市驱狐剂）; Seal, *Cane Toad High*, 211–212.

L

L7. 斜塔
Leaning Towers

除了与建筑师的失误有关的传说（下沉的图书馆和购物中心、反向的建筑、互换的校园建筑等），人们偶尔还会听说一座在建的高楼严重偏离了中心。人们往往认为这种错误要么是由于设计失误，要么是由于高楼建立在不稳固的地基上（或两者都有）。

其中一个例子是奥克布鲁克特莱斯塔，一栋耸立在芝加哥郊区的31层办公大楼。尽管谣言说这栋大楼偏离了垂直线大约4或5英尺，但负责建设的经理却宣称这栋大楼“非常笔直”，它在1987年12月如期启用。一个当地的新闻故事把这栋大楼和另一个著名的例子进行比较，这个新闻揭穿了谣言的假面具，并评论说：“奥克布鲁克特莱斯并没有打算将托斯卡纳大区的比萨作为姐妹城市。一个斜塔已经足够了。”我脑海里有两种想法：第一，比萨斜塔尽管倾斜，但还是耸立了几个世纪；第二，实际上，在意大利和其他地方还有许多斜塔，尽管比萨是一个极端的例子，也确实是最著名的一个。

参考文献 *Curses!*, 254-255.

L8. “被拴着的狗”
“The Leashed Dogs”

一家人正在度假，他们停下来休息，有人拿出一碗水给宠物狗，并把狗绳系在汽车或野营车的后保险杠上。不幸的是，当这家人再次驾车离去时，忘记了这只狗，它在车后被拖着前行，直到死亡。

或者，家里有人把狗拴在车库门的把手上。另一位驾车回家的人，在离家还有几个街区的时候，激活了远程控制系统，打开了车库大门。这只宠物被吊死了。

尽管有人自称目击了两起宠物悲剧——或者至少是与之非常相似的

事件——但是大多数人在复述故事时都将来源归于朋友的朋友，并且在细节上有诸多变化。在以第一人称叙述的版本中，宠物通常能够幸存下来，但是在间接听来的故事中，宠物几乎无一例外地死了，有时（在故事的汽车版本中）这只宠物甚至一直都没有被家人想起来，直到他们度假归来。说到这里，1983年的电影《欢乐假期》描述了一个该传说的野营车版本。

已然得到证实的事件让传说看起来像是真事，的确，它也有可能是使传说兴起的事件，这些事件已在由《芝加哥论坛报》（*Chicago Tribune*）发给我的、可追溯至“1990年夏天某个时候”的美联社故事中得到了阐释说明，转引如下。事件中给出了警察和狗的名字，而且，由于动物得以生还，没有受伤，因此这则新闻故事通过评论做了一个喜剧性的扭转，“提起来又落下去……”，如果小狗如同传说版本中常说的那样死了，那就不太合适了。

猎犬追汽车，跑出新扭姿

华盛顿州塔科马市（美联社），一只巴吉度猎犬进行了一次意想不到的奔跑，他的主人把狗绳的一端拴在车门上并驾车离去。

警局发言人马克·曼说，巡警克里·菲尔伯特巡逻时，注意到了一辆似乎拖曳着什么东西的车。

周三晚上，当菲尔伯特从这辆汽车旁经过时，他看到汽车正拖着一只被拴着的巴吉度猎犬。

曼说，这只猎犬被“提起来又落下去，几乎和它所能达到的最大速度一样快”。

在猎犬达到每小时20至25英里的速度并“打了几个滚”之后，菲尔伯特停下车。

事实是，一个来自伦顿（Renton）的男人要拜访在塔科马市的朋友，在旅行结束回家之前，他把名叫刺青的巴吉度猎犬带到了外面。

当这个男人的女伴叫他去帮她拿东西的时候，他把刺青拴在驾驶员那一侧的车门上，这样狗就不会走丢，但是，很显然，在他启动车子离开之前，他忘了拴在那里的小动物。

菲尔伯特说，这只八个月大的猎犬看起来没有受伤。

参考文献 *Curses!*, 149–150.

L9. 法律恐怖故事
Legal Horror Stories

法律恐怖故事有时被律师们称为“暴行故事”。马克·加兰特尔在法律语境内将它们定义为“对看似离奇、微不足道或夸张的案件的引用”。这些故事大多讲述了由个人提起的诉讼的重大判决，通常是产品责任案件。这些故事，要么所描述的判决是虚构的，要么歪曲和夸大了案件的事实，以此给整个领域投下一片阴影，并使得法庭判决看起来尽可能地不公平和毫无根据。

一些法律恐怖故事因自身因素而步入了都市传说的行列，为许多外行人所熟知。这些故事包括“爆炸的丁烷打火机”和“割草机意外事故”。其他传说在法律界比在大众之中更广为人知。正如加兰特尔列出的例子，一些传说主题包括“拒绝以母乳喂养婴儿的母亲被起诉、孩子状告父母玩忽职守、追求者起诉放他鸽子的约会对象、（以及）控诉少年棒球联赛的女孩”。

另参见 法律传说

参考文献 *Choking Doberman*, 160–161; Marc Galanter, “Reading the Landscape of Disputes: What We Know and Don’t Know (and Think We Know) about Our Allegedly Contentious and Litigious Society,” *UCLA Law Review* 31 (1983), 4–71; *Mexican Pet*, 167–168.

L10. 传说
Legend

参见 “传说”和“都市传说”的定义

L11. 传说之旅
Legend-Tripping

"传说之旅"（或"寻觅传说"）是一种仪式，在这种仪式中，一群朋友，通常是青少年，为了讲述故事，表现他们的勇气，而造访一个与幽灵或其他恐怖传说相关的地方，或者也可能是为了亲身体验一些谣传中与该地点相关的超自然事物显灵。传说之旅的目标地点常常有着本土化的地名，并且为本社区所熟知，在这个社区中，人们可能认为它们是独一无二的。但是，相似的传说、地点以及传说之旅通常在许多地方都人尽皆知。

下面是一段来自亚利桑那州萨默顿的关于传说之旅的简短描述，其中的主人公与墨西哥和美国墨西哥裔民间传说中的哭泣女子"拉·罗洛那"有关：

> 20世纪70年代，尤马的比赛结束后的周五晚上，我们要做的就是开车去监狱山看看那个哭泣的女人，她徘徊在河边，寻找她溺水而亡、一去不回的孩子。他们说能清晰地听到她的哭泣声，仿佛她就站在身边一样。他们还说，从未有人真正见过她，但有时，在深夜里你仍能听见她在哭泣。

寻找传说之旅通常是开车去一个恐怖的地方，这个地方离他们自己的社区很远；喝酒或其他禁忌行为非常普遍。参与者会在坟墓上或坟墓附近留下各种各样的物品，从硬币、蜡烛，到鲜花、珠宝和啤酒罐。传说之旅的功能是，它既可以作为对超自然传说中的说法的非正式检验，也可以作为对青少年自身勇气的验证，他们会试着将听到的传说付诸行动：通过闪烁一定次数的车灯、喊出鬼魂的名字或者坐在被诅咒的墓碑上。即使什么都没发生，和传说之旅地点相关的故事仍在一如既往地增多和发展，因为它们是通过好几代青少年的口头传统而流传的。在一些极端例子中，例如，居住在内布拉斯加州林肯市附近的萨默斯曾描述到，青少年在传说之旅中对当地居民实施暴力，从毁坏公物升级到犯罪行为。

国际作家拉夫卡迪奥·赫恩（Lafcadio Hearn）在他1894年的著作《陌生日本的一瞥》（*Glimpses of an Unfamiliar Japan*）中描述了一个现代传说之旅的原型。他听说在一座岛屿上有"儿童幽灵之洞"，便亲自去那里看看它是什么样子的。在洞穴的四周和入口，有许多用规则的石头搭成的小塔，据说小塔是由幽灵们搭建的。有人说，如果什么人把这些小塔弄乱，或者是它们被风或海浪弄倒了，第二天早上会发现它们又被重新搭好了。但是，赫恩没有去检验这种信念。

最近，传说之旅的概念被应用到了在线参与的探索"古版书刊"（The Incunabula Papers）的活动中，一位评论者将其描述为"把一种阴谋论、一个可供选择的现实游戏，以及一次神秘的体验融合在了一起"。这个在线游戏，与现实世界的传说之旅相似，代表了"对检验传说真实性的追寻"。

另参见　明示（或明示行为）

参考文献　Keith Cunningham, "La Llorona in Yuma," *Southwest Folklore* 5 (Winter 1981), 70–77; Bill Ellis, "Adolescent Legend-Tripping," *Psychology Today* (August 1983), 68–69; Bill Ellis, "Legend Trip" in Brunvand, *American Folklore: An Encyclopedia* (1996), 439–440; Ellis, *Raising the Devil*, 208–221; Patricia M. Meley, "Adolescent Legend Trips as Teenage Cultural Response: A Study of Lore in Context," *Mid-America Folklore* 18 (1990), 1–26; Wayne L. Summers, "Bloody Mary: When Ostension Becomes a Deadly and Destructive Teen Ritual," *Midwestern Folklore* 26: 1 (Spring 2000), 19–26; Tim Prizer, " 'Shame Old Roads Can't Talk' : Narrative, Experience, and Belief in the Faming of Legend-Trips as Performance," *Contemporary Legend* New Series 7 (2004), 67–97; Donald H. Holly Jr., and Casey E. Cordy, "What's in a Coin? Reading the Material Culture of Legend Tripping and Other Activities," *Journal of American Folklore* 120: 477 (Summer 2007), 335–354; Tucker, *Haunted Halls*, "Legend Quests," 182–210; Donald Richie, ed., *Lafcadio Hearn's Japan: An Anthology of his Writings on the Country and Its People* (Tokyo: Charles Tuttle, 1997) ("In the Cave of the Children's Ghosts," 107–122); Thomas Kinsella, *Legend-Tripping Online: Supernatural Folklore and the Search for Ong's Hat* (Jackson: University Press of Mississippi, 2011).

L12. "同情心课程"
"A Lesson in Compassion"

要么是都市传说包含着心理研究，要么（更有可能）是研究本身激发了都市传说的灵感。不论是哪一种情况，这一背景故事都是一则与

“乐善好施者”（Good Samaritan）相关的寓言。约翰·达利（John M. Darley）和丹尼尔·巴特森（C. Daniel Batson）在1973年的文章中描述了如何将受试者置于一种情境，在这种情境里，当他们正火急火燎地赶去参加一场指定的演讲时，遇见了一个需要帮助的陌生人。一些研究对象要参与的演讲主题就是“乐善好施者”；而对于其他人来说，这是一个与其毫不相干的话题。研究者们总结道：“这样的主题对于他们向需要帮助者提供援助的可能性没有什么显著影响。”

几种心理学教科书对这项研究都有所概括，这意味着教员们可能会讲述相似的故事，或者教师也有可能会在他们自己的课堂上进行类似的实验。这个故事的典型传说形式涉及一个大学课堂，学生们学习伦理学、宗教、“基督的一生”或类似的内容；学生们去参加期末考试，却发现教室里只有老师留下的一张便签，上面写着教室改到了另一个离校园很远的地方。在前往新地点的路上，学生们遇见了一个需要帮助的人——实际上是由老师安排在那里的演员。根据故事，没有一个学生停下来帮助这个人，由此证明他们并没有领悟到这门课程的核心。或者，一个学生停下来帮助那位路人，他是班里唯一通过考试的学生。

值得注意的是，无论是在实验步骤，还是在数据处理方面，达利和巴特森的实验比上面概括的都要复杂。比较而言，这个传说的版本很简洁、直白，而且没有科学术语和方法论。

有时，童子军或其他团体中也有相似的“测试”，以作为培养领导力课程的一部分。这个团体上了关于童子军军规、誓言、口号或其他良好行为准则的课程，然后被告诫下一堂培训课在其他地方授课且不能迟到。在路上，学员们遇见了一位需要帮助的人。该怎么办？

一位高中英语教师向我们如实讲述了这个主题的异文，据说来自他自己的大学经历（于1993年通过电子邮件发给我）：

L

有一天，他和一个朋友逃了一堂英国文学课，结果那堂课上刚好有个测验。第二天，他们询问教授自己是否能补考。“没有必要，”教授说，“你们都考了A。”

“我们都没来上课怎么得了A呢？”

“测验是关于浪漫主义诗人的，任何一个在这么美好的日子里逃课的人，显然比来上课的人更能理解浪漫主义作家。”

不要在你的学校尝试这个做法。

参考文献 *Baby Train*, 318–320; John M. Darley and C. Daniel Batson, “‘From Jerusalem to Jericho’: A Study of Situational and Dispositional Variables in Helping Behavior,” *Journal of Personality and Social Psychology* 27 (1973), 100–108.

L13. “洞察力课程” “A Lesson in Perception”

一位给医学院学生上课的医生告诉学生们说，可以通过品尝尿液来检测它是否含有过多的糖分。他亲自示范，把手指伸入尿液样本中，然后将其放进嘴里。他说这个样本太甜了，并让学生们自己也试一下。

每个学生都重复了这个实验，一些学生同意这一诊断，另一些则不太确定。没有一个人发现，直到老师解释说，他把自己的中指伸进了样本中，却把食指放进了嘴里。这个实验是要测试他们的洞察力，而不是检测尿液中糖分含量的能力。

上面概述了各种印刷品、在线网络和电子邮件文本中的常见版本，这些版本的形式大致相同。这一素材资料倾向于以“尿”（urine，和“你在”［you're in］发音一样）这一双关语作为标题来呈现这个故事。异文中的细节包括教授把手指伸进味道恶心又臭的液体中，甚至是一个动物尸体的肛门里（在兽医课上）。

作为一个古老的医学院传说或恶作剧，“洞察力课程”（或“观察力”课程）常常和实际的教学医生联系在一起，最著名的是爱丁堡的约瑟夫·贝尔（Joseph Bell）博士，他是阿瑟·柯南·道尔爵士（Sir Arthur Conan Doyle）笔下的人物夏洛克·福尔摩斯（Sherlock Holmes）的原型。在贝尔的版本中，这种液体是苦涩、难闻的药，而医生向他的学生解释说："虽然我把食指伸进了药里，但是放到嘴里的却是中指。"

另参见 "被盗的样本"

参考文献 *Too Good*, 430, ("Now Urine Trouble"); http:// www.snopes.com/college/medical/urine.asp ("Urine for a Surprise"); Clifton Fadiman, ed. *The Little, Brown Book of Anecdotes* (Boston: Little, Brown, 1985), 50 (under Bell, Joseph [1837–1911]).

L14. "给安布罗斯·默顿的信"
"Letters to Ambrose Merton"

参见 英格兰

L15. "执照"
"A License to Practice"

一对受人尊敬、家境富裕的夫妇自豪（并微笑着）地在家里展示由墨西哥城、巴黎、罗马或国外其他地方的警察局颁发的执照，这些执照允许这个美国女人在当地从事妓女行业。有时候这个文件是一张注册的妓女证。这对夫妻解释说，在最近一次的假期旅行中，妻子在他们住的旅馆门前（或者在大厅里）等她丈夫，她不耐烦地走来走去。警察怀疑她在拉客，于是拘留了她，为了避免被捕监禁和巨额罚款，她被迫获得了廉价的妓女执照或身份证明。

在这个故事的异文中，妻子穿着非常艳丽的套装在街头等待丈夫，或是在一个专为性工作者和嫖客提供服务的特殊酒吧或餐厅里徘徊。据说，在一些国家，假的妓女执照和身份证明被作为旅游纪念品出售，但缺乏事实证明。尽管"执照"常常被作为最近发生的事件来讲述，但至少从20世纪20年代开始，这个故事就已经为人所知了。

参考文献 *Choking Doberman*, 141; *Too Good*, 151–152; 可比较Bennett、Smith的*Urban Legends*, 202–203.

L16. “被舔的手”
“The Licked Hand”

这个故事在美国的孩童和青少年中特别流行，讲的是几个年轻女孩聚在一个人的家里举行睡衣派对（也被称为过夜派对）。虽然父母不在家，但女主人有一只值得信赖的大狗，它能确保她们远离任何可能的危险。

夜深了，女孩们渐渐睡熟，进入梦乡，女主人被房子里的奇怪声音弄醒了几次。但每次醒来时，她的狗都会舔她的手，她得到了安慰，就又重新入睡。早晨，她醒来后发现小伙伴们都被杀了，狗的尸体被悬挂在浴室或厨房。墙上用血赫然写着“人也可以舔”。

这个传说有时被称为“小狗的舔舐”（The Doggie-Lick），也被作为校园故事讲述，在校园版本中，墙上的手写信息是：“你一定很庆幸昨晚没开灯吧？”

迈克尔·威尔逊（Michael Wilson）分析了由英国和爱尔兰青少年演述的“被舔的手”，而且提供了八个逐字逐句记录的文本。1991年，两个12岁女孩雷切尔和凯特讲述了一个“双人”版本，她俩你一言我一语地讲述这个故事，把它变成了一个笑话：

（这次演述的结尾）

雷切尔：她走进浴室，狗就在那儿，而且它……

凯蒂[1]：它被挂在浴室的门上，喉咙已经被切断，奇怪的声响全来自它滴下来的血，她想：“啊，怎么会这样？这不可能是我的狗……”

两人一起说：“我的狗刚刚还在舔我的手。”

凯蒂：她开了灯……

雷切尔：一个男人正在那儿舔着她的手！

（笑声）

[1] 凯蒂（Katie）是凯特（Kate）的昵称。

威尔逊其他“被舔的手”的文本包括墙上的手迹母题，有时，背景是贫瘠的达特穆尔高原地区。在一个版本中，舔人的动物是小猫。一个由康沃尔郡13岁男孩讲述的简短版本在情节上略有不同，但包含了违反禁忌的传统母题。在这个案例中，电视里正播放着晚间新闻：

这位女士正在看电视，新闻里说：“注意，有一个疯子就在附近，所以大家要检查窗户是否关好。”

于是她关掉电视去睡觉，通常，狗会舔她的手。那个男人正舔着她的手，接着，她听见了浴室里的水滴声，她没管它，水滴声持续着，她进入浴室，狗被悬挂在淋浴间，墙上写着“你忘了关窗！”——用血写的！

另参见 “室友之死”

参考文献 *Choking Doberman*, 73–77; *Curses!*, 203–205; *Too Good*, 58; *Be Afraid*, 14–18; Wilson, *Performance and Practice*; Bennett and Smith, *Urban Legends*, 59–62.

L17. “别闪灯！” “Lights Out!”

这里有一个虚假警告的例子，它在1993年开始通过传真、印刷传单和互联网传播。以下这个版本，是1999年夏天通过电子邮件在全国流传的一个版本，全文转引如下：

一位负责在小学里开展反毒品教育项目（the DARE[1] program）的警官向我们传达了这个警告，并让我把它分享给每一个开车的人。

如果你在天黑后开车，并看见一辆向你靠近，但没有开前车灯的汽车，**不要**对着他们闪你的车灯！这是一种常见的帮派成员的新

L

[1] 即Drug Abuse Resistance Education的首字母缩写。

型入会“游戏”，规则是：新成员要在不开前灯的情况下一直行驶，第一辆向他闪前灯的车立刻就会成为他的“目标”。他被要求追赶那辆车，并向车或向车内开枪，以此达到入会要求。

一定要把这个消息分享给你的家人，也请尽可能地传播给每个人！

“别闪灯！”的早期版本通过补充已经遇害的亲属的相关信息，和一个并不存在的、据说是调查这个案件的警官的名字，详细地描述了这个故事。据说，1993年9月的一个特定周末被指定为案件发生的“血腥周末”，但是这一天并没有发生任何此类事件。调查记者、警方当局、帮派专家和民俗学学者调查了这个故事，一致认为它与任何实际的犯罪或入会仪式无关。“别闪灯！”明显地反映了一些美国人关于帮派暴力的偏执幻想，它也暗示，一个简单、善意的驾驶习惯可能会让一个心地善良的人变成随机谋杀的牺牲品。

这个故事在1998年的复兴很可能是因为人们找到了旧警告的复印件，它们被贴在没清理干净的公告板上或塞进了桌子的抽屉中。拥有这种印刷或出版文本的都市谣言和传说常常在毫无预兆的情况下，或者似乎没有任何实际事件刺激的情况下卷土重来。传说中提及反毒品教育项目的警官或其他权威人士会不断地发出警告，这暗示着担任这类角色的人有时会在他们的工作中用这些故事来举例，但没有验证其真实性。最终，“别闪灯！”传播到了中美洲、加拿大和英国，但其传播力度（至今为止）都比不上在美国的。

2005年9月，这个警告开始通过电子邮件再次传播，明确指出了该月的23号和24号（周五和周六）是“血腥入会周末”，到那时，全国范围内的帮派的成员将驾车出动，他们不开车灯，以此引诱汽车司机冲着他们闪烁车灯。和往常一样，文本中充满了一连串的感叹号、大写字母以及对“遍布全国各地的警察部门”的模糊引用。帮派成员候选人被要求“射杀第一辆善意闪灯的汽车上的所有人”，幸好，没有司机在那时和其他任何时候遭遇这种命运。

另参见 日本；"全国帮派周"

参考文献 *Be Afraid*, 196–198; *Too Good*, 393–395; *The Truth*, 95–107; Bennett and Smith, *Urban Legends*, 66–68; Donovan, *No Way of Knowing*, 1–5, 197–200.

L18. 语言学的方法 Linguistic Approach

民俗学家尼古拉森主张在都市传说中对"叙事的语言结构进行详细研究"，这是基于威廉·拉波夫（William Labov）在他1972年的著作《内城语言：黑人英语方言研究》（*Language in the Inner City: Studies in the Black English Vernacular*）中提出的一项著名研究成果，尤其是拉波夫在最后一章（"叙事语法中的经验转换"）提出的。拉波夫总结到，"一个充分完整的叙事"应该有六个结构元素：概要、情况介绍、复杂的行动、评价、结果或解决方案，以及尾声。

尼古拉森把这些概念运用到"送惊喜的人大吃一惊"的28个异文中，这些异文收录在威廉·休·詹森1973年对这个传说的研究中，尼古拉森发现三个元素（情况介绍、复杂的行动和解决方案）"通常构成了传说的叙事核心"（这一发现似乎与对"情节"的旧教科书式的定义相似，都必然地包含了"解决冲突"的情境）。

尼古拉森发现，都市传说作为叙事的显著特征是，通常"叙述者知道的一则至关重要的信息被排除在情况介绍部分之外，只有在讲述完复杂的行动之后，叙述者才会告诉听众"。例如，在"送惊喜的人大吃一惊"中，直到故事将要收尾，听众才知道，人们为现在已经赤身裸体的这对情侣安排了一个惊喜派对。尼古拉森认为，这个"延迟的情况介绍"是"许多（都市传说）的重要结构特征"。而且，他总结道："大多数传说讲述的成功，明显取决于对这一技巧的灵活掌握。"

换句话说，故事讲述者开门见山就没意思了，"我听到的是一个关于雷吉·杰克逊在电梯里的故事"或"你还记得那个手指卡在杜宾犬喉咙里的人吗"或"这个女人想要贱卖掉她出轨丈夫的保时捷"。为了使故事产生预期的效果，这些传说中的情节转折、解决方案或解说必须在结尾才娓娓道来。

在一项后续研究中，尼古拉森把他的方法运用到了“消失的搭车客”的各种异文中。在这项研究中，他得出结论，即在这个传说中，至少有两个叙事要素（情况介绍和复杂的行动）是至关重要的，同时典型的对重要故事元素的隐瞒也很必要——在这个例子中，搭车客是个幽灵。

在这两项研究中，尤其是在他1992年发表于《当代传说》的文章中，尼古拉森强调，为了研究传说的语言结构，完整的叙事文本或至少“可叙事的”文本，是必不可少的。那些有时只发表故事概要的作者的作品——尤其是我自己著作中的一些文本——在这篇文章中受到了批评。对于语言结构分析来说，在理想的情况下，以录音带记录下的付诸听觉的叙事文本甚至比通过录像带录制的更为精细的视觉文本还要好。但是，很少有研究都市传说的学者能达到这种理想的境地。

另参见 结构的方法

参考文献 W. F. H. Nicolaisen, “The Linguistic Structure of Legends,” in Bennett, Smith, and Widdowson, *Perspectives on Contemporary Legend II* (1987), 61–76; Nicolaisen, “Linguistic Aspects of the Vanishing Hitchhiker,” in Leander Petzoldt and Stefaan Top, eds., *Dona Folcloristica: Festgabe für Lutz Rörich zu seiner Emeritierung* (Frankfurt am Main: Peter Lang, 1990), 187–199; Nicolaisen, “Contemporary Legends: Narrative Texts versus Summaries,” *Contemporary Legend* 2 (1992), 71–91.

L19. 语言学的都市传说
Linguistic Urban Legends

参见 民俗词源学

L20. 文学和都市传说
Literature and Urban Legends

民俗学家丹尼尔·巴恩斯从1991年开始发表关于文学中的都市传说的研究，并宣布了大量的资料来源。他主张识别“古代的、现代的、当代的，流行的和‘严肃的’，虚构的和非虚构的，诗意的和戏剧性的文学作品——凡是稍有提及或在某种程度上应用了……一个可识别的当代传说”。到了他的清单的第三部分，民俗学家保罗·史密斯也加入了他的行列，巴恩斯为大约24个传说的参考文献编制了目录，其中有几个传说来源于多种不同资料。他所引用的文学作品的范围，从童书和现代侦探故事，到像安东尼·伯吉斯（Anthony Burgess）、卡森·麦卡勒斯和欧内斯特·海明威（Ernest Hemingway）这样的著名作家的作品。（这三位作家采用的传说分别是“丢失的奶奶”“黑暗中的屁”，以及一个鲜为人知的被编辑者称为“妓院的偷窥者”[The Voyeur in the Brothel]的故事。）巴恩斯和史密斯的汇编演变成贝内特和史密斯《都市传说》（2007）汇编中的目录，其中，“文学中的都市传说的索引”（第341—343页）包含了150个词条，而按传说标题列出的“文学中的都市传说”的附录（第309—321页）提到了55个单个传说，它们中的大部分在各种各样的文学作品中被复述或提及。

文学中的都市传说研究，起步于识别出版作品中的传说主题和情节，但是，对这些例子进行分类，却是分析这些传统故事的文学应用和功能的非常有必要的第一步。都市传说的情节本身往往显得过于简单和单薄，而没有太多的文学趣味；作家们会以详细描述它们或把它们融进一部更大的作品中的方式，来使它们在文学评论家面前变得有趣。

民俗学学者和文学学者布鲁斯·罗森堡（Bruce A. Rosenberg）仔细分析了背景传说（“后座杀手”“消失的搭车客”等）和它们对应的文学作品——伊丽莎白·简·霍华德（Elizabeth Jane Howard）1975年发表的小说《错误伴侣》（Mr. Wrong），以进一步探讨这些叙事中的模式和主题。他得出结论，《错误伴侣》是“文学和民间传说之间的永恒关系，更具体地说，是作为故事讲述者的‘普通’人和讲故事的能工巧匠之间的持久关系”的一个很好的例子。

由于我们现在所说的一些“都市”和“当代”传说有着悠久的历史，因此我们在更早期的材料中找到了相同典故的蛛丝马迹。例如，杰弗里·乔叟在他的经典小说《坎特伯雷故事集》（*Canterbury Tales*）中，将中世纪血祭诽谤传统中一个熟悉的原型“肢体残缺的男孩”改写成“女修道院院长的故事”（The Prioress's Tale）。晚一些的英国作家丹尼尔·笛福和查尔斯·狄更斯提到了他们那个时代传说中的口头传统，美国的纳撒尼尔·霍桑也在自己的一些作品中体现出了类似的民间传说意识。

其他文学和传说相联系的例子也可以在本书的以下词条中找到：“下水道里的鳄鱼”“被噎着的杜宾犬”“被坐扁的狗”“包裹里的死猫”“二次被偷”“坐在大众汽车上的大象”“猫咪背了黑锅”“炸药狗”“不是我的狗”“曲奇的包装”“树上的水肺潜水员”。事实上，这些传说中有这么多是和动物相关的，一定不只是巧合，但目前还没有人对这一现象给出说明或解读。

另参见 中世纪的都市传说

参考文献 Daniel R. Barnes and Paul Smith, “Research Notes—The Contemporary Legend in Literature: Towards an Annotated Checklist,” *Contemporary Legend* 1, 2, and 3 (1991, 1992, 1993); Jan Harold Brunvand, “Urban Legends,” in Mary Ellen Brown and Bruce A. Rosenberg, eds., *Encyclopedia of Folklore and Literature* (Santa Barbara, CA: ABC-CLIO, 1998), 676–679; Bruce A. Rosenberg, “Urban Legends: The Modern Folktales,” in *Folklore and Literature: Rival Siblings* (Knoxville: University of Tennessee Press, 1991), 220–235 Peter Burger, “Contemporary Legends in the Short Stories of Roald Dahl,” *Contemporary Legend* New Series 5 (2002), 136–158; *Be Afraid*, 25–30 (“Precursors” [Daniel Defoe]); Rolf W. Brednich, “Where They Originated: Some Contemporary Legends and Their Literary Origins,” *Folklore: Electronic Journal of Folklore* 20 (Tartu, Estonia, 2002), 7–16; Alfred Messerli, “How Old Are Modern Legends?” *Fabula* 47 (2006), 277–288.

L21. “炸药狗”
“The Loaded Dog”

“炸药狗”是澳大利亚作家亨利·劳森大约在1899年撰写的一篇短篇小说，它为通常被称作“动物的报复”的传说的其中一个异文提供了通用标题。劳森笔下的“炸药狗”是该传说的现代短篇小说版的一个早期例子，但是“火引子燃烧”（The Burner Burnt）的常见主题在伊索寓言甚至在《圣经》的章节中就已经有了原型。在澳大利亚故事中，一个人把点燃的烈性炸药包丢了出去，然后被一只狗叼了回来，因此一大片采矿营地都被炸毁了。杰克·伦敦发表于1902年的短篇小说《圆脸》（Moon Face）中也有关于这个情节的版本，新西兰人巴里·克伦普

(Barry Crump)也在他1960年的《好心人》(*A Good Keen Man*)一书中发表了另一个版本。

英国广播公司在苏格兰拍摄了流行电视节目《莫纳山谷》(*Monarch of the Glen*),在其第三季第十集(2003年首播)里,剧中的"炸药狗"事件致使一位主角丧命。赫克托·麦克唐纳,博格尔峡谷的前领主(被他的儿子阿奇所取代),想要除掉他"湖"里的一条杀死大批褐鳟鱼的梭子鱼。他把点燃的塑胶炸药放在一艘漂浮在水上的小船里。但是,赫克托的狗"像个废物"一样地要表现出它能"叼回来"的本领。这只狗跳进水里,把炸药完好无损地带回给主人。

在现代传统中——包括口头的和出版的——携带爆炸物的"狗"也有可能被说成是一只兔子、老鼠、浣熊、负鼠、鹰、狼或其他动物。通常,这个动物会被一个残酷成性的人"绑上炸药引线",但是携带着爆炸物的小动物跑了回来或飞了回来,而不是逃跑了,折磨它的人就这样"点燃"了"引子"。格雷厄姆·谢尔讨论了一个澳大利亚文本(在"动物的报复"词条中有所引用),他把这个文本称为"一个现代化的古老乡野故事"。1990年1月28日的《华盛顿邮报》体育专栏上刊登了一个来自美国的与狗相关的典型版本:

> 参加了这个月在拉斯维加斯举办的"射击、狩猎、户外商品交易会"(Shooting, Hunting, Outdoor Trade,简称为SHOT)的人带回来一个可怕的故事。
>
> 据说一群野鸭猎手在寒气逼人的12月外出去田纳西州的里尔富特湖,结果发现湖面结冰了,他们决定用炸药炸开一个洞。但是当他们把点燃了引线的炸药扔出去时,他们忠诚的拉布拉多寻回犬迅速跑过去,一下子叼起炸弹,尽职尽责地往猎人的埋伏地跑,而人们正尖叫着让它停下来。
>
> 当它离人群还有20码[1]远时,一个猎人亲手射杀了它。炸药爆

[1] 1码约等于0.9米。

炸，并毁坏了埋伏地的前部，但是没有人受伤。

另参见 流行文化和都市传说

参考文献 *Too Good*, 71–73; Bennett and Smith, *Urban Legends*, 150–152.

L22. “被关在门外的裸男”
“The Locked-Out Nude”

参见 “裸体单身汉”

L23. “被关在门外的飞行员”
“The Locked-Out Pilot”

这个传说由航空公司工作人员和乘客讲述，描述了在一系列的灾祸和误会中，民航航班的驾驶员和副驾驶员是如何双双离开了驾驶舱且无人发觉的。门被关上且上了锁，要么是由于乱流，要么是由于其中一个驾驶员的习惯使然。由于两个驾驶员都没有带驾驶舱的钥匙，他们被迫在一群吓坏了的乘客面前，用消防斧把舱门砸开。人们认为这个故事通常来源于外国航班或一个早期的民航航班。

对此心存恐惧的旅客大可放心，因为没有目击证人，这件事根本就没发生过。而且，航空公司的标准作业程序和现代飞机的设计使这个“被关在门外的飞行员”只是一个不可能的假想而已。

参考文献 *Curses!*, 48–50; *Too Good*, 278–279.

L24. “遗失的残骸”
“The Lost Wreck”

1985年，在艾伯塔省埃德蒙顿市，报纸揭穿了一个汽车事故故事的真面目，其中似乎包含了一个关键母题，这个母题取自从19世纪起就闻名于世的斯堪的纳维亚传说。在此故事的挪威版本中，当一位猎人把箭射偏了，使它撞响了教堂的钟时，一个被鼠疫摧毁的中世纪村庄在这片偏僻而异常茂密的森林中被重新发现。瑞典版本的情节或与之类似，或描述了一个牧羊人正在寻找他丢失的一只动物，结果在森林中找到了消失的教堂。在现代的加拿大传说中，20世纪50年代，在一条山路上发生的车祸造成了四人死亡，数十年后，当高速公路工人把岩石推到山涧中时，他们听到了石头撞击金属的声音，这辆汽车才被找到。报社记者评论道："这个谣言似乎来源于清新的山区空气滋养的丰富的想象。"

这两个被听到的"发现"母题的相似性强烈表明，现代故事中的这一元素取自斯堪的纳维亚的民间传说，它可能来自于艾伯塔省的挪威或瑞典移民的记忆。当然，现实生活中有关"遗失的残骸"事件的记录，并不包含这个传统的民间传说母题。

参考文献 *Be Afraid*, 103–104; *Curses!*, 99–100; *Too Good*, 235–236; Bengt af Klintberg, *The Types of the Swedish Folk Legend*, Folklore Fellows' Communications No. 300 (Helsinki: Finnish Academy of Arts and Letters, 2010), U54, "Rediscovery of Church from the Time of the Plague."

L25. "彩票"
"The Lottery Ticket"

自从国家彩票诞生以来（在此之前，还有其他类型的赌博彩票），关于一个男人发现自己手持中奖号码彩票的故事就流传开了。他要富了！这个男人正坐在酒吧里看着电视中出现的数字（或看着赛马奔向终点线），于是他决定把票传一圈，让伙伴们都知道真正的赢家是什么样子的。

他的中奖彩票在屋子里被人一个个地传过去，然后再次回到了他的手里。不过当彩票回到起点时，它已经变成了另一张彩票。（这个传说没有考虑到这样一个事实，即要想兑现中奖彩票，小偷必然会暴露他的身份。）

另参见 “传下去”

参考文献 *Curses!*, 20; *Mexican Pet*, 142; *Too Good*, 332–333.

L26. “情人的电话报复” “The Lover’s Telephone Revenge”

一位年轻的女士因为男友甩了她而感到不满，男友命令她搬出他的公寓，并让她自己收拾东西走人。当他回来的时候，有点害怕会发生什么，女友带着她自己的东西走了，其他东西都没被动过——除了电话，它没有被挂断。这个男人把听筒拿起来，听到对方正在讲一些外国话，他耸耸肩，把听筒放回原处。等他拿到电话账单的时候，他才明白，女友拨通了东京（或香港）的时间和气温查询服务，并在过去的几小时、几天、几周里一直让电话处于通话状态。

有时，这个故事被称为“电话**报复**”（Dial R-E-V-E-N-G-E），故事本身以及它令人满意的报复策略其实是不可能的，因为电话公司有针对这些通话的自动挂断机制。在该故事的一些版本中，伴侣会用水把公寓弄湿并撒满苜蓿种子；男友回到家时，会发现屋子里长满了茂盛的绿色植物。其他都市传说中的情人采取了创造性的报复方式，包括“花心男人的保时捷”“结实的水泥凯迪拉克”和“强力胶的报复”。

参考文献 *Curses!*, 216–217; *Too Good*, 79–80; Seal, *Cane Toad High*, 25–26 (alfalfa revenge); Bennett and Smith, *Urban Legends*, 191–192.

L27. LSD贴纸、图画和文身 LSD Stickers, Transfers, and Tattoos

参见 “蓝星迷幻药”

M

M1.“麦达琳 · 默里 · 欧黑尔的请愿书”
“The Madalyn Murray O'Hair Petition”

这一虚假警告的结尾是一封信，信里要求人们签署一份针对子虚乌有的请愿书的反对信，然后递交给美国联邦通信委员会（Federal Communications Commission，简称FCC）。一般认为，那请愿是由美国最著名的无神论者麦达琳 · 默里 · 欧黑尔发起的。据说，欧黑尔（组成这个名字的三个单词在警告传单中常常被拼错）递交了编号为RM-2493（或RH-2493）的请愿书，要求联邦通信委员会取缔美国境内的宗教广播，并“将圣诞节目从公立中小学中移除”。基督徒们关注的、被要求签署并送交联邦通信委员会的声明通常是这样写的：

> 我是一个美国人，我为我的文化遗产感到自豪。同时，我也非常关注宗教信仰在我们现在所沐浴的自由中所起的作用。因此，我坚决反对任何人企图废除电台或电视上旨在表达信仰，以及展现**上帝**至高无上的节目，或者是**移除公立中小学中的圣诞歌、圣诞节目和颂歌。**

对这份伪造的请愿书的回应，有时会引用所谓欧黑尔的说法：“如果这份请愿书成功了，我们就可使全美的宗教广播停止了。”但其实，准确引述她的话说：“我想这是极好的……这种愚蠢的狂热似乎生生不息。”

一个编号为RM-2493的真正请愿书在1974年由他人提交，它确实提到了宗教教育电台的广播许可，但这一请求和欧黑尔毫无关系，而且这份请愿书在1975年已经被美国联邦通信委员会拒绝。然而，尽管欧黑尔在20世纪90年代神秘地销声匿迹了，但警告传单中仍然会提到她。从1977年至今，差不多有几百万份署名声明淹没了美国联邦通信委员会。美国联邦通信委员会否认了这个故事，并在新闻稿、采访和电话中解释了它的明显来源，但是收效甚微。最终，美国联邦通信委员会获得邮局许可，可直接丢掉信封上带有“请愿书2493”字样的邮件，此方法的便捷之处在于，在信封上写上该字样正是大多数此类虚假警告要求关心社会的公民在递交签署声明时要做的事情。

约翰·威廉姆斯（John A. Williams，第44—45页）曾引用一位“基督教研究员”的观点，给出了“为什么基督徒迷恋都市传说”的五个原因：

（1）它们符合我们的世界观。

（2）我们接受别人对我们说的话。

（3）我们的知识基于常识。

（4）我们过于相信“专家”。

（5）我们相信能让我们感到舒服的东西。

参考文献 Paul F. Boller Jr. and John George, *They Never Said It: A Book of Fake Quotes, Misquotes, and Misleading Attributions* (New York: Oxford University Press, 1989), 101–102; Jim Castelli, "The Curse of the Phantom Petition," *TV Guide* (July 24, 1976), 4–6; *Choking Doberman*, 184; Eldon K. Winker, "Two Rumors That Refuse to Die," *Lutheran Witness* (December 1992), 8–9; *Too Good*, 407–408; Williams, *The Cost of Deception*, 37–45.

M2. “合金轮毂” “Mag Wheels”

一个由格雷厄姆·谢尔报告的澳大利亚传说（“小咪”指一只普普通通的母猫）：

一个热衷于自己动手的人想出了一个好办法，能让家里的猫可以从猫咪门进来，且不会被街上其他的猫尾随。他把一块工业磁铁固定在猫咪门上，负极朝外，并把正极固定在小猫的项圈上。当小猫靠近门时，正极与负极相吸引，门就会像被施了魔法一样自己打开。这个聪明的巧手能人还在门上安了个门闩，这样小咪进门后门就会关上。

一切似乎都很顺利，直到有一天，这只猫不见了。全家人心急火燎地在大街上到处找猫，最终发现了它。小猫被项圈上的磁铁固定在了一辆汽车的轮毂罩上，它只能无助地喵喵叫。

另参见 澳大利亚

参考文献 *Too Good*, 457; Seal, *Cane Toad High*, 55–56.

M3. 购物中心
Malls

参见 都市传说中的大型购物中心

M4. 购物中心的杀手
Mall Slashers

参见 “车底杀手”

M5. 医疗事故故事
Malpractice Stories

很明显，医学上的治疗失当事故，的的确确发生在我们的现实生活中，但是一系列杜撰的或夸张的故事也在流传，这些故事描述了医疗诊断的失误对匿名的朋友的朋友造成的可怕后果。其中最主要的问题包括失败的X光片、被调包的病人，以及摘错了器官或截错了肢。让病人小心！

参考文献 *Choking Doberman*, 98; *Too Good*, 202.

M6. “中间的男人” “The Man in the Middle”

一位年轻的女士在深夜独自乘坐公共交通工具（公交车、火车或地铁）回家，她被坐在她对面的三个沉默的男人吓到了，特别是坐在中间、看起来好像喝醉了而且一直用直直的目光盯着她的男人。另一个“令人毛骨悚然的乘客”（这个故事有时候使用的标题）最终设法偷偷塞给她一张纸条，上面写着“在下一站下车，中间的男人已经死了”。在一些版本中，没有人警告她，而另外两个男人下了车，只留下她和那个还在瞪着眼的家伙。当她用手触摸或拍打这个一直盯着她的男人时，他翻倒在地，完全断了气。

虽然“中间的男人”仍然在被人们广泛讲述并且在特定的地方被本土化，但是这个故事早在20世纪30、40年代就已经流传开来，人们还在1902年的出版物中找到了这个故事的原型。这个传说有时和“丢失的奶奶”结合在一起；同时，还存在着其他关于使用公共交通工具运输尸体的传说，它们偶尔会被说成是学生恶作剧的故事。这个故事在非洲各地广为人知，或许它反映了一种实际存在的做法（或谣言中的做法）：“有那种将尸体运回他们在农村的家里进行埋葬的生意。在这个过程中，尸体会被打扮成乘客的样子，他们西装革履，膝盖上放着报纸。”

参考文献 Arthur Goldstuck, *The Aardvark and the Caravan: South Africa's Greatest Urban Legends* (London: Penguin, 1999), 35–36; *Be Afraid*, 97–98 (收录了Goldstuck的文本); Bennett and Smith, *Urban Legends*, 22–24; Luise White, *Speaking with Vampires* (Berkeley: University of California Press, 2000), 252 (transporting corpes).

M7. “屋顶的男人” “The Man on the Roof”

这个众所周知的故事至少在20世纪60年代就已经被讲述了。这里有一个简述的版本，它被伪装成新闻并作为报刊“补白”发表在1980年1月的许多报纸上：

开普敦（路透社）——星期六，妻子开车去购物时，把丈夫从屋顶上拽下来了，这个男人伤势严重，当时，他正在屋顶上修理瓦片。

为了安全起见，这个男人在腰上系了一根绳子，并让站在地上的男孩把它系到了安全牢固的东西上。

1988年，小报《世界新闻周刊》延续了新闻报道中“屋顶的男人”的生命力，对这个故事进行了拓展，给这位可怜的南非人补充了名字和年龄，并解释说，他9岁的儿子把绳子系到了妻子汽车的保险杠上。小报的版本被收录进《好得令人难以置信》一书中。在这个故事的其他版本中，受害者正在调整屋顶上的电视天线，或者因为缺少足够长的梯子而把绳子抛到屋子的另一端以便爬到屋顶。有时这个传说和其他滑稽事件结合在一起，并以“大笑的医护人员”母题作为结尾。

这一现代都市传说可能源于传统的欧洲民间故事，讲述的是一个做着妻子承担的家务活的男人（故事类型1210和1408）。至少丈夫受伤的方式是相似的。故事中与众不同的母题的编号是J2132.2（**当奶牛在屋顶上吃草的时候，这个傻瓜把绳子系在了自己的大腿上。奶牛掉了下来，把男人从烟囱里拉了出来**［Numskull ties the rope to his leg as the cow grazes on the roof. The cow falls off, and the man is pulled up chimney］）。在这个民间故事大受欢迎的挪威版本中，妻子无意中对丈夫造成了更深的伤害：她做完丈夫该做的农活回到家，看到奶牛从屋顶上垂下来，于是她剪断了绳子，导致丈夫头朝下扎进了灶台上正在冒泡的一口大锅里。

另参见　母题；小报和都市传说；故事类型

参考文献　*Too Good*, 373–375; *Vanishing Hitchhiker*, 181.

M8. “下水道中的老鼠行军”
“The March of the Sewer Rats”

这个故事被英国民俗学学者称为“一个古老的受人喜爱的故事”，讲述了下水道中的老鼠在“鼠王”的带领下，从某个英国城市的一个地方到另一个地方的大规模迁移。它们的首领可能被描述为“一只大白鼠，或一只盲鼠”。

参考文献 Bennett and Smith, *Urban Legends*, 24–25.

M9. 玛丽·沃思
Mary Worth

参见 “我信仰玛丽·沃思”

M10. 食物中的精子
Masturbating into Food

饭店或咖啡馆（通常是一家快餐加盟店）里一个心怀不满的职员，在上菜或送出外卖前对着食物手淫射精。据称，作恶者常常是一个艾滋病患者，他想要报复无视其病痛和困境的社会，或者试图报复虐待或解雇他的老板。

至少从20世纪80年代初开始，这个故事就一直困扰着销售从甜甜圈到凉拌卷心菜等食品的各种商家，但是近年来它特别关注汉堡王（“不要蛋黄酱！”）和达美乐比萨（“不要马苏里拉奶酪！”）。这些故事中也提到了其他加盟店，包括哈蒂快餐店（Hardees）、塔可钟（Taco Bell）和必胜客（Pizza Hut）。在尼德兰，“9·11”之后，这个故事和由穆斯林居住者经营的特定饭店紧密联系在一起。

故事的早期版本仅仅是谣言，并且伴随着这样的程式：“我听说一些人在（地名）……（做什么）。”接着，故事就会获得更多的叙事元素，比如针对主角的动机和方法的描述，以及他在送完食物后给受害者打匿名电话承认自己的行为的描述。艾滋病患者的报复母题也见于“艾滋病玛丽”。食品污染是一个传播广泛且具有多种异文的传说主题。

参考文献 *Choking Doberman*, 121; Janet Langlois, "'Hold the Mayo': Purity and Danger in an AIDS Legend," *Contemporary Legend* 1 (1991), 153–172; *Too Good*, 199–200; *Be Afraid*, 230–231; Theo Meder, "They Are among Us and They Are against Us: Contemporary Horror Stories about Muslims and Immigrants in the Netherlands," *Western Folklore* 68: 2–3 (Spring/Summer 2009), 257–274.

M11. 麦当劳谣言
McDonald's Rumors

麦当劳公司（“拥有数十亿顾客”）因其规模和市场优势，一直吸引着大量口头相传的负面索赔案例和故事，但是这些故事全都缺乏事实根据。由于这些传说很早就与麦当劳联系在一起，以及索赔的多样性，再加上它们当中的一些故事存在的时间很长，所以麦当劳谣言可以被视为现代美国人反公司（anticorporate）民俗的一个典型例子。

这个故事大约从1977年开始流传，宣称公司已故的董事长雷·克罗克（Ray Kroc）是撒旦教会的成员，他在汉堡加盟经营方面的成功故事可以追溯到这一点上，据说他在一个全国性电视台的脱口秀节目上吹嘘过这一点。民俗学家加里·艾伦·法恩提出，该公司的惊人成长，和董事长名字的外国发音及其中的k音素（看起来有些邪恶）一样，可能强化了故事的可信度。最终，所谓的撒旦式联系和脱口秀背景开始殃及其他公司，特别是宝洁。

同样是在20世纪70年代后期，声称麦当劳汉堡里有蠕虫的故事开始流传，其他版本里提到了袋鼠肉、马肉、木屑、蜘蛛蛋和纸板。法恩指出，这个故事和其他关于快餐公司的食品污染故事都是“对社区失去控制的反应”的一部分，因为大公司取代了许多物美价廉的当地餐厅，人们也很少在家做饭了。

这些故事是否真的对大公司造成了伤害，答案是值得怀疑的，至少从长远来看，对于任何一家跨国公司来说都是如此。1978年11月，合众国际社报道的一则故事说，当食品污染的故事殃及亚特兰大时，该地区的销售额下降了差不多30%，但生意很快恢复，而且，很明显，麦当劳的生意从那以后兴隆起来。

麦当劳对谣言的回应一直都是低调和实事求是的。在说明了早期的谣言"荒唐得连想都不敢想"之后，麦当劳发言人强调了原料的质量管理与纯度以及烹饪方法，甚至都从未在公共场合使用过"蠕虫"这个词。事实上，虫子或袋鼠肉比牛肉更贵，这个事实只有民俗学学者们指出来了，其中一位就是佐治亚州州立大学的苏珊·戈金斯（Susan M. Goggins），戈金斯甚至在1979年写了一篇关于"蠕虫汉堡恐慌事件"的硕士论文。

另参见 巨人效应；"游乐园中的蛇"

参考文献 Fine, *Manufacturing Tales*, esp. 147–151, 178–179; *Vanishing Hitchhiker*, 90.

M12. 医学生的恶作剧
Medical Student Pranks

关于医学院学生恶作剧的故事比比皆是，也许确实发生过一些真实的恶作剧事件。在这类故事里，正如弗雷德里克·哈弗蒂（Frederic W. Hafferty）写的那样，学生们"在生理层面（因此也是象征性地）操纵着整具尸体或尸体的某一部分"。最常见的故事包括摘除尸体的手指、手掌或阳物，并把它们藏在某人的行李中或以令人震惊的方式将它展示出来。有时，这些尸首零部件被粘在遮光帘的拉绳上或电灯的开关上，或者是被递给高速公路收费亭的工作人员。阳物恶作剧通常涉及男女医学生的对抗。另一个故事类型讲述的是他们从大学里盗走一具尸体，给他打扮一番，然后带他去参加活动，比如返校节[1]比赛。或者，尸体可能

[1] 即homecoming，属于一种美国校园文化，在这一天校友们会回到学校，举办各种活动。

会被带到一个受欢迎的学生聚会场所，在那里，学生们会点些食物和饮料。恶作剧制造者没有付款就偷偷溜走了，一位服务员发现了留下的尸体，被吓坏了。

这些故事——很少被证实——在全世界传播并且被那些讲述它们的人们信以为真。但是他们用来支撑所谓事实的“真实事件”，通常也只是朋友的朋友的叙述程式。

另参见 尸体；收费亭的恶作剧

参考文献 *Baby Train*, 315–317; *Choking Doberman*, 99; *Curses!*, 299–301; Frederic W. Hafferty, “Cadaver Stories and the Emotional Socialization of Medical Students,” *Journal of Health and Social Behavior* 29 (1988), 344–356.

M13. 都市传说中的医疗主题
Medical Themes in Urban Legends

大多数都市传说中的医学实践都以恐怖故事的形式出现（参见词条医疗事故故事），这些故事反映了人们对医疗程序、医检、医院以及治疗风险的担忧。像“肠镜检查”和升级的医疗问题等传说，描述了病人所遭遇的最坏情况，而“丢失的病人”和“致命的清洁女工”则延伸了医院失误的主题。外行人对于医疗问题和程序的本质的误解，反映在诸如“合体夫妇”和“盗肾”等传说中，而关于医学教育过程中发生意外的故事则包括“亲属的尸体”和医学生的恶作剧。名为“锤击孩子”的传说，展示了如何通过引用据说是被医院工作人员掩盖的某事来证实一个都市传说。

一些传说反映了对有毒或传染性材料的无端恐惧。例如，有人声称厨具或一些止汗剂中所含的铝会导致老年痴呆症或其他严重后果，科学家则否认其为“一个神经病理学的案例”。同样地，在一品红植物里找到可导致宠物或小孩死亡的有毒物质的说法——和西红柿有毒一样是一个过时的错误想法——仍然会在圣诞节期间偶尔突然出现。像艾滋病和非典型性肺炎这样的严重疾病，尤其是埃博拉病毒，曾经一度是谣言和传说的主角。正如丽贝卡·韦尔登（Rebecca A. Weldon）在她分析主要通过流行书籍和电影流传的故事和图像时所展示的那样，20世纪90年代的埃博拉病毒恐慌把一种严重但是相对有限的医疗威胁提升到“一种缠扰人类的夺命病毒”的地位。韦尔登在这些被夸张了的埃博拉故事中辨识出六个都市传说的主题，其中包括“陌生人带来的危险”的观念、针对与埃博拉有关的阴谋的控诉、对可疑的当局人物的提及，以及对同样毫无根据的在细节上略有不同的逸闻的反复重提。总之，韦尔登写道，这个埃博拉病毒故事“更多地与神话相关，而不是和科学相关”。

“黄金一小时”（Golden Hour）这个术语指的是医疗圈内民间传说的一个实例，虽然它并不是严格意义上的都市传说（尽管在研究题目中使用了这个词）。勒纳（Lerner）博士和莫斯卡蒂（Moscati）博士对“外伤病人如果在受伤之后的60分钟内得到治疗，会有更好的效果”这一认识的信息进行了详细的文献和历史记录调查。尽管这一认识和“黄金一小时”这个术语在医学界众所周知，但是研究者们并没有发现任何证据充分的能够支撑这一观点的材料，也没有找到这个短语本身的确切来源。

另参见 艾滋病起源的传统；“暴行故事”；“结直肠老鼠”；心肺复苏术的安妮传说；看牙死；“绿色兑换券”；器官盗窃；“一品红神话”

参考文献 Rebecca A. Weldon, “An ‘Urban Legend’ of Global Proportion: An Analysis of Nonfiction Accounts of the Ebola Virus,” *Journal of Health Communication* 6 (2001), 281–294; E. Brooke Lerner and Ronald M. Moscati, “The Golden Hour: Scientific Fact or Medical ‘Urban Legend’?” *Academic Emergency Medicine* 8 (2001), 758–760.

M14. 中世纪的都市传说 Medieval Urban Legends

有四个仍在以某种形式流传的传说（可能还有更多），被识别为起源自至中世纪，甚至更早的时代。参见本书中的词条“血祭诽谤”“肢体残缺的男孩”“受伤的盗匪”和“头发里的蜘蛛”。除了传说内容相似以外，民俗学学者们还指出中世纪和现代的一些故事在结构和修辞上的相似之处。正如埃丽萨·亨肯（Elissa R. Henken）所写的那样，这体现“在它们的本土化和对普通大众形象的塑造、对当下的真实恐惧以及对随之而来的警告的关注、对某个值得信赖的权威的提及、一个讽刺或古怪的情节转折、看似可信又不太可能的整体倾向，以及一种潜在的含糊和不确定性”（第93—94页）。中世纪传说和现代传说的叙事传统有一个惊人的相似之处，就是偶尔出现的“朋友的朋友”的验证公式。埃利斯翻译了波焦·布拉乔利尼（Poggio Bracciolini）的一段文字，布拉乔利尼在1403年到1435年间担任多位罗马教皇的使徒书记，编写了自己搜集的**笑话**（facetie，即日常故事）集子。其中有一个特别的故事，“一位受过良好教育、常常往返于罗马的男人给我说了一些难以拒绝之事，他的一位邻居，这个人绝不是什么傻子，他把这件事叙述得好像是发生在自己身上一样”。接下来的故事被埃利斯命名为“消失的强奸受害者”（The Vanishing Rape Victim），因为在这个人们信以为真的事件中，这位女性受害者突然消失了，“只留下一股硫磺的恶臭味”。

加州大学圣塔芭芭拉分校的中世纪文学研究者乔迪·恩德斯（Jody Enders），把在法国的中世纪戏剧中发现的14个故事命名为“中世纪都市传说”。虽然这些故事似乎很少有明确的现代版本，但它们和当代传说拥有一些共同特征，例如无法核实的情节、多种多样的版本、本土化的细节、朋友的朋友的证明，以及或隐或显的警告信息。但是，对于这些来自中世纪的故事来说，单纯使用“传说”甚至“逸闻”来描述它们可能更好。

“死于戏剧”（Death by Drama）的故事讲述了1549年为来访君主举办的一场关于“朱迪思和霍尔弗恩斯”（Judith and Holfernes）的戏剧表演。据说，霍尔弗恩斯的角色由一位被定罪的异教徒扮演，他在舞台上真的被女主角斩首了。这个传说（它一定是传说）预示了现代都市传说中的“色情虐杀电影”主题。与之相似，“绝望的自杀”（The Suicide of Despair）传说讲述的是一个中世纪演员扮演了一个名叫“绝望”的注定要毁灭的角色，他悲痛欲绝，然后选择了自杀，这个主题让人联想到现代青少年因听摇滚乐的暴力歌词而走向犯罪甚至自杀的故事。恩德斯讨论的这两个传说和大多数其他“中世纪都市传说”，用现代民俗术语来说，都是“明示”（ostension，设定的一个传说主题）的好例子。

来自法国戏剧的其他中世纪传说，讲述了造成伤亡的特殊影响的意外事故，一个真正的魔鬼加入在舞台上扮演魔鬼的演员行列，一个虐待圣餐仪式主持人的犹太人受到神的惩罚，真的圣人遗物被用作舞台道具并且一不小心被弄脏了，以及在舞台上重现的神圣奇迹原来是一个真实的神奇事件。

另一位中世纪文学学者——理查德·弗思·格林（Richard Firth Green），详细记录了一个来自中世纪的当代传说，他将其命名为“消失的麻风病人的故事”（The Tale of the Vanishing Leper）。在这个故事的几种异文和复述中，一个富有的女人非常友善地给一位流浪的麻风病人提供了住宿和一个干净的浴缸，甚至将她丈夫的床也让给了他。当丈夫突然回到家中时，他闻到自己的卧室飘出来一缕芳香，但是当他走进卧室时，只见到了一束安静地躺在床单上的玫瑰花。在一份可追溯至1260年左右的英文手稿材料中，一位多米尼加男修道士写到（翻译自拉丁语），他的故事来源是这样的：“一位虔诚、可靠的男人告诉了我这个关于某个已婚女人的故事，他在她的丈夫去世后曾亲眼见过这个女人。”格林把“消失的麻风病人”在中世纪布道和宣扬信仰的故事集中的传播，与20世纪通过与之类似的宗教渠道流传的“无解的数学难题”的传播进行了对比。

休斯敦大学的中世纪学家/民俗学家卡尔·林达尔（Carl Lindahl）讨论了一个有趣的案例，一位14世纪的英国诗人通过撰写来自法国文学作品中的宣扬信仰的故事，“重编”了他那个时代的传说——增添了一些他自己的故事——他使用平实朴素的英文以便他们国家的大众读者能够读懂。林达尔表示，罗伯特·曼宁（Robert Mannyng）1303年的《赎罪篇》（*Handlyng synne*）通过“此时此地”将他的版本本土化，“把传说置于受众所处的当下，引述据说是‘可信的目击者’的话作为故事来源”，达到了口头传统的效果。在一个例子中（在这里用现代英语呈现），曼宁写道：“我应该告诉你们我所听到的，是一位牧师说的，他目睹了发生在圣地的这件事。”

M

曼宁预想的受众与那些在咖啡店或酒吧交流故事的现代民众相似，或正如他所写的（林达尔的译文）：

因为许多（男人）在本质上是这样的，
他们无忧无虑地倾听故事和韵诗；
在游戏里，宴会中，酒杯间。
男人喜欢听琐事；
故事很可能经常会涉及
不可饶恕的罪行或其他的罪恶；
对于这样的人，我作了这首诗……

在讲述完“一位骑士饶了敌人一命，然后跪下来亲吻十字架，结果基督的光环将其环绕，救世主从十字架上走下来亲吻了他”的故事后，曼宁评论道（语言已现代化）：

所有目睹这件事的人
都对上帝感激涕零。
发生在这两位骑士身上的奇迹
很快传遍四方，
每个人都在谈论它。

另参见 “被噎着的杜宾犬”；“传说”和“都市传说”的定义；“合体夫妇”

参考文献 Henrik Lassen, “A Regenerative Approach to Oral Traditions of the Past? Modern Contemporary Legends and Their Medieval and Ancient Counterparts,” in *Inclinate Aurem: Oral Perspectives on Early European Verbal Culture. A Symposium.* Odense (Denmark) University Press, 2001, 255–280; Carl Lindahl, “The Re-oralized Legend of Robert Mannyng’s *Handlyng synne*,” *Contemporary Legend* New Series 2 (1999), 34–62; Bill Ellis, “Haec in sua parochia accidisse dixit: The Rhetoric of 15th Century Contemporary Legends,” *Contemporary Legend* New Series 4 (2001), 74–92; Elissa R. Henken, “Contemporary legend in the works of Gerald of Wales,” *Contemporary Legend* New Series 4 (2001), 93–107; Jody Enders, *Death by Drama and Other Medieval Urban Legends* (Chicago: University of Chicago Press, 2002); Richard Firth Green, “ ‘The Tale of the Vanishing Leper’ and Other Medieval Urban Legends,” 一篇未正式出版的会议论文的复印件.

M15. 模因论
Memetics

进化论生物学家理查德·道金斯（Richard Dawkins）在1976年创造了“模因”（meme与“奶油”［cream］押韵）一词，指的是复制单位，通过它可以传播和传承人类文化的特殊方面。他列举了几个模因的例子：“曲调、想法、流行语、时尚服饰、制作花盆或建造桥梁的方式。”他还概括了模因与基因进化的相似性：“正像基因在基因库中通过精子或受精卵从一个身体进入另一个身体，模因也是在模因库中通过一道程序从一个头脑进入其他头脑，这个程序，广义上可以称为模仿。”

道金斯将模因定义为“新的复制基因”，这一定义流传开来，到1998年，当道金斯为苏珊·布莱克莫尔（Susan Blackmore）对模因论新领域的探索成果撰写序言时，他用电脑检索了这项新科学的名称，万维网显示提到这个概念的记录超过了5000条。当时，《牛津英语词典》中“模因”的定义是：“一种文化元素，可以视为是通过非遗传的方式来传袭的，尤其是模仿。”这样一来，正如道格拉斯·霍夫施塔特（Douglas Hofstadter）早些时候做出的评论，“特有的‘模因’的模因在人类的意识层（ideosphere）中扎根并传播”。

道金斯在《解析彩虹》（*Unweaving the Rainbow*, 1998）一书中写道：“基因铸就硬件，而模因是软件。”在同一本书中，他评论了其他人对接受其观点的热切程度，他说：“似乎出现了某种模因论的宗教团体——我很难定义它是否是一个玩笑。”除了半严肃性的网站、在线文章、模因论互联网讨论小组等开始使用这一术语，还有越来越多的学术文章探索模因论作为一种理解文化元素如何发展和保存的新工具的可能性。

模因论在民间传说传播中的应用似乎显而易见，甚至连道金斯最初列出的简短例子都类似于一个民间传说/民间生活主题的子集。尽管民俗学学者本身在研究中运用模因概念的进程较慢，但几乎所有研究模因论的作者都或多或少地提到了民间传说材料，而且通常是都市传说。例如，作者阿龙·林奇（Aaron Lynch）在《思想传染》（*Thought*

Contagion）一书中专门用一个简短的部分讨论了“作为思想传染物的民间传说”，将都市传说定义为“貌似可信的叙事，它们被许多讲述者和听众视为真人真事——但通常在小心求证之后，它们才被证实是虚构故事”。林奇将“塞沙鼠”“坐在大众汽车上的大象”“爆炸的马桶”和麦当劳“蠕虫汉堡”谣言等故事作为例子，简要说明了这类传说如何发展和传播的问题。在他1999年关于“千禧年思想传染”（millennium thought contagion）的文章中，林奇说：“作家和记者从彼此身上捕捉新闻模因……从皇室丑闻到都市传说的一切叙事。”

理查德·布罗迪（Richard Brodie）的《思维病毒》（*Virus of the Mind*，书名暗示了道金斯的另一个短语），一本面向普通大众的书，也提到了都市传说，布罗迪提出疑问：“为什么一些古怪的故事能够不断地流传下去？”而且还指出“一个吓人的都市传说充满了丰富的模因”。布罗迪的例子包括克雷格·舍古德传说、“宝洁公司的商标”、食品污染故事，以及他在一次图书巡回推介会期间游历各国时追踪“别闪灯！”传说的经历。

苏珊·布莱克莫尔的《模因机器》（*The Meme Machine*），是一部关于模因论的综合性著作，它也引用了民间传说，尤其是都市传说。布莱克莫尔关于什么构成了模因的开篇概括，就像道金斯的清单目录，听起来很像民间传说；她的例子包括“你所知道的故事，你从其他人那儿偶然学到的技能或习惯，以及你喜爱的游戏……你唱的歌和你遵守的规则”。

作为模因如何通过变化、选择和保留来复制自己的一个例子，布莱克莫尔回顾了“微波炉中的宠物”，这是一种“不管真相如何，都有自己的发展轨迹”的故事。她提出，通过选择的过程，“每天都有无数人在讲述无数个故事，但大部分被完全遗忘，只有小部分达到了都市神话的地位”。

起先，民俗学学者们偶尔会发表一些题为“作为‘思维病毒’的传说”（Legends as "Mind Viruses"）和“作为自我复制的民俗传播”（Folkloric Transmission as Self-Replication）的会议论文。民俗学家肯尼思·皮姆珀（Kenneth D. Pimple）在1996年的文章中思考了模因论的

M

方法在民俗研究中的一般应用，但是比尔·埃利斯在2001年的作品中严厉地批评了这种方法。他写道："我会……用它们的专有名称'民俗'来称呼'模因'，用更加客观和学术的名称'当代传说'来称呼'思维病毒'。"最近提出的另一种方法是识别"互联网模因"，比如将网站上的"互联网的终结"（End of the Internet，即EOTI）网页视为一种网络民俗（cyber-folklore）。

模因论为更为深入地理解传统如何演变、传播，及其在民间流传中的多样性变化，提供了一个有效工具。尤其是都市传说，因为它们是现代民间叙事中生动的、当代的、普遍存在的例子，似乎有望成为模因论研究的主题。

另参见 社会学的方法

参考文献 Susan Blackmore, *The Meme Machine* (Oxford: Oxford University Press, 1999); Richard Brodie, *Virus of the Mind: The New Science of the Meme* (Seattle: Integral Press, 1996); Richard Dawkins, *The Selfish Gene* (New York: Oxford University Press, 1976); Aaron Lynch, *Thought Contagion: How Belief Spreads through Society* (New York: Basic Books, 1996); Kenneth D. Pimple, "The Meme-ing of Folklore," *Journal of Folklore Research* 33 (1996), 236–240; Lynch, "The Millennium Thought Contagion," *Skeptical Inquirer* (November/ December 1999), 32–36; Ellis, *Aliens, Ghosts, and Cults*, 76–92; Lynne S. McNeill, "The End of the Internet: A Folk Response to the Provision of Infinite Choice," in Blank, *Folklore and the Internet*, 80–97; James Gleick, "Have Meme, Will Travel: Information Behaves Like Life Itself. And Vice Versa," *Smithsonian* 42: 2 (May 2011), 88–106（提到了"都市神话"）.

M16. 回忆
Memorate

一个由瑞典民俗学家冯·叙多（C. W.von Sydow）创造的术语，指的是某人亲身经历的超自然现象的记录。实际上，一次回忆可能暗示着"这种可怕的造访（或者其他超自然现象）事件竟然发生在我身上"。这个创造性术语的意义已经延伸到了包括所谓的"世俗记忆"，或者对本人而言有重要意义但并非超自然事件的个人经历的描述。如果回忆被第二个、第三个或更多的人复述，它们更有可能发展为传说。

另参见 爱沙尼亚

M17. 商业谣言和传说
Mercantile Rumors and Legends

术语“商业传说”由民俗学家加里·艾伦·法恩提出，作为一种“描述说明”（不是一个新的通用术语），它可用于指涉在现代商业和经济上具有“经济和企业影响”的当代传说。这些传说“将商业活动和企业作为中心形象和角色”，涉及食品污染、危险产品、外国进口商品，以及高管层的阴险目的等主题。商业传说很少描绘企业积极向善的一面，尽管法恩将“慈善企业”（即救赎谣言）归纳为与大公司有关的第四类较小的传说类型。由他确定的其他三种类型是邪恶企业、欺诈企业和粗心大意的企业。

另参见 商业传说；公司；巨人效应

参考文献 Fine, *Manufacturing Tales*, 142, 158–159, 160, 164–171; Fine, “The Third Force in American Folklore: Folk Narratives and Social Structures,” in Bennett and Smith, *Reader* (1996), 311–324（初版于1988年）; Fine and Turner, “Mercantile Rumor in Black and White,” in *Whispers*, 81–112.

M18. “邮票下的信息”
“The Message under the Stamp”

这是一个叙述“一战”期间艰苦生存环境的欧洲传说，尔后发展成为一个与“二战”暴行有关的更为国际化的故事。记者欧文·科布（Irwin S. Cobb）在他1941年出版的《笑着退场》（*Exit Laughing*）一书中评论道：“每当欧洲爆发战争，我都不知道如果没有这个备用系统，我们该如何过活。”这个现代传说的一个原型在美国内战期间就已经有人讲述了，还有人说，在1870至1871年的普法战争中就已经人尽皆知了。

在两次世界大战的故事里，秘密信息都被写在邮票下面。在更早的故事里，有一封德国亲戚寄到美国的信件，信里写道，一切都很好，美国的表亲们应该想着使用蒸汽把信封上的邮票取下来拿给“小阿尔夫”。但是家里没有人叫阿尔夫。当他们按照信里的说法取下邮票时，这些美国人发现了邮票下面的小字：“我们快饿死了。”

少数“一战”版本的“邮票下的信息”将隐藏信息的来源锁定在战俘集中营，在“二战”期间，这成为典型版本。一名在德国或日本集中营里的士兵给家人寄了一封信，信里有着“把邮票留给小约翰尼”的相似要求。而邮票下面写着，“他们砍掉了我的双手！”或“他们割掉了我的舌头！”但是，故事的漏洞在于，战争期间的监狱信件由国际红十字会转递，不需要贴邮票。

有证据表明，一些家庭在战争期间确实使用了这种将秘密信息写在邮票底下传送的策略。例如，科里·坦恩·博姆（Corrie ten Boom），一名为抵抗运动工作的荷兰女性，在她1971年出版的《密室》（*The Hiding Place*）一书中，叙述了她在德国监狱中收到家人寄来的物资包裹的经历。信封上手写的地址向上、向右倾斜，似乎指向邮票的位置，于是她将邮票浸湿后取下，发现信封上写着“你壁橱里的所有手表依然完好”，这是一句暗语，说的是藏在密室里的犹太人都已安全逃离。

参考文献 Gordon Allport and Leo Postman, *The Psychology of Rumor* (New York: Henry Holt, 1947), 171; Jacobson, *Dame Rumor*, 287–293; *Curses!*, 73–75; Arthur Ponsonby, *Falsehood in War-Time* (New York: E. P. Dutton, 1928), 97–98; Bennett and Smith, *Urban Legends*, 68–70.

M19. “送信的男孩” “The Messenger Boy”

一个可能起源于英国的、关于认错人的澳大利亚故事，讲述的是一群男生排成一列，接受校长的惩罚。男生们必须伸出双手，掌心向上，校长会用一根细藤条按一定的数目用力地抽打每一只手。正像故事的标题（也被称为“挨鞭打的电报男孩”[The Caned Telegram Boy]）所暗示的，排在最末的小伙子只不过是来学校送信的人。但是校长在通过他的制服和另一只手里的电报认出他来之前，已经打了他和其他不守规矩的男生们相同的次数。

参考文献 *Baby Train*, 169–171.

M20.“墨西哥宠物”
“The Mexican Pet”

起先，在20世纪80年代搜集的这个传说的几个版本都是以墨西哥为背景，这个故事的通行名称也由此确立，正如这个来自得克萨斯州加兰的记录于1984年8月的版本：

> 我是去年在加兰时听说这个故事的，据说它发生在我妻子的朋友的朋友身上。这位朋友当时好像正在阿卡普尔科度假，早上，她在一片荒凉的海滩边游泳，就在这时，她看见水里有只吉娃娃。她把吉娃娃带上岸之后，便去寻找狗的主人，但附近并没有人。她不知如何是好，只好把狗带回旅馆养着。时间渐渐过去，她在墨西哥剩下的那些日子里，和这只小动物一起待在旅馆。
>
> 小狗很安静，从不乱叫或者打扰其他客人，她很快就喜欢上了它。回家的日子即将到来，她决定将她的新宠物走私带回美国。她把它藏在手提包里，幸运的是，不管是在飞机上还是在过海关的时候，它都没有发出任何声音。
>
> 一回到家，她就把它养在公寓里，因为它从不乱叫，所以邻居们也从不抱怨。有一天下班回家，小狗掉进了洗手池里。她把小狗救起来并给它吹干，但是她担心它可能会生病，于是她带着它去看兽医。检查完毕，兽医问她从哪儿得到的这只狗。她把整个故事告诉他，然后问为什么这个问题很重要。
>
> 兽医嫌恶地解释说，这只动物根本不是吉娃娃，而是一只墨西哥水老鼠！

故事流传过程中诞生了数不清的异文，例如小宠物是在墨西哥何处被发现的，游客在照顾它时如何体贴，它如何被走私带回家，它使用什么方式和美国的其他宠物交流（常常是通过杀掉它们的方式！），兽医说了什么，老鼠的品种，等等。渐渐地，南部边境不卫生状况的主题与热心肠但错养了可爱的“小吉娃娃”的美国游客形象交织在一起。

有一个能够代表这个传说在20世纪80年代所达到的广泛性和流行性的版本，由《格林维尔（南卡罗来纳州）新闻》(*Greenville* [South Carolina] *News*) 的记者里斯·范特（Reese Fant）刊登在1988年8月21日的一个专栏上。他写道：

> 我的老板从他妻子那儿听说了这个故事，她是在工作时听说的。讲故事的人是从她丈夫那儿听说的，她丈夫是从一个在格林维尔工作的男人那儿听说的。那个男人从他母亲那儿听说了这个故事，她是从一位在伊斯利工作的朋友那儿听来的。这个朋友从她的老板那儿听说了这个故事，老板说整件事发生在一位朋友的女儿身上。

里斯的叙述描述了故事传播中的十个环节——四位家庭成员、三位同事和三位朋友——或许是家庭成员和其他人在都市传说传播链条中的典型比例。

最终，“墨西哥宠物”的背景转移到了美国的沿海都市地区（巴尔的摩、旧金山、纽约、迈阿密等），而非法带入的生物成为海地人、中国人和其他想要通过秘密路径进入美国的“偷渡者”的明显象征。据说，老鼠/小狗总是来自一些第三世界国家的船只。同样，这个故事在欧洲也获得了立足之地，不论是描述在埃及的荷兰人、在西班牙的德国人、在泰国的意大利人，还是其他类似的组合。正如一个关于在远东的西班牙游客的版本里叙述的那样，对游客犯错原因的一个经典描述是“这是一种泰国老鼠，看起来就像一只约克郡小猎犬”。

现在正是这个故事传播的第二个十年，“墨西哥宠物”（也许称为“老鼠狗”更适合）继续浮出水面。例如，下面这则高度可疑的新闻于1996年8月出现在多家报纸的联合专题“地球周：全球日志”（Earthweek: A Diary of the Planet）中，并以“假㹴犬”（False Terrier）为标题被大量转载：

基辅的《乌克兰公报》(*Vseukrainskiye Vedomosti*)报道了一个有关由于认错动物而使孩子陷于危险境地，并且使父母大吃一惊的传说。维克托从一个未提及国名的外国归来，带着一只他认为是牛头㹴的幼犬，作为给妻子和儿子的礼物。最初，小动物很正常，没引起太多的注意。但是，报纸报道说，在第六天，父母被他们3岁儿子的惨叫声惊醒，儿子的耳朵差点被这只小动物咬掉。他受了轻伤并接受了治疗，一位兽医告诉父母，他们的宠物实际上是一种稀有的巴基斯坦老鼠，这种老鼠在早期发育阶段与牛头㹴幼犬类似。

尽管作为一则真实的新闻报道出现，但是"假㹴犬"实际上不会比以"我们的新宠物是一只老鼠杀手"这样的标题出现在小报上的"墨西哥宠物"版本更具体或更可靠。1852年，这个故事的原型在英国出版的故事集里首次出现。两位伦敦女士同意从街上的陌生人那里买下一只"长着白色长毛的漂亮小狗"。接着，令人震惊的是，她们发现这只新宠物实际上是一只披着白色毛皮的大老鼠。

另参见 冰岛；小报和都市传说

参考文献 *Baby Train*, 15–16; *Be Afraid*, 31(可查1852年的版本), 136–137; *Mexican Pet*, 21–23; *Too Good*, 38–40; Helmut Fischer, "The Rat Dog..."(译自德文), in Bennett and Smith, *Contemporary Legend Reader*, 187–207; Bennett and Smith, *Urban Legends*, 152–154; Fine and Ellis, *Global Grapevine*, 134–139.

M21. 墨西哥 Mexico

墨西哥和墨西哥人(包括墨西哥裔美国人)在北美都市传说中的形象通常是负面的，从游荡在墨西哥海滨的褐鼠("墨西哥宠物")，到从事出口啤酒工作的墨西哥工人的一系列破坏行为("科罗娜啤酒中的尿")，再到有关墨西哥裔美国人经营的饭店中的食品污染谣言，或关于南部边境移民不良行为的报道。相反，在墨西哥民间传说中，正如理查德·多尔森所总结的，“与勇敢无畏的墨西哥人相反，他们眼中的**美国佬**（gringo）懦弱、傲慢、不人道，且崇尚物质”。除了国境两边表达的相互的反感之外，墨西哥和北美的当代传说几乎没有什么重叠之处。墨西哥当代传说往往反映的是与墨西哥文化和历史相关的主题，而不是像典型的美国和加拿大都市传说一样，包含着世俗、异想天开，以都市为取向、与国际接轨。墨西哥的当代传说包含复杂的本土文明、西班牙的美洲殖民地、天主教的首要地位、与美国佬（Yankees）的战争和土地纠纷历史，以及墨西哥自身动荡的政治历史。墨西哥民间传说通常以多姿多彩的节日、宗教游行与庆典、舞蹈、服装、传统音乐与食品、叙事歌、民间诗歌，以及丰富的民间讲演与故事讲述为特征。与典型的现代都市传说的国际主题相比，墨西哥的当代传说似乎更多地反映了这一历史背景和传统民俗。

“拉·玛琳齐”（La Malinche）的故事来自西班牙占领时期，它是墨西哥民间传说中仍能引起共鸣的传说系列的一个佳例，“拉·玛琳齐”是一个纳瓦（Nahua）土著女人，这个女人在16世纪初是探险者埃尔南·科尔特斯（Hernán Cortés）的翻译和情妇，并给他生下了一个儿子。她也被人们叫作玛琳辛（Malintzin）、玛琳莉（Malinalli）、唐娜·玛丽娜（Doña Marina，她在基督教洗礼堂的名字），几个世纪以来，她被塑造成了一个土著文明的背叛者形象，或者是“墨西哥民族之母”。“拉·玛琳齐”的名字源于纳瓦语与西班牙语之间的拗口发音，这个名字演化出一个现代术语“**玛琳齐主义者**”（malinchista），指的是“崇洋媚外的人”或“一个叛徒”。关于拉·玛琳齐的争议如此激烈且持久，以致大多数墨西哥人都会有意忽视或避而不谈她的家乡，即今天的墨西哥城，但是外国游客有时候却会去寻找和探访她的故里。

拉·玛琳齐一直都是众多文学与艺术作品（小说、壁画、电影等）的主角，并且长时间地在口头传统中流传。其中一个传说的主题是声称她杀死了自己的孩子，而不是让他们被西班牙文化同化，这个观点往往会将拉·玛琳齐与另一个墨西哥传统主题——“拉·罗洛那”或“哭泣的女人”混为一谈。

"拉·罗洛那"本身是一个众所周知的传统传说，起源于墨西哥并且在墨西哥裔美国人中广为流传。这个故事对当代流行文化产生了巨大的影响，有时它和其他现代都市传说融合在一起。著名的主角"拉·罗洛那"是一个丧子的母亲的鬼魂，有时据说孩子是被她亲手淹死的。据说拉·罗洛那总在水道边徘徊——小溪、运河、河流，以及类似的地方——哭泣着召唤她失去的孩子，有时还会威胁或伤害那些遇到她的人。这个传说有时作为一个警告，告诫年轻人不要在天黑后闲逛，特别是在某个"闹鬼的"地方。拉·罗洛那的具体外形因地而异，从一个穿着白衣的幽灵到长着长指甲和马脸的女怪物。拉·罗洛那的哭泣有时被援引为**"啊，我的孩子！"**（Ay，mis hijos!）或**"我的孩子在哪里？"**（Donde estan mis hijos?）。

在印第安纳州东北部的重工业区卡柳梅特，菲利普·勃兰特·乔治（Philip Brandt George）搜集了一些墨西哥裔美国人版本的"消失的搭车客"，它与一个借鉴了"拉·罗洛那"传统的起源故事融合在了一起（这个消失的搭车客据说是一个杀了自己的孩子、注定要永远徘徊和寻子的母亲的鬼魂）。在亚利桑那州的尤马，基思·坎宁安从一位休斯敦妇女那里搜集到了一个故事，这位妇女是墨西哥移民的女儿，她混淆了两个传说的女主人公并使她们的生活浪漫化：

> 拉·玛伦丝（La Malence）曾是一位美丽的阿兹台克印第安公主，她与伟大的西班牙征服者埃尔南·科尔特斯陷入爱河。他为她建了一座美丽的城堡，她成为他的情妇。他们很快就拥有了两个心爱的儿子。埃尔南·科尔特斯需要外出探险，离开拉·玛伦丝和他的两个孩子。就在他离去不久后，他们的孩子被绑架了。拉·玛伦丝几近疯狂；她找啊找，却没有找到他们。她为他们哭泣、哀号。她为孩子们哀悼，很快她也死了。她去世不久，村里的人们常常能听到她在村子的街道上哭泣，寻找她的孩子。拉·玛伦丝后来以拉·罗洛那（哭泣者）而闻名于世。

M

一个更早的收集来自墨西哥城的传说的集子由托马斯·詹维尔（Thomas A. Janvier）出版于1910年，他是英国民俗学学会（English Folk-Lore Society）的成员之一。在他使用相当优美的诗化语言改写的故事中，有许多故事是由当地人通过向他解释城市街道、大街小巷或建筑物的名字的方式说出来的。詹维尔记录的其他常见主题有对闹鬼地点、劫数难逃的情人、瓜达卢普圣母的奇迹的描述，以及对由一个男人讲述的“拉·罗洛那”故事的不可避免的报道，这个男人补充说：“我自己，先生，曾听到她奔跑的脚步声和恸哭声；但我从未见过她。上帝保佑我永远不会！”

詹维尔的“**卡列洪纳神父的街巷**传说”（Legend of the Callejón del Padre Lecuona），包含了后来的都市传说中的一个常见母题。神父在一个雨夜被一名老妇人唤去，要他去倾听一个垂死的男人的忏悔。这个男人躺在一所破旧房子的阴暗房间里，看起来和死尸没什么两样，在忏悔结束后，老妇人神秘地消失了。第二天，神父想起来他把一条精美的绣花手帕落在了那个男人的房间里，于是他又回去取手帕，结果却发现那个地方大门紧锁且荒废多年。在破门而入之后，神父和他的同伴发现这里只有一间布满灰尘的空房，当然，角落里躺着他的手帕。在这个传说的注释中，詹维尔提到了一个异文，即神父落下了他的念珠因而必须返回去取。求助的召唤和信使的消失是“鬼魂求助”的典型情节，而留下的物品则是“消失的搭车客”传说中偶尔出现的一个母题。

阿梅里科·帕雷德斯（Américo Paredes，1971）提到了这座城市的另一个早期传说：“1905年，墨西哥城大教堂的修缮工作助长了以下内容的传播，即大教堂已被美国的利益集团收购，他们打算把它变成一个工厂或一个新教教堂。”

“瓜达卢普圣母”或“**我们的瓜达卢普夫人**”（Neustra Señora de Guadalupe）的故事说的是，1531年，一名村民在墨西哥城附近的一座小山上看到了一位被认为是圣母的年轻女子的画像。三天后，当这个男人向当地主教报告他的经历时，圣母的图像出现在他的斗篷上。这幅人物画像被保存在附近的瓜达卢普基督教堂中，几个世纪以来，瓜达卢普

M

圣母已经成为墨西哥的主要宗教人物，也是许多所谓的奇迹和幻象的主角。据说，圣母的图像出现在一些寻常的事物上，如墨西哥面饼、树木甚至是泥潭。这些故事即使不能绝对达到真正的都市传说的位置，似乎也已经很接近了。

耶稣·马尔韦德（Jesús Malverde）的故事更接近现代都市传说传统，有时他以“毒枭圣者”为人所知。尽管关于他一生的真实细节非常之少，他甚至可能都不存在，但是据说耶稣·马尔韦德生活在19世纪后期，于1909年被杀。他也被称为“穷人的天使”或“慷慨的人”，以劫富济贫的罗宾汉形象出现。耶稣·马尔韦德被墨西哥的毒品走私分子奉为守护神、（民间）圣人，人们认为耶稣·马尔韦德的保护可以确保从事这种危险的非法活动之人的安全。耶稣·马尔韦德的神殿在太平洋沿海地区锡那罗亚州的省会库利亚坎，请求得到他庇护的人前来参拜，并带来了那些认为自己受到保护的人的供品和书面信息。20世纪70年代，当这个州想要移走据说代表着耶稣·马尔韦德坟墓的石堆，并在该地建造一座办公大楼时，人们宣称推土机操作员不敢靠近石堆，一些机器一碰到石头就立刻坏掉了。

在墨西哥传说传统中延续的其他主题包括关于**民间巫医**（curanderos）的故事、无处可寻的财宝和矿山的故事、“山羊吸血怪”（卓柏卡布拉）的故事，尤其是流传甚广的“舞厅中的魔鬼”传说的与众不同的墨西哥版本。它起先讲的是当地乡村的舞会与节日，后来这些故事和它们的欧洲母题转移到了现代都市背景下，包括舞厅、社交俱乐部和迪斯科舞厅。1985年，民俗学家玛丽亚·埃雷拉·索贝克（Maria Herrera-Sobek）在墨西哥蒂华纳，从一位出租车司机那儿听说了一个迪斯科舞厅里的魔鬼的故事，他提到了当地一家名为“迎宾”的俱乐部：

> （他的穿着）很正常，就像普通人一样。接着女孩们去了洗手间。当她们出来时，她们盯着那个人的脚，注意到他的脚有些奇怪。一只脚看起来像马蹄，而另一只看起来像鸡爪。它出现在报纸

上和其他地方，它甚至在广播中也出现过。

对更多著名的墨西哥人或墨西哥裔美国人的都市传说版本的人类学和民俗学研究中，包含了零散的参考文献。例如，玛丽·特蕾莎·埃尔南德斯（Marie Theresa Hernández）搜集了一系列有关蒙特雷这个现代城市的市中心巨大广场下的地下系统的故事，该市是墨西哥东北部新莱昂州的首府。有故事称，当在“蒙特雷老城”的遗址上建造广场时，“地下房屋”里埋有尸体。有人相信一些妇女和儿童的遗体被埋在旧建筑的墙壁里，以确保其稳定性。另一个相似的都市传说主题拥有一个不同寻常的反转，它出现在1966年的西班牙语文本中，由伊莱恩·米勒（Elaine K. Miller）在加利福尼亚州从一位墨西哥裔美国妇女那儿搜集而来。这个版本的“消失的搭车客”——“**死人和出租车司机**”（La muerta y el chofer de taxi）由米勒概述如下：

> 在1940年的加利福尼亚州圣莫尼卡，一位出租车司机被一位身着黑衣的妇女拦下，她要求他带自己去墓地。她用100美元的支票支付了车费，并给了他一家可以将支票兑成现金的商店的名字。当他到达商店时，他注意到支票可兑换1000美元而不是100美元。商店的主人认出来支票上的签名是他母亲的——她已经去世20年了，但他同意给出租车司机这笔钱，因为那是他母亲的心愿。但是，出租车司机因为花了一个已经去世的女人给的钱而感到心神不安，因此病得很重，并于次年去世。

玛加丽塔·茨瑞思（Margarita Zires）最近的两本书提供了更多关于近期的谣言和传说的例子。她在2001年关于“**蓝精灵谣言**”（El Rumor de los pitufos）的研究中，调查了蓝精灵形象是如何从流行电视节目走进生活并俘获了孩子们的心的。在茨瑞思2005年出版的《文化结构中的谣言》（*Del rumor al trjido cultural*）一书中，她研究了在墨西哥讲述的“山羊吸血怪”（卓柏卡布拉）的故事。

当然，现代墨西哥的都市传说传统比当前可资引用的这些文献所能提供的内容更广泛、更多样。因此，我们期待当代传说的搜集者去探索在墨西哥城和瓜达拉拉哈拉这些大城市中流传的故事，包括它们的高级购物中心和大片的贫民窟地区。其他可能搜集到传说的地方应该是热门的度假胜地。当游客们带着他们的“墨西哥宠物”传说回到家，并不断复述时，人们不禁要问，当地人会以什么样的形式叙述关于度假游客的故事。

另参见 中国餐馆（和其他民族餐馆）；卓柏卡布拉；“舞厅中的魔鬼”；移民谣言和传说；传说之旅；认错人；“妈妈的恐吓成真”

参考文献 Thomas A. Janvier, *Legends of the City of Mexico* (New York: Harper, 1910); *Folktales of Mexico*, ed. and trans. by Américo Paredes, foreword by Richard M. Dorson (Chicago: University of Chicago Press, 1970); Américo Paredes, “Mexican Legendry and the Rise of the Mestizo: A Survey,” in Hand, *American Folk Legend* (1971), 97–107; Elaine K. Miller, *Mexican Folk Narratives from the Los Angeles Area* (Austin: University of Texas Press, 1973), American Folklore Society Memoir Series, vol. 56; Sandra Messinger Cypess, *La Malinche in Mexican Literature from History to Myth* (Austin: University of Texas Press, 1991); Philip Brandt George, “The Ghost of Cline Avenue: ‘La Llorona’ in the Calumet Region,” *Indiana Folklore* 5 (1972), 56–91; Shirley L. Arora, “La Llorona: The Naturalization of a Legend,” *Southwest Folklore* 5 (Winter 1981), 23–40; Keith Cunningham, “La Llorona in Yuma,” *Southwest Folklore* 5 (1981), 70–77; Joe S. Graham, “La Llorona,” in Brunvand, *American Folklore: An Encyclopedia* (1996), 431; Mark Glazer, “The Traditionalization of the Contemporary Legend: The Mexican-American Example,” *Fabula* 26 (1985), 288–297; de Vos, *Tales, Rumors, and Gossip* (1996), “La Llorona—The Weeping Woman,” 360–378; Clifford Krauss, “After 500 Years, Cortes’s Girlfriend Is Not Forgiven,” *New York Times* (March 26, 1997); Marie Theresa Hernández, Delirio: *The Fantastic, the Demonic, and the Réel* (Austin: University of Texas Press, 2002); Domino Renee Perez, *There Was a Woman: La Llorona from Folklore to Popular Culture* (Austin: University of Texas Press, 2008); Carl A. Anderson and Msgr. Eduardo Chávez, *Our Lady of Guadalupe: Mother of the Civilization of Love* (New York: Doubleday, 2009); Sam Quinones, *True Tales from Another Mexico* (Albuquerque: University of New Mexico Press, 2001), Ch. 11, “Jesús Malverde,” 225–232.

M22. 米老鼠迷幻药
Mickey Mouse Acid

参见 “蓝星迷幻药”

M23. “微波炉中的宠物”
“The Microwaved Pet”

当这个故事在1979年被民俗学学者“发现”时，它被滑稽地命名为

"热狗！"，而这个故事的微波炉版本早已流传了约20年，讲述的是主人将宠物意外或故意留在传统火炉或衣物烘干机里，然后宠物被烘烤且常常因此而死。当微波炉在20世纪70年代后期至80年代早期日渐流行起来时，这个传说将新技术融合进来，通常描述了一位非常年迈或年轻的使用者对这种新型厨房用具的误用。当然，杂散的微波炉辐射确实存在危险，但这类传说大多是幻想。

通常，据说一位老妇人已经习惯了在给她的玩具贵宾犬洗完澡后把它烘干，她会打开烤箱的炉门，把它放在炉门上面的毛巾上，调成低温挡。当她的儿子给了她一个新的微波炉做圣诞礼物时，老妇人以为她可以像往常一样，用它来烘干宠物。但是，当她把湿漉漉的狗狗放进微波炉里，关上门，启动开关后，贵宾犬爆炸了。

这个故事的其他版本提到一只狗或猫在和孩子们玩耍时，不小心被一根花园软水管里的水淋湿了，一个孩子决定用微波炉来烘干这只宠物。这两个版本在美国和其他国家都很有名。在这个主题的另一个异文中，一位说西班牙语的女仆误解了收到的法语指令，把猫而不是蛋糕放进了炉子里。（法国词条中给出了该版本的法语全文。）

就像"下水道里的鳄鱼"和"消失的搭车客"一样，这是一个在流行文化分支中最受欢迎的都市传说，包括漫画、T恤、咖啡杯和流行歌曲。后来，一个有大量狂热粉丝追随（从网上找到的大量引用文献和音频来判断）的极好例子是歌曲《菲菲爆了》（Fifi Goes Pop）。《菲菲爆了》是"蒂娜·皮尔"（Tina Peel）乐队（青少年吸引力唱片［Teen Appeal Records］）在1978年发行的45rpm（转/每分钟）的一首单曲，由鲁迪·普若特鲁迪（Rudi Protrudi）主唱。这首歌的合唱部分是："调到二挡，菲菲爆了/从里到外，菲菲烤肉。"鲁迪的个人网站从这首歌的评论中自豪地引用了这样一条评论："'一只贵宾犬通过微波炉去了小狗天堂'的恶毒屁话，带着聋哑人的信念演唱，毫无音乐技巧和想象力可言。"那是娱乐！

法国民俗学家让-布鲁诺·勒纳尔将"微波炉中的宠物"作为他在传说中称为"精灵效应"（the gremlin effect）的主要例子，还解释说，

M

在1984年的美国电影《小精灵》(*Gremlins*)中，一个生物在微波炉里爆炸了。小精灵是造成其他无法解释的机器故障的想象性原因，这个词来自美国空军的俚语，可以追溯至“二战”。勒纳尔描述了三种关于微波炉的谣言和传说，并提出随着新产品变得更容易被掌握、更便宜、被更广泛地接受，这类故事会经历不同的阶段。

一个与之相关的都市传说系列是喝醉的、精神错乱的或糊涂的照料者把婴儿放到微波炉里烤了。

另参见 “烘烤婴儿”；法国；精灵效应

参考文献 *Baby Train*, 241; *Choking Doberman*, 151–152, 215–216; Keith Cunningham, “Hot Dog! Another Urban Belief Tale,” *Southwest Folklore* 3 (1) (1979), 27–28; *Too Good*, 290–291; *Vanishing Hitchhiker*, 62–65; Duncan and Harris, *Laugh without Guilt*, 88 (英文版猫/蛋糕的故事); Bennett and Smith, *Urban Legends*, 154–157.

M24. 微波炉中的水 Microwaved Water

参见 “沸水喷脸”

M25. 米奇 Mikey

参见 “小米奇之死”

M26. 军事传说 Military Legends

美国民俗学家理查德·多尔森在1959年满腔热血地写下：“大量的传说通过海陆空三军在扩散……战争的经历令无数的功绩与逃亡涌现，它们被铭记在传说之中。”但是，在多尔森的朝鲜战争时期调查之后，很少有关于军事民俗的搜集与研究，多尔森的研究仅提及关于军事混乱、新手的恶作剧和恐怖的故事。

最近的研究表明，和平时期和战争时期都存在着许多其他类型的军事民间传说，而军事传说的主题主要包括关于大后方、训练、军队运输、幸存者和技术。关于战时传说的许多重要文献资料可追溯至“二战”之后的时期，但过去所有的军情和交火都产生了其自身的谣言和传说。例如，在美国独立战争期间流传着一个故事，侦察兵蒂姆·墨菲（Tim Murphy）通过弄弯他的步枪使子弹围着树或石头绕一圈后射中了躲藏的印第安敌人。在南北战争时期，关于艰难困苦和英雄主义的个人叙事变成家庭传说传给了下一代。

关于战争期间个人生存传说的典型例子是“魔法子弹”，故事宣称一个士兵因一些离奇而幸运的方式得以幸免于难，即径直射向他的子弹，往往被放在他胸前口袋里的一本《圣经》或一沓情书挡开或截住。从那时起，这位幸存者就将这枚用过的子弹作为好运护身符，表示“上面有我的名字”。夏威夷岛摩门教堂的传说主题是关于一个特定地点奇迹般地免于被摧毁。在珍珠港事件中，这个摩门教堂可能吸引了日本飞行员的注意力。传说宣称这个飞行员无法在教堂上空投放炸弹，但是他却成功地将它们投放到了军事目标上。战争结束后，当飞行员知道了那幢完好无损的宏伟建筑实际上是什么时，他转信摩门教。大量的研究都未能找到这个皈依了摩门教的日本人，或者证实这个振奋人心的故事的真实性。

到越南战争（大约在1964至1973年期间）后期，无论是在老百姓中还是在军队中，这场战争越来越受到人们的厌恶。传统的战时的有关不可思议的救援和幸存者的传说，与“士兵杀中尉”（Fragging the Looey，误向自己人开火而杀死了下级军官），或者是宣称美国士兵越界与敌人并肩作战的“白色越共”（White Cong）传说等反战故事竞相角逐。另一个与众不同的越战时期的传说是“啐口水场景”，这是一个杜撰的故事：从战场上归来的老兵被从“嬉皮士”到小老太太的反战抗议者们啐口水。与在越南的真实的英雄主义故事一较高下的是战后故事，由假的退伍军人讲述，用民俗学家卡罗尔·伯克（Carol Burke）的话来说，他们虚构冒险活动是为了“满足一个令其痛苦不堪的渴望，即他们希望自己是传奇般的兄弟连中的一分子”。巴登（Barden）和普罗沃（Provo）既是民俗学学者，也是战斗过的老兵，他们主要是在网络上搜集例子，从而区分出了越战期间14种不同的传说类型。他们的例子中包括令人吃惊的好运、在停尸房中苏醒、交战双方的残酷和诡计故事。一个传说宣称，机智的敌人会用丛林的树木和绳子做成“钢筋弩”，并用混凝土加固棒来射击美国的武装直升机。

1991年的海湾战争——一次短暂的高科技现代军事战争——迅速催生了与之相关的谣言和传说。还有以下这些四处流传的故事：政府订购了大批的装尸袋和骨灰盒却没有公开报道；伊拉克人对科威特婴儿实施的暴行；伊拉克裔美国人在拜访家人时被捕的令人震惊的巧合；美国及其盟国由于使用了先进武器而大获全胜，而对方则遭遇惨败。一个经久不衰的传说宣称，萨达姆·侯赛因（Saddam Hussein）的军队从美国士兵的邮件中搜集到了寄件人地址，从而将其家属作为恐怖袭击的对象。毫无疑问，还有很多关于美国在伊拉克和阿富汗持续充当不同角色的传说正在等待民俗学学者去关注。

“旗杆帽故事”（The Tale of the Truck）是最为古怪的军事传说之一，这个故事在美国海陆空三军的所有部门流传。故事宣称在军旗旗杆（例如旗杆帽）顶上的金属球里装着一根火柴、一颗子弹和一粒米饭。据说这些物品是留给一场败仗的最后一位幸存者的，他应该吃下这粒米饭，以获得烧掉美国星条旗的体力，然后用这颗子弹自杀殉国。这种说法荒谬可笑（除非将其视为军人荣誉和决心的象征），而“旗杆帽”（truck）这个词指的也不是旗杆的装饰性顶端，而是旗杆下悬挂国旗的滑轮装置。

另参见 意外的多人死亡；“亲爱的约翰的报复”；“你知道我是谁吗？”；“格林纳达人说英语”；“邮票下的信息”；“啐口水场景”；“未被认出的战争英雄”；“老兵保险红利”；“战争获利者”

参考文献 Brunvand, “Some Oddities of Military Legendry,” in *The Truth*, 149–159; Richard M. Dorson, “GI Folklore,” in *American Folklore* (Chicago: University of Chicago Press, 1959), 268–276; Monte Gulzow and Carol Mitchell, “‘*Vagina Dentata*’ and ‘Incurable Venereal Disease’ : Legends of the Viet Nam War,” *Western Folklore* 39 (1980), 306–316; Graham Shorrocks, “‘Body Bag Backlog’ : A Contemporary Legend?” *FOAFtale News* 20 (1990), 5; Thomas

M

E. Barden and John Provo, "Legends of the American Soldiers in the Vietnam War," *Fabula* 36 (1995), 217–229; Carol Burke, "Soldiers Real and Imagined and the Stories They Tell," *Contemporary Legend* New Series 6 (2003), 146–156. See also the entries Civil War, Gulf War, Korean War, Military Folklore, Revolutionary War, Vietnam War, and World Wars I and II in Brunvand, *American Folklore: An Encyclopedia* (1996).

M27. 崭新的老爷车
Mint-Condition Vintage Vehicles

多年来，对于拥有一辆经典的汽车或摩托车的渴望，引发了许多关于用很少的钱就能买到崭新的老爷车的谣言和传说。其中的具体细节包括从在一个废弃的铁路货运车里发现的全新A型福特汽车，或寄存在一个被遗忘的政府仓库里的从未被驾驶过的美国军用吉普车，到仍然堆放在农民谷仓里的船舶货箱中的哈雷·戴维森摩托车。更让这些说法显得荒谬的是，人们进一步认为，这些车辆被以低得可笑的价格出售——25美元或50美元——就好像发现这些宝贝的人居然没有大赚一笔的意识一样。

这些没什么固定结构的谣言主题仍然留存在流行的都市传说中，这些好车不是被一个在战争中丧子的母亲贱卖，就是被一个无法清除汽车内死人气味的商人贱卖，或者是被对拈花惹草的丈夫心存不满的妻子贱卖。

另参见 “便宜的跑车”；“死亡之车”；“花心男人的保时捷”

参考文献 Ron Lawson, "In Search of the Warbike Motherlode: Harley's on Ice," *Cycle World* (January 1990), 34–35; *Vanishing Hitchhiker*, 178.

M28. “卢尔德奇迹”
"Miracle at Lourdes"

这个现代版爱尔兰传说是在1982年的一次民俗学会议上由伊尔斯·尼·赫布恩告诉我的。它讲述的是一位来自都柏林的妇女游览了法国卢尔德圣殿的石窟，这里因其不可思议的治疗故事而闻名。尽管身体健康，这位妇女还是由于在天热时游览而感到身体疲惫，她坐在空轮椅上休息，然后睡着了。当一位神父来为游客祷告时，这位爱尔兰妇女醒了，她从轮椅上跳了起来，然后迅速被一群朝圣者包围，他们高呼："奇迹！奇迹！"在激动的众人中，妇女被撞倒在地，她的腿摔断了。因此，她从卢尔德回家时腿上打着石膏。

当我在一个报纸专栏上刊登了这个故事之后，1990年，我收到了下面这个版本，来自一封新泽西读者来信：

> 20世纪70年代初，我在亨特学院任教时，从一位同事那儿听说了这个故事。他的一位朋友和一位同伴正在欧洲旅行。他们辛苦地游览了一天，来到了历史上非常著名的一座教堂。他俩其中的一个人实在累得不行，需要坐下休息一会儿。那里没有空余的椅子和靠背长凳，他注意到有一个男人在角落里"出租轮椅"。
>
> 这个疲惫不堪的旅行者租了其中一辆轮椅，坐在上面休息几分钟，他的朋友推着他绕着教堂游览。不一会儿，轮椅上的那个人感到精神好多了，他从椅子上迅速地站起来。一些人看到这个情景，开始大喊："奇迹！这是奇迹！"
>
> 几秒钟后，一大群人蜂拥而至，围在奇迹男人身旁，试图触摸他的衣服、亲吻他的手等。最终这两位旅客突破重围迅速离去，但仍有一些信徒穷追不舍。

参考文献 *Too Good*, 27–28.

M29. "好心办坏事"
"The Misguided Good Deed"

这个故事在一份1990年的《纽约时报》中被概述为：

> 地铁上的一个女子看到一只看起来很昂贵的皮革手套掉在了地上，此时一位穿着讲究的男士正在下车。她一把捡起手套，并在车门关闭之前将它丢到了站台上。

其他乘客都看着她，接着，他们中的一位，一个面善的男子伤心地问道："你为什么要把我的手套扔出门外？"

这个有趣的故事缺失了具体的细节或来源，暗示着它可能是个传说。它和下面这个故事——"直达火车"有相似性，正如在保罗·史密斯1986年搜集的英国传说集《更令人厌恶的传说手册》（第42页）中报告的那样：

罗先生从伦敦登上了当天的末班车，前往唐克斯特。在和几位同行旅客交谈时，他突然意识到自己坐错了车——这是一趟直达约克郡的列车。

罗先生想起自己曾经也遇到过类似的情况，他求助于另一个乘客，他们的意见达成一致，即当列车经过唐克斯特的时候，如果车速足够慢的话，他可以从车上跳下去。当列车靠近站台时，车速慢了下来，他抓起自己的包，一下子跳到了站台上，而且还跟着火车跑了一段，以缓冲惯性。

当后面的车厢赶上他时，他才跑了几米远，另一位乘客把门打开，猛地把他拉进车厢。"干得好，"这个乘客说，"你差点错过这趟车了。幸亏我看见你在跑。你不知道吗？这趟车在唐克斯特不停。"

参考文献 *Baby Train*, 125, 230.

M30. "消失的一天时间"
"The Missing Day in Time"

这个寓言表现的是基督教信仰战胜了现代科技，它通常以传单（匿名的、打字机或电脑打印的和影印的）的形式流传，名为"**太阳静止了**"。传单和宗教小册子都在转载这个故事，讲述的是当美国宇航局工程师试图使用一台超级计算机测量未来几个世纪之后天体的位置时，他们无法解释“在太空中的运行时间消失了一天”。工程师们被难住了，但团队里的一个“宗教信徒”想起《圣经》中有两篇内容都提到了太阳要么静止不动要么向后移动。当工程师把这一数据计算在内时，程序运行得非常顺利。传单给出结论：“真奇妙！我们的上帝现身说法！”

人们认为这个故事与“哈罗德·希尔（Harold Hill）先生有关，他是马里兰州巴尔的摩市的柯蒂斯发动机有限公司（Curtis Engine Co.）的董事长，以及太空项目的顾问”。的确，在希尔的演讲和作品中出现了这个故事的许多版本，但是马里兰州格林贝尔特的戈达德太空飞行中心（Goddard Space Flight Center）的官方人员，不仅否认故事本身，也否定了这个故事所依据的天文导航的基本前提。他们还指出，希尔与这个太空项目的关系是间接的，并不涉及导航计算。

“消失的一天时间”的一个前计算机版本可以追溯到托滕中尉（Lieutenant C. A. Totten），1889年至1892年间，他在耶鲁大学担任军事科学的教师。这个故事通过口头和书面的一系列修订和转载，最终落到了哈罗德·希尔头上（他在1987年去世，他没有否认与自己相关的消失的一天的故事，当然人们也没有找到他关于故事来源的原始记录，他曾经承诺要将这些材料提供给调查者）。一个从哈罗德·希尔的一场演讲中转录出来的版本刊登在1969年10月10日的《斯宾塞（印第安纳州）世界晚报》（*Spencer* [Indiana] *Evening World*）上，似乎是后来所有转载版的源头。三十多年后，“消失的一天时间”继续流传。基督教广播员和作家约翰·威廉斯揭穿了这个经久不息的传说，并敦促他的读者运用“一些常识和一点调查”去了解真相。他引用使徒保罗给以弗所教会的第一位大主教提摩太（Timotheus）的第二封使徒书，警告人们“掩耳不听真道，偏向荒渺的言语”（《提摩太后书》，4：3—4）的时代将会来临，或者如威廉斯引用的《圣经》版本：“（人们）会偏向神话。”

参考文献 *Choking Doberman*, 198–199; *Too Good*, 237–239; *The Truth*, 137–148; Williams, *The Cost of Deception*, 63–70.

M31. “传教士和猫”
“The Missionaries and the Cat”

耶稣基督后期圣徒教会的传教士（通常以摩门教徒闻名）经常去潜在的皈依者的家中传教授课，他们会使用一种低技术含量的视觉教具——一张法兰绒板和一张活动挂图。有一次，两位传教士去拜访一位老妇人，老妇人家里的宠物猫把他们的教学说明材料弄烂了，因此当他们的“黄金联络人”（golden contact，正如他们称呼的那样）走出屋子去给他们拿牛奶和饼干时，其中一位传教士用食指狠狠地刮了一下猫鼻子。不幸的是，他恰好正中要害，这只猫落地而亡。

他被自己的所作所为吓坏了，这位内疚的传教士要么是把死猫塞到了沙发下面，要么是让它靠在自己的大腿上，在授课的过程中轻抚这只猫。传教士设法离开了老妇人的家，而且他的罪行也没有被老妇人发现。几天后，当他们再来教授其他课程时，这位伤心的老妇人告诉他们，在他们上次来访之后，她的宠物猫就死了。

这个在摩门教徒中流行的版本说明，即使是好心好意也有可能使人陷入困境。一个反面信息——报应降临在不皈依者的头上——呈现在这样一个故事中：一位妇女在她家的前廊遇到了两位摩门教传教士，她当着他俩的面生气地摔上了屋门，结果夹断了她的宠物猫或宠物狗的脖子，因为当时这只宠物就站在主人身旁，正好奇地望着来访者。

在一个没有出现摩门教徒的类似故事中，一位钢琴调音师不小心用音叉杀死了宠物猫。在英格兰流传的另一个相关传说中，一位紧张的求婚者在等待为约会做准备的女友时，不得不窘迫地和女友的父亲聊着天。女友的家人把虎皮鹦鹉（长尾小鹦鹉）从笼子里放了出来，它在屋子里飞来飞去；火炉里温馨的炉火烧得柴噼啪作响。年轻人逐渐放松下来，他的双腿自如地交叉在一起，可当他抬起腿时，却出乎意料地撞到了飞在半空中的长尾小鹦鹉，直接把它送进火炉烧死了。在瑞典，这只不幸的小鸟是金丝雀。

另参见 “被坐扁的狗”

参考文献 *Baby Train*, 276–277; *Too Good*, 360–361; Smith, *Nastier Legends*, 100; Bengt af Klintberg, *Glitterspray*, 213–215.

M32. 认错人
Mistaken Identifications

许多当代叙事描述了认错人或者是完全认不出某个人的经历，这种状况在日常生活中很常见。在这些种族主义故事中，被认错的人常常是一个黑人名人或墨西哥裔美国名人，他们被当成卑微的工人，如旅馆侍者、泊车服务员或园丁。在其他故事中，牧师杰西·杰克逊（Reverend Jesse Jackson）、职业高尔夫球手李·特雷维尼奥（Lee Trevino）和希希·罗德里格斯（Chi Chi Rodriguez），以及NBA篮球明星卡尔·马龙（Karl Malone）都曾是这类故事的主角。尽管这些故事中的许多故事都是以第一人称讲述的，并且可能基于真实的经历，但在重复的过程中，情节似乎已经被添油加醋，还发展出不同的异文。

在一个以电梯为背景的黑人和白人相遇的故事里，一个黑人运动明星或流行音乐偶像和他的随行者不仅没有被认出来，还被其他人怀疑是抢劫犯。在这些近似于笑话的传说中，没有被人们认出来的人物范围，上自英国王室（“我是英国女王的妹妹”），下至小学老师班上的家长（“对不起，我以为你是我一个学生的爸爸”）。

认错人的人可能是受到了语言的误导：门铃响了，一个刚洗完澡的、一丝不挂的女人问：“是谁呀？”门外的人回答：“送百叶窗的人。”这句话有两种意思。不幸的是，这位女士选择了错误的意思，还给这位来自百叶窗公司的男人开了门，她以为会看到一个卖东西或请求施舍的盲人。当埃迪·墨菲在电梯里对一位白人说“按四”或“按你那一层”时，对方以为他在命令自己“蹲到地上！”。

当一位帅气的男明星——这次是一个白人——在一家冰淇淋店被认出来时，一位女子太过激动，以至于把冰淇淋放进了自己的手提包里。

从他们的基本心理来看，这些关于认错人的故事，是都市传说和生活中人们倾向于急于下结论的另一种体现。

另参见 “送百叶窗的男人”；“电梯事件”；代沟传说；“蛋卷冰淇淋的戏谑”；妄下结论；“送信的男孩”；愚蠢的宠物救援

参考文献 *Too Good*, 411–424; Fine and Turner, *Whispers*, 219–221.

M33. “手机火花爆炸”
“Mobile Phone Sparks Explosion”

自1999年起，互联网上就有谣言和故事流传，宣称来自移动电话（手机）的火花点燃了汽油烟雾，导致加油站爆炸，还造成人员伤亡，并摧毁了一辆或多辆汽车。这类故事描述的具体场景包括放在后备厢里、手里、口袋里的手机响起了铃声。据说“响铃”产生的火花点燃了汽油烟雾。但是，手机不是靠撞击而“响铃”的，所谓的手机铃声是以电子方式产生的。一些互联网的报道声称消息来自于石油公司，让这些说法听上去似乎更可信。

这样的事故无一例被证实，既没有实验也没有关于手机技术的科学分析说明“火花”来自于这些无处不在的设备。即便是真的发生过这样的事故，也没有找到关于它们的公开记录。尽管如此，加油时请勿使用手机的警告仍然贴在许多加油站里，手机使用手册也暗示了可能会发生的意外事故，为实际上并不存在的风险提供了“风险管理”。大多数与客户有关的加油站爆炸事件被认定是由静电引起的，通常是驾驶员在加油时不停地上下车，然后碰到了进油口附近的金属物而造成的。

参考文献 Adam Burgess, “Mobile Phones and Service Stations: Rumour, Risk, and Precaution,” *Diogenes* 54 (2007), 125–139.

M34. “调制解调器税”和“电子邮件税” “The Modem Tax” and “The E-mail Tax”

美国联邦通信委员会在1988年拒绝了收取通过电话线路传输计算机信息的额外费用的提议，但是在1990年和1991年，关于征收“调制解调器税”的子虚乌有的警告通过电子公告板和电子邮件风靡互联网。（“调制解调器”是指“**调制**和**解调**”计算机信号以使它们能在电话线路中传输的设备。）

这些警告力劝计算机用户“弄清楚我们不会支持政府任何针对免费信息交换的限制！”。尽管政府机构和立法委员会从没有考虑过制定这样的法律或规则，但他们还是收到了成千上万的信件、电话和请愿书。针对调制解调器税的大多数有效揭露都是在互联网上进行的，评论员常将这些故事和都市传说联系在一起。

1999年，一个类似的警告在互联网上昙花一现，据说因一级邮资业务减少，美国邮政服务亏损严重，国会正在考虑对每封电子邮件收取五美分的税费以支持美国邮政服务。这些警告包含国会发起人的信息、议案编号，以及为反对该措施而“无偿工作”的律师的名字，而且还提到了当年3月发表在《华盛顿人》（*Washingtonian*）上的一篇文章。这当中的每一个“事实”都是错误的，而且该故事还有源可查——包含同样的或相似的名字——它可以追溯至加拿大，在那里，这个故事同样具有欺骗性。但是，加拿大宣称该故事始于美国的亚利桑那州。

这两个故事似乎都来源于计算机使用者的感受，他们觉得通过互联网获得的快捷、廉价（常常是**免费**的！）的交流似乎太好了，好得令人难以置信。当然，根据推理，政府会找到针对这项好处征税的方法。

参考文献 *Baby Train*, 188–190; “FCC Scraps Plan to Charge for Computer Access to Phone Systems, Sources Say,” *Wall Street Journal* (March 17, 1988), 6.

M35.“鼠丘和捷豹”
“The Mole Hill and the Jaguar”

这是一个来自英国的意外事故故事，它不仅被广泛报道，而且还带有都市传说的典型标志。一个男人要投毒杀死那些在他家草地上大批出没的鼹鼠。由于在夜间工作，他打开了新买的捷豹车的车灯来照明，同时让汽车保持空转。这辆昂贵的汽车倒滑着冲进屋子，被门廊上的电子加热器点燃并烧毁了。遭受了这一系列灾祸的打击后，这个男人在草地上浇筑了混凝土，不再去捕捉鼹鼠了。

参考文献　Bennett and Smith, *Urban Legends*, 90.

M36.蒙古国
Mongolia

1990年，波兰民俗学家迪奥尼兹·丘巴拉（Dionizjusz Czubala）在波兰采访了访问卡托维兹大学的蒙古国专家学者，1991年，丘巴拉组织了一次前往蒙古国乌兰巴托搜集传说的研究之旅。他将自己的材料分成五组：汽车传说、政治传说、阿尔马斯（Almas，传说中的一类野人）或类人生物传说、不明飞行物传说，以及其他传说。尽管蒙古的材料是由一个外人在不太理想的条件下搜集的一小部分样本，但是它仍然为研究世界上鲜为人知之地的当代传说提供了机会，这表明相似的传说传统也存在于许多其他国家。

尽管丘巴拉发现蒙古传说“与它们的欧洲对应版很不一样”，但其中还是出现了一些相似的主题：消失的搭车客、受污染的进口商品、外国游客的不良行为（尤其是俄国人、中国人和美国人），以及因非法移植而发生的器官盗窃。最具典型性的蒙古当代传说似乎与日常生活的艰难现实联系在一起，例如道路条件恶劣、消费品匮乏、较高的犯罪率，以及外部力量对蒙古国政治和经济的影响。

据说，行驶在非常原始的漫长绵延的蒙古国“高速公路”上的司机，曾经被剃掉了一半头发的男人、一个赤裸的或穿着红裙子的女孩，或是变成狗的男人搭讪。它们会在汽车旁边一直跟着跑好几英里，但是司机停车的时候它们就消失不见了。据说其他司机也曾见过蓝色的火焰在路边燃烧，虽然它们似乎没有危害。关于马匹在某地停下并拒绝前进的传说，演变成了汽车在某地神秘消失的故事。亵渎了路边的神殿里的神灵或从神殿里偷了东西的司机会身染重疾、无法康复，直到他们回到神殿去赎罪。

蒙古国的许多政治传说反映了现实生活中外国人对蒙古人民的掠夺，通常是俄国人或中国人。除了对于强奸、谋杀和欺骗的一般性描述之外，还有一些故事讲述了俄国人在回国时留下的孩子被当成蒙古人抚养长大，或是中国人试图用被污染的丝织物或伏特加毒害别人。其他故事则赞扬了20世纪20年代的“现代蒙古国开国元勋”，并推测他们最终去世的时间。据说，波兰和美国游客、近年来的观光者，企图将蒙古国珍贵的艺术品或博物馆古董偷运出蒙古国；其他故事讲述了美国人曾被劫去高达1万美元的现金。阿尔马斯传说与来自外国的大脚怪（Bigfoot）、雪人（Yeti）等怪兽故事差不多。在蒙古国，与阿尔马斯的邂逅据说发生在“1965年”，或“几年前”，或“不久以前”（连同丘巴拉发表在《FOAF故事通讯》上的三篇报告，这是一个不错的与其他猿人生物相关的对比性记录）。

参考文献 D. Czubala, “Mongolian Contemporary Legends” (3个部分), *FOAFtale News* 28 (December 1992), 1–5; 29 (March 1993), 1–7; and 31 (November 1993), 1–4.

M37. “铁牙怪兽”
“Monsters with Iron Teeth”

参见 苏格兰

M

M38. “妈妈的恐吓成真”
“The Mother's Threat Carried Out”

数个在国际上（德国、瑞典、荷兰、意大利、波兰及其他地区）知名的都市传说，描述了这样一个故事，一位母亲对她还在襁褓之中的男婴或正在学步的孩子说了这样的话：“如果你再尿湿裤子，我就把你的小弟弟切了。”当弟弟再次尿裤子时，姐姐实践了母亲吓唬孩子的话。在一个异文中，母亲回答了女孩对婴儿阳物的疑问：“噢，那只是医生忘了切掉的东西。”这些传说有时叫作“不称职的母亲”，而且通常家庭中的死亡不仅只发生在第一个孩子身上，还包括了其他孩子，甚至是父母自己。

这些血腥故事与德国的格林兄弟在1812年出版的故事集中的“孩子们如何玩杀猪游戏”（How Children Play at Hog-Killing）的故事相似。在这个故事中，大儿子模仿爸爸杀猪的样子切断了弟弟的喉咙。当妈妈发现这个悲剧时，她用同一把刀刺向了大儿子，接着她也自杀了；同时，正在洗澡的婴儿也溺死在浴缸里。格林的故事属于故事类型1343*（以前是故事类型2401，星号指另一个亚类故事），在许多欧洲国家家喻户晓。这组令人沮丧的故事里的几个当代传说也包含了溺死的婴儿主题。雅内·朗格卢瓦（Janet Langlois）从社会政治、精神分析和形而上学的角度解读了这些治家不当的传说。

一位出生于墨西哥城、成长于墨西哥普埃布拉、后来居住在洛杉矶的妇女，用西班牙语讲述了这个故事的一个版本，说它像“拉·罗洛那”传说，拉·罗洛那是墨西哥人和墨西哥裔美国人的民间传说中的“哭泣的女人”。实际上，故事中除了死去的小孩、溺亡和母亲的尖叫与哭泣外，再没有别的与该传说相关的内容了。下面的译文来自雪莉·阿罗拉（Shirley L. Arora）发表的文章：

> 在普埃布拉，有一位母亲拥有三个孩子：一个5岁的小女孩、一个4岁的男孩，还有一个婴儿。由于孩子们很调皮，她时常忙个不停。他们没有给她留下任何做家务的时间。当小男孩尿湿裤子

时，妈妈会说："如果你再尿裤子，我就切掉你的小弟弟。"她常常对他说这句话。

接着，有一天，妈妈正在给婴儿洗澡。在这期间，姐姐发现小男孩尿湿了裤子，便对他说："现在你将知道妈妈瞧见你干的好事时要做的事情了。她会切掉你的小弟弟。"

母亲听到小男孩的哭声，就把婴儿留在浴室，自己跑了出来，她要看看小男孩怎么了。当她回到浴室时，发现婴儿死了。小女孩被妈妈的尖叫声吓坏了，藏到了车底、轮胎后面。妈妈发现小男孩死了，因为小女孩切断了他的阳物。她说："我的两个孩子都死了！"救护车的声音响起时，她正在哭泣。换句话说，藏在汽车下的小女孩，在汽车启动时就被轧死了。所以救护车带走了已死去的孩子们。她就是这样在短短的几分钟内失去了三个孩子的。

在罗德尼·戴尔1978年的《鲸鱼的肿瘤》一书中，有一个该传说系列的英国版本，它的情节结构不同于前：

战争刚开始时，一位年轻的母亲带着她的两个小孩——5岁的女儿和2岁的小宝宝——乘船前往爱尔兰。她试图让他们好好地睡在铺位里，以便自己去吃晚餐，但是小宝宝并没有打算停止哭泣。失望之下，她大声说道："如果你还哭，我就把你丢到舷窗外。"这似乎使小宝宝安静了下来，她便去吃晚饭了。当她回来时，舷窗开着，小宝宝不见了，女儿睡得正甜。

这个舷窗版本令人回忆起伊索寓言里的"保姆与狼"（The Nurse and the Wolf）。在这个故事里，保姆威胁孩子说："如果你再出声，我就把你丢给狼。"（看见狼在外面等着，保姆把窗户关了起来）。

另参见　中国

参考文献　*Baby Train*, 68–71; *Be Afraid*, 149–151; Janet L. Langlois, "Mothers' Doubletalk," in Joan Newlon Radnor, ed., *Feminist Messages: Coding in Women's Folk Culture* (Champaign: University of Illinois Press, 1993), 80–97;

M

Shirley L. Arora, "La Llorona: The Naturalization of a Legend," *Southwest Folklore* 5 (Winter 1981), 23–40; *Mexican Pet*, 72–73; *Too Good*, 223–224; Schneider, 1999, 167.

M39. 母题 Motif

在民间传说的常见用法中，"母题"被定义为一个传统的故事单元，例如一个角色、一个事件、一个物体，或重复出现在不同神话、传说和民间故事中的任何其他不寻常的细节。世界各地民间故事中的典型母题，由印第安纳大学民俗学家斯蒂思·汤普森进行汇编，然后分类并发表在他的六卷本著作《民间文学母题索引》(1955—1958年最新版)中。英格兰和北美民间故事的母题由欧内斯特·鲍曼独立汇编，他沿袭汤普森的体系，而且也为其他国家的民间故事创建了许多其他的母题索引。

传统民间传说的著名母题包括"前途无望的英雄"(The Unpromising Hero)、"邪恶的继母"(The Wicked Stepmother)、"向龙或其他怪兽献祭"(Sacrifies to a Dragon or Other Monster)、"魔法巫镜"(Magic Clairvoyant Mirror)和"被扔到荆棘地里以作为惩罚"(Punishment by Being Thrown into a Briar Patch)。汤普森体系中的母题按字母顺序列出，提及了常规分类(比如动物、禁忌、欺骗、奖励与惩罚、人物特征)，接着用阿拉伯数字和小数点标明具体的索引号，题目紧跟在索引号之后。这样母题G303.4.5.3.1(**魔鬼因他的蹄子而被发现**)就出现在G章"恶魔"中，作为一个大组中的亚—亚—亚—亚类型(可以这么说)，这组母题是关于一个邪恶的超自然形象是如何因其外表而被认出来的。

汤普森的索引致力于记录大量的传统故事，所以其中只出现了少量的当代传说母题。"消失的搭车客"是一个特例，这个主题足够古老，因而在E章"死者"里有自己的编号(E332.3.3.1)。另一个更为古老的母题，E422.1.11.5.1(**血腥的悲剧过后无法清除的血迹**)，被认为是当代都市传说"死亡之车"中的死人气味母题的源头。

现代都市传说中的一些细节在不同的故事中常常被重复，从而组成了所谓的现代母题。这里面包括头发变白、墙上的手迹和“大笑的医护人员”。但是，到目前为止，还没有为这些故事元素建立索引编号，只是通过名字提到它们。

另参见 “舞厅中的魔鬼”；“致命的靴子”；“致命的入会仪式”；“自制测谎仪”；“屋顶的男人”；“毒衣”；“粘在马桶上”

参考文献 Brunvand, “Myths and Motifs,” in *The Study of American Folklore*, 4th ed. (1998), 170–195; Baughman, 1966; Schneider, 1999.

M40. “可口可乐中的老鼠” “The Mouse in the Coke”

在所有食品污染谣言中，最古老和最著名的谣言之一是“可口可乐中的老鼠”，一个关于某人在罐头或软饮料瓶中发现了死老鼠的令人反胃的故事。加里·艾伦·法恩首创了“巨人效应”这一术语。通常，谣言和传说中被提及的罪魁祸首是可口可乐公司——软饮料领域的市场领导者。来自20世纪30年代及之后的几个诉讼记录，证明了曾经发生过像可口可乐中的老鼠污染这样的事件，要不然这些记录就是伪造的。但是，流传在口头传统中的故事很少是基于故事讲述者调查或经历过的真实法庭案件的。相反，这些传说是一种普遍看法的戏剧化和本土化的叙述，即小型啮齿动物可能会在装瓶过程中进入了软饮料的包装瓶里，而且还逃过了公司所有的质量检测环节。这些传说的焦点通常在于发现污染物的人的惊骇反应和由法庭判定的巨额和解款。当然，还有许多其他可能的途径，使无数食物被各种各样的杂质污染，但是传说似乎聚焦于少数可能性，比如可乐里的老鼠或油炸鼠。

法恩对涉及法庭案件的统计数据及包含了可乐中的老鼠这一主题的传说的分析，使他得出结论：一些传说一定来源于实际事件。这样，伴随着故事“传播”的“多元发生说”（polygenesis，故事的多种独立起源）就为此类传说的丰富发展提供了部分解释。

另参见 可乐传说

参考文献 Gary Alan Fine, "Cokelore and Coke Law: Urban Belief Tales and the Problem of Multiple Origins," in *Manufacturing Tales*, 79–85; *Too Good*, 179–181; *Vanishing Hitchhiker*, 84–89; Bennett and Smith, *Urban Legends*, 219–220.

M41. 电影
Movies

参见 电影和都市传说

M42. "菲尔斯太太曲奇配方"
"The Mrs. Fields Cookie Recipe"

大约从1982年到1989年，关于高价配方的都市传说主要聚焦于菲尔斯太太曲奇公司（Mrs. Fields Cookie Company）。1977年，这家公司在加利福尼亚州帕洛阿尔托成立，后来将总部设在了犹他州帕克城。"红丝绒蛋糕"是这个传说的原型，它讲的是一个顾客询问了一个简单的配方，却被索要高价费用的故事。然而，在菲尔斯太太版本中，它讲的是有人向公司打电话咨询好吃的巧克力屑曲奇的配方。公司告诉来电者要收取"2-50"的费用，于是后者将这笔咨询费记在了信用卡上，但是当她拿到账单时却发现这笔费用是250美元，而不是2.50美元。和"红丝绒蛋糕"传说一样，这个顾客无可奈何地支付了账单，因此，她不遗余力地散布这个配方，以报复这家公司。

这个曲奇配方和故事一起通过邮件、出版物、互联网和面对面交流在全世界传播。尽管按照这个配方确实能制作出美味的曲奇，但是它还列出了奇怪的食材：一杯"搅拌过的"干燕麦、一根好时巧克力棒，还有一袋常见的巧克力屑。菲尔斯太太公司在访谈中否认了这个传说，而且还将声明印刷在曲奇包装袋和海报上，坚称整个配方，特别是这两种食材都是假的，而且他们从未透露或出售过公司的配方，这是"一份美味可口的商业秘密"。德比·菲尔斯（Debbi Fields）在她1987年的传记《聪明人》（*One*

M

Smart Cookie）中，写道："如果你经营一家大公司，全部的这些问题……都将接踵而至，最糟糕的，绝对是最糟糕的，就是谣言。"

到1989年，高价配方传说的焦点转移到了内曼·马库斯零售公司，连同烘焙巧克力屑曲奇的假说明书一起。

另参见 "内曼·马库斯曲奇"；"红丝绒蛋糕"
参考文献 *Curses!*, 219–226; *Too Good*, 260–261.

M43. 音乐和都市传说
Music and Urban Legends

这类传说主要由基督教原教旨主义作家和牧师们传播的谣言和传说，指责摇滚乐中编入了"邪恶信息"。通常，据说这些信息经由一个叫作"倒放掩饰"（backward [or back-] masking）的过程，以倒放的形式刻录在专辑和光盘中。据说，听者的内心会在潜意识中察觉到这些信息，而且少不更事的青少年会被引导做出危险举动，甚至是自杀。除了少数是有意而为之的恶作剧之外，并没有证据证实存在着这种倒放掩饰，实际上也没有证据支持潜意识影响人类心智的理论。具有讽刺意味的是，正如汤姆·麦基弗（Tom McIver）写的那样："许多音乐被指控包含这些邪恶的信息，对孩子们而言，它们确实会产生不健康的影响。"但是，这些影响的来源是"真实人物的语言和行为，而不是超自然的恶魔"。

除了关于音乐的都市传说，还有一小部分受到都市传说启发的流行音乐歌曲。也许在这样的歌中，最古老且经典的例子，是迪基·李（Dickey Lee）1965年录制的《劳里（奇怪的事情总会发生）》（Laurie [Strange Things Happen]），详细讲述了"消失的搭车客"传说。另一首编写该故事的歌曲是蓝草音乐歌曲《带玛丽回家》（Bringing Mary Home），由乡村绅士乐队（Country Gentlemen）和其他组合录制。一个与幽灵卡车司机有关的传说也在由雷德·索维纳（Red Sovine）演奏的歌曲《大乔和幽灵409》（Big Joe and Phantom 409）中被重述。

"包裹里的死猫"以歌曲的形式四处流传，其版本差不多和它的故事版本一样多。它在通常名为《袋子里的尸体》(The Body in the Bag)的流行民谣中经久不衰，并且被许多乐队演奏和录制。在科幻小说爱好者群体中，同样的死猫故事被改编成一首名为《另一个都市传说》(Another Urban Legend)的"叙情"(filk)歌曲，它本身是对名为《摆渡人》(Ferryman)的"消失的搭车客"式的早期戏仿叙情民歌的又一戏仿（这样的科幻歌曲之所以被称为"叙情"歌曲，是因为多年前在一场宣布**民间**歌曲[folk song]集会的大会节目单上的印刷错误。从那时起，这些粉丝就把这个词变成了"叙情歌曲"[filk song]）。

或许还有许多其他类型的歌曲从传说中得到了灵感，但是这里只能再提到另外两首：一首由奥斯汀酒吧蜥蜴乐队（Austin Lounge Lizards）演奏的歌曲《树形仙人掌》(Saguaro)，演述了"植物的报复"传说，以及在20世纪90年代的《牧场之家好作伴》(*A Prairie Home Companion*)广播系列中能够听到的约翰·麦卡琴（John McCutcheon）的歌曲，它的灵感来自"花心男人的保时捷"。

"好得令人难以置信"不是一个真正的都市传说，但是它重复了一个广受欢迎的、对这类歌曲的简略定义，而且自20世纪80年代起，"好得令人难以置信"也成为汤姆·派蒂和伤心人乐队（Tom Petty and the Heartbreakers）演唱的一首歌的名字。另一首更老的同名歌曲在摇摆年代备受追捧，但歌词和旋律与80年代的完全不同，由本尼·古德曼（Benny Goodman）演奏（海伦·沃德[Helen Ward]演唱），罗伊·埃尔德里奇（Roy Eldridge）和其他人也演奏过。这首歌的流行音乐版本与谚语"似乎好得令人难以置信"相呼应，指的是歌手们的所谓的恋爱对象。在传说的定义中，这个短语指的是由于情节太不可能和太具偶然性，而不能被作为不折不扣的事实。

另参见 "微波炉中的宠物"

参考文献 *Baby Train*, 21（可查"Another Urban Legend"的一段韵文）; Tom McIver, "Backward Masking, and Other Backward Thoughts about Music," *Skeptical Inquirer* 13 (Fall 1988), 50–63; *Mexican Pet*, 52–53（可查"Laurie"的歌词）.

M44. 音乐家和都市传说
Musicians and Urban Legends

所有类型的职业音乐家——流行音乐、爵士乐、古典音乐及其他——常常是展现自身天赋或所谓怪癖的故事的主人公。在这些故事中，有一些故事可能是真的，大部分故事都属于个人逸闻类型；然而，这类故事有不同的版本，并被安在不止一个名人的身上，因此进入了现代传说的分类。例如，在一位女士让爵士乐钢琴家胖子沃勒（Fats Waller）定义爵士乐的故事中，他给出的答案经常包含着诙谐的音乐家语言："女士，如果你现在不知道，就别碰它！"这一机智回答的几个异文也被套用在路易斯·阿姆斯特朗和杰利·罗尔·莫顿（Jelly Roll Morton）身上。关于问题和答案的措辞也有不同的版本。

尤其是摇滚乐手和乐队，他们有许多与自己相关的故事，这些故事通常描述了他们所谓的惊世骇俗的行为。在这些描述中，谈到的演奏者有巴迪·霍利（Buddy Holly）、埃尔维斯·普雷斯利、披头士乐队（The Beatles）、感恩而死乐队（Grateful Dead）、米克·贾格尔、吉姆·莫里森（Jim Morrison）、奥兹·奥斯朋（Ozzy Osbourne）、罗德·斯图尔特（Rod Stewart）和弗兰克·扎帕（Frank Zappa）。一些故事说的是与演奏者密切相关的特别歌曲，例如菲尔·柯林斯（Phil Collins）的《今晚夜空中》(In the Air Tonight)，故事声称揭露了这首歌"隐秘的意义"或"背后的故事"。许多这样的关于摇滚明星的故事，即便不是不可能，也很难与围绕名人的媒体炒作和公关噱头区别开来。

古典音乐和音乐家的传统故事，在专业演奏者和他们品味高雅的听众圈子中，要比在普通大众中更为出名。例如，据说一些交响乐音乐家这样回答关于谁是他们最喜欢的指挥的问题——"这就像是在问老鼠'你最喜欢哪一只猫？'。"另一个交响乐传说是"音乐开始"(Start the Music)：

> 一位著名的钢琴家，身份多变——鲁宾斯坦（Rubinstein）、格拉夫曼（Graffman），或塞尔金（Serkin）——作为独奏者被邀请

去和一个同样著名的管弦乐队演奏一支协奏曲，这支管弦乐队的身份也是多变的。钢琴家排练的是拉赫玛尼诺夫（Rachmaninoff）的《帕格尼尼主题狂想曲》(Rhapsody on a Theme of Paganini)，这首曲子开头由管弦乐队独奏。

但是管弦乐队准备的是拉赫玛尼诺夫的《第2钢琴协奏曲》(Piano Concerto No. 2)，这首曲子开头由钢琴家独奏。显然，被邀请来的钢琴家和管弦乐队并没有一起排练（几乎不可能，这只不过是个传说）。

在表演的那个晚上，钢琴家和指挥都在耐心地等待对方开始演奏，等了很长一段时间，双方都以为对方准备好了就会开始。

音乐民间传说的亚类型中包含着这样的故事——年幼无知的孩子回答老师发下来的试卷中关于古典音乐的问题。小学课堂似乎不太可能会布置这样的一份作业，类似的内容多次出现在几种不同的时间和地点，表明它们是传说而不是事实。这里有一些例子：

"我知道六重奏是什么，但我不想说。"
"竖琴是没有装饰的钢琴。"
"一个艺术大师是一位拥有真正高尚品德的音乐家。"
"两个人同时演唱叫作决斗[1]。"
"歌剧是一首规模宏大的歌。"

另参见 "桃丽·芭顿的节食食谱"；"保罗已死"；"最小的粉丝"

参考文献 *Baby Train*, 220–222 ("What Is Jazz?").

[1] 二重唱（duo）与决斗（duel）的英文发音相近。

M45. “变异鸡”
“Mutant Chickens”

在“肯塔基州炸鸡”（Kentucky Fried Chicken）将它的名字缩写为“肯德基”（KFC）后，一份流传在互联网上的虚假报告宣称，新罕布什尔大学的研究者发现，是联邦当局强制这家公司将“鸡”从它的菜单、广告和企业标识中删去了。当时，社会上流传着一篇名为“没有真相的上校”（No Colonel of Truth）的强烈否认的文章，据说该文章出自肯德基公司自己。新罕布什尔大学发言人说他们的机构从未从事过类似的研究工作。据说，变异鸡是“被改造了基因的生物”，它们没有鸡喙、羽毛和脚，通过试管和泵维持生命，有着比普通鸡更多的肉和更少的骨头。

参考文献 *Be Afraid*, 252–253.

M46. “肢体残缺的男孩”
“The Mutilated Boy”

在这个更古老、更可怕的“诱拐未遂”中，一个小男孩在购物中心的男洗手间内被阉割或遭到其他方式的残害，而他的妈妈就等在外面，好奇他为什么这么长时间还不出来。通常，据说罪犯是少数民族和/或帮派成员，而阉割他人则被认为是入会仪式的一部分。与“诱拐未遂”不同，“诱拐未遂”中的孩子获救了，而在“肢体残缺的男孩”里，小孩要么流血而亡，要么受到了无法弥补的伤害。罪犯从未被抓住，而且据说附近的企业和当地警察都在掩盖这个案件的真相。

“肢体残缺的男孩”是一个经久不衰的都市传说，它结合当地细节一次又一次地改头换面，点燃了公众的怒火，激发了人们想要将犯罪分子绳之以法的愿望。尽管执法机关、政府当局、民俗学学者和社会学学者都在竭尽全力揭露这些故事的虚假性，但它们仍然以匿名的形式出现并口口相传，尤其是临近圣诞节季或其他购物高峰时期。有时，人们为抑制“肢体残缺的男孩”故事所做出的许多努力本身似乎也促进了这个传说的传播。

传说中的现代元素——购物中心、帮派暴力、阶级冲突等——具有迷惑性。这个故事实际上拥有漫长的历史，包括古典的和中世纪的两种原型。它可能来源于古罗马时期的反基督血祭诽谤传说，随后又演变成了中世纪在欧洲流传的反犹太人传说，其中一个著名的例子是杰弗里·乔叟的“女修道院院长的故事”。购物中心的卫生间取代了将尸体丢弃进水井的母题而进入故事之中；现代传说涉及的是种族和基于阶级的冲突，而不是宗教对抗。

迈克尔·卡罗尔从精神分析角度而不是历史角度来看待“肢体残缺的男孩”，他指出，大多数女人——尤其是母亲——似乎在讲这个传说，歧视少数民族的主题也不像其他研究表明的那样普遍。卡罗尔引用弗洛伊德的观点，认为阉割或许可以解读为试图“掩饰想被满足的欲望”，并且（根据其他精神分析理论）表明这个故事或许可以视为阴茎嫉妒的表现和女性对阉割男性的无意识欲望的满足。尽管一些民俗学学者迅速回击了此类对都市传说的全面的弗洛伊德式解读，但必须指出，卡罗尔的值得赞扬之处是，不仅他的结论立足于抽象的精神分析理论，而且他还对不同版本进行了深入审查，同时引用了已发表的有关这个传说的民俗研究。此外，他考虑到了故事的语境和受众，以及它们的内容特征。

另参见 “诱拐未遂”；“血祭诽谤”

参考文献 Michael P. Carroll, “ ‘The Castrated Boy’: Another Contribution to the Psychoanalytic Study of Urban Legends,” *Folklore* 98 (1987), 216–225; *Be Afraid*, 155–157; *Choking Doberman*, 78–92; Bill Ellis, “*De Legendis Urbis:* Modern Legends in Ancient Rome,” *Journal of American Folklore* 96 (1983), 200–208; *Mexican Pet*, 151–156; Bennett and Smith, *Urban Legends*, 58–59.

M

M47. “肢体残缺的购物者”
“The Mutilated Shopper”

参见 “被切断的手指”

M48. “神秘旅行”
“The Mystery Trip”

罗德尼·戴尔在《鲸鱼的肿瘤》(1978)中讲述了一个英国的旅行烦恼故事，内容如下：

> 一对夫妇外出度假，他们认为在一个广告上说的神秘车辆(例如，公交车)之旅中度过一天肯定会非常有趣。于是他们买了票，兴致勃勃地出发了，结果发现神秘之旅的目的地是他们的家乡。因此，他们决定与其在当地食品上花费大价钱，不如回家自己做大餐。而且，他们还设法错过了回程的车辆。

另参见 “一日游”
参考文献 *Baby Train*, 230.

M49. 神话
Myth

民俗学家沙利文(C. W. Sullivan)指出，“神话或许是语言中被滥用得最严重的词语之一”。人们对这一术语最常见的误用是，认为神话指的是所有人们不以为然的信仰。相反，沙利文的神话指的是古代和现代叙事中的特殊传统，他将神话定义为“一种人们讨论超自然话题的传统散文叙事”。真正的“神话”通常和古典的、挪威人的、凯尔特人的、斯拉夫人的、东方的或其他文化的古代传统，或和由原住民讲述的神话联系在一起。就其本身而言，神话不同于**传说**，前者和信仰、经验以及

M

历史有着密切的关系，而且它也不同于显然是虚构叙事的**民间故事**。

在都市传说研究中，很少会使用“神话”一词，因为在民间传说研究领域中，还有其他表述更精确、接受更广泛的词语。尽管如此，记者和普通大众还是会坚持把当代传说叫作“神话”或“都市神话”。因此，我们必须能够识别并默认这种语义混淆。

另参见 “传说”和“都市传说”的定义；都市神话

参考文献 Brunvand, “Myths and Motifs,” in *The Study of American Folklore*, 4th ed. (1998), 170–195; C. W. Sullivan III, “Myth,” in Brunvand, *American Folklore: An Encyclopedia* (1996), 497–499.

M50. 流言终结者 MythBusters

参见 电视和都市传说

N

N1. 电脑新手的故事
Naive Computer User Stories

虽然电脑为现代人执行着奇妙的任务，但是对于初学者来说，它们很难掌握，而且还会令人感到沮丧。当电脑在20世纪70年代开始大量地进入工作场合和家庭时，出现了一系列电脑新手的故事——包括笑话和传说。渐渐地，随着人们对电脑越来越熟悉，这些故事的受欢迎程度逐渐下降，也许是被时常出现的人们对电脑病毒的恐惧替代了（无论是真实的还是想象的），这些病毒会改变或打乱一个人的工作。

许多新手故事描述的是打给硬件和软件公司技术支持热线的电话。在这些描述中，初学者忽略了明显的问题，例如没有插电源或连接打印机和电脑，或没有调整显示器上的亮度旋钮。其他故事称，新手无法理解程序手册中的指导，比如“按任意键”；他们打电话给技术支持，说自己的键盘上没有“任意”键。

那些声称新手曾把涂改液涂在显示屏的错误地方的故事很可能只是笑话，而声称某人将光盘驱动器作为杯托的故事只可能被讲述它的人相信，甚至在少数情况下还可能是真的。

相似的新手故事提到了办公室的其他设备，例如复印机和传真机。（当一位新雇员被要求制作备份时，他可能会用复印机影印一张电脑磁盘，或者请求纸业公司用传真给办公室送一些纸，他就在传真机前面等着机器里能出来一整箱纸。）

另参见 电脑
参考文献 *Too Good*, 286–287.

N2. 无知的猎手的故事
Naive Hunter Stories

猎手，通常来自故事被讲述的州之外，被认为射中了一匹马、牛或骡子，而未能将这些家畜和他们正在寻找的鹿或麋鹿区分开来（他们可能会混淆骡子和长耳鹿，骡子也有长长的耳朵）。通常，无知的猎手——犹他州故事中的猎手来自加利福尼亚州，怀俄明州故事中的猎手来自犹他州，等等——在经过州立渔猎部设立的检查站时被抓住了。从他小卡车的防水布下面露出来的巨大的动物的脚可以看出，这很明显不是鹿或麋鹿的，有时这些脚上甚至钉着铁掌。但是，这位来自其他州的猎人还在向野生动物代理处吹嘘他射中的这只不错的“麋鹿”。当被问及这些故事时，几个州的负责管理野生动物的官员承认，他们确实听说过这些故事，但不了解任何得到过证实的案件。

在狩猎季，据说许多农场主和农民会用生动活泼的字体在自家牲畜身上写下**“马”**或**“牛”**，实际上，已经有几个农场主这样做了。

参考文献 *Curses!*, 138–139.

N3. “令人厌恶的传说”和“更令人厌恶的传说” “Nasty Legends” and “Nastier Legends”

英国民俗学家保罗·史密斯在两本受欢迎的都市传说集中使用了这些术语，他编纂了《令人厌恶的传说手册》(1983）和《更令人厌恶的传说手册》(1986）。显然，史密斯并没有打算为这一类型建立新的术语，因为他在这些书的序言和他后来关于都市传说的大部分著作中都使用了“当代传说”这个标签。在这些书中，故事“令人厌恶的”一面在章节的大标题中体现出来：尴尬、污染、死亡、报复，诸如此类。然而，另一位英国作家克里斯蒂·戴维斯（Christie Davies）把术语“令人厌恶的传说”应用到一项病态幽默的研究中，这些幽默涉及令人恶心的食品和现代科技中的灾难。

参考文献 Christie Davies, “‘Nasty’ Legends, ‘Sick’ Humour, and Ethnic Jokes about Stupidity,” in Bennett and Smith, *A Nest of Vipers* (1990), 49–68.

N4. “全国帮派周” “National Gang Week”

一个2009年开始在网上流传的虚假警告声称，全国各地的帮派通过在路边放一个婴儿汽车安全座椅来引诱汽车司机停车，这个婴儿座椅可能溅有一些看起来像血的东西。任何一位停车的司机都会受到攻击（强奸、抢劫、杀害、被留下等死等）。有时这些警告被说成是特定的执法部门发布的，然而所有这些部门都否认知道这样一个计划。到了2010年，安全座椅警告延展到关于通过扔鸡蛋来攻击汽车司机的警告。这是2010年10月澳大利亚出现的一个警告版本。澳大利亚或新西兰地区的“0-0-0”相当于美国的紧急号码9-11。当然，所有字母大写和多个感叹号的使用，再加上转发电子邮件的请求，都是虚假警告的典型特征。与帮派的关联使它与其他警告如“别闪灯”联系在一起。

值得传下去！

现在正在发生！

悲痛，特别是如果你想“帮助”别人的话……

周四早上，当我驾车行至乡间车道的尽头时，我看见路边有一个婴儿汽车安全座椅，上面盖着一条毯子。不管出于什么原因，我没有停车，尽管我脑海里有各种各样的想法。但是当我到达目的地时，我报了警，警方将前往那里进行调查。但是，这甚至是警方在出门调查之前就建议的……

“有几件事情需要注意……帮派和盗贼正在密谋用不同的方式，让一个人（大部分是女性）停车并从车上下来。

据当地警方报告，这是一个帮派的入会仪式，他们会在路边放一个汽车安全座椅……里面有一个假婴儿……当然，他们在等一个女人停下车来查看这个被遗弃的婴儿。

注意，这个汽车安全座椅的位置通常在一片树木繁茂或长满草的（田野）区域旁边，而这个人——女人——会被拖到树林里殴打和强奸，通常会被留在那里直到死亡。如果是个男人，通常会被殴打和抢劫，可能也会死亡。”

不要因为任何原因而停车！

拨打0-0-0报告你所看到的一切，但是不要减速。

“如果你在晚上开车，有鸡蛋砸在你的窗户上，不要停下来检查汽车，不要操作雨刷，也不要喷水。因为鸡蛋与水混合之后会变成乳白色，并会遮挡92.5%的视野，然后你就会被迫停在路边，成为这些罪行的受害者。

这是帮派使用的一个新手段，所以请告知你的亲朋好友。

那是绝望的时刻，他们一个个令人厌恶，他们会采取孤注一掷的手段来攫取自己想要的东西。”

所以请将这些告诉你爱的人。这是一种新的战术。请注意安全。

从现在**开始——把这条信息发给你所有的朋友和关爱的人，让他们对身边发生的所有事情都小心谨慎，以免成为受害者。**

使用一个让人们误以为处在困境中的婴儿来引诱女人，这类似于虚假警告“求救的哭声”的开头，在这个警告中，一个录制了婴儿哭泣声的录音机被放在了女人的家门外。将婴儿作为诱饵的主题可以追溯到更早的口口相传的都市传说中。1994年，迈克尔·威尔逊从北爱尔兰德里郡的一位14岁孩子那里搜集到了下面的故事，其中一个婴儿-诱饵主题涉及路边的盒子，引出了“后座杀手”传说的一个版本：

有个女人开车从高速公路上驶向贝尔法斯特，她看见路边有个盒子，以为里面是个婴儿。

于是她靠边停下，发现里面不是婴儿，而是一个像塑料娃娃的东西。于是她回到车里，继续开车。

离家还有半小时路程的时候，突然，另一辆车开始撞击她的车后部，推着她向前走，一路上都是如此，直到她回到家。她迅速冲出（她的车）并跑到爸爸身边，她爸爸带着棒球棍出来，问另一辆车上的男人为什么要这么做，还差点就要打他了。

接着他（另一辆车的司机）只是大叫道："看你的车，看你的车。你车里的后座上有个男人。"

他们（即其他司机）只是假装在撞她的汽车，而撞她的车是因为她身后出现了一个男人，这个男人企图掐住她的脖子杀了她。

婴儿-诱饵母题也出现在丹麦，可能还有欧洲的其他地方，也可能会更远。在这里的译文中，它作为"断指"的一个版本的开头而出现，被寄给了丹麦的都市传说搜集者，这些搜集者曾请读者和听众关注刊登的故事征集消息，向其提供他们听说过的故事版本：

（这个故事）说的是奥胡斯的一位年轻护士。那是一个冬天的夜晚，她在医院上完夜班之后，开车行驶在回家的路上。她很疲惫，于是开车直穿马萨里斯堡森林。当她走到一半时，她看见躺在路中间的一捆东西。她停下车，打开车门，下了车。在她绕过车门之前，她突然有一种强烈的感觉，即她不是一个人。仿佛是条件反射，她惶恐万分地冲回车里，砰的一声关上车门并加速行驶，以创纪录的短时间驶离了那片森林。在剩下的回家之路上，她开始放松下来，但是，在她把车停到车库里时，她仍然觉得有些奇怪。当她打开车里的灯时，发现自己的衣服上有血迹。她转过头看向左边的车门后尖叫起来，门上夹着一根血淋淋的手指！！！很久之后，她在一次研讨会上遇见一位同事，同事告诉她，事情发生的同一时间，她正在急救室里工作，他们给一位断了一根手指的男人做了治疗。

另参见 "求救的哭声"；"别闪灯！"

参考文献 Wilson, *Performance and Practice*, text #47; Timothy R. Tangherlini, "From Trolls to Turks: Continuity and Change in Danish Legend Tradition," *Scandinavian Studies* 67 (1995), 32–65, story on 53.

N5. 美洲原住民的当代传说
Native American Contemporary Legends

有相关研究文献表明，当代美洲原住民和英裔美国人传说之间存在着少量借用，这一点已经在两个版本的“男友之死”中被证明。在新罕布什尔州流传的受欢迎的都市传说“男友之死”的一个异文中，据说令人心神不安的地点是青少年公园，这片土地上的最后一位白人在这里被印第安人杀害。在亚利桑那州的一个纳瓦霍小孩讲述的同一个基本传说的一个版本中，据说闹鬼之地的凶残物种是一个“毛茸茸的家伙”，或是兽化人（skinwalker），它是本土传统传说中的一个角色。（当然，大部分“男友之死”的故事都没有提到印第安人，也没有受到印第安人的影响。）

一个持续存在的恐怖故事可能有一些事实根据，那就是定居在新大陆的欧洲人为了削减印第安人的人口数量，给他们提供附着了天花病毒的毯子。这样的说法涉及墨西哥和巴西以及北美的殖民问题。正如阿德里安娜·梅厄（Adrienne Mayor）所说的那样，通常这一说法仅仅是一个“简要的信仰宣言”，即只是一个宣称是真实的简单陈述，例如，“在过去，把附着了天花病毒的毯子送给部落，企图消灭他们”。梅厄认为，这个故事具有当代传说的功能，“因为时间和地点是可变的细节，它涉及与公认价值观背道而驰的令人震惊的事件，它因信者和不信者的传播而长期存在，相关阐释存在争议，通常每一次复述都需要道德判断”。

北亚利桑那大学的基思和凯瑟琳·坎宁安（Kathryn Cunningham）从当代纳瓦霍人、霍皮人（Hopi）和祖尼人（Zuni）的故事讲述者那里搜集到了大量传说，这些传说似乎呈现了现代英裔或西班牙裔传说传统带来的相似影响，或者至少其文本反映了一些来自现代都市世界的其他群体的文化借鉴。一个典型的主题——例如，危险的陌生人在一次印第安舞会上接近一个女人——让人想起了“舞厅中的魔鬼”这个故事。

坎宁安夫妇对居住在新墨西哥州拉马旧摩门教社区的纳瓦霍人所知道的英美都市传说进行了调查，他们发现最常被认出来的都市传说是

N

“消失的搭车客”，而且也最有可能在那里被讲述。但是，这些版本常常也会融入印第安舞会主题，而且，在人物消失之后，据说有时会留下郊狼的踪迹。佩吉·奥尔福德（Peggy E. Alford）对反向借用进行了研究，发现英美复述的兽化人故事通常将行动安排“在路上”（就像搭车客的故事），而不是以更为传统的纳瓦霍人的泥巴木屋为背景。

这几项已发表的研究表明，其他地区的其他美洲原住民群体也应该被调查，因为他们有可能会影响当代英美（或其他）传说，也有可能会从中借鉴。

1995年，一位在洛杉矶长大的男子以当代传说的形式讲述了下面这个故事，这个故事中的美洲原住民是个骗子，他戏耍了讲求科学的现代英裔居民：

> 大约在1966年，美国宇航局的一个团队为阿波罗登月任务奔波，他们带着一小队宇航员来到亚利桑那州蒂巴城附近的沙漠，在那里，纳瓦霍人保留地的地形看起来很像月球表面。与所有卡车和其他大型机器在一起的，是两位穿着全套月球宇航服的技术人员。
>
> 在附近，一位纳瓦霍牧羊人和他的儿子正看着这些奇怪的、走来走去的生物——还有人时不时地照顾他们。这位纳瓦霍先生不会说英语，所以他让儿子去帮他问这些奇怪的生物是什么。宇航局的工作人员告诉他们，这些是准备登月的人。纳瓦霍牧羊人询问说，他是否可以通过宇航员向月球发送一条信息。
>
> 宇航局的工作人员意识到这是一个做宣传的好机会，于是他们搞到一台磁带录音机。在这个男人录完音之后，他们让他儿子翻译，但小男孩拒绝了。
>
> 后来，美国宇航局的工作人员让印第安保留地的其他人翻译这条信息，但他们问的所有人都在听了磁带之后咯咯笑，并拒绝翻译。于是宇航局的人放聪明了，他们在最后一次求人翻译的过程中带来了大量现金。有了丰厚的奖赏，保留地的一位居民听了那段录

音，然后向神情紧张的宇航局工作人员复述道："小心这群人，他们来占领土地了。"

参考文献 Peggy E. Alford, "Anglo-American Perceptions of Navajo Skinwalker Legends," *Contemporary Legend* 2 (1992), 119–136; Margaret K. Brady, *"Some Kind of Power" : Navajo Children's Skinwalker Narratives* (Salt Lake City: University of Utah Press, 1984); Keith Cunningham, "It Was the (Untranslatable)" : Native American Contemporary Legends in Cross-Cultural Perspective," *Folklore* 102 (1991), 89–96; Keith Cunningham and Kathryn Cunningham, "The Appearing Hitchhiker: Narrative Acculturation among the Ramah Navaho," in Bennett and Smith, *The Questing Beast* (1989), 213–230; *Too Good*, 103–104 ("The Boyfriend's Death"); Adrienne Mayor, "The Nessus Shirt in the New World: Smallpox Blankets in History and Legend," *Journal of American Folklore* 108 (1995), 54–77.

N6. "圣诞剧"
"The Nativity Play"

孩子们在教堂的圣诞庆典上表演耶稣诞生，说出了一些不宜说出的台词，有时甚至是亵渎的话语。这些不幸的失误通常涉及客栈老板和疲惫的旅行者的角色。在一个英国的版本中，扮演客栈老板的孩子，不满于被迫同扮演约瑟的孩子互换角色，因此他宣称自己的客栈里有给玛利亚住的地方，而"约瑟可以滚蛋"。

另参见 "童言无忌"
参考文献 Bennett and Smith, *Urban Legends*, 26–27.

N7. 扎针传说
Needle-Attack Legends

从1998年末开始，网上流传的许多警告都在提醒人们，要提防在公共场合遗留的注射针头，它们已经使无辜的人群受到了感染。下述内容是这些虚假警告的一个典型版本，在我收到它之前，它已经在1998年11月被转载了无数次：

我的一位很好的朋友正在上EMT（急救医疗医生）认证课程。

这里有一些每个人都应该关注的新情况。

吸毒者把他们使用过的针头放进公共电话亭的退币槽中。人们将手伸进退币槽中拿硬币，或仅仅是检查是否还有零钱留在里面时，就会被这些针头扎中，从而感染上肝炎、艾滋病和其他疾病。发出这条信息是为了让每个人都意识到这一危险。醒醒吧！为了零钱不值得付出这样的代价！

附言——这一信息直接来自电话公司员工，由EMT教员提供。这**不是**道听途说的都市传说。

警告中的标点符号和随意的大写、朋友的朋友的来源、匿名的第一人称口吻、提到的所谓权威证据，以及完全缺乏实质性的证明文件，都表明了这是一个其准确性令人高度怀疑的都市传说。具有讽刺意味的是，这个文本以一个否定声明结束，声称它“**不是**道听途说的都市传说”，但事实上，它确实*是*。

至少在1999年的前半年里，扎针警告的各种异文一直在网上流传，其中提到了汽水售卖机的退币槽里，或剧院座位上的附着了病毒的针头扎中了受害人。2000年春天，互联网上出现了另一个版本，它警告说受污染的针头被贴在了“油泵把手底部”。在所有版本中，据说有时注射针筒上贴着一张便条，上面写着“现在你也得了艾滋病”，这是一个能让人想起“艾滋病玛丽”传说的细节。其他故事则讲述了一个在夜总会里和女人跳舞的陌生人用针头刺了她们，并递给她们一张有着同样可怕信息的卡片。还有其他描述声称，公共电话的键盘有时会涂有“致幻剂和士的宁的混合物”。有时这些虚假警告中描述的各种攻击据说与帮派有关，它通常是入会仪式的一部分。尽管一些警告声称疾病控制和预防中心（CDC）已经证实了这些故事，但接受记者采访的疾病控制和预防中心的发言人给这些故事贴上了骗局的标签。

2004年，一封在国际上流传的电子邮件开头是：

请浏览下面的邮件——你会和我一样震惊，它反映了人类可以堕落到何种程度。这事发生在巴黎。几个星期以前，在一个电影院里，有人在一个椅子上坐到了什么扎人的东西。当她站起身来看那是什么时，发现了从椅子里伸出来的针头，上面还贴着一张便条，写着“你刚刚感染了艾滋病病毒”。

该警告还说“疾病控制中心（巴黎）”发布了这一警告，在巴黎的自动取款机和“德里的普里亚影院”里发现了其他附着病毒的针头。在敦促读者转发这条信息之后，这位可能以英语为母语的、撰写这一警告的人在结尾处写道：“巴黎事件的相关信息已经由伊西莱穆利诺市政警察发送至法国各个部门，这些部门把这则消息发送给了它的（原文如此）各个城市。”

这些现代扎针传说并不完全是新的。其中一些警告出现在20世纪80年代中期，而利用注射器给年轻女人注射镇静剂，则是20世纪20、30年代“卖良为娼”民间传说的一个标准母题。其他流传多年的谣言和故事，描述了在大城市的街道上随机的、直接针对女子的针头和帽针袭击。

戴安·戈尔茨坦在她对艾滋民俗的详细研究中指出，毒箭、荆棘、纺锤、针头和别针在古老的民间故事传统中十分常见（睡美人的故事就是一个例子）。戈尔茨坦将最新的扎针故事解读为“一个伪装的、针对医疗权威的批判”，它隐含着这样的观点，即“如果真正的危险隐藏在电影院、公交车或公用电话中，那么卧室里的安全套对我来说也就没什么意义了”。

另参见 “艾滋病玛丽”；“蓝星迷幻药”；“避孕套上的针孔”；卖良为娼传说

参考文献 Bennett and Smith, *Urban Legends*, 112–114; *Be Afraid,* 243–245; Goldstein, *Once Upon a Virus*, 139–156; Timothy Corrigan Correll, "'You Know about Needle Boy, Right?': Variation in Rumors and Legends about Attacks with HIV-Infected Needles," *Western Folklore* 67 (2008), 59–100.

N

N8. “内曼·马库斯曲奇” “Neiman Marcus Cookies”

它是扎根于20世纪40年代（或许甚至是30年代）的、美国最具代表性的高价配方故事，在20世纪60年代变成了“红丝绒蛋糕”都市传说，接着，在20世纪80年代初期变成“菲尔斯太太曲奇配方”。到1989年，这个传说再次发生变化，这一次是内曼·马库斯公司，它主要在互联网上流传。

典型的故事（包含了配方）是以第一人称描述了一位女士和她的女儿是如何在达拉斯的内曼·马库斯旗舰店的咖啡店里享用午餐的。她们点了巧克力屑曲奇作为甜点，服务员告诉她们，这道甜点的配方“只需要2-50”。当她在信用卡的月度账单上发现那是250美元而不是2.50美元时，这位女子向这家公司索要退款。在遭到拒绝后，她发誓要把这个配方免费发给尽可能多的人，电子邮件是她散布这个配方的主要方式。配方本身几乎和流传了多年的菲尔斯太太故事版本中的配方一样，商业目标或许从菲尔斯太太公司转向了马歇尔广场商店（芝加哥的一家商店），接着又转向了内曼·马库斯公司。

这个公司在它的网站（neimanmarcus.com）上语气温和地否认了这个故事，而且还提供了免费的曲奇配方。公司还将这个故事与其他都市传说进行了恰当的比照：“就像微波炉中的贵宾犬故事，某些都市传说具有真正持久的生命力。其中一个困扰我们多年的故事是一位女士要求我们提供曲奇配方。”在这个帖子的另一个版本中，这家公司提到了“红丝绒蛋糕”和纽约的华尔道夫酒店。

2006年11月21日出版的《美味》（*Saveur*）杂志（第97期）刊登了另一篇揭穿这个故事的文章，还附有配方的复印件，并建议读者“把它发给你所有的朋友和家人”。更简单的方式是，在《美味》杂志的简明网站上搜索它，并以电子方式转发该链接。我的美食家朋友通过邮局平信发给我一个复制版本，并评论说：“哎呀！天哪！这简直是没完没了。”显然是的。

另参见 “菲尔斯太太曲奇配方”；“红丝绒蛋糕”

参考文献 *Curses!*, 225–226; Barbara Whitaker, “The $250 Cookie Recipe Exposed,” *New York Times* (July 2, 1997).

N9. 尼德兰 The Netherlands

参见 荷兰

N10. “新身份” “The New Identity”

参见 联邦调查局的故事

N11. 新西兰 New Zealand

在新西兰，只有少数几名新西兰记者、一位美国民俗学学者游客和一位受过训练的新西兰民俗学家莫伊拉·史密斯（Moira Smith）报道过新西兰的都市传说，史密斯在惠灵顿的维多利亚大学读书时就开始对民俗学感兴趣。史密斯在印第安纳大学完成的民俗学博士学位论文，她研究了新西兰学生的“盖顶”（capping，指毕业）绝技，发掘了许多口头和出版物中描述的离谱行为，指出它们只是以几种异文流传的传说而已。史密斯翻阅了陈旧的学生报纸，以寻找有关绝技的描述，同时，她还发现了1938年的一篇文章，描述了在惠灵顿的“卖良为娼”恐慌，这显然是“诱拐未遂”框架内的一个传说。1988年我在新西兰待过几个月，尽管在此期间史密斯支持并帮助了我，但她后来也搬到了美国，现在是印第安纳大学的职员。

实际上，在我前往新西兰之前，收到的读者来信已经向我报告了新西兰的都市传说。例如，有两个人把“曲奇的包装”故事的当地异文版本寄给了我：一位老妇人误以为朋克摇滚歌手吃了她的莫罗糖棒（Moro，一种新西兰品牌的巧克力棒）。其他读者向我报告了“送百叶窗的男人”和“理发师的误判”，这些传说连同我在新西兰旅行时了解到的其他谣言和故事都已经适当地收录到了我出版的都市传说集中。

一个在新西兰本土化之后极具特色的著名传说是“佩托尼的碎石机”（The Petone Shingle-Crusher），这是“最后一吻”传说的一个异文。在这个版本中，据说一名在惠灵顿附近的小镇上工作的工人被卡在了将大石头粉碎成沙砾的机器的齿轮里；在他的身体从机器里出来之前，他还活着，时间刚好允许他的妻子来给他最后一吻。另一个有趣的本土化故事讲的是矗立在达尼丁市主广场（实际上是八角形）的罗伯特·彭斯的雕像，正像世界各地的许多雕像一样（包括在盐湖城的杨百翰的雕像），这一座雕像被描述成面朝着一个金融机构、背对着一座教堂。

新西兰版本的“奶奶的洗衣日”也完全本土化了。它被张贴在南岛箭镇湖区百年纪念博物馆的一次展览中，同时还有复印件出售。根据博物馆指南，这些以古老方式洗衣服的迷人规则最早来源于这片区域的一位真实存在过的先人，但这正是美国各地的人们所声称的，当然，差不多相同的规则中还有各种细微的差异。

1988年的“超级英雄的狂欢作乐”一例，很好地证明了国际都市传说无论在什么地方都能以最快的速度到达新西兰。当一位奥克兰记者向读者征询关于到处流传的新故事的状况时，有人提供了这个流行传说的超级英雄版本，其他版本也在口头传统和八卦专栏中浮出水面。第二年，发表在《企鹅图书之当代新西兰短篇故事》（*The Penguin Book of Contemporary New Zealand Short Stories*）中的一个故事包含了该传说的蜘蛛侠版本。

从1990年10月到1991年3月，奥克兰发行的基督教报纸《挑战周刊》（*Challenge Weekly*）上刊登了一系列文章，文章发出疑问：“在新西兰四处搭便车的天使搭车客，是要向新西兰基督教传递来自天堂的消息吗？”报道的谣言和故事显然与“消失的搭车客”主题有关，这一系列文章的作者布赖恩·芬恩（Brian Finn）得出结论，即古老的都市传说正在他们的国家重新流传。这个传说的新西兰版本将故事背景置于特定的高速公路上，据说由消失的搭车客带来的消息是耶稣即将回来的权威承诺。

显然，新西兰的都市传说值得进一步搜集和研究。也许有一天，我会被三重诱惑说服而重回新西兰，那就是世界上最好的鳟鱼渔业、在“夏天”滑雪，以及位列最后但同等重要的尚待挖掘的都市传说宝藏。

另参见 “草坪命令”；“章鱼卵致游泳者怀孕”；恶作剧；“后窗劫车计谋”

参考文献 *Baby Train*, 38 (“Superhero Hijinks”), 45–46 (“Hairdresser’s Error”); *Curses!*, 24–25 (Brunvand in NZ), 70–72 (“The Petone Shingle Crusher”), 206–207 (“White Slavery in Wellington”), 213–215 (“Blind Man”), 243–246 (“Grandma’s Washday”), 258 (“Burns’ Statue in Dunedin”), 301–304 (student pranks); *Mexican Pet*, 138–140 (“Package of Cookies”).

N12. 挪威
Norway

挪威卑尔根大学民俗学与民族学学院的雷蒙德·克韦德兰德教授，较早地重点关注到了挪威的都市传说。1973年，他在挪威的《传统》（*Tradisjon*）期刊上发表了关于新闻中的当代谣言和传说的文章（Det stod i avisa! Når vandrehistorier blir avismeldingar，第3期，第1—12页；译作《在报纸上！当都市传说变成新闻报道》)，克韦德兰德的例子包括水泥汽车与被弄丢的奶奶等传说。克韦德兰德和挪威的其他民俗学学者一直都在搜集，而且偶尔还会发表有关当代传说的文章，但是到目前为止，还没有一本著作问世。

当然，挪威研究民间传说的悠久传统可以追溯至19世纪初期，当时还编纂了经典童话故事集，因而传统传说基本都受到了较高的重视。方便的是，这个领域中的重要著作——克里斯蒂安森（Christiansen）的基于挪威版本的都市传说索引——用英语发表了。

为了方便那些不懂挪威语的人（实际上，对于说英语或德语的人来说，这并不是一门很难的语言）阅读，克韦德兰德和华盛顿大学的挪威裔美国学者亨宁·塞姆斯多夫两人在其合著的《斯堪的纳维亚民间信仰与传说》一书中，收录了一小部分斯堪的纳维亚经典都市传说的英文译文，包含了20个故事，其中11个来自挪威。

这些样本故事被分成四组，代表了斯堪的纳维亚都市民俗的四种主题：局外人与陌生人、超自然、恐怖和反故事（antitales），以及通奸和盗窃。挪威的故事文本包括“蛛噬”“消失的搭车客”的异文，以及一个关于死者的灵魂出现在现代照片上的故事。顺便提一下，“反故事”（或“反传说”）指的是通常由儿童讲述的幽默的模仿型恐怖故事，美国民俗学家约翰·弗拉赫在1971年的《印第安纳民俗》（第4期，第95—140页）上发表的一篇文章中确认了这一类型。但是，通常反传说并不被认为属于都市传说的类型，它更像笑话而不是传说。

总之，我们必须同意克韦德兰德和塞姆斯多夫的判断，这段话发表在他们文集的序言中（第36—37页），即流传在斯堪的纳维亚国家的许多都市传说，似乎来源于美国。不过不管它们来源于哪里，正如编者一再坚持的，这些故事“通常表达了对当代生活的不安和沮丧，从微不足道的顾虑到更为基本的社会问题”。编者将传统的斯堪的纳维亚流行传说与最近的都市故事进行比较，得出结论：“当代传说中反映出来的整体文化，完全不同于古老传说传统中描绘的祥和的农村世界。”

一个可能起源于斯堪的纳维亚并向外传播的现代传说的例子是“婴儿一个人留在家中”，尽管在英国和美国讲述的版本通常将背景置于瑞典或挪威。它讲述了婴儿被固定在高脚椅上，等待保姆的到来，而父母则去了国外旅游的恐怖故事。保姆在前来的路上出了车祸，婴儿被独自困在椅子上饿死了。这个恐怖传说最早在20世纪70年代初期，以印刷品的形式出现在挪威，在1978年，它成为发表在一本挪威杂志上的连载小说的一部分。

1975年，挪威的一本杂志发表了“二次被偷”的一个版本，它也被收录在克韦德兰德和塞姆斯多夫的集子中，很好地说明了一个国际都市传说在挪威的本土化。挪威人称这个故事为（从译文中意译而来）“免费的票”（Free Tickets）：

一天晚上，在奥斯陆市市郊的一个上流社区，一对富有的夫妇从窗户向外望去，发现他们停在房子前面的车不见了。他们通知了警方，并咒骂道：“这个卑鄙可耻的乡下贼。”

警方没能找到那辆车，但是第二天早上，这对夫妇惊奇地发现，车子被人还回来了。奇怪的是，小偷把车停在原处，方向盘上贴着一张便条：“我们非常抱歉偷了你们的车。你们能原谅我们吗？我们给油箱加满了油，并附上两张今晚黑猫剧院的演出门票。请你们收下吧！这样的话，我们就知道你们不再生气了。”

汽车的主人现在感觉好多了，他们想着“毕竟这个郊区还是有一些善良诚实的人的”。那天晚上，他们拿着这两张门票去奥斯陆的一个流行音乐厅黑猫剧院观看节目。

当这对夫妇回到家时，他们发现家里所有的贵重物品都被偷走了。最终他们才明白过来：汽车盗贼把免费门票当作诱饵，以引诱他们出门，这样的话，他们就可以到家里行窃了。

另参见 “婴儿一个人留在家中”；“吃票”；“遗失的残骸”；“地狱之井”

参考文献 *Baby Train*, 196–197; Reidar Th. Christiansen, *The Migratory Legends: A Proposed List of Types with a Systematic Catalogue of the Norwegian Variants,* Folklore Fellows Communications No. 175 (Helsinki, 1958); Reimund Kvideland and Henning K. Sehmsdorf, eds., *Scandinavian Folk Belief and Legend* (Minneapolis: University of Minnesota Press, 1988), 375–392 (“Urban Folklore Today”); *Too Good*, 222–223.

N13. “不是我的狗”
“Not My Dog”

这个故事被反复讲述和刊登出版，发生在不同的时间和地点，通常以第一人称叙述经历。当然，它有可能发生——甚至不止一次——但是不同细节的多种复述表明，这个故事有它自己的生命力，至少，有一半是传说。下面这个版本收录在埃德·里吉斯（Ed Regis）1987年出版的《谁得到了爱因斯坦的实验室？》（*Who Got Einstein's Office?*）一书中，朱利安·比奇洛（Julian Bigelow）回忆了1946年他在普林斯顿高等研究院会见计算机先驱约翰尼·冯·诺依曼（Johnny von Neumann）时的经历：

> "冯·诺依曼住在普林斯顿韦斯科特路的一间典雅的小屋里"，比奇洛说，"当我停下车走进去时，有一只很大的大丹狗正在门前的草坪上蹦蹦跳跳。我敲了敲门，冯·诺依曼——一位个子不高、安静、谦逊的男人开了门，他向我鞠躬并说着'比奇洛，请进'等诸如此类的话。这只狗从我们的膝盖间钻了过去，走进了客厅。接着它躺在我们面前的地毯上，我们开始了全方位的面谈——我是否愿意来、我了解什么、工作会是什么样子的——谈了大约四十分钟，大丹狗一直在屋里到处晃悠。谈话即将结束时，冯·诺依曼问我，我是否常常带着狗到处跑。当然，它不是我的狗，也不是他的狗，但冯·诺依曼——一个圆通得体的、典型的中欧人——善意地避免提到这个话题，一直到谈话结束时。"（第110页）

在出版物中，关于"不是我的狗"的描述最早出现在露西·莫德·蒙哥马利1924年出版的儿童读物《埃米莉的诗样年华》中，其中的狗是一只白色的松狮，引人发笑的妙语是"不是你的狗？那是谁的狗？"。1970年来自佛罗里达州的一个报道说这只狗是一只小猎犬，而妙语是"我的狗？不是**你的**狗吗？"。有人记得大约从1975年起就已经存在的加利福尼亚州版本声称这只狗"很大"，主人公的反应是"那不是我的狗！"。一个发表于1985年的英国版本说那只狗"很大很友好"，而主人则问："你不打算带着你的狗一起走吗？"接着，在另一个发表于1990年的加利福尼亚州版本中，这只狗"大、老、脏"，并刺激了人们的反应："我的狗？你的意思是，它不是**你的**狗？"另一个来自犹他州的相关描述发表在1991年的报纸上，背景是过去的某个不确定的时间，这只狗是“一只巨大的黑色拉布拉多”，而主人尖叫道：“我的狗？我的狗？我亲爱的小姐，我以为这个怪物是你的。”

也许这个故事还有其他版本，其中一些可能是真的。如果是这样的话，与其说它是一个传说，还不如说它是一个个人经历的故事——另一种形式的现代民间传说。

参考文献 *Curses!*, 146–148; *Too Good*, 55–57.

N14. “裸体单身汉” “The Nude Bachelor”

当晨报被投递到一位单身汉的家或公寓的门前时，他刚从浴室里走出来。他身上只裹着一条毛巾或更少的东西，小心翼翼地把手伸出去拿报纸，但是门把手从他手中滑出，他被关在了门外。这个男人赤身裸体，没带钥匙，而且通常只能用报纸来遮挡自己。在其他版本中，这个赤裸的男人可能和他的女朋友住在一起，或者是走出公寓去信件投递口投信，或者是把垃圾丢进垃圾斜槽里。在一些版本中，当这位男子被锁在自家门外时，他可能会试图通过窗户进屋，有时是通过攀爬附近的树；邻居们看到这个偷偷摸摸、四下张望的裸男，就报了警。

从1960年开始，欧洲就已经出现了有关“裸体单身汉”的记录，尤其是东欧，而且它还成为东欧文学和电影的一部分。在接下来的十年里，这个故事在美国逐渐本土化并变得广为人知，1987年的“加菲猫”动画片也呈现了这个故事。

有几个人报告了类似的个人经历。例如，约翰·肯尼思·加尔布雷思（John Kenneth Galbraith）在他1969年出版的《大使日记》（*Ambassador's Journal*）中描述了一次非常相似的个人经历，他说这件事发生在1960年的一家旅馆里。幸运的是，加尔布雷思的一位朋友正在房间外面等电梯，朋友把外套借给了他，让他在门外等旅馆工作人员带钥匙来时穿。

2010年9月，一封来自俄亥俄州中北部某小镇的电子邮件，报告了一名女性的类似个人经历。它以第一人称进行讲述，这使传说版本看似可信：

> 实际上，现实可以反映传说。这件事发生在大约四年前，我可以证明它的真实性。
>
> 我大姑养了几只猫和一只小狗。一天早晨，她走到屋后去喂猫，并把身后的推拉门关上了，以免小狗跑出来。不知怎么的，门锁上了，她没法回屋。她并不是赤裸着的，但她只穿了一件薄薄的睡衣。
>
> 我不得不赞赏她解决这个问题的办法。我妻子有一把她家的钥匙，而且我们住在仅仅半英里外。我大姑有一个独立的车库，车库门没锁。那天早上很冷，于是她穿上了丈夫放在车库里的工作靴，接着她骑着割草机来到我们家，取她的备用钥匙。
>
> 当时我在家里，我正纳闷见鬼了，谁会在早上六点半割草。于是我走到前门，看见了大姑，她的割草机正停在我们的车道上。

参考文献 *Too Good*, 147–149; *Vanishing Hitchhiker*, 138; Bennett and Smith, *Urban Legends*, 186–187.

N15. “裸体主妇”
“The Nude Housewife”

通常，人们在讲述“裸体主妇”时，主要是把它当作一个笑话而不是一个传说，它一般以妙语结束。至少从20世纪60年代开始，这个故事就频繁地出现在流行书籍和杂志中，并在安·兰德斯的建议专栏中出现过几次——被当作事实来呈现。以下是1961年3月发表在《读者文摘》上的版本：

> 一位朋友正在地下室里洗衣服，她一时冲动，脱下了身上的衣

服并将它们放进了洗衣桶。接着，她看到一张大蜘蛛网。她不想让头发沾上灰尘或蜘蛛网，于是戴上了一个离她最近的头饰，那是她儿子的橄榄球头盔，然后用扫把去清理蜘蛛网。就在这时，她听见了敲门声。她别无选择地穿上了一件挂在旁边的旧貉皮大衣，然后打开门。

门外的燃气抄表员瞥了她一眼，然后去查燃气表。当他离开的时候，他说："希望你的球队能赢，女士！"

貉皮大衣是"裸体主妇"中一个不同寻常的细节，它可能是由《读者文摘》或故事发送者添加的适度的修饰。这个细节有利于掩盖她的裸体，但故事仍然保留了尴尬的状况。

故事的一些版本提到了洗衣房里漏水的管道，而管道工恰好在这位女士脱掉衣服时前来修理。所有人都知道，一个人在等服务人员上门等了很久之后，这样的事是**有可能**发生的，也就是说，就在屋子的主人放弃等待并做出愚蠢的事情时，他们终于出现了。

另参见 "正在等送冰人"

参考文献 *Curses!*, 15; *Too Good*, 376–377; *Vanishing Hitchhiker*, 139–140; Bennett and Smith, *Urban Legends*, 187–189.

N16. "旅居车上的裸体"
"The Nude in the RV"

天气炎热，丈夫或妻子正坐在家庭野营车、房车或家用拖车的后面，此时他们的另一半正在驾驶或拖曳着这辆车，他或她在躺下休息之前，已经脱掉了全部或大部分的衣服。一些意想不到的道路危险导致驾驶员突然停车，而裸体或近乎裸体的另一半不假思索地走到路边一探究竟。司机继续前进，留下赤裸的另一半陷于窘境。有时这个赤裸的旅居车"孤儿"——一个男人——设法抢在妻子回家之前先到了家，尽管他只穿着一条四角内裤，但他认为自己看起来像是穿着一条还过得去的泳裤，于是这个男人开始给草坪浇水，因为草坪在他们度假期间已经干枯了。就在这时，妻子开着旅居车到家了，看到丈夫只穿着内裤站在那里，她大惊失色并驾车径直朝大门紧闭的车库冲了过去。

这个故事可能来自关于同一主题的、名为“分流的卧铺车”的旧铁路传说，尽管也有许多得到证实的人们在汽车或野营旅行中被落下的事件。

在英国、德国和澳大利亚，“旅居车上的裸体”传说更加多样化，而且经常被纳入出版、拍摄和录音之中，在这些国家，妻子被落下更为典型。在一本名为《人民之书：一个无足轻重的读者》（*Leutebuch: Ein leichtes Lesebuch*，英文版由哈考特·布雷斯出版社于1977年出版）的语言课程读物中，有一个该传说的德国版本。在这本书中，该故事的标题为“**高速公路上的幽灵**”（Das Gespenst an der Autobahn），讲的是有人报警称在路边发现了幽灵，其实这个幽灵就是穿着睡衣的妻子。当警察前去察看时，他们发现一位丹麦女子在和丈夫结束意大利野营旅行的回家之路上被意外地落下了。当警察追上司机，检查了野营车的内部后，他们告诉司机，里面没有人，他可以开车走了。“噢，我的天呐，”丹麦人心想，“现在我该怎么办？”

1983年，一个英国人发给我一个类似的版本，他是从伯明翰一所学校的一位教员同事那里听说的，那位同事给人留下的印象是，故事中的丈夫是他认识的人的朋友。这里的语言很好地体现了英国人的说话方式：

> 一些人从伯明翰去西部乡村度假。他们有一辆汽车和一辆旅行拖车，为了避免白天道路拥堵，他们连夜开车。妻子感到非常疲惫，于是丈夫把车停下来，让她到拖车里脱掉衣服，然后上床睡觉，尽管人们不太可能会和谁一起坐在拖车里旅行。
>
> 一切都很顺利，但一两个小时之后，丈夫不得不在某地停车，穿过树篱去解手。妻子被停车弄醒了，当她意识到丈夫去干什么的时候，她决定自己花一便士去公共厕所解手。虽然她只穿着一件透

明的超短睡衣，但是那时是深夜，而且附近渺无人烟。

丈夫并不知道妻子离开了拖车，他回到车里驾车离去，没有听到她的呼喊。她无计可施，只能沿着路旁的草坪向前走。每当听到有车经过时，她就冲进树篱里，以免被别人看见。

她来到一个电话亭（晚上亮着灯），把电话打给了警局，然后藏在树篱里直到警车来。接着，她不得不露面。他们给了她一件外套，让她穿上，然后出发去追她的丈夫。

他们追上了他并示意他停车，此时妻子还在警车的后面。他们询问丈夫是否可以进车里看看，他坦然地说："没问题，我妻子在里面。"

"不，她不在，"警察说，"她在我们的警车里。"接着一切不言自明，夫妻俩十分难堪。

另参见 "被丢下的妻子"

参考文献 *Too Good*, 378–381; *Vanishing Hitchhiker*, 132–136; Bennett and Smith, *Urban Legends*, 180–182（某人被一辆"旅行拖车遗弃在路边"）.

N17. "惊喜聚会中的裸体主人"
"The Nude Surprise Party"

参见 比较的方法；"送惊喜的人大吃一惊"

N18. 裸体
Nudity

在许多都市传说中，赤身裸体是一个永恒的主题。除了前面提到的词条之外，另参见"送百叶窗的男人""猫（或狗）和裸男""出来吃饭啦！""分流的卧铺车""宿舍惊喜""超级英雄的狂欢作乐""正在等送冰人"。

N

N19. “疯子和轮胎螺母”
“The Nut and the Tire Nuts”

这个故事，与“顿悟传说”相似，作为笑话（以一句妙语结束）、脑筋急转弯（寻求解决问题的办法）或是传说（说明本土智慧如何战胜教育）被广泛讲述或发表。温斯顿·格鲁姆（Winston Groom）将其融入自己1986年的小说《阿甘正传》（*Forrest Gump*）中，其中的妙语是：“也许我是一个白痴，但是我不傻。”这里有一个1978年由民俗学家延斯·伦（Jens Lund）从伊利诺伊州开罗市的一位先生那里搜集来的逐字转录的文本，它也被收录在伦1983年在印第安纳大学的民俗学专论《作为一种民间职业的俄亥俄河谷下游的捕鱼》（*Fishing as a Folk Occupation in the Lower Ohio Valley*）中：

在我还很小的时候，我爸爸告诉我，“永远不要自以为是。不管一个人看起来多么愚蠢或疯狂”，“他放低姿态并开始给你一些建议时，你应该倾听每一种智慧，因为在漫长人生的某一刻，它会帮到你”，我发现这是真的。

正如他们所说的，我们来到了位于安娜的“精神病院”——收容所？——是的，一所州立医院。一天，有个驾驶员正在开车，汽车的一个轮胎掉了。他站在那里想下一步该怎么办。有个家伙站在医院里面隔着栅栏看着他，你知道吗？他说：“怎么了，先生？”“嗯，先生，我的轮胎掉了。这里没有螺母，我得走到城里去买螺母。”“好吧，你知道的，先生，如果是我，”那家伙说，“我会从其他轮胎上各取一个螺母下来，再把掉下来的轮胎装回去，然后开车去城里。”

那驾驶员说：“你应该在外面，而我该在里面。”那个方法果然有用。现在，你看，那个家伙应该有着丰富的知识和灵活的头脑，而他在里面可能是因为他疯了。但是他对驾驶员说的话是有帮助的。

在“疯子和轮胎螺母”的大多数现代版本中，司机在更换漏气的轮胎时不小心弄丢了轮胎螺母。最常见的妙语是“我可能疯了，但是我不傻”。

“天才”（Genius），一个类似的故事，讲的是一位某著名公司的清洁女工、门卫或其他普通工人提出了一项绝妙的创新或发明。例如，这名工人可能会建议把牙膏口弄大一些，这样的话，牙膏可以更快用完，公司从而可以卖出更多的产品。

参考文献 *Mexican Pet*, 63–64; *Too Good*, 113–115; Bennett and Smith, *Urban Legends*, 216–217, “Genius.”

01. “不得不等”
“The Obligatory Wait”

无数的大学生，甚至一些教授和管理者，都遵守着一个特别的校园规则：同学们必须在教室里长时间等待一位迟到的教师。有时，等待的时长变化不定。等待时间从5分钟到20分钟不等，这取决于授课教师的级别——助教是5分钟，正教授是20分钟。校园群体里的一部分人认为，“不得不等”的制度可能是从校规中被解读出来的，但是到目前为止还没有人找到这条特定规则的副本。

的确有一些教师，不管是对学生还是对他们自己的迟到问题都实施了一些个人策略。但严格地讲，这是一个非正式、非官方的行为。新生往往从老生那里得到小道消息，听说了“不得不等”的制度。当某个班级决定要等待一个迟到教授很长时间的话，老生就通过引用朋友的朋友，或者其他人的例子来证实这个规则的存在。

另参见 “自杀的规则”
参考文献 *Baby Train*, 296–298; *Too Good*, 426–427.

02. “章鱼卵致游泳者怀孕”
“Octopus Eggs Impregnate Swimmer”

英国的传说中有一个从生理学上来看似乎不太可能的传统母题。这个母题是B784.1.4（**女孩吞了蛙卵：一个章鱼在她体内生长，触角遍及她的全身**［Girl swallows frog spawn: an octopus grows inside her with tentacles reaching to every part of her body］）。显然，生长的应该是幼蛙或者蝌蚪，而不是章鱼。帮助消化的胃液不能直接消灭卵子吗？由这个母题衍生而来的该故事的现代版本，可能更为合理，但仍令人怀疑，它们听上去常常更像是下面这个简短的例子，它发表在1990年的一份新西兰报纸上：

许多年前一个年轻女士抱怨她的胃绞痛难忍。
做手术时，医生发现她胃里有一只小章鱼。
怎么解释呢？她在游泳的时候吞下了一颗章鱼的卵子。

“章鱼卵致游泳者怀孕”属于体内蛇的传统，与在人体内生长的各种两栖动物或者鱼类有关，故事引起了人们对意外怀孕的担忧。大卫·霍尔特和比尔·穆尼对这个故事加以润色：“漂浮在海水表层的微小章鱼卵子有成千上万颗，（她）吞入了其中的一些。有一颗卵子进入了她的胃而且孵化成功了。这颗孵化的卵子正在以自己的方式吞噬她的全身。”

另参见 “体内蛇”；母题；“游泳池里的精子”
参考文献 *Choking Doberman*, 110–111; Holt and Mooney, *The Exploding Toilet*, 90–91.

03.“老者与年轻人” “Old versus Young”

有时候这个故事被称作“富人的报复”，讲述的是在一个车满为患的停车场里，一位驾驶着小汽车或小型跑车（有时是克尔维特）的年轻人抢占了一位驾驶着昂贵汽车（通常为一辆奔驰）的有钱人（通常为一位女士）的停车位。这个年轻人将车停到了有钱的女士面前的最后一个车位上，而且，他还对她咧嘴笑道：“这是只有在你年轻敏捷的时候才能做到的事情。”那位女士冷静地倒车，开着她的奔驰数次撞向年轻人的跑车，说道：“这是你老来有钱时会干的事。”

就像在美国一样，这个故事也在欧洲流传，发生的场地位于某个特定城市或公司的停车场。举个例子，一个1985年寄给我的英文版本是这样开头的：“在托基，一位老人在旅游旺季时正费劲地把他的劳斯莱斯车倒入停车位里。”结果来自伯明翰的两名青年抢占了这个停车位，他们嘲笑老人说：“老家伙，年轻人才能在这里快速地找到停车位。”老人并不在意，开着他的劳斯莱斯向后倒车，将小伙子的小车撞到了墙边。老人从车里伸出头说：“错了，你得老了、有钱了才能在这里停车。”

在荷兰，一个“小与大”（Small Versus Big）的故事版本描述了一辆大汽车的车主不费吹灰之力就把小汽车撞到了河道里。当然，只是朋友的朋友在讲述这个事件，而且每个司机引述的评论都有很大的差异。保险理赔员在调查中没有发现关于这一事件的任何实例。

1987年，在宾夕法尼亚州赫希镇，“富人的报复”被保罗·哈维当作真事在电台上播报，随后它被收录在了保罗·哈维的《我说的不一定对》（*For What It's Worth*，1991）一书中。在1991年的电影《油炸绿番茄》中，该故事作为一个情节插曲出现。

参考文献 *Mexican Pet*, 67; *Too Good*, 81–82 (Paul Harvey的版本); Meder, *Flying Dutchman*, 148.

04. “一个词的考题”
“The One-Word Exam Question”

人们通常认为这个经典而巧妙的问答型故事（Q-and-A story）发生在一堂哲学课上。在课堂上，教授只是简单地问了一句“为什么？”，头脑聪明的学生给出的正确答案通常是“为什么不呢？”或“因为”。多年来，这个传说已经在美国和其他国家的大学校园里广为流传，可能不止一位教授这样提问过，尽管没有证据表明，有哪一门课程给出的成绩只是基于一个词的考题。

在1992年的一本连环漫画《鞋子》（*Shoe*）中，它被编成了一个政治故事。一位记者在一场竞选演讲中只问了“为什么？”，然后这位演讲者回答说：“为什么**不**呢？”在1997年的电影《勇敢王子》（*Prince Valiant*）中，这个故事出现在一个虚构的中世纪场景中（再一次出现了“为什么？”和“为什么不呢？”的问答），王子从而走出了困境。

1991年，这个故事作为一个投给《玛丽莲问答》（Ask Marilyn）专栏的提问而被刊登在了每周日发行的《大观》(*Parade*)杂志上。专栏作家玛丽莲·沃斯·莎凡特(Marilyn vos Savant)以正确答案“为什么不呢？”回答了这道考题。当我在自己的报纸专栏上撰写与她的回答和一些给出另一个答案“因为”的故事版本相关的内容时，莎凡特女士写信给我说：“好吧，很高兴我还能派上用场！”1992年，她又遇到了另一个关于“为什么？”故事的提问，她给出的回答与之前的一样，不过，她还加了一句“这不是神话”。她说她还收到过宣称亲历过这道特殊考题的读者的来信。如果你问扬(Jan)，而不是问玛丽莲的话，我会坚持说这是“神话”——我的意思是“传说”，直到有更多的其他证据能够表明它不是一个来自活泼的大学生的逸闻。

在相关的大学故事中，老师要求学生自己写期末考试题目，一个学生以“自己写期末考试题”作为他的答案。在另一个大学故事里，要求考生写一个关于他们自己的问题然后再回答它。一个学生写道：“你吹大号吗？”并回答：“不。”传说宣称，教授或学校都会认可学生们针对怪题给出的这两种巧妙的答案。

另参见 “定义‘勇气’”；瑞典；“哪个轮胎？”

参考文献 *Curses!* 286; *Too Good*, 445–447.

05. “开卷考试”
“The Open-Book Exam”

大学校园里的另一个问答型故事：在一场期末考试中，老师允许学生利用任何他们能够携带的物品参加考试，也就是“开卷”。一个聪明的学生带着同专业的一名研究生来帮他做考试题。

参考文献 *Curses!*, 284–285.

06. 器官盗窃
Organ Thefts

尽管有关在第三世界国家发生的、以移植为目的的人体器官盗窃或贩卖的故事中有一部分是真实的，但是绝大多数在其他国家一直流传着的关于器官盗窃犯罪的谣言和传说都未经证实，也不太可能。医学伦理、移植器官的登记与分配、组织配型的要求、血型的匹配，以及其他因素都限制了大规模地随意盗窃受害者器官的行为。维若妮卡·坎皮农-文森已经集中研究了许多类似的故事，并确认了两组在第三世界流传的器官盗窃故事。它们是“婴儿身体零部件的故事（在故事中……婴儿的器官被盗）”和“**盗取眼睛**（Sacaojos）的故事（涉及盗取街头流浪儿童的眼睛）”。她发现这些器官盗窃谣言和传说主要是由未经验证的电视“纪录片”、值得信赖的政府和组织机构，以及“利用这些叙事来说明现代世界之恐怖的激进分子、宣传家和道德权威”散布的。口头传统吸纳了这些来源，并更为深入和广泛地传播了这些故事。发达国家中最著名的器官盗窃传说（有时描述了在第三世界国家旅游时发生的犯罪行为）通常被称为“盗肾”。

参考文献 Véronique Campion-Vincent, “Organ Theft Narratives,” *Western Folklore* 56 (1997), 1–37; “The Diffusion of Organ-Theft Narratives,” in Joel Best, ed., *How Claims Spread: Cross-National Diffusion of Social Problems* (New York: Aldine de Gruyter, 2001), 185– 214; and *Organ Theft Legends* (2005); Todd Leventhal, “Traffic in Baby Parts Has No Factual Basis,” letter to the *New York Times* (February 26, 1992); Bennett and Smith, *Urban Legends*, 125–134.

07. 明示（或明示行为）
Ostension (or Ostensive Action)

戴琳达和安德鲁·瓦若尼（Andrew Vázsonyi）借鉴符号学术语提出了“明示”，特指“明示行为”，它被视为传说传播的另一种方式。符号学研究的是人类交流中的符号和符号系统。在这个语境中，“明示”指的是“事物、处境或事件本身”的直接呈现，而不是使用通用符号

（例如十字架）来代表其他东西（在这个例子中指基督教）。明示行为是一种简单的交流，例如某人可能会举起一支香烟，以示意远处的朋友去帮他买一包烟。

通过都市传说研究中使用的“明示”概念可以发现，有时候人们实际上是在演示传说的内容，而不仅仅是将它们当作故事来叙述。正如戴琳达和瓦若尼说的那样，这种形式的传说传播包括“相对于再现的呈现（展现现实本身，而不是使用某种意义）”。因此，一个人可以带着一群人去探访一个据说闹鬼的地点，并试着让人们精神紧张起来，而不仅仅是简单地把这个地点发生的故事告诉别人。

万圣节为我们提供了很多关于以明示行为来传播传说的例子。不给糖就捣蛋、穿戴特殊服饰、悬挂节日饰品、建造鬼屋，诸如此类的一切都或多或少地以传说为基础，但是这些万圣节活动又直接让人们将故事的部分内容付诸行动。事实上，关于破坏万圣节乐趣的谣言的事实基础非常薄弱，但是当有一些盲目的模仿者实施这种犯罪时，这些夸大其词的万圣节施虐狂的故事就部分地变成了现实。戴琳达和瓦若尼指出，“不仅事实能够转变为叙事，叙事也能够转变为事实”。

比尔·埃利斯指出，在实际发生的事件中，可能会有真实的明示行为的案例，某些人组建的邪恶团伙根据他们听到的故事来实践仪式，包括残害、祭祀、谋杀，或其他犯罪行为。相比之下，“伪明示”（pseudo-ostension）在某些时候则是一个恰当的术语，比如一些年轻人会穿得像死神一样，来吓唬其他造访传说之旅地点的青少年。然而，我们可以将另一种异文视为“类明示”（quasi-ostension）。“类明示”在下述这种情境中是一个恰当的术语，即观察者不是将一些令人费解的信息（例如残缺不全的牛）阐释为由自然因素（如天生的食肉动物所为）造成的一种可能性后果，而是将其归因于谣言和传说中所描述的邪教活动或天外来客。不可避免地，我们甚至也听说过“虚拟明示”（virtual ostension），即在互联网上查找并随之链接到它们的来源网址，以“探访”闹鬼的地点。

另参见 电影和都市传说；万圣节施虐狂；传说之旅；中世纪的都市传说；救赎谣言；“漫游土地神”；撒旦恐慌；“结实的水泥凯迪拉克”

参考文献 Linda Dégh and Andrew Vázsonyi, “Does the Word ‘Dog’ Bite? Ostensive Action: A Means of Legend-Telling,” *Journal of Folklore Research* 20 (1983), 5–34; Bill Ellis, “Legend as Life,” in *Aliens, Ghosts, and Cults*, 161–235; Fine, *Manufacturing Tales*, 205–208; Wendy Leeds-Hurwitz, “Semiotic Approach,” in Brunvand, *American Folklore: An Encyclopedia* (1996), 656–657; Carl Lindahl, “Ostensive Healing: Pilgrimage to the San Antonio Ghost Tracks,” *Journal of American Folklore* 118 (2005), 164–185; Reimund Kvideland, “Legends Translated into Behaviour,” *Fabula* 47 (2006), 255–263; de Vos, *Tales, Rumors, and Gossip*, 55–83.

08. “另一个家伙”
“The Other Guy”

参见 名人

09. “童言无忌”
“Out of the Mouths of Babes”

根据追踪这一故事的法国民俗学家让-布鲁诺·勒纳尔的说法，自20世纪50年代以来，这个长期流传的与各种美国和欧洲电视节目相关的故事通常具备下述部分：

> 一个孩子在公共场合间接地揭露了他的父母中有一方对另一方不忠。当父母中有一方不在家时，另一位与一个近亲在家中厮混。

这是1993年出版的关于该故事典型版本的一个概要，就像在意大利流行的电视节目《皮科利粉丝》（*Piccoli Fans*）中所讲述的那样：

> 桑德拉·米洛（节目主持人）问一个孩子：“你呢，小甜心？你长大后会做什么？”这个小孩立刻回答：“做叔叔乔凡尼和妈妈趁爸爸不在的时候做的事。”然后有人被扇了耳光；其他版本或是丈夫打了妻子，或是妻子打了男孩，甚或是桑德拉·米洛扇了无辜的男孩一耳光。

在法国，这个故事与流行电视节目《粉丝学堂》(*L'École des fans*)有关，然而，在美国，这个故事与节目《一夜暴富》(*Strike It Rich*)和阿特·林克莱特(Art Linkletter)长期主持的电视秀《人小鬼大语惊人》(*Kids Say the Darndest Things*)有关。勒纳尔认为这个故事很可能是"在大西洋两岸各自独立发展起来的"，不过他指出了这种传统民间故事的原型可能是阿尔奈-汤普森类型[1](Aarne-Thompson Type)1358*(星号指另一个亚类故事)。在该索引中，这个故事类型的梗概是"孩子无意中使他母亲的通奸行为曝光"。

除了注意到"童言无忌"包含的性和道德含义外，勒纳尔还提到了电视的作用。他说，电视"已经发展成为一种可怕的、现代形式的上帝之眼，它能够看到和评判每一件事"。其他的一些现代传说，如"小丑波佐的出错花絮"和"录像带中的盗窃"，也涉及被电视或其他记录媒体揭露的犯罪行为或道德缺陷。

几乎不需要再补充说明的是，到目前为止，还没有人能够拿出传说所描述事件的真实音频或录像，也没有任何值得信任的目击者挺身而出。

另参见 "圣诞剧"；故事类型

参考文献 Jean-Bruno Renard, "'Out of the Mouths of Babes': The Child Who Unwittingly Betrays Its Mother's Adultery," *Folklore* 106 (1995), 77–83; Bennett and Smith, *Urban Legends*, 189–191.

[1] 一种民间故事类型体系，参见词条故事类型。

P1. “曲奇的包装”
“The Package of Cookies”

这个故事也被称为“误享”。20世纪70年代，这个故事第一次在英国广泛流传，被称为“饼干的包装”，该传说的众多异文都基于相同的基本情节要素。传说的背景是某人误以为一个陌生人吃了他或她的食物，这种事情通常发生在火车站、汽车站或候机楼。被他人误享的食物通常是一包曲奇（它们在英格兰被称为饼干），但也有可能是一根巧克力棒（奇巧巧克力棒最为典型），甚或是一份沙拉，或在一个自助餐厅里点的主食。这个愤愤不平的人在意识到是自己搞错了之前，会以某种方式报复这个陌生人。

1993年《阿马里洛（得克萨斯州）环球时报》（*Amarillo* [Texas] *Globe-Times*）上刊登了一个典型的版本，这个故事由一位男子讲述，他是从妻子那里听说的，而他的妻子是从一位给她打电话订票的女人那里听说的：

> 一名女子在机场等待转机时买了一份报纸和一条士力架巧克力棒。她坐在一张桌子旁边的连椅座位上，开始读报纸。突然间，她看到旁边座位上的那个男人从桌上拿起士力架，咬了一大口。她惊呆了，于是就折断巧克力棒的后半段，把它扔到了地上，扬长而去。
>
> 后来，怒火未消的她又看到刚才那个男人正坐在机场的小吃店里。他的盘子里有一个百吉饼。她立刻冲过去拿起百吉饼，咬了一大口。男人脸上的惊讶表情让她感觉好多了。
>
> 直到女子登上飞机之前，她都感到心满意足。她坐下来，打开手提包找东西。手提包里放着她原封未动的士力架——她在机场买完士力架后就把它和零钱一起塞进包里了。

1999年，以笑话形式讲述的另一个版本将这个事件的背景放在了一艘班布里奇岛的渡轮上，一位女子与另一名乘客共用一张桌子，她一口吞了“自己的”巧克力棒（嘎吱嘎吱地响），然而当她回到自己停在汽车甲板上的车里时，才发现自己放在汽车仪表板上的巧克力棒。这个版本的搜集者，在华盛顿大学的民俗学课堂上讲述了这个故事，并发表了评论，可能还故意一语双关地说：“学生们窃笑[1]……”

“曲奇的包装”——或许更好的标题是“谁和谁一起享用了何物？”（Who's Sharing What with Whom？）——被改编进了道格拉斯·亚当斯（Douglas Adams）1984年出版的《再见，感谢所有的鱼》（*So Long, and Thanks for All the Fish*）。从1978年到1993年，无论是在美国、欧洲，还是在澳大利亚、新西兰，至少有五部短片改编自这个传说，它也经常在其他媒体中出现，尤其是报纸专栏。牧师和传教士经常传播这个故事，他们将故事当作一个妄下结论是如何导致行为失当的案例进行讲述。这个故事带有插图的版本以一个转发的电子邮件笑话的形式，或者是在YouTube视频网站上以一个音乐幻灯片的形式流传。

伊恩·麦克尤恩（Ian McEwan）将这个故事融入了他的小说《追日》（*Solar*，2010），而且还将其演绎得极其详细，甚至还有一位民俗学家对此进行了评论。故事的主人公迈克尔·比尔德是诺贝尔物理学奖得主，他在参加完一个国外会议打道回府时，在机场商店买了一包“盐醋味薯片”，打算在返回伦敦的列车上吃。他发现自己座位对面是一位年轻男子，年轻人的面前有一瓶水；还有一包薯片放在桌子中间。比尔德打开包装袋，吃了一片薯片；那个男子的行为令他感到惊讶——这个人先是目不转睛地盯着他，然后伸手从薯片袋里拿出一片吃掉了。这一事件最终以比尔德愤怒的举动而延续了其传统的结局：“他倾身向前，抓起男子面前的那瓶水，拧开瓶盖，喝了一大口……”当然，比尔德后来在他的夹克口袋里发现了自己的那包薯片。那天下午，这位著名的物理学家在他发表的一场专业演讲中，复述了他的经历，以活跃现场气氛。这个逸闻有力地调动了听众的情绪，但是随后一位自称是“都市研究和民俗

[1] 窃笑（snicker）与士力架（Snickers）的英文发音相近。

学领域讲师”的人称赞了他的叙事技巧，而且还向他询问故事来源，这个人润色了他的问题，在一张精美的小便条上描述了这个故事的异文、分布，以及它在电影和文学中的呈现等。此人还暗示这则逸闻是比尔德编造或剽窃的，比尔德对此感到愤怒，他说，毫无疑问，很多人偶尔会利用都市传说，“你肯定这么干过，但是有时它是真实发生过的事件，人们的故事是真实的”。民俗学家并不服气，说：“我可能会把它写下来投给《当代民俗季刊》(*Contemporary Legend Quarterly*)。”麦克尤恩在小说中周密、准确、详尽地叙述了全球变暖的科技细节，以及太阳能的发展前景。很显然，他针对都市传说也做了功课。

另参见 电影和都市传说；爱尔兰；偏见性指责

参考文献 *Choking Doberman*, 191–193; *Mexican Pet*, 137–140; *Too Good*, 30–31; Bennett and Smith, *Urban Legends*, 81–83; Véronique Campion-Vincent, “Preaching Tolerance?” *Folklore* 106 (1995), 21–30; Duncan and Harris, *Laugh without Guilt*, 88–90 (班布里奇岛渡轮版本); Jan Harold Brunvand, “‘A Bag of Cookies’: An Illustrated Internet Forward,” *FOAFtale News* 71 (January 2009), 6–11.

P2. “饼干的包装”
“The Packet of Biscuits”

参见 “曲奇的包装”

P3. 四处游荡的美洲豹
Panthers on the Loose

参见 大型猫科动物出没

P4. 都市传说的戏仿
Parodies of Urban Legends

20世纪80、90年代，越来越多的公众认识到都市传说是现代民间叙事的一种类型，这为都市传说的戏仿提供了沃土。成功的戏仿取决于受众对征引素材的熟悉程度，因此这些现代传说的戏仿作品的存在，是其作为一种公认的民俗文类的成熟的明显标志。

报纸专栏作家经常收到读者提供的“新闻线索”，但是它们其实是谣言或传说，专栏作家有时会嘲讽或戏仿这些主题。例如，1988年杰拉尔德·克洛斯（Gerald Kloss）在《密尔沃基杂志》（*Milwaukee Journal*）上开了一个专栏，自称要与读者分享他最近搜集到的传说。其中一个传说是“裸体主妇”的滑稽仿作，克洛斯颠倒了故事角色：一个职业橄榄球队的275磅[1]重的防守截锋被一位女燃气抄表员吓了一跳，当时他正在修理水龙头，而且只戴着一个橄榄球头盔。这位女抄表员说：“先生，预祝你们赢得星期天的比赛。”克洛斯在这个故事中抛出的妙语戏仿的是职业运动员针对媒体提问而给出的有点老掉牙的回答：“我们的快攻打法还不错，如果我们的传球防守能坚持得住，我想我们击败对手的机会还是很大的。”

2011年5月，《纽约客》以“郊区传说”（Suburban Legends）为标题，发表了另一组都市传说的戏仿作品。安·霍奇曼（Ann Hodgman）写了六个短故事，每个故事都以一个著名的传说为基础。她的方法是扩充细节，将原故事改编得更加离奇和充满巧合，但她经常会设计一个“平淡”的结尾，而不是将其过度戏剧化。例如，她的“微波炉中的宠物”版本描述了“老姑娘谢弗”想烘干她那条在暴雨中淋湿的、重12磅的狮子狗。但是，“米斯蒂安然无恙，因为谢弗的微波炉已经是个老古董了，功率只有200瓦，连水都烧不开，更不用说烤炸一条狗了”。一个月后，《纽约客》继续在“郊区传说”的主题下刊登了由丹尼·沙纳汉（Danny Shanahan）创作的漫画，漫画的说明文字写到一个讲故事的人在篝火晚会中打手势，并说：“就在那时，他们才意识到疯狂的普拉提教练就在他们的车顶上！”

随着互联网的发展和普及，都市传说的戏仿作品已经传播开来，而且人们可能会将其视为另一种传统的传说亚类。网络上流传的一种常见

[1] 1磅约等于0.45千克。

的戏仿形式是将一些不同的都市传说合成一个庞大而离奇的故事或一整套说法。其中一篇文章的标题是“**我在网上学到了什么！**”（WHAT I HAVE LEARNED OVER THE INTERNET！），并连续使用25个字母全部大写的语句，比如“**我不再从内曼·马库斯那里买价格不菲的曲奇了，因为我现在有了他们的配方**”和“**我不再去购物中心了，因为有人会用免费的试用装香水把我迷晕，然后抢劫我的东西**”。这个主题的异文包括“我现在参加聚会不会和任何人搭讪，因为我害怕有人会偷走我的肾，而且还把昏迷的我留在一个装满冰块的浴缸里”，以及“我不再去看电影了，因为我害怕感染艾滋病病毒”。

另一种流行的戏仿形式是给一个人尽皆知的故事添加一个荒谬的结尾，正如1991年哈佛讽刺文社（Harvard Lampoon）对大学生活的长篇戏仿之作《一本书中的哈佛教育》（*A Harvard Education in a Book*）：

> 你听说那两个在树林里开车的孩子了吗？他们听到车外右侧传来奇怪的声音，变得紧张起来，所以就踩油门把车开走了。当他们下车的时候，车的门把手上吊着一个血淋淋的钩子。**这正是那个女孩在上周丢的钩子。**

另一种对都市传说的戏仿形式则是模仿电脑病毒警告。“好时光病毒”虚假警告刚开始通过电子邮件传播不久，就出现了一个广泛传播的戏仿版（有时被称为“坏时光病毒”），随着它在全球计算机用户中的传播，出现了不同的版本。其中一些戏仿只是模仿了病毒的概念，但有一篇名为“骗人的病毒”（The Gullibility Virus）的文章可能会让互联网用户相信怪异之事——“每一个毫无根据的故事、传说和可怕的警告都出现在他们的收件箱或浏览器当中”。当然，其中列举的例子大多是都市谣言和传说。罗尔夫·威廉·布莱德尼契在2004年出版的《倒下的企鹅》一书中，收录了一篇德语版的“骗人的病毒”和其他四个都市传说的戏仿之作。在德国互联网上传播的文本开头都会有“请注意！警告！危险！小心！”。一篇名为“阿米什病毒”（The Amish Virus）的戏仿文章提到，由于阿米什人[1]不使用电脑或没有任何编程经验，接收到病毒的人会遵循“荣誉制度”（the honor system），清空自己的硬盘，然后将病毒手动转发给他的邮件列表上的每个人。

另参见 反传说；“心怀感恩的恐怖分子”；“蛛噬”

参考文献 *Too Good*, 376 (“The Nude Housewife”), 473–480; Bill Ellis, “Legend/AntiLegend: Humor as an Integral Part of the Contemporary Legend Process,” in Fine et al., *Rumor Mills*, 123–140; Blank, *Folklore and the Internet*, 108–109; Donovan, *No Way of Knowing*, 127–130; Neil Rosenberg, “Chain Letter & Legend Parody, April 2000,” *FOAFtale News* 46 (May 2000), 7; Diane E. Goldstein, “‘Please Send Your Used Rolodex Cards to the Muppet Wish Foundation’: Folk Parody, Generic Sensibility, Literalization and Contemporary Legend,” *Contemporary Legend* New Series 2 (1999), 18–33; Ann Hodgman, “Suburban Legends,” *The New Yorker* (May 16, 2011), 72–73; Shanahan cartoon in *The New Yorker* (June 13 & 20 issue, 2011), 98; Holt and Mooney, *The Exploding Toilet*, “Amish Virus,” 112.

P5. “传下去”
“Pass it on”

一位禁毒专员在一所高中做了一场禁毒教育讲座，他在一个盘子里放了两根大麻烟，这样的话，学生们就可以亲眼看见并闻到真实的毒品，当他们碰到毒品的时候就知道该如何辨别了。这位专员告诫学生：“当我拿到盘子的时候，这**两根**大麻烟最好还在！”当盘子在屋子内传了一圈回到专员手中的时候，上面有**三根**大麻烟。在另一个不同的版本中，说的是一场有关避孕方法的讲座，演讲者在一个托盘里放了各种各样的避孕工具，以说明避孕的多种方法。当托盘在屋子内传了一圈之后，一个避孕套不翼而飞。演讲者又把这个托盘传下去，要求把拿走的避孕套放回来，当托盘传回来时，托盘里多出来三个避孕套。

一个与毒品无关的类似故事是“彩票”。

参考文献 *Choking Doberman*, 163; *Too Good*, 331.

[1] 以拒绝汽车及电力等现代文明产物、过着简朴的生活而闻名，主要分布在美国和加拿大。

P6. "保罗已死"
"Paul is Dead"

这个猖獗的谣言在披头士全盛时期就已经初显端倪，安德鲁·里夫（Andru J. Reeve）在研究该谣言的权威著作（或许稍显晦涩）中给出了下面这个简明的概要：

> 在1969年秋天短短的四周时间里，关注披头士的人都感到紧张焦虑，因为谣传保罗·麦卡特尼已经去世，这也成为全世界无数的广播公司和新闻编辑室关注的焦点。

虽然这不是一般意义上的都市传说，但是"保罗已死"的谣言却传播得如此迅速和广泛，而且它还包含了许多有关这位流行音乐家的死亡"线索"的细节，以至于民俗学家和其他学者短时间内都在密切地关注这些故事。里夫的调查证明，这个故事起源于美国中西部大学生群体对当时流传的谣言的恶搞。里夫的书中包含了最好和最长的（充分阐释）、记录了大量音乐和图片的线索，这些线索来自唱片及其封面，它们还被谣言的信徒们所引用。

参考文献 Donald Alport Bird, Stephen C. Holder, and Diane Sears, "Walrus Is Greek for Corpse: Rumor and the Death of Paul McCartney," *Journal of Popular Culture* 10 (1976), 110–121; Hal Morgan and Kerry Tucker, *Rumor!* (New York: Penguin, 1984), 82–87; Andru J. Reeve, *Turn Me On, Dead Man: The Complete Story of the Paul McCartney Death Hoax* (Ann Arbor, MI: Popular Culture, Ink, 1994), reissued in 2004 by Author House, Bloomington, IN; Ralph L. Rosnow and Gary Alan Fine, *Rumor and Gossip: The Social Psychology of Hearsay* (New York: Elsevier, 1976), ch. 2; Barbara Suczek, "The Curious Case of the 'Death' of Paul McCartney," *Urban Life and Culture* 1 (1972), 61–76; Bennett and Smith, *Urban Legends*, 254–255.

P7. "花生酱的惊喜"
"The Peanut Butter Surprise"

正如英国民俗学家所说的那样，这是"送惊喜的人大吃一惊"类传说复合体的一个"恶心的异文"，该故事令人震惊的高潮是一名女子被朋友发现，她正在让她的宠物狗舔她身上的花生酱。在最晚可以追溯到的1994年的异文中，还包括其他的食物（人造黄油、鲜奶油、狗粮、金枪鱼等），有时舔人的是宠物猫而不是狗。

参考文献 *Too Good*, 120–121; Bennett and Smith, *Urban Legends*, 200–202; Whatley and Henken, *Did You Hear...?*, 114–142.

P8. "珍珠"
"The Pearls"

参见 "闪闪发光者，未必皆黄金"；苏格兰

P9. "作为致命武器的铅笔"
"Pencils as Deadly weapons"

至少在20世纪80年代末，英国就流传着这样一个故事，它描述了一个女孩在做高考试卷（大学入学考试）时，因为自己考试的前半程发挥得不好而心生恐惧，所以她用当时唯一可用的工具自杀了。

这位18岁的年轻女孩刚考完一部分，就得知了前半程考试的结果。很明显，考砸了的消息是如此具有毁灭性，以至于她决定在那里自杀。她把铅笔插进自己的鼻孔里，将头猛磕向桌子，铅笔穿透了她的大脑，导致她当场身亡。后来，考官发现打错了分数，其实她出色地通过了考试。

最近，瑞典也报道了这个故事。

参考文献 *Be Afraid*, 158–159; Bengt af Klintberg, *Glitterspray* (2005), 94.

P10. “企鹅故事”
“The Penguin Story”

一个孩子将一只小企鹅装在手提袋或背包里，想办法把它从动物园偷偷带回家。当孩子的妈妈注意到包里的动静时，或者是当小孩把企鹅放进浴缸时，她才发现了这个可爱的小动物。当然，通常动物园会少一只小企鹅，但有时候当动物园的工作人员清点企鹅的数量时，发现并没有丢失企鹅。在一些版本中，偷企鹅的孩子患有自闭症，而在另一些版本中，这个企鹅宝宝是一个只有小孩心理年龄的成人。

20世纪70年代，这个故事第一次在英国被当作一个相当普通的故事收集起来，随后“企鹅故事”又被添加了更多的时间和地点的细节。当这个故事在2005年传到美国的时候，很快被本土化，而且还在题为“企鹅故事是一个可疑故事”（Penguin Story Is A Fishy Tale）的新闻报道中被拆穿。

参考文献 Bennett and Smith, *Urban Legends*, 158–159.

P11. 阴茎钳持
Penis Captivus

这是一个医学术语，指一对伴侣在性交过程中“卡在了一起”。

参见 “合体夫妇”

P12. 都市传说的演述
Performance of Urban Legends

在民俗学中，“演述”一词指的是由各种传统的讲述者和实践者以一种“艺术交流”的形式呈现出来的民俗展示。关于口头民俗演述的描述可能仅仅是“有些人会说，有些人不会说”。然而，澳大利亚的民俗

学家比尔·斯科特在他的著作《鹈鹕、吉娃娃和其他都市传说》(1996)中拓展了这一老生常谈:

> 人们讲趣味故事的技巧各不相同。这个范围包括从看起来不会以一种有序方式构造故事的语无伦次的人，到天赋禀异又长期练习的演述人。一方面，我们大多数人都碰到过那些漫谈式的故事讲述人，他们讲的故事漏洞百出，要么不合逻辑，要么与事件无关，是无结构的堆积，以至于听众无法理解故事的意图和内容。另一方面，我们偶尔也会遇到经验丰富的表演者，他们的故事始终简洁、有序，因此，当到达故事高潮的时候，讲述效果就凸显出来了。在这两个极端的讲述技巧之间，存在着丰富多样的讲故事的艺术才能。(第165—166页)

斯图尔特·桑德森在他早期的题为“现代都市传说”(The Modern Urban Legend，本书的“序言”引用了这篇文章)的重要文章中，对一些天生的优秀的都市传说叙述者给予了类似的好评。他这样描述他们和他们的演述(拓展了“序言”的引文):

> (这些叙述者)……老人和年轻人、识字的和文盲、受过教育的和没受过教育的人们。的确，有平凡的叙述者，也有杰出的人才，但是在口头表演中，那些能够将文字和图像转化成引人注目的叙述模式的人的数量比人们普遍认为的要多得多。现代都市传说的生命力证明了这一点。在我看来，毫无疑问的是，各种各样的人都能在讲述和听到一个好故事中获得长久的乐趣。(第14页)

针对故事演述的更全面的技术分析需要观察大量的细节，包括演述的“框架”(frame)，表现时言语和手势的风格，以及演述的社会背景。从表演的角度来看，都市传说的展现可能更多地被视为戏剧、游戏或其他互动策略，而不是一个人向他人讲故事的简单场景。

吉莲·贝内特使用演述的方法来比较两个不同的人讲述传说，第一个人是“一位显然相信故事的叙述者”，第二个人是“明显的怀疑论者”。前者讲述了“绝对真实的”“被留在路边的妻子”（The Wife Left at the Roadside）的故事（即“旅居车上的裸体”），而后者则讲述了他认为是“胡说八道”的“多毛的搭车客”。贝内特详细地展示了每一种演述是如何呈现出具体的特点来的，这些特点支持了叙述者对故事真实性或虚假性所持的观点。相信故事的叙述者倾向于（除了其他方面）直接断定材料的真实性，进而描述具体细节，同时还保持着“一种充满活力的信念和讲述故事的精神”。相比之下，持怀疑态度的叙述者倾向于使用公式化的开场白，对细节处理得很模糊，呈现出“一种‘有距离感的’演述策略”。

在她对一群英国大学生的故事交流会话中的“戏谑的混乱”进行分析时，贝内特观察到这个会话显然是不连贯和混乱的。而且，她从这次活动中提取的录音片段也证明了这一点：

> 这群人玩得很开心，回想起过去的一个场景，回忆那些被告知的故事，他们通过提取各自关注的故事的不同侧面，从人们熟悉的情节中制造最佳的娱乐效果，并试着在叙述过程中增加无拘无束的亲密感、共识感、玩笑似的沟通和常见的愚人情绪。

演述分析远远超越了传统故事简单的“文本”记录，它对于理解贝内特所称的“故事**讲述**的动态互动”（the dynamic interaction of the story telling）大有裨益。随着都市传说的传播越来越多地从经典的口头传统转向流行文化和通过互联网的电子传输，这些“演述”已经被纳入新的标准和研究之中。

另参见　搜集和誊录都市传说；语境；民间故事；都市传说的风格

参考文献　Sanderson, "The Modern Urban Legend" (1981); Gillian Bennett, "Legend: Performance and Truth," in Bennett and Smith, *Monsters with Iron Teeth* (1988), 13–36（再版见于 Bennett 和 Smith 的 *Contemporary Legend: A Reader*, 17–39); Gillian Bennett, "Playful Chaos: Anatomy of a Storytelling Session," in Bennett and Smith, *Questing*

Beast (1989), 193–212; Elizabeth C. Fine, "Performance Approach," in Brunvand, *American Folklore: An Encyclopedia* (1996), 554–556; Wilson, *Performance and Practice* (1997).

P13. 香水袭击 Perfume Attacks

大约在1999年，标题为“注意——这是真实的！”或“**对女士们的警告**”的警告开始出现在电子邮件或美国的公司备忘录中，这些警告声称杀手或盗贼潜伏在购物中心的停车场，低价售卖名贵香水。他们让女人们闻一闻香水，其实闻的是乙醚。有些警告的结束语是一个人们不太在意的俏皮话：“**永远！相信你的直觉！**”（乙醚太臭了。）

这种虚假警告的典型特征是经常模糊引用科学数据或执法部门的消息，而且还敦促读者尽可能多地向其他人传达这则警告。到2003年，类似的警告还提到了邮递包裹中的带有香味的“乳液、香水、尿布等”试用品，同时还宣称政府认为这些邮递行为可能是恐怖分子实施的策略，但是为了避免导致公众恐慌，政府当局并没有发出官方警告。

2005年，我收到一个爱尔兰版本的故事，而且发件人还告诉我说电子邮件中的通信者实有其人，这件事就发生在都柏林当地的一家停车场。一个女人被骗去闻了一下“华丽的小瓶子”，她以为是香水，但“实际上是**三氯甲烷！！！**”。她在几小时后苏醒，发现自己的钱财和车子都已经被偷走了。讲这个故事的人没有指出她是被别人发现后送到医院的，还是她自己躺在地上苏醒的，但是发件人在最后加了句搞笑的评论：“这件事发生在我叔叔的奶奶的侄子的一位技工的当地的报刊经销商的宠物猴的朋友身上！”2011年，彼得·麦克圭尔转给我几个其他的爱尔兰版本的香水袭击警告，这些警告通过电子邮件流传，已经具备了具体的都柏林的地点背景，诸如“迎客码头的挪威国家石油站”和“艾拉克中心停车场”。在这些警告中，所谓的香水据说就是乙醚，其中一个版本宣称试用装的香水被涂在层压纸上，而且不同类型的香水会涂在不同的地方。

另参见 “迷晕遭抢”

参考文献 *Be Afraid*, 245–247.

P14. “宠物和裸男”
“The Pet and the Naked Man”

另参见 “猫（或狗）和裸男”

P15. “宠物劫持者”
“The Pet Nabber”

小吉娃娃宠物犬、迷你腊肠犬或玩具贵宾犬，以及游客的小宠物常常会被猫头鹰、鹰或鹈鹕等大鸟叼走。虽然很多地区的宠物捕食者可能是郊狼，但是类似的事情的确发生了。在澳大利亚，宠物劫持者故事已经变得如此普遍，以至于民俗学家比尔·斯科特在1996年将其汇编的传说集命名为《鹈鹕、吉娃娃和其他都市传说》。

1993年，美联社在阿拉斯加州瓦尔迪兹发布了一个令人生疑的故事，讲的是一对游客夫妇驾驶着野营车旅行，当他们把汽车停在加油站时，一只老鹰叼走了他们那只“好像是吉娃娃”的狗的故事。据说，当妻子正在为找不到宠物而伤心时，丈夫站在野营车另一边，双手向着天空比画，嘴里嘟囔着“是的！是的！”。这个故事的另一个版本，描述了一个在海洋世界观看表演的游客的小狗死了。饲养员在投喂鲨鱼时，把一块肉扔到了水箱里，这只狗突然从主人的臂弯中跳到水箱里，最后小狗在他们的眼皮底下被鲨鱼吞食了。

参考文献 *Curses!*, 129–131; *Too Good*, 358–359; Bennett and Smith, *Urban Legends*, 142–143.

P16. 宠物
Pets

参见 都市传说中的动物

P17. “幽灵小丑”
“The Phantom Clowns”

这一谣言在美国各地流传已久，现在它在英国和法国也人尽皆知。谣言宣称一帮打扮成小丑模样的人，坐在一辆被喷了特定颜色（通常是黑色或蓝色）的厢式货车上，伺机绑架和杀害儿童。在年幼的孩子群体中流传着许多类似的谣言，其中有些人声称曾看到过小丑的厢式货车潜藏在学校周边，甚至还看到过被车带走的受害者。成人的权威机构的调查未能发现任何小丑，因而这些小丑被贴上了“幽灵”的标签，直到发现其他证据为止。

据洛伦·科尔曼报告，第一次记录在案的幽灵小丑的故事始于1981年。据说，装扮各异的小丑驾驶着花里胡哨的厢式货车，手里挥舞着剑、刀或枪，由此造成的恐慌从新英格兰蔓延到中西部地区。科尔曼认为它可能与哈梅林的花衣魔笛手[1]（Pied Piper of Hamelin）的故事相关；其他评论人士还回忆起了过去人们对吉卜赛人潜藏在附近企图绑架儿童的恐惧。

1985年，亚利桑那州的凤凰城曾短暂地出现过一场有关杀人小丑的小型恐慌，1991年，这些谣言再次满天飞，从新泽西州到芝加哥的各种报道，都经常把所谓的危险人物比作是电视连续剧《生动的颜色》（*In Living Color*）中的小丑霍尼。同年，幽灵小丑的恐慌也降临到了苏格兰的格拉斯哥。除了小丑霍尼以外，其他可能对小丑谣言造成影响的或许是史蒂芬·金（Stephen King）的小说《它》（*It*）以及基于该小说创作

[1] 这是一个古老的欧洲民间故事，最有名的版本收录在格林兄弟的童话集中。里面有穿花衣的魔笛手通过吹笛子的方式引走孩子，并让他们消失得无影无踪的情节。

的一段视频，或者还有约翰·韦恩·盖西（John Wayne Gacy）犯下的罪行，他在19世纪70年代末的芝加哥附近杀害了33名男孩，他穿着小丑服来逗孩子的事情已经广为人知。虽然没有记录表明盖西曾经真的穿着小丑服引诱孩子，但他已被媒体冠上了“杀手小丑”的称号。

教育和警察部门已经彻查了那些所谓的小丑目击事件，报纸也公布了根本没有发现类似的犯罪行径。下面是一篇典型报告的开头，引自1991年6月6日《蒙特克莱尔（新泽西州）时报》（*Montclair* [New Jersey] *Times*）上的文章，它说明了故事在细节上存在着相当大的变化。

家长们，警察已经彻底揭穿了“杀手小丑”的谣言

——露西·史密斯

在蒙特克莱尔没有人打扮成小丑霍尼企图伤害孩子。

在蒙特克莱尔没有人打扮成巴特·辛普森，还因入店行窃而被逮捕。

在蒙特克莱尔没有人看到过一辆厢式货车里有下述这样装扮的人企图绑架儿童：小丑霍尼、巴特、小丑库斯提、科瑞斯特、四个青少年装扮的忍者神龟、蓝精灵、兔八哥、小美人鱼、芭比娃娃、芭比娃娃的男友Ken。

但是上周，在蒙特克莱尔小学和中学里，上述所有危险的谣言都席卷而来，令人毛骨悚然的故事在儿童中迅速蔓延。

在社区和游乐场中，孩子们议论着他们听到的一切并且想知道它的真相。

任何一个谣言都毫无事实依据。

令人毛骨悚然的讨论仍在继续。

蒙特克莱尔警方接到了大约50个来自父母的电话，他们认为“把电话打给我们是正确的做法”，副警长约翰·科克伦说。

他说：“大多数的电话都涉及所谓的杀手小丑。”“但是此类事件从未真正发生过，它们只是毫无根据的谣言而已。”

成年人扮成小丑的母题也出现在许多其他主题的故事中，它们与所谓的撒旦仪式的虐待行为有关。在欧洲，犯罪分子乘着黑色厢式货车流窜作案的故事已经流传多年。但是，厢式货车里的幽灵小丑传统似乎只是儿童传说中的一部分，或者这反映出了孩子对小丑们的不信任甚至恐惧。但是，具有讽刺意味的是，大人们认为孩子们一定觉得小丑很有趣，然而比起小丑，大多数孩子无疑更喜欢一种大大的、友好的、紫色的恐龙，或者是海绵宝宝。

参考文献 *Baby Train*, 101–104; Loren Coleman, *Mysterious America* (Boston: Faber and Faber, 1983); ch. 19, 211–217; Bennett and Smith, *Urban Legends*, 262–264 ("Killer Clowns in Scotland," 引用了一个例子); Sandy Hobbs and David Cornwell, "Killer Clowns and Vampires: Children's Panics in Contemporary Scotland," in Hilda Ellis Davidson and Anna Chaudhri, eds., *Supernatural Enemies* (Durham, NC: Carolina Academic Press, 2001), 203–217; Jean-Bruno Renard, "The Evil Clown," *FOAFtale News* 73 (August 2009), 3–4.

P18. "幽灵马车夫" "The Phantom Coachman"

20世纪40、50年代流行的超自然传说包含了梦的警示的主题，即噩梦成真了。虽然自20世纪50年代以来，民俗学家一直都没有报告过这个传说，但是它在1961年的电视剧《阴阳魔界》中的出现让这个故事重新成为人们聊天的一个主题。随后的故事版本用灵车司机代替了梦中的经典的幽灵马车夫；1945年，这个故事被印第安纳大学的一名学生讲述，并刊登在了《印第安纳民俗》期刊上（1947年，第6期，第58—59页）。一年前，贝内特·瑟夫在自己的畅销书中也报告了一个基本相同但篇幅更长的故事版本：

这个故事是一位中年妇女告诉我的，她讲述了一个关于梦的真实故事，它与一个重要事件有关。下面是她告诉我的这个梦和事件：

有一天晚上，我一个在纽约的朋友做了一个可怕的梦。她梦见自己在纽约城的闹市区，突然注意到一个送葬队伍经过。这是她所见过的最长的一个送葬队伍。她特别注意到了灵车司机，他身材高大，五官端正，挺着腰板坐在驾驶位上。

第二天早上，当她准备去镇上的商店购物时，想起了昨晚的梦。那个司机的形象又一次清晰地出现在她的脑海里，当她去购物的时候，她还是会想到他。她走进一家百货商店，准备进电梯，这时她注意到了电梯操作员。他身材高大，五官分明，酷似她梦到的那个男人。她吓了一跳，在电梯门正要关闭时，她匆忙离开了电梯。当电梯到达三楼时，她听到一阵刺耳的声音，接着是一声巨响。电梯坠毁，无一人生还。

由于这一传说的大多数版本的结尾都发生了电梯意外事故，并且死因经常被归咎于邪恶的电梯操作员，所以这个故事有时还被称为“还有一个空位”（Room for One More）。该传说的一些版本以芝加哥为背景，有时是在一辆已经非常拥挤的出租车上，（当然）司机对做梦的那名乘客说：“还有一个空位！”

参考文献 *Be Afraid*, 46–47 (Bennett Cerf的版本); *Too Good*, 229–231 (比较了几个版本).

P19. “幽灵搭车客”
“The Phantom Hitchhiker”

参见 “消失的搭车客”

P20. “配药派对”
“Pharm Parties”

免费的在线百科全书维基百科，报告称“pharming parties（又称pharm parties）是一个由媒体发明的术语，描述的是交换处方药，然后随意摄入，以致人精神亢奋的聚会”。2002年的一份出版物可能最早提到了这些所谓的派对，从那时起，印刷媒体就在不断地描述这种聚会，而且经常宣称其消息来源于禁毒部门。这些消息来源通常是逸闻性的，而且经常是匿名的，或者倘若提到了发言人，结果也被证实是道听途说。网络杂志《石板》（*Slate*）的主编杰克·沙菲尔（Jack Shafer）曾多次揭露“配药派对”的故事，指出它们全部的荒谬之处，批评了使用这些不靠谱材料的行径，而且还列举了很多报纸、杂志和电视节目，它们不经鉴别就传播这些故事，有时还将其称为“滥吃派对”（skittle parties）。在2008年3月的一篇文章中，沙菲尔写道：“我没有找到一份原始资料或文章曾经记录过这种活动，更不用说去证实它们像媒体报道的那样普遍了。”2010年9月，沙菲尔写道：“只有当那些吃了药的人把这个消息亲口告诉我，我才会相信。”因此，“配药派对”故事是一个不同寻常的例子，这个传说通过印刷和广播媒体等渠道流传，但是却被互联网揭穿。这个故事是否曾经有过口头传播，目前尚不确定。

另参见 毒品恐怖故事

参考文献 http://en.wikipedia.org/wiki/Pharming_party, and http:// www.slate.com/id/2266574/pagenum/all/.

P21. “花心男人的保时捷”
“The Philanderer’s Porsche”

许多故事讲的都是人们幻想能以极低的价格买到一辆非常理想的汽车，其中最流行的例子可能包含着报复主题，即妻子报复与之不和或拈花惹草的丈夫。这个传说的异文在口头传统中流传广泛，并被安·兰德斯的专栏和许多其他的当地报纸专栏刊登。约翰尼·卡森在广播中讲述了这个故事，约翰·麦卡琴则以歌曲的形式将之呈现出来。这个传说在1996年的电影《前妻俱乐部》中被作为一个主要的情节设计来呈现。

汽车的销售价格通常在10至500美元不等，但所提到的豪车品牌和型号显然是无穷无尽的。因此，有时将故事称为“50美元的保时捷”其实是不准确的。

下文是1995年5月一份美国地方性汽车俱乐部杂志《密歇根生活》（*Michigan Living*）刊登的“花心男人的捷豹汽车”（The Philanderer's Jaguar）的一个版本。这个故事被用作讨论密歇根保险费率的开场白：

交完钱就把车开走

报纸广告——“大促：1美元购1994年捷豹敞篷车”。一位读者打电话过来，以为这是一个印刷错误。“不是，”接电话的女人说，“这是合法的。只要支付1美元，这辆捷豹就是你的了。”当这位读者见到这辆车时就清楚地意识到了它的价值，于是交了钱，开着这辆崭新的豪华跑车离开了。他没有被抓吗？没有。

大多数人看到这辆车时就知道钱花值了……

（文章接下来讨论保险费率，然后总结——）

对于那些想知道为什么有人会以1美元的价格卖掉捷豹的人来说，答案很简单：最近，这名女子已经离婚，她的前夫说她可以把他的车卖了。她就这样做了。

实际上出售捷豹的细节在英格兰更为常见，早在20世纪40年代就有传闻称怀恨在心的妻子贱卖了丈夫的豪车（有时是劳斯莱斯），售价从5英镑到50英镑不等。这个故事的英国版本宣称，已故丈夫遗嘱的条款是把汽车卖掉，把钱给他的情妇。

利安德·佩佐尔特（Leander Petzoldt）概述了一个与“花心男人的保时捷”结构相似的“中世纪欢乐故事”。在这个故事里，寡妇从自己吝啬却虔诚的丈夫那里只继承了一只公鸡和一头母牛，遗嘱称妻子要把它们卖掉，然后把卖牛得来的钱捐给教堂，把卖鸡得到的钱自己留下。于是，她给牛定了极低的价格，给鸡定了极高的价格，而且要求购买者必须同时购买牛和鸡。

盖尔·德沃斯发现这个基础故事的现代呈现“仍然会吸引到将其信以为真的人”。她在加拿大阿尔伯塔省的一所高中做讲座时曾讲过“花心男人的保时捷”，结果：

当讨论这个故事时，我惊讶地看到一位老师的脸色逐渐变白了。后来，我在跟他交谈的时候，问他发生了什么事。他的回答是："你知道刚才你谈到的那辆车在哪里吗？我在镇上听说过这件事，我上周花了一个礼拜找这辆车。"

另参见 "便宜的跑车"；"死亡之车"；丹麦；崭新的老爷车

参考文献 *Too Good*, 77–79; *Vanishing Hitchhiker*, 22–24; de Vos, *Tales Rumors, and Gossip*, 116–117; Petzoldt, "Phantom Lore," in Lutz Röhrich and Sabine Wienker-Piepho, eds. *Storytelling in Contemporary Societies,* ScriptOralias Series, vol. 22 (Tübingen, Germany: Gunter Narr Verlag, 1990), 51–58; Bennett and Smith, *Urban Legends*, 224–226.

P22. 影印传说
Photocopy Lore

参见 复印传说

P23. 摄影都市传说
Photographic Urban Legends

罗素·弗兰克（Russell Frank）给出了这样的定义："摄影都市传说是流传在互联网上的叙事照片，它看起来奇怪而真实（但并非如此），通过描摹当代的恐惧和焦虑来吸引我们的注意力。"许多这样的照片都经过了数字化处理（"图像处理"或变成"修图民俗"[photoshoplore]），或者它们有可能被说成是都市传说的图证。还有一些图片是真实且未经修改的，同时带有虚构性的文字。一张以"潜水员糟糕的一天"（A Diver's Bad Day）为标题流传着的照片，展示了这样一幅画面：一名戴着水肺的潜水员悬挂在一架悬停的直升机云梯上，一只大白鲨（或者是一头虎鲸？）从水中腾起，想要把他吃掉；两张照片被合成在一起，创造了这张惊人的假图。最近，另外两张经过数字化处理的照片包含着政治信息。其中一张显示，乔治·布什（George W. Bush）总统好像把一本儿童读物拿倒了；另一个则是参议员汤姆·达施勒（Tom Daschle）与一群华盛顿政要在宣誓效忠时，把左手“放在了他的心口上”（当然，他放错边了）。这两张照片都是伪造的，但许多人把它们当成真的了。还有一张照片中有一排造型像小丑的陶瓷花盆，其中种植的仙人掌从小丑的裤子中翘了出来，就像勃起的阴茎一样。这张照片被赋予了一个捏造的故事背景：它们是小学艺术项目的一部分，而不是简单的为了销量而设计的新颖花盆。

一张流传极为广泛的假照片，据说是来自世界贸易中心“9·11”恐怖袭击遇害者的照相机。据称，这个胶卷奇迹般地躲过了这场灾难，根据照片显示，这名游客的背景刚好是商业客机即将撞到大厦的情景。照片一角显示的拍摄日期为“9.11.01”。这张照片有时被人们称为“爆点极客”（Ground Zero Geek），很快，它又催生了一系列伪造的照片，它们展示了同一位“极客”在其他历史背景下的游览。

另参见 日本

参考文献 Russell Frank, "'Worth a Thousand Words': The Photographic Urban Legend and the Illustrated Urban Legend," *Contemporary Legend* New Series 6 (2003), 119–145; Frank, *Newslore* (2011).

P24. “路上的猪”
“The Pig on the Road”

1988年1月，一位颇受欢迎的美国电台新闻播音员在播报这个版本的故事时，声称这个故事是真的，这样就又多了一位宣传这个故事的人。下文是美联社在不久之后对这一事件的新闻报道：

> 俄克拉荷马州，**沃里卡**（美联社）——一家沃里卡的公司已经把关于猪的警告牌放在了道路前方，当地居民也议论纷纷，他们的小镇，因为电台评论员保罗·哈维的报道而引起了全国性的关注。
>
> 正如哈维说的那样，当俄克拉荷马州公路巡警比尔·鲁尼恩驾车行驶在一条乡村公路上时，他看到一个农民在道路一侧跳上跳下。当警察开车经过时，农夫大叫：“猪，猪！”

“被侮辱了不能不反驳。”哈维说。鲁尼恩回喊道：“乡巴佬，乡巴佬！”但当他开到坡路顶端时，在路中间撞到了一头重达300磅的猪。

鲁尼恩坚称这不过是一个故事而已。

鲁尼恩说：“如果这个故事是真的，我就得做一个事故报告了。”可他没有提交过报告。

鲁尼恩表示，这个故事来源于一个在报社做编辑的表弟，而他们经常随意地根据自身的经验撰写一些有关贸易战的故事。

实际上，英国、澳大利亚和法国都有“路上的猪”的本土版本，它早在1970年（贝内特·瑟夫说这是一个英国的故事）就出版过了，并于1982年（由利奥·巴斯卡利亚［Leo Buscaglia］）和1983年（由罗伯特·莫利［Robert Morley］）再版。有些人说他们记得这个故事的产生时间或许更早些，可能是20世纪50年代。

大多数他国版本和一些美国版本都缺乏对专门影射警方的侮辱性术语“猪”的细节性描述。有时这种懒散的动物，说的不是路上的猪[1]，而是一头母猪（sow）或一头母牛。弗兰克·缪尔（Frank Muir）在他的自传《肯特少年》（*A Kentish Lad*，纽约：班特姆，1997）中，讲述了该传说的一个叙述详尽的英文版本，将其称为“我的猪故事”，而且还开玩笑似的说将要起诉那些在复述这个故事时胡编乱造的人。然而，缪尔承认，他是在一封40年前报社收到的信中发现了这个“真实的”故事的。

参考文献 *Curses!*, 127–128; *Mexican Pet*, 62; *Too Good*, 115–116; Duncan and Harris, *Laugh without Guilt*, 74.

1 “路上的猪”的原文为road hog，也有“鲁莽的驾驶员”的意思。

P25. “避孕套上的针孔”
“The Pinpricks in the Condom”

1989年，一篇流传在纽芬兰省圣约翰市的报道称，这个故事描述了一个愤恨不平的艾滋病患者，企图通过把带有艾滋病病毒的针插进避孕套盒子的方式来破坏药店里的避孕套，从而使别人也染上艾滋病病毒。虽然报道尚未提及这个故事更为广泛的传播地区，但是由于这个故事来源于朋友的朋友，且被当作真事讲述，因此它是“一个典型的当代传说”。

另参见 “艾滋病玛丽”；扎针传说
参考文献 Goldstein, *Once Upon a Virus* (2004), 24–25.

P26. “植物的报复”
“The Plant's Revenge”

这个标题涉及一个真实的故事，当地可靠的报纸报道证实了这一点，其大致情节类似于“动物的报复”，特别是“炸药狗”。与一只带着爆炸物跑回来造成施虐者死亡或身受重伤的动物不同，在这个故事里，一棵巨大的仙人掌报复了正在破坏它的人。

1982年2月，亚利桑那州凤凰城的两家报纸都报道了这一事件，一名叫大卫·格伦德曼的人使用步枪射击一棵树形仙人掌，结果倒下的仙人掌将其杀死了。子弹威力巨大，因此倒下的仙人掌直接砸到了格伦德曼的身上。这一事件在当地和全国都引人唾弃，由于出现了一些细节不同的异文，因而它成为一种类传说，即使它算不上是一个严格意义上的传说。奥斯汀酒吧蜥蜴乐队在以“树形仙人掌”为名的歌曲中庆祝了这一死亡事件，这首歌收录在他们1984年的专辑《来自黑色酒吧的生物》(*Creatures from the Black Saloon*)中。

来自另一个地区的类似故事令人生疑，它讲述了一个猎人在佛蒙特州被一只豪猪杀害。当时他正要把豪猪从树上射下来，结果豪猪却直接砸到了他的身上。

参考文献 *Curses!*, 44–46; *Too Good*, 73–74; Bennett and Smith, *Urban Legends*, 87–88.

P27. 报应 Poetic Justice

一些都市传说表明了这样一个观点：人们得到的是他们应得的东西，不管是对坏行为的惩罚还是对做好事的奖励。在这类故事中，一个典型的情境是，一个小偷盗走了一些以为有价值的东西，最后却发现是一些毫无价值，甚至是令人震惊的东西。这里有三个涉及盗窃的例子：一个抢来的包装精美的箱子里装着一只猫的尸体、盗走的汽车车顶上的诱人包裹竟然是一位死去的奶奶、一个偷来的威士忌酒瓶里的液体只是尿样。

在“炸药狗”和“植物的报复”中，一个人在折磨动物或破坏植物时，遭到了攻击对象的伤害，甚至是被它杀死。“50美元的保时捷”和其他几个故事描绘了对令人恼怒的配偶或同伴的报复行为，“录像带中的盗窃”和“都市煎饼”描绘了小偷被发现后得到了报应。失败之前洋洋自得——这个报应主题的异文在诸如“偷不走的汽车”和“相亲”这样的传说中都有体现，尽管后者也可能被认为是体现了不好的行为是如何受到惩罚的。

善有善报的传说是“遗嘱”和“意外的遗产”，这两个传说中的主人公都因为一些无心的善良的行动或感情而获得了一份宝贵的遗产。

当然，也有许多传说对赏罚的表现并不明确，有些人最后会成为犯罪、事故或其他威胁的受害者。例如有人会在“盗肾”“艾滋病玛丽”“别闪灯！”或“二次被偷”中受伤，我们很难说他们是罪有应得，因为他们只是表现出了较差的判断力或者是粗心大意。

另参见 都市传说中的报复

参考文献 *Too Good*, 66–88 (“Just Deserts”).

P28. “一品红神话”
“The Poinsettia Myth”

尽管民俗学家普遍反对使用“神话”术语来称呼都市传说，但是其他的作者经常在“神话”的标题下，揭穿关于这种被人们误认为具有致命的毒性却又受欢迎的圣诞植物的故事，因而“神话”已经成为一种指涉这种传统的表达方式。简而言之，这种说法认为一品红植物具有致命的毒性，因此它对动物、人类，尤其是儿童来说，是极其危险的。

这种植物的名字听起来有点像“毒药”[1]这个词，这有可能促使了“一品红神话”的诞生。但是通常这个故事的证据来源（如果有的话）都与1919年的出版物相关，它记述了一名军官的儿子在夏威夷吃了一品红叶子后死亡的事件。这个诊断在后来被证实是错误的，但是这个错误的首份报告在各种各样的资料中已经被重复了多次。

1987年3月，安·兰德斯的专栏提到了一位心神不宁的妇女寄来的信件，她说家里的猫可能因为吃了一品红而死掉了，这株植物自圣诞节开始就一直放在家里。兰德斯在1987年5月刊登的撤回声明中引用了政府和高校的研究结论，最终证明将一品红视为杀手的观念是错误的。例如，在1975年，当有人提议在一品红上贴警告标签时，俄亥俄州立大学进行了一项研究，结论是一个体重50磅的小孩可以吃500多片一品红叶子而不会病入膏肓。职业医师的参考书《美国医学协会有毒有害植物手册》（*AMA Handbook of Poisonous and Injurious Plants*）指出：“研究发现，**大戟**（Euphorbia pulcherrima，一品红的学名）不会使人产生任何不良反应（内服或外用），也不会造成偶发性的呕吐。”该手册还指出，一品红仍然是人们向毒品控制中心咨询次数排名前八的植物之一。

艾比盖尔·范·布伦（Abigail Van Buren）与姐姐安一起揭穿了这一神话。艾比盖尔·“亲爱的艾比”·范·布伦在1988年12月的一篇专栏文章中写道：“美丽的一品红植物被授予了一份健康证书，而且还散发着玫瑰花香般的气味。”以下是1998年盐湖城的《犹他新闻》（*Deseret News*）

[1] 毒药（poison）与一品红（poinsettia）的英文发音相近。

在圣诞节前期的一个专栏中，对一品红是否有毒的问题给出的中肯评论：

> 一品红和其他非食用性植物一样，可能会引起胃部不适，但也仅此而已。
>
> 一品红有毒是一个“都市传说”，这个传说长期以来都与这种植物有关。最好的建议是把它们当作植物而不是食物来欣赏，这样你就不会受到任何的不良影响了。

参考文献 *Mexican Pet*, 91–92.

P29. “毒衣”
“The Poison Dress”

“毒衣”（或称“永在的尸体防腐液”[Embalmed Alive]）是美国民俗学家们关注到的早期的都市传说之一，20世纪40、50年代的民间传说集和期刊文章中都讨论过这个传说。有时候，人们回忆说20世纪30年代就已经有这个故事了。欧内斯特·鲍曼将这一母题Z551（**毒衣**）归入了现代版本；斯蒂思·汤普森描述了这个故事在希腊的古老原型（如“内萨斯衬衫”[The Nessus Shirt]）并将之归入母题D1402.5（**魔法衬衫烧伤了穿着者** [Magic shirt burns wearer up]）。下文的情节梗概出自鲍曼的索引，基于1945年出版的几个故事版本：

> 女孩穿着一件新的长裙礼服参加舞会。她在晚上有好几次都觉得头晕，有人护送她到户外去呼吸新鲜空气。最后她病了，死在了洗手间。调查显示，她穿的裙子导致了她的死亡。裙子曾被用作年轻姑娘的丧服，在下葬前从尸体上脱了下来，然后被送回了商店。衣服从尸体上吸收的甲醛进入了女孩的毛孔。（注：故事的异文通常会提到某家著名的商店，据说她是在这家商店买的裙子。这种情况表明这个故事可能被用作负面宣传，以败坏某一企业的声誉。）

保罗·史密斯报告说："这个恐怖传说在大西洋两岸都受到了越来越多的关注。"这个传说在经过初期的流行阶段之后仍被广泛传播，通常"尸体防腐液"（如果仅仅是外用，对生命无害）会取代早期版本中的甲醛，但具体的百货商店名称仍会被提及。然而，正如鲍曼推测的那样，没有证据表明竞争对手会利用这种耸人听闻的故事来制造不利于对方的负面宣传。在"永在的尸体防腐液"的古代原型中，是一件有毒的衣服，或是一件燃烧的衣服被拿给了别人，作为一种报复行为。同样与毒衣主题相关的故事，是殖民者给土著居民发放被污染的毯子。

另参见 母题；美洲原住民的当代传说

参考文献 *Be Afraid*, 47–50, 112–114; *Choking Doberman*, 112–114; "The Poisoned Dress," *Hoosier Folklore Bulletin* 4 (1945), 19–20; Adrienne Mayor, "The Nessus Shirt in the New World: Smallpox Blankets in History and Legend," *Journal of American Folklore* 108 (1995), 54–77; Adrienne Mayor, "Fiery Finery," *Archaeology* (March/April 1997), 54–58; J. Russell Reaver, "'Embalmed Alive': A Developing Urban Ghost Tale," *New York Folklore Quarterly* 8 (1952), 217–220; Smith, *Nastier Legends* (1986), 49; *Too Good*, 196–197; Bennett and Smith, *Urban Legends*, 226–227; Bennett, *Bodies*, 61–71.

P30. 都市传说中的毒物
Poison in Urban Legends

参见 自动取款机上的危险；胶纸的危险；以及接下来的三个词条

P31. "派对上中毒的猫咪"
"The Poisoned Pussycat at the Party"

一些讲述者回忆称这个故事在20世纪30、40年代就已经为人熟知了，"中毒的猫咪"成为记者和一些说故事的人最爱的传说少说也有60年了。1963年，《旧金山纪事报》的专栏作家赫布·凯恩复述了这个故事，1986年，《芝加哥论坛报》专栏作家迈克·罗伊科（Mike Royko）也讲述了他的版本。而且，1994年，该故事再次出现在了约翰·伯兰特（John Berendt）的畅销书《午夜善恶花园》（*Midnight in the Garden of Good and Evil*）中，另一个版本则出现在1989年的电影《锁不住的惊情》中。这个故事在美国之外的其他国家很有名，有英国、澳大利亚、荷兰和德国的故事版本，甚至还有1981年我在罗马尼亚搜集到的故事版本。

这个传说开创了妄下结论的主题，尤其是故事中描绘的一家人的臆测：当家里的猫突然死了，那么它一定是被毒死的。下文是1991年俄亥俄州一位女士讲述的一个经典版本（带着一种令人愉快的垂悬修饰[1]开启第二段）：

> 我姐姐的男朋友认识一家人，他们遭遇了这种不幸的事件。他们举办了一次后院烧烤聚会，当时正在烤鱼。女主人发现鱼还没来得及端给客人吃，就被家里的猫偷偷尝了鲜，所以他们就把猫赶走了。当然，客人们并不知情。
>
> 等吃完饭准备回家时，猫被发现死在了车道上。因为可怜的小猫吃了一些鱼，女主人便断定这些鱼一定有问题。主人以及所有的客人都直奔当地的急诊室去洗了胃。
>
> 回家后，倒霉的烧烤聚会主人在他的房门上发现了一张邻居留下的便条，上面写着："请接受我们的道歉，我们把您的猫轧死了。我们愿意赔给您一只猫。"

死猫、洗胃，以及邻居的便条是这个传说的一致性特征。然而，被偷吃的具体食物从海鲜或砂锅菜，到蘑菇、（凤尾鱼）比萨或炖肉等各不相同。在德国的版本中，这只看起来奄奄一息的小猫原来是要生宝宝了，当一家人在医院完成了痛苦的催吐治疗回家时，它正怡然自得地和自己新出生的宝宝们一起呼呼大睡。在荷兰的版本中，食物是在婚宴上吃的馅饼。

1 垂悬修饰（dangling modifier）是一种句子语法错误，指一个修饰语没有与原本要关联的对象关联起来，而修饰了其他对象，有时会形成滑稽的效果。如下文引文第二段的首句原文为"Upon finishing the meal, and preparing to return home, the cat was found dead in the driveway."。

这个和其他关于猫的都市传说，已经使一些记者把所有令人怀疑的故事都称为“死猫”（Dead Catters）故事。

另参见 德国

参考文献 *Too Good*, 44–45; *Vanishing Hitchhiker*, 111–112; Bennett and Smith, *Urban Legends*, 140–141; Meder, *The Flying Dutchman*, 152.

P32. 西红柿有毒？ Poisonous Tomatoes?

通俗作家经常断言我们老一辈的美国人认为西红柿有毒。一本著名的百科全书声称：“欧洲在16世纪引进、栽培了西红柿，但是在美国，人们只是出于好奇心而栽培它，因为美国人长期以来都认为西红柿有毒。”这种看法的合理理由之一是，西红柿属于茄科植物，而茄科植物中包括一些有毒植物。

西红柿有毒的说法，即使曾经受到过广泛赞同，但是到1829年时这种观念肯定已经烟消云散了，因为当时，英国妇女弗朗西斯·特罗洛普（Frances Trollope，1783—1863）在美国旅行，她在自己的名著《美国人的家庭风尚》（*Domestic Manners of the Americans*，1832）中这样写道：“从6月到12月，西红柿（大多数欧洲人认为是美国餐桌上的重要奢侈品）可能是市场上价格最高的完美品种，大概6便士每配克[1]。”

民俗学家沃伦·罗伯茨（Warren E. Roberts）在1816年到1855年间搜集了许多参考文献，这些文献“明确地表明了一些美国人至少在南北战争之前就吃西红柿了”。他以这样一个假说总结了报告：“在美国，某些人在某时某地可能认为西红柿有毒。”但他猜测，工具书的编纂者可能把西方人对西红柿地区性的不信任扩大到了全国范围，然后应用了这个错误的模糊时期“很长一段时间”。

1 1配克约等于9升。

参考文献 Warren E. Roberts, "Were Tomatoes Considered Poisonous?" *Pioneer America* 11 (1979), 112–113.

P33. 波兰 Poland

20世纪70、80年代，人们才开始记录波兰的都市传说。幸运的是，对于那些非波兰语使用者却需要了解其相关信息的读者而言，还有一些英文版的或有英文摘要的出版物，以及一份出色的德语版的报告。这些资料中隐藏着当代传说的主题，包括“黑色伏尔加”（The Black Volga）和其他绑架小孩的暴行故事，关于食品污染的谣言，“毒衣”和一些关于艾滋病传播的传说。正如多罗塔·西摩尼得斯（Dorota Simonides）在她1990年搜集资料的调查中所评论的那样，“那些不寻常的故事让人毛骨悚然，甚至让人难以置信”，但她也补充说，波兰的都市传说中也有“悲剧和极其幽默的事件”（这一评价对于许多主题相同的非波兰语的传说异文来说也是贴切的）。在这些故事中，西摩尼得斯和她的学生在百余个异文中分别发现了“意外食人者”和“填充婴儿”。

波兰卡托维兹的西里西亚大学的迪奥尼兹·丘巴拉博士一直是波兰都市传说的主要搜集者和出版者。他在1985年出版的《生活故事》（*Opowiesci z zyci*）一书中收录了多年来由他和他的学生搜集的故事，但是直到1993年出现的一篇书评（另参见下文的《婴儿列车》），才让这本书引起了美国民俗学家的注意，而且这本书的原版中还附有非常简明的英文摘要。毫不奇怪，这本集子中的许多传说，都涉及了“二战”和战后共产主义时期的状况，其他的则是在世界各地都常见的恐怖类都市传说。

“黑色伏尔加”将拐卖儿童和器官盗窃的主题结合在一起，是20世纪70年代以来在俄罗斯和波兰（或许还有欧洲其他地方）以各种版本被讲述的传说。据说，有人伪装成神父或修女企图引诱小孩进入一辆黑色或红色的大型豪华轿车（通常是俄罗斯的伏尔加车型），目的是为了抽血和盗卖器官。

在波兰，有关艾滋病感染的谣言已经流传多年。这些故事描述了所谓的被感染了艾滋病的理发师、牙医、医生，甚至是整个医院和监狱，而且还劝告人们要避免染上这种可怕的疾病。在丘巴拉搜集的故事中，有一个被他称为“20世纪的黑死病”的传说，这个传说在1990年5月由西里西亚大学的两个学生记录：

M.M.：我有两三个那些圈子里（即吸毒者）的朋友，我听说他们很多人都生病了。他们都从一位来自华沙的女孩身上感染了病毒。女孩和几位卡托维兹男人睡了，她得到的报酬是毒品。她离开时，开玩笑地把她生病的事告诉了他们。她很有可能是故意的。

A.K.：我听到过一个类似的故事。一个女孩和一个男人睡了，她没有要钱，而是在镜子上留下了一条离别语。当男孩醒来时，他看到：“欢迎来到艾滋病俱乐部。”（参见词条“艾滋病玛丽”）

1996年，丘巴拉出版了《我们的现代神话》（*Nasze mity wspolczesne*），收录了主要由他搜集和研究的波兰都市传说，共包含135个“叙事线索”案例（即单个故事），这些案例按照主题被分成九章。虽然这本书只包含一个英文总摘要，但是芝加哥圣沙维尔大学的约翰·古托夫斯基（John Gutowski）教授为每一章的主题，尤其是那些词条，做了一份英文摘要。以下是一个总述，包括每个类别故事的总数量，以及每个类别下的三个示例故事（如果可以，则引用英语中的常见标题）：

（1）**笑话**［13］，包括“爆炸的马桶”“滑雪意外事故”和“不幸的隐形眼镜”。

（2）**赌博**［12］，包括“幸运的彩票”（The Lucky Lottery）、“糟糕的赢钱”（Bad Winnings）和“两个戒指一个人”（Two Rings for One）。

（3）**纵欲**［18］，包括“合体夫妇”、“与狗性交”（Sex with a

Dog)、“一个父亲强奸了他的女儿”(A Father Raped His Own Daughter)。

(4)**医学故事**[16],包括“毒衣”、“对丈夫过敏”(Allergic to Her Own Husband)和“理发店里的艾滋病”(AIDS at the Hairdressers)。

(5)**恶心的事**[9],包括“意外食人者”、“烤老鼠”(Roasted Rat)和“瓶子里的老鼠”(The Mouse in the Bottle)。

(6)**动物攻击**[19],包括“仙人掌里的蜘蛛”、“动物的报复”和“体内的虱子”(Ticks Inside the Body)。

(7)**抛弃孩子**[7],包括“愚蠢的母亲”(The Foolish Mother)、“模拟绞刑”(The Mock Hanging)和“一连串的不幸”(A Chain of Misfortunes)。

(8)**恐怖**[10],包括“鼻子里的蠕虫”(Worms in the Nose)、“小手被砍掉了”(Little Hands Chopped Off)和“被剃刀弄瞎了”(Blinded by a Razor Blade)。

(9)**汽车**[31],包括“消失的搭车客”、“车顶上的钱包”(The Wallet on the Roof)和“公路上的裸体”(The Nude on the Highway)。

作为典型的波兰都市传说案例,这两个故事来自丘巴拉的最新著作,译者是他的同事安娜·米勒斯卡(Anna Milerska):

美人鱼换梅赛德斯-奔驰

我听说过格利维采工业大学两个聪明学生的故事。他们做梦都想拥有一辆汽车,但是手头紧。所以他们买了一辆旧美人鱼(一种已经停产近20年的波兰汽车),或者是一辆特拉贝特(一种也已经停产了的东德汽车)。他们勉强能把那辆旧汽车开过边境进入捷克斯洛伐克。

他们在捷克的切申喝着啤酒,待了一两天。然后,他们打电话给捷克海关，让他们小心一辆很快就要回到波兰的美人鱼汽车，因为它的主人将会走私毒品。

当他们靠近边境时，海关人员正在那儿等他们，并搜查了整辆车。他们把车拆分成几部分，但是没有找到毒品，接下来却没有人能把这辆车的所有零部件重新组装回去。结果，捷克人不得不给他们买了一辆新车，他们得到了一辆梅赛德斯-奔驰！（搜集了另外两种异文）

被剃刀弄瞎了

这件事发生在琴斯托霍瓦。一个女孩走在路上，一个男人按住她，扯下了她脖子上的金项链。然后她边走边哭。另一个男人在街上遇见她，问她为什么哭。女孩告诉他项链被抢了，男子问她是否能认出那个小偷。当女孩说她可以的时候，男子拿出一个剃须刀片，割瞎了她的眼睛。（搜集了另外四种异文）

波兰当代传说的另一个主题，就是大屠杀，尤其是生存奇迹的故事，这在欧洲其他国家也很常见。西蒙·布朗纳（Simon Bronner）发现了几个“传说性的解释”，在纳粹占领克拉科夫著名的瑞姆公墓（Remuh cemetery）期间，幸存下来的波兰人和波兰裔美国人讲述了该故事。“瑞姆”（Remuh）是16世纪一位著名拉比的名字的缩写，他的坟墓在此处。根据传说，当纳粹企图捣毁他的墓碑时，一种超自然的力量把他们吓跑了。一些故事提到了向前喷出的火花或大火，而另一些人则相信，在纳粹发现这里时拉比就发出了诅咒。正如布朗纳解释的那样，一位说意第绪语的人坚持说“这是一个**蓄意捏造的民间故事**”（Dos iz a *mayse*）。但故事讲述者坚称：“不，这个故事就是当地人讲的。”

另参见 “艾滋病玛丽”；“死亡之车”；都市传说中的报复

参考文献 *Baby Train*, 242–244; D. Czubala, "The 'Black Volga': Child Abduction Urban Legends in Poland and Russia," *FOAFtale News* 21 (March 1991), 1–3; D. Czubala, "AIDS and Aggression: Polish Legends about HIV-infected People," *FOAFtale News* 23 (September 1991), 1–5; Dorota Simonides, "Moderne Sagenbildung im Polnischen Großsstadtmilieu," *Fabula* 28 (1987), 269–278; D. Simonides, "Contemporary Urban Legends in Poland," in Lutz Rörich and Sabine Wienker-Piepho, eds., *Storytelling in Contemporary Societies* (Tübingen, Germany: Gunter Narr Verlag, 1990), 45–50; Violetta Krawczyk-Wasilewska, "The Everyday World-View in the Light of Contemporary Folk-Narratives," in Petzoldt, *Folk Narrative and World View*, 403–406; Simon J. Bronner, "Legendary Explanations: The Protection of the Remu Cemetery during the Holocaust," *Markers XIX*, Annual Journal of the Association for Gravestone Studies (2002), 50–63.

P

P34. 警察
Police

执法人员，特别是地方警察和州警察，是频频出现在都市传说中的人物，毫不奇怪，他们最常出现在犯罪传说中。例如在“艾滋病玛丽”“保姆和楼上的男人”“床里的尸体”“被噎着的杜宾犬”“兔子吹风机”，甚至是“消失的搭车客”等传说中，警察都会出场，而且传说中提到的警方还是作为向其报道神秘失踪人员的权威机构。当一个社区遭到谣言恐慌袭击时，警方必须参与调查，而且通常还要揭穿诸如目击大型猫科动物、万圣节施虐狂、所谓的撒旦仪式的虐待行为和幽灵小丑等故事的真相。有时，这些故事已经变得如此普遍，导致人心惶惶，以至于警察必须出现在所谓的犯罪现场，使人们消除疑虑以确信自己是安全的。

通常，有关犯罪和其他危险的虚假警告都要把警方说成是它的消息来源，从而使警告看似可信。例如，我们可以参见大量的关于“蓝星迷幻药”和“别闪灯！”犯罪的警告传单。通常，在上述的例子中，警方会否认他们参与发布过这样的警告，但是执法人员有时自己也会助长这些谣言的传播——往往只是暗示这样的犯罪发生在附近地区，而不是我们这个城市。相信虚假警告的心理出于“宁可事先谨慎有余，不要事后追悔莫及”。

警察每天的工作涉及“逮捕”。在这个传说中，一辆警车被一名因超速驾驶而停车的司机一不小心偷走了。同样，“滤锅复印机把戏”涉及警察审问犯罪嫌疑人的日常工作，虽然故事中描述的方法看起来更像是谣言而不是事实。“禁毒讲座的危险”（The Danger of Drugs Lecture，或“传下去”）是另一个描述典型的警察活动的传说。这样的例子表明，警察群体本身很可能就共享着大量的传说知识。

执法传说以外的几个少数传说还体现了警方的腐败。笼统地说，据说警察会隐瞒有关企业（如购物商场和百货公司）的犯罪信息，以避免该公司在收入上蒙受损失。更为恶劣的腐败指控出现在“警长之女”（也被称为“海滩巡警”[The Cop on the Beach]）中，这个传说讲的是一名嫌疑人通过与警察进行性交易来免去自己的罚款，但是涉案的这位年轻女性最终被发现是其中一位执行逮捕的警官的女儿。

另参见 犯罪；联邦调查局的故事；“猎手的噩梦”；“路上的猪”；“车底杀手”；州警的“舞会”

参考文献 Kenneth V. Lanning, “Satanic, Occult, and Ritualistic Crime: A Law Enforcement Perspective,” *Police Chief* 56 (1989), 62–83; Kenneth V. Lanning, “Ritual Abuse: A Law Enforcement View or Perspective,” *Child Abuse and Neglect* 15 (1991), 171–173; *Too Good*, 302–303.

P35. 政策传说 Policy Legend

法恩和奥尼尔（O’neill）将政策传说认定为“在决策精英和具备政治意识的公民之间兴起”的一种民俗形式，一个政策传说被定义为“经常在历史框架内，描述体制或社会的状况，以呼吁政府或集体采取行动的一个传统文本”。很显然，它内含着“传说”这个词，由那些轻而易举就被揭穿的案例可见，政策传说是不真实的、夸大的或者不可靠的——尽管它们经常在印刷品中传播，被媒体重复报道——这就像其他形式的民间传说一样，它们随着时间的推移也具备了许多异文。例如，一个故事宣称“英语以一票之差击败了德语或希腊语，从而成为美国的国家语言”；另一个故事认为，共产党人计划按照一系列具体的“规则”或目标（有时被称为“列宁共产主义十诫”）来接管西方，其中一些已经完成。

其他的政策传说常常以清单的形式出现。法恩和奥尼尔极其详细地展示了这类列表的三个例子：（1）关于战争年代与过去几千年和平年代相对比的故事；（2）随着时间的推移，对所谓主要的学校纪律问题的描述；（3）一份经典历史文献与“政府对圆白菜定价的说明”的字数列表的对比。本书中其他“民俗清单”案例的词条还有“过去的好时光”和“奶奶的洗衣日”。

另参见 “共产主义者的革命条例”；政府传说；“啰唆的政府备忘录”

参考文献 Gary Alan Fine and Barry O'Neill, “Policy Legends and Folklists: Traditional Beliefs in the Public Sphere,” *Journal of American Folklore* 123 (2010), 150–178.

P36. 跳跳糖致死
Pop Rocks Cause Death

参见 “小米奇之死”

P37. 流行文化和都市传说
Popular Culture and Urban Legends

都市传说在当代流行文化中无处不在。因为国际文化以媒体为主导且技术先进，所以不可避免地与现代民俗有诸多交集。事实上，传说与流行文化已经相互交织了几个世纪，从时间和话题来说，从16到19世纪，在单面大活页（broadside sheets）上印刷的恐怖歌谣，到互联网上到处流传的现代传说，莫不如是。

从这个意义上说，民间文化与流行文化的区别在于“民间”传统在人与人之间的传承中往往是匿名的、变异的，然而“流行”版本则来自已知来源（通常是商业的），在形式和内容上往往更加固定。

流行的都市传说集可能只是在趣味阅读上令人满意，但是它却没有提供资料来源或做出评述。例如，《布莱恩·亨尼根的苏格兰都市神话》（*Brian Hennigan's Scottish Urban Myths*）包括大约一百个重述的都市“神话”，其中大多数神话的发生地在苏格兰的某个特定的城市、城镇或地区。但是除了模糊地提到“这片土地上的峡谷、高速公路和薯条店……购物中心、城外家具仓库和医生候诊室……（和）苏格兰酒馆”外，我们无法获悉这些传说是在何时何地被搜集的。这些故事似乎也没有任何特定的苏格兰内容或风格。我们从这个典型的文集中真正了解到的是，这个苏格兰作家注意到了“盗肾”“婴儿列车”和“脑浆外流”等诸如此类的传说。

都市传说通常暗藏在印刷媒介上的故事和专栏、连环漫画和卡通、电影和电视节目、广告、流行音乐中，甚至是在T恤衫、保险杠车贴、咖啡杯、日历、徽章等“边缘”媒介中。尽管都市传说依然在口头传统中流传，但如今，这些现代民间故事通过印刷和广播媒体，特别是通过在互联网上频繁转发的电子邮件广为流传。

都市谣言和传说可能催生了一款相当无趣的桌上游戏，叫作《都市神话》，由伦巴游戏（Rumba Games）在2004年引入。这个游戏使用人们熟悉的游戏规则：抽卡片、回答出卡片上面的印刷图案是什么、围绕着纸盘移动卡片等。玩家必须说出抽出来的这张卡片上的说法是“假或真”。主题类别包括名人、健康、经典、自然、商业和犯罪，但是这些说法大多是一些琐事、离奇的新闻、历史或随意的八卦，而不是真正的都市传说。一个取自都市传说并被恰当地标记为“神话”的案例，是“密歇根州的两位猎鸭人把炸药扔到结冰的湖面上，想要给水禽炸开一个冰窟窿，但是他们惊恐地看到他们的拉布拉多猎犬把正在燃烧的炸药包叼回来了，最终炸毁了他们的卡车”（另参见词条“炸药狗”）。比这个桌上游戏更有趣、更流行的许多电脑游戏也是以都市传说为基础的。例如，游戏屋（Gamehouse）公司发行的“篝火传说”（Campfire Legends）系列游戏的副标题是“钩子男”和“保姆”。我个人最喜欢的电脑游戏是大鱼游戏（Big Fish Games）发行的《颤抖：消失的搭车客》（Shiver: Vanishing Hitchhiker）。虽然故事情节很快就偏离了标准的传说情节，但这个“隐藏对象冒险”很有挑战性，写得也很好，具有一流的画面、巧妙的音效、引人入胜的音乐，以及高难度的阶段性任务，让我在它身上花了比我愿意承认的更多的时间。

流行文化为许多都市传说提供了主题，特别是关于名人、媒体、公司、快餐，以及其他各种机构、产品和服务的传说。都市传说在《大傻瓜的都市传说指南》(*The Complete Idiot's Guide to Urban Legends*)、《500个最佳都市传说》(*The 500 Best Urban Legends Ever*) 和《头发里的蜘蛛》(*Spiders in the Hairdo*) 等书中变成了流行文化叙事，这些书中重述的都市传说既没有资料来源，也没有分析解释。

另参见 名人；漫画和都市传说；电脑；电影和都市传说；互联网资源；文学和都市传说；音乐和都市传说；音乐家和都市传说；电台和都市传说；小报和都市传说；脱口秀和都市传说；电视和都市传说；都市传说（术语）；影印传说

参考文献 Ronald L. Baker, "The Influence of Mass Culture on Modern Legends," *Southern Folklore Quarterly* 40 (1976), 367–376; Paul Smith, "Contemporary Legend and Popular Culture: It's the Real Thing," *Contemporary Legend* 1 (1991), 123–152; Sylvia Grider, "Tie a Yellow Ribbon around Elvis: Contemporary Legend, Popular Culture and the Media," *Louisiana Folklore Miscellany* 7 (1992), 22–32; *Brian Hennigan's Scottish Urban Myths* (Edinburgh: Black & White Publishing, 2002); Sandy Hobbs and Seonaid Anderson, "What Can We Learn from Popular Collections of Urban Legends?" *FOAFtale News* 69 (December 2007), 1–4.

P38. "给小巴迪的明信片" "Postcards for Little Buddy"

"小巴迪"的故事——所谓的白血病（或癌症）患者、来自苏格兰派斯利的明信片收集者——是克雷格·舍古德传说故事和其他几个类似的呼吁的原型，这些呼吁要求为一个生病的孩子捐赠廉价物品以供其收集。从1982年开始，这则呼吁作为一个公共频道播出的故事声称：小巴迪最大的愿望就是凭借收集最多的明信片，看到他的名字进入《吉尼斯世界纪录大全》。然而，当时还没有这样的纪录，这个孩子和他的愿望也是虚构的，但是这个故事渐渐发展成了一个困扰克雷格·舍古德的版本，事实上，他确实在1989年的《吉尼斯世界纪录大全》中创立了收集明信片的纪录。欲了解更多细节，包括克雷格的壮举的余波，参见词条克雷格·舍古德传说。

参考文献 *Curses!*, 227–232; Mark Schumacher, "The 'Little Buddy' Story," *American Philatelist* (November 1988), 1104–1105; Bennett and Smith, *Urban Legends*, 11–13.

P39. 恶作剧 Pranks

恶作剧和无伤大雅的玩笑是一种传统习俗，内容往往是骗人者企图诱使他人相信傻事或愚蠢的行为。这种恶作剧行为本身就是幽默民俗的题中之意。众所周知的“民间”恶作剧案例是“捕捉沙锥鸟”（The Snipe Hunt，让一个被骗者在森林里等着，拿着一个袋子来捕捉“沙锥鸟”）和“愚人节的使命”（The Fool's Errand，派一名新工人去取一件不存在的东西，比如天钩或供左撇子使用的活动扳手）。除了愚人节之外，搞恶作剧的典型背景有教授新人、欢迎外国人，或者给一个行业或群体介绍门外汉。恶作剧本身不是传说，但是当有关恶作剧的故事流传并诞生异文时，它们就可能被视为现代传说的一部分。

其中，最著名的恶作剧传说之一，是关于一群爱开玩笑的医学生把死尸的手从汽车窗口伸向高速公路收费亭的故事。可能这个恶作剧被付诸实践的概率不大，但是对这个所谓的事件中不同细节的生动描述已经广泛流传了几十年。其他关于学生恶作剧的传说描述了诸如此类的活动，如偷走花园装饰品并送它们去“度假”，利用恶作剧来诋毁与之竞争的大学（加州理工学院和麻省理工学院），以及（新西兰学生最喜欢的）引导公众相信一个荒唐的谎言（例如某一天应该带着尿样到邮局分支机构检测疑似的流行病）。

有人在苏格兰的一个乡村小屋制造了一场恶作剧，它将“男友之死”传说作为吓唬别人的策略的一部分。马里昂·鲍曼（Marion Bowman）描述了一群来自格拉斯哥的男学生住在格伦莫尔小屋户外中心，他们设法说服了一群在这里做家政服务员的女人，使之相信警方在附近设置了路障，正在追捕一个可能会危及乡村的“逃脱的疯子”。没有一个女人意识到灌输给她们的是传说的细节而不是新闻报道，所以随后她们就轻信了夜间屋顶上的撞击声音来自那个正在接近她们的疯子。

有一些爱搞恶作剧的人所说的案例事实上创造了都市传说，而且还引起了公众的关注。其中的一些描述可能是真实的，尤其是现代的电子邮件和互联网，它们促进了故事的快速传播。然而，我必须承认的是，我企图在接受电台采访时编造一个令人信服的都市传说，然后让它流传开来，但是完全失败了。没有人复述过这个传说。

另参见 “屠夫的恶作剧”；恶作剧；医学生的恶作剧；“漫游土地神”；“收费亭的恶作剧”

参考文献 *Curses!*, 302–304; Moira Smith, “Prank,” in Brunvand, *American Folklore: An Encyclopedia* (1996), 587–589; Smith, “Soiling the Post Office: The Capping Stunts of New Zealand University Students,” *Culture & Tradition* 26 (2004), 38–55; Marion Bowman, “Contemporary Legend and Practical Joke,” in Bennett and Smith, *Perspectives*, vol. II (1987), 171–175.

P40. “怀孕的商店扒手”
“The Pregnant Shoplifter”

1985年2月在全国范围内传播的一则新闻报道称，弗吉尼亚州阿灵顿的一名孕妇涉嫌把篮球藏在衣服底下偷走，她被一名体育用品店的工作人员扣留并搜查。对一些记者和民俗学家来说，这似乎太过简单，而且也太像一个传说了，简而言之，就是“好得令人难以置信”。很明显，这个故事是“商店扒手和冷冻食品”传说的一个异文，在“商店扒手和冷冻食品”传说中，一个小偷将冷冻食品藏在他或她的帽子下面，但是当小偷排队为一个便宜的东西结账时，食品开始融化，或者小偷因为太冷而晕倒了。

然而，“怀孕的商店扒手”被证明是一个真实的新闻报道，最终报纸上还出现了姓名、日期和其他可验证性的细节。这名女子控告这家商店的非法拘留和疏忽，同时要求补偿性和惩罚性的损害赔偿。据《华盛顿邮报》（1986年11月19日）报道，她在法庭上败诉了，但是这并不意味着她的案件是一个真实的都市传说。（还有一个口口相传的故事也尚未得到证实，它讲述了一个女人试图从超市里偷西瓜，便将西瓜藏在裙子底下，然后说自己怀孕了。在这样的事件和故事中，生活和传说非常接近。）

参考文献 *Curses!*, 177–179; *Mexican Pet*, 144; *Too Good*, 451–452.

P41. 偏见性指责
Prejudice Rebuked

针对外人——包括那些不符合社会和文化规范的人——的敌意经常以笑话、俚语和都市传说等民俗形式表现出来。然而，正如法国民俗学家维若妮卡·坎皮农-文森说的那样，“一些叙事好像含有完全不同的信息，因为它们是讽刺性的，展现了那些因一己之见而陷入尴尬或可笑的境地的人物”。这种偏见性指责的主题出现在三个常见的都市传说中：“电梯事件”、“饼干的包装”（或“误享”）和“吃票”。前两个故事在美国众所周知，而且在世界各地都出现过，而第三个故事迄今为止只在欧洲出现过。第二个和第三个故事也一直为那些展示偏见的短片提供灵感。

另参见 文化冲突传说；移民谣言和传说；都市传说中的种族歧视

参考文献 Véronique Campion-Vincent, “Preaching Tolerance?” *Folklore* 106 (1995), 21–30.

P42. “圆白菜价格的备忘录”
“The Price of Cabbage Memo”

参见 “啰唆的政府备忘录”

P43. “宝洁公司的商标”
“The Procter & Gamble Trademark”

自1981年以来，一份伪造的警告流传开来，这是一份影印传单，声称宝洁公司总裁在国家电视节目中吹嘘他的公司将巨额利润中的一部分捐给了撒旦教会，并称“美国没有足够的有所作为的基督徒”。据说，该公司的著名商标——一个面向13颗星星的半月形人脸——是一个邪恶的象征。传单上还列出了许多宝洁的产品，并对商标的细节进行了解释，在星星的数量、男人头上的“角”，以及星星和男人胡须上可能出现的“兽印”（数字666[1]）中，都找到了邪恶的含义。传单通常由原教旨主义基督徒分发，并敦促读者抵制宝洁的产品。他们的想法是向宝洁公司的总裁证明，有足够多的基督徒可以“大幅削减他的利润”。的确，宝洁公司声称，自警告出现以来，销售额的下滑和形象的恶化已经成为相当大的问题。

尽管民俗学家、宝洁公司的高层、著名的宗教领袖，以及传单中涉及的电视脱口秀主持人，都尽了最大努力来揭穿这个故事，但它还是坚强地存活了下来。虽然有时候传单中提到的电视节目其实已经不存在了，也没有证据确认公司向“撒旦教会”进行过捐赠，而且宝洁也已经不再使用原商标，还向大众解释，这个使用了数十年的商标的每一个细节设计都是无辜且清白的，但是真正的信徒仍然不会因宝洁公司做出的任何改变而动摇抵制的决心。宝洁公司甚至对一些传播故事的个人和公司提起了诉讼。但是这些传单在20世纪90年代仍然持续出现，并可能会再次流行起来。其中的部分原因是商标的神秘性，这与宝洁公司的产品似乎没什么关系。另一个原因是传单的旧复印件可能随时出现在书桌抽屉里、放宗教福音传单的架子上，或一个凌乱的电子公告牌上。对于一个关心此事却不明真相的公民来说，重新开始复印和传播传单是轻而易举的事情。

1995年，犹他州奥格登市的一家安利公司的分销商，将邪恶谣言传播到公司的电话留言系统之后，宝洁起诉了安利公司。1999年3月，一名盐湖城联邦法官驳回了诉讼。宝洁公司对这一判决提出上诉，并继续对安利公司和个人提起了其他诉讼。

“宝洁公司的商标”为我们提供了一个案例研究，包括虚假警告的持久性，当一家领先的公司被视作目标时可能招致的损害，试图反驳这些故事的徒劳无功，有些人原意相信不太可能发生也没有文件证明的说法，以及一家公司商标形象的塑造之力——无论是积极的还是消极的。

[1] 三个连写的“6”在《圣经》中是魔鬼的数字。

参考文献 Dana Canedy, "Advertising: After Two Decades and Counting, Procter & Gamble Is Still Trying to Exorcise Satanism Tales," *New York Times* (July 29, 1997); *Choking Doberman*, 169–186; *Too Good*, 404–406.

P44. "肠镜检查"
"The Proctological Examination"

一个广为流传的医学恐怖故事，讲述了在检查过程中检测设备迸出火花，并点燃了病人肠道的气体。或许这样的故事来源于真实的新闻报道，虽然罕见，但是医学文献中偶尔也会提到这样的案例。

马克-安德烈·毕加尔（Marc-Andre Bigard）等人于1979年报告了1977年发生在法国南希市的中央大学医院的一起病例，并将其描述为"结肠镜息肉切除手术期间结肠爆炸的首例报告"。但是合众国际社曾经也报道过类似的案例，这一事件发生在1974年的纽约花园城，而且还引发了官司，最后主治医生败诉。

尽管爆炸的生物可以被准确无误地识别为都市传说的主题（例如"小米奇之死"），但是这个特殊版本确实有事实基础，无论这种真实事件多么罕见。目前，对操作程序和使用设备的改进，已经消除了再次发生这种事故的可能性。

另参见 爆炸的动物

参考文献 Marc-Andre Bigard, Pierre Gaucher, and Claude Lassalle, "Fatal Colonic Explosion during Colonoscopic Polypectomy," *Gastroenterology* 77 (1979), 1307–1310; *Choking Doberman*, 98–99.

P45. 职业
Professions

参见 学院传说；商业传说；政府传说；法律传说；法律恐怖故事；音乐家和都市传说

P46. “乱交的回报”
“Promiscuity Rewarded”

参见 “意外的遗产”

P47. “乱交的啦啦队队长”
“The Promiscuous Cheerleader”

一名中学或大学的女啦啦队队长在比赛中晕倒，被送往医院。据悉，她曾经给男子足球队（或者其他球队）的所有成员口交，因而必须得把她胃里的大量精液抽出来。加里·艾伦·法恩和布鲁斯·约翰逊（Bruce Johnson）详细分析了从明尼苏达州搜集来的29个故事版本的心理和社会功能，特别注意到在20世纪70年代早期，这个故事在男性青少年中很受欢迎，经常被用来贬低对手学校的成员。

这位女学生晕倒的原因在医院里才被披露，这与“头发里的蜘蛛”类似。在许多都市传说中，揭露性行为不端是一个常见的主题。从某人的胃中抽取精液也在关于某些男性摇滚明星的当代传说中被描述过。

参考文献 Gary Alan Fine and Bruce Noel Johnson, “The Promiscuous Cheerleader: An Adolescent Male Legend,” in Fine, *Manufacturing Tales*, 59–68（该章节初版于1980年）.

P48. 原始传说
Proto-Legend

谣言、信仰、经历、新闻报道，一些电影和电视剧情节，甚至是笑话都可能是构成传说的原料，有时也被称为“原始传说”。正如芬兰民俗学家丽亚·维尔塔恩所评论的那样，当我们思考在现代民俗中观察“原生体形态（protoform）的诞生”的可能性时，“我们可以想象，我们的环境中充满了可能是民俗原始细胞的叙事”。原始传说与“真正”的传说并没有明确的区别，但是对于一个被视作是传说的文本而言，它必须有清晰的叙事元素，还要加上人们不自觉地重复这个故事时所创造的细节变化。

另参见 新兴和短暂的传说

参考文献 Brunvand, "Some News from the Miscellaneous Legend Files," in *The Truth*, 160–169; *Vanishing Hitchhiker*, 174, 194; Leea Virtanen, "Modern Folklore: Problems of Comparative Research," *Journal of Folklore Research* 23 (1986), 221–232.

P49. 收集拉环
Pull-Tab Collecting

参见 救赎谣言

P50. "推车启动"
"Push-Starting the Car"

这个关于汽车技术盲的传说，可以追溯到20世纪50年代引入自动变速器的时期，有时甚至还能追溯到更早的安装了液压自动传动、液压传动或流体动力装置的汽车。在任何情况下，这样的汽车如果是因电池电量耗尽而无法行进的话，都需要把汽车提升到一个特定的速度才能启动。典型的——而且是带有偏见性的——误解了这一要求含义的人都是女人。1954年7月，《读者文摘》刊登了一篇短文，其中提到了"百余个"来自美国全境乃至巴拿马运河区的报道。

通常情况下，一个男人的车在高速公路上抛锚了，他拦下了一位女司机，请求她帮他推车启动。他解释说，因为他的车有自动变速器，所以她必须使他的车达到每小时35英里才能启动。她同意了，然后两人各自回到自己的车里。过了一会儿，这个男人看了一眼后视镜，他正好看到了那位女司机往后倒退了几码，然后以每小时35英里的速度向他撞来。两辆车都严重受损。

其他关于汽车技术盲的传说，则是源于误解了巡航控制，或者是误解了变速杆或按钮上的挡位指示。

另参见 “巡航控制”；“‘R’意为加速”
参考文献 *Choking Doberman*, 65; *Too Good*, 294–295.

P

P51. 巨蟒
The Python

这个故事的版本在互联网上被发现，或者是流传在电子邮件中，故事有时会使用一些特殊拼写或术语来表明其来源于英式英语。事实上，爱尔兰报道了一个口头版本（原文参见词条爱尔兰）。一个女人养了一条巨蟒作为宠物。她有两三次在睡醒时发现蟒蛇躺在她的身旁，而且身子伸得笔直（在另一个版本中，蟒蛇卧在了女子头顶的枕头上）。

后来，蟒蛇一直待在笼子里，几天下来不吃不喝。女子在咨询兽医后，兽医告诉她把蟒蛇锁在笼子里，等着他过来（对比“被噎着的杜宾犬”中对兽医的电话咨询）。兽医杀死了蟒蛇，解释说它先要测量女子身体的大小（或她的身体的宽度）来为自己的下一餐做准备，然后空出肚子来准备迎接它的大餐。

另参见 爱尔兰
参考文献 “Drastic Measure” at snopes.com（引用了2007年网络和电子邮件中的两个故事版本，来源于朋友的朋友，同时还提到了2008年英国和新西兰的报纸上刊登的三篇有关大蛇吃家庭宠物的报道，然后有力地揭穿了这个故事。）

Q1. 昆士兰民俗
Queensland Folk

著名的澳大利亚民俗学家比尔·斯科特从1986年开始，就在昆士兰民俗联合会（Queensland Folk Federation）的刊物《昆士兰民俗》（*Queensland Folk*）上发表了一系列关于都市传说的短文。其中1988年至1991年发表的6篇短文的主题及相关问题，在贝内特和史密斯的《当代传说：一部民俗学的参考书目》（1993）中被描述为第140号词条。后来这些材料大部分被纳入了斯科特关于逸闻传说的畅销书中。

另参见 澳大利亚

Q2. "昆士兰诗人"（詹姆斯·布伦顿·斯蒂芬斯）
"The Queensland Poet" (James Brunton Stephens)

参见 澳大利亚

Q3. "酷儿室友"
"The Queer Roommate"

参见 "同性恋室友"

R

R1. 都市传说中的种族歧视
Racism in Urban Legends

迷信、笑话、戏仿和其他民俗形式中存在的种族歧视的污点，在一些都市传说中同样也很明显。“电梯事件”就是一个很好的例子，坐电梯的白人总是认为带着狗的黑人壮汉一定是抢劫犯，其实这个人是一位名人，当故事讲述者模仿他“按四！”（Hit fo!，fo即four，指四楼）的方言时，即已强调了这个男人的种族，而白人乘客误解了他的请求，以为是“蹲在地上！”。另一个流行的都市传说“曲奇的包装”也常以黑人为主角，这一次黑人被错当成了小偷。在其他一些关于认错人的传说中，黑人或西班牙人被错当成了卑微的工人，而事实上他们是名人。

另一类种族歧视在“被噎着的杜宾犬”版本中表现得更明显。“黑手指”这一细节被许多复述忠犬护家这一基本故事的人直接添加进了传说。同样地，在“肢体残缺的男孩”中，许多当代的传说版本将作为中世纪原型的反犹太主义，转变成了现代犯罪叙事中更为典型的种族歧视。

另参见 “医生查尔斯·德鲁之死”；“别闪灯！”；认错人；偏见性指责；都市传说中的社会阶层；脱口秀和都市传说

参考文献 Venetia Newall, “The Black Outsider: Racist Images in Britain,” in *Folklore Studies in the Twentieth Century: Proceedings of the Centenary Conference of the Folklore Society* (London: The Folklore Society, 1980), 308–311; Fine and Turner, *Whispers*.

R2. 电台和都市传说
Radio and Urban Legends

电台音乐节目主持人和脱口秀主持人在引导听众讲述都市传说的方面发挥着重要作用，有时候电视广播还会进一步传播这些故事（关于以这种方式流传的某些特定都市传说的相关记述，参见《婴儿列车》第15—17页和第159页）。即使是电台的新闻播音员也可能会复述令人怀疑的谣言和故事；尽管新闻记者通常会揭穿这些故事，但他们的解释并不会像传说材料那样被听众记住。一些广播电台知名人士——尤其是全国范围内的名人保罗·哈维——似乎对古怪的故事、怪诞的“新闻”情有独钟，其中的一些已经被证实是都市传说。

业余无线电台，尤其是民用波段广播，也会传播都市传说。显然，“给小巴迪的明信片”最初就是在民用波段广播上播出的，后来才在公众中大范围地传播开来。

“小丑波佐的出错花絮”的背景故事是一个以电视为基础的传说，即更悠久的“唐叔叔的出错花絮”，它讲的是现场广播中的一次不幸事故。“麦达琳·默里·欧黑尔的请愿书”传说宣称要禁止电视和电台中的宗教广播。

R

R3. 都市传说中的铁路
Railroads in Urban Legends

参见 “婴儿列车”；“臭虫信”；“分流的卧铺车”；“最后一吻”；“好心办坏事”

R4. “审判强奸案”
“The Rape Trial”

参见 “证言便条”

R5. “黑麦面包中的老鼠”
“The Rat in the Rye Bread”

20世纪40年代，加拿大和美国流传着一则广受欢迎的传说：一家面包店——通常说的是当地的一家企业——不小心把一条黑麦面包和面包里的老鼠一起烤了。整块面包都被买走了，买主回家将面包切片的时候，发现了里面的老鼠。或许黑麦面包比白面包或小麦面包更具有民间风味，或者只是更“自然”。经常有人说面包买主其实是咬到了啮齿动物，才曝光这一食品污染事件的。有时候，相关部门在检查这家面包店时，发现了大量的食品安全违规操作。根据这些故事的说法，受害者在此案中获得了一大笔赔偿金。

著名诗人尤金·菲尔德（Eugene Field，1850—1895）在《丹佛论坛报》（*Denver Tribune*）上发表了一系列有关学校启蒙故事的戏仿作品。其中一个题为“不幸的老鼠”（The Unfortunate Mouse）的故事复述了这个传说。下面的文字，包括了随机的字母的大写和一幅有趣的图画，这些文字连同许多其他可怕的小故事出现在《论坛报原版合订本》（*The Complete Tribune Primer*，波士顿：共同图书公司，1901）的第26页：

不幸的老鼠

可怜的小**老鼠**！它掉进**面粉桶**里，**死了**。**厨师**把它放进一条**面包**里烤了，然后，它躺在**桌子**上，被**锋利**的面包**刀**切成了两半。但我们是不会**吃**这只可怜的**老鼠**的。我们会吃**面包**，但是我们会把**老鼠拿**出来，然后把它**丢到泔水桶**里。

尽管还有一些老人记得“黑麦面包中的老鼠”，但如今也很少有人讲这个故事了。食物中出现啮齿动物的主题转而出现在了“可口可乐中的老鼠”和“肯德基油炸鼠”的传说中。

参考文献 *Choking Doberman*, 120–121; *Too Good*, 176–177.

R6. “凯迪拉克里的杂音”
“The Rattle in the Cadillac”

作为一个恶作剧，或是由于对管理部门不满，高级汽车制造厂的一名装配线生产工人蓄意破坏一辆新车，他把一些东西放进新车的门板里，汽车启动时就会发出烦人的杂音。工人还在里面放了一张嘲笑车主的便条，如果车主找到响声来源的话就会发现这张便条。这款车并不总是凯迪拉克，而且纸条上的措辞也各不相同（例如，“你终于找到了，你个狗娘养的！”或“啊哈！你发现我了！”）。工人偷偷放进去的东西可能是一个汽水瓶、螺母和螺栓，或是各种各样的垃圾，有时这些东西被拴在绳子上，悬挂在汽车门板里面。一些传言称已经有人将这样的恶作剧付诸实践，但这肯定是关于汽车工厂的闲谈，而不是经常发生的真实事件。

1986年，这则传说获得了举国关注，俄克拉荷马大学的橄榄球明星布莱恩·博斯沃思（Brian Bosworth，绰号“Boz”，即“博兹”）在《体育画报》的采访中声称，他在俄克拉荷马州的一家通用汽车（GM）工厂做暑期工时，曾看到过有人使用螺母和螺栓实施恶作剧。在该访谈被发表后不久，博兹道歉说这只是他在工厂里听到的一个故事，一位同事也坦诚地说：“布莱恩工作的地方根本就没有螺母和螺栓。”

故事某些版本的结局是，一个富豪车主搜集并在他的豪华办公室里展示这些垃圾和便条，他大概是把这些东西当成了战胜充当破坏者的蓝领工人的一种纪念品。

其他涉及汽车犯罪和便条的都市传说是“不厚道的便条”“二次被偷”和“偷不走的汽车”。豪车也是传说的主题，比如“便宜的跑车”“死亡之车”“花心男人的保时捷”“结实的水泥凯迪拉克”等。

参考文献 *Choking Doberman*, 62–63; *Too Good*, 275–276.

R7. 使用剃须刀片的蓄意破坏 Razor Blade Sabotage

关于万圣节施虐狂谣言最常见的说法是：节日当天，有人会在给孩子的苹果或其他食物中藏剃须刀片或针。有时也说剃须刀片被固定在了游乐园的游乐设施上，以及其他吸引人的地方——尤其是滑水道。虽然一直都存在着模仿这种犯罪的可能性——即便根本就没有犯罪原型可以仿效——但是数十年来，在每年对儿童的万圣节礼物进行的X

光扫描，以及对游乐设施的反复检查中，都没有发现任何实际存在的蓄意破坏。

另参见 游乐园中的危险；万圣节施虐狂

R8.“后窗劫车计谋”
“The Rear Window Carjacking Ploy”

这个虚假警告大约从2004年起通过电子邮件在国际上广泛传播，其内容通常是这样的：

> **小心贴在你汽车后窗上的纸——新的劫车方法（不是开玩笑）**
>
> 大家注意！请把警告传递下去。你穿过停车场，打开车门上车，启动引擎，挂倒挡。当你通过看后视镜倒出停车位时，会注意到有一张纸粘在了后窗的中间。所以，你挂到停车挡，打开车门下车，然后把那张挡住你视线的纸（或者其他什么东西）拿开。当你走到车的后面时，偷车贼就会突然从某些地方冒出来，跳进你的车里并飞快地开走它。当他们在你的车里一脚把油门踩下去，你差不多就被蹭倒在地了。猜猜看，女士们，我敢打赌你的提包还在车上。所以，现在偷车贼不仅有了你的车，还有你的家庭住址、你的钱，以及你的钥匙。

警告的其他版本中，包含各种执法机构或汽车保险公司，但是没有任何一方曾就这一犯罪行为真正地发布过报告。“后窗劫车计谋”只不过是对“后座杀手”“车底杀手”或“香水袭击”等所谓的停车场犯罪袭击的另一种描述。2005年，在英国流传的一个版本预言说这种犯罪行为**“将很快降临到你所在的地区”**，然而事实上，在随后的几个月里，同样的本土化警告在澳大利亚和新西兰也开始传播。在这些国家中，警察没有找到任何证据能够证明发生过这种犯罪行为。

2007年，我收到了一个来自威尔士的版本，其中描述了一个精心制订的计划，关于如何将受害者偷运出境——“运到俄罗斯，或把你囚禁在某地的妓院里，强迫你为他们工作”。据说，拐卖妇女去做妓女的人用受害者的钥匙进入她的家中，把一些东西打包装进行李箱，并留下一张以受害者口吻打印的字条说“你最近压力很大，想要离开一段时间，你已经着急忙慌地申请到了假期，当你感觉好一些的时候你会和家人联系”。但是当他们的家人开始怀疑时，这条线索已经断了，受害者从此以后杳无音信。

对于像本书一类的印刷资料来说，不可能及时地更新全部的虚假警告——何况还有很多警告在这本书中并没有被提到。因此，当新的警告出现时，许多网站都会对之进行调查和报道。snopes.com 网站（参见“劫车”[Carjacking]）和hoax-slayer.com 网站上都有关于“后窗计谋”（The Rear Window Ploy）的精彩讨论。

R9. 救赎谣言
Redemption Rumors

人们错误地认为，大公司会通过向穷人提供医疗福利来赎回某些物品，于是有人会收集大量的没用的物品并将其保存起来。最常见的方式是积攒大量的饮料罐铝制拉环，并认为它们可以换取一段时间的肾透析机的使用权。在学校、教堂和工作场所的拉环收集点，常常会贴着一份公告，上面写着一件令人同情的事情：一个可怜的孩子可能正在当地一家医院里等待着透析治疗。即使肾脏透析费用是由保险公司或政府项目支付，而且也没有人以提供拉环换取过透析的服务——这些拉环的价值取决于铝的含量，但是这种信念和铝制拉环的收集依然存在（然而，有一些人声称罐子顶部的铝“更纯”，因此更值钱）。如果人们回收整个饮料罐，或者在某些州收集饮料罐的押金，然后将回报捐给慈善机构，这会更有意义，但显然人们并不满足于此。

加里·艾伦·法恩在早期积攒无用物品（比如空烟盒或茶包标签）的活动中追踪到了拉环信条的原型，据说收集这些物品可以为不幸的患者提供导盲犬、轮椅或人工呼吸器治疗。法恩认为，公司和个体收集者都想通过这些传说中的善举来“救赎他们自己”，因为他们生产或使用了不健康的产品。

早期设计的拉环样式最终被改变，这样不必扯下拉环就可以打开饮料罐。尽管现在将拉环从罐子上取下来需要耗费更多的力气，但为慈善而收集的谣言仍在持续传播。报纸也报道了许多关于善良的个人和团体在当地收集了大量拉环的案例，结果他们却发现没有哪家医院会以肾脏透析或其他医疗福利来作为收取这些拉环的报酬。

1988年，雷诺兹铝业（Reynolds Aluminum）和国家肾脏基金会（National Kidney Foundation）发起了一场声势浩大的“别把拉环从饮料罐上取下来”的运动，以揭穿这个虚假的故事，但收效甚微。被误导的收集仍在继续，从20世纪80年代末开始，各种机构，特别是麦当劳儿童之家，都发起过一些运动，敦促人们将收集的拉环拿出来以回收使用，从中获得的收益将支持该慈善计划。我询问这家公司为什么不回收整个罐子，而且还指出了拉环的相对价值和邮寄的成本，但是我收到的反馈全都是“钟爱这一乐趣”的人的不悦，以及关于“健康问题”和积攒整个罐子之不便的似是而非的争论。这些活动的标志性口号是“帮助麦当劳儿童之家收集拉环”，而且还大范围地分发了硬纸板制作的小型屋状收集箱（由可口可乐提供）。因此，传说在某种程度上已经变成了现实。

参考文献 Gary Alan Fine, “Corporate Redemption,” in Fine, *Manufacturing Tales*, 189–208; *Mexican Pet*, 169–174; *Too Good*, 264–266; Bennett and Smith, *Urban Legends*, 220–222.

R10.“红丝绒蛋糕” “Red Velvet Cake”

“红丝绒蛋糕”是各种高价配方传说的原型，这一美国传说于20世纪60年代出现并很快与纽约市华尔道夫酒店发生联系。据说，餐厅的一位就餐者想要一份美味的白糖霜红蛋糕的配方，他或她为此支付了一笔惊人的费用（通常从25美元到100美元不等）。然而事实证明，所谓的“秘密”只是在普通的白蛋糕配方中添加大量的红色食用色素。就餐者不得不支付高昂的费用，所以为了报复，他或她将配方免费地分发了出去。这个配方的复印件可能引发了这场骗局，它已经通过人群、邮件和电子邮件被广泛地传播了几十年了。一种典型的情况是，这位所谓的受害者在一年一度的问候贺卡上写下了这个故事和配方：“圣诞快乐！我想你会喜欢这个小故事和这个美味的蛋糕配方。”这些配方能做出不错的蛋糕，这一点很吸引人，而且不知怎么的，现实中存在的红丝绒蛋糕（一些面包店有售，餐厅菜单上也有）似乎让一些人更相信这个传说是真的。1983年，一个包含红丝绒蛋糕配方和红衣“玛丽小姐”形象的大蛋糕盘申请到了专利；它影射了该传说，即便它并没有真正讲述这个故事。

人们对各种红蛋糕的喜爱可以追溯到20世纪早期，至少在20世纪40年代，就已经有关于各种甜点食品的高价配方故事了。得克萨斯州奥斯汀的亚当斯萃取公司是早期在广告中利用该配方的公司之一，该公司长期以来一直将这种蛋糕与自己品牌中的红色食用色素联系在一起。相比之下，华尔道夫酒店直到1979年都还在否认这一说法，而且还驳斥了他们的餐厅供应过红蛋糕的说法。然而随后，在传说力量的影响下，酒店开始向每一个询问者免费发放一份他们所谓“正宗的”红丝绒蛋糕配方的复印件。

在这个传说中，鼎鼎大名的华尔道夫酒店的奢华风格和“红丝绒”的帝王寓意，与这家大公司居然向一位粗心顾客索取高价配方费的负面形象形成了鲜明的对比。与众不同的蛋糕颜色、严防死守的产品“秘密”，以及红色食品与节日的联系（特别是情人节和圣诞节），都加强了故事的吸引力。民俗学家基思·坎宁安提出了另一种关于该传说的解释，他在一篇文章中效仿弗洛伊德对民俗的阐释，将该产品描述成一个“性蛋糕”，而且还说在蛋糕的糖霜、切分和食用上都找到了性象征。

2009年，一本食谱中有一则关于小型“巧克力丝绒蛋糕”的介绍，重述了“红丝绒蛋糕”的故事，然而它提供的配方中没有红色食用色素。比阿特丽斯·奥贾坎加斯（Beatrice Ojakangas）在《小甜品：满足每一位甜食爱好者的小型甜点》（*Petite Sweets: Bite-Size Desserts to Satisfy Every Sweet Tooth*，缅因州，波特兰：塞勒斯出版社，第12—13页）中写道：“酪乳中的酸与可可粉混合后会产生淡红色。”2011年8月12日，很多日报中都出现了托马斯·约瑟夫（Thomas Joseph）的纵横字谜，其中包含了两次“甜品选项”的线索。第三列的正确答案是“红丝绒蛋糕”，而第八列的正确答案是“天使蛋糕”。

到20世纪80年代中期，这个高价配方传说已经转移到了曲奇饼干上，并且先后与菲尔斯太太的曲奇和内曼·马库斯公司联系在一起。

另参见 巨人效应；“菲尔斯太太曲奇配方”；“内曼·马库斯曲奇”

参考文献 Keith Cunningham, “Reflections and Regurgitations,” *Folklore Forum* 5 (1972), 147–148; *Curses!*, 221–224; *Too Good*, 257–259; *The Truth*, 62–75; *Vanishing Hitchhiker*, 154–160.

R11. 锐步谣言
Reebok Rumors

非裔美国人中有谣言称，以流行运动鞋系列闻名的美国公司锐步国际（Reebok International）隶属三K党，或将总部设在了南非，并利用其盈利来支持那里的白人少数民族。这个故事是20世纪80年代末开始流传的与流行服装品牌有关的几个阴谋故事之一，其他被提到的运动服品牌是特陆运动（TROOP Sport）和英国骑士（British Knights）进口系列。

在南非，reebok本是指一种常见的羚羊品种，这个词本身可能与谣言有关，尽管该公司并没有在这里生产或销售其产品。即便如此，谣言还是如此普遍，而且足以让一些非裔美国人不再穿锐步运动鞋，所以该公司还发起了一场针对这类故事的辟谣运动。

帕特丽夏·特纳讨论了这些谣言是如何与某些运动服的象征意义、人们心仪品牌的成本上升、名称和商标的直观“意义”，以及公司所有权和政策的不实消息联系在一起的。她认为，在获得想要的产品时，高的产品价格会带来一定的风险（比如，通过偷钱或偷鞋，在有限的收入条件下消费昂贵的物品），结合高价格产品效用的有限性，这可能是此类谣言诞生的定式。

另参见 胜奇士鸡肉谣言

参考文献 Patricia A. Turner, *I Heard It through the Grapevine* (1993), 127–136, 172–176.

R12. “亲属的尸体”
“The Relative's Cadaver”

1982年，《美国医学会杂志》（*Journal of the American Medical Association*）上刊登了一封信，公布了一个真实事件：一名女学生已故的伯祖母的尸体，是分配给这名学生的人体解剖学课程上的尸体（不是她正在解剖的尸体）之一。这个案件引起了媒体的广泛关注，似乎证实了都市传说中亲属的尸体被分配给医学生自己进行解剖的真实性。但其实这个传说要古老得多，它总是涉及学生的近亲（通常是某个兄弟姐妹、母亲、父亲或祖父母之一）作为被分配的研究对象而被辨认出来。虽然该故事有许多不同的版本在医学生及公众之间流传，但是媒体从未报道过此类事件。

正如弗雷德里克·哈弗蒂在对医学生尸体故事的调查中所指出的那样，学生发现亲属的尸体往往是来到解剖实验室的第一天，尽管有时是在即将下课的时候，但那时“只剩下头部和颈部没解剖了”。受惊的学生——通常是男性——可能会遭受情感上的巨大痛苦乃至身体不适，但通常他被描述为能够克服痛苦并回到学校完成学业。因此，这个传说是一则寓言，它说明了医学生必须在心理和情感上做好充足的准备，才能与人体受试者一起工作。

一个类似的故事与英国小说家劳伦斯·斯特恩（Laurence Sterne）的尸体有关，他于1768年去世，尸体被送到了剑桥大学医学院，他在那里被一位朋友认了出来。最新的斯特恩传记的作者认为这只不过是一个传说，并未将其写入传记。

参考文献 *Be Afraid*, 101–103; *Choking Doberman*, 99–102; Frederic W. Hafferty, “Cadaver Stories and the Emotional Socialization of Medical Students,” *Journal of Health and Social Behavior* 29 (1988), 344–356; “Her Relative Was the Cadaver,” 此信发表于*Journal of the American Medical Association* 247 (1982), 2096，署名Drs. E. George Salter Jr. and Clarence E. McDanal Jr. of the University of Alabama School of Medicine; *Too Good*, 208–209; Bennett and Smith, *Urban Legends*, 247–248.

R13. 宗教和都市传说 Religion and Urban Legends

有时，一个特定的宗教细节会被插入一个现实的（也可能是超自然的）都市传说中，就像神秘消失的搭车客其实是天国使者甚至是耶稣本人。同样，葛培理认为，“鬼魂求助”可能被解读为天使的行为。在当代传说中，与宗教有关的其他母题包括“惊喜聚会中的裸体主人”结束时出现的牧师，“男友之死”中不要回头看的禁忌（就像《圣经》中罗得之妻的故事）。

“犹太人的秘密税金”中一个显而易见的主题是反犹太主义，它隐藏在“肢体残缺的男孩”的背景中，其根源是古老的血祭诽谤故事。关于“同情心课程”的传说显示，基督徒的实际行为有时可能与日常生活的决定不一致，这一点在“传教士和猫”的传说中以一种更加温和的方式被指了出来。

现代世界中的原教旨主义基督徒通过广播、出版物、小册子、布道和口头等方式，似乎专门传播了一些涉及阴谋的传说。最受欢迎的一些主题是“同性恋-耶稣电影的请愿书”“麦达琳·默里·欧黑尔的请愿书”“消失的一天时间”“宝洁公司的商标”“地狱之井”和“撒旦恐慌”

（在本书中，每个主题都有各自的词条）。

当一些宗教领袖参与散布不真实的谣言和传说时，显然没有意识到它们都是未经证实的消息，其他基督徒作家则努力揭穿这些谎言并警告这些盲目的追随者，其中有一本书（约翰·威廉姆斯著）的书名就是《欺骗的代价》（*The Cost of Deception*，见本书“参考书目选录”）。威廉姆斯在1998年报告说他举办了一场揭露性的布道会，名为“一条50英尺的被噎着的杜宾犬的攻击，与它随行的是使用一台不兼容的有‘千年虫问题’的电脑的消失的搭车客”。2001年，他将布道内容拓展为一部专著，而且还借鉴了都市传说出版物和网站上的信息。

各种凝聚信仰和鼓舞人心的故事在宗教团体中仍在流传，其中有些故事的真实性令人怀疑。一位搜集者将这类故事称为“福音传说”（evangelegends），它指的是此类比喻，即一位年轻女子通过对劫匪大喊《圣经》中的诗句使自己幸免于难，虽然她的措辞含糊不清，但是她“疯狂”的行为却成功地吓跑了劫匪。其他类似的故事还描述了海豚回应了祈祷并拯救了溺水儿童的奇迹，一个天主教男孩在仪式上因未食用圣餐而受到惩罚，恶人们在汽车旅馆里读《基甸圣经》（Gideon bible）而立刻改变了他们的信仰。

另参见 “埋上圣人出售房产”；“护卫天使”；“神圣之地”；中世纪的都市传说；“卢尔德奇迹”；音乐和都市传说；脱口秀和都市传说；狡猾的问题和答案

参考文献 Mary A. Jacobs, “Gospel Truth or Legends?”，最初发表于*Dallas Morning News*，之后盐湖城的*Deseret Morning News*（还有许多其他地区）于2006年8月19日（星期六）转载了这篇文章。

R14. 餐馆 Restaurants

参见 中国餐馆（和其他民族餐馆）；胜奇士鸡肉谣言；污染；“小狗的晚餐”；“吃宠物”；快餐；“杂货店骗术”；“肯德基油炸鼠”；食物中的精子；麦当劳谣言

R15. “重复提交的学期论文”
“The Resubmitted Term Paper”

学生在大学课程中提交的学期论文，或者是抄袭的，或者是从提供这类论文买卖的公司那里购买的，或者是“剽窃”学校论文档案库中的论文，或者是以其他违反学术道德的方式获得的。有时候，这位学生在学校就读期间反复提交这一篇论文，而且每次的改动都微乎其微，但是任课老师都会给一个及格分。

这一次，老师给出的分数比以前高（或低），而论文的评语表明了老师对这个把戏的态度。典型的评语包括“这篇文章我已经读了四遍了，每次我都会更喜欢它”，或者“我更喜欢那篇（画着一只）鲸鱼的文章”，以及“这是我本科时写的一篇论文，我一直认为它应该得到更好的成绩”。

另参见 狡猾的问题和答案

参考文献 *Curses!*, 286–287; *Too Good*, 441–442.

R16. “兔子复活”
“The Resurrected Rabbit”

参见 “兔子吹风机”

R17. 复苏安妮传说
Resusci Anne Legend

参见 心肺复苏术的安妮传说

R18. 都市传说中的报复
Revenge in Urban Legends

瑞典民俗学家本特·阿夫·克林特伯格在1982年的一篇会议论文中，把20世纪早期格陵兰岛的因纽特人传说中的血腥、具有攻击性和欣喜若狂的个人报复，与现代都市传说中的象征性报复主题进行了对比，该论文在两年后发表。他认为，由于“实施个人报复不再被认为是一种社会责任”，报复已经成为禁忌，当代传说对报复主题的处理也发生了变化。他举了三个例子，说明了“偏离社会认可的规范的人是如何攻击正常公民并遭到惩罚的”。他指出（在“钩子”“断指”和“被噎着的杜宾犬”中），这种惩罚不是来自受害者，而是来自侵犯者本身或动物。

克林特伯格提出的第四个例子是“结实的水泥凯迪拉克”。根据已知版本，故事中的丈夫要么报复了妻子真正的情人，要么惩罚了**自己**——在他的妻子没有情人的状况下，他误以为汽车是情敌的，于是给它灌满了水泥，但是其实这辆车是他自己的车。

虽然我们可以接受克林特伯格的一般性结论，即一些现代传说显示了报复的感觉是如何被压抑的，惩罚是如何被符号化的或是来自侵犯者本人的，但是其实直接描述个人报复的都市传说并不少。最明显的例子通过标题就展示了这个主题，如“动物的报复”“情人的电话报复”“植物的报复”“钻工的报复”“妻子的旅居车报复”等。其他类似主题的传说还有“秽行曝光”“曲奇的包装”“凯迪拉克里的杂音”和“不幸的偷油贼”。

都市传说中报复主题涉及的人物可能是夫妻、吵架的恋人、工人和雇主、富人和穷人、罪犯和受害者、不同种族或社会阶层的成员等。有时报复的动机显而易见，甚至是直接表明的，比如“艾滋病玛丽”和扎针传说，而在“包裹里的死猫”和“丢失的奶奶”等传说中，侵犯者得到了他或她应得的报应，因而受害者的报复也就完成了。

在“红丝绒蛋糕”中，当传说中的人物传播昂贵的配方，以报复当初不得不付出的离谱的代价时，一种真正的复仇欲望得以释放。虽然现实生活中并没有出现任何企业针对配方收费的事件，但当其他人重复这个故事并传递配方时，他们也参与到了对大企业的报复中。类似地，分发宝洁商标传单的人希望通过呼吁人们抵制该公司的产品，以报复这家可能违法的公司。其他基于谣言和传说的抵制行动则主要针对服装设计师、快餐公司、运动装备制造商，以及其他大型企业。

有关个人的、攻击性的、身体上的报复的现代传说并非没有。例如“强力胶的报复”和“老者与年轻人”（或“富人的报复”），前者描绘了情人对不忠行为的可怕反击，后者描绘了“路怒”事件。1996年，迪奥尼兹·丘巴拉从波兰（参见该词条）搜集到的材料表明，直到1979年，该国（在其他地方也是如此）仍然存在“原始”的血腥报复主题；他搜集到了以下这个案例和这个故事的另外两个异文：

> 事件发生在扎布科维奇的一个水库附近。当时一群吉卜赛人正在那里露营，他们的一个孩子跑到路上，被一辆卡车撞倒了。由于孩子还活着，于是卡车司机拦下了几辆车，把孩子送到了最近的医院。这位卡车司机把车停在路上并把他的小女儿留在了车里。当他回来的时候，他看见女儿的头在他卡车的引擎盖上。吉卜赛人为了报复而杀了她。他什么也没说，只是把他的卡车开到他们的营地，毁掉了所有的东西，杀死了42名吉卜赛人。我相信，这件事就发生在这周五。

另参见 “骑车人与吸烟者”；“受伤的盗匪”；“卡车司机和骑车人”

参考文献 Bengt af Klintberg, “Why Are There So Many Modern Legends about Revenge?” in Smith, *Perspectives* (1984), 141-146.

R19. “富人的报复”
“Revenge of the Rich”

参见 “老者与年轻人”

R20. “‘R’意为加速”
“‘R’ Is for Race”

一位技术盲司机搞不懂新车变速杆上的字母是什么意思。他认为D是“慢行（Drag）”，L是“跳跃（Leap）”，N是“没用（Nothing）”。然后，当他和另一款热门新车在高速路上飙车时，他换到了R挡来“加速（Race）”，他的变速器报废了。在另一个版本中，司机挂了P挡，认为它是“通过（Pass）”的意思，实际上R指“倒挡（Reverse）”，P指“停车（Park）”。

这样的事件通常被说成是发生在新司机、女性，或是少数民族身上，他们不熟悉汽车技术的发展。在一个版本中，这位司机是南方某州官员的专职司机。当自动挡还是一个相对较新的配置时，这个故事作为一个传说非常流行，而且实际上一些早期的车型在前进挡（drive）和低速挡（low）之间是有倒车挡的。随后，这个故事更多地被作为笑话而非传说来讲述。20世纪50、60年代，备受欢迎的南部喜剧演员戴夫·加德纳（Dave Gardner）将讲述该故事作为他的拿手好戏。

《查尔斯顿（西弗吉尼亚州）公报》（*Charleston* [West Virginia] *Gazette*）的专栏作家詹姆斯·邓特（James Dent）从一个汽车经销商那里听说了这个故事的另一个版本，显然它来自更早的驾驶时代。一名男子将他刚买的新车送回店铺，以修理被撞变形的挡泥板，并给出了这样的解释：

> “我正在教我的妻子开车，”这位顾客郁闷地说，“一开始我就告诉她这车是自动挡，我们在一些土路上练习的时候她开得很好。当我们开到一段水泥路上的时候，她加快了车速并切换到了停车挡。所以车发出了尖锐的声音并停了下来，我俩差点被甩出去。”
>
> “你在干吗？”我朝她喊道。她说：“我换了挡。”然后我说：“我告诉过你这是自动挡。”我妻子说：“是的，我知道，但是我仍然觉得从土路（Dirt roads）到水泥路面（Pavement）的时候，要把D挡换成P挡。”

参考文献 *Curses!*, 117.

R21. “漫游土地神” “Roaming Gnomes”

1986年，英格兰和澳大利亚首次报道了“漫游土地神”，描述了学生偷走花园里的装饰品并把它送去“度假”的恶作剧。在装饰品被送回来之前，它们的主人收到了邮寄来的照片和明信片。起先，故事中描述的被带走的物品是在英国和澳大利亚非常流行的庭院装饰物——小石膏像和塑料的花园土地神像。是先有恶作剧还是先有这个故事尚且不能确定，但是可以肯定的是，后来这个恶作剧在几个不同的国家上演了多次。这些事例被报纸和杂志很好地记录了下来，还配有漫游的手工艺品的照片。

盖尔·德沃斯引用了1994年2月17日《埃德蒙顿（加拿大）日报》（*Edmonton* [Canada] *Journal*）上一篇关于漫游的土地神的详细报道：

> 现在的问题是，四处游走的格诺曼（Gnorman）能满足于久坐不动的生活吗？他属于小巧安静型，而且还有一颗不同于其他土地神的世俗心。尤其是花园里的那种土地神。而土地神格诺曼刚刚结束了长达18个月的冒险旅程，他去了澳大利亚、阿拉斯加、加拿大和美国，有照片为证。
>
> 最近，重达11公斤的草坪装饰物回到了卡尔加里的草坪上，这块草坪是属于同为74岁的理查德·索伦森和哈泽尔·索伦森的。1992年夏天，格诺曼被带走并开始旅行，索伦森夫妇也没有太在意这件事。直到他带着一本迷你日记和相册重新出现，相册中满是记录他冒险经历的照片：旧金山的渔人码头、澳大利亚的悉尼歌剧院、迪士尼乐园、西雅图的太空针塔、阿拉斯加的安克雷奇、温哥华、埃德蒙顿、萨斯卡通。索伦森夫妇并不知道和格诺曼一起旅行的同伴都有谁，尽管哈泽尔认为她可能在某个晚上看见了他们在草坪上给兔八哥照相。“我真的很想见见他们，”哈泽尔说，“这太疯狂了，但是也太有趣了。”

然而，这次旅行留下了一些遗憾。格诺曼虽然到了阿拉斯加州，但是没去诺姆。

被偷走去旅行的物品包括各种各样的精灵和小矮人、塑料的火烈鸟、木制的兔子、石头青蛙、金属的赛马男孩雕像、装饰性的塑料雪人和其他圣诞装饰物（包括马槽中的圣婴耶稣）。仅仅偷走院子里的装饰物并不是这些传说中的“传统”；真正的恶作剧是，装饰物要被带去旅行，在不同的地方拍照，然后被安然无恙地送回家，而且，明信片和 / 或照片必不可少。也许“漫游土地神”是一个宣传恶作剧的实例，它使得越来越多的人决定将其付诸实践。

在线旅游服务 Travelocity 网站已经把漫游的土地神作为它的吉祥物和广告图标。

另参见 明示（或明示行为）

参考文献 *Curses!*, 305–310; “On the Road: Heigh-Ho, Heigh-Ho, It’s Far, Far Off We Go; or, Grumpynappers Give a Cement Dwarf a Joyride,” *People* (June 26, 1989), 100–101; Bennett and Smith, *Urban Legends*, 28 –30; de Vos, *Tales, Rumors, and Gossip*, 61.

R22. “受伤的盗匪”
“The Robber Who Was Hurt”

这个主题的现代传说，通常说的是一个独自在家的老妇人听到或看到有人企图从住宅或公寓的前门闯进来。门上拴着铁链，她可以看到一只手伸了进来，试图打开或撬开这把锁（有时候门已经被打开了，闯入者戴着滑雪面具）。这位妇人当即用滚烫的熨斗，在其他版本中可能是从燃烧的火炉里拿出来的一个拨火棍，烫了入侵者的手，把他给赶跑了。这个男人尖叫着从门口逃走，当门廊或走廊恢复平静后，这个女人去了邻居家，想要告诉邻居刚才盗匪强行入室的犯罪企图。但是邻居打断了她，说：“很抱歉，我现在不能和你聊天，我丈夫刚回家，他的手被严重烫伤了，我现在要去照顾他。”

“受伤的盗匪”在英国是一则很流行的都市传说，但在其他地方似乎并不多见。人们认为这个传说是对古老传说“受伤的女巫”的现代化合理改造。在爱尔兰，这个故事被称为“野兔老妇人”。这一原型故事在某种程度上与传统民间故事“家中的聪明女仆杀死了盗匪”（The Clever Maid at Home Kills the Robbers）相吻合，也即民间故事类型956B。更早的故事大概在中世纪就已经非常出名了，入侵者是一个女巫，她能够变成动物——通常变成狗或猫——偷食邻居家的东西。有一天，有人设法弄伤了恶魔动物的前爪，第二天，人们就看到邻近一个老妇人的那只手上缠着绷带（有时候动物的爪子被砍掉了，那个女巫露面时就没了手）。因此，正如1981年杰奎琳·辛普森在关于这些传说的几个异文的讨论中展示的那样，古老的超自然主题被合理化为现代都市的形式。

在美国，“受伤的盗匪”有时候会和“二次被偷”结合起来，最先让女人离开家的偷盗诡计没有成功。这个女人在小偷准备入室行窃的当晚待在家里，以常用的方法——用热熨斗或拨火棍烫——赶走了盗匪。后来她才知道她邻居的丈夫在同一天晚上被烫伤了手。最近，在该传说的一个美国版本中，受害者赶走盗匪的方式是用砂纸擦伤对方的手。

另参见 爱尔兰；故事类型

参考文献 *Baby Train*, 121–122; *Be Afraid*, 187–189（爱尔兰和美国版本）; *Choking Doberman*, 37–41; Jacqueline Simpson, "Rationalized Motifs in Urban Legends," *Folklore* 92 (1981), 203–207; *Too Good*, 309–311（英国版本）.

R23. 劳斯莱斯传说
Rolls-Royce Legends

劳斯莱斯可以说是“世界上最好的车”，无疑也是豪车中最贵、制作最精良、最值得信赖，以及最保守和笨重的汽车之一。因此，劳斯莱斯及其英国生产商已经激发了许多关于其传奇性声誉的故事。

1969年，在一篇具有开拓性的都市传说论文中，斯图尔特·桑德森列出了他搜集的11个劳斯莱斯民间故事。这些故事的典型主题包括汽车的几个机械部件被密封起来以防止车主改装、劳斯莱斯公司不允许车主对汽车设计进行任何改造、劳斯莱斯车里最吵的是仪表板上的时钟，还有（最常见的故障故事）劳斯莱斯公司迅速更换了一个断裂的车轴或其他主要部件，而且不收取维修费用，甚至是不承认发生了这种事故。

大卫·巴肯（David Buchan）在他1984年的文章中重新审视了劳斯莱斯民间故事，而且还搜集了该主题的一些异文。在美国，巴肯听说“劳斯莱斯的发动机造得很好，他们不使用垫圈”，还有“一旦买了劳斯莱斯，终身都能拥有一辆完美的车”，但也有“只有劳斯莱斯公司筛选过的人才能拥有该车”。在加利福尼亚州，巴肯搜集到了这个从来不会坏的劳斯莱斯传说的版本：

> 我一个朋友的朋友买了一辆劳斯莱斯，并开着它进行了一次非常艰难的旅行。他在崎岖不平的石子路和土路上，把劳斯莱斯当成路虎越野车来开。经过几个星期的豁车，汽车的刹车（或汽车其他次要的部件）需要调节，他就开车去了服务站。他收到了一辆新的劳斯莱斯，并被告知“劳斯莱斯的刹车从来不需要调节”。

巴肯就“这家公司的高尚仁慈”是如何“被一种势利的家长式作风所抵消的”发表了评论。他还指出，尽管大多数英国版本的劳斯莱斯传说都是幽默的，但美国的版本往往倾向于“有话直说”，以致劳斯莱斯销售代表给人留下的印象是“一个异想天开的疯子、高深莫测的欧洲人，完全不同于说话靠谱的普通雪佛兰销售代表”。

另参见 “老者与年轻人”

参考文献 David Buchan, “Modern Traditions and the Rolls-Royce,” in Smith, *Perspectives* (1984), 99–107; Mike Fox and Steve Smith, *Rolls-Royce—The Complete Works: The Best 599 Stories about the World's Best Car* (London: Faber and Faber, 1984), 143–160 (“Apocrypha”); Stewart Sanderson, “The Folklore of the Motor-car,” *Folklore* 80 (1969), 241–252.

R24. 罗马尼亚
Romania

在20世纪70年代和80年代，我以访问者的身份到过共产主义时期的罗马尼亚，虽然我在那里主要研究的是民间建筑和家居装饰，但我还是能搜集到现代民间传说的好案例，包括许多政治笑话和一些都市传说。毫无疑问，在罗马尼亚一直流传的现代民间故事形成了相当丰富的传统，就像在其他东欧国家一样，它们只是在等待着当地的搜集者和翻译家。

1973年和1979年出版的两部畅销小说中出现的故事，证实了罗马尼亚也存在经典的都市传说“消失的搭车客”。而且，同一时期流传着的口头版本都包含着三个独特的罗马尼亚传统元素：**两位**女性搭车客乘车；司机不小心在她们的公寓落下了一些个人物品；第二天司机去找落下的东西时，发现公寓被封，这两位搭车客已经死了好几个星期了。

20世纪70年代，当时我还在罗马尼亚，当地人仍记得从“二战”时期就开始流传的罗马尼亚版本的“意外食人者”。与其他大多数欧洲国家一样，这个故事讲述了战后来自美国的食物包裹是如何导致了一种可怕的混淆的。当收到一包没有标签的深色粉末时，人们误以为它是某种速溶汤粉或速溶饮料，或者是一种调味料。当这些粉末被吃得所剩不多时，人们才收到一封来自美国的信，信上说那些粉末是他们移民到国外的祖母的骨灰，她在战争期间去世，希望自己的骨灰能够葬在罗马尼亚。我在1981年听说的另一个常见的国际性故事，是“中毒的猫咪”的一个版本。那里的人们（在德国也是如此）认为食用从森林里采摘回来的蘑菇是危险的，结果猫刚吃了蘑菇没多久就好像变得奄奄一息了。等受害者在医院接受完洗胃治疗后，才知道那只猫是快要生小猫了。

20世纪80年代，我在布加勒斯特听到了最具特色的真正的“现代”传说。这个传说讲述的是两个自称是“空气样品检查员”的人，在一个大街区上挨家挨户索要干净的瓶子或罐子，以采集他们家中的空气样品去分析。这两个男人戴着徽章或穿着某种制服，宣称自己来自城市卫生办公室。每个玻璃容器都在公寓中被晃动着收集空气，然后他们盖上瓶盖，贴上纸、系上绳子做标记。在尽可能多地收集完能够带走的瓶子和罐子之后，这两个男人去了当地的一个废品回收站拿它们换了钱（据说在该市的一些地方，这些男人冒充的是水检员）。罗马尼亚电影《黄金时代的故事》（*Tales from the Golden Age*，2009）在“空气售卖者传说”一节中，把空气采样和水体采样的故事版本结合在了一起。这部由克里斯蒂安·蒙吉（Cristian Mungiu）执导的电影，在史蒂芬·霍登（Stephen Holden）刊登在《纽约时报》（2011年8月26日）上的评论中，被描述成“一部包含六个‘都市传说’的标题滑稽的选集，内容涉及罗马尼亚齐奥塞斯库（Ceausescu）独裁统治衰落时期的生活”。其他故事的主题包括政府腐败、操纵媒体以巩固独裁者的形象，以及公民在罗马尼亚共产主义时期的生存策略。

波兰以及整个西欧，已经开始搜集且详尽地记录了大量的罗马尼亚传统民间文化，现代民俗研究亦取得丰硕的成果，这都意味着在罗马尼亚最终将搜集到丰富的都市传说。

参考文献 *Baby Train,* 75–76（“Accidental Cannibals”）; *Choking Doberman,* 196–197（“Air Samplers”）; *Mexican Pet,* 49–51（“Vanishing Hitchhiker”）.

R25. “还有一个空位” “Room for One More”

参见 “幽灵马车夫”

R26. “室友之死” “The Roommate’s Death”

20世纪60年代，美国民俗学家第一次记录下了这个可能被称为“经典”的“室友之死”版本。在学校放假期间，只有两名女大学生留在了宿舍。一个女孩去洗手间，或是出去拿些吃的，或是出去办点事，另一个女孩则待在屋里。在很长一段时间之后，待在屋里的女孩听到走廊里传来了巨大的撞击声，还有挠门的声音。她很害怕，就把自己反锁在了屋子里，一直到第二天早上；然后，她朝窗户外大喊，向一个邮递员或送货员求救。人们发现她的室友就在宿舍门口，她倒在血泊中，被刺身亡。有时，室友头上还有一柄短斧。她临死前承受着巨大的痛苦，用指甲在门上抓出了又深又长的痕迹。

至少从1961年开始，很多大学校园里都流传着“室友之死”，这个故事深受民俗学学者喜爱，他们致力于探究它的主题和异文，记录它的叙事背景，特别是阐释性的解读。例如，波维里·克兰（Beverly Crane）对该传说的解读是，这个故事中一系列重要的对应关系（男性/女性、在家/外出、智力行为/情感行为、受害者/杀人犯等），都表明了这个传说的总体象征性意义，即如果女性“选择了冒险进入男女平等的领域，那么她们就必须少一点依赖性，多一些独立性，多一些自信心，最重要的是，要甘愿承担对自己和他人的责任”。

后来“室友之死”的版本在情节上有一些重要的变动和补充。故事中仍然有两个女大学生，其中一个离开了房间，受害者变成了留下来的那一个。离开的室友很晚才回来，她蹑手蹑脚地进屋，也没有开灯，她认为她的室友也许和男朋友一起睡着了。虽然房间里有沉重的呼吸和动静，但是这个女孩还是睡了。早晨她发现室友死在了床铺上的血泊之中。墙上用血（或口红）写着“你是否很庆幸没有开灯？”（这个版本出现在1998年的电影《下一个就是你》中）。

迈克尔·卡罗尔把先前的版本称为“室友之死1”，将后来的版本称为“室友之死2”，而且还说在“室友之死1”中，女孩“被刺穿、‘劈开’和流着血”的叙述，是为了变相表达（年轻女性）对第一次与异性性交所带来的损伤和痛苦的恐惧与焦虑，以及她们不愿直接面对这种恐惧和焦虑。卡罗尔称，“室友之死2”明确提到了性交，这个变化证实了这种解读。他在第三个异文“室友之死3”中引用了关于这个主题更加生动的例子，被谋杀的女孩的头（字面上是“处女的头”［maiden head]），被放在了坐在摇椅上的疯狂杀手的腿上。

另参见 “辅导员之死”；丹麦；墙上的手迹

参考文献 Michael P. Carroll, “Allomotifs and the Psychoanalytic Study of Folk Narratives: Another Look at ‘The Roommate’s Death,’ ” *Folklore* 103 (1992), 225–234; Beverly Crane, “The Structure of Value in ‘The Roommate’s Death’: A Methodology for Interpretive Analysis of Folk Legends,” *Journal of the Folklore Institute* 14 (1977), 133–149; Lara Maynard, “Locked Doors: Bearer-Centered Interpretation of ‘The Roommate’s Death’ and Other Contemporary Legends of Special Relevance to Females,” *Contemporary Legend* New Series 1 (1998), 97–115; *Be Afraid*, 18–19, 87–88; *Mexican Pet*, 202–204; *Too Good*, 432–434; *Vanishing Hitchhiker*, 57–62; Bennett and Smith, *Urban Legends*, 45–47, 70–72.

R

R27. “室友自杀和4.0的成绩”
“The Roommate’s Suicide and the Four-Point Grade”

参见 “自杀的规则”

R28. “钻工的报复”
“The Roughneck’s Revenge”

一个钻工（即石油钻井工人）不小心把一个工具掉到了刚钻好的深井中。一组工作人员在经过长时间的努力之后，最终设法把那个工具取了出来。钻井队长（即钻井的领班）把工具还给那位钻工，说：“你被解雇了！”钻工回答说：“好吧，那我也不需要这把锤子（或扳手等）了。”然后他又把它扔回了井里。

几乎所有的油田（钻井工地）都流传着这个故事。“钻工的报复”是少数几个有关工人对抗管理层，或者是对抗使用他们劳动产品的富有的消费者的都市传说之一。

另参见 “职业决策”；“菲菲打翻了油漆”；“修理烟道”；“凯迪拉克里的杂音”

参考文献 *Baby Train*, 163–165; *Too Good*, 276–277.

R29. 谣言 Rumor

谣言和都市传说相似，都是通过口头或电子方式传播不同的版本，它们通常和当代的人或事件相关。而且，谣言和都市传说一样，通常是匿名的，还可能渗入了流行文化，甚至是通过新闻报道或商业广播流传开来。然而一般来说，谣言在传统中不如传说流传得久远，它没有一个发达的情节主线。传说是难以确认真相的真正意义上的**故事**，而谣言只是一个未经证实的**报告**。尽管传播谣言的人没有验证谣言的真假，但是谣言实际上可能是真的，也可能是假的。尤伦・库利（Elon A. Kulii）在这里描述了这一文类：

> 谣言，往往是通过口头传统，以及电话、传真、广播或计算机传播的，来路不明且未经证实的信息。尽管谣言可能是恶意的或毫无根据的，但它们仍在全球大多数地方蓬勃发展，无论是在城市还是乡村。谣言影响着人类生活的方方面面，不论是简单形式的谣言（流言），或者是接近于传说的复杂形式的谣言，几乎每个人都曾经参与其中。

谣言在战争、流行病、自然灾害、政治不稳定等危机时期变得特别常见。这时候，政府甚至可能会设立信息热线和谣言管控中心，以试图化解公众的担忧。

与民俗学家相比，社会学家、心理学家、政治学家和大众传媒分析人士对于谣言的研究更多，即使这些未经证实的报告似乎与其他非正式流传的民间传统非常相似。此外，谣言经常与性、丑闻、犯罪和名人主题的传说相互影响。在一些案例中，谣言似乎已经发展为完整的叙事性传说。因此大多数研究都市传说的学者在他们的研究中都把谣言和传说相提并论。

就像社会学家丹・米勒（Dan E. Miller）强调的一样，谣言通常会持续“一段相对较短的时间”，或者一直持续到引发谣言的问题被解决或被其他关注点所取代。而都市传说，“从另一方面来看，它是故事，可以在不同地区长期存在”。米勒继续写到，都市传说和谣言在四个具体方面是相似的：（1）它们“在被讲述时，描述的好像都是最近或当前的事件或威胁”；（2）它们“以‘新闻’的形式呈现——作为客观事实”；（3）它们认为这个问题“需要迫切关注”；（4）“隐含在叙述背景下的是企图控制现状的意图”。

一些欧洲学者，尤其是法国学者，更喜欢使用“谣言”而不是“传说”，而且在国外当代传统的研究中，“谣言”这个词的使用历史确实要更长久一些。让-诺埃尔·卡普费雷认为“概念的增生并不可取”，而且还将所谓的现代都市传说视为“谣言大家庭的一部分”，他将其简单地定义为“社会中流传的非正式信息”。然而，有时，即使是卡普费雷也创造了一个新词“迁移的谣言故事”来指称“都市传说”。

《第欧根尼》(*Diogenes*)期刊在2007年（第54卷）专门讨论了谣言和传说。与本词条关联最紧密的文章包括尼古拉斯·迪方佐（Nicholas DiFonzo）和普拉尚·博尔迪亚（Prashant Bordia）的《谣言、传言和都市传说》(Rumor, Gossip and Urban Legends，第19—35页)、帕梅拉·多诺万的《无稽之谈无根据到什么程度？谣言研究百年回顾》(How Idle Is Idle Talk? One Hundrd Years of Rumor Research，第59—82页)，还有维若妮卡·坎皮农-文森的评论文章《谣言和都市传说》(Rumors and Urban Legends，第162—199页)。

在美国，谣言恐慌采纳的主题往往与都市传说一样，特别是犯罪主题。因此，我们可以听到和“诱拐未遂”“蓝星迷幻药”“车底杀手”“别闪灯！”等诸多故事密切相关的谣言。类似的谣言围绕的主题包括移民和少数民族、宝洁商标的故事、关于下沉的商场和斜塔的观点，以及诸如“不得不等”和“自杀的规则”等大学校园主题。

另参见 大型猫科动物出没；校园谣言恐慌；名人；万圣节施虐狂；社会学的方法

参考文献 Jean-Noël Kapferer, *Rumors: Uses, Interpretations, and Images* (New Brunswick, NJ: Transaction Publishers, 1990)（法文原版出版于1987年）; Elon A. Kulii, "Rumor" in Brunvand, *American Folklore: An Encyclopedia* (1996),

642–643; Patrick B. Mullen, "Modern Legend and Rumor Theory," *Journal of the Folklore Institute* 9 (1972), 95–109; *Vanishing Hitchhiker*, 12–13, 17; Gary Alan Fine, "Accounting for Rumor: The Creation of Credibility in Folk Knowledge," in *Folklore Interpreted: Essays in Honor of Alan Dundes*, ed. Regina Bendix and Rosemary Lévy Zumwalt (New York: Garland, 1995), 123–136; Dan Miller, "Rumor: An Examination of Some Stereotypes," *Symbolic Interaction* 28 (2006), 505–519; Bernard Guerin and Yoshihko Miyazaki, "Analyzing Rumors, Gossip, and Urban Legend through Their Conversational Properties," *The Psychological Record* 56 (2006), 23–34; Fine, et al., *Rumor Mills;* Fine and Turner, *Whispers*; Fine and Ellis, "Coping with Global Rumor" in *Global Grapevine*, 210–220.

R30. "丢失的奶奶"
"The Runaway Grandmother"

正如她经常被描述的那样，奶奶被偷、消失或"丢失"的传说好像兴起于"二战"期间的欧洲，随后传播到世界各地，变成了一个在美国特别流行的传说。从约翰·斯坦贝克（John Steinbeck）的《愤怒的葡萄》（*The Grapes of Wrath*，1939）和安东尼·伯吉斯的《钢琴演奏者》（*The Pianoplayers*，1986），到电影《假期历险记》（1983），这个著名的传说均有出现。早在文艺复兴时期，欧洲的原型故事就有可能已经将这个现代传说与"意外食人者"和"亲属的尸体"的早期版本联系在了一起。两本国外的现代都市传说集，一本来自芬兰，一本来自澳大利亚，都在标题（或副标题）以及封面设计上提到了这个传说。

与"包裹里的死猫"（该传说可能起源于美国）一样，这则传说也涉及不知情的尸体盗窃。在早期的版本中，家人在躲避纳粹或逃离东欧的途中，奶奶的遗体丢失了；后来的故事是一家人在外旅行，奶奶在旅途中去世，她的遗体和家里的车一起被偷了。典型的美国版本是，一家人在墨西哥（少数版本说是在加拿大）开车旅行时奶奶去世了。他们把奶奶的遗体安置在行李架上，但是当他们停车吃饭的时候，汽车连同安置在行李架上的奶奶的遗体在饭馆停车场被偷走了。（在加拿大的版本中，奶奶的遗体可能被放在车顶的皮划艇里，或是车后拖着的小船中。）

下文的"车顶行李架上的奶奶"是从格雷厄姆·谢尔1995年搜集的澳大利亚版本中概括出来的，他的一本著作的副标题就取自这一传说：

一家人启程去休年假，妈妈、爸爸、孩子们和奶奶把车子坐得满满当当。但是在荒凉的纳拉伯平原中部，奶奶去世了。一家人很伤心，这个地方又十分偏远，于是他们把奶奶的尸体裹起来绑在了行李架上。然后，他们开车去找最近的警察局以上报这起死亡事件。

最终，他们找到了警察局并下车跑进去，留下车和车顶上的遗体在外面。当这家人和警官一起从警局出来的时候，车不见了。被偷的汽车和奶奶的遗体再也没能找到。

谢尔把这个故事称为“世界上最流行的度假恐怖故事之一”。他还给出了第二个澳大利亚的版本，说的是夫妇俩在返家途中的汽车旅馆里休息时，“年迈的姑妈”的遗体和他们的汽车都被偷了。在澳大利亚版本中，不存在跨国界旅行，但是正如谢尔解释的那样，这些度假者的汽车“在纳拉伯平原”跨越了“相当大的生理和心理‘边界’”。

为探究这个著名的现代传说的意义，谢尔将它与“家庭汽车度假的特殊现代习俗”联系起来，指出通常在陌生的地方会出现意想不到的危机。戴琳达将这个传说与“死者归来的恐惧”联系起来，同时还强调这家人关心的是他们的奶奶应该被送回家厚葬。阿兰·邓迪斯的心理学阐释指出，奶奶被描绘得很老且碍手碍脚，“不管活着还是死了都是负担”；他认为这家人在载完他们年迈的亲戚“一程”（即她的死亡旅程）之后，他们的主要关注点似乎是确保他们能够继承奶奶的遗产。

1999年12月，“丢失的奶奶”再次出现在世界各地的新闻报道中，而且美联社还参与了传播。这里是完整的文本：

摩尔多瓦，**基希讷乌**（美联社）——据说偷地毯的贼要比他们预想的挣得多。他们最后还偷到了一具摩尔多瓦女尸。

每日观察员报道，两个贫穷的摩尔多瓦表兄弟买不起棺材，所以他们用地毯将奶奶的遗体裹了起来，事情就发生在这件事之后。

报道称，两个表兄弟把奶奶的遗体捆在车顶，从乌克兰南下到摩尔多瓦北部，想要把她埋葬在那里。途中，他们在基辅西北190英里处的乌克兰城镇斯皮科沃吃饭。

当他们走出餐馆的时候，发现地毯和奶奶的遗体都不见了。

这两名男子通知了乌克兰警方，并返回了摩尔多瓦，在没有遗体的情况下为奶奶举行了葬礼。

或许，这条新闻报道中唯一可靠的信息是一份名为《观察家》（*The Observator*）的地区性报纸，它刊登了这个很可能来自于当地口头叙述的故事。但是，这很难证实这个广为人知的都市传说的真实性，因为这个版本的每个关键细节都清楚地表明它不足为信。（有一个令人感到好奇的地方是，为什么这两个贫穷的表兄弟买得起一辆车，吃得起餐馆里的饭菜，却买不起一口棺材。在传统的东欧村庄，棺材很可能都是由当地的木匠制作的。）

另参见 “中间的男人”

参考文献 *Choking Doberman*, 219; *Curses!*, 14–15; Linda Dégh, “The Runaway Grandmother,” *Indiana Folklore* 1 (1968), 68–77; Alan Dundes, “On the Psychology of Legend,” in Hand, *American Folk Legend* (1971), 21–36; *Too Good*, 76–77; *Vanishing Hitchhiker*, 112–123; Bennett and Smith, *Urban Legends*, 269–271.

R31. “丢失的病人”
“The Runaway Patient”

一名偏瘫且无语言能力的老年患者，被放进轮椅推入电梯，以便到医院的另一层楼进行治疗。但是治疗科没有人知道这个病人要来，电梯上也没人问这个病人是否知道他要去哪里或能否自己行动。

据说，坐在轮椅上的病人就在电梯里随着电梯上上下下，直到一名工作人员发现他不在病房里，并查出了事情的原委，然后才去解救他。但那时病人已经死亡，或者因为长时间无人照料而身体虚弱，严重脱水。

印第安纳大学护理学院的安妮·菲普斯（Anne Phipps）从美国中西部的五所退伍军人管理局（Veterans Administration）和大学医院的

工作人员那里搜集到了这个传说的异文。另一个版本出自1983年在《电视指南》（*TV Guide*）杂志上刊登的男演员哈利·摩根（Harry Morgan）的采访报道，该演员在《陆军野战医院》中扮演波特上校。菲普斯还在报纸上发现了1975年在一家芝加哥地区的医院发生的类似事故的报道。

参考文献 Anne Phipps, "The Runaway Patient: A Legend in Oral Circulation and the Media," *Indiana Folklore* 13 (1980), 102–111; *Too Good*, 214.

R32. 俄罗斯 Russia

波兰民俗学家迪奥尼兹·丘巴拉曾指出，在俄罗斯还没有建立完善的“民俗学学科”之前，某些俄罗斯作家就已经对**流言**（spletni）和**谣言**（tolki）这两种民俗类型产生了兴趣。此外，俄罗斯民间叙事的其他几个已命名的类别似乎与英文术语“当代传说”相重叠，俄罗斯的作家已经注意到了这些文类。不幸的是，对于不懂俄语的人来说，我们只能通过丘巴拉简短的英文报告来了解这一领域。

在维亚杰姆斯基（P. A. Viazemskii，1792—1878）的著作中，我们可以找到丘巴拉报告的有关这类材料的早期记录，他建议“在莫斯科的大街小巷中搜集这些流传着的荒唐谣言、寓言、非谣言（nonrumours）和非寓言（nonfables）……这就是我们的口头文学”。新闻记者和文学评论家尼古拉·杜勃罗留波夫（Nikolai Dobroliubov，1836—1861）提到了类似的传统，如“**听到的东西**”（slushki，即谣言），而且他还写道：“他们就是生活的写照，充满了突如其来的事件、苦难、欢乐、幡然悔悟以及美好真实的激情。一周这样的生活教给我们的东西，比七大卷的统计数据还多。”

斯拉夫语言文化研究专家威廉·埃杰顿（William B. Edgerton）在1890年12月发行的五份不同的彼得堡报纸上找到了关于鬼魂求助传说的深入讨论，为窥探俄国城市街头传说的早期生活打开了另一扇窗户。这个基本故事以不同的异文被报道、复述和追踪，但是分析的结果是无法通过作者追溯到它的源头，也无法证实任何细节的真实性。一名记者经过长期调查，也未能追踪到谁是第一个传播这个席卷全城的神奇故事的人，然后写道："我在查证此事的道路上遭遇了人为设置的巨大障碍，这些有教养的人们坚信或说服别人坚信，他们知道真相……但是，如果这件事是真事的话，那么这些人为什么要保持沉默呢？！"

丘巴拉能找到的最早的"关于俄罗斯当代传说的纯学术文章"是切尔诺夫（S. N. Chernov）在1934年写的一篇文章。这篇文章描述了一本记载着谣言和耸人听闻的故事的笔记本，里面收录了1825年至1826年在莫斯科档案馆中发现的故事。这个笔记本提到的当代谣言"揭示了它们所处时代的社会情绪"。

然而，直到20世纪70年代，俄罗斯的都市传说研究才真正兴起，当时的作家们注意到了谣言和流言对文学作品的影响，而且还将这些故事记录了下来。其中有一个流行故事说的是1825年突然死亡的沙皇亚历山大一世（Czar Alexander I）其实是中毒身亡。据说他的遗体已经变黑，不能呈现在世人面前，所以人们为他制作了蜡像，以供瞻仰和举行葬礼（在美国，有时也会说埃尔维斯·普雷斯利采取了以蜡像代替肉身的方式）。

在最近一部俄罗斯文学作品，即叶夫根尼·叶夫图申科的小说《浆果处处》（1981年，1984年译）中出现了一个都市传说的例子。在这部小说中，一群工人围坐在**泰加林**（taiga，西伯利亚沼泽的针叶林）里的篝火旁讲故事。其中一个人讲述了在列宁格勒流传的"包裹里的死猫"的详细版本。据说，这次不知情的小偷偷走死猫的故事就发生在这位叙述者身上，当时他正在乘坐一辆市郊往返列车。紧接着，小说中的叙述者评论说："**泰加林**露营的故事有一个特性——甚至是说故事的人自己也不知道哪部分是真的，哪部分是杜撰的。"

在波兰记录的绑架儿童的传说中，据说盗窃器官的犯罪分子都是驾驶着黑色伏尔加（一种俄罗斯汽车）作案，而且丘巴拉也发现了一些在苏联时期流传的异文。他在1989年和1990年搜集的文本，在此前的几年被它们的故事讲述者重新搜集，这些故事在俄罗斯、乌克兰和白俄罗斯很出名。其中有一个例子：

> 我从村民和明斯克人那里听到过很多这样的故事。他们主要是在1980年讲述这些故事的，后来他们不时地会说到这个话题。据说其中有一个故事就发生在我出生的地方。一个男孩在路上走着，一辆车路过，车上的乘客向他问路。他们让男孩上车带路，男孩就上车和他们一起离开了。
>
> 后来人们在树林中发现了他，他的肾脏没有了。男孩被氯仿麻醉后，被摘走了肾脏。男孩醒来以后他们已经走了。他立即被空运到一家莫斯科医院，因为他很强壮，所以他活了下来。他提供了绑架案的所有细节，包括那些绑匪的长相。有一个专门的犯罪团伙，他们把各种各样的身体器官运送到医院。

有时，当令人生疑的“新闻”中的怪事，通过旅行者的交谈或未经证实的新闻报道在世界其他地区传播时，俄罗斯都市谣言和传说还在继续流传这件事就得到了证明。俄罗斯的民俗学家或是国外会讲俄语的民俗学家，他们要做的就是系统地去记录这些传说。

另参见 “地毯下的窃听器”；“死亡之车”；“飞牛”；“盗肾”

参考文献 *Baby Train*, 245–246 (“Dead Cat”); D. Czubala, “Earliest Accounts of Contemporary Legends in Russia,” *FOAFtale News* 18 (June 1990), 6–7; D. Czubala, “The ‘Black Volga’: Child Abduction Urban Legends in Poland and Russia,” *FOAFtale News* 21 (March 1991), 1–3; William B. Edgerton, “The Ghost in Search of Help for a Dying Man,” *Journal of the Folklore Institute* 5 (1968), 31–41; *The Truth*, 123–136.

S1. 撒旦恐慌
Satanic Panic

有人说，组织完备的撒旦邪教组织已经存在好几代了，他们举行仪式对无辜者施虐的故事已经流传了很久，而且还引起了周期性的大规模骚动。在《米歇尔回忆录》(*Michelle Remembers*，1980）问世，以及在其他宣称是“撒旦幸存者”和自称从前参与过虐待仪式的人传播这些流行故事之后，最新的“撒旦恐慌”出现在20世纪80年代。在美国和欧洲，撒旦虐待仪式造成的恐慌最终导致大批人员被控告或拘捕，包括日托中心员工、教师、养父母，甚至还有一些被指控虐待孩子的父母。通常是这些讲述虐待离奇故事的孩子们，或者是宣称自己回忆起郁积往事的成年人把他们的父母告上法庭的。其中一个重要的指控案是1983年发生在加利福尼亚州曼哈顿海滩的麦克马丁幼儿园事件。这里有一个例子说明了仅在一个国家区域内的有关撒旦虐待仪式的文章范围和数量——1991年，在英国发行的第22期和24期《FOAF故事通讯》中，出现了与这一主题相关的两份冗长的出版材料列表。

关于该传说细节的说法相当恐怖，经常包含性变态、酷刑、杀害人类或动物、裸体、吃粪便，而且参与者总是能够巧妙地掩盖这些精心安排的仪式。有这样的谣言流传：绑架金发碧眼的处女充当祭品，从人权组织收养的黑猫也具有同样的作用。最终，由于缺乏实物证据，调查者强烈抨击了这些说法；调查记者、人类学家、民俗学家、心理学家、刑事审判专家以及社会学家出版了许多揭露撒旦恐慌的作品。

一位研究邪教的联邦调查局专家肯尼思·兰宁（Kenneth V. Lanning）写道：“将紧张与歇斯底里的情绪抛开，会发现大多数邪恶/神秘的活动都只涉及非犯罪行为，（或）相对较小的罪行，如非法入室、蓄意破坏、虐待动物或偷窃。”调查人员提醒我们，一些年轻人采用了与撒旦主义相关的记号或着装风格，但这并不能证明他们参与了祭祀牺牲或其他仪式。在撒旦恐慌故事中，错误记忆综合征打开了另外一个突破口，我们将其认定为一种心理现实。

在撒旦主义研讨会上或在媒体中流传的一些故事和说法令人感到匪夷所思。一些"专家"甚至说"圣诞老人"（Santa）的名字是"撒旦"（Satan）的易位构词[1]，代表着反基督者，因此父母不应该给孩子们讲圣诞老人的故事。其他人则坚称，美国国旗上的五角星是异端的共济会成员和自然神论者选择的神秘符号，他们建议这种亵渎神明的旗帜应该重新设计成没有星星的样式。此外，他们还进一步宣称，撒旦对美国青少年的影响还涉及摇滚音乐、《龙与地下城》（*Dungeons and Dragons*）游戏，以及20世纪60年代引进的和平标志。

人类学家小菲利普斯·史蒂文斯（Phillips Stevens Jr.）在1989年发表的一篇有关美国恐慌的早期述评中，以偏概全地说："这都是民俗，是一种特别阴险和危险的形式；另外，它还符合经典的、易识别的模式。"然而，随着研究的不断深入，它与民间传统的联系似乎不是很牢固，而且学者还从许多人那里识别出了其他重要影响，包括自许的撒旦研究专家、善意但被人蒙骗的改革者、轰动一时的新闻，特别是所谓的受害者，他们实际上患有不同程度的精神疾病（他们在咨询人员和调查者的鼓动下，回答一些具有导向性的问题）。

在撒旦恐慌材料与都市传说的具体联系上，学者们仁者见仁、智者见智。在某些现代传说中，撒旦虐待仪式的细节当然会有一些重叠，特别是涉及诱拐和残害儿童、在商场袭击妇女和儿童、器官盗窃，以及贩毒（如"蓝星迷幻药"）之类的故事，还有各种关于企业给"撒旦教会"捐赠的谣言。然而，在大多数情况下，都市传说案例中的替罪羊都是少数民族、同性恋、犹太人，或者是普通罪犯，而不是撒旦崇拜者。然而，正如比尔·埃利斯指出的那样，传说之旅的"明示传统"（ostensive traditions）可能包含对撒旦符号和习俗的提及，而不包含任何仪式活动或虐待。然而，这些所谓仪式虐待的逸闻性证据也应当引起人们的注意，其传播是非正式的，在某种程度上是口耳相传的，而且通常还具有不同的版本，它们更像都市谣言和传说。因此撒旦恐慌在某种

1 英文为anagram，指将一个单词的字母重新排序构成一个新词。

程度上就是民间传说。

社会学家杰弗里·维克多（Jeffrey S. Victor）针对都市传说给撒旦仪式虐待带来的影响做出了最为清楚的阐释，总而言之“当代传说创造了自我实现的过程，因为谣言故事有时会被付诸实践，或者是用来为行为提供‘佐证’”。维克多分析了几个谣言恐慌，然后探究它们在不同地区是如何诞生的。他的结论是：“血祭仪式神话以及其他类似的颠覆神话（subversion myths），通常是出现在一个社会正在经历一种深刻的文化价值危机之时，或者是在一场急剧的社会变迁引发了动乱和普遍的社会压力之后。”（维克多在1993年的书中，对20世纪80年代和90年代早期的撒旦恐慌症给出了最为详尽的总结，而且还提供了最新的资源，以及与这些说法做斗争的建议，包括这一领域内具体专家的姓名和地址。）

然而，心理学家乔治·格里夫斯（George B. Greaves，在萨克海姆［D. Sakheim］和迪文［S. Devine］于1992年出版的书中）提出了另外一个关于传说与撒旦信仰关系的观点。格里夫斯将大量的都市传说与仪式虐待幸存者所做的记录进行了对比。与都市传说不同，幸存者的故事是以第一人称讲述的，掺杂了强烈的情感参与，它们可能是冗长而详细的叙述，并伴随着真实的身体伤疤的展示，而不具备许多都市传说所特有的离奇或幽默的叙事技巧。

另参见 “血祭诽谤”；万圣节施虐狂；“宝洁公司的商标”；创意复古协会传说；陌生人带来的危险；卖良为娼传说

参考文献 Bill Ellis, “The Devil-Worshippers at the Prom: Rumor-Panicas Therapeutic Magic,” *Western Folklore* 49 (1990), 27–49, repr. in *Aliens, Ghosts, and Cults*, 199–219; and *Raising the Devil* (2000); Robert D. Hicks, *In Pursuit of Satan: The Police and the Occult* (Buffalo, NY: Prometheus Books, 1991); Debbie Nathan, “What McMartin Started: The Ritual Sex Abuse Hoax,” *Village Voice* (June 12, 1990), 36–44; James T. Richardson, Joel Best, and David G. Bromley, eds., *The Satanism Scare* (New York: Aldine de Gruyter, 1991); D. Sakheim and S. Devine, eds., *Out of Darkness: Exploring Satanism and Ritual Abuse* (New York: Lexington Books, 1992); *Skeptical Inquirer* 14: 3–4 (Spring and Summer 1990; several articles on satanic cult claims); Phillips Stevens Jr., “Satanism: Where Are the Folklorists?” *New York Folklore* 15 (1989), 1–22; Jeffrey S. Victor, *Satanic Panic: The Creation of a Contemporary Legend* (Chicago: Open Court, 1993); Véronique Campion-Vincent, “Demonologies in Contemporary Legends and Panics: Satanism and Babyparts Stories,” *Fabula* 34 (1993), 238–251; Elaine Showalter, *Hystories: Hysterical Epidemics and Modern Culture* (New York: Columbia University Press,1997), Ch. 12, “Satanic Ritual Abuse.”

S2. 沙特阿拉伯
Saudi Arabia

记者兼阿拉伯语文学翻译家彼得·塞洛克斯（Peter Theroux）在20世纪80年代早期生活在沙特阿拉伯，曾经报道过“利雅得的驴女郎”（Donkey Ladies of Riyadh）故事，说它是“我在沙特阿拉伯听到的第一个都市神话，也是最后一个不涉及外国人的都市神话”。这其实是一个“舞厅里的魔鬼”的本土化异文。塞洛克斯来到一个朋友家，发现全家人“正乱作一团”。原因是：

> （他）的姐妹们在电视机旁哭泣。这件事发生在她们的两个女性朋友身上：她们一直在街上溜达，被阿拉伯苏莱曼尼亚郊区节日宫里的音乐所吸引。女孩们偷偷看了一眼里面的情景，有将近百位没有戴面纱的优雅女性，随着美妙的部族婚礼音乐翩翩起舞。
>
> 一位个子最高、肤色最浅的女人喊道：“快进来，一起跳舞吧！”她肯定是一位公主。
>
> 女孩们脱下面纱，正要开始跳舞时，其中的一个人抓住了另一个人的胳膊肘。
>
> “看看她们的腿！”
>
> 所有的女人都长着驴腿和驴蹄。
>
> 女孩们跑到外面，冲到一辆出租车上，尖叫着说有个魔鬼派对。司机问：“你们怎么知道她们是魔鬼？”当女孩们告诉他所有的舞者都有驴腿时，出租车司机又问：“像这样的吗？”他撩起袍子，露出了驴腿。

据塞洛克斯报道，“驴女郎……出没在利雅得好多年了”。他在沙特听到的其他“都市神话”（他这么称呼它们）反映了当地人对外国劳工的不信任，这些外国劳工为富有的公民做一些卑微的工作。这些故事讲述了一位泰国（或菲律宾、斯里兰卡）女佣把托其照看的沙特婴儿烹煮了，一位韩国卡车司机撞死了一位陷于困境的人或者搭车客，然后把尸体带回家吃了。

这个来自一个中东国家的小样本，可能属于在这个地区发现的类似都市传说的更广泛的传统。

参考文献 Peter Theroux, *Sandstorms: Days and Nights in Arabia* (New York: Norton, 1990), 15–19; "Meanwhile, Back in Riyadh," *FOAFtale News* 21 (March 1991), 10（对Theroux描述的部分引用和总结）.

S3. "拨打手机获救"
"Saved by a Cell Phone"

2003年，一封标题为"**给所有使用手机的人**"的电子邮件讲述了劳伦（或"劳拉"）的可怕经历，这个年轻的女人独自驾车行驶在某一具体的公路上（地点多种多样），后面跟着一辆车顶闪烁着红灯的汽车，大概是一辆没有警标的警察巡逻车要她靠边停车。幸运的是，劳伦（或劳拉）知道拨打手机号码#77，其特殊功能是会让播打者直接联系到最近的警察调度员。她从调度员那里得知附近没有这种无警标的车，警方正派出一辆真正的警车来援助她。这辆无警标的汽车被拦了下来，它由一个"已被定罪的强奸犯"驾驶。这封电子邮件的作者在结尾处说道："可惜的是，手机公司是不会告诉你这一窍门的！！！"如果是真的，那太好了，但这不是真的，拨打#77无法向警察或其他人求助。劳伦/劳拉是一个都市传说中的人物。

参考文献 *Be Afraid*, 254–255.

S4. "被锯掉的手指"
"The Sawed-Off Fingers"

工厂里，一个工人在操作电锯或另一个重型设备时，意外地锯掉或割掉了一根手指。当有人问他事情是如何发生的时，他指着机器说：“像这样！”然后他就失去了第二根手指或拇指。失去手指的数目各不相同，而且故事有时说的是被大型螺旋挖掘机弄掉了脚指头。

这一传说也被称为“剩下三根手指击掌庆贺！”，它至少从20世纪初就开始流传了。有时，员工会因为一个在工厂参观的漂亮女人而分心，她问他是如何失去了他的手指，于是他又演示了一遍。它以笑话而不是传说的形式被讲述，这个故事还可能通过移民方言讲述，通常是瑞典语（“Voops! Dere goes anudder vun!”），而且故事背景设置在一个中西部的锯木厂。

另参见 “被切断的手指”；“割草机意外事故”
参考文献 *Baby Train*, 178–180; *Too Good*, 162–163.

S

S5. 创意复古协会传说
SCA Legends

成立于1966年的创意复古协会（Society for Creative Anachronism，即SCA）是一个振兴中世纪文化的组织，它已经形成了自己独特的“民俗”传统（风俗、叙事歌、恶作剧、笑话、俚语、特定人物名字等），包括传说。这个传奇性的故事经常描述的是一个着装奇特的创意复古协会会员以某种方式与外部社区互动，正如“汉堡王里的野蛮人”（The Barbarian at Burger King）故事，他穿着古装，然后点他的汉堡——“要生的！”在其他状况中，这个协会会员用他的锁子甲挡开了攻击者的刀，或者用他的剑来对抗攻击者的刀；在一个流行的传说中，协会团体要降伏地狱天使（Hells Angels）团伙。在瑞典，一个经典的创意复古协会传说是“**锁子甲防卫**”（Ringbrynjan skyddar）。

唐娜·威科夫分析了创意复古协会传说的文本细节，认为“当创意复古协会这个微观世界的思想意识和实践，在遭遇21世纪世俗世界里与之不相容的元素时，产生了歧义和焦虑，这些当代传说好像充当了处理歧义和焦虑的‘必要’仪式”。威科夫从她儿子德里克（也叫西奥多里克·格林伍德）那里搜集了“锁子甲中的刀”（Knife in the Chain Mail）的故事：

> 某个夜晚，一位创意复古协会成员像往常一样在很晚的时候才坐地铁回家，他穿着普通的衣服，装备都套在衣服里面。他独自乘车，忽然过来一位“绅士”，让他交出钱包。当然，他拒绝了。那位年轻绅士没有废话，直接掏出来一把折叠刀，捅向了他的胸口——刀子刺穿防风夹克衫，里面的锁子甲露了出来。创意复古协会成员直勾勾地盯着年轻人，走到他身旁说：“我看你只有6岁，我让你长到30岁吧。”然后，他拿出了长剑，袭击者转身逃跑了。（第14页）

创意复古协会的活动——不论是真实的还是谣传的——都导致了人们对该团体会实施撒旦仪式虐待的错误指控。

参考文献 *Baby Train*, 207–209; Donna Wyckoff, “Why a Legend? Contemporary Legends as Community Ritual,” *Contemporary Legend* 3 (1993), 1–36; Wendy Erisman, “Genealogy of a Witch-Hunt: Satanism, Social Power, and the Society for Creative Anachronism,” *Contemporary Legend* New Series 3 (2000), 83–107; Bengt af Klintberg, *Glitterspray* (2005), 180–182.

S6. 丑闻 Scandal

可耻的行为，通常是性行为，是谣言的主要话题，因而丑闻成为都市传说的主要主题也没什么可大惊小怪的。全部的传说类别中可能都有丑闻故事，但是它在“性丑闻”类别中最明显。

都市传说中的典型丑闻话题包括撞见裸体（“裸体主妇”和“宿舍惊喜”）和被抓现行（“令人震惊的录像带”和“合体夫妇”），或者只是在公开场合困窘不安（“绿色兑换券”和“超级英雄的狂欢作乐”），其他一些与性相关的丑闻传说是“相亲”“买丹碧斯卫生棉”“理发师的误判”“乔装幽会”“正在等送冰人”等。

在“恼怒的新娘”中，主角在婚礼上戏剧性地揭露了丑闻；另一个关于婚礼丑闻的故事是后来的“录像带中的盗窃”。“惊喜聚会中的裸体主人”在突然暴露的那一刻，全家人和大伙儿都惊呆了。

另参见 名人；拉链故事

S7. 惊悚故事
Scary Stories

“惊悚故事”是一种不言自明的口头和书面叙事的民俗类别。儿童和青少年似乎喜欢说那些可以吓唬到听众的故事，尤其是在睡衣派对、围在篝火旁、照看孩子、停车、长途汽车旅行等语境中。一个民俗学家建议将其中一些故事称为“幽默的反传说”，因为它们虽然被当作传说讲述，但更多地体现的是笑话的功能。事实上，比起相信这个传说本身，人们认为惊悚故事更可能是笑话，或者至少是显而易见的虚构作品。

“惊悚故事”这个术语已经被恐怖的、怪诞的、神秘的，以及其他骇人故事的编译者在其惊悚故事选集中采用。其中还有一些叙事来自国际都市传说，比如“钩子”“男友之死”“后座杀手”，以及“保姆和楼上的男人”。在复述这类惊悚故事的时候，编译者非常强调氛围细节，包括声音、景象和背景，以提升恐怖效果，同时，还要保持一种半严肃的态度，确保让听众感受到“这只不过是一个故事而已”。

当代业余的和专业的故事讲述者，都倾向于互相交流惊悚故事，然后在演述时对其进行重新创作，以适合自己的个人叙述风格。因此，惊悚故事在一定程度上也可以被认为是根据故事讲述者做出的分类，它专门在可能被认为是现代民俗团体的成员之中流传。至于那些喜欢讲惊悚故事的儿童和青少年，理查德和朱迪·德克利·扬（Judy Dockrey Young）指出：

故事……对于成年人来说，可能很血腥，很可怕，但它们远远没有晚间新闻里的战争和饥饿故事可怕。如果孩子们能面对和控制他们对（惊悚故事中）可怕事物的恐惧，他们会更好地面对我们实际上所恐惧的事物，包括从犯罪到有毒废料污染。

同样的道理也适用于所有关于惊悚事件和可怕主题的都市传说。

另参见 反传说；恐怖传说

参考文献 John M. Vlach, "One Black Eye and Other Horrors: A Case for the Humorous Anti-Legend," *Indiana Folklore* 4 (1971), 95–140; Richard and Judy Dockrey Young, *Favorite Scary Stories of American Children* and *Scary Story Reader* (Little Rock, AR: August House, 1990 and 1993); de Vos, *Tales, Rumors, and Gossip*, 289–331; Ellis, *Aliens, Ghosts, and Cults*, 26–45.

S

S8. 苏格兰 Scotland

苏格兰都市传说中的第一个现代学术兴趣点是由西苏格兰大学的亚历山大·"桑迪"·霍布斯（Alexander "Sandy" Hobbs）提出来的，他在1966年发表了与这一主题相关的简短说明和文章。1978年，他在《口述史》(*Oral History*）上发表了一篇文章，这次他关注了更早的信息来源。在罗伯特·钱伯斯（Robert Chambers）1825年《爱丁堡的传统》(*Traditions of Edinburgh*）一书中，霍布斯发现了一个我们可以称为"门口的醉汉"(The Drunk at the Door）传说的简洁版本，它包含了早期的"断指"母题，这在几个现代都市传说中也能找到，包括"被噎着的杜宾犬"。霍布斯也调查了19世纪的故事"唐尼的杀戮"(Downie's Slaughter/Slauchter），这在19世纪80年代至20世纪头十年的苏格兰期刊中被广泛讨论。霍布斯在他1973年的调查中总结到，这个故事是发生在亚伯丁大学公职人员身上的一个致命恶作剧，它是现代的致命入会仪式传说的前身，而"唐尼"事件既不能以任何确定性的方式证实，也无法证伪。

霍布斯1978年发表在《口述史》的文章还报道了其他几个苏格兰的国际都市传说，包括“拘捕”“被盗的钱包”“墓地之赌”“令人伤脑筋的宝贝”。还有一个有趣的“消失的搭车客”的异文，它于1966年出现在苏格兰期刊上，被另一份出版物转载，但无法追溯任何可证实的来源或人。霍布斯把这个故事叫作“幽灵棋手”（The Ghostly Chess Player），而且还这样概述了开头：“一个叫鲍威尔的司机载了一个搭车客。他们聊到了下棋这一共同兴趣。这个搭车客提出要给司机出一个有趣的国际象棋难题，还给他留了自己的姓名和地址。如果他不在家，这个象棋难题就会放在他的烟灰缸里。那天晚些时候，司机来到他家……”这个故事的结尾是——

> 一个女人开门把他请进来，然后听了他的故事，她看起来有些吃惊。“你能描述一下他吗？”她有些疑惑。根据司机的描述，搭车客正是她的丈夫。她说：“真奇怪，他三天前去世了。”鲍威尔注意到了那个壁炉架旁的雪花石烟灰缸，他说希望可以打开看看，这个寡妇同意了。烟灰缸里面有一张纸，纸上写着一道国际象棋难题，这一切与搭车客描述的一模一样。（第75页）

随着当代传说研究在大不列颠以及其他地方的发展，霍布斯也一直在为这个领域做贡献，当然，他的理论和分析文章不一定都是基于苏格兰的例子。然而，他对1954年发生在格拉斯哥的事件的调查（第一次发表是在1985年的一个传说研究会议上），再次聚焦于当地的传说材料。霍布斯与调查者大卫·康韦尔共同回顾了这一案例，数百名格拉斯哥儿童声称要到当地的一处墓地“猎杀一只铁牙吸血鬼”。尽管1954年的新闻报道试图将这种“怪物”歇斯底里症与恐怖电影和漫画书联系起来，但是这些流行文化媒体与这一案例的具体联系无法确定。相反，霍布斯和康韦尔发现，在19世纪早期的故事中，铁牙吸血鬼的母题很常见，一般是成人用它来吓唬小孩的。1879年，一首关于这个话题的诗《铁牙珍妮》（Jenny wi the Airn Teeth），甚至被列入了文学作品选集。同样支撑猎杀怪物或吸血鬼传统的，还有记录充分的所谓儿童狩猎的风俗。

其他值得注意的苏格兰都市传说的记录者还有戈登·麦克洛克。在1982年第一届当代传说观点会议上，麦克洛克提交了他对“火鸡脖子”传说的研究（在“火鸡脖子”词条和比较的方法词条中均有概述）。麦克洛克从一位来自苏格兰马瑟韦尔附近的克莱兰矿村的女人那里搜集到了该故事的一个版本。在这个例子中，火鸡脖子被替换成了“内脏杂碎”。浓重的苏格兰方言，与来自工作中的朋友的朋友和火鸡正在小厨房里解冻的现代细节形成了鲜明的对比：

> 我工作的一个同伴……住在克莱兰，他讲了一个故事。一个女人伤了胳膊，她的同伴说，你永远不会相信她是怎么伤到胳膊的。
>
> （问题：这件事发生在马瑟韦尔吗？）
>
> 克莱兰。然后……他们忽然笑了起来。好像她的男人每个周六的夜晚都会喝得醉醺醺地回来，躺在炉火旁就睡。每当他喝醉的时候，睡觉会嗯啊个不停，因此……她就关灯睡觉了。但是，两个儿子随后也进来了……跑到了厨房。当然，当他们开灯的时候，男人就“唉哈”……“嗯呀”和“哈呀”地叫。他们看到了正在解冻的火鸡……于是，他们拿了一些杂碎……于是小儿子说：“我一定要……在早上吓唬他一下。”于是他就把一些内脏杂碎放在了爸爸的裤裆上。当然，当妈妈早上起床后……她看到猫咪在吃杂碎，妈妈一下子晕了过去……（大笑）……这就是为什么她伤到了胳膊。[1]

在1983年的当代传说观点会议上，麦克洛克提交了他在苏格兰发现的自杀的雕塑家和建筑师的传说（另参见本词条参考文献中有关桑迪·霍布斯的内容）。在麦克洛克搜集的故事中，有18个版本来自苏格兰，7个版本在格拉斯哥流传。这些故事说的是建筑设计失误，如“前

[1] 原文为带苏格兰方言口音的英语。

后颠倒”（格拉斯哥的凯文葛罗夫艺术博物馆）或者是不完整（默多斯顿庄园大门口的无舌狮），导致了雕刻家和建筑师的自杀。1988年《格拉斯哥先驱报》（*Glasgow Herald*，5月14日）刊登了一篇有关“无根据的离奇故事”的故事，从而印证了这类苏格兰传说仍在持续流传，概述引语如下：

每一个格拉斯哥人都知道凯文葛罗夫艺术博物馆前后建反了。建筑师设计得非常糟糕，在建成的那天，他从他的这个拙劣设计作品的顶层坠楼而亡，成了建筑业粗心大意的牺牲品。

这篇文章提到的其他都市传说包括被当地餐馆烹饪的宠物、“邪恶的”宝洁商标、麦当劳的蠕虫汉堡。文章还收录了一些其他“奇怪例子”的类型，一般是写作者从朋友的朋友那里听说的：

（她说）红色和白色组合的花束一向被认为是不吉利的，它起源于罗马葬礼风俗。一个护士被问道为何这种迷信在医院还如此流行。“颜色，”她说，“就像床单上的血迹。”

在与霍布斯合著的《苏格兰生活与社会》（*Scottish Life and Society*，2007）的章节中，麦克洛克提到了他从拉纳克郡听说的“哥特式（gothic）的现代传说”，并将其称为“钢铁工人学徒”（The Apprentice Steel Worker）：

一个年轻的男孩到一个钢铁厂做学徒，被安排在他父亲身旁工作，结果却发生了悲剧。男孩嬉闹时摔倒了，他跌进了盛着钢水的大桶里面，只有头和肩膀还在炽热的钢水之外。他尖叫着呼救，但是他的父亲意识到他的儿子已经没救了，于是他把脚踩到儿子头上，然后儿子整个人都被摁进了钢水桶里。（第119页）

大卫·巴肯在1984年的《苏格兰传统》(*Scottish Tradition*)选集中，收录了三个不错的都市传说例子(第63、64、65篇，第87—88页)，而且还详细论证了苏格兰民俗。他在序言中将“现代传说”定义为“在当代社会中口头流传的，被人们信以为真的故事，同时还呈现出了传统的变异”。除了在斯特灵郡搜集的“男友之死”和在丹巴顿郡搜集的“保姆和楼上的男人”的版本外(都是1976年)，巴肯还提供了1968年在苏格兰报纸上刊登的“珍珠”的文本。这篇报纸文章在开头宽泛地提到了一些让人听起来感觉“好得令人难以置信”的故事，甚至还提到“这种事情发生在朋友的朋友或者亲戚的亲戚身上”。通过进一步举例，文章提到了一件“在拉纳克郡正在发生的事情”：

> 一个女人，貌似在沃尔沃斯超市里，买了一串镶嵌了十颗“珍珠”的项链。
>
> 她戴着这条项链参加了晚宴舞会。
>
> 在吃饭的时候，一个陌生人非常喜欢这条项链。他自称是珠宝商，询问是否可以看看这条项链。然后，他说项链很完美，“值一大笔钱”。
>
> 女人笑了，说这条项链是她在沃尔沃斯只花了很少的钱买到的。
>
> 但是男人还是坚持自己的说法。最后，他希望女人把项链卖给他。
>
> 让她大吃一惊的是，他说项链价值两万英镑。
>
> 他给出的解释是，项链是偷来的。
>
> 小偷非常难抓。因此，当一个侦探尾随其后时，小偷顺手把项链丢在了沃尔沃斯的柜台上。
>
> 这是一个极为轰动的故事。
>
> 麻烦的是，当我们上周试图按图索骥时，却一无所获。(第87页)

在看到苏格兰有趣的都市传说后，世界期待着更多——可能是各种独具特色的有关哈吉斯[1]（haggis）、高尔夫、苏格兰威士忌酒，或者英国游客的都市传说。谁知道以后会出现什么主题或话题呢？

（本书的第一版也包括上述段落的这个词条，它真是一个奇妙的先见之明，因为在2001年，"大卫·巴肯博士当代传说研究论文奖"颁给了纽芬兰纪念大学的乔伊·弗雷泽［Joy Fraser］，弗雷泽研究的是"苏格兰著名象征——哈吉斯——的多种含义"。尽管"哈吉斯传说"更多的是以荒诞故事而不是以真正传说的形式被讲述，但是人们普遍将其**视为**真事，而且它还被广泛地传播开来，特别是在苏格兰的外国游客之中；流行文化和广告中也经常会利用这个"传说"。这个故事"把哈吉斯描述成一种活生生的动物……它们在苏格兰的山坡上被猎杀，为了被作为烹饪的主菜供应给全国各地的彭斯之夜[2]［Burns Suppers］"。）

S

另参见 英格兰；"飞牛"；"恼怒的新郎"；"洞察力课程"；"给小巴迪的明信片"；恶作剧；撒旦恐慌

参考文献 *Choking Doberman*, 44–46 ("The Drunk at the Knocker"); Alexander Hobbs, "Downie's Slaughter," *Aberdeen University Review* 45 (1973), 183–191; Sandy Hobbs, "The Folk Tale as News," *Oral History* 6 (1978), 74–86; David Buchan, ed., *Scottish Tradition: A Collection of Scottish Folk Literature* (London: Routledge & Kegan Paul, 1984); Sandy Hobbs and David Cornwall, "Hunting the Monster with Iron Teeth," in Bennett and Smith, *Monsters with Iron Teeth* (1988), 115–137; Gordon McCulloch, " 'The Tale of the Turkey Neck' : A Legend Case-Study," in Smith, *Perspectives* (1984), 147–166; Gordon McCulloch, "Suicidal Sculptors: Scottish Versions of a Migratory Legend," in Bennett, Smith, and Widdowson, *Perspectives on Contemporary Legend II*, (1987), 109–116; *Mexican Pet*, 129–131 ("The Turkey Neck"); Sandy Hobbs and David Cornwell, "Killer Clowns and Vampires: Children's Panics in Contemporary Scotland," in Hilda Ellis Davidson and Anna Chaudhri, eds., *Supernatural Enemies* (Durham, NC: Carolina Academic Press, 2001), 203–217; Joy Fraser, " 'Gie her a Haggis!' : Haggis as Food, Legend and Popular Culture," *Contemporary Legend* New Series 6 (2003), 1–43; Sandy Hobbs and Gordon McCulloch, "Modern Legends," in John Beech et al. eds., *Scottish Life and Society: A Compendium of Scottish Ethnology* (Edinburgh: John Donald, 2007), 117–123; Westwood and Kingshill, *Lore of Scotland*, "Suicidal Artists and Architects," 156–157; "The Vampire with Iron Teeth," 186–187 (两部分均由Sandy Hobbs提供).

1 一道用羊的各种内脏制作而成的菜肴，被称为苏格兰的"国菜"。

2 1月25日为苏格兰著名诗人罗伯特·彭斯的诞辰纪念日。每年的这一天，苏格兰人都会举行庆祝活动来纪念他。

S9. “树上的水肺潜水员”
“The Scuba Diver in the Tree”

20世纪80年代中期，水肺潜水员的传说曾经在美国、欧洲和澳大利亚流传，后来又在媒体中广泛传播，它大概起源于消防飞机或者直升机从湖里舀水救火。这个故事在国外也很受欢迎，比如彼得·梅尔（Peter Mayle）《普罗旺斯的一年》（*A Year in Provence*，1989）一书中出现的一个人物评论说：“每次发生火灾，都会有人散布一个类似的谣言。”1996年的连环画《谢尔曼的潟湖》（*Sherman's Lagoon*）也提到了这个传说。同时，它也是加拿大莫迪凯·里奇勒（Mordecai Richler）的小说《巴尼的人生》（*Barney's Version*，1997）的主要情节元素。在1998年和1999年，这个故事作为一个新闻报道在网络中再次流传开来：

S

> 加利福尼亚州的消防部门在评估森林火灾造成的损失时，在被大火烧毁的森林区发现了一具尸体。死者为男性，穿着一套潜水衣，配有氧气瓶、脚蹼和面罩。尸检显示此人并非死于烧伤而是死于严重的内伤。牙科记录确认了死者身份……
>
> 在火灾发生的那天，这个人去海边潜水。离森林大约20英里远。消防员正在寻求尽快控制火速的办法，他们调来了一支配有大水桶的直升机队。然后，这些水桶被扔进海里快速装满水，然后被空运到森林火灾现场，把水倒空。你猜对了。

一个转发这个故事的人补充说：“这个故事我已经听说或者是读过上百遍了。”2000年1月，电影《木兰花》（*Magnolia*）上映，又一次讲述了“树上的水肺潜水员”。2010年，电影版的《巴尼的人生》上映，自然也包含了这一事件。

参考文献 *Be Afraid*, 176–177; *Curses!*, 47–48; *Too Good*, 168–169.

S10. “第二页答题卷”
“The Second Blue Book”

在学生使用第二页答题卷作弊通过了论文考试的传说中，至少包含了三种不同的作弊方法。在这三个版本中，都包含两道问答题。在前两个版本里，学生只有能力解答第二题。

在第一个作弊故事中，他在标着“第二页”的答题卷上写了一个不完整的句子，然后完整地解答了第二题。后来他的导师因为丢掉了他的第一页答题卷而向他道歉。

在第二个作弊故事中，学生在第二页答题卷上写了答案，然后带着第一张答题卷回到宿舍，依照笔记和课本把第一道题的答案写在了第一页答题纸上。当天的晚些时候，他的朋友帮忙将它交给了老师，说这是在教室地板上捡到的。

第三个作弊故事最详细。学生哪个问题都不会回答，于是他给母亲写了一封信，说这门课很简单，他学得很好，早早地就答完了题，所以有时间给她写信。他把写了信的这页答题卷交了上去，把带着题目的答题卷带回宿舍做完了，并邮寄给了他的母亲。当导师叫他的时候，他说寄错了答题卷，于是导师跟他的母亲交换了答题卷。毕竟老师有什么理由不相信学生的母亲呢？

一般来讲，在这三个版本里，学生都获得了该课程的高分。这种一致性以及对刚好是两道考试题目的公式化要求，都意味着这些故事不太可能发生。事实上，第一个故事记录于1937年，第二个故事是1959年，第三个故事至少是20世纪70年代了，三个不同的版本至今仍不时流传。这也证明了这些故事只是学院传说，而且确凿无疑。

另参见 “你知道我是谁吗？”

参考文献 Lew Girdler, “The Legend of the Second Blue Book,” *Western Folklore* 29 (1970), 111–113; *Mexican Pet*, 196–200; *Too Good*, 447–448.

S11.“二次死亡”
“The Second Death”

一位太平间员工说，他一个从事类似工作的朋友的朋友遭遇了这样的事。这个故事的开头说的是一辆灵车去运送一位太太的尸体，她死于夜间。半路上，有一个声音从灵车后面传过来，司机立刻意识到老太太只是昏迷了，一路的颠簸使她恢复了知觉。于是灵车司机给医院打电话，医院派来一辆救护车。但是灵车在赶往医院的路上撞上了这辆救护车。老太太在车祸中死了，也就是说，她在同一个夜晚死亡了两次。贝内特和史密斯提到了很多来自加拿大、英国、罗马尼亚或者其他地方的异文，这些故事经常出自“作家和记者”之手。他们说，这样的故事不过是“报纸上的老生常谈，往往汇编在‘奇闻轶事’中”。

S

参考文献 *Curses!*, 66–68; Bennett and Smith, *Urban Legends*, 250–251, 266–269.

S12.“秘密成分”
“The Secret Ingredient”

在20世纪70年代和80年代，这个故事在原教旨主义基督徒群体中广泛流传——提取流产胎儿的胶原蛋白以制作化妆品。这些“青春永驻”产品的生产依赖于国外每年对数百万未出生胎儿的屠杀，而且这些产品在美国广泛销售。

大量的小册子、报纸来信，还有广播脱口秀，让这个秘密成分的说法甚嚣尘上。终于，在1985年，食品与药品监督管理局出面批驳了这些谣言和故事，他们解释说，胶原蛋白有时候是从（正常出生的孩子的）胎盘中或者从动物身上提取的，不论是在美国还是在国外，从来没有证据显示它直接提取自胎儿。

在读者的刺激下，专栏作家安·兰德斯在1985年写了三篇揭露秘密成分故事的专栏文章。最终得出的结论——故事毫无“事实真相”，是

"纯粹的垃圾"——可能从此成功地终止了那些控诉。

参考文献 *Mexican Pet*, 93–98.

S13. "断指" "The Severed Fingers"

这个故事一般在大不列颠岛、斯堪的纳维亚半岛和澳大利亚广为流传，偶尔也会出现在美国。故事讲述了与失去手指这个母题关联的其他几个都市传说，同时也与汽车传说"钩子"有某些相似性。

当袭击者（可以是盗贼、地狱天使团伙成员等）企图闯入车里或者阻拦其锁车的时候，司机（通常是一个年轻男人和他的女友）加速并成功逃脱了。后来他们就会发现，袭击者的断指卡在了他们汽车的窗户一侧，或者挂在了向他们扔过来的链子上。这个传说的原型出现在一本1824年于爱丁堡出版的故事集里。

另参见 "被噎着的杜宾犬"；"被切断的手指"；丹麦；"钩子"；意大利；"割草机意外事故"；"被锯掉的手指"

参考文献 *Too Good*, 95–96; *Be Afraid*, 72–73; Bennett and Smith, *Urban Legends*, 30–32.

S14. "乔装幽会" "Sex in Disguise"

有时，它也会涉及"万圣节派对"或者"误与他人发生性关系"，经常流传在各种复印件或者笑话书里。这个故事讲述了一对已婚夫妻，穿着租来的派对制服去参加邻居的聚会。丈夫没有看到妻子的派对制服，当他已经换好了派对制服准备去参加派对的时候，妻子忽然说她头疼欲裂得难以忍受。她催他先去，不要管她，然后丈夫就走了。

妻子在服用了一片阿司匹林，睡了一小会儿之后，感觉好多了，她决定穿上制服再去参加派对。在派对上，她看到了穿着制服的"丈夫"，她没有表明自己的身份，就陪他跳起舞来，还跟他调情。最后，在楼上的卧室里，他俩发生了关系，并始终都没有摘下面具。妻子先行离开，丈夫回来时她已经躺回了床上。她很好奇他会如何描述这个美妙的夜晚。

当她问他这个夜晚是否玩得开心的时候，他说："我完全没跳舞，还有一些男人也没带舞伴。我们只是去了一个小房间，玩了一夜的扑克。但是借我制服的家伙今晚可玩嗨了！"

这个主题的一个异文讲述了两对夫妻去露营，每对夫妻住一个帐篷。两个男人决定换帐篷过夜以达到换妻的目的，但是他们没有料到这两个女人早就换住了帐篷，最终他们还是跟自己的妻子做爱了。

参考文献 *Curses!*, 209–211; *Too Good*, 132–133; Bennett and Smith, *Urban Legends*, 178–180.

S

S15."教室里的性"
"Sex in the Classroom"

各种各样的关于性教育课程，以及发生在高中和大学课堂上涉及性的评论与情境的谣言和故事广为流传。据说，有一些老师会向学生演示性行为，或者让学生"实践"性行为。还有指控宣称，性教育导致了性试验，甚至是性犯罪。一个人们耳熟能详的故事讲的是一位老师通过下流的双关语问题故意让女同学难堪："身体的哪个部位周围有毛，是湿的，而且有需求时会变大？"这个问题的"正确"答案是眼睛。然而关于这个主题还有一个异文，说的是一位老师好开玩笑，他把难度大的突击测试称为"quizzees"。一位女同学不假思索地说："好吧，我们讨厌看到你的'testees'。"[1]

课堂中的性爱故事由来已久，可以追溯到一位去世于1940年的剑桥大学人类学家的轶事。据说，他当时正在就一个土著群体的风俗做报告，而且还提到了该群体中女性的求婚传统。当一群附属学院的女生起

[1] quizzees和testees都是"突击测试"的意思，但是testees与testis（睾丸）的发音相同。

身准备去赶公交的时候，他打趣地说：“不要急，接下来的几周都没有船。”它最终变成了一个家喻户晓的故事（通常以笑话的形式出现，而不是传说），主人翁是无数的英国和其他各国的教授，讲的是一位演讲者提到了某个非洲部落男性的阳具尺寸惊人（“这艘船要到下星期才会前往非洲”）。

参考文献 Jan Brunvand, “Sex in the Classroom,” *Journal of American Folklore* 73 (1960), 250–251; Brunvand, “Further Notes on Sex in the Classroom,” *Journal of American Folklore* 75 (1962), 62; *Choking Doberman*, 132.

S16. 都市传说中的性
Sex in Urban Legends

S

关于性的都市传说有许多主题，包括春药、避孕、性教育、裸体、同性恋、性变态、乱交、对不端性行为的报复，还有性病的传播。这些传说主要关注性的话题，此外，还有一些与性有关的传说涉及汽车、犯罪、商业和学院生活。

典型的性传说描述了主人公被抓了个现行的丢脸场面，例如“现场拍摄”“合体夫妇”，还有“超级英雄的狂欢作乐”。另外一些流行话题含有某种与性相关的误解，比如“理发师的误判”“送惊喜的人大吃一惊”“证言便条”。人们只要有适宜性爱的机会就会发生性行为，这种所谓的倾向在“婴儿列车”和“停电婴儿”里都有提到。而关于性本能的尴尬在一些传说中也有体现，比如“相亲”“买丹碧斯卫生棉”。

在性的启发下制造的恶作剧，导致了一些问题的出现，比如“没拉好的裤链”和“火鸡脖子”。在“艾滋病玛丽”以及“盗肾”的一些版本中，屈服于性诱惑招致了大麻烦。“子弹婴儿”这一奇思妙想则讲述了在何种情形下会受精怀孕，这最初是个骗局故事。

另参见 丑闻；“警长之女”

参考文献 Whatley and Henken, *Did You Hear...?*; Fine and Turner, “The Wages of Sin: Stories of Sex and Immorality,” in *Whispers*, 147–166.

S17.“警长之女”
“The Sheriff's Daughter”

这个故事有时候被称作“亲爱的老爸”（Dear Old Dad）或“沙滩巡警”。这是一个关于错误的身份识别（或许可以称为**延迟**的身份识别）的性传说。

两个巡逻的警察，一个新手，一个老手，他们停下来检查一个在沙滩上扎得歪歪扭扭的帐篷，或是一辆停在墓地或其他不允许停车的位置上的汽车。新手向老手汇报说有一对情侣在里面亲热。老手命令他去对情侣说，如果同意让他的女友跟两个警察发生性关系，这次他们就只会得到一个警告。这对情侣非常害怕，只能同意了。新手先来。当老警察靠近车子的时候，他发现车里坐着的正是他的女儿。

这个故事的另一个版本是，一个出差的商人发现他叫到宾馆的妓女正是他失散多年的女儿，有时候女孩会借机敲诈她的父亲。一个最近出现的新异文说的是，一对情侣在网上匿名聊天时说了一些露骨的话，当他们终于见面的时候，才发现他俩是父女。

参考文献 *Choking Doberman*, 145–146; *Too Good*, 121–122; Bennett and Smith, *Urban Legends*, 167–169（“Cybersex Surprise”）; Whatley and Henken, *Did You Hear...?*, 143–158.

S18.“令人震惊的录像带”
“The Shocking Videotape”

一对情侣在家录制的性爱录像被意外公开，通常是因为他们在归还租赁的录像带时还错了带子。在最近的版本中，剪辑的录像可能会通过电子邮件发送给别人。录像带中的两人可能是丈夫和妻子，也可能是声名显赫的上流社会人士，或者是婚内出轨的男女。此外，这两人还经常是一位老师和他或她的学生，或一位教练和其团队成员。有时候录像带还会意外地通过电视播放出来。

自从家用录像机问世以来，关于业余限制级录像带上市的未经证实的谣言和故事就一直存在。重复讲述这些故事的人几乎都没有见过这种录像带。但这个传说确实有几个证据充分的案例，而且这种录像带确实存在。1990年10月29日《时代》杂志报道的案例中涉及一名执法人员；另一个案例刊登在1998年5月20日明尼阿波利斯市的《明星论坛报》（*Star Tribune*）上，涉及一名明尼苏达大学的教练，而且还描述了这个事件的处理办法。

另参见 “现场拍摄”；“丈夫的监听器”

参考文献 *Baby Train*, 61–64; Bennett and Smith, *Urban Legends*, 182–183.

S19. “射杀公牛”
“Shooting the Bull”

下文是关于猎人恶作剧的一个不错的版本。它由明尼苏达州圣保罗市的唐·博斯迈耶（Don Boxmeyer）在1985年10月7日《先锋报与急件》（*Pioneer Press and Dispatch*）的个人专栏上讲述：

> 报社的一个同事刚刚给我讲了一个她从朋友那里听到的故事。朋友发誓说故事发生在他认识的人身上。
>
> 三个猎人开车到一个农场，其中一个去找农场主，希望能够允许他们在他的场地打猎。农场主同意了，但有一个条件：猎人们要射杀一头他一直想除掉的老公牛。
>
> 猎人回到车上，对他的同伴开了个小玩笑。他说农场主是个老顽固（a rotten old coot）[1]，不允许他们打猎。当他们看到公牛的时候停了车，他从车上下来，射杀了那头老牛，并说：“这样就算关照过那个老顽固了。”于是，他的两个同伴每人也都射杀了一头奶牛，说：“这才算**真的**对那个老顽固关照到位了。”

[1] 字面意思是“一头老朽的公牛”。

博斯迈耶提到在他听说了这个故事之后，来自南非的游客也给他讲了这个故事，并且说这是真事。

“射杀公牛”（有时目标是一匹马、一头母牛，或者是一头骡子）被作为当地故事出版是在20世纪40年代或者50年代，也可能更早。在一些版本中，这个骗人者在射杀了农场主的动物之后会说他想知道射杀一个人是什么感受。当他调转枪口，指向他的同伴的时候，大家在恐慌中对**他**开了枪。

这类传说的主角经常是社会名流，尤其是职业运动员，这可能确实是发生在他们身上的恶作剧。该故事各版本中提到的有名有姓的人物包括得克萨斯州州长科克·史蒂文森（Coke Stevenson）与立法委员、一位说客一起打猎，棒球运动员比利·马丁（Billy Martin）与惠特·福特（Whitey Ford）、米奇·曼托（Mickey Mantle）一起打猎，足球教练汤姆·兰德里（Tom Landry）与教练迈克·迪特卡（Mike Ditka）一起打猎。作家托拜厄斯·沃尔夫（Tobias Wolff）于1981年出版了《北美殉道者花园》（*Garden of the North American Martyrs*），其中的一篇短篇小说即以该传说为基础。

参考文献 *Curses!*, 138–141 (Billy Martin 在电视上讲的故事); *Too Good*, 342–343 (引用了关于 Coke Stevenson "胡闹" 的故事).

S20. "商店扒手和冷冻食品" "The Shoplifter and the Frozen Food"

这个故事在20世纪70年代的欧洲存在着不同的版本：一个人偷了超市里的冷冻鸡，把它藏在帽子里，结果被抓到了。扒手被抓要么是因为冷冻食品融化，血流到了他的脖子里，要么是因为冷冻食品冻坏了他的脑袋而导致了昏迷。在美国和加拿大的版本里，被偷的东西经常是其他的冷冻食品或者是牛排，小偷通常被描述成又老又穷的人。1987年，加拿大温哥华的一位参考图书馆馆员给我写信：“我听一个住在温哥华岛中心邓肯镇的朋友讲过这个故事。不幸的小偷偷了一块烤肉，当他在付款出口排队时，烤肉滴下来的血水流到了他的脸上。”

另一个食物从脑袋上流下来的传说是“脑浆外流”。这个传说的原型，以及其他把盗窃的食品藏在帽子里的故事，都表明了这两个故事源于更古老的叙事。

另参见 丹麦；“怀孕的商店扒手”；瑞典

参考文献 *Curses!*, 178–179; *Mexican Pet*, 143–144; *Too Good*, 312–314; Bennett and Smith, *Urban Legends*, 98–100.

S21. 都市传说中的大型购物中心
Shopping Malls in Urban Legends

大型购物中心或者百货公司，尤其是它们的停车场，经常成为都市传说中犯罪的背景地点。这类传说包括“诱拐未遂”“包裹里的死猫”“多毛的搭车客”“肢体残缺的男孩”“车底杀手”，以及“认错车”。非犯罪型的购物中心传说，参见词条下沉的购物中心。

大型购物中心是当代商业景象中突出的固定建筑物——深受各种人群的喜爱，从带着婴儿的父母到老年人——它在人们熟悉且看起来安全的环境里，提供种类繁多的商品和服务。然而比较讽刺和令人伤心的是，至少在传说中，它们也是死亡和危险的场所。另一个令人不安的方面是，人们常说商场以及执法部门为了维持生意兴隆，经常掩盖犯罪事实。所以，传说在一定程度上揭露了这些人们熟悉的聚集场所的阴暗面。使这一主题更加复杂的事实是，圣诞节购物季正是商场犯罪的高发期。新建的大型购物中心经常在开业之初招致这样的传说。

另参见 香水袭击

S22. “缩水贴身的牛仔裤”
“Shrink-to-Fit Jeans”

据说，一个青少年穿着新买来的李维斯（Levi’s）牛仔裤躺在浴缸里，期待能够让牛仔裤缩水成合身的尺寸，结果自己被牛仔裤勒死了。这家人得到了李维斯的巨额赔偿。

参考文献 *Choking Doberman*, 154.

S23. 下沉的图书馆
Sinking Libraries

S

在一个典型的建筑师的失误传说中，传言称全国的大学图书馆都将会下沉，原因是建筑师忘了在他的设计中考虑所有图书的重量。还有更严重的问题是，根据一些版本，图书馆建在了沼泽地或者一些地基不稳的地方。最著名的下沉图书馆包括西北大学、耶鲁大学、科尔盖特大学、雪城大学、布朗大学、伦斯勒理工学院、美国海军学院的图书馆，以及加拿大多伦多大学和滑铁卢大学的图书馆。同样的故事偶尔也涉及公共图书馆。事实上，图书馆书架上总会因为书被借走而留下空间，这更让人相信这个故事；人们认为图书馆总是无法达到它当初计划的承载容量，因为它一开始就没有建设牢固。各式各样的图书馆的设计元素——柱子、斜坡、悬壁结构，还有类似的设计——后来都被解释成为了缓解下沉问题。

这个下沉的图书馆故事已经在口头和网络上流传开来，还影响到了印第安纳大学在布卢明顿校区的中心图书馆。一段时间里，图书馆领导每个月至少都会收到一条关于该问题的咨询，多数咨询来自关心这座建筑安全性的校友。这所大学的首席建筑师最终在《印第安纳大学校友杂志》（*IU Alumni Magazine*）上澄清说：“布卢明顿校园下方5英尺是94英尺厚的、有3.3亿年历史的石灰岩。”显然，不论是图书馆还是校园里的其他建筑都不存在任何下沉的风险。

参考文献 *Baby Train*, 299–301; Stacey Hathaway-Bell, "Satan's Shelving: Urban Library Legends," *American Libraries* 29 (1998), 44–49; "Oh, That Sinking Feeling," *The Source*（印第安纳大学布卢明顿图书馆时事通讯，1998年秋），4–5; *Too Good*, 435–436; Bennett and Smith, *Urban Legends*, 4–5.

S24. 下沉的购物中心 Sinking Shopping Malls

新开业的购物中心经常成为谣言和传说的话题，人们说，因为它们建在开垦过的土地或不稳固的地基上（有时候是因为建筑师的设计失误），所以会沉入地下。尽管管理部门声明没有问题，但是有些顾客还是宣称感觉到了颤动或震动，认为购物中心确实在下沉。

近年来，传言要下沉的购物中心有北卡罗来纳州的格林斯波罗购物中心、康涅狄格州的丹伯里购物中心、马萨诸塞州北阿特尔伯勒市的绿宝石广场购物中心、纽约州雪城的旋转木马中心。1990年3月，当纽约州罗切斯特市的伊朗德阔伊特购物中心开业时，开发商威尔莫里特（Wilmorite）公司在当地报纸头条刊登了整版广告，标题为"感谢你们的支持"，在描述完商场成功开业之后，附了一份官方声明：

> 最近一直有一些我们认为必须解决的消极言论，即恶意诋毁商场在移动，以及更多的关于"下沉"的谣言。这些问题的提出和流传都缺乏依据。我们对高处某些地方的正常改动，是作为商场结构工程的一部分进行的，其设计是为了保证安全和结构的完整性。下沉的谣言不仅完全错误，而且毫无根据。

另参见 斜塔；下沉的图书馆

参考文献 *Curses!*, 253–254.

S25.“滑雪意外事故”
“The Ski Accident”

（最晚）从1979年与1980年之交的那个冬天开始，这个“真实”的故事每年都在流传。一个女性滑雪初学者在一个大型滑雪胜地发生了事故，让她戏剧性地扭伤了。当她第一次尝试从山顶上滑下来的时候，她下了缆车，突然觉得在滑下去之前她需要解决一下内急。但山顶上没有卫生间，她决定滑到几棵树后面去方便一下。她没卸下滑雪板就脱下了裤子，但不幸的是，她倒着滑下了山坡，速度越来越快，直到她撞上一棵树才停下来。

在滑雪巡逻队的营救和治疗中，她尴尬不已，虽然有些擦伤但并无大碍。后来，另一个受伤的滑雪者也被带到了急救室。他是一名滑雪教练，身上还穿着教练服。“你是怎么受伤的呀？”女孩问他。他说：“今天早上我正准备坐缆车去山顶见我的学生，但是有个疯丫头倒着从我下面滑了过去，裤子还挂在脚踝上。我斜着身体想看得清楚一些，结果从缆车里掉了出来，你呢？”

在这些故事中，这位愚蠢的滑雪者的家乡与度假胜地的地点总能被标明（比如一位在纽约度假的俄亥俄州人，一位在阿斯彭的加利福尼亚人，一位在韦尔的俄克拉荷马人，一位在斯阔谷的亚特兰大人，一位在阿尔塔的芝加哥人，一位在太阳谷的密西西比人等[1]）。许多份报纸，或者至少有一份滑雪杂志报道过这个故事，有时会揭穿它，有时不会。这个故事的一些版本以复印件的方式流传（题目通常是“那么，你是怎么把胳膊摔伤的？”）。这个故事也是冬季茶余饭后最受人们欢迎的谈资。

“滑雪意外事故”经常讲述来自加拿大、英国、新西兰的滑雪者的故事，或者是其他任何有滑雪游客或者滑雪场的地方的故事。澳大利亚民俗学家比尔·斯科特在他1996年的书里收录了这个异文：

冬天，一个悉尼姑娘想找个雪山滑雪。这是她第一次滑雪。可能

[1] 阿斯彭、韦尔、斯阔谷、阿尔塔、太阳谷都是美国的滑雪胜地。

她有些紧张，加上冷飕飕的寒风，让她忽然内急，但是在高山的斜坡上并没有投1便士就可以方便的卫生间。她等不及回到宾馆了，于是她蹑手蹑脚地挪到一小片雪松旁边，那里可以有点私人空间。她刚刚褪下裤子，就惊恐地发现自己正在加速下滑。一直到滑雪板被一个树桩挡住她才停了下来。很幸运，她只是扭伤了踝关节。虽然她接下来不能滑雪了，但依然可以在晚上的公共联欢会上玩得开心。

假期结束之后，姑娘搭乘返回悉尼的航班，发现她旁边坐着一位小伙子，腿上打着石膏。于是她就问他的假期是怎么度过的。“难道你也在一个斜坡上摔倒了吗？”她问。他不耐烦地回答：“不，当时我正坐在酒吧的高脚椅上往窗外看，突然发现一个姑娘的裤子挂在脚踝上，飞一般地滑了下去，我笑得太厉害，从椅子上摔下来伤了腿。”

1985年，滑雪意外事故故事出现在——当然，它被当作是完全真实的——瑞典国家铁路分发给乘客的小册子里。这次的故事情节与**一位在莱克桑德障碍滑雪山的妇女**（en kvinna i Leksands slalombackar）有关。

这也是我个人最喜欢的都市传说。

参考文献 *Mexican Pet*, 117–120; *Too Good*, 164–166; *Vanishing Hitchhiker*, 181; Scott, *Pelicans & Chihuahuas*, 155; Bennett and Smith, *Urban Legends*, 92–93.

S26. 都市传说中的闹剧
Slapstick Comedy in Urban Legends

许多都市传说都很有趣，有些幽默故事抓住了闹剧的要素，包括强调肢体幽默、荒诞不经的情形、一连串的灾祸、对愚蠢角色的塑造等。虽然有些闹剧的情形有些危险，甚至危及生命，但是它们的叙述风格使其情节模式与卡通剧类似，正如卡通电影中歪心狼（Wile E. Coyote）大战BB鸟（Roadrunner）、汤姆（Tom）智斗杰瑞（Jerry）一样。这种幽默风格让一位报纸专栏作家将这类传说称为“麦克·塞纳特”（Mack Sennetts），即老电影“启斯东警察”（Keystone Kops）系列的导演。“闹剧”（slapstick）一词来源于响亮的“拍击”（slapping）声效，后者用来给在歌舞杂耍舞台上讲述或表演的愚蠢笑话伴奏。

关于闹剧，一个比较好的例子是摩托车版本的爆炸的马桶。倒霉的丈夫在露台上摆弄新买的摩托车，不小心撞穿了一面平板厚玻璃窗，引起了一系列灾祸。当他在医院疗伤的时候，他的妻子打扫了溅出来的汽油，并且把它们倒进马桶里。丈夫回家后，在上厕所时抽烟，然后引起了爆炸，于是不得不再次叫来医护人员。当他们听说了他的第二次事故后，由于笑得太厉害以致让担架掉在了地上，结果导致他第三次受伤。这完全符合闹剧的剧情，很像一部艾伯特和科斯特洛（Abbott and Costello）的电影。

担架落地这个母题成为很多意外事故传说非常喜爱的结尾，比如“宠物和裸男”“屋顶的男人”。其他闹剧风格的传说还有“粘在马桶上”“爆炸的胸罩”和“裸体主妇”。可能“受惊的鹿”最好地诠释了闹剧，因为这个传说的核心是一段戏剧性的对话，据说发生在倒霉的司机和警察（或者911接线员）之间，司机报告了关于一头鹿以及他的狗和车的一些滑稽事故。

参考文献 *Too Good*, 367–383.

S27. “车底杀手” “The Slasher under the Car”

在购物中心停车场里，一位女人的汽车底下藏着一个男人，当她回来的时候，她的脚踝被割了一刀。这个故事在美国时不时地爆发出来。类似的犯罪尚无官方记录，但是从1984年开始，有20多个涉及脚踝杀手的恐怖谣言席卷了美国至少20个州。袭击者通常被认为是拿着刀或者撬胎棒，袭击被害人的跟腱部位，目的是让被害者无法动弹，趁机实施抢劫或强奸。这类故事经常发生在圣诞节前后，作案目的是抢劫女性购买的礼品。有时这些故事会涉及帮派的入会仪式。

这个故事在亚拉巴马州的伯明翰、亚利桑那州的凤凰城、华盛顿州的塔科马、北卡罗来纳州的温斯顿塞勒姆等城市曾泛滥成灾。关于我们没有看到这一犯罪事件的新闻报道的典型合理说法是因为“当局掩盖事实真相以避免坏名声”。“车底杀手”的故事和谣言在一些城市如此盛行，以至于警察局被迫在购物中心设立安全站，其目的并不是为了逮捕袭击者，而只是为了给购物者提供一份安全感。关于这一传说的详细描述出现在1991年12月29日的《威奇托（堪萨斯州）鹰报》（*Wichita* [Kansas] *Eagle*）中（1A版和14A版）：

> 虽然有警方和编辑发表的严正声明（即否认），但是这个谣言仍像风中的微生物一样在暗地里传播。
>
> 人们在私底下谈论着怀抱婴儿的母亲购物时屡次被刺伤，穿迷你裙的女士被停车场持刀的流氓割伤了脚踝，手持短斧的精神病患者爬进了停在加油站的车子里。
>
> 这些可怕的事情，真的让人毛骨悚然。
>
> 而且都没有事实依据，警察说。
>
> “你听说了一则谣言，然后它就像野火一样蔓延——这是人的本性。”威廉姆斯（一个警察局发言人）说。

一年之后，《纽约时报》报道了一个在新泽西州流传的类似故事。这是1992年11月27日刊登的文章（C1至C2版）：

> 帕里莫斯（新泽西州）警察局的领导（约瑟夫·J.）德莱尼说，人们经常被商场里和缓的音乐和干净整洁的环境迷惑，产生一种安全的感觉，犯罪行为在这时候发生让人措手不及。“这本应该是让人们放下戒备的环境。”他说。

他说，警察局接到民众打来的电话，他们对车底杀手割伤女士脚踝的谣言非常担忧。还有人咨询了一个不实的报道：有一个男人装扮成一个老女人，怀揣一把小短斧在商场四处乱逛。

“这真的很荒唐。”德莱尼称。

虽然当地无数的报纸文章已经揭穿了这些罪行，但是在1992年，艾比盖尔·范·布伦在评论她的专栏《亲爱的艾比》中的一封描述“车底杀手”的读者来信时，依然毫不怀疑。

然而，另一个“**在加油站的时候要小心**”（BE ALERT AT GAS STATIONS）的故事在1999年的电子邮件中开始传播，它是杀手主题的另一个版本。在概述完“后座杀手”之后，这则警告继续写道：

S

从女性身上取走一个身体零部件已经成为帮派成员的入会“仪式”。它的规则是作案必须要在一个光线好的区域，比如在加油站，因此大家要小心。他们往往躺在车底，当女士要上车时猛砍她的脚踝，将她砍倒。然后他们会切下一个身体零部件，再迅速逃跑。这听起来很离奇，很野蛮。据说他切下的身体部位越大，入会时其地位就越高。

这个警告里对于这则谣言的“证实”模糊得很典型：“这则消息由一位南方的女性执法人员告知。”

参考文献 *Baby Train,* 134–138; *Be Afraid*, 80–81, 241–242; *Too Good*, 105–106; Bennett and Smith, *Urban Legends*, 20–22.

S28. 斯洛文尼亚 Slovenia

斯洛文尼亚民族学研究所（Institute of Slovene Ethnology）的莫妮

卡·克罗佩（Monika Kropej）在一个月内搜集了在卢布尔雅那大学流传的83个传说，其搜集方式是“在该大学全部学院、部门的墙上，以及学生工作援助办公室”发布征求奇怪故事的公告。许多搜集来的传说虽然现在已经不再流传，但是它们仍然反映了斯洛文尼亚的传说传统——鬼故事、梦的预兆、闹鬼的屋子，诸如此类。搜集来的比较著名的传说异文包括“消失的搭车客”“袋鼠盗贼”，还有起源于中国实验室的SARS病毒的谣言。下面这个故事，虽然有现代背景，但它无疑是现代化的故事类型934，“注定死亡的故事”（Tales of the Predestined Death）：

> 一个人和朋友一起去游乐园。他们碰到一个占卜师。她说出了那个人准确的死亡日期，并且死因跟马有关。这个人之前从来没有接触过马，就跟他的朋友们一起嘲弄了她一番。为了安全起见，在预知死亡的这一天，他决定待在家里看电视。这样就不可能在上班的路上遭遇不测。于是他躺在沙发上看电视，但他感觉到有一阵像地震般的颤动。什么都没有受损，只有挂在沙发正上方的一幅画因为钉子松动掉了下来。
>
> 钉子的尖正好扎在了他头上，导致了头盖骨破裂。这是一幅马的图画。

毫无疑问，很多故事与学生生活相关。接下来的例子是一个学生比老师更胜一筹的故事：

> 经过一个小时磨人的盘问之后，教授告诉学生如果他能给出下面这个智力测验的答案，就可以通过考试：“在抽签过程中，什么是合法但是不符合逻辑的，什么是合乎逻辑却不合法的，还有什么是既不符合逻辑又不合法的？”学生回答不上来，就给教授也出了一个智力测验：“在你的生活中，什么是合法但是不符合逻辑的，什么是合乎逻辑却不合法的，还有什么是既不符合逻辑又不合法的？”教授也不知道答案，他给了学生一个C，于是学生把正确答

案告诉了教授："你现在59岁了，你跟你25岁的以前的学生结婚，虽然是合法的，但是不符合逻辑。你的妻子有一位20岁的情人，虽然是合乎逻辑的，却不合法，现在你给她的情人C的成绩，既不符合逻辑也不合法。"

通过回顾斯洛文尼亚（以前是南斯拉夫的加盟共和国，1991年独立）尚存的传统的讲故事方式，克罗佩在更老的传统的叙事风格中发现了一些"自发叙事"（spontaneous narration）的案例，但是得出的结论是当代的讲故事方式"更有可能（来源于）当代传说，他们通常以回忆的方式讲述，或者是以这件事发生在别人身上的方式讲述"。在斯洛文尼亚（有时是在网络上）流传的现代故事当中，有一个故事的标题非常有趣，叫作"滑雪棺材里的奶奶被偷"（The Stolen Grandma in a Skiing Coffin）。遗憾的是，她的报告没有包含这一故事文本。

参考文献 Monika Kropej, "Contemporary Legends among Slovene Students in Ljubljana," *FOAFtale News* 56 (October 2003), 1–8, also published in *Culture & Tradition* 26 (2004), 127–135; and Kropej, "Folk Narrative in the Era of Electronic Media: A Case Study in Slovenia," *Fabula* 45 (2007), 1–15.

S29. "小世界传说" "The Small World Legend"

在一句著名的谚语"这是一个很小的世界"（it's a small world）中具体体现的一些民间智慧，概括了社会学家和数学家在他们的研究中证实的观点：在一个小得令人惊讶的群体里，人们常常可以找到自己与他人之间的关联。通过一个共同的朋友，一个人还能和名人产生关联。在民俗学的表述中，有一个现象经常被表述为："你有没有意识到，你自己和我能够说出名字的名人之间可能只有两个（或三个）链接点？"逸闻证据似乎证实了这个公理的真实性，但必须记住的是，从来没有人叙述过双链或三链理论不成立的例子。

研究人员称之为"小世界问题"（The Small World Problem）的实

验，通常用来测算一位身在某国某地的志愿者与一位离他很远的目标人物之间的链接数量。一个典型的研究问题是这样的："这世界上的任意两个人，他们彼此认识的概率有多大？"他们要求志愿者给自己认识的、住在目标人物所住区域的人发送邮件。志愿者的朋友们也做相同的事情，直到这条信息被传递给目标人物。在整个实验中，住在中西部的志愿者和东部的目标人物平均有五到六个链接点。最少的只有两个链接点。实验结果本身已足够惊人，但是还达不到故事的"民间"版本所追求的水平。

人们似乎已经把精心控制的社会学实验的信息，转化成了关于研究者"在三天之内"通过口耳相传的方式，将笑话或传说从一个海岸传播到另一个海岸的故事。这样的一个程序很难科学地控制，因为人们在听到这个故事或者讲述这个故事时一般都受到了一些媒介的"干扰"，比如电话、平面媒体、广播、社交网络，还有邮件。此外，还没有报道过用都市传说作为口头或其他方式的传播信息的小世界实验（这里可能需要注意的是，有一个关于实验者传播传说的故事，其实是一个关于都市传说的都市传说）。

小世界问题是科学家十分关心的事，他们不断完善关于这个问题的理论，创造新的抽象数学模型来描述这一现象。同时，非科学界的小世界传说和逸闻依然是对话民俗（conversational folkore）的主要内容。学者所说的"捷径"（即你认识的人实际上认识一位政府要员），容易创造一个指定的人同一个著名人物之间只有极少链接点的意外情况。相似的捷径现象维持了人们对"小世界传说"的信念。

（个人脚注：我参加过几次《大卫·莱特曼深夜秀》[*Late Night with David Letterman*]，在那里或者是我的图书促销会上我碰到过一些名人。莱特曼先生当然也遇到过无数名人。我的弟弟托尔·布鲁范德[Tor Brunvand]曾经和前总统杰拉尔德·福特[Gerald Ford]打过高尔夫球。我的女儿达娜·威廉姆斯[Dana Williams]曾经在查尔斯王子[Prince Charles]参观她在新西兰的交流学校时，跟他握过手。当然，这些捷径一定会把我们和20世纪的大多数名人联系在一起。这不是传说。和你的家人一起试一下吧！）

参考文献 Sandra Blakeslee, “Mathematicians Prove That It’s a Small World,” *New York Times* (June 16, 1998); *Curses!*, 314–317; Charles Korte and Stanley Milgram, “Acquaintance Networks between Racial Groups: Application of the Small World Method,” *Journal of Personality and Social Psychology* 15 (1970), 101–108; Stanley Milgram, “The Small World Problem,” *Psychology Today* 1 (May 1967), 60–67; Jeffrey Travers and Stanley Milgram, “An Experimental Study of the Small World Problem,” *Sociometry* 32 (1969), 425–443.

S30. “被挤碎的大众甲壳虫”
“The Smashed VW Bug”

两辆巨型半挂卡车相撞，巨大的冲击力导致它们直接“融合”在了一起，然后被作为一个巨大的整体拖到了一个破旧的院子里。许多天或者几个星期之后，当残骸被分离出来准备回收时，人们发现了一辆被挤在两辆半挂卡车中间的大众甲壳虫，有时，司机或者其他人的遗体还在里面。在各种版本中，事故发生的地点、卡车驶来的方向、受害人数量，以及如何发现了死者（有的时候是因残骸释放出的气味而发现的），都有所不同。

在该故事的另一个版本中，一辆大众汽车卡在了一辆大卡车上，然而卡车司机并没有注意到。几个小时之后，有人发现了这辆大众汽车，它像一只真的甲壳虫一样还挂在卡车的前面。这两个版本的被挤碎的甲壳虫故事出现在欧洲和美国。这些可怕的传说反映出了一些真实事故的真相，它强调了在高速公路上，体积庞大的重型汽车与小型汽车相比还是相对更安全的。关注流行的甲壳虫汽车，而不是其他小型汽车，暗示了“巨人效应”的影响，如果考虑车子尺寸而不是公司规模的大小，这个例子或许被称作“大卫效应”[1]（David effect）更贴切一些。这个传说最终可能会把其他各种各样的小型汽车，如节油汽车，纳入异文之中。

[1] 指的是弱小的一方发挥自己的优势打败了强大的敌人，“大卫”来源于《圣经》中的人物少年大卫，他打败了巨人歌利亚。

另参见 “汽车上的尸体”；“遗失的残骸”
参考文献 *Curses!*, 89-91.

S31. 笑脸帮派
Smiley Gangs

谣言称英国足球帮派的小流氓常常恐吓孩子，让他们说出他们支持的球队。如果答案不是切尔西（Chelsea）足球俱乐部，他们就会欺负孩子。帮派成员可能会在孩子嘴上割一个大口子，再踢打孩子们的肚子，孩子们一尖叫，就会形成一个奇怪的“笑脸”。这些帮派有时候被称作“切尔西笑脸人”。1989年出现的“笑脸帮派”谣言的原型是20世纪50年代英国的杀人狂传说。当2003年左右这些故事流传到欧洲大陆的时候，袭击者被说成是种族帮派，他们经常让女士从“强奸和微笑”中做出选择，这里的微笑说的就是这个同样的可怕的割伤犯罪。

另参见 荷兰
参考文献 Bennett and Smith, *Urban Legends*, 34-35.

S32. “偷运者”
“The Smuggler”

这个故事又称“盗贼有度”（Theft by Degrees），描述了一个狡猾的贼，他从工厂回家时只是带着饭盒，推着一辆装满稻草的独轮车，或者是骑着自行车驮着一袋沙子。他每天带着相同的东西来来回回，经常穿过戒备森严的边境或者是一道军事路障；但是很难被人察觉的是——如果有什么不同的话——他正在偷东西。最终人们才发现他已经偷到了一辆汽车或者是一把步枪——一个零部件一个零部件地（放在他的饭盒里），或者偷走的东西是独轮车或自行车。这个故事在“一战”时期的越南被讲述过，在美国、加拿大、英国都很知名。尽管“偷运者”总是仅仅被当作一个笑话发表，但是人们也把它当作真事讲述——即便这个故事未经验证，因此它也是一个都市传说。

参考文献 *Too Good,* 270; Bennett and Smith, *Urban Legends*, 227–229.

S33. “香蕉（或蔬菜等）里的蛇（或蜘蛛等）” “The Snake (or Spider, etc.) in the Bananas (or Greens, etc.)”

当然，害虫或其他生物侵扰有机产品（食物、盆栽植物等）是有可能的，而且在商店购物的顾客也确实会时不时地遇到一些小生物，但大多数讲述人们购物时被类似的生物咬伤的谣言和故事都未经证实。这些不足凭信的故事与“香蕉中的狼蛛”或“蔬菜里的蛇”或“洋葱里的小眼镜蛇或小响尾蛇”的典型叙事模式差不多。通常这些谣言和故事的关注点是进口食品或者“民族”食品，据说所谓的受害者经常是他们自己的民族或少数民族的成员，暗示这种可怕的污染可能是外来生物或移民造成的。在南美洲国家的其他经典版本中，它们将感染归因于“绿色蔬菜”或一些其他“民间”食物类型。这些故事有时宣称受害者在诉讼案中得到了巨额赔偿，然而当局试图隐瞒事件的细节，以保护商业利。

近年来，此类被报道的恐慌——它们全部被当地的调查者彻底揭穿——包括：绿植中的毒蛇，密西西比州维克斯堡（1990年6月）；进口菠萝或香蕉中的眼镜蛇或其他蛇，得克萨斯州休斯敦（1990年6月）；洋葱中的蛇，田纳西州孟菲斯（1991年10月）；羽衣甘蓝菜中的响尾蛇，南卡罗来纳州萨姆特（1991年12月）；亚洲杂货店蔬菜里的小眼镜蛇，芝加哥（1992年1月）；关于蛇的一个特殊异文提到了卖肉给纳瓦霍人的一个市场，新墨西哥州盖洛普（1992年4月）。

1991年2月，代顿大学（俄亥俄州）的社会学家丹·米勒记录了“蔬菜中的蛇”（Snakes in the Greens）在这个城市西部的非裔美国人中的流传情况。他记录了对94人的具体采访，其中34人对他描述了谣言的细节。米勒发现，谣言从来不单独以叙事传说的面貌出现，而是“被嵌入不同情境的延伸对话之中”。而且，谣言还与“传说”的概念相悖，这些提供消息的人并不都相信这个谣言；即使如此，它也被讲得像真事一样，从而起到了对相关商店，以及企业所有者对待顾客的负面态度的批评作用。谣言“在理发店、酒馆、电话里”传播。这个谣言从城市西部通过热线广播、新闻故事和口头传播，流传到更加富有的白人社区，它改变了功能，开始把“谣言参与者描绘成被讽刺和嘲笑的对象”。

瑞典民俗学家本特·阿夫·克林特伯格追溯了他从1973年到1977年搜集的斯堪的纳维亚版本的类似谣言和故事。香蕉里的生物侵扰首先发生在瑞典和芬兰，最初是毒蛇，然后是毒蜘蛛，最后是蠕虫。这个污染母题通常包含在父母给孩子吃一根香蕉的故事里。这个孩子抱怨说有什么东西正在动或要咬他，但父母并没有在意孩子的话，直到他们看见孩子真的被蛇、蜘蛛或者虫子咬了。各种不同版本的故事刊登在斯堪的纳维亚的报纸上，有的故事甚至说有一个孩子真的被咬死了。一个吃香蕉的建议是要先将香蕉整个去皮，然后再把它们切成小块食用。

尽管有一份报纸的头条是“**整个乌德瓦拉都在谈论：女孩、香蕉和蛇**”（Hela Uddevalla talar om det：Flickan，bananen och ormen），但实际上瑞典的医院没有出现过这样的事故或死亡案例记录。斯德哥尔摩的中毒信息热线称他们的电话在1975年8月“几乎一直不断地”响，全是咨询被蛇或者蜘蛛咬伤的事情的来电。

另参见 “商店里的蛇”

参考文献 *Baby Train*, 288–290; *Be Afraid*, 129–131; Bengt af Klintberg, “Legends and Rumours about Spiders and Snakes,” *Fabula* 26 (1985), 274–287; Dan E. Miller, “ ‘Snakes in the Greens,’ and Rumor in the Innercity,” *Social Science Journal* 29 (1992), 281–293; Dan E. Miller, “Rumor: An Examination of Some Stereotypes,” *Symbolic Interaction* 28 (2006), 505–519; Bennett and Smith, *Urban Legends*, 232–233; Fine and Ellis, *Global Grapevine*, 156–163.

S34. "商店里的蛇"
"The Snake in the Store"

该传说有时也被称作"凯马特商店里的蛇"(The Snake at Kmart)、"毯中蛇"(The Snake in the Blanket),或是"大衣中的蛇"(The Snake in the Coat)。这个传说一直都牵涉到一家实际的商店或者连锁店,尤其是在商品打折的时候。故事涉及的大都是进口商品,尤其是从亚洲国家进口的商品。因此"商店里的蛇"暗示了进口商品或者廉价商品存在着潜在的危险。

顾客可能在触摸店里的厚毛毯、小地毯或其他商品时——或者是在店里(或家里)试穿一件衣服时——感觉被针刺了一下。之后她倒在了地上,医院检查发现她被毒蛇咬了。而后,咬伤溯及商店。在其他情节中,蛇(或蛇蛋)被缝进了衣服的衬里或口袋里。这个故事的其他异文是,当第一次使用被污染的电热毯的时候,蛇蛋孵化了,而这个针孔大小的伤口被认为是电热毯上的价格标签或者是线路松动所致。有时,恰好是一个亚裔医生值班,当受害者被带过来就诊时,他一眼就认出了这是被哪种蛇咬的伤口,而且还知道解药。

1968年和1969年,当美国民俗学家在众多版本中第一次注意"商店里的蛇"时,人们推测该传说包含的信息可能是来自东南亚的报复,这与美国对越南的军事干涉有关。但是,越南只是众多污染源中的一个地方而已(其他的还有墨西哥、南美洲),而且当美军从越南撤军之后这个传说还在流传。加里·阿兰·法恩称"(在这个传说中)最大的不信任是经济上的",因为这个传说提到的国家通常在向美国出口那些他们自己生产的商品。当然,在美国,很多廉价进口商品通常是在折扣店销售。

其他被污染商品的故事大多发生在欧洲和美国之外的其他地方,但"商店里的蛇"的传说似乎只在美国流行。

另参见 "脏被子";"香蕉(或蔬菜等)里的蛇(或蜘蛛等)";"仙人掌里的蜘蛛"

参考文献 Gary Alan Fine, "Mercantile Legends and the World Economy: Dangerous Imports from the Third World," in *Manufacturing Tales* (1992), 164–173; *Be Afraid*, 131–133; *Too Good*, 185–187; *Vanishing Hitchhiker*, 160–171; Bennett and Smith, *Urban Legends*, 205–207, 230–231; Fine and Ellis, *Global Grapevine*, 149–154.

S35. “草莓地里的蛇”
“The Snake in the Strawberry Patch”

1987年夏天，几家地方性报纸报道了一个流传在北卡罗来纳州和弗吉尼亚州的古老的“体内蛇”传说的当地版本。据说，一个婴儿喝了母乳后，被放在田地的一侧睡觉，婴儿的母亲在采摘草莓。婴儿口中呼出的母乳味道引来了一条毒蛇，它顺着婴儿的咽喉爬进其体内，婴儿窒息而亡。在古老传说里，吸引毒蛇的都是奶的味道，毒蛇靠近受害者时都是在户外，这个故事应该是在欧洲流传了几个世纪之后才传到美国的。

参考文献 *Be Afraid*, 134–135; *Curses*, 82–84; *Too Good*, 349–351.

S36. 蛇
Snakes

除了在这一部分初次提到的有关蛇的词条外，还可参见“体内蛇”“罐子里的蛇”“猫（或狗）和裸男”“致命的靴子”“倒霉的滑水者”“粗心的游泳者”“错切响尾蛇”，以及其他与蛇相关的传说。人们对于蛇的非理性恐惧与厌恶在传说中被放大，尤其是当跟宗教中与原罪相关的蛇，和心理学中与生殖崇拜相关的蛇扯上更多关系的时候。许多都市传说，不管是美国的还是国际的，只要涉及蛇，总是伴随着消极的联想。

与大众对蛇的厌恶心理不同，有人把蛇作为宠物来养。当这些宠物蛇疏于监管，在人们意想不到的地方现身时，又出现了很多意外事故的说法，它们还为与蛇有关的传说提供了新素材，比如，厕所里的蛇、缠绕在水管上的蛇、空调加热器上的蛇、地板底下的蛇、空心墙里的蛇等。

本特·阿夫·克林特伯格认为，蛇和蜘蛛在现代都市生活中相当罕见，这导致了叙事传统中想象虚构成分的增加。它们代表着两种可能的象征解读，正如他所说的那样，“第三世界的野蛮和潜在的危险”，或者它们可能反映了“女性对男性性欲的矛盾心理”。

参考文献 Bengt af Klintberg, "Legends and Rumours about Spiders and Snakes," *Fabula* 26 (1985), 274–287.

S37. “游乐场中的蛇” “Snakes in Playland”

从1993年开始，一个通过口耳相传或者邮件传播的故事称，一个孩子被快餐店游乐场里藏在塑料球中的蛇咬伤了。据说，事故经常发生在当地的麦当劳或者汉堡王的游乐场。家长们被警告不要让孩子在装满了五颜六色塑料球的大盒子里面蹦蹦跳跳，以免孩子被蛇咬伤。这个故事的其他版本说伤害来自塑料球里的注射器或其他污染性垃圾。洛里·罗伯茨（Lori D. Roberts）在南卡罗来纳州哥伦比亚市的《州报》（*The State*，1993年5月14日）上发文披露了这一现象：

> 斯帕坦堡市的验尸官吉姆·伯内特听到了很多谣言。奇怪透顶，他说，蛇总是在很多谣言里出现。
>
> “蛇故事总是好故事，你知道，”他说，“人们就是喜欢蛇故事。”
>
> 但是蛇的咬伤很少是致命的，而且蛇不可能在麦当劳的游乐场里出现。
>
> “爬行动物，尤其是蛇，非常害怕人类，它们不喜欢在人类居住地出现，响尾蛇尤其如此，”河岸动物园的斯考特·帕夫说，“它们喜欢森林、田地这样的地方。我认为任何蛇都不会出现在麦当劳。”

2011年夏末，报纸上开始刊登有关在快餐店游乐场出现严重的细菌污染和垃圾污染的事例报道。

另参见 “商店里的蛇”；“情侣隧道中的蛇”
参考文献 *Be Afraid*, 130; Williams, *The Cost of Deception*, 82–85.

S38. “情侣隧道中的蛇” “Snakes in the Tunnel of Love”

藏匿在游乐设施里的蛇或其他生物，一直是传说的一个主要主题（参见词条游乐园中的危险）。据说，水蛇——尤其是水蝮蛇（或“棉口蛇”）——经常出现在小船通行的小溪里，比如，激流勇进飞车、情侣隧道，或者其他类似的地方。经常出现的情形是，游玩者将他或她的手伸到水里，被水里的蛇咬了之后导致了致命的伤害。情侣隧道里的情侣最终会有一人死于非命。

另参见 “罐子里的蛇”；“倒霉的滑水者”；“粗心的游泳者”
参考文献 *Curses!*, 37–39; *Too Good*, 348–349.

S39. 色情虐杀电影 Snuff Films

正如斯科特·亚伦·斯汀（Scott Aaron Stine）在他1999年的文章里所表达的那样，“色情虐杀电影”概念的发展“从Z级[1]的杀人狂电影到骗局，到反色情工作者的假想敌，再到都市传说，都丝毫没有放缓的迹象”。色情虐杀电影是商业化时代的电影，常见情节是女演员在被性侵折磨之后遭杀害。

一位色情电影制作人在某种程度上受到1969年曼森家族谋杀案的启发，重新制作了一部名为《屠杀》（*Slaughter*）的电影，而且还加上了

[1] Z级片在美国指的是独立制作的、超低成本的、粗制滥造的电影，以恐怖片居多。

一个模拟的虐杀结尾，结果它被炒作为一部真正的色情虐杀电影——甚至使用了《严惩》(*Snuff*) 之名——并在1976年以一种半开玩笑式的广告宣传进行了发布。这部电影，正如斯汀描述的那样，“不仅鲜血明显是假的，而且特效效果也非常笨拙”。这部电影成为不同团体抗议的目标，包括女权主义者和反色情斗士们，之后，这部电影被证明是一个骗局。虽然没有人能够证实色情虐杀电影是否能够被真实地拍摄出来，但是关于它们存在的主张仍然很活跃。后来出现的某几部电影被认为是真正的色情虐杀电影，但是它们也被证实仅含有模拟的流血与死亡。虽然确实有些丧心病狂的人会为他们的罪行录像，但这些录像从来不会是商业发行的影片。

参考文献 Scott Aaron Stine, “The Snuff Film: The Making of an Urban Legend,” *Skeptical Inquirer* 23: 3 (May/June 1999), 29–33; Donovan, *No Way of Knowing*, Ch. 2, “The Market in Snuff Films,” 27–60.

S

S40. 都市传说中的社会阶层
Social Class in Urban Legends

一些都市传说非常鲜明地反映了社会不同阶层之间的巨大差异。比如，传说“老者与年轻人”(或“富人的报复”)描绘了不同社会阶层之间的竞争，就像老年人与年轻人之间的竞争一样。汽车也是社会地位的象征，如“结实的水泥凯迪拉克”(一个蓝领工人认为他的妻子对他不忠，和一个新凯迪拉克车主好上了)、“凯迪拉克里的杂音”(一个组装线上的工人在一辆豪车上捣鬼，还给车主留下了一张嘲讽便条)。传说“巡航控制”，根据不同的细节，可能会刻画一个完全不懂汽车性能的女士、年轻人或一个外来移民的形象。

劳动者对付雇主的两个传说是“菲菲打翻了油漆”和“修理烟道”，与之类似的，是关于石油钻井公司的传说“钻工的报复”，故事中的劳动者(该故事中被称作“粗鲁人”[roughneck]) 使用计谋打败了他的老板。与之相反的是描述了劳动者和办公室白领之间的巨大差别的传说“一桶砖”，当体力劳动者写的严重事故的书面报告呈现在处理病假请求的白领面前时，报告似乎显得特别可笑（这个报告也可以看作是劳动者对请病假还有这么多繁复要求的讽刺回应，目的是为了“证明”他的请假权利）。

有关犯罪的传说经常将肇事者定性为社会底层的人，往往还是少数种族或少数民族，“肢体残缺的男孩”“汽车在地震时被盗”和“别闪灯！”这几个故事也真实地体现了这一点。当帮派活动的母题（通常是入会仪式）出现在某个传说中时，这可能会指向某些受人歧视或令人害怕的下层社会成员。这一点在“秽行曝光”中表露无遗，该故事明确地指出，一个在度假酒店工作的员工侵犯了顾客的隐私和健康，甚至还留下了照片嘲弄受害者。

另参见 偏见性指责；都市传说中的种族歧视

S

S41. 创意复古协会
Society for Creative Anachronism

参见 创意复古协会传说

S42. 社会学的方法
Sociological Approach

通常，一种社会学的方法对于民俗学而言，加里·艾伦·法恩写道：

> 社会学视角强调社会结构或交互过程的中心地位。“文本意味着什么？”这只有通过考察叙述者和受众操纵的更为广泛的语境才能回答。

法恩列举了四种传统的社会学研究方法，它们也同样适用于民俗学：(1) 印象管理与演述；(2) 群体动力学 (group dynamics) 与民俗群体的创造；(3) 社会控制与社会冲突；(4) 国家建设与社会变革。

整体来说，社会学理论和方法在民俗学上的应用，在四个领域取得了累累硕果：都市传说，尤其是一些有趣的研究，包括法恩出版于1992年的著作 (副标题是“当代传说中的性与金钱” [Sex and Money in Contemporary Legends])。他说传说“是一面镜子——一面失真的镜子——反映了现代的、西方的工业化社会的问题和经济环境”，而且他还认为，“至少在理论上 (当代传说) 有影响社会结构和社会秩序的力量”。在这些术语之下，他研究的传说 (或传说主题) 有“乱交的啦啦队队长”“艾滋病玛丽”“肯德基油炸鼠”、可乐传说，以及赔偿谣言，他还界定了“商业传说”和“巨人效应”。法恩认为，这种叙述“处于一种结构的包围之中”，他通过互动社交网络 (他书中的第五章) 研究民俗传播，展示了一组关于流行摇滚乐的民间故事，是如何随着在明尼阿波利斯市郊区的处于青春期前期的男孩和女孩的社交网络中传播而变得多种多样的。传播的环节受到诸多因素影响，如学校、团队成员、友谊以及年纪。他还描述了女孩群体中单个故事版本的简单传播与男性群体中多种故事版本的复杂传播之间的对比情况。

桑迪·霍布斯采用了一种不同的社会学 (或社会心理学) 方法，对当代传说“缺乏恰当的定义”做出了回应。他指出，就涉及的心理过程来说，传说的讲述“对讲述者而言，是他或她行为的一部分，对听众而言，则是他或她所处环境的一部分”。霍布斯针对传说的真实或虚假 (在定义时经常提到的一方面) 进行了敏锐的观察，认为一个“好”故事可能会以牺牲“真实”为代价 (就像另一个老生常谈的说法：“真相挡不住好故事。”)。

霍布斯提出应描述传说的讲述可能实现的多种功能，他通过实验，构建出了六种可能的“功能类别”，包括“我知道实情” (如“节油汽车”)、“不适合的场景中的正常行为” (如“黑暗中的屁”) 等。当然，许多都市传说可能有不止一种功能，同一个传说的不同讲述也会产生不同的功能。霍布斯将两部综合的都市传说集的内容与他的列表对照，发现三个主要功能分别是：**合理的焦虑**（如“男友之死”）、**报应**（如“结实的水泥凯迪拉克”）和**表达不恰当的感情**（“丢失的奶奶”，这也是报应的一个实例）。在霍布斯的实验中，得分最低的功能是**永久性的感情表现**（“死亡之车”）。

虽然人们不得不同意霍布斯所说的“很难过分强调这一理论的试验性”（即他在文章中指定的三种主要功能可能是大部分都市传说中最重要的功能），但是他的方法值得进一步地思考，并在其他的数据分析中获得应用。正如霍布斯总结的那样，最终都市传说可以定义为是社会心理过程这一更广范畴的一部分。

杰弗瑞·维克多回顾了都市传说概念的使用，这个概念最初由社会学家提出，在1987年到1992年的37本入门教材中，有5本提到了都市传说。1992年出版的一本有关集体行为的教科书花了整整一章来写这个主题。总体来说，这些社会学家认同传说与谣言之间的关系非常紧密，是“集体的、他们‘生活’的文化产物而非人格动力学（personality dynamics）的心理表达”。社会学家认为都市传说“经常会在交互作用中涌现，且永不终结”，因此，它也永远不会简化到原始的真实“文本”（就这一点而言，社会学家的看法与大多数当代民俗学家的看法一致）。

维克多为都市传说的社会学分析提供了三种主要的理论框架，每一种都给出了例证：（1）**符号互动理论**（symbolic interaction theory，识别在“作为构建社会现实的隐喻”的都市传说中的文化符号，如：万圣节施虐狂的研究）；（2）**社会冲突理论**（social conflict theory，识别由传说宣扬的社会群体的既得利益，如：婴儿身体零部件传说的研究）；（3）**社会功能主义理论**（social functionalist theory，识别当代都市传说的目的，如：法国反犹太谣言的研究）。

维克多指出，他对撒旦崇拜的研究应用了以上三种社会学分析方法，并总结道：“社会学家和民俗学家可以为彼此提供更多帮助，大家是时候开始合作了。”

由社会学家（参见本词条参考文献中有关希思［Heath］等人的内容）组成的研究小组，进行了三次非常详细和缜密的研究，他们分析了某些故事引起的厌恶感是如何影响了人们在复述某一特定传说时的“情感选择”。研究发现，这些传说——在这里被认定为“模因”——被复述的概率与故事讲述人对这些故事的厌恶程度成正比。该研究选择的都市传说主题包括食品污染、害虫滋生的头发、令人尴尬的自制视频，还有血淋淋的事故。

帕梅拉·多诺万在她2004年出版的书中，从社会学的角度分析了在网络语境下流传和讨论的有关犯罪的都市传说。她问了两个主要问题：

> 第一，身处信息时代，真实的犯罪事实24小时都会在各地不停更新，那么犯罪传说在公共意识方面扮演了什么具体的角色？第二，讲述者、听众、信徒、揭露犯罪传说的人如何一起参与关于传说“真相地位”的讨论……并通过制造关于社会的普遍且往往是激烈的主张，来为他们的论点作辩护，尤其是关于社会问题的“现实”？

多诺万将她的分析应用于三个具体的犯罪传说类别：关于色情虐杀电影真实存在的传说、盗取身体零部件的传说、商场或主题公园的绑架传说。

另参见 暴行故事；犯罪；模因论；谣言；撒旦恐慌；“小世界传说”；“香蕉（或蔬菜等）里的蛇（或蜘蛛等）”

参考文献 Gary Alan Fine, “Sociological Approach,” in Brunvand, *American Folklore*: An *Encyclopedia* (1996), 675–677; Fine, “The Third Force in American Folklore: Folk Narratives and Social Structures,” in Bennett and Smith, *Contemporary Legend Reader* (1996), 311–324; Fine, *Manufacturing Tales* (1992); Sandy Hobbs, “The Social Psychology of a ‘Good’ Story,” in Bennett, Smith, and Widdowson, *Perspectives on Contemporary Legend II* (1987), 133–148; Jeffrey Victor, “The Sociology of Contemporary Legends: A Review of the Use of the Concept by Sociologists,” *Contemporary Legend* 3 (1993), 63–83; Noah J. Fritz and David L. Altheide, “The Mass Media and the Social Construction of the Missing Children Problem,” *The Sociological Quarterly* 28 (1987),473–492; D. Todd Donavan, John C. Mowen, and Goutam Chakraborty, “Urban Legends: Diffusion Processes and the Exchange of Resources,” *Journal of Consumer Marketing* 18 (2001), 521–533; Chip Heath, Chris Bell, and Emily Sternberg, “Emotional Selection in Memes: The Case of Urban Legends,” *Journal of Personality and Social Psychology* 81 (2001), 1028–1041; Donovan, *No Way of Knowing* (2004); Dan Miller, “Rumor: An Examination of Some Stereotypes,” *Symbolic Interaction* 28 (2006), 505–519; David Main and Sandy Hobbs, “The Social Psychology of Urban Legends,” in Ellen P. Lamont, ed., *Social Psychology: New Research* (New York: Nova, 2009), 207–216.

S43. “结实的水泥凯迪拉克”
“The Solid-Cement Cadillac”

一个老旧的汽车传说——丈夫驾驶着预拌混凝土运送车，因猜疑妻子偷情，向一辆价值不菲的汽车里灌满了水泥——在1960年春天首次被美国民俗学家提到。这位丈夫正在运货的路上，碰巧途经自家社区，他发现家里的车道上停着一辆车，他的妻子正在屋里与一个陌生男人说话。后来，这位丈夫才知道这位陌生男人原来是汽车经销商，妻子从他那里订了一部汽车，他们正在交付新车。从技术意义上讲，他浇灌到车里的不是**水泥**，而是**混凝土**（水泥加集料［沙子、碎石］、加水），但是这个传说通常被叫作“结实的水泥凯迪拉克”。

这个企图报复的传说很快在英国、德国、斯堪的纳维亚传播开来，而且有时还会出现这样的异文：妻子被抓到在床上与别的男人风流快活，这辆被毁坏的汽车后来变成了带天窗的甲壳虫。加拿大记者罗伯特·富尔福德（Robert Fulford）报道了一个以多伦多郊区为背景的版本，而且他还追踪了该故事的流传与异文。1978年发表的英语版本，描述了一辆被灌满水泥的胜利牌（Triumph）敞篷车，结尾是“一个狡猾的小男人从房子里出来，骑上一辆自行车，飞快地朝相反的方向逃走了”。格雷厄姆·谢尔记录的澳大利亚版本的情节是妻子流着泪说：“我在艺术联盟赢了一辆保时捷，一位年轻的男士把车子送过来，却不知道哪个混蛋给车子灌了混凝土。”

1960年8月《丹佛邮报》(*Denver Post*）上报道了使用混凝土灌汽车的真实事件，但是没有嫉妒的动机，车子是一辆老旧的帝斯拓（De Soto)，它是预拌混凝土工厂合作者的车子。很明显，作恶者是在模仿这个传说故事。这一事件在1960年连续三天成为新闻头条，内容如下：“5吨混凝土灌满汽车”（8月5日），“混凝土修补友谊”（8月6日），“邻居嘉年华会，石化的汽车被拖走了”（8月7日）。

这个流行而引人入胜的传说为众多插图与阐释提供了灵感。在某种程度上，故事凸显了蓝领工人和他想象中的情敌（拥有豪车的男人）之间的阶层差别，甚至是汽车经销商或者推销员所处的阶层都凌驾于卡车司机之上。传说的另一个主题是报应：由于丈夫不信任深爱他且慷慨大方的妻子，他受到了适当的惩罚。一些民俗学家对故事做出了符号学阐释，敞篷车作为一个符号，指的是男子的性能力，或是直接指代妻子的阴部，或者两者皆有。就像瑞典民俗学家本特·阿夫·克林特伯格所说的那样："给车子注入水泥无疑是一次巨大的象征性的射精。"

巴瑞·托尔肯在《动态民俗学》（*Dynamics of Folklore*，1996）中描述了他从学院同事那里听到的一个"千真万确"的传说。当托尔肯描述故事异文的时候，提到了这个故事的悠久历史，而且还对性符号做出了详细阐释，但是他遇到了非常愤怒的反应，还被邀请"出去解决一下这个问题"。这时，托尔肯意识到他的同事"之所以给我讲这个故事并不是因为我是民俗学家，而是因为我是一个男人，我们正和一群男人坐在一起"。（参见"有文化教养的水泥卡车司机"[The Cultural Cement Truck Driver]，第316—318页。）

参考文献 Louie W. Attebery, "It Was a DeSoto," *Journal of American Folklore* 83 (1970), 452–457; *Choking Doberman*, 220; *Too Good*, 29–30; *Vanishing Hitchhiker*, 125–132; Fulford, *Triumph of Narrative*, 63–68; Bennett and Smith, *Urban Legends*, 93–94.

S44. 南非 South Africa

南非可以因具有最吸引人的、记录完备的消失的搭车客的传统而自豪。这个传说源于1968年的复活节，在尤宁代尔附近的小镇上，一个叫玛丽·夏洛特·鲁的女孩在车祸中丧生的事故。根据报刊报道和一些目击者的口述，从1973年开始，以及之后的很多年，玛丽的孤魂每年都会在她的祭日当天出现在事故发生的那条路上。司机们会看到女孩的孤魂在马路上，请求搭车回家，但是在她说出地址之后，她就在行驶的车上（有时候是小轿车，有时候是摩托车）消失了（所有的路边幽灵都是以这种方式消失的）。记者大卫·巴里特（David Barritt）在1987年3月29

日的南非《星期日时报杂志》(*Sunday Times Magazine*)中做了详细报道，这篇报道被第13期《FOAF故事通讯》转载，后来在第17期和19期(1989年和1990年)中又有文章对这一案例进行了讨论。民俗学家西格丽德·施密特对这个案例做了如下总结：

> 南非新闻媒体在讲述传说的游戏中完美地发挥了自己的作用。他们把传说变成了官方报道……(直到)一个全国性的尤宁代尔的传说由新闻媒体塑造而成，让人们期待着幽灵女孩在明年复活节时于同一地点搭便车。

有一位宣传过这个事件的作家坚持认为，与其不断报道这个新闻故事，不如“亲自跟进这个事情”。辛西娅·辛德(Cynthia Hind)在1979年的《命运》(*Fate*)杂志上写了见到幽灵的故事，她告诉《FOAF故事通讯》的读者，她已经采访了几位声称有类似经历的参与者，并且认为他们是可靠的目击者，即便他们所说的“事实”已不能被证实，而且他们的故事在当地流传时有一些明显的变化。

当约翰内斯堡的记者阿瑟·戈德斯塔克开始对都市传说感兴趣时，他最大的关注点就是调查尤宁代尔的幽灵女孩。在1990年的著作《荆棘树中的兔子》中，戈德斯塔克回顾了国际上所有已经出版的关于搭车客的传说，而且还要求大卫·巴里特要重新检查跟当地案件相关的记录与回忆录。巴里特承认，受访者们的描述存在很大差异，同时坚称自己是不信有幽灵的，指出这些故事“并不是二手的……(而)是从三个高度可信的、没有任何理由去捏造故事的人那里获知的”。戈德斯塔克更认同另一个研究者英国作家迈克尔·戈斯(Michael Goss)的结论：

> 我们可以对以下事情不予理会，即警察是否参与其中，因为无论参与与否，都不能保证目击者所说的话是真实的。就算是真实的，他们所感知到的真实未必就是事情的本来面目。

S

就像戈德斯塔克所说的那样，虽然尤宁代尔幽灵肯定“是南非最著名的幽灵故事”，但事实证明，还有许多都市传说在那个国家流行，包括比重很大的本土化谣言和故事。戈德斯塔克第一本著作的书名参考了“典型的南非政治都市传说”，当时巴克莱银行改名为第一国民银行，标志是一棵荆棘树的剪影，映衬着冉冉升起的太阳。商标的含义是“生命、力量、希望的象征”。碰巧的是（银行是这么说的），树枝的轮廓正好是非洲大陆的轮廓，一些人相信他们看到了在树枝间跳跃的兔子，谣言所描述的正是仍然被禁止的南非非洲人国民大会[1]（African National Congress，即ANC）的象征。当人们谣传这个标志中还存在着其他类似的“象征”时，银行重新设计了荆棘树图案，移除了全部有争议的图案，直到它不再包含任何这样的象征。

除了“荆棘树中的兔子”的传说，戈德斯塔克的第一本书还记录了在南非流传的很多国际上人们耳熟能详的都市传说，包括“诱拐未遂”“被噎着的杜宾犬”“二次被偷”“理发师的误判”“钩子”“肢体残缺的男孩”“惊喜聚会中的裸体主人”“撒旦恐慌”“蛛噬”“超级英雄的狂欢作乐”等，还记录了一个当地版本的中国餐馆故事，这是“在南非最流行的食物传说之一”：

> 这是件真事，但是你不能写出来，因为这里面有一个官司，那个家伙已经交了一笔罚款。如果你写下来的话，他可能会起诉你。
>
> 一家人去委员会大街尽头的中国餐馆吃饭——你知道的，在沃斯特广场附近。妻子点了鸡肉，她正吃的时候，喉咙被骨头卡住了。她被紧急送到医院，医生成功地把骨头取了出来。他检查了一下，问她吃了什么。
>
> 她说：“鸡肉。”医生说：“我再问你一遍，你吃了什么？”她再次回答：“鸡肉。”
>
> 医生说：“恐怕不是，女士。这是猫的骨头。”她起诉了餐馆，

1 南非最大的黑人民族主义政党，其领袖曾为纳尔逊·曼德拉。

我认为她拿到了两万兰特[1]。

美国民俗学家加里·艾伦·法恩回顾了他在1991年访问南非时整个南非的都市传说景观，他说，这里简直是“一个谣言共和国”，充满了无数未经证实的、形形色色的故事，其中很多是国际都市传说的本土化版本，但是加上了政治的、组织化的或者反政府的观点。比如，在后种族隔离社会的“黎明”——以纳尔逊·曼德拉（Nelson Mandela）在1990年2月被释放出狱为显著信号，无数个故事预测了即将到来的“白人大灾难”——白人们担心在某个计划好的特定日子，黑人会拿起武器，将所有的白人从他们的家里和工作岗位上驱逐。戈德斯塔克叙述了一个他1990年在一场宴会上听说的故事，一位客人的儿媳的父母的朋友的心烦经历：

朋友的朋友住在比勒陀利亚市，家里有一个平时就不怎么听话的本地用人。有一天，用人非常突然地宣布，她很快就会拥有这座房子。“你怎么得到这座房子呢？”他们问，大家都非常了解她平时的薪酬只够解决温饱。“我每月支付给非洲人国民大会十兰特，当他们接管我们国家的时候，他们就会把房子送给我。”她非常认真地解释道。

虽然这个故事还有其他口头版本，报刊也有类似的报道，但是没有哪个版本与这个版本一样，有如此清晰的雇主—用人的对话记录。戈德斯塔克提到，类似的谣言还曾在纳米比亚流传，但是故事叙事更像美国的传统。1960年，在“现代非洲的神话”会议上，一个发言人报告了一个在白人群体中流传的故事：一个非洲用人告诉他的主人，独立之后，所有欧洲人的房子都会移交给非洲的自由公民。这个传说也曾在20世纪40年代的美国流传，当时美国白人在不断重复“埃莉诺俱乐部”（以美

1 从1961年开始发行的南非货币。

国第一夫人埃莉诺·罗斯福［Eleanor Roosevelt］命名）的故事，美国非裔用人们说，急切地盼望将来白人能为他们服务。

在南非经历种族隔离的终结与民主的逐渐兴起之时，传闻和大众媒体中有关黑种人—白种人的冲突、畏惧、刻板印象等主题却越发被强调，它们都被记录在了戈德斯塔克的第二本和第三本都市传说著作中，分别是《行李箱里的豹子》（1993）和《粥里的墨水》（*Ink in the Porridge*，1994）。与所有的恐怖故事相反，1994年4月的选举和接下来政府的剧变发生在相对和平的和谐环境中。或许恐怖故事的夸大只是起到了情绪安全阀的作用，并没有煽动骚乱。

虽然新南非的政治和社会风气看上去能降低人们对于许多即将出现的种族暴力的古老说法的相信程度，但国际都市传说的本土化版本还是在这个小国家兴盛起来。戈德斯塔克的下一部集子叫《食蚁兽与旅行拖车：南非最棒的都市传说》（*The Aardvark and the Caravan: South Africa's Greatest Urban Legends*，1999），这个书名取自当地版本的“动物报复”故事。戈德斯塔克是当之无愧的南非“都市传说先生”；2006年他又出版了《飘荡在小镇的幽灵：萦绕南非的故事》（*The Ghost that Closed Down the Town: The Story of the Haunting of South Africa*）。这本书的大部分内容都非常本土化，很多超自然现象超出了本书收录的范围，该书关于“消失的搭车客”（第73—79页）和“墓地之赌”（第155—162页）的章节与本书相关。

戈德斯塔克在他的网站“来自小国的传说”（http://thoselegends.blogspot.com）上不断地更新南非都市传说的最新材料，2010年，他出版了另一部书《垃圾袋里的夜贼：都市传说、骗局和集体歇斯底里症　》（*The Burglar in the Bin Bag: Urban Legends, Hoaxes and Mass Hysteria*）。这本集子的标题故事，由于一个外行的编辑失误，实际上并没有被这本书的第一版收录，尽管这本书的封面设计很好地表现了这一主题。这个传说以一封虚假警告的电子邮件的形式出现在戈德斯塔克的网站上，而且还被收录到了这本书的第二版里。在必要的免责声明“不知道是真是假”之后，这个虚假警告继续写道（逐字摘录）：

关于犯罪分子作案最新方式的小警告——非常有创意！！他们穿着黑衣服，把他们自己裹在黑色垃圾袋里，在人行道旁等待。当SAPS（南非警务人员）或者邻里监督组织经过的时候，他们蹲在地上，看上去就像是黑色垃圾袋一样。警务人员等忽略了这些“黑袋子”，并驶了过去。罪犯要么等候房屋主人回家实施抢劫，要么破门而入去偷窃。

请注意并警惕“移动”的黑袋子！！！特别是在垃圾清运日。

戈德斯塔克的书里有一个章节叫“2010年的重大都市传说”，这一年世界杯在这个国家举行。这些故事中的虚假说法包括：世界杯期间会发生大地震；英国拨款购买了4200万个避孕套，用于控制艾滋病；无家可归的南非人会发动一场血腥的暴乱；南非的警察大多比较肥胖，无法起到震慑罪犯的作用，当大量肥胖的警察都被派去负责世界杯的安保时，大量的罪犯会流窜到这个国家的其他地区。戈德斯塔克书中另一个比较不错的部分是“骗局和传说：10条定律”，它为如何识别和处理邮箱接收到的都市传说提供了常识性的建议。或许定律8概括了最好的建议：“所有群发邮件标题为‘这不是都市传说’的其实都是都市传说。”

1996年，戈德斯塔克在他的个人网站上发布了一个其个人研究方法和发现的极好的例子。当时，有一个故事宣称南非一家医院发生了一系列离奇而神秘的死亡事件，而且它还通过网络流传到了世界各地。通过对比这一事件的新闻报道，戈德斯塔克证明了一个最初高度令人怀疑和缺乏备案记录的故事是如何被报纸夸大和定型，最终以一个新的彻头彻尾的传说形式“在互联网上大肆流传”的。

另参见 “婴儿列车”；“致命的清洁女工”；“迷晕遭抢”；“墓地之赌”；“钩子”；“中间的男人”；“屋顶的男人”；“射杀公牛”

参考文献 Gary Alan Fine, “Rumors of Apartheid: The Ecotypification of Contemporary Legends in the New South Africa,” *Journal of Folklore Research* 29 (1992), 53–71; Michael Goss, *The Evidence for Phantom Hitch-Hikers* (Wellingborough, UK: Aquarian Press, 1984); Cynthia Hind, “‘I Followed This up Personally’: Additional Notes on the South African Hitchhiker,” *FOAFtale News* 19 (October 1990), 3–4; Sigrid Schmidt, “The Vanishing Hitchhiker in South Africa: Additional Notes,” *FOAFtale News* 17 (March 1990), 1–3; “Vanishing Hitchhiker Update: South Africa,” *FOAFtale News* 13 (March 1989), 3; Ellis, “Roots” (2007), 18–19; Turner, *Grapevine* (1993), 44; Fine and Turner,

Whispers (2001), 48–49; Sigrid Schmidt, "The Hairy-Handed Hitchhiker and His Relatives in South Africa," *FOAFtale News* 47 (October 2000), 1–3.

S45. 韩国 South Korea

参见 吹风死

S46. 西班牙 Spain

S

西班牙有着丰富的民俗传统和民俗生活背景，所以西班牙拥有大量令人印象深刻的当代传说也就不足为奇了。但是直到最近，这些现代资料才为非西班牙语的读者所了解。在西班牙流传的国际传说，如“被切断的手指”和“尸体的胳膊”（The Cadaver Arm）等故事，在英文著作里只是会被简单地提及。

巴塞罗那作家和翻译家约瑟夫·桑佩雷（Josep Sampere）在阅读国外都市传说时受到启发，于20世纪90年代中期开始记录他在西班牙遇到的每一个“人们信以为真的传说”，当他的朋友安东尼奥·奥提（Antonio Ortí）——一位巴伦西亚的记者——知道他搜集的这些资料之后，写了一篇文章发表在西班牙最重要的报纸《西班牙先锋报》（*La Vanguardia*）的星期日附刊上。奥提的文章引起了轰动，巴塞罗那出版社的埃迪西奥内斯·马丁内斯·罗卡（Ediciones Martinez Roca）委托这两位传说研究者写一部书。桑佩雷和奥提令人印象深刻的集子《西班牙都市传说》（*Leyendas urbanas en España*，2000）中包含了编者从西班牙所有图书馆和大学回收的数千份问卷调查的结果，还有来自访谈、文学作品和流行文化资源的材料。这些西班牙语材料参考了国际上对都市传说的学术研究进行注释，并参照当代西班牙的生活与时代状况进行分析。

许多最近识别出来的西班牙都市传说为民俗学家所熟知，比如“消失的搭车客”“丢失的奶奶”“仙人掌里的蜘蛛”“树上的水肺潜水员”“欢迎来到艾滋病的世界”等故事，还有许多其他显而易见的国际故事。其他广为流传的传说具有独特的西班牙特征，比如当地版本的“兔子吹风机”，故事中挖出来的宠物实际上是鹦鹉而不是兔子。西班牙版本的助人为乐的名人故事，描述的不是埃尔维斯或者埃维尔·克尼维尔（Evel Knievel），而是骑着摩托车的国王胡安·卡洛斯（Juan Carlos）停下来帮助了一位抛锚的司机。

西班牙集子中的一些传说，是欧洲人而不是美国人熟知（或者仅仅是知道）的。放生毒蛇故事体现了这一点，比如，这些故事还包括偷雨的飞机、意大利偷眠贼（hypnothieves）、消失的度蜜月的人等。

西班牙最近流传的一个传说反映了西班牙独特的传统——保留了古老的致命的婚礼主题——名为“婚礼上的电锯惨案”（The Wedding Chainsaw Massacre），桑佩雷以英文复述了这个故事：

> 婚礼早饭之后，新郎的朋友要执行“剪领带”仪式。他想开个玩笑，他没有用过时的老剪刀，而是拿了一把巨大的电锯！当另一个朋友拽住领带的末端时，开玩笑的朋友拿着电锯走到新郎身边，一切准备就绪。
>
> 一些“目击者”称，这人喝大了，跌跌撞撞地往前走；另外一些目击者称，领带缠住了电锯。结果是，电锯穿透了新郎的胸膛。惊恐的宾客无能为力，眼睁睁地看着新郎倒在血泊中。开玩笑者崩溃了，冲出餐馆上了车，然后撞上了一棵树，当场死亡。新娘第二天从阳台跳下去自杀了。

为了展示西班牙的现代传说风格，也作为给懂西班牙语的人的练习文本，下文是巴塞罗那版本的“墨西哥宠物”传说，这个例子描述了一只德国“变异大鼠”被游客当作流浪狗收养的故事：

外国狗

一对夫妇带着他们的狗去了德国。他们在那里发现了另一只被遗弃的非常虚弱的狗，他们决定把它带回西班牙。这只狗慢慢地恢复过来了。有一天，他们回到家，看到他们以前的狗死了——它被他们捡来的这只狗咬死了。他们带新捡来的狗去看兽医，结果发现它不是狗，而是一只突变的老鼠。一位朋友告诉我这件事，它发生在一位朋友的朋友身上。[1]

《西班牙都市传说》很受欢迎，它在仅仅几个月之后就再版了。读者纷纷发邮件，提供了更多新故事。

参考文献 *Baby Train,* 122（"The Cut-Off Finger"），316（"The Cadaver Arm"）.

S

S47. "游泳池里的精子"
"Sperm in the Swimming Pool"

与"章鱼卵致游泳者怀孕"的传说类似，一个年轻女士发誓她是处女，但是游完泳之后她就怀孕了。在这种情况下，按照推测，她应该是接触了游泳池里男性排出来的精子。这是现代的体内蛇故事，有着久远的历史：托马斯·布朗尼爵士（Sir Thomas Browne）在《低俗的失误》（*Vulgar Errors*）中记载，1646年，一位女士在温暖的浴缸里泡过澡后怀孕了，这个浴缸刚被一位男性使用过。布朗尼将这个事件描述为"一种新的、历史上绝无仅有的远距离私通方式"。

参考文献 *Choking Doberman,* 110.

[1] 原文为西班牙语。

S48. “蛛噬”
“The Spider Bite”

一位来自英格兰（或者是苏格兰、斯堪的纳维亚、荷兰、纽约等）的年轻女士去非洲（或者是西班牙、葡萄牙、墨西哥、美国南部等）度假，她在沙滩上日光浴的时候，被蜘蛛咬伤了脸颊。伤口发炎感染了，她赶紧回家治疗。当医生为其破开脓包时，发现数百只小蜘蛛爬了出来。有时候受害者——总是女性——会因为震惊而精神失常。这个故事有时候也被称作“蜘蛛脓包”（The Spider Boil）。

在另一个版本中，女士洗完澡，脓包破开了，无数只蜘蛛爬到了水里。这个故事偶尔讲述的是某人在美国的一次度假（比如中西部的女士在佛罗里达州被咬伤）。所有的例子都暗示了南方的度假场所不如自己家干净、安全。当这个故事被讲述的时候，细节是非常具体的：“我朋友的朋友认识的明尼阿波利斯市的一位女士，她去迈阿密海滩，然后……”

“蛛噬”传说作为现代传说出现在欧洲是在20世纪70年代末，但它明显与早期的体内蛇故事的“临床表现”相呼应：各种各样的生物进入了人体，有时候还在人体内繁殖。

然而在这个传说的另一个版本中，一些女士被藏匿在公共厕所马桶座下面的“红臀肌”（Blushing Gluteus）毒蛛咬伤，遭受了痛苦症状的折磨最终死亡。该消息据说来自“联合医学协会杂志”（Journal of the United Medical Association，即JUMA）的一位知名医生。这个物种的可笑名字和凭空捏造的杂志名称，加上其他的线索，都证明这只是对都市传说的戏仿，而不是真实发生的事情。

另参见 蚂蚁或白蚁侵入体内；地蜈蚣的故事

参考文献 *Be Afraid*, 122–123; *Choking Doberman*, 108; *Mexican Pet*, 76–77; *Too Good*, 192–193; Bennett and Smith, *Urban Legends*, 123–125; Williams, *The Cost of Deception*, (“Blushing Gluteus”故事, 91–93).

S49. “宝宝乐泡泡糖中的蜘蛛卵” “Spider Eggs in Bubble Yum”

1977年，一个新的救生员（Life Savers）牌产品宝宝乐泡泡糖成为谣言的攻击目标，谣言称这种泡泡糖被蜘蛛卵污染了。生产商花了一大笔钱，包括买下报纸的整个版面来刊登广告抵制谣言，这个谣言在一年之后终于销声匿迹。有的人说污染物是“蜘蛛腿”，但是蜘蛛的卵和腿从来没有被添加到泡泡糖里，或者是从泡泡糖里检测出来。还有人说新款泡泡糖会致癌。事实是，谣言停留在宝宝乐泡泡糖上，其他泡泡糖生产商并没有受到影响，也没有产生“巨人效应”。

另参见 “小米奇之死”；麦当劳谣言

参考文献 John E. Cooney, “Bubble Gum Maker Wants to Know How the Rumors Started,” *Wall Street Journal* (March 24, 1977), 1; Fine, *Manufacturing Tales*, 153–154; *Too Good*, 193–194; *Vanishing Hitchhiker*, 89–90.

S50. 蜘蛛 Spiders

除了与蜘蛛相关的词条外，还可以再参考麦当劳谣言和“超级英雄的狂欢作乐”（提及蜘蛛侠）。在都市传说中，据说蜘蛛寄居在仙人掌类植物、食物、蜂巢式发型，甚至是人体中。人们讨厌所有种类的蜘蛛，特别是有毒的蜘蛛（比如黑寡妇）或者是毛茸茸的蜘蛛（比如狼蛛），它们在传说中多次出现。1990年的电影《小魔煞》（*Arachnophobia*）利用了人们的这种恐惧。蜘蛛网是恐怖电影的标准装饰，暗示着一些可怕的袭击将要发生。或许是蜘蛛多出来的两条腿，使它们看上去比其他昆虫可怕得多。

本特·阿夫·克林特伯格曾经说过：“蛇和蜘蛛在现代都市生活中相当罕见，这导致了叙事传统中想象虚构成分的增加。”

另参见 “致命的靴子”

参考文献 Bengt af Klintberg, “Legends and Rumours about Spiders and Snakes,” *Fabula* 26 (1985), 274–287; Bennett and Smith, *Urban Legends*, 233–235.

S51. “仙人掌里的蜘蛛”
“Spiders in the Cactus”

一位女士把一棵巨大的仙人掌带回家，她既不是从苗圃买的，也不是从沙漠里挖的。她把它种在一个大花盆里，每次给仙人掌浇水的时候，仙人掌都会颤抖或摇动，还能听到奇怪的嗡嗡声。她给商店（或者是图书馆、植物学家等）打电话咨询这棵植物的异常动静，电话那头告诉她赶紧到屋子外面去。很快，一支脱毒团队到了，他们穿着防护装备，把仙人掌移到后院点火烧了，于是一大群普通蜘蛛、狼蛛或者蝎子从烧焦的仙人掌中跑了出来。

20世纪70年代早期，这个传说在欧洲广为流传。一个经典的英文版本称，藏匿着狼蛛的丝兰属植物从非洲进口，在马克和斯宾塞（Mark and Spencer）百货商店里销售。与这个版本相呼应，1990年，罗尔夫·威廉·布莱德尼契汇编的德国都市传说集的书名就是“丝兰棕榈树里的蜘蛛”。在美国，这个故事在1989年到1995年期间非常流行，有时候它会跟弗兰克园艺与工艺品（Frank's Nursery and Crafts）商店或者是国际家居用品连锁企业宜家家居扯上关系。这个故事反映了人们对蜘蛛的恐惧，而且它还融合了其他当代传说的母题：电话警告离开房屋。

参考文献 *Be Afraid*, 125–129（包括两个瑞典版本）; *Baby Train*, 278–287; *Mexican Pet*, 83–84; *Too Good*, 194–196; Fine and Ellis, *Global Grapevine*, 154–156.

S52. “头发里的蜘蛛”
“Spiders in the Hairdo”

20世纪50年代，有一种把头发盘起来，然后再喷上染色剂的流行发型，叫作“蜂巢”。关于蜘蛛寄生在类似发型里的传说是记录相对丰富的传说之一，它也是经常被选编和讨论的美国都市传说。这个故事通常说的是一个留着蜂巢发型的高中女孩在教室里晕倒时，有人看到一股血水慢慢地从她脖子上流下来，当她的头发在医院被清洗并梳开以后，才发现蜘蛛（通常是黑寡妇蜘蛛）在头发里做了巢。在这种发型流行过后的很长一段时间内，人们还是会提到这个传说，以一种怀旧的方式警告人们不要爱慕虚荣。该故事的经久不衰还体现在盖瑞·拉尔森1990年的漫画《月亮背面》，以及一部备受欢迎的都市传说选集《头发里的蜘蛛》（霍尔特和穆尼［Holt and Mooney］，1999）里。

1976年的《时尚先生》杂志刊登了一篇题为“20世纪50年代的民俗”（Folklore of the Fifties）的文章，指出了这个传说的道德寓意——“要么洗头要么死”，但一个明显的中世纪原型故事的发现，则提供了另外一种视角。在13世纪英国的**说教故事**中，一位爱慕虚荣的妇女总是在做弥撒时迟到，因为她花了太多时间来整理她的头发，结果魔鬼以一只蜘蛛的形式附在了她的头发里。中世纪研究专家雪莉·马查洛尼斯（Shirley Marchalonis）评论了这个古老故事的最新版本：“清洁作为一种作用力，已经取代了虔诚。”“头发里的蜘蛛”也是弗洛伊德式传说分析的戏仿目标，民俗学家肯尼思·克拉克（Kenneth Clarke）声称在发型中发现了阴茎和子宫两种属性，而且偶尔提到的在蜂巢发型中发现的蟑螂也具有重要的双重意义。

参考文献 *Baby Train*, 16; *Be Afraid*, 121–122; Kenneth Clarke, “The Fatal Hairdo and the Emperor's New Clothes Revisited,” *Western Folklore* 23 (1964), 249–252; Shirley Marchalonis, “Three Medieval Tales and Their Modern American Analogues,” *Journal of the Folklore Institute* 13 (1976), 173–174; *Too Good*, 191–192; *Vanishing Hitchhiker*, 76–81; Bennett and Smith, *Urban Legends*, 119–122.

S53.“啐口水场景”
“The Spitting Image”

老兵从越南战场归来时会被反战人士侮辱吗？无数报道声称确实发生过这种事，然而没有确凿的证据表明这是真的。历史学家和调查记者努力寻找“啐口水场景”的证据，然而并没有发现任何图像或者目击者提供的证据，也没有经得起验证的警方或者法院记录。20世纪60、70年代，反战运动的参与者大都对老兵抱有同情，许多老兵自己也参加了反战运动。作为都市传说，受辱的老兵故事在细节上自始至终都让人生疑：一个久经沙场、满面风霜的老兵在机场（通常是洛杉矶国际机场）遭到了一个长头发嬉皮士、一个女孩，或一个矮小的老妇人的语言和人身攻击（女人也啐口水？）。坚强的老兵默默忍受了这一切而没有报复或者通知相关部门。这让人难以置信！

实际上，关于老兵回乡被民众批判的故事——包括啐口水的行为——在"一战"后就在德国流传开了，所以这并不是一个新主题。两次世界大战之后，美国最为流行的是归来的士兵被视为英雄而备受尊敬的场景。但是越南战争——这场战争失败了——却激发出了另一种场景。虽然老兵被人啐口水是一个虚构的场景，但是它却成为美国人幻想破灭的一幅图画。当美国政府以"支持军队"或"不要让敌人好受"的说辞来制衡人们对于越南战争和海湾战争的抗议时，这些战争支持者们就会重提"啐口水场景"故事，使得它又会通过口头传统、新闻故事、评论专栏和电影复现。最终，在越南战争结束约15年之后，有一些老兵宣称他们被吐过口水，尽管他们在当时没有报告过这一事件。在一些故事案例中，还出现了"支持战争"的强硬派被人怂恿着向"嬉皮士"和其他和平主义者吐口水的说法，可是目前还没有充足的证据证实真的发生过这种情情。

参考文献 Jerry Lembcke, *The Spitting Image: Myth, Memory, and the Legacy of Vietnam* (New York: NYU Press, 1998).

S54. "汽油弹"
"Spunkball"

"汽油弹"类似于"别闪灯！"传说，这个故事声称四处游荡的青少年帮派随机对出现的汽车司机实施暴力袭击。在这个例子中，青少年在红绿灯前停下来搜寻摇下车窗的汽车——甚至是只摇下了部分车窗的汽车。"汽油弹！"他们喊着，然后把一块汽油浸泡过的包着锡箔纸的破布从敞开的车窗扔进车内。这个破布外面是带着导火线的小爆竹，当小爆竹爆炸的时候，"汽油弹"会迅速起火。警告传单或者电子邮件提示司机要保持车窗关闭，或者在听到另一辆车上的人喊"汽油弹"的时候立即关上车窗。这些伪造的警告声称，许多汽车被"汽油弹"弄坏，司机受伤甚至死亡，但事实上并没有相关的报道。据说，执法当局要求汽车司机要尽最大的可能把这条消息传播给更多的司机。一个经典的电子邮件版本是这样开头的："我们最近收到通知，要特别注意一个危险游戏，我们国家很多地方都报道了这一事件，请大家务必互相转告一下。"谁是"我们"，还有"我们国家的很多地方"是哪里？另一封邮件中出现的措辞不同的异文连这个事情都没说清楚："我只是想提醒我所有的朋友，近来发生的事情越来越多，目前已经遍及全国。"

参考文献 *Be Afraid*, 253–254; Williams, *The Cost of Deception*, 88–89.

S55. "圣约瑟出售不动产"
"St. Joseph Sells Real Estate"

参见 "埋上圣人出售房产"

S56. "斯坦福起源传说"
"The Stanford Origin Legend"

斯坦福大学可能是唯一一所在学校官网上揭穿一个都市传说的高等院校。铁路大亨、原加利福尼亚州州长利兰·斯坦福（Leland Stanford）和妻子简（Jane）的独生子在1884年死于伤寒，当时他们正在意大利旅行，"很快，他们就找到了一种永久纪念爱子的方式"。有关这所大学创立的假故事还在斯坦福大学的官网上挂着：

斯坦福夫妇拜访了东部的几所大学，收集了一些想法。一则都市传说在互联网上广泛流传，但这并不是事实，传说称，夫妻俩装扮成穷苦的乡巴佬去哈佛大学，提出要捐赠一座大楼，却被断然拒绝，于是他们决定自己建造一所大学。

以下是完整的故事，貌似早在1998年就开始通过电子邮件流传：

一个女士穿着褪色的棉布裙，她的丈夫穿着一套粗布的破旧西装，他们在波士顿火车站下车，在没有预约的情况下，两人有些怯生生地走进了哈佛大学校长的对外办公室。

校长秘书一眼就看出来这样的乡巴佬几乎不可能与哈佛有什么业务往来，甚至他们就不该出现在哈佛。

“我们想要见一见校长。”男人轻声说道。“他要忙一天。”秘书打断了他的话。“我们等等吧。”女士说。

一连几个小时，秘书对他们不理不睬，希望这对夫妻灰心丧气，然后自己走掉。但是他们没有，秘书无计可施，最终决定去打扰一下校长，虽然她一直为干着这种苦差事而懊恼不已。

“或许你跟他们聊几分钟，他们就走了。”秘书对校长说。

校长很不高兴地叹了口气，然后点了点头。他还有更重要的人要会见，显然没时间跟这对夫妻浪费时间，他厌恶地看着办公室外面捣乱的棉布裙女士和粗布西装男士。

校长板着脸、摆着架子，趾高气扬地看着这对夫妇。女士告诉他：“我们有个儿子在哈佛上了一年学。他热爱哈佛，他在这里过得很开心。但是一年前，他意外去世，我们夫妇想给他在校园某个地方建造一个纪念物。”

校长没有被打动。他很震惊。“女士，”他粗暴地说，“我们不可能为每一个生前在哈佛待过的人都建造雕像，如果我们那样做的话，校园就变成墓地了。”

“哦，不是的，”女士很快解释道，“我们不是想建造雕像，而是想给哈佛捐赠一幢大楼。”

S

校长转了转眼珠，他打量着棉布裙子和粗布西装，然后大叫："一幢大楼！你们到底知不知道一幢大楼需要花多少钱？我们建造哈佛的物理楼花了750多万美元。"

女士沉默了一会儿。校长很高兴，以为这回他们该走了。

女士转向她的丈夫，然后小声说："建造一个大学只需要那么点钱吗？那我们为何不自己建一所大学呢？"

她丈夫点了点头。校长的脸上没了之前的神情，充满了困惑。斯坦福夫妇起身走了，他们来到了加利福尼亚的帕洛阿尔托，在那里建造了一所大学，以他们的名字命名，即斯坦福大学，以这种方式纪念他们那位哈佛漠不关心的儿子。

这个感人至深的故事的全部情节都是虚构的。斯坦福夫妇是社会名流，根本不可能穿着这种衣服，也不可能等待那么长时间。他们的儿子去世的时候只有15岁，也不是突然病故的。他们并没有与哈佛校长发生以上谈话，虽然他们在讨论如何纪念儿子的时候，的确拜访过哈佛校长（查尔斯·威廉·艾略特［Charles William Eliot］是当时的校长）。除了斯坦福网站和斯坦福的校史外，snopes.com网站和hoax-slayer.com网站也都彻底否定了这个故事。

S57. 州警的"舞会" State Police "Balls"

虽然在美国和加拿大的某些地方，这个故事经常会被认为是真事，但它听上去更像一则笑话，而不是传说。一个漂亮的女士因超速被一位州警拦住了，她恳求说："你能不能卖给我几张参加警察舞会（ball）的票，而不开罚单？"他回答："州警没有舞会[1]。"这位州警被自己的回答搞得很尴尬，只是给了她一个警告，就让她走了。

1 ball既指"舞会"，也有"睾丸"的意思。

另一则关于双关语的传说是“买丹碧斯卫生棉”。一个校园笑话讲的是一位教授把他的突击测验称作“quizzes”。某天，一位女同学说：“如果这就是你的‘quizzes’的话，我们讨厌看到你的‘testees’。”[1]

参考文献 *Choking Doberman*, 139.

S58. “黏性”都市传说
“Sticky” Urban Legends

马尔科姆·格拉德威尔（Malcolm Gladwell）在他的畅销书《引爆点》（*The Tipping Point*，2000）中提到了“黏性因素”（The Stickness Factor）——有时，一条消息的能量“如此让人难忘，以至于能创造变化，（并且）促使一些人行动起来”（第92页）。格拉德威尔论证了这些“黏性因素”，部分地参考了儿童电视节目《芝麻街》（*Sesame Street*）和《蓝色斑点狗》（*Blue's Clues*）中为植入学习信息而使用的方法。

社会研究者奇普·希斯（Chip Heath）和丹·希斯（Dan Heath）将“黏性因素”应用到都市传说的研究中，以及其他许多社会现象中，他们提供了一份“黏性想法的六条原则”列表。这些原则是简单（simplicity）、出乎意料（unexpectedness）、具体（concreteness）、可信（credibility）、情绪（emotions）和故事（stories），其首字母缩写正好是**成功**（SUCCESS）。这些程式适用于许多都市传说，可能是大多数的都市传说。希斯兄弟将他们的分析特别应用到了“盗肾”“万圣节施虐狂”“男友之死”，以及“别和得克萨斯混在一起”标语运动的成功之中。

参考文献 Chip Heath and Dan Heath, *Made to Stick: Why Some Ideas Survive and Others Die* (New York: Random House, 2007).

1 参见词条“买丹碧斯卫生棉”和“教室里的性”。

S59. 盗尸传说
Stolen-Corpse Legends

参见 “包裹里的死猫”；“丢失的奶奶”

S60. “被盗的试卷”
“The Stolen Exam”

一位教授在考试之前重数了一下考卷数量，发现少了一份。于是他把每一份考卷的底部都剪掉了半英寸，这样当考试结束的时候，就很容易发现那张被偷走的考卷了。他给了偷试卷的学生一个不及格的分数。这在一定意义上并不算一个传说，可能只是多疑的教授的一个补救方案。有一次我也遇到了这样的事情，但随后我意识到我可能是数错了，因为所有交上来的试卷长度都是一样的（或者聪明的盗贼识破了我的计划，把自己的试卷也剪掉了一截？无论如何，他们全部都通过了考试）。

参考文献 *Curses!* 285–286.

S61. 盗肾传说
Stolen Kidney Legends

参见 “盗肾”

S62. “被盗的样本”
“The Stolen Specimen”

这个故事在20世纪30年代中期就被报道过，它的几个异文也一直都在流传。在去找医生做检查的路上，病人装在威士忌或者香水瓶子里面的尿样被偷了。大不列颠和美国的老版本的偷窃故事发生在公交车或电车上，或是人们放在自行车筐里的样本被偷了。后来——尤其是在美国——据说小偷是从一辆停着的汽车上偷的样本，当时要么是车窗没关，要么就是车门没锁。有时，当事人看见小偷偷走了尿样，但是并没有去追他。这个故事的最新版本的开头与“饼干子弹”相似：有人看见一位孕妇坐在车里，向前弯着腰，浑身发抖。目击者问她是否需要帮助，孕妇说：“不用，我不是生病了，也不是快生了，我只是在笑！我约了医生，但是我的尿样在路上被偷了。”这个故事的其他版本还讲到了狗的排泄物被偷：宠物狗在路上的排泄物被尽职本分的主人装进了手提袋，结果袋子被偷了。

“被偷走的样本”暗示的结局与偷尸体的传说如“包裹里的死猫”“丢失的奶奶”等类似。小偷得到了报应。

喝尿——或者假装在喝——也是恶作剧故事的主题。它提到了一位在候诊的病人（“这份尿样看上去颜色有点浅，我想我应该让它再在身体里循环一遍”——一饮而尽！），而在另一个故事中，一个导师演示了如何以品尝的方式检验尿液中的糖分（但是他换了手指，实际上并没有舔沾了尿液的手指，但他的学生没有注意到这一点）。

S

另参见 中国；“洞察力课程”

参考文献 *Choking Doberman*, 127–130; Mexican Pet, 89–90; *Too Good*, 83–84; Bennett and Smith, *Urban Legends*, 94-96.

S63. “被盗的车速监视器” “The Stolen Speedtrap”

伦敦《卫报》（*The Guardian*）的编辑收到了一封信，在1986年7月19日报道了一个“真实”的故事，原文如下：

先生——这个故事可能看上去有点假，但我知道这是真的，这是一位老太太的儿子给我讲的。

一位遵纪守法的女士在路上以30英里每小时的速度开着车，忽然看到路缘石上有一台微波炉，出于社会良知和诚实，她停下车，把微波炉捡起来放到了车里，打算把它送到离她最近的警察局。她小心地开着车，但是刚走了半英里，她就被一辆响着警笛、亮着警灯的交警巡逻车拦了下来。

警察示意她停下，接着跟她说了一些话，要点就是她在建筑密集区开出了至少70英里每小时的速度。“我们已经记录了你每小时至少70英里的车速。”警察很有礼貌地说。“但是我这辈子从不超速。”小伙子的母亲说。

接下来的谈话才让真相大白。他母亲捡到的是一台雷达测速器的尾部，它的工作原理要求它必须放在固定的位置不动。他那位诚实的妈妈没有分辨出微波炉与雷达测速器的区别，你知道的，她根本不可能开这个车速。——真诚的（作者提供的姓名和地点）。

来源于朋友的朋友，以及靠不住的技术上的解释让这则报道看上去很假。而且，一位伦敦读者给我提供了一份剪报，这个故事的异文出现在报道的前一周的BBC节目中。这个异文说的是一位女士的丈夫是电器修理工，她知道他肯定能修理这个“微波炉”。当警察拦下她的时候，她满心愧疚。

到了1991年，这个故事的另一个异文开始在美国互联网的布告栏中流行，不确定具体是哪个网站，但它确实发生在美国。这个版本被描述为“我的一个朋友讲了一个真实的故事，它发生在她认识的一个女孩身上”。女孩可能在高速路上非常焦虑地寻找可以解决内急的地方，终于，她发现了一个大垃圾桶，而且其周遭没有任何人，于是她停了下来。她发现垃圾箱上面居然有个微波炉，于是她把它拿到车里，这样到家后丈夫还可以修理一下它。州警监测到设备在她的车上，于是拦住她，指控她盗窃政府财产。

虽然“被盗的车速监视器”在口头传统中很活跃，但是证据的缺失、模糊的信息来源、详细的故事异文、令人生疑的技术、一无所知的女性驾驶员的刻板形象、故事的广泛分布等，都说明它有自己的生命，而与任何可能的原型事件都相当不同。贝内特和史密斯也提到了“无数……有关路边的超速照相机和雷达检测仪的传说”，而且还引用了许多英国媒体报道的案例，也提到了荷兰的异文，以及引用了澳大利亚的异文。

参考文献 *Curses!*, 111; Bennett and Smith, *Urban Legends*, 27–28.

S64. “被盗的钱包” “The Stolen Wallet”

这个经典的都市传说讲的是稀里糊涂的盗窃与其随后导致的尴尬，这个故事——经常被称作“慢跑者的钱夹”——流传时间已经很长了。一个经典的美国版本：一个曼哈顿的商人穿过中央公园晨跑到办公室，另一个晨跑者撞了他一下，商人忽然感觉他的钱包没了。不甘心做一个受害者的他追上了那个晨跑者，而且还喝令他：“把钱包给我！”晨跑者带着恐惧的神情交出了钱包，商人赶紧跑到办公室，冲了澡，平静了一会儿便开始工作。这时他的妻子打来电话说：“我想你今天该借钱吃午饭了，因为早上你把钱包落在抽屉里了。”

“被盗的钱包”以这种形式普遍流传，有时它以笑话的形式被演讲者说成是自己的经历。该故事还构成了1975年由尼尔·西蒙（Neil Simon）编剧的电影《能屈能伸大丈夫》（*The Prisoner of Second Avenue*）的一部分。有时候，这个故事发生在公交车或者地铁上，被偷的东西可能是手表。在该故事的另一个美国版本中，另一个晨跑者的母语是西班牙语，他只能空喊：**“这是我的！这是我的！”**（¡Es mio! ¡Es mio!）在德国版本中，商人在意识到自己的所作所为之后，大喊：**“我的天啊，我竟然是个扒手！”**（Mein Gott, ich bin ja ein Taschendieb!）一本1935年的美国连环画以及一本1918年出版的关于英国人到俄国旅行的书，都证明这个故事的确已经流传很久了。匈牙利裔美国民俗学家戴琳达曾听到的一个版本是“彼得叔叔的金表”（Uncle Peter's gold watch），这位叔叔刚开始以为他的表在渡轮上丢了，后来却发现口袋里有**两块**金表。

英国传说“五英镑纸币”（参见词条“错当匪人”）也以类似的误解为基础。

另参见 愚蠢的宠物救援

参考文献 *Baby Train*, 264–266; *Choking Doberman*, 188–191; Linda Dégh and Andrew Vázsonyi, "The Memorate and the Proto-Memorate," *Journal of American Folklore* 87 (1974), 225–239; *Too Good*, 37–38.

S65. 讲故事和都市传说
Storytelling and Urban Legends

S

专业的和业余的故事讲述者可以从神话、民间故事和传说等多种文类——也可以从历史、种族、时事以及个人经历——选择叙事内容，偶尔也会从都市传说中寻求灵感。故事讲述者的演述效果会因为一些因素得到提升，例如服饰、戏剧性的演讲效果、面部表情、音乐以及受众的反应。讲故事的场地范围很广，就像全国讲故事网（National Storytelling Network，网址：storynet.org）上提到的宗旨：“在每个地方——娱乐场所、教室、组织机构、医疗场所、家庭——都要推动讲故事行动，无论在哪儿，讲故事都能提升生活质量。”就像盖尔·德沃斯在1996年的专著的序言中所写的那样：“讲故事是一门艺术，作为一门艺术，每个人都能够传授、完善和实践它。”自觉的讲故事者会努力完善这门艺术，但是不自觉的“民间”讲述者只会尽其所能地胡诌。针对利用都市传说资源的故事讲述者，德沃斯给出了一些一般性建议：“‘钩子’传说中的情侣车道可能非常普通，但是，讲故事的人必须让听众感受到活生生的图景。”或者就像凯·斯通在《民俗与文学百科全书》（*Encyclopedia of Folklore and Literature*）中撰写的讲故事的词条中所说的那样：“（讲故事）是一门自觉发展起来的艺术，由训练有素的讲述者在孩子和成人受众面前表演。”

许多有关讲故事的资料、读物、文章和网站，至少都会简略地提到都市传说是一种演述者感兴趣的现代民间叙事形式，然而最好地利用了都市传说这一文类的两位著名美国故事家，是大卫·霍尔特和比尔·穆尼，其作品包括他们的演述实践，以及“参考书目选录”列出的《头发里的蜘蛛》（1999）和《爆炸的马桶》（2004）这两本书。在他们的第二部集子中，他们这样解释他们的方法论：“（我们）将一些常见的都市传说转化为充分发展的故事，其中包括可辨识的角色、具体的背景，以及扩展的情节。”这本书中的其他传说被霍尔特和穆尼称作“它们原始的逸闻形式”。例如，“民间”版本的“爆炸的马桶”可能这样开始：“我听说有个家伙在鼓捣摩托车时出了事故。”霍尔特和穆尼在重述这个版本时则是这样开始的：“杰森在他的露台上鼓捣摩托车。他的妻子安妮在厨房准备晚餐，当……”

另参见 都市传说的演述；惊悚故事；都市传说的风格

参考文献 Gail de Vos, *Tales, Rumors, and Gossip*; Mary Ellen Brown and Bruce A. Rosenberg, eds., *Encyclopedia of Folklore and Literature* (Santa Barbara, CA: ABC-CLIO, 1998), "Storytelling," 621–632; Margaret Read MacDonald, ed., *Traditional Storytelling Today: An International Sourcebook* (Chicago: Fitzroy Dearborn, 1999), "Urban Legends," 572–576; Jacqueline S. Thursby, *Story: A Handbook* (Westport, CT, Greenwood, 2006), "Folklore and Story in Storytelling Festivals," 155–157.

S66. 陌生人带来的危险
Stranger Danger

在有关儿童的犯罪都市传说（比如“诱拐未遂”和万圣节施虐狂）中，假定的作恶者都是危险的陌生人，有时则被故意说成是外国人、性侵者、帮派成员、同性恋或者其他种类的“外来者”。陌生人带来的危险主题模糊了一个事实，即许多有关儿童的实际犯罪往往是由熟人实施的，甚至经常是家人。

丹麦民俗学家本·霍贝克回顾了欧洲和美国的许多都市传说，这些传说中“外来的”作恶者会将危险带给无辜的人们。他引用了中国餐馆故事、移民谣言和传说、“仙人掌里的蜘蛛”、“蛛噬”、“墨西哥宠物”，以及其他故事，结果发现它们包含的共同信息是南方国家，“那里”被描述为“到处是不可靠的人，而且他们还有像老鼠一样的生育繁殖能力，他们通过各种方式偷偷摸摸地进入我们的国家，当我们用开放的胸怀和发自内心的善良接纳他们成为我们的一部分时，他们不懂得感恩，还将恶毒的本性暴露无遗”。霍贝克做了总结，这些都市传说中所有的生物和人都来自南方国家，这其实是歧视的“符号表现”，但讲故事者不愿意明显地表现出他们的歧视。他还提出了一个问题：“已经在搜集、归类和发表这些故事”的民俗学家是否有义务“从那里继续下去”，还是要针对这样的刻板印象展开批判或采取行动。

另参见 都市传说中的医疗主题

参考文献 Joann Conrad, “Stranger Danger: Defending Innocence, Denying Responsibility,” *Contemporary Legend* New Series 1 (1998), 55–96; Bengt Holbek, “Stories about Strangers,” in Petzoldt, *Folk Narrative and World View*, 303–311; Whatley and Henken, *Did You Hear...?*, 75–76; Goldstein, *Once Upon a Virus*, 161–162; Michael J. Preston, “Never Talk to Strangers: Parental Warnings, Contemporary Legends, and Popular Fiction,” *Contemporary Legend* New Series 2 (1999), 63–72.

S

S67. 街头传说 Street Legends

李·温尼福德（Lee Winniford）搜集了流传在田纳西州休斯敦市康复中心的瘾君子群体中的故事之后，提出了“街头传说”术语，这种“简洁，通常又带有几分恐怖的叙事”，“直接反映了街头/毒品/戒毒生活方式的残酷一面”。其中一组传说涉及“骡子”[1]，说的是经常冒着极大人身风险的毒品走私犯。一个经典的都市传说案例是“填充婴儿”。其他的街头传说要么描述“从街头生活过于突然地转向居家生活可能带来的风险”，要么相反，描述“洁身自好”一段时间之后再度堕落为瘾君子的危险。街头传说的整个叙事可能都是围绕着著名的街头人物和他们的命运展开的。

1 以吞食包装好的毒品再排出体外的方式携带毒品的人，被称为“骡子”。

参考文献 Lee Winniford, "Examining the Legendary Base for the Telephone Road Subculture's Personal Experience Narratives," *Contemporary Legend* New Series 4 (2001), 61-73.

S68. "拆车"
"Stripping the Car"

戈登·利迪（G. Gordon Liddy）在他题为"安全"（Security）的文章中描述了这个故事，发表在1991年的《福布斯》（*Forbes*）杂志上，而且还附上了漫画插图来详述整个事件：

> 在我们的大城市中，物主欺诈如此流行，街上不务正业的家伙看见路旁有人正在捣鼓一辆车，他们以为自己撞见了一起偷车案，然后就加入其中帮忙。他们没想到的是这个人不是偷车贼，他只是在修理自己的汽车而已。
>
> 最近，在纽约市，一位车主的轮胎没气了。当他用千斤顶把汽车的前轮顶起来的时候，他看到汽车的后轮也升起来了。有个人在卸后轮辋和轮胎！车主大喊："等一下，这是我的车！"这个家伙还以为车主在骗他，开始跟他讨价还价："好吧，我只要收音机行了吧？"

当然，拆车的事情很可能发生过，但是它发生在何时何地，具体来说又是怎么发生的呢？类似的情景早在五年前就已经被描述过了，当地版本的事发地包括长岛高速公路、布朗士河公园大道，还有各种未详细说明的美国东部的免费公路。故事中的拆车贼有不同的话术："慢慢来，足够咱俩分的！""嘿，兄弟，我不和你争，你要发动机，我只要轮子。""好的，你拿走后轮，我要前轮。我们分了它，好吗？"

这个故事好像已经拥有了自己的生命，变成了都市传说。

参考文献 *Curses!*, 111-112; *Too Good*, 319.

S69. 结构的方法
Structural Approach

结构分析方法在民俗学中的应用，始于20世纪20年代弗拉基米尔·普罗普（Vladimir Propp）对俄罗斯神话故事的分析。20世纪60年代，随着英译本普罗普的《民间故事形态学》（*Morphology of the Folktale*）的问世，以及随后将该理论应用于更广泛的民间叙事研究——最终应用于其他形式的民俗和民间生活——结构主义备受西方民俗学家的追捧，尤其是在美国，阿兰·邓迪斯、埃利·孔格斯-马兰达（Elli Köngäs-Maranda）、彼埃尔·马兰达（Pierre Maranda）等人将其理论发扬光大。邓迪斯对普罗普的理论系统进行了修正，将民间叙事最小的结构单元（普罗普的"功能"）定义为"母题素"（motifemes，类似语言分析学中的"音素"）；在真正的民间叙事中，填充这种单元的具体细节被称作"母题变素"（allomotifs）。因此，"缺乏/缺乏消除"就是一个母题素的模式，在一个具体的故事中（以一个古代神话为例），它的母题变素可能是"缺乏火/揭示或发现了火的使用"。另一个经典母题素模式是"禁止/违禁/后果"，例如一个故事中的指令是"不要向后看！"，随后有人违反指令向后看，结果看到了非常可怕的景象，导致他/她失去了理智（例如在"男友之死"中）。

结构分析只是偶尔应用在都市传说上，可能是因为当民俗学家开始对这种民间叙事的文类给予很大关注的时候，对于结构主义的总体兴趣已经有所减弱了。然而，结构主义原则也会偶尔应用在都市传说的研究上，而且主要是从弗洛伊德式的或语言学的立场出发。当然，都市传说有许多不同的结构模式，而且这些结构模式已经由民俗学家在对传统传说、神话和童话的研究中得到了确认。其中有一种结构模式被两位研究者叫作"替代个人经历叙事"（the substitube personal experience narrative，即SPEN）。他们观察到在许多都市传说中，位于一个令人吃惊或震惊的结局之前的情节元素，向受众呈现的顺序，必须与故事主人公的顺序一致。因此，门把手上的钩子、后座上的鬼魂，或杜宾犬喉咙里的手指等情节，在故事结束前都不能透露。这些作者认为，除了借助不协调的主题外，缺乏这种结构的叙事（像“下水道里的鳄鱼”），也许根本不是都市传说（甚至都不是传说）。

迈克尔·卡罗尔直接借鉴了邓迪斯对民间叙事的弗洛伊德式分析和结构分析的成果，对著名的国际传说“室友之死”进行了“另一次审视”。鉴于任何故事中的母题变素可能都会被视作是对于相同基本母题素（故事的结构单元）的替代，卡罗尔认为一个都市传说不同版本中的全部母题变素（不同的细节），也许可以视为“在那些讲述和听到包含这些母题变素的故事之人心中，在*象征意义上是等价的*”。通过识别和比较“室友之死”在三种区别明显的异文中的母题变素，卡罗尔确证了这个传说实质上的性本质，尤其是它对“男性对女性的暴力”和年轻女性对“初次体验性交”的恐惧的强调。

在如何处理传说定义中的“真实”和“信服”的问题上，吉莲·贝内特应用了一种结构的方法，对记录了具体演述情境的“被留在路边的妻子”（或“被丢下的妻子”）的传说进行了分析。她发现“希望别人相信这个故事的讲述者会用法庭证词般的精确性来构建他们的叙事”，而且她还证明了一个叙述者是如何以“有序的方式通过概要、情况介绍、复杂化、评价、解决方案和尾声六个阶段”叙事的。当这种模式被识别出来后，贝内特发现了传说讲述者是如何为了强调相信或不信的因素而脱离常规叙事结构的。随后，贝内特总结出了一份“演述策略的语言线索清单”，它或许可以让民俗学家识别出一个叙述者讲述一个传说的意图是“为了让人相信”，还是“为了搞笑”。

从目前所做的研究来看，结构分析方法之于都市传说研究的价值似乎已得到很好的确立；更多的学者还在将这种理论和方法应用到更多的资料上，不仅是文本，还包括都市传说的语境和演述。正如罗伯特·乔治斯所指出的那样，结构分析是“简化论”（reductionist，即将民俗学文本和其他资料简化为模式和公式）。但是正如卡罗尔和贝内特的研究所表明的那样，结构的方法在研究心理学、象征主义和信仰等问题上也是非常有用的。

另参见 都市传说分类；语言学的方法；“室友之死”；“强力胶的报复”

参考文献 Gillian Bennett, “Legend: Performance and Truth,” in Bennett and Smith, *Monsters with Iron Teeth* (1988), 13–36; Michael P.Carroll, “Allomotifs and the Psychoanalytic Study of Folk Narratives: Another Look at ‘The Roommate’s Death,’ ” *Folklore* 103 (1992), 225–234; Alan Dundes, “From Etic to Emic Units in the Structural Study of Folktales,” *Journal of American Folklore* 75 (1962), 95–105; Robert A.Georges, “Structural Approach,” in Brunvand, *American Folklore: An Encyclopedia* (1996), 691–692; David Main and Sandy Hobbs, “The Substitute Personal Experience Narrative in Contemporary Legends,” *Contemporary Legend* New Series 10 (2007), 38–51.

S70. “无能为力的婴儿” “The Stuck Baby”

参见 “婴儿一个人留在家中”

S71. “合体夫妇” “The Stuck Couple”

一对夫妇在一辆小型跑车中做爱被卡住了，警察或路人发现了他们的窘境。为了解救他们，必须拆卸车子，医务人员也被叫到了现场。一个广为流传的版本（经常出现在印刷材料中）是这样结尾的——“心烦意乱的女人从车子里出来，裹上一件大衣，哭着说：‘我要怎么跟老公解释他的车发生了什么状况啊？’”

尽管人们宣称这个故事是20世纪70年代发生在伦敦的真事，但是合体夫妇有很多不同的本土化版本——包括英国和美国——而且，在古典神话、传说，甚至是中世纪文学中都有这个故事的原型。在1303年创作的一首英文诗中，住在教堂附近的修道院里的一对已婚夫妻，在做爱的时候卡住了，卡尔·林达尔在这个文本中将这一关键场景做了现代化处理：

一个夜晚，他“见识”了一下他的妻子
以一种肉欲的方式
上帝不高兴了，
这种行为怎么能发生在距离教堂咫尺之遥的地方。

他们再也无法轻易分开
这就像两只狗，男人吓呆了。
当这个羞耻的场面被一个男人撞见，他们大哭起来，
他俩干的荒唐事让这个男人感到惊讶。

最终这对夫妇请求当地的修道士为他们祈祷，以便他们能够从窘境中脱离出来。

当代的流行书籍和杂志经常刊登这个被当作“真事”的故事。在医学文献中也出现过**阴茎钳持**或**阴道痉挛**，性交过程中被“卡住”的情况被科学家（泰勒[1]的话）认为“是一种很罕见但是很短暂的现象，后果远没有谣言传说的那么可怕”。1884年，“合体夫妇”最著名的一个案例（且可能已经过验证），被证明是加拿大医生威廉·奥斯勒（William Osler）以“埃杰顿·戴维斯”（Egerton Y. Davis）的笔名发表的一篇文中的一个恶作剧。

虽然很容易揭穿**阴茎钳持**的“神话”，但是就像本杰明·拜特-汉莱密所说的那样，这个故事“在医务工作者、内科医生和护士中特别流行”。这个故事的大多数版本都包含惊喜（导致“无法动弹”）和惩罚（因为不合时宜的性爱）的元素。

参考文献 Benjamin Beit-Hallahmi, “Dangers of the Vagina,” *British Journal of Medical Psychology* 58 (1985), 351–356; Sidney W. Bondurant and Stephen C. Cappanari, “Penis Captivus: Fact or Fancy?” *Medical Aspects of Human Sexuality* 5 (1971), 224, 229, 233; *Choking Doberman,* 142–145; Richard Roberts, “Penis Captivus,” *British Medical Journal* 2 (1979), 1591; F. Kräupl Taylor, “Penis Captivus—Did It Occur?” *British Medical Journal* 2 (1979), 977–978; *Too Good,* 122–123; Bennett and Smith, *Urban Legends*, 192–194; Carl Lindahl, “The Re-oralized Legends of Robert Mannyng's *Handlyng synne*,” *Contemporary Legend* New Series 2 (1999), 34–62.

[1] 即克鲁普·泰勒（F. Kräupl Taylor），一位捷克精神病学家，参见本词条的参考文献。

S72. “被钳住的潜水员” “The Stuck Diver”

这个故事在美国、大不列颠、澳大利亚或者其他国家的潜水员中流传，说的是潜水员把手伸到岩石缝隙中去捉大螃蟹或者龙虾，但是这些生物在缝隙里把他的手钳住了。有时潜水员直接死掉了；在其他版本里，他拿起随身携带的刀子砍断了自己的手。在该故事的异文中，有个人去抓鲍鱼或者其他生物，却被突如其来的潮水淹死了，当时没有任何人听到他的呼救声。

民间传说的母题中有很多关于人的手、脚、鼻子、胡须，或者类似的身体的一部分卡在缝隙或裂缝（经常是一个裂开的木头或者是石像的嘴）中的故事，但没有任何故事与这个现代传说的版本相同。

S

另参见 “树上的水肺潜水员”

参考文献 *Baby Train*, 72.

S73. “粘在马桶上” “Stuck on the Toilet”

两个不同的传说都讲述了某人被粘在马桶上的故事，它们的某些内容与传统民间叙事母题D1413.8（**某个人被便壶卡住**［Chamber-pot to which one sticks］）有关。第一个故事发生在家里，马桶刚刚刷过漆，不知情的保姆在方便的时候，被牢牢地粘在了马桶座上。雇主发现了她的无助的处境，这个保姆只能和粘在屁股上的马桶座一起去医院做移除手术。有时，这个故事说起来更像是一则笑话而不是传说，当被问到这种困境时（“你曾见过这种情况吗？”），医院医生的回答是：“是的，我见过很多次，但从没见过带着马桶座来看病的病人。”

在第一个版本中，有时雇主在解救保姆脱离困境时自己也受伤了，有的甚至还包含着“大笑的医护人员”的母题。有一些证据表明有人真的会被粘在马桶上，原因在于爱搞恶作剧的人在公共厕所的马桶上涂了胶水。贝内特和史密斯报告了这个故事的几个英国异文，认为“被胶水粘在马桶上”（Glued to the Loo）和“被卡住”（Framed）是两个不同的子异文。

第二个粘在马桶上的故事，发生在喷气式飞机或者游轮上，如厕者不只是被卡在了马桶上，还丢失了一部分内脏。一个超级肥胖的女人在如厕后，冲洗设备的真空系统，加上光滑的塑料座椅，产生了很强的吸力，将她身体的部分内脏吸了进去。各种小报，甚至是一些主流媒体都刊登过类似的报道，貌似证实了这一事件的真实性。布兰登·维尼（J. Brendan Wynne）博士在1987年的信中描述了发生在希腊游轮上的类似事件的翔实细节。这个报告反过来得到了广泛的转载和报道，有时新闻还会加入各种细节，并暗示（可能是错误的）在船上和飞机上多次发生过这种事件。

S

另参见 “爆炸的马桶”；母题

参考文献 *Too Good*, 372–373; J. Brendan Wynne, DO, “Vacuum Toilet Evisceration,” *JAMA* 257 (March 6, 1987), 1177; Bennett and Smith, *Urban Legends*, 83–85, 173–174.

S74. “被卡住的圣诞老人”
“The Stuck Santa”

公司突然安排一个男人在圣诞节期间去离家很远的地方出差，不过令他高兴的是，这个行程又取消了。他决定装扮成圣诞老人给家人一个惊喜，于是在平安夜，他钻进了烟囱。但是他因被烟囱卡住而身亡。直到他的家人点燃圣诞柴，烟囱里的烟倒灌进屋里时，家人才发现了他的尸首。

虽然这个未经证实的故事版本已经流传多年，但两件类似的事情却真实地发生在1993年1月。一个受害者是康奈尔大学的学生，该生在大学生联谊会场的烟囱中窒息。另一个事件发生在加利福尼亚州的欧申赛德，一个盗窃嫌疑犯卡在了一户人家的烟囱里。相关媒体在报道第二个事件的时候，附上了被卡住的“圣诞老人”的图片。

参考文献 *Baby Train*, 74.

S75.“填充婴儿”
“The Stuffed Baby”

1999年，一个可怕的传说出现在警告邮件里，此处逐字引用如下，只增加了分段：

我姐姐的同事在得克萨斯州的姐姐，准备在周末随丈夫跨过墨西哥边境去疯狂购物。在最后一刻，他们家保姆决定不去了，于是他俩只好带着2岁的儿子出发了。

他们过境大约一小时后，孩子挣脱了束缚，跑过了街角。母亲忙着去追，但孩子还是不见了。母亲遇到一个警官，告诉他刚刚发生的事，警官让她到门口等着。虽然她不懂这个命令是什么意思，但还是照做了。

45分钟之后，有个男人到达边境线，抱着她的儿子。母亲冲到男人身边，感激着自己的儿子被找了回来。当这个男人意识到她是孩子的母亲之后，便立刻扔下孩子逃跑了。警官就是在等这名男子，然后将他逮捕了。在不到45分钟的失踪的时间里，男孩死了，他**所有**的内脏被切除扔掉，身体里放入了**可卡因**。男子想抱着孩子走过边境，假装孩子只是睡着了。

一个2岁的男孩，身体里放入了可卡因，然后像垃圾一样被人抛弃。如果这个故事可以传播出去，改变人们对毒品的看法，**我们**就是在帮助他们。请把这封邮件转发给尽可能多的人，如果你有个人电脑，麻烦您转发出去。让我们期待并且祈祷它真的能改变人们的意识。这件事最伤感的是，受害者是无辜的，是我们深爱的人……

上帝保佑转发邮件的人。要知道你可能挽救了一个人！

我们可能会非常怀疑，一个墨西哥走私犯怎么可能在没有护照的情况下携带一名熟睡的美国白人婴儿穿过边境，或者墨西哥警方为何料事如神地知道他做了什么。还有，国家媒体上为何没有报道过如此耸人听闻的犯罪行为。我们所要证实的这封匿名邮件是来自请求"转发一下"的朋友的朋友。这听上去像都市传说——它的确就是都市传说！

早在1985年，这个相同的基本故事就曾刊登在《华盛顿邮报》和《新共和国周刊》(*New Republic*)上。《华盛顿邮报》迅速追查了这个故事，而且还引用了海关发言人的话，说这个未经证实的故事至少从1973年就已经在流传了。这个故事的其他版本(有时候是发生在美国境内或者是加拿大边境)还在口头和出版物中流传，甚至1990年7月《国家地理》(*National Geographic*)杂志中的一篇有关绿宝石的文章还提到了这个故事。这个谣言的电子邮件版本增加了更多的细节，这使得它更像是一个传说，加上还有其他虚假警告中常见的典型开头和结尾程式。

另参见 街头传说

参考文献 *Baby Train*, 109–112; *Be Afraid*, 111–112; *Mexican Pet*, 145–146; Mary Thornton, "Drugs Making Miami Synonymous with Crime," *Washington Post* (March 25, 1985), and "Corrections" (March 30, 1985); *Too Good*, 224-225.

S76. "受惊的鹿"
"The Stunned Deer"

参见 "猎手的噩梦"

S77. 愚蠢的宠物救援
Stupid Pet Rescues

接下来是妄下结论的主题，特别是搞错身份，一些故事描述的是把别人的宠物错还给了他人。一只狗或猫被一个热心的朋友或者邻居归还给了主人——但它其实**不是**主人的那只宠物，只是外观与其相似。通常这只宠物被拴在院子里，或者被关在院子里，而且还附带着一张说明便条。事实上，这种事曾经就在我家发生过，正如本词条的参考文献中描述的一样。

在这个故事的一个令人生疑的异文中，一位房产中介在察看待售房屋时，注意到了屋主留下的说明便条："别让猫跑出去。"这位中介发现有一只公猫在前门外晃悠，他以为这是屋主的猫，有可能是被另一位中介放了出去，于是他在看完房子之后，就把这只猫锁进了屋子里。屋主回家时发现这只公猫正在和自己家名贵的波斯猫交配，这只公猫是邻居家的猫。

1928年，加利福尼亚州一个小城的报纸上刊登了"被盗的钱包"，这位作者在文章结尾处还想起了"一件发生过的真事"。一位女士发现一个陌生人正带着"她的"狗——一只可爱的小斑点狗。她从陌生人手里要回了自己的狗，把它带回家拴在了院子里，结果她在第二天早上发现自己家的狗正和昨天带回来的狗躺在一起，它们长得太像了。很显然，这两个故事都涉及了稀里糊涂的盗窃。

另参见 "搞砸了的救猫行动"；"兔子吹风机"；"墨西哥宠物"；"不是我的狗"；"错切响尾蛇"
参考文献 *Baby Train*, 262–266（包括我的个人经历）.

S78. 都市传说的风格
Style of Urban Legends

在民俗学中，"风格"的简明定义是"文本模式，或者是在特定语境中对可用模式的利用"（尼古拉森，1997）和"一种独特的表达模式或方式"（鲍曼和沙克尔-米尔［Bauman and Schacker-Mill］，1998）。这些一般性陈述说起来容易，但用它证明和解决风格的问题却并不简单，正如尼古拉森补充的那样，因为**风格**的概念，以及它的研究（**文体学**，stylistics）"是一种不稳定的智力商品……维度多样……（而且可能）难以定义"。然而，就本词条的撰写目的而言，"风格"仅仅指的是表达的模式，它们在传统文本的精确词句中显而易见，但是它不涉及更大的语境和演述等方面的“文体学”。民俗学学者针对文本风格已经做了大量的分析工作，包括诸如基于性别视角的言说模式、口头程式创编和民族志诗学（ethnopoetics）等领域。但是，有关都市传说讲述风格的研究却少之又少，更不用说任何细节研究了。

虽然有关当代传说叙事风格的分析还很少见，但是长期以来，民俗学家们都很欣赏和喜爱这种讲故事的技巧和魅力。例如，英国民俗学家斯图尔特·桑德森在1981年的讲座（在本书“序言”，以及英格兰和都市传说的演述词条中也有引用）中提到了人们的这种感受，说：

> 打动我的最突出的特征，是其由各种各样的人物——老人和年轻人、识字的和文盲、受过教育的和没受过教育的人们，在呈现它们时带来的创造性、想象力与精湛技巧。

尽管有时当我们把都市传说讲述者的言语进行一字不差的誊录或印刷时，它们会显得乏味、啰唆，而且相当缺乏结构性，但是叙述者的面部表情和语调变化，他或她的信服态度（或者中立、甚或怀疑），以及受众的反映，都能够有效地投射出叙述者的力量。当人们讲述都市传说时，他们经常强调要点、插入评论、重复情节的主要部分，并吸收或回应听众的反应。事实上，都市传说的讲述更多的是集体努力，由几个人提供细节或异文，而不是一个讲述者面向一个或多个听众的独白。就发表的传说文本而言，我在《消失的搭车客》的第一章中写道：

> 即便是详尽的书面文本，也多少保留了口头传统的印记。在（引用的）堪萨斯州的文本（“男友之死”）中，目击者很巧妙地运用了重复（典型的民间叙事风格）……重复使用“唉”“啊”来连接句子，并使用其他口语化的字词，使故事讲述者的讲述收放自如，既可以避免听众插嘴打断，又防止听众走神。

我在《消失的搭车客》中还考虑到了风格的其他方面，包括背景的描述、声效的使用、故事中人物的戏剧性角色、对话的引用，以及与这个传说经常被讲述的实际语境相似的对惊人结局的时机的安排。

有观点认为女人不是理想的故事讲述者，无法“抓住故事的重点”，一直说着“没有意义或句法的冗长杂乱的句子”吉莲·贝内特质疑了这一观点。她分析了英国男女都讲述过的200个信仰故事和当代传说，发现男性使用的“超级句子”比女性更多，即用“和”连接出一个超长的句子。然而，对男人和女人来说，超级句子都是“基本的叙述策略”，它能让叙述者持续讲述并调动观众参与。一些简短叙述甚至也被他们以一个复句的形式说出来。虽然贝内特的例子中没有呈现任何当代传说文本，但很容易看出这一分析是如何适用于它们的。

对于专业的故事讲述者和演员来说，“民间”口头传播的都市传说往往显得平淡乏味。正如大卫·霍尔特和比尔·穆尼在他们的畅销选集《头发里的蜘蛛》(1999，参见“参考书目选录”)中所写的那样：“通常，故事梗概都是相关的，但是和任何有趣的故事一样，故事情节可以扩充和修饰，以适应讲述者和受众的需求。”举个例子，我们可以比较一下典型的日常生活中讲述的“钩子”与霍尔特和穆尼修饰过的版本。这里有一个搜集自19岁的得克萨斯州女孩的文本(引自《被噎着的杜宾犬》，第213页)，开头如下：

> 有一次，一对夫妇约会，他们一起去了一个……他们在湖边的树林中央停下车。他们亲热着，还开着收音机。

这是来自南非的另一个梗概版本，“钩子”词条也引用了它。相比之下，霍尔特和穆尼是这样重述这个传说的，开头如下：

> 比利俯身亲吻珍妮。他一整个星期都在幻想这一刻，他终于说服父亲把车借给他过夜。比利和珍妮开车上了穆赫兰大道，俯瞰整个洛杉矶。而现在，珍妮在他的怀里。

当比利俯身吻她时，珍妮把他推开了。“等等，比利，”她说，“不要。我觉得在这里感觉不是很好。”

“但我们都期待着这次能在一起。”

“我知道，但我不喜欢一个人在这里。这儿太吓人了。”

将传说核心扩展为“短篇故事”的效果是否比“民间”版本更好，是一个个人喜好的问题，或者只是一个口头与书面风格的问题。无论如何，都市传说——通常是精心复述的一个故事——在专业的故事讲述者中很受欢迎，这暗示了它将继续存在下去。关于“钩子”的纯“民间”演述的分析，请看本词条参考文献中贾斯汀·马斯特森（Justin Masterson）的文章（还包括对“火箭助推器汽车”和“宿舍谋杀预言”[The Dormitory Massacre Prophecy]的分析）。

随着都市传说开始在互联网上普遍流传，在文本中观察“风格”的研究方式似乎更少了。毕竟大多数这样的传说（通常是虚假的警告，而不是叙事本身）只是简单地以电子邮件的方式转发，缺乏变化或评论。然而，即使是通过电子邮件发送的谣言和传说也有一些文体方面的表现，比如使用大写字母、一连串的感叹号、说明性的注释、引征的所谓的确凿消息、附加的评论（例如，“**千真万确，绝不是笑话！！！**”），以及象征一种态度的符号，比如熟悉的表情“:-)”（一个“笑脸”，表明这是一个笑话）。

另参见 搜集和誊录都市传说；语境；民间故事；语言学的方法；都市传说的演述；结构的方法

参考文献 Richard Bauman and Jennifer Schacker-Mill, “Style,” in Mary Ellen Brown and Bruce A. Rosenberg, eds., *Encyclopedia of Folklore and Literature* (Santa Barbara, CA: ABC-CLIO, 1998), 629–632; W. F. H. Nicolaisen, “Style,” in Thomas A. Green, ed., *Folklore: An Encyclopedia of Beliefs, Customs, Tales, Music, and Art*, vol. 2 (Santa Barbara, CA: ABC-CLIO, 1997), 776–777; *Vanishing Hitchhiker*, 4–10 (“The Performance of Legends”); Gillian Bennett, “‘And...’: Controlling the Argument, Controlling the Audience,” *Fabula* 31 (1990), 208–216; Justin Masterson, “At Least That’s How I Heard It: Rhetorical Devices as Clues to a Narrative Agenda in Conversational Legend Performance,” *Midwestern Folklore* 28: 2 (Fall 2001), 28–41.

S79. 自杀
Suicide

参见 反向的建筑和雕塑；“失败的自杀”；“幽灵录像带”；苏格兰；“自杀的规则”

S80. “自杀的规则”
“The Suicide Rule”

这个美国校园民俗——更像是谣言而不是传说，正如纽约州萨拉托加斯普林斯的斯基德莫尔学院的威廉·福克斯所说的那样，这些民俗结合了“学生长期以来的三个关注点：成绩、室友和死亡。最常见的表达是：‘如果你的室友自杀了，你本学期就会得到4.0（即高分）。’”。福克斯将他在1985年调查收集到的资料与其他大学的资料做了比较研究。正如其他民俗学家在其他地方发现的一样，他发现这种说法在学生群体中确有流传，并存在其他故事异文，包括获得4.0的成绩需要满足的条件，以及因室友自杀造成了心理创伤可获得的其他替代的“补偿”（比如，更好的宿舍、这学期不用上课了、回家休息）。

虽然学校或者大学确实会在一些个人悲剧发生之后提供特殊心理辅导和其他支持，但是校规中从来就没有出现过给予高分的制度规定。因此，每当大学校园出现“自杀的规则”，学生或者当地报纸可能就会发起调查，或者是发表文章揭露真相。

1998年，电影《校园怪谭》（根据传说改编）上映之后，俄亥俄州曼斯菲尔德的《新闻杂志》（*News Journal*）援引（俄亥俄州）阿什兰大学一名大一学生的言论，下面是这个故事：

> 我男朋友的妹妹说她认识一个女孩，其室友自杀了，然后她当年得到了4.0的高分。去年或两年前，这件事发生在鲍灵格林大学城。

尽管学生坚持认为事情发生在“大约六年前”，或者一些大学的规定中确有“死人条款”，但是这篇文章仍然坚持说尚未发现有据可查的类似规则。

在某种程度上，学院和大学管理员采用了传说里的办法，至少是在对话策略层面。我的一位学术通讯员通过电子邮件告诉我：“一位同事刚从事民俗学研究领域，他找到一位加利福尼亚大学圣巴巴拉分校的管理员，问道：‘如果你的室友自杀了，你这个学期会自动得到4.0的高分吗？’管理员说：‘是的，但那样你就是犯罪嫌疑人了。’”

另参见 比较的方法

参考文献 *Curses!*, 295–298; William S. Fox, “The Roommate's Suicide and the 4.0,” in Bennett and Smith, *A Nest of Vipers* (1990), 69–76; *Too Good*, 427.

S81. “强力胶的报复” “Superglue Revenge”

研究这个谣言和传说的两位知名作家哈尔·摩根（Hal Morgan）和凯瑞·塔克（Kerry Tucker）将这个传说称为“一个迷人的故事，它可能曾发生在某时某地”。摩根和塔克只是把这个故事认定为“未经证实的”而不是“虚假的”，并这样总结了“强力胶的报复”：

> 一位女士发现她的丈夫对她不忠，就趁他熟睡的时候用“超强力胶水”把他的阴茎粘到了他的大腿上。他不得不去医院做手术。（1980）

尽管通常被称为“强力胶”的快速黏合剂存在着导致严重事故的可能性，但摩根和塔克都承认，没有人发现过任何经过验证用强力胶进行报复的事件，这个故事听起来更像一个女性版本的“结实的水泥凯迪拉克”的报复传说。在强力胶故事中，对性伴侣的束缚是实在的，但在水泥汽车故事中则是象征性的。在一个闻名于世的类似故事中，妻子使用卷发器实施了更惨烈的报复。

马克·格雷泽分析了得克萨斯州格兰德河下游的22个“强力胶的报复”异文，区分了妻子使用强力胶象征性地阉割丈夫的版本，与妻子使用刀子或剃刀实际阉割丈夫的版本。他发现这些故事同样为墨西哥裔美国人、英裔美国人所熟知，故事讲述者通常是20多岁的年轻人，主要由女性传播；格雷泽选取的这些样本在1979年达到了流行的巅峰。

格雷泽在对这些传说的分析中提出了“结构主义模式”，注意到了故事中本性（nature）与文化（culture）的二元对立。在“强力胶的报复”中，他断言，“文化与本性相比，是第二角色”，因为在传说中，当社会/文化规范遭到违背（比如，丈夫不忠诚，妻子报复）的时候，事实证明，“本性的激情”比文化更强大，因而残酷的报复得以实施。格雷泽定义的第二个二元对立是婚姻不忠与报复。他指出，这两个方面“导致了夫妻双方的无性婚姻状况”。因此，格雷泽认为，“故事的道德寓意”可能是“对本性的过度放纵、对社会准则的蔑视，最终会导致人们无法享受本性的快乐”。

英国的亚当·马斯-琼斯（Adam Mars-Jones）在一篇名为“结构人类学”（Structural Anthropology）的短篇故事中，以戏仿的形式给出了另一个结构主义分析。马斯-琼斯描述了五组对立，以本性/文化开始，中间是绵软/僵硬、食物/药物、私人/公众，一直到喜剧/悲剧为止。他的故事总结道：“就像是一份完美的蔬菜意大利面之中的一根根多汁的面条，故事表象之下是复杂而丰富的神话。”

另参见 “情人的电话报复”

参考文献 *Choking Doberman*, 146–149; Mark Glazer, “The Superglue Revenge: A Psychocultural Analysis,” in Bennett and Smith, *Monsters with Iron Teeth* (1988), 139–146; Adam Mars-Jones, “Structural Anthropology,” in *The Penguin Book of Modern British Short Stories* (1987); Morgan and Tucker, *More Rumor!* (1987), 199–200; *Too Good*, 212–214; “The Superglue Revenge,” *FOAFtale News* 63 (December 2005), 3–5; Bennett and Smith, *Urban Legends*, 194–195 (see also “The Hair-Curler Revenge,” 176–177).

S82. “超级英雄的狂欢作乐”
“Superhero Hijinks”

1994年10月7日，《洛杉矶时报》（*Los Angeles Times*）在一个小幽默专栏里刊登了匿名的“超级英雄的狂欢作乐”版本：

> 在你需要罗宾的时候，他去了哪里?
>
> 这个故事，就像我们听到的一样，涉及一对想给自己的夫妻生活增加一些情趣的夫妇，他们住在万特乐大道北部的某个地方。
>
> 一天晚上，他把她绑在床上，然后走出门。过了一会儿，他以蝙蝠侠的方式破门而入，做了一些空手道踢腿动作，然后在床上蹦。他的头碰到了天花板上的吊扇。幸运的是，风扇没开，但是他还是晕倒了。妻子的尖叫声引来了邻居，邻居叫来了警察。他们给她松绑，然后救活了这个出事的斗士，估计他恨不得找个地缝钻进去。

1986年，“超级英雄的狂欢作乐”第一次收录在英国保罗·史密斯“令人厌恶的”都市传说集中，这个文本描述了穿着超人服装的丈夫，但插图却是一对吊挂着的蝙蝠侠夫妇。这个故事的异文在20世纪80年代和90年代早期开始在美国流行，这些英雄都被描述成蜘蛛侠和泰山（Tarzan）的形象。通常，故事开头是邻居听到一栋公寓或者屋子里传出呼救声。这个故事于1988年和1989年在新西兰流传，而且还曾出现在1989年保罗·哈维的无线电广播节目和1990年安·兰德斯的专栏之中。

另参见 “扮演超人的男孩”

参考文献 *Baby Train*, 38–43; Smith, *Nastier Legends* (1986), 103–104; *Too Good*, 130–131; Bennett and Smith, *Urban Legends*, 166–167 (see also “The Batman Rape,” 53–54).

S83. 都市传说中的超自然
Supernaturalism in Urban Legends

在被当代民俗学家归类为“都市传说”的故事中，涉及超自然现象的故事很少，虽然它们中大多数故事肯定包含着离奇、不寻常，以及人们认为是超自然的方面。常规中的例外是“消失的搭车客”“鬼魂求助”和“幽灵马车夫”等几个当代鬼故事。以上三个故事都起源于早期传统的超自然传说，“幽灵录像带”也是源于早期的传说——亡人图像出现在现代照片中的传说。除了上述几个例子，当代传说中其他可以被称作“超自然”的传说一般都有宗教基础，就像“舞厅中的魔鬼”“消失的一天时间”和“地狱之井”。

上述几个例子表明，超自然只是过去的民俗传统中的一种现象，尽管也会有非同寻常的情况，但是大多数现代传说都合乎自然。然而，民俗学家戴琳达质疑这个观点，声称她的田野工作使她相信，“现代工业社会培育和滋养了非理性，传说就是其完美的展现”。戴琳达援引了日益增长的当代教派、邪教和另类宗教的数量，闹鬼的建筑物和亡灵归来的传统，电视、通俗小报和其他流行媒体对超自然主题的持续关注，以及神秘主题的大众出版物的激增等，这些都是支持她观点的证据。因此她问道：“为何人们会在‘都市传说’的标题下非常关注恐怖故事，给人造成它们比鬼故事要更经典、更流行的印象？”

这似乎与许多现代民俗学家对世俗而不是超自然更感兴趣有关，也与已经搜集到的非超自然传说的数量有关。另外，受制于“现代”“当代”或者“都市”传说的名称，民俗学家故意把幸存下来的古老超自然传说全部归类到了**传统的**或者**乡村**的民俗范畴。

戴琳达在1991年的文章里，对于“究竟什么是民俗学？”的问题做出了回答，她把超自然归类为学科的一个方面。她提出（不完全引用）：“传说是由情境事实证明的非同寻常的（超自然的或类似的）经历。它发生在普通人的文化范畴之内，但是与人们接受的整个社会规范和价值相抵触。”该类型的完美案例是伊丽莎白·塔克所记录的校园鬼故事，还有比尔·埃利斯记录的“快餐幽灵”（The Fast Food Ghost，俄亥俄州小镇上闹鬼的必胜客餐厅）。常见的“鬼屋”（或者其他闹鬼的建筑）是另一个经久不衰的传说，在当代传说中，人们仍然会讲到这一类故事。

另参见 中国；“舞厅中的魔鬼”；“除不掉的血迹”；日本；撒旦恐慌

参考文献 Linda Dégh, "What Is the Legend After All?" *Contemporary Legend* 1 (1991), 11–38; *Too Good*, 227–250 ("Strange Things Happen"); Tucker, *Haunted Halls; Ellis, Aliens, Ghosts, and Cults*, 117–141; Sylvia Grider, "The Haunted House in Literature, Popular Culture, and Tradition: A Consistent Image," *Contemporary Legend* New Series 2 (1999), 174–204; Bennett and Smith, *Urban Legends*, Ch. 9, "The Supernatural," 279–301.

S84. “封锁产品”
"The Suppressed Product"

关于这个主题最有名的都市传说是“节油汽车”，一辆能够用很少的油跑出惊人里程数的先进实验车被意外地卖了出去，汽车生产商召回了那辆车，而且不再生产那一款车，目的是保护石油公司的利润。这个主题的异文是，人们发明出来了一种“药丸”，它可以延长汽车行驶的里程，甚或是加满一箱水就可以作燃料让车跑起来。在其他的谣言和传说中，被停产的产品包括永远也用不坏的刀片、电灯泡、轮胎和电池，还有能够产生惊人效果的清洁产品。

另参见 “改进型产品”

参考文献 Morgan and Tucker, *Rumor!* (1984), 123–125; Bennett and Smith, *Urban Legends*, 235–237.

S85. “送惊喜的人大吃一惊”
"The Surpriser Surprised"

威廉·休·詹森在他关于这一传说复合体的经典比较研究中，区分出了三个故事版本。在这个故事中，惊喜派对最终成为策划者最大的“惊喜”。在第一个版本（“我为何炒了秘书的鱿鱼”[Why I Fired My Secretary]）中，一个商人误以为秘书邀请他去她家是在引诱他，当家人和同事冲进来为他庆祝生日时发现，“除了袜子，我一丝不挂”。第二个版本（“惊喜聚会中的裸体主人”），描述了一对已订婚的情侣留在女方家里；他们脱光了准备做爱的时候，却接到电话，让他们到地下室去完成一项任务，结果他们在地下室发现了准备为他们举行订婚晚会的众多家人。第三个版本（“黑暗中的屁”）在本书词条中有详述。

这个商人的故事，有时候以“49岁生日”（The 49th Birthday）为标题，经常以第一人称讲述并作为复印传说流传，这个故事似乎更像一则经典的笑话而不是传说。订婚情侣的传说最为著名，至少从20世纪20年代以来，它就已经在美国以及美国之外流传开来。一位读者将第一人称的版本直接说成是自己的亲身经历，并在《新女士》（*New Woman*）杂志的“最尴尬时刻”比赛中获得了第二名（1995年2月，第66—67页），那位读者讲述的故事与“惊喜聚会中的裸体主人”同样有名。

另参见 比较的方法；“黑暗中的屁”；语言学的方法；“花生酱的惊喜”

参考文献 *Choking Doberman*, 221–222; William Hugh Jansen, “The Surpriser Surprised: A Modern Legend,” *Folklore Forum* 6 (1973), 1–24, repr. in Brunvand, ed., *Readings in American Folklore* (New York: Norton, 1979), 64–90; *Too Good*, 32–36; *Vanishing Hitchhiker*, 140–146; Bennett and Smith, *Urban Legends*, 196–202.

S86. “被吞下的隐形眼镜”
“The Swallowed Contacts”

参见 “不幸的隐形眼镜”

S87. 毛衣和文身
Sweaters and Tattoos

文化冲突传说可能会描述一个在设计毛衣的过程中稀里糊涂地织上了令人尴尬的文字或花纹样式的外国人的故事。通常，这些衣服上的文字是阿拉伯或中文，它是从一个菜单或其他类似的资源中抄来的，一个以英语为母语的人穿着这件衣服，浑然不知这些文字是什么意思。据说，一个常见的译文是“这道菜物美价廉”。该故事的原型出现在1855年纳撒尼尔·霍桑的笔记本里，故事中的女士在伦敦商店里买的围巾的标签上写着“**百分百纯 15先令**”（指的是羊毛纯度和围巾价格）。

另参见 “执照”
参考文献 *Baby Train*, 223–224; Bennett and Smith, “The Tagged Lady,” in *Urban Legends*, 202–203; Fine and Ellis, *Global Grapevine*, 123–130.

S88. 瑞典 Sweden

1970年，斯蒂格·纳尔贝（Stig Nahlbom）和林蒂·林（Leendets Lindh）编辑出版了一部大受欢迎的瑞典当代传说集《真实的故事？》（*Sanna historier?*）。但是对该文类的系统性研究则始于瑞典民俗学家本特·阿夫·克林特伯格，他在1974年向成年人、青少年分发了大量的题为“我们时代的谣言”的调查问卷，最终收集到了约2000页材料。从那时起，克林特伯格就成为瑞典都市传说领域的泰斗，他写了很多文章——不论是学术的还是通俗的——而且还编写了三本大受欢迎的关于都市传说的书，其中还包含着来源信息和比较注释。由于他的作品在瑞典非常出名，因此瑞典人将他的名字“**克林特伯格**”（Klintbergare）作为都市传说的代称。瑞典全国性的百科全书这样定义这一术语：

> **克林特伯格（取自本特·阿夫·克林特伯格），一种现代都市传说的普及性术语，很多人将之作为真事讲述。**[1]

[1] 英文原著中为瑞典语和英语的双语对照版本。

克林特伯格的前两本集子是《比萨中的老鼠》（1986）和《盗肾》（1994），分别包含了100个例子。他的第一本书被翻译成挪威语、丹麦语，1990年还被翻译成德语，这对很多学者而言大有裨益。来自瑞典的国际传说包括"消失的搭车客""丢失的奶奶""死亡之车""烤熟的婴儿""墨西哥宠物""结实的水泥凯迪拉克"等。与传说的具体内容相比，瑞典的独特元素更多地体现在细节和风格上。

克林特伯格的第三本都市传说集的主标题是英文，故事小标题则是以他的名字命名：《闪亮喷雾和其他99个都市传说》（2005），标题故事是"绿色兑换券"的闪亮喷雾版本。这个传说和剩下的99个故事中的22个故事，在本书的第一版中都有具体的词条，其他的几个已被添加进了当前的版本。其中，79个故事来源于当前在瑞典讲述的版本，其余的21个故事来源于其他国家的报道。在这本集子中，著名的国际都市传说有"感恩的恐怖分子""作为致命武器的铅笔""**幽灵录像带**"（Tre män och ett spöke），以及"致命的高尔夫球钉"。这本书中相对典型的一些瑞典故事包括一个婴儿从帆船上跌下去，结果落到了一件漂着的救生衣上；学校生物课上作为教学用具的骷髅的起源之说；沃尔沃142R的标志代表的是"**抗锈**"（rostfri），而不是"竞速"（racing）或"精制"（refined）；还有（我个人最喜欢的瑞典传说）"**别吃三文鱼！**"（Less på lax），这个故事讲的是，农场工人认为每周有特定的几天不能吃附近海域盛产的鱼（三文鱼的故事实际上是一个古老传说，它在克林特伯格的传说索引中的编号是T54）。

为了增添更多的风味——不是给三文鱼，而是给瑞典都市传说——我们可以看一下瑞典版本的"一个词的考题"。传说的背景是乌普萨拉大学哲学课期末考试，学生看到的考题是："**这是一个问题吗？**"（Är detta en fråga?）除了一名学生，其他学生都在冥思苦想，这名聪明的学生在几分钟后就交了试卷，上面写着："**是的，这就是答案。**"（Ja, om detta år ett svar.）

对于不懂瑞典语或者德语的人来说，幸运的是，克林特伯格的大部分重要文章都已经以英文出版了，而且语句无可挑剔。这些论文中

S

最基础的一篇题为“今日传说”（Legends Today），它于1976年在瑞典杂志上首次发表，1989年出现在英文选集中。克林特伯格的这篇文章调查了当代传说中的特色主题，其中大部分事例都来自瑞典。他的话题包括外国人或无知邻居的不良行为，食品污染谣言和故事，像“男友之死”一类的恐怖故事，以及像“飙车党和自行车链条”（The Hot-Rodder and the Bicycle-Chain，或“断指”）这样的描述不同社会阶层之间的冲突的传说。在克林特伯格的这篇文章和1981年发表在《遗产》（*Arv*）上的文章中，他特别关注了日常发行的报纸中广泛流传的传说。他研究的其他与都市传说有关的话题，包括蜘蛛、蛇、艾滋病，以及许多现代故事中都包含的报复主题。

在瑞典，除了都市传说泰斗所做的出色研究外，其他学者在“都市传说”方面的文章基本都以瑞典语发表。1988年，雷蒙德·克韦德兰德和亨宁·塞姆斯多夫编译的六篇英文的瑞典传说示例文本出版（参见下文）。故事关注的主题包括食品污染、外来者的负面形象、恐怖传说，以及来自斯德哥尔摩的“商店扒手和冷冻食品”的欧洲特色版本：

> 有一天，一位女士走进奥莱恩斯杂货店。逛了一圈之后，她在冰柜前停下来，拿出一只火鸡，然后趁人不备，藏在了帽子里。那是一顶宽檐帽。她戴好帽子，若无其事地继续逛商店。
>
> 收银台前排着长队，她只能等。在她排队的过程中，她忽然昏倒了。她的帽子掉下来，火鸡也滚到了地板上。冷冻的火鸡温度太低，以至于让她失去了知觉。

另参见 “脏被子”；“被切断的手指”；“吃票”；“墓地之赌”；“我信仰玛丽·沃思”；“秽行曝光”；“传教士和猫”；“作为致命武器的铅笔”；创意复古协会传说；“滑雪意外事故”；“香蕉（或蔬菜等）里的蛇（或蜘蛛等）”

参考文献 Bengt af Klintberg, “Modern Migratory Legends in Oral Tradition and Daily Papers,” *Arv: Scandinavian Yearbook of Folklore* 37 (1981), 153–160; af Klintberg, “Legends Today,” in Kvideland and Sehmsdorf, eds., *Nordic Folklore: Recent Studies* (Bloomington: Indiana University Press, 1989), 70–89; af Klintberg, “Do the Legends of Today and Yesterday Belong to the Same Genre?” in Lutz Röhrich and Sabine Wienker-Piepho, *Storytelling in Contemporary Societies* (Tübingen, Germany: Gunter narr Verlag, 1990), 113–123; Reimund Kvideland and Henning K. Sehmsdorf, eds., *Scandinavian Folk Belief and Legend* (Minneapolis: University of Minnesota Press, 1988), 375–392 (“Urban Folklore Today”); Bengt af Klintberg, *The Types of the Swedish Folk Legend* (Helsinki: *Folklore Fellows’*

Communications No. 300, 2010).

S89. “瑞士人－烤焦的贵宾犬” “Swiss-Charred Poodle”

这是旧金山专栏作家赫布·凯恩给“小狗的晚餐”取的绰号。1971年，他的版本作为路透社的新闻报道而广为流传，一对瑞士夫妇在香港吃饭时，服务员领会错了他们的意思，把贵宾犬做好了端给他们吃。其他记者将这个故事称为“烤罗莎”（Roast Rosa）或“炒面”（Chow Mein）。

S

S90. 互换的校园建筑 Switched Campus Buildings

建筑师或者设计者的失误导致两所大学的建筑被互换，各自机构的建筑都被建在了另一个大学校园里。通常，这个传说非常具体：据说弗吉尼亚大学的小教堂其实是圣母大学（或者是康奈尔大学）计划建设的小教堂，欧柏林大学（俄亥俄州）的图书馆其实属于佛罗里达大学的图书馆建设规划。这个故事的其他版本称，一个南方学校的宿舍规划和一个北方学校的宿舍规划互换了，结果导致一群学生在有隔热设计的建筑中冷得要命，而另一群学生却在为寒冷天气而设计的宿舍里热得要死。没有空调或者通风设备的校园建筑，通常都会归因于互换建筑说。这个故事的极端版本是，据说整个校园都是根据另一个地区或气候而设计的。

参见 反向的建筑和雕塑；斜塔；下沉的图书馆；下沉的购物中心

参考文献 *Baby Train*, 302–304; *Too Good*, 434–435.

S91. 象征的方法
Symbolic Approach

一些都市传说研究者认为，故事中某些引人注目的细节应该被阐释为心理状态的象征，或者是人物或故事讲述者掩饰的意图的象征。通常，这些象征性的解读都与性本能有关——主要与弗洛伊德的学说相关——就像钩子男的假肢被视为阴茎的象征，或是装满水泥的汽车被视为丈夫阻止妻子通奸的象征性方式。

传说的象征主义有许多无关性的可能性，但是只有少数几种得到了充分的探讨。关于这方面阐释的问题可能包括以下这些，以及其他许多问题：

（1）都市传说中的鳄鱼、大型猫科动物、蛇和蜘蛛是“荒野”的象征吗？

（2）都市传说中的工人与雇主是否应该被视为两者在整个社会阶层和权力斗争上的象征？

（3）通常，都市传说中的宠物能否被解读为被替代的家庭成员？

（4）在有关青少年司机的传说中，汽车是否通常象征着从父母或社会的约束中逃离？

（5）都市传说中的女性一直都被刻板地视为无能无助的，或者至少需要男性的救援吗？

（6）女性主义是否为都市传说中的女性角色提供了另一种视角？

（7）犯罪传说中一直存在的帮派入会母题，是否应该被看作是人们在当代社会中极其关注随机暴力的一种参考？

另参见 分析和阐释；弗洛伊德的方法；巨人效应；“墨西哥宠物”；“结实的水泥凯迪拉克”；都市传说中的报复；陌生人带来的危险；“强力胶的报复”

T1. 小报和都市传说
Tabloids and Urban Legends

虽然都市传说的主题往往耸人听闻，但同时它似乎又是可信的，而且它在基本情节上也不存在版权问题或者是被他人以某种方式“占有”。正因如此，这些传统的故事才会被改写成假新闻刊登在小报上。但是，由于图书馆和档案馆很少会保存（如果有的话）这些小报（最没有价值的低端报刊），以及为它们制作索引，所以这些小报上刊登的耸人听闻的都市传说资源很少被人们关注到，甚至也很少被保存下来。下面这些都市传说案例在美国的小报中变成了所谓的新闻故事：

1981年11月10日，《全球报》（*Globe*）刊登了“邻居的狗咬掉了入室贼人的手指头”（My Neighbor's Dog Fingered Intruder）。作为该刊“最惊心动魄的信”报道宣称“被噎着的杜宾犬”来自第一手资料，是一位密歇根州兰辛市妇女亲眼所见。邻居的狗“老虎”被噎着了，随后发现它的喉咙里卡着两根手指头。这两根手指头是被狗咬下来的，随后警察发现这个入室贼人“蜷缩在衣柜里”，手上少了两根手指头。一位兰辛的记者随后得知，由于信件的发表，这位妇女已经换了一个名字，她确实也听说过这个故事，但不是从邻居那里，而是从美容院听来的。

1985年12月24日，《世界新闻周刊》刊登了“令人震惊的故事：新娘的婚礼”（Bride's Wedding Shocker）。在“加利福尼亚州的一个奢华婚宴上”，“来宾们目瞪口呆”，着实被吓了一跳。在婚礼开始之前，新娘从圣坛上转过身来，向大家宣布取消婚礼，因为她知道了昨夜伴娘和新郎同榻而眠的事。同时，报道中还附有一张相片，一名女子穿着婚纱宛若新娘，但是她的脸被遮住了，正如标题所说，“不公开新娘的身份，是为了避免让她进一步陷入难堪的境地”。这个传说的异文可参见词条“恼怒的新娘”。

1988年9月19日，《世界新闻周刊》报道了“屋顶上的男子被安全绳拽了下来”（Man Yanked Off Roof by Safety Line）。在南非的开普敦，一名32岁的男子正在修理自家屋顶，他把安全绳的一端绑在了家里的汽车上。结果他的妻子在开车出门时，把他从屋顶上拽了下来。据说，这个男子名叫大卫·威利斯，他的妻子叫米歇尔。这似乎是“屋顶的男人”的完美再现。

1988年10月4日，《世界新闻周刊》报道了“我们的新幼犬是一只杀手鼠！”（Our New Puppy Is a Killer Rat!）。在一个“墨西哥宠物”修正版的报道中，亨利和凯瑟琳·弗里茨，分别是84岁和82岁，住在奥地利的因斯布鲁克，他们在家门口发现了一只吉娃娃大小体型的动物，就把它养了起来。他们后来才知道，它原来是一只老鼠，而不是小狗，它攻击并咬死了他家的猫“咪西”。在这个故事中还有一幅合成图片，一只大老鼠正在向一只戴着项圈的可爱猫咪步步紧逼。

1992年2月11日，《国家问讯报》（*National Enquirer*）刊登了一篇名为“砖头之误让我成为人形溜溜球”（Brick Blunder Made Me a Human Yo-Yo）的报道。这一新闻用文字和彩色照片描述了马萨诸塞州莱克维尔市的罗伯特·拉纳汉遭遇了“一桶砖”的事故，这是一个众所周知的都市传说。根据照片来看，受害者的右臂和右脚都打着石膏，他的左手还抓着绳子，而绳子的另一端上拴着桶（在这张照片中确实是一个金属桶），桶外还有几块掉出来的砖。该页上还有其他三个自作自受的灾祸故事，包括一个女人把自己粘在了马桶上，一个人在给她的炉顶喷漆时引起了爆炸，还有一个男子把酵母菌倒进厕所，本来是想去污，结果化粪池爆炸了。

这些故事与那些正统的民间传说有共同之处，即其信息提供者多由小报读者转化而成，他们把自己听到的故事版本投稿给小报。然而，这些传说总是会被小报作家们加工处理，他们捏造姓名、年龄、地点、对话，以及真实新闻故事的其他典型细节。

几乎没有证据可以证明，小报中的都市传说版本曾经影响或改变过口头传统，也没有什么迹象能够表明，小报新闻中的其他主要内容，如名人八卦、外星入侵者和神奇疗法等，曾经逐渐转变成了口头的民间传统。

参考文献　Paul Smith, "'Read All about It! Elvis Eaten by Drug-Crazed Giant Alligators': Contemporary Legend and the Popular Press," *Contemporary Legend* 2 (1992), 41–70; de Vos, *Tales, Rumors, and Gossip*, 39–40.

T2. "请拿走我的票！"
"Take My Tickets, Please!"

美国某市的一支专业球队（通常是足球或棒球）输了比赛，一名男子有两张下一场次的比赛门票，但是他又实在不忍去看球队的另一场彻底惨败。他把门票放在了汽车仪表盘上的显眼位置，然后把车窗打开，自己跑去商场购物，希望有人能把他的门票偷走。然而，当他回到车里时，发现有人在他的门票旁边留下了更多的比赛门票。门票的数量可能会有所不同，有时候故事内容与大学球队相关。与之情节相同的笑话版可能会描述有人往车里放了不受欢迎的东西，当车主回来时，车里有两样相同的东西——例如班卓琴或手风琴。

参考文献　*Too Good*, 330.

T3. 故事类型
Tale Type

许多传统民间故事的情节（即动物故事、童话、寓言、荒诞故事、笑话、程式故事等）已经被民俗学家编入目录并给出了编号，它们是研究者进行文本归档和实现比较研究的辅助工具。芬兰民俗学家安蒂·阿尔奈（Antti Aarne）在1910年为欧洲的故事类型设计了一个索引，1928年印第安纳大学的美国人斯蒂思·汤普森翻译并扩充了阿尔奈的作品。汤普森发表于1968年的《民间故事类型》修订版（"民俗学研究者交流"［Folklore Fellows' Communications］书系第74号），数十年以来，一直是民间叙事研究的重要参考工具书。这个索引在2004年更新换代，推出了一个三卷本的新编增订版。以前，我们在引用故事类型时，经常说的是"AT"，它代表的是阿尔奈-汤普森。现在，我们在引用故事类型时，通常使用的是"ATU"，它提到了这个最新版的作者尤瑟（Uther）的姓氏。这本百科全书的样式参考的是"故事类型"，文中也会经常提到这个最新版的索引，如下所述。

"类型索引"与"母题索引"相互参照，这已经成为许多其他此类索引的模型，这类索引聚焦于那些在许多不同国家中被讲述的故事。例如，欧内斯特·鲍曼根据汤普森的体系，为英国和北美的民间故事制订了编目索引。

虽然编入索引的情节大多来自那些显而易见的虚构故事（例如"三只小猪"[The Three Little Pigs]、"灰姑娘"和"杰克造房子"[The House That Jack Built]），其中很少包括传说，**都市**传说则少之又少，但是它们确实与这些故事类型之间存在着密切关系。例如，索引中的"无辜的狗"（故事类型178A）是"被噎着的杜宾犬"的故事原型，"家中的聪明女仆杀死了盗匪"（故事类型956B）与当代传说"受伤的盗匪"之间有亲缘关系。爱沙尼亚的一个近期传说"挣脱了皮的猫"似乎来源于索引中的一个荒诞故事，即故事类型1896"男人把狼尾巴钉在树上"。

《婴儿列车》（1993）一书中拟建了一个"都市传说类型索引"，它给出了每个故事的标题、摘要和参考文献，但是没有"正式的"类型编码。在本书中，我使用并扩充了这个索引。

相当武断地说，只有三个现代都市传说进入了这个原类型索引的最新版。它们是故事类型1339G"瓮里的亲戚"（即"意外食人者"），故事类型1651A*（星号指另一个亚类故事）"意外的女继承人"（The Accidental Heiress，即"遗嘱"），故事类型1659"迟来的满足"（即"职业决策"）。故事类型939A，"杀死回来的士兵"（Killing the Returned Soldier），自17世纪以来主要是在印刷媒介上流传，有时被称为"浪子回归"（The Prodigal Returns）或"悲剧的归巢"（The Tragic Homecoming）。贝内特和史密斯将其描述为"一个经典的都市传说"，"目前处于休眠状态"。如果这个故事能从休眠中复活，那么它将成为类型索引中的第四个都市传说。

另参见 “一桶砖”；“被噎着的杜宾犬”；“恐怖的高潮”；民间故事；“墓地之赌”；“屋顶的男人”；“妈妈的恐吓成真”；母题；“童言无忌”；斯洛文尼亚

参考文献 Brunvand, "Folktales," in *The Study of American Folklore*, 4th ed. (1998), 229–268; Baughman, 1966; Hans-Jörge Uther, *The Types of International Folktales: A Classification and Bibliography*, Folklore Fellows' Communications Nos. 284–286 (Helsinki: Finnish Academy of Science and Letters, 2004); Schneider, 1999; Bennett and Smith, *Urban Legends*, 264–266.

T4. 脱口秀、娱乐节目和都市传说
Talk Shows, Game Shows, and Urban Legends

虽然广播脱口秀主要是给都市传说提供了平台，在这个平台上，人们可能会反复讲述或讨论那些故事，但是电视脱口秀已经成为一些传说主题素材的重要组成部分。一个典型的主题是，有一次，一档节目的著名主持人对一位女嘉宾发表了一通粗俗而又无趣的评论。例如，约翰尼·卡森在主持广播时总是会对女嘉宾说一些比较露骨的话。这些女嘉宾不是莎莎·嘉宝（Zsa Zsa Gabor）、安-玛格丽特（Ann-Margret）、拉奎尔·韦尔奇（Raquel Welch），就是安诺·庞玛（Arnold Palmer）的妻子。许多人宣称他们是从朋友的朋友那里得知的这些信息，他们的朋友的朋友在节目现场目睹了这一幕或是观看了节目。如果真的发生过这种事，哪怕只是发生过一次，它也肯定会让这个吸引眼球的节目一次又一次地被反复提及，然而天下并无此事（一个权威的揭露，参见 snopes.com/radiotv/tv/zsazsa.htm）。

另一个常见的电视脱口秀传说讲的是一位名人嘉宾通过广播宣布了一些令人吃惊的消息。这些所谓的爆料内容包括了从披露明星的性取向到公布个人的电话号码或信用卡，后者是为了让粉丝们能够拨打免费的长途电话。但是，这些事从来没有发生过。

两个关于观众参与的电视节目传说都带有种族主义视角，因为做出愚蠢评论的总是黑人。这两个故事都有笑话的“双关语”（punch-line）风格，然而还是有一些讲述者认为这是真实的故事。第一个故事与鲍勃·尤班克斯（Bob Eubanks）主持的《新婚夫妇大考验》（*The Newlywed Game*）有关。主持人问参赛的女选手：“在你和丈夫的做爱

经历中，最为新奇的地点是哪里？”据说一位黑人妇女回答道：“是在屁股里，鲍勃。”第二个故事说汤姆·赛立克（Tom Selleck）与一位黑人选手组队搭档，参加《一万美元金字塔》（*$10,000 Pyramid*）。搭档要猜单词是“小鹿”（deer）还是“雄鹿”（buck），或者要猜主题是“小鹿斑比”还是“森林动物”。赛立克给出了提示线索“雌鹿”（doe），希望能够引导出正确的单词，但是这个黑人回答说“球形把手”（knob）。据说，故事以全部选手和工作人员的捧腹大笑而结束。当这个黑人选手意识到他们在嘲笑他时，他把电视台告上了法庭。毋庸置疑的是，根本就没有人真正见过这些戏剧化的情节，无论是在演播室，还是在广播节目中。

其中，生命力最为持久的一个脱口秀传说是，一位身处要职的企业高管在一档全国性的节目中，揭露了他或她所在的那家公司的一些肮脏的事实。这一主题的典型案例是说宝洁公司的创始人、董事长，或首席执行官在《唐纳修秀》（或《格里芬秀》[*Merv Griffin*]或《60分钟》）上承认公司与魔鬼达成了一项协定，魔鬼确保公司盈利，公司也要按照相同的百分比给撒旦教会捐款。第二种最为常见的说法——同样是捏造的——是说一名专业的美国服装设计师，通常是丽诗加邦（Liz Claiborne）或汤米·希尔费格（Tommy Hilfiger），在《奥普拉秀》或其他重要的电视节目上说，她/他不给黑人设计服装，更不希望黑人购买或穿她/他设计的服装。这简直就是在胡说八道。事实上，上文提到的这些人根本就没有出现在提到的任何一档节目中。

有两个都市传说的例子是由国家电视台的脱口秀主持人在广播中说的，它们被一字不差地收录到了《好得令人难以置信》中，分别是约翰尼·卡森和迈克尔·兰登（Michael Landon）讲述的“兔子吹风机”，以及大卫·莱特曼讲述的“后座杀手”。当然，还有许多类似的故事由主持人和嘉宾等人一起讲述，但是这些文本很难被快速地记下来。当我们意识到这个故事再去打开录音设备时，为时已晚。

另参见 “名人的电话（或电话卡）号码”；“童言无忌”；电台和都市传说；电视和都市传说

参考文献 *Choking Doberman*, 203–208; *Curses!*, 233–235; Scott Heller, "With a TV Appearance, a (Bleep) (Bleep) Professor Becomes Part of the Urban Folklore That He Studies," *Chronicle of Higher Education* (May 13, 1987), 17, 24; Morgan and Tucker, *Rumor!* (1984), 90–92; *Too Good*, 40–43, 97–100; Patricia Turner, "Liz Clairborne—Satanist or Racist? A Topsy-Eva Contemporary Legend Cycle," in *Folklore Interpreted: Essays in Honor of Alan Dundes*, ed. Regina Bendix and Rosemary Lévy Zumwalt (New York: Garland, 1995), 111–121; Fine and Turner, *Whispers*, 98–112.

T5. 减肥药里的绦虫
Tapeworms in Diet Pills

另一种"体内蛇"主题的异文是说，减肥药可以控制食欲的真相在于药里含有绦虫或绦虫卵。这一真相在一位女子服用了一段时间的减肥药之后被发现，有一条绦虫从她的鼻子里爬了出来。还有一个异文说的是政府在检查这些减肥药时，发现每个药丸里面都有一个绦虫的头。这个故事在美国、法国和英国，可能还有一些其他地方都有报道。

参考文献 *Be Afraid*, 124; *Choking Doberman*, 111–112; Elizabeth Tucker, "The Seven-Day Wonder Diet: Magic and Ritual in Diet Folklore," *Indiana Folklore* 11 (1978), 141–150; Bennett and Smith, *Urban Legends*, 135–136.

T

T6. 技术盲
Technical Incompetence

在当代传说中，一个深受欢迎的主题是说一个人遭遇了技术上的挑战。他不知道如何操作一些现代设备，从而导致了危险且通常很幽默的结果。设备操作人通常被认为是一个新手，特别是年轻或年老的人、女人、少数民族或移民。这意味着"正常的"白人男性完全有能力去正确地使用技术，而"其他人"则被认为会对技术感到困惑。

这些设备使那些经受挑战的人感到困惑，包括从电脑、微波炉（"微波炉中的宠物"）和美黑床（"作死！再晒一次！"），到自动挡（"推车启动"）和巡航控制的广阔范围。这些传说中的受害者可能会遭遇电脑死机、宠物死亡、致命癌症或车祸事故。

这是一个与小物件有关的神秘噪声故事，它以多种异文流传——有些故事可能是真的——就像我在1987年收到的一个来自印第安纳州韦恩堡市的版本那样：

我的侄女和她的丈夫住在离我家大约40英里的地方。他俩上周日来我家的时候说侄女婿和他的父亲正在建造一所房子。有一个人，不是房主就是工人，告诉他们某人的亲戚听到地下室里有一种若有若无的响声，侄女婿让我侄女去地下室把那个令人生厌的东西弄出来。

但最终，他也没有去地下室。因此，他俩关好门上了锁，拿胶带围着门缝贴了一圈。他们叫了一个灭虫员，但是他那天并没有来，可能是因为周日或者其他什么原因。灭虫员说他明天会来。

灭虫员来了后，他们把封条揭了下来，把门打开。在灭虫员进入地下室之后，他们把门关好并上锁。但是，灭虫员很快就开始砰砰地捶门说要出来。他出来之后告诉他们："你们得下去一趟，给你们家的烟雾报警器装一下新电池。"

一个类似的故事讲的是，有人在墙板后面或地板底下的某个地方丢了一个会"唱歌"的电子生日卡片。卡片电池的电量本应在几小时内耗尽，但是由于制造商设计得过于精良，卡片可以持续不断地唱好几天的歌，房主要么选择忍受这种噪声，要么就得拆墙撬地板，把它从里面拿出来。

现代汽车的无钥匙进入装置是给驾驶员带来烦恼的另一来源。她大包小包地从商店里出来，却发现智能钥匙由于电池没电而无法使用。她正准备拖着疲惫的身子和刚买来的一大堆东西返回商店，希望能在商店里买到型号合适的电池，这时候一个热心的路人告诉她，可以用与智能钥匙在同一环上的车钥匙轻松地打开车门。

另参见 "一桶砖"；笨新娘；"滤锅复印机把戏"；电脑；"拨打911求救"；"冰淇淋汽车"；"割草机意外

事故”；电脑新手的故事；“‘R’意为加速”；“被锯掉的手指”

参考文献 *Curses!*, 189–192; *Too Good*, 285–298 (“Baffled by Technology”); de Vos, *Tales, Rumors, and Gossip*, 101–131 (“Science, Technology, and the Contemporary Legend”).

T7. “技术竞赛”
“The Technology Contest”

正如在美国所讲述的那样，一家美国公司的工程师对他们的技术能力非常自豪。他们把一条直径小到令人难以置信的“纤细金属丝”装在一个特制的天鹅绒内衬的盒子内，将其运送到德国（或者是瑞士、日本等）的一家公司，然后又迅速地将其收回，这条金属丝看起来好像是毫发未损。但是，当工程师使用一个珠宝商的目镜或显微镜检查金属丝的时候，他们发现金属丝已经被外国工程师钻了一个孔，这个孔贯穿了整条金属丝的内部。这一主题的异文还包括生产出来的微型机械螺钉和螺母被竞争对手的工程师们动了手脚，他们“给螺钉钻孔，给螺母刻槽，然后在里面嵌入一个微小的开口销”。或者，在另一种异文中，一位美国的制表商向一家瑞士公司寄送了一根极其纤细和微小的手表主发条，这个瑞士人将这根主发条熔化，用得到的材料制成了一块完整的表。有时候，作为竞争对手的工程师是在两家不同的美国公司工作。

就这些故事的背景而言，还有许多故事。罗宾汉的故事说的是，他射出去的箭，将已经插在靶心的对手的箭劈开了。与此差不多的一个故事是说一名西方的枪手打出一颗子弹，击中了先前的一个子弹洞。还有一个故事说的是，维多利亚时代的英国工匠比中国的工匠略逊一筹，是因为后者把英国最好的针钻空了。有些传说讲的是，文艺复兴或古典时期的画家创作的肖像画和静物画极其逼真，使参观者误认为画作所描绘的对象是真实的。一位艺术家在创作的一碗水果上又画了一只苍蝇，有时候参观者会试图把苍蝇赶跑。另一位画家创作的内容是非常逼真的窗帘，他的竞争对手则试图去掀开窗帘，看看窗帘背后画的是什么。在这个故事的新版本中，一位天赋异禀的年轻艺术家在申请就读一所著名的艺术院校时，学校要求他提交三幅画作和申请书。

他按照学校要求把这些东西都寄了过去，随后他收到了招生部门的一封信。他们很欣赏他寄来的这两幅画，但是第三幅画在哪里？这个年轻人告诉他们去好好看一下信封上的邮票。

1994年，日本的雷克萨斯（Lexus）汽车公司在美国推出了一款“纤细金属丝”广告。在这款广告的一张照片中，我们的肉眼几乎看不到手指头上那根纤细金属丝，照片上写着“我们告诉工程师金属丝的公差要做到比人类发丝的粗细度还要小。他们回答说，是金发还是黑发？”。

参考文献 *Baby Train*, 174–177; *Too Good*, 291–292.

T8. 都市传说中的电话
Telephones in Urban Legends

根据传说来看，在“拨打911求救”中，电话给新手带来了使用上的问题。在“情人的电话报复”中，电话起到了充当报复工具的作用。在“被噎着的杜宾犬”中，兽医打来的电话则警告了狗的主人，她的家里藏着一个危险的罪犯。“保姆和楼上的男人”是一个与其相似的案例，也出现了电话警告的母题。在这个传说中，反复响起的电话铃声和听到的可怕信息令人心惊胆战、毛骨悚然。

电话营销、电话恶作剧、电话应答机，以及使用电话实施的真实诈骗，有时会变成都市谣言和传说的话题，其中大多数都是虚假警告。

另参见 “名人的电话（或电话卡）号码”；“手机火花爆炸”；“拨打手机获救”

T9. 电视和都市传说
Television and Urban Legends

这种脑洞大开的、悬疑的，经常是幽默的，有时又带有恐怖色彩的都市传说，已经成为深受电视剧编剧欢迎的原始素材。另一个吸引编剧的地方在于，这种口头流传的匿名故事通常不需要支付版权费用或受到版权的限制。因此，从过去的《阴阳魔界》到最近的《未解之谜》（*Unsolved Mysteries*）和《X档案》（*X-Files*）系列，这些电视连续剧已经变得不足为奇。它们会不时地从都市传说中取材，尤其是那些以犯罪或恐怖为主要特征的电视剧。一些传说色彩较淡的故事也已经在电视节目中出现了，这样的例子信手拈来，如《宋飞正传》（*Seinfeld*）中的"钩子"和"糊状油炸鼠"（The Batter-Fried Rat），以及1973年经典的《鲍勃·纽哈特秀》片段中的"坐下，小白！"，这一形体幽默表演改编自"电梯事件"。一个全方位的传说/电视改编（其中有几个可能已经引用过了）是1991年《法律与秩序》电视剧中的一集，"盗肾"是其中一个主要的情节元素。

采用记录或调查的方法制作的电视节目，经常都会在都市传说中寻求主题。《探寻……》（*In Search Of……*）系列节目从1976年诞生到1982年，由著名演员伦纳德·尼莫伊主持，该档节目最初的关注焦点是超自然现象或离奇的话题，如百慕大神秘三角、大脚怪、不明飞行物、占星术和都灵裹尸布等。在2000年秋，一集整整一个小时的《探寻……》宣称，这将是"为电视而制作的关于都市传说的最为全面的解析"。然而，这一集节目可能永远都不会完成，与此相关的网站也已被关闭。从2002年到2004年，学习频道（The Learning Channel）播出了电视系列片《多半是真实故事：都市传说揭秘》（*Mostly True Stories: Urban legends Revealed*）。这个系列片片名就起得前途无量，它一直重播到2008年。然而，其实这个系列片内容与都市传说不太吻合，它主要是评估一些类似的说法，比如当乔治·华盛顿还是一个孩子的时候，他是否砍了父亲的樱桃树，以及在太空中能否看到中国的长城。2003年，该节目甚至被snopes.com网站的创始人编造的一个恶作剧传说所欺骗，该传说称海盗曾用童谣《六便士之歌》（Sing a Song of Sixpence）招募同伙。

迄今为止，制作品质最佳、播出时间最长的传说/实验类型的电视系列片是《流言终结者》，自2003年以来，它一直都在美国的探索频道（Discovery Channel）以及国际上的许多类似频道播出。《流言终结者》测试了各种广义上的"神话"——谣言、说法、理论和人们普遍信奉的一些观念：大海捞针的难度；"射击桶里的鱼"或"拿走婴儿手里的糖果"是否真的易如反掌；吃罂粟籽是否会导致一个人不能通过药物测试；流沙是否一定能把人杀死；如果子弹击中了油箱，汽车是否会爆炸，等等。毫无疑问的是，《流言终结者》取得成功且大受欢迎的原因不仅在于它通过可靠的科学方法来检测这些说法，还在于测试过程中剧烈爆炸的频率，以及联合主持人杰米·海纳曼（Jamie Hyneman）和亚当·萨维奇（Adam Savage）的迷人个性。这些经过检测的"神话"被划分成三个等级："不可信"（busted）、"貌似可信"（plausible）和"确证无疑"（confirmed）。有时，他们会重新检测某项主题，然后更改评定等级。《流言终结者》测试过一些都市传说，包括"微波炉中的宠物""火箭助推器汽车""作死！再晒一次！"和"一桶砖"。2005年，这个节目衍生出的一部作品出版发行，它以简单易懂的方式介绍了这些实验，其中就包括许多流行的都市传说。

也许是受到了成功案例《流言终结者》的启发，加拿大的一家制片公司从2007年开始制作一部名为《都市传说》（*Urban Legends*）的系列节目，并在美国的传记频道（Biography Channel）播出。他们的方法是每次展示三个故事剧本，但是只有一个剧本是基于真实事件改编的。这个系列节目中出现的"捏造"故事（即都市传说）有"微波炉中的宠物""盗肾"和"别闪灯！"。节目还穿插播出了一些改编的"迷你神话"（mini myths）故事，包括"后座杀手""被噎着的杜宾犬"和"地毯上的隆起物"。一套两张的《都市传说》系列DVD光盘被贴上了"第一季完整版"的标签，但在我撰写这部分内容的时候（2011年），节目还没有进一步更新。

2005年，一部电视连续剧《邪恶力量》（*Supernatural*）初登荧幕。用媒体分析师斯泰西·阿博特（Stacey Abbott）的话来说，这部电视连续剧被认为是"美国都市传说和《66号公路》（*Route 66*）"的结合版，"主要讲的是1968年两兄弟为了找到被恶魔掳走的父亲而横穿美国，一路上与幽灵和怪兽战斗的故事”。阿博特与电视评论家大卫·莱弗里（David Lavery）合编了一本评论文章选集，正如选集中的作者之一大卫·西蒙斯（David Simmons）指出的那样，《邪恶力量》的前五季演示了“该剧从强调微观叙事（micro-narratives，通常以单独一集的形式聚焦于某一个都市传说）向关于‘宗教的’善恶大决战的……宏大叙事或元叙事（a grand or meta-narrative）的逐渐过渡”。在早期的剧集中，《邪恶力量》的主角山姆·温彻斯特和迪恩·温彻斯特面对的都是著名传说中出现的那些角色，如钩子男、玛丽·沃思，以及形形色色的地方恶魔、怪兽和幽灵，但是他们的遭遇最终都会向上指向上帝或向下指向魔鬼。因此，阿博特和莱弗里受到启发，给他们的书取了一个极具诱惑力的书名——《通往地狱的电视》（*TV Goes to Hell*）。

电视广告有时也会成为都市传说的主题。例如，1971年推出的生命方脆谷物麦片电视广告成为“小米奇之死”传说的原型。与此相反，电视上播放的其他商品广告可能会借鉴都市传说，但是由于广告商的活动策划瞬息万变，再加之个别广告的市场目标是特定的地区和受众，因此记录这些广告也变得异常困难。使用“都市传说广告”的商品和公司有天然低度啤酒（Natural Lite beer）、凯马特商店和李维斯牛仔裤。

有时，电视新闻和专题节目在调查和揭穿（通常是揭穿）都市传说的过程中也发挥着重要的作用。这些揭穿活动有助于消除某些不良影响——在一些脱口秀中，总是有人在尚不具备评论资格的情况下，就不经鉴别地传播这些都市传说。不幸的是，这些新闻记者往往搞不清“传说”“故事”“神话”和“谣言”这些术语的差别，因此他们报道出来的当代传说也会经常使人感到稀里糊涂。

除了商业性的电视广播，家庭录像也成为传说的一个主题，例如“幽灵录像带”“令人震惊的录像带”和“录像带中的盗窃”等（当然，随着数字录制技术的更新换代，曾经提到的“磁带”也已经被淘汰）。

另参见 “小丑波佐的出错花絮”；“爆炸的胸罩”；“童言无忌”；“脱口秀和都市传说”；“无解的数学难题”

参考文献 *Too Good*, 419–420（“Sit, Whitey!”）; Williams, *The Cost of Deception*, 71–78; Doug Colligan, “Meet the MythBusters," *Reader's Digest* (September 2005), 159–162; Keith and Kent Zimmerman and others, *MythBusters: The Explosive Truth behind 30 of the Most Perplexing Urban Legends of All Time* (New York: Simon Spotlight Entertainment, 2005); Stacey Abbott and David Lavery, eds., *TV Goes to Hell: An Unofficial Road Map of Supernatural* (Toronto: ECW Press, 2011).

T10. "露馅儿的报告"
"The Telltale Report"

在塞缪尔·艾略特·莫里森（Samuel Eliot Morison）辑录的逸闻趣事集《三个世纪的哈佛大学：1636—1936年》（*Three Centuries of Harvard: 1636—1936*）中，有这样一则故事：在19世纪80年代的某个冬天，一名学生逃课去哈瓦那玩耍。他给朋友留下了一堆要寄给父母的信，而且每封信上都填写好了日期，让他的朋友帮忙把信寄出去。但是他们的管家一下子把所有的信都寄了出去，结果父母和学校发现了他逃课的事。相同的策略和类似的结果，也是摩门教传教士历史传说的一部分。在离家在外的两年时间内，他们需要一直留在工作岗位上，而且还要杜绝一切娱乐活动。当两个传教士偷偷地去参加体育比赛或者外出度假时，他们会留下一堆信，这些信都已经填写好了日期、收信人和收信地址，要寄给他们的家里人。但是，他们的女房东要么是寄错了信的顺序，要么是把所有的信一次性都寄了出去（或者，当两位传教士在参加奥运会或其他著名赛事时，摩门教的监管员在电视上认出了他俩，他们有可能会被当场抓获）。

虽然哈佛大学的故事——正如莫里森说的那样，是匿名的且未经证实的——在这个更加自由的时代里，未能在学生群体中继续存活下去，但在摩门教传教士群体中又重新出现了一个流行的传说，说明了他们对自己受到限制的生活方式的反应。

参考文献 *Curses!*, 292–294; *Too Good*, 438.

T11. 恐怖主义谣言和传说
Terrorist Rumors and Legends

可以理解，恐怖袭击带来的震惊、痛苦、恐惧、不确定性和普遍创伤，会刺激谣言和传说的生成与蔓延，甚至一些病态幽默的传统也会通过口头、广播和互联网在人群中迅速传播。2001年9月11日，美国发生恐怖袭击事件，随之而来的是一些谣言迅速传播，如一名“建筑物冲浪者”（building surfer）之所以奇迹般地得以活命，是因为他坐在一个碎片上安全着陆了，从而在这场发生在世贸中心的杀戮中捡回了一条命。人们认为可以从灾难照片中清晰地看到“烟雾中的撒旦”（Satan in the Smoke）。其中，最为成熟的两个“9·11”传说是“庆贺的阿拉伯人”和“心怀感恩的恐怖分子”，它们以多种异文流传在国际社会。

“9·11”恐怖袭击发生之后的三个月，在犹他州（或许是其他地方）流传的一个最不靠谱的谣言：在当地发现了恐怖分子的头目乌萨马·本·拉登（Osama bin Laden）。正如《盐湖城论坛报》在2002年1月3日报道的那样，“许多犹他州人显然相信乌萨马·本·拉登躲藏在蜂窝州（Beehive State）[1]——或许，这样描述的依据是他有一夫多妻制的癖性或者是他对沙漠气候的钟爱。”

在盐湖城地区，本·拉登的目击者会把情况汇报给联邦警察和当地的执法部门，但是正如上文引述的媒体报道所指出的那样，目击者得到的答复是相同的怀疑和幽默的讽刺。例如，一位警方发言人向记者保证说：“我们检查了镇上的每一个洞穴，结果还是一无所获。”

另参见 “‘9·11’的诅咒”；摄影都市传说

参考文献 “9/11... and After,” Special issue of *Western Folklore* 68: 2–3 (Spring/Summer 2009), 145–295（由特约编辑Diane E.Goldstein撰写的序言及5篇文章）; Fine and Ellis, *Global Grapevine*, 21–49; Kevin Cantera, “Vigilant Utahans: Bin Laden Is Seen at Malls, Burger Joints,” *Salt Lake Tribune* (January 3, 2002), A1.

[1] 美国犹他州的别称。

T12. 都市传说中的盗窃
Theft in Urban Legends

差不多有一半关于犯罪的都市传说都涉及某种形式的盗窃。这里所说的盗窃经常含有某种扭曲或变化，而不仅仅只是描述某个东西被人非法抢夺。例如，在“乐于助人的黑手党邻居”中，在隔壁邻居——一个犯罪头目的帮助下，有人悄悄地将他们家中被盗的物品送还了回来。在“秽行曝光”中，盗贼用一张暴露私处的照片来嘲笑那些受害者。其他典型的盗窃传说包括“受伤的盗匪”“彩票”和“录像带中的盗窃”。这些传说的一个亚类是稀里糊涂的盗窃，如“被盗的钱包”和“错当匪人”。另外一类流行的盗窃传说与盗窃食品有关，如“杂货店骗术”“曲奇的包装”及“商店扒手和冷冻食品”。

一些汽车传说中涉及了盗窃或企图盗窃。例如，“偷不走的汽车”描述的是一种保护汽车的失败策略，“汽车在地震时被盗”诠释了一种针对偷车贼的理想的惩罚。“拘捕”说的是一起稀里糊涂的汽车盗窃案，“二次被偷”“拆车”和“两个搭车客”等故事描述的是专业盗贼的盗窃手法。或许，对一个企图从车上偷东西的盗贼的终极惩罚是“不幸的偷油贼”。

另参见 “包裹里的死猫”；“狗的尸体被盗”；“袋鼠盗贼”；“盗肾”；器官盗窃；“丢失的奶奶”；“被盗的样本”；“被盗的车速监视器”

T13. “直达车”
“The Through Train”

参见 “好心办坏事”

T14. 厕所鬼魂
Toilet Ghosts

令人恐惧的女子身影，经常被认为是鬼魂，据说它们栖居在学校和其他公共场所的洗手间内。在英国，人们把学校的洗手间叫作“厕所区”（toilet blocks），因此使用的术语是“厕所鬼魂”。在美国，这些“闹鬼”现象，很有可能是由神秘危险的人物“玛丽·沃思”或者是有类似名字的镜中女巫制造的。在美国，没有一个通用术语来指代这些故事。

另参见 中国；“我信仰玛丽·沃思”

参考文献 Sara Delamont, “The Nun in the Toilet: Urban Legends and Educational Research,” *Qualitative Studies in Education* 2 (1989), 191–202; Marc Armitage, “‘All about Mary’: Children’s Use of the Toilet Ghost Story as a Mechanism for Dealing with Fear. But Fear of What?” *Contemporary Legend* New Series 9 (2006), 1–27.

T15. 宽容教导
Tolerance Taught

当一个都市传说描述的是偏见性指责（参见该词条），其结果通常是某种形式的宽容教导。

T16. 收费亭的恶作剧
Toll-Booth Pranks

人们认为，最常见的那些尸体恶作剧都是学医的学生们干的事。他们在上解剖课时从尸体上取下一只胳膊，然后在车里拿着这只胳膊给收费亭递硬币。他们把整只胳膊，连同硬币一起留给了收费员，结果收费员因受到惊吓而昏厥或死亡。据说，美国各地和一些其他国家的在校生们曾经实施过这一恶作剧。它总是发生在一些有名有姓的桥梁或公路上。不足为奇，第一手的（可以这么说）版本相当罕见。

至少从20世纪30年代起，美国就已经开始流传收费亭的恶作剧故事了。在西班牙小说家皮奥·巴罗哈（Pío Baroja）1928年出版的《知善恶树》（*The Tree of Knowledge*）里有一个早期的故事版本，讲的是一名学生拿着尸体的胳膊与人握手。

参考文献 *Baby Train*, 316; *Be Afraid*, 59–61, 84–85; *Curses!*, 299–301; *Too Good*, 116–117; Bennett and Smith, *Urban Legends*, 56–58.

T17. "牙刷照片" "The Toothbrush Photo"

参见 "秽行曝光"

T18. "倒下的企鹅" "Toppling Penguins"

2003年11月，美联社发布了一篇文章，对这一观点提出了质疑——当那些好奇的企鹅"抬头凝视（低空飞行的）飞机时"，可能会"像多米诺骨牌一样倒下。这篇文章还引用了一位科学家的话：'恐怕这只是一个都市神话。'"。四个月后，即在2004年4月，同样的话题也出现在了《纽约时报》的科技专栏上，这种想法被称之为"一个南极的都市传说"。从1994年起，"倒下的企鹅"故事就已经在互联网上流传开来，在20世纪80年代末，人们在提到这个故事时，会把企鹅倒下的这一行为模式，与1982年于英阿战争期间，驻扎在马尔维纳斯群岛上的无聊英国飞行员联系在一起。在一些谎称真实的报道——如奥杜邦学会（Audubon Society）杂志的报道——的影响下，人们相信了这个带有几分异想天开的不实消息。罗尔夫·威廉·布莱德尼契2004年出版的选集《倒下的企鹅》一书的副标题是**"全新的今日传说故事"**（brandneue sagenhafte Geschichten von heute），这个故事因被当作这本集子的标题故事而跻身都市传说的行列。

另参见 "企鹅故事"

参考文献 Brunvand, "Vanishing 'Urban Legend,'" 18; snopes.com, "Air Bowling for Penguins."

T19. 导游故事
Tour Guide Stories

世界各地的导游都会用那些令人惊奇或有趣的故事来款待他们的客户，但是其中有很多故事都是值得怀疑的。洛戈菲利·大卫·威尔顿（Logophile David Wilton）把导游人员分成教师、传教士和新闻记者，他们这些人“比大多数人更爱讲述或传播口头都市传说”。在他的个人网站Wordorigins.org上，威尔顿记下了一个在埃文河畔的斯特拉福像的导游给他们旅行团讲述的故事。“睡得好（sleep tight）[1]的真实来源是伊丽莎白一世时代的床的底部有一个绳网。当床开始下垂时，睡觉的人就会把网拉紧（tighten the net）。”西蒙·布朗纳在参观波兰克拉科夫市的一个犹太人墓地时，有一位导游讲述了一个传统传说，说的是参加婚礼的宾客们拒绝在周五下午之前结束他们的庆祝活动，一位犹太拉比就在婚礼宴会上发出了诅咒，以防止他们违背安息日的教规。根据故事的不同版本，这些参加婚礼的人要么是被大地活生生吞噬，要么就是死于其他方式。西格丽德·施密特在听导游讲述了有关德国希尔德斯海姆的圣米迦勒教堂和圣玛丽大教堂的故事后，通过研究游客听来的这些系列荒诞故事，挖掘出了一些薄弱的事实基础。施密特将“导游”定义为“正式或非正式的任何人，他们会向一群游客解释这座建筑物”。

导游招揽游客的路数可能是借鉴一个耳熟能详的当地传说，比如那些所谓的“反向的建筑”或者是其他的关于建筑物的重大失误故事。在加利福尼亚州的圣克利门蒂岛，当一辆旅游巴士途经理查德·尼克松（Richard Nixon）的海滨房时，导游可能会复述一个与年轻人相关的故事：他游出去很远才救了总统的命，然后他只是要求得到一块阿灵顿国家公墓的墓地作为回报。他解释说：“当我父亲知道是我救了你的命时，他会杀了我。”（别介意，我们也会听到关于其他国家的领导人的类似故事。）在我家乡的城市中有一个著名的导游故事：讲的是当游客在盐湖城附近游览时，其中的一名游客要求巴士司机指出“那些人当中

[1] sleep tignt字面意思是“睡得紧”。

谁是可怕的摩门教徒”。司机一言不发地指着自己。然后，他当然还会把这个故事告诉随后前来参观的其他游客。盐湖城导游提供的其他为人喜爱的说法是，与我们城市同名的湖里的水比死海里的水更咸（不是真的），奥格登是犹他州的第二大城市（实际上是西瓦利城），盐湖城的州街是“世界上最长的直行大街”（这不见得能够被证明，因为没有这样的记录）。当我们在犹他州的时候，千万不要忘了与埃本尼泽·布莱斯（Ebenezer Bryce）有关的言论，这里风景优美、峡谷交错，据说国家公园是以他的名字命名的。根据当地导游的说法，布莱斯曾经说过：“那将是一个没有奶牛的糟糕之地。”然而，据说许多探索西部地区的先驱们也说过类似的话。或许，导游们最喜爱的是一些关于某地会闹鬼的传说。如果没有鬼故事，旅游会是什么样子的？人们应该搜集一下世界各国的导游故事，我们对于这一都市传说类型还缺乏相应的记录。

参考文献 *Baby Train*, 199–202; Wilton, *Word Myths*, 14; Simon J. Bronner, “Legendary Explanations: The Protection of the Remu Cemetery during the Holocaust,” *Markers* XIX, Annual Journal of the Association for Gravestone Studies (2002), 50–63; Sigrid Schmidt, “The Stories about the Painted Ceiling of St. Michael’s Hildesheim: The Problem of Contemporary Local Legends,” in Bennett and Smith, *Questing Beast* (1989), 179–190.

T20. 旅游恐怖故事
Tourist Horror Stories

许多都市传说都描述了人们在旅游时遭遇到的可怕命运。甚至是“消失的搭车客”和“墨西哥宠物”都有可能被归于这一类故事，下文这些互相参照的故事只是该类型中其他备选故事的一个样本。

此外，还有一组特殊的故事，讲述的是西方游客在异域或第三世界国家遭遇的令人愤慨的暴行，这些国家包括土耳其、阿富汗、印度、中国，以及非洲和亚洲的其他国家。这些外国人盯上的目标通常是年轻、美丽，而且还非常富有的女游客。这些受害者最终的命运可能是死亡、伤残或被迫卖淫。

日本人讲述了一个与众不同的旅游恐怖故事，一个刚刚完婚的新娘在一座西方的大城市度蜜月时被人绑走，之后有人在菲律宾马戏团的表演中发现了她，那时她已经被毁得没了人样。“肢体残缺的新娘”反映了日本人对西方不法之徒和亚洲机会主义者的不信任。传说中可能还含有一种日本人对复仇的恐惧的共鸣，复仇者是他们“二战”时期的敌人和受害者。

另参见 “艾滋病玛丽”；“床里的尸体”；“小狗的晚餐”；“秽行曝光”；“袋鼠盗贼”；“盗肾”；“丢失的奶奶”

参考文献 *Choking Doberman*, 92; *Curses!*, 85–87.

T21. “训练教授”
“The Trained Professor”

运用斯金纳（B. F. Skinner）的“操作性行为”技巧，可以制造恶作剧。在大学的心理学课堂上，学生们合谋来改变老师的举止，让他做出某些可笑的行为。上课的学生通过微笑、点头，在某一时刻对老师的课程表现出全神贯注，其他时间则假装毫无兴趣等方式来训练教授，让他待在教室的某个特定地点，以一种特殊的方式做手势，甚至是让他站在一个倒过来的废纸篓上讲课。桑迪·霍布斯的研究表明，斯金纳本人已经成为各种杜撰出来的“训练教授”故事的主角，还有其他的一些学院逸闻讲述了一些据说是发生在他生活中的事迹，这些事迹甚至都不在他的学术生涯之内。

虽然大多数有关在课堂上应用行为心理学的故事都可以被认为是杜撰的，或者至少是夸张的，但是教科书上会经常提到类似的强化技巧的使用，甚至暗示了在教室或其他地方使用复杂的调控训练偶尔也会取得成功。琼·克莱斯勒（Joan Chrisler）在1988年的报告中尝试着去重复“有关学生群体调控训练教授的恶作剧逸闻”，得出的结论是，她学生的实验“通常是成功且有趣的”。然而，克莱斯勒采取的方法与传说中描述的略有不同——她自己是学生们试图调节训练的对象，并由整个班级共同完成一个指定的项目。

参考文献 Joan C. Chrisler, "Conditioning the Instructor's Behavior: A Class Project in Psychology of Learning," *Teaching of Psychology* 15 (October 1988), 135–137; *Curses!*, 311–313; *FOAFtale News* 21 (1991), 3–4; and 24 (1991), 5–6; *Too Good*, 326–327; Sandy Hobbs, "Beyond Rumor and Legend: Some Aspects of Academic Communication," in Fine et al., *Rumor Mills*, 207–222.

T22. 升学神话 Transfer Myths

萨拉·德拉蒙特（Sara Delamont）使用“升学神话”的术语来形容英国小学生讲述的那些可怕故事，这些故事是关于转到下一阶段教育会带来的所谓的危险。她的数据来自于1978—1980年间出版的集子，同时她又以她在1986—1988年间的访谈对此做了补充。德拉蒙特的访谈是让成年人回忆他们小时候的那些故事。她从人们讲述的关于从小学升中学的这些传说中辨识出了五个重要的主题。（1）“实验室的老鼠神话”（The Laboratory Rat Myth）警告学生们，他们在上生物课时有可能被强迫去解剖老鼠（或者更糟！）。（2）“可怕的老师神话”（The Terrifying Teacher Myth）包括一系列关于老师的传说，他们“可怕、反常、怪异”。（3）“五英里长跑神话”（The Five Mile Run Myth）宣称学生们要“在野蛮的体育老师的监督下”，被迫完成一次长距离的越野跑，“落后者还会被体育老师殴打或者羞辱”。（4）“暴力帮派神话”（The Violent Gang Myth）警告学生要小心那些戴着带刺的手套的暴力帮派。（5）“盥洗室/浴室神话”（The Lavatory/Shower Myth）描述了在学校卫生间或更衣室里实施的各种各样的酷刑折磨或入会仪式。除了这五个主题以外，德拉蒙特还发现了一些研究者记录的“机密的第六个主题”。它讲的是男孩新生将会成为同性恋教师寻求变态欢愉的目标。德拉蒙特虽然使用“神话”术语来给这些故事起名字，但是她在整篇文章中自始至终都在使用“都市传说”术语。标题中使用的“神话”术语是对这些故事的一个泛称。

参考文献 Sara Delamont, "The Nun in the Toilet: Urban Legends and Educational Research," *Qualitative Studies in Education* 2 (1989), 191–202.

T23. 毁坏公共住房 Trashed Public Housing

至少在20世纪60年代，欧洲就已经流传着这样的故事和谣言了，它们描述的是由于无知或者是与现代世界脱节，这些公共住房里的新居民会误用、损坏甚至是毁掉他们的房屋。这些被描述的新居民通常是移民、避难者、吉卜赛人等，这些外来人员可能会干一些诸如在地板上铺上草，以便在室内饲养牲畜，或者避免在室外遛宠物带来麻烦。其他的错误观念和做法涉及做饭、取暖或管道设备。在以色列，人们讲述的是某些移民（摩洛哥人或埃塞俄比亚人）不知道厕所是什么，并使用他们公寓的厕所来存储黄瓜或腌菜的故事。

在美国，类似的故事有时指的是西班牙裔，或者是其他新来的外国家庭，或者是刚搬入政府住房的美洲原住民。

另参见 移民谣言和传说
参考文献 Bennett and Smith, *Urban Legends*, "Floored," 15–16; Haya Bar-Itzhak. *Israeli Folk Narratives: Settlement, Immigration, Ethnicity* (Detroit: Wayne State University Press, 2005), 67–68.

T24. 狡猾的问题和答案 Tricky Questions and Answers

学生使用巧妙的方法，如诡计、伎俩，甚至是明目张胆的作弊，来破坏考试程序的故事比比皆是。当然，有些故事有可能是真的，但是也有一些故事令人怀疑，特别是这些故事已经在许多不同的地方被讲述和重述，它们在经过长时间的流传之后，已经出现了各种各样不同的细节。在与之相反的学生故事中，一些传说描述了老师自己设置的刁钻的考题。有关这些传说的特定情节和伎俩，参见“气压计问题”“鸟足考试”“定义‘勇气’”“你知道我是谁吗？”“同情心课程”“一个词的考题”“开卷考试”“第二页答题卷”和“哪个轮胎？”。

这里有两个让学生自问自答的版本，讲的是一个狡猾的学生是如何完成“自己写下问题并作答”的作业题目的。在其中一个版本中，这是一道期末考试题，学生只是简单地重复了这个问题：“最好的考试题是‘写下你的问题并回答它’。”第二个版本描述的是一道入学考试的作文题目，学生写出来的答案是：“你吹大号吗？回答：不。”

另参见 瑞典
参考文献 *Too Good*, 444–447.

T25. “卡车司机和骑车人” “Truckers and Bikers”

在卡车司机和摩托车手对抗的传说中，前者似乎总是胜利者。在这些传说中，通常是一群地狱天使团伙成员或摩托车帮派的成员在路边的咖啡馆内骚扰卡车司机，司机一声不吭地默默忍受，然后转身离开。“他不配做男人，他是男人吗？”一个车手说道。一个端盘子的服务员或者是一个女服务员回答说：“不是，他也不配做司机。”服务员道出了真相，卡车司机驾驶着他的大卡车回来了，然后从屋外停着的那排哈雷·戴维森摩托车上压过。

另参见 “骑车人与吸烟者”
参考文献 *Baby Train*, 213–214; *Vanishing Hitchhiker*, 178–179.

T26. 真实的都市传说 True Urban Legends

根据定义，都市传说是被人**当作真事来讲述**的（至少有一些讲述者有时候是这样的），而**不是真正的事实**（至少不是每一个细节，当然也不是他们复述的全部内容)。有时，一个真实的事件看起来如此离奇，以至于被人们误认为是一个都市传说(例如“怀孕的商店扒手”)。在一个现实生活成为传说的著名实例中(参见克雷格·舍古德传说)，一个英国的孩子已经无法控制这个与他相关的夸张故事了。

大多数都市传说中的“真实”基于它们提到了日常生活中的具体细节，以及它们描述了可信的人类心理。而且，不论故事情节在字句上是真实的还是虚假的，许多传说传递出来的教训可能都带有相当的合理性和价值。两个最好的例子是“炉栅上的鞋跟”和“无解的数学难题”，这两则广为流传的传说都可以追踪到真实发生过的事件。我们应该注意到，大众媒体在修改和传播这两则故事的过程中起到了重要的作用。

另参见 “子弹婴儿”；“绿色兑换券”
参考文献 *Too Good*, 449–472.

T27. 都市传说中的事实说法
Truth Claims in Urban Legends

在定义和分析都市传说时，“真实”和“信服”问题一直都是重要的因素。那些讲故事和听故事的人真的会坚定地相信这些故事吗？讲述者是如何证实这些故事是真实的？如果听众质疑他们的故事，讲述者会做何反应？以何种方式揭露都市传说中这些所谓的事实说法是恰当而又令人信服的？如果一个奇怪的故事描述的是一件真实发生过的事情，那么它还能被称为“都市传说”吗？这种问题是诸如“虚假/真实故事”的术语和诸如“好得令人难以置信”的标题的背景。我在1981年出版的书中，提出了一些概括性的观点，但是对于许多读者来说，这些概括性的观点让他们第一次意识到，都市传说好像一直都是有根据的(引自《消失的搭车客》，页码xi—xii)：

很多人听说过（这些故事），并把它们当作真人真事……传说讲述者所谓的真人真事，也是听其他人转述而来的，至多也就是来自某个信得过的目击者或者媒体的报道……（但是）从某种程度上来说……都市传说所述之事不应当真，因为同一件奇闻怪事，是绝不可能发生在不同地方的成百上千的同学、朋友、七大姑八大姨身上的。

艾略特·奥林指出，定义传说的“关键是信服的问题”，但是对于一个被称为传说的故事而言，“一定会**有人**从根本上怀疑……描述的真相”，因为“这里说的有人通常指的是民俗学学者”。奥林格比较了一些关于野生动物闯入生活空间的传说（如“下水道里的鳄鱼”）和新闻报道（如一个关于熊或其他野生动物闯进生活区的报纸新闻），注意到“传说的边界是**新闻**”。

乔治娜·史密斯（Georgina Smith）给出了一个简明的都市传说定义，人们“相信的是叙事，而不是真正的事实”，然后她解释道，这是一种人们在讲述它们时“表达信服的身体和语言特征”。她认为“一位演述者在传达一个‘真实’叙事时，有三种可能的选择”：

（1）它被叙述者当作一桩逸闻或记忆讲出来。因此，它被融入到了叙述者的自我表现之中。

（2）通过把它附加到一个亲戚、有名有姓的朋友或者当地人物的身上，它被半融入（semi-incorporated）叙事之中——这种融入程度随着表演者与叙述中提到的“参与者”之间的亲密程度的变化而变化。

（3）演述者与它保持距离或者彻底脱离关系，不提供叙事来源——甚至排除掉诸如“我听说……”或者“某某告诉我……”之类的与自己有关联的引导性程式。

叙述者在第一种选择中呈现出来的故事是一种个人经历，而第二种选择具备典型的“朋友的朋友”属性。在第三种可能的选择中，叙述者不把事件与任何个人或假设直接关联起来，但是会给出有点类似于“这应该是真的”之类的断言，或者叙述者在讲这个故事的时候，甚至可能会把它当作一个笑话，而不是真实的传说。

在随后的一篇文章中，乔治娜·博伊斯（Georgina Boyes，乔治娜·史密斯改名之后的名字）考察了信服和怀疑是如何在被称为“谣言传说”的叙事中博弈的。当听众听到一则引人入胜的故事时，他们可能会根据自己的经历或者是曾经听到过的类似故事，对这个所谓的真相提出支持或表示怀疑。博伊斯指出，“在某些社会环境中”，“出于礼貌，人们不会直截了当地否认这个‘事实’”，面对这样的状况，叙述者在呈现一个故事时，可能会把“**这种**事实”转变成只是“**一个**事实”，也就是说，叙述态度由“**真的**发生过……”转变成“**可能**发生过……”。

那些热衷于揭穿都市传说的人不是都市传说的直接受众，甚至他们可能和“虚假/真实故事”的讲述人都不属于同一个社会/文化群体，在发出挑战时他们可能也不会感觉到来自礼仪或礼貌的限制。一名调查记者在一本1910年的流行杂志上发表了一篇文章，内容与被蛇、蜘蛛、蝎子或其他生物咬伤或蜇伤而中毒的民间信仰相关。在当时的社会中，这种民间信仰非常普遍。对此，作者在文章开头表现得不屑一顾：

> 浪漫在未知的危险中狂欢。包裹着文明的铠甲，现代公民陷入了沉思，就像是用食人魔故事来欺骗自己的孩子，惊恐只是由于它超出了他的视野……渴望这种感觉，他去到遥远的森林和群山之中居住，那里满是邪恶和有害的生物，因此，他长大成人之后掌握了惊人的大量与蛇和有毒昆虫相关的知识。

这位作者对“致命的”一词嗤之以鼻，称其为“邪教的关键词”，这种邪教的忠实信徒信仰毒物伤人。他断言，人们以为的“致命的爬行动物”其实和“被激怒的兔子带来的危险是差不多的”。他揭穿了其他的报道，称其为“纯粹的赝品”或者只是“谣传”。

当代民俗学家、记者和网络评论员在评估都市传说的真实性时，他们的语气通常不那么消极。而且，他们的作品通常都会引用参考文献，论点也具有批判性思维。例如，在权威的snopes.com网站上，单纯的绿色子弹（表示真实）和红色子弹（表示虚假）标注的是单个项目，此外还有一些增补项，多色（红/绿）子弹表示“它是一个真实和虚假的混合体”，黄色子弹表示待定或有争议。在snopes.com网站上，一颗白色子弹表示它与“‘纯粹的’都市传说相关——词条描述的是貌似真实的事件，它如此普遍，以至于**可能**曾经发生于某人、某地、某时，因此，它在本质上无法得到证实”。其他的揭露网站也会使用类似的术语、符号和颜色。

有时，那些想要揭穿都市传说的人会采取这样的立场——对故事真实性的证明取决于讲述者，因此，证明一个故事为假并不是怀疑论者的责任。但是，这在本质上似乎是一种逃避行为，怀疑论者应该能够搜集到令人信服和有效的论据。然而，正如杰里·伦布克（Jerry Lembcke）在写到“啐口水场景”传说时说的那样，它的困难在于“你如何证明某事**没有**发生过？”许多人似乎认为“举反例”在逻辑上是行不通的。但是，正如哲学家史蒂文·黑尔斯（Steven D. Hales）写到的，这种观点只是“民间的逻辑原则”，而不适用于真正的推理规则。专业的逻辑学家对“举反例”的策略相当认可，他们使用演绎推理可以很容易地去论证，有些东西（像独角兽、圣诞老人或粉色大象）肯定不存在。使用同样的方法，我们很容易去反驳许多都市传说中的“真实”说法。

伦布克采取两种策略来揭穿“啐口水场景”故事。他的第一个策略是假定“两个相互排斥的情况不能在同一时空中共存”。他仔细研究了媒体和档案报告中关于反战活动家向归来老兵啐口水的内容，表明这两种人之间的关系是“明显的、相互支持的”，而不是敌对和消极的。换句话说，抗议者支持军队，如果没有战争的话，双方的看法一致。伦布克的第二个策略是假定啐口水的报告可能是真的，然后“试着找到支持这一假设的证据”。他再次对这些报告进行了仔细的研究，没有发现能够支撑故事的真实性的证据。他的结论是，这些故事都是“都市神话”，而“与其说神话指的是某事发生或未发生过，还不如说它指的是**相信**某事一定发生过”。

最后，一些真正的信徒还会抛出问题：“那你怎么看我知道的第一手案例与你的都市传说是吻合的？难道这不是用一个真实事件最终证明了这个故事不是一个传说吗？”或许是，但常常不是这样。如果一个故事——不管它的起源是什么——只要它发展出了各种版本并广泛流传，在一些特定的细节上被本土化，那么它都可以被称为“传说”。虽然如此，这些“第一手案例”可能也并不是他们看上去的那个样子。首先，通常一个真正的都市传说信徒会发现，自己其实并不是在说那些发生在自己身上的事情，而是在以第一人称的方式复述自己认为别人遭遇的经历。它很快就会被列入“朋友的朋友”系列，带有经典的都市传说风格。其次，个人经历的故事即便是真实的，也有可能与一个具体的传说不太吻合。例如，它可能是另外一个“裸体单身汉”故事，但并没有众所周知的那个传说情节。第三个关键性问题是，这个所谓的事件发生在**何时**。通常，它所宣称的时间节点是早于这个传说版本本身的。也许历史会重演，也许传说是生活的镜子，或者生活是传说的镜子。不管怎样，就像歌曲中唱的那样（参见“消失的搭车客”）：“这个世界上奇怪的事情总会发生。”

另参见 回忆；真实的都市传说

参考文献 Elliott Oring, “Legend, Truth, and News,” *Southern Folklore* 47 (1990), 163–177; Georgina Smith, “Urban legend, Personal Experience Narrative and Oral History: Literal and Social Truth in Performance,” *Arv* 37 (1981), 167–173; Georgina Boyes, “Belief and Disbelief: An Examination of Reactions to the Presentation of Rumour Legends,” in Paul Smith, ed. *Perspectives on Contemporary Legend* (1984), 64–78（收录于Bennett and Smith的*Contemporary Legend Reader*, 41–54]; Gillian Bennett, “Legend: Performance and Truth,” in Bennett and Smith, *Monsters with Iron Teeth* (1988), 13–36（收录于Bennett and Smith的*Contemporary Legend: A Reader*, 17–39]; Samuel Hopkins Adams, “The Poison Bugaboo,” *Everybody's Magazine* 23 (October 1910), 518–525; Jerry Lembcke, *The Spitting Image: Myth, Memory, and the Legacy of Vietnam* (New York University Press, 1998), 3–5; Steven D. Hales, “Thinking Tools: You Can Prove a Negative,” *Think Summer* 2005, 109–112; Frank, *Newslore* 220（讨论都市传说中的“验证惯例”）.

T28. "地铁上的电子灯管"
"The Tube on the Tube"

纽约市的一名职员需要处理掉办公室里烧毁的荧光灯管。当他走进地铁时，没有找到垃圾桶，他只好拿着电子灯管坐地铁回家。由于他把电子管立起来拿着，车上的人把它当成了立扶手，用手握住了它。这个人到站之后就下车了，把电子管留在了刚才那帮同路人的手里。

人们偶尔会讲述这个故事，有时它源于一个来路不明的出版资源，这个有趣的故事可能是一个真实的传说，也有可能不是。这个标题听起来像一个英国人的故事，但是没有证据表明这个故事在美国之外流传过。我把这个故事汇编入册，是因为它是我最喜欢的故事之一，而且（正如保罗·哈维曾说的那样）"不论真假"。

参考文献 *Too Good*, 31–32.

T

T29. "火鸡脖子"
"The Turkey Neck"

根据戈登·麦克洛克的报告和研究，这则苏格兰当代传说的目的是解释一个女人的手腕是怎么骨折的，在事故发生的第二天早上，她向同事说明了缘由。她的丈夫醉醺醺地回家，在楼下的地板或沙发上睡着了。妻子没有管他，自己去睡觉了。一会儿，他们的孩子回到家中搞了一个恶作剧，他们从冰箱里拿出一根火鸡脖子，然后拉开父亲的裤链，把火鸡脖子塞了进去。当妻子下来看她丈夫的时候，她见到丈夫的下体从裤链间露了出来，家里的猫正在一点点地啃它。她被吓晕了，栽倒的时候摔伤了手腕。（有时，火鸡脖子是妻子塞进去的，但是猫的这一举动还是着实把她吓坏了。）

苏格兰词条中有关于这个传说的例子，在比较的方法的词条中，麦克洛克对此有一个简短的讨论分析。

另参见 “屠夫的恶作剧”

参考文献 Gordon McCulloch, “‘The Tale of the Turkey Neck’: A Legend Case-Study,” in Smith, *Perspectives* (1984), 147–166; *Mexican Pet*, 129–131.

T30. “两元恰克”传说
“Two-Buck Chuck” Legends

2002年底，一款售价仅为1.99美元的高品质葡萄酒出现在加利福尼亚州的特色食品市场乔氏超市（Trader Joe's）里。它以葡萄酒商查尔斯·肖（Charles Shaw）的名字命名，被热衷于囤积这种葡萄酒的饮用者称为“两元恰克”。民俗学家琳内·麦克尼尔（Lynne S. McNeill）记录了与这一酒类文化现象相关的传说和逸闻。2003年，国际当代传说研究会年会在纽芬兰岛的科纳布鲁克召开，她在向大会提交的论文中报告了这些传说和逸闻。虽然媒体在促成“两元恰克”的神秘性方面发挥了重要作用，但是麦克尼尔同时也指出，“每个人都有一个关于他们自己如何发现这个秘密的故事”。除了这些个人经历的叙述，还有三个起源传说解释了这些廉价好酒的来源问题。

其中一个说法显然借鉴了“花心男人的保时捷”传说。“这是因为他的妻子”，故事说，“他们要离婚了，他不想让妻子拿到钱，因此他把价格定得尽可能低，这样妻子就不会一夜暴富”。另外两个起源传说把葡萄酒交易与航空公司的麻烦联系在一起。在第一个传说中，据说美国航空公司储存了大量的查尔斯·肖葡萄酒，却没想到“9·11”恐怖袭击发生之后，飞机上禁止携带螺旋形开瓶器，因此他们不得不清仓甩卖，遭受了重大损失。第二个与航空公司相关的故事主角据说是美联航（United Airlines），濒临破产的美联航不得不处理掉他们的葡萄酒库存。“两元恰克”的真相平淡无奇。麦克尼尔写道，“查尔斯·肖，对葡萄酒行业不再抱有幻想，而且离婚也使他感到心烦意乱”，他把公司转卖给了野马葡萄酒公司（Bronco Wine Company），当时这家公司面临着各种各样的法律问题，以及葡萄酒市场的产量过剩——并且他们已经成为廉价葡萄酒行业的领导者——这才导致他们最终采取了一种不同寻常的策略来清理他们的存货。

参考文献 Conference Abstracts in *FOAFtale News* 54–55 (June 2003), 9–10, "'Will the Real Charles Shaw Please Stand Up?' The Legend Cycle of Two-Buck Chuck."

T31. "两个搭车客" "The Two Hitchhikers"

据报道，到目前为止，这一故事类型只有1983年华盛顿州的版本和20世纪30年代犹他州的版本。这个故事有一个具有讽刺意味的转折，如果它没有被证实流传于各地的话，那么它就是一个真实的传说。在一条漫长而偏僻的公路上，驾驶员独自一人开车前行，为了有个伴儿，他半路上搭载了一名路人。但是，这个人的外表粗犷和举止粗鄙，这令他感到惶恐不安。因此，他又搭载了第二个人，这个搭车客年轻、整洁，坐进了汽车后座。这个年轻人掏出手枪，命令驾驶员停车，把他们两个人赶了下去。

但是，当抢劫犯手里的枪指向车门的时候，这个年纪较大的搭车客钻进后座，把枪夺了过来，一记冷拳将他击倒。他把抢劫犯的钱夹拿过来，把钱分给了司机一些，说："我已经在这个行业干了20年了，我再怎么样也不会犯这种愚蠢的错误，比如用枪指着别人。"看到司机面带恐惧，他补充了一句："哦，你别怕。我今天不工作，只想四处走走看看。"

一个故事也描述过类似的情况，一个摩托车帮派走进一家小杂货店，他们一分不少地把买东西的钱付给了店主。随后，几个穿戴整洁的大学生进来就把店主抢了，带着摩托车手们支付的全部钱款绝尘而去。

英国作家贾斯帕·马斯基林（Jasper Maskelyne）是英国著名魔术师约翰·内维尔·马斯基林（John Nevil Maskelyne，1839—1917）的后裔，在他1938年出版的作品《白色魔法：马斯基林家族的故事》(*White Magic: The Story of Maskelynes*）中，他讲述了一个与本词条相关的第一人称的版本，这个故事里只有一个搭车客。据他描述，他搭载了一个看起来很粗鄙的搭车客，当他因超速而被警察拦下来的时候，这位搭车客在帮着他向警察撒谎的同时，偷走了警察和他的钱包，不过，当搭车客下车离开时，又归还了“两个鼓鼓囊囊的钱包”。马斯基林强调，搭车客是把警察记录本上的违章记录给撕掉了之后，才悄悄地归还了记录本和钱包的。

这些故事和其他传说都展示了很多人想象中的古怪而又狡诈的犯罪心理。

参考文献 *Curses!*, 108–110; *Too Good*, 306–308.

U1. “唐叔叔的出错花絮” “Uncle Don’s Blooper”

“唐叔叔”指的是唐·卡尼（Don Carney，原名霍华德·赖斯[Howard Rice]），他作为从20世纪20年代中期到1947年大受欢迎的儿童广播节目主持人，“唐叔叔”这个称呼能为他的慈爱形象加分。一则传说称，某天，唐叔叔在结束直播后，以为麦克风已经关闭了，便轻率地说了一句与其形象不符的话。这句话通常被引述为：“改天应该抓住这个小混蛋。”据说，这个系列的节目突然就下架了。

然而，在节目表中，唐叔叔的节目一直在播出，从未被删去，直到其热度下降。与该节目相关的所有人员都否认了骂人的故事。“出错花絮”的录音、录像带似乎包含着对实际事件的记录，而这些事件则存在至少三种不同的版本，但其中没有一个版本经得起验证（值得注意的是，一些“出错花絮”版本引入了“一个有关唐叔叔评论的传说……”这一说法）。此外，一个儿童广播节目主持人在直播中说脏话的传统早在以前就存在了，类似的出洋相的故事也被多次安在不同的名人身上。毕竟大多数早期的现场广播节目都没有录音。

“唐叔叔的出错花絮”似乎是“小丑波佐的出错花絮”这个儿童电视节目相关传说的背景故事。

参考文献 *Mexican Pet*, 185; *Too Good*, 329; *The Truth*, 84–94.

U2. “意外的遗产” “The Unexpected Inheritance”

这个传说通常被称为“乱交的回报”，在一个特殊的爱尔兰版本中也被称为“基尔肯尼寡妇”，描述了两个男人在一家小旅馆或公寓里过夜，房东是一个年轻漂亮的寡妇。一个男人在寡妇的邀请下溜进了她的卧室，在那里过了夜。几个月后，另一个人收到消息说寡妇死了，还留给他一大笔财产。原来，第一个男人在幽会时冒用了第二个男人的名字。

20世纪80年代初，这个故事的异文在爱尔兰流传，1989年8月发表在《读者文摘》上，1985年还在《纽约时报》的一篇文章中出现。在最初的版本中，它被说成是在基尔肯尼乡村的一家小旅馆发生的事件。第二个版本描述了两个美国税务代理人在一个无名的农村地区发生了汽车故障。第三个版本则将事件设置在了意大利的一辆卧铺车上，一名已婚**女性**向一起过夜的男子报了别人的名字。

另参见 “遗嘱”

参考文献 *Choking Doberman*, 133; *Mexican Pet*, 127–128; *Too Good*, 88; Bennett and Smith, *Urban Legends*, 85–87.

U3. “不幸的偷油贼” “The Unfortunate Gas Thief”

这个故事在旅居车的车主群体中很流行，因为它体现了报应（或“罪有应得”），有时也被称为“虹吸管堵住了我的嘴”（Gag Me with a Siphon）。一位旅居车车主把他车上的第二个油箱改装成了厕所和废水系统的储水箱。在一些版本中，他没有清除加油管盖上的“仅限无铅汽油”标识。一天深夜露营时，他听到外面一阵骚动，便出来检查。借助手电筒的光，他发现储水箱被打开了，一根虹吸管插了进去。而地上的证据表明，有人试图偷汽油，但是结果却被搞得非常狼狈。

“不幸的偷油贼”至少可以追溯到20世纪70年代末，它最近一次出现在媒体上是20世纪90年代，《道路与跑道》（*Road and Track*）的《人民与地方》（People & Places）专栏（1991年11月，第12页）刊登过这样的一个版本：

一个男人试图从停在西雅图街头的旅居车里用虹吸管偷油，结果却出人意料。警方赶到现场时，发现了一个男子难受地蜷缩在一辆汽车旁，旁边还有一堆秽物。警方发言人说，该男子承认试图偷汽油，并将吸管误插到了旅居车的污水箱中。车主没有起诉，还说这是他经历过的最好笑的事。

这个西雅图的版本通过媒体和口头传统流传了好几年，对偷油贼的年龄和个性进行了各种各样的描述（通常是一个年轻的“朋克”或一群需要给自己的车加油的孩子），以及旅居车车主的反应。在已发表的故事版本中，一个典型的标题是“偷油贼得到的恶臭惊喜”（Gas Thief Gets Stinky Surprise）。全部的这些版本都没有解释一个盗贼怎么会在一辆未改装的旅居车上犯这样的错，毕竟车上的污水排放阀和加油口的大小及位置都不一样，而且只能通过一个单独的阀门才能泄油。所以，改装了第二个油箱的版本似乎更合理，虽然人们不太可能那样做。

另参见 “被盗的样本”

参考文献 *Too Good*, 82–83; *Vanishing Hitchhiker*, 181–182; *Be Afraid*, 201–202.

U4. “不幸的隐形眼镜”
“The Unlucky Contact Lenses”

两个人在同一张床上或同一间房内睡觉，夜里，其中一个人将其隐形眼镜放入盛着半杯水的杯中，并将杯子放在了床头柜上。另一个人深夜醒来时口渴难耐，摸到了水杯，便把水连同隐形眼镜都喝到了肚子里。

这个故事涉及了各种各样的人，包括丈夫和妻子、情侣、妓女和嫖客，以及赶路的运动员。许多第一手的吞下隐形眼镜的故事已被媒体报道，但是这个故事的拓展版本中包括了名人、政治家、露水夫妻、妓女等，而且通常被认为“好得令人难以置信”。某些版本描述了一个人吞下了自己的隐形眼镜，但这似乎是一件更不可能发生的事。而且，有几个人会在夜里把自己戴的隐形眼镜丢进床边的水杯里呢？

2010年6月，茱莉亚·吉拉德（Julia Gillard）就任澳大利亚第27届总理，在四年前（2006年3月6日）的一次电视访谈中，她讲述了“不幸的隐形眼镜”，涉及她和当时的一位议会同事。下文来自一个茱莉亚采访的在线记录的版本，请注意，她很有逻辑地说明了将隐形眼镜放入一杯水中的过程：

> 克雷格（·爱默生）和我一起住在一家旅馆里，我没带隐形眼镜盒，所以只能将隐形眼镜存放在玻璃杯里，当然这算不上一种聪明的做法。呃，所以……只好把这个放隐形眼镜的玻璃杯放在浴室里，而且还加了一些溶液。克雷格晚上起床以为杯里是水，便把它喝掉了。所以我第二天早上在国家会议上只能瞎转，而且我还必须要在主席台上做卫生政策报告，却基本上看不见我的笔记和会场上的人。（可从以下网站获得相关信息：http://www.abc.net.au/austory/content/2006/s1586140.htm）

尽管这个版本算是权威说法，但是人们也不得不猜测，为什么一个经验丰富的政治家没有立即再买一副或是随身携带一副眼镜，为什么她的同伴喝了“一点溶液”却没有注意到它不是水，以及为什么报道这一会议的媒体都没有提到这个发言人全程都好似“盲人”一样。

另参见 “焊熔隐形眼镜”
参考文献 *Mexican Pet*, 85–86; *Too Good*, 144–145.

U5. “不幸的驾考” “The Unlucky Driver's Examination”

这个当代英国传说讲述了一个人参加摩托车或汽车的驾考，考试可能是为了测试驾驶员的能力，也可能是为了检查车辆的刹车。司机被告知，当考官突然在车前出现或听到尾随的考官车辆鸣笛时，都要尽快停车。

在故事的第一个版本中，考官因出现在了错误的车辆前而受了重伤。在第二个故事中，正在参加驾考的司机听到信号后紧急停车，但其实那是其他汽车的鸣笛声，不知情的考官的车辆从后面撞上了这辆考试车。

参考文献 *Baby Train*, 214–215; Dale, *Tumour in the Whale*, 124–125; Smith, *Nasty Legends*, 77.

U6. “未被认出的战争英雄”
“The Unrecognized War Hero”

在“二战”和越南战争期间，一个年轻人的故事被反复讲述：在爱国仪式典礼上或升国旗时，他似乎无视脱帽、起立、敬礼之类的口令。人群中，一个愤怒的人措辞激烈地批评了这个人，或者会动手打倒或刺伤他，然后才发现这个年轻人又聋又哑，或是在战争中失去了手脚，有时他还戴着紫心勋章[1]（Purple Heart medal）。在该主题的一个异文中，一名年轻女子戴着手筒，她的同伴正在喂她吃东西或照顾她。当旁观者嘲笑他的一丝不苟时，他将女孩的手筒取下，表示她没有手：“这就是日本人在集中营中对她做的事！”

另参见 “啐口水场景”
参考文献 Bennett Cerf, *Try and Stop Me* (New York: Simon and Schuster, 1944), 283–284; *The Truth*, 150.

U7. “无解的数学难题”
“The Unsolvable Math Problem”

“无解的数学难题”是罕见的可以追溯出特定来源的都市传说之一，下文列出的来源对此进行了详细讨论，其中还包括异文文本。

1 美国授予作战中受伤或死亡的普通士兵的勋章。

简而言之，这个传说讲述了一名要参加数学考试的大学生，因迟到而不得不解答黑板上的题目，这些题目原本并不是考试的一部分。据说，这个问题甚至把阿尔伯特·爱因斯坦（Albert Einstein）都难倒了，但是这个学生不知道它的难度，反而找到了解决方案，从而证明了积极思考的力量。

这个鼓舞人心的故事起源于斯坦福大学数学家乔治·丹齐格（George B. Dantzig）在1940年的真实经历，当时他是加利福尼亚大学伯克利分校的研究生。丹齐格解决了两个之前尚未解决的难题，因为他误把它们当成了统计课的作业。多年后，他把自己的经历告诉了全国知名的宗教电视节目主持人罗伯特·舒勒（Robert H. Schuller），舒勒对这个故事进行了自己的诠释后，又在广播中重复了一遍，并将它收录进他出版的一本书中。等到这个故事通过广播、印刷品和口头传统转变成传说后，丹齐格的名字消失了，爱因斯坦取而代之，并发生了各种变化，它变成一个定型的"浑然不知的天才"的情节。1997年的电影《心灵捕手》（*Good Will Hunting*）中就有一个类似的情节。

另参见 "顿悟传说"
参考文献 *Curses!*, 278–283; *Too Good*, 452–456

U

U8. "偷不走的汽车"
"The Unstealable Car"

一名男子用锁链将自己珍爱的汽车（老式跑车、修复的老爷车、完美无瑕的豪车或者可能是一辆珍贵的摩托车）牢牢地锁在了车库里或两棵大树之间。据说有时候这辆车上还盖着防水布。在其他版本中，汽车停在两辆大型车辆中间，车距很小。当车主打算开锁用车时，才发现锁链虽然紧紧地上着锁，但车的方向却颠倒了。在挡风玻璃雨刷下面夹着一张便条——"如果我们想要这车，就会取走它"，或是"当我们想要这辆车的时候，我们会回来取"。

尽管“偷不走的汽车”作为朋友的朋友的经历被广泛讲述，但迄今为止，没有人能够证明它的真实性，既没有详细的新闻报道，也没有所谓的便条。美联社在一篇关于汽车失窃的文章（发布于1991年9月）中提到，这一事件仅仅是一个基于口头的逸闻报告。这一主题的异文还描述了房主外出时，有人重新布置了他的家具，但是没有偷走任何东西，同时还留下了一张嘲讽便条。

另参见 “不厚道的便条”；“凯迪拉克里的杂音”；“拆车”
参考文献 *Curses!*, 104–107; *Too Good*, 317–318.

U9. 稀里糊涂的盗窃
Unwitting Thefts

另参见 “错当匪人”；“被盗的钱包”

U10. “没拉好的裤链”
“The Unzipped Fly”

在一篇关于尴尬故事的文章中，民俗学家罗杰·亚伯拉罕斯（Roger D. Abrahams）介绍了这则个人经历故事：

我在费城外的一个小镇上长大，幼时的我习惯与我的朋友“果冻豆”一起参加四人约会，他有点胖且行动笨拙，总是闹笑话。某年新年前夕，镇上仍旧没有任何派对，于是，自认为已经长大的我们决定去费城，到贝尔维尤市的斯特拉福德去吃饭、跳舞，以俘获我们女友的芳心。我们在那里吃饭跳舞，玩得很开心，过了一会儿，他去了厕所，回来后，我女朋友小声对我说：“他裤链没拉上。”……当他坐下时，我靠过去对他说：“你的大门还开着！”他小心翼翼地把裤链拉上了。这时乐队又开始演奏了，我邀请我的女朋友跳舞，刚进入舞池就听到巨大的“哗啦”声，我们回头一看，原来是果冻豆把桌布夹到了他的裤链里。我们立马跑过去，想帮他把它弄出来，但是拉链卡住了。我们每个人都很尴尬，尤其是女孩们，因为每个人，我是说每个人都盯着我们。最后，我们不得不把这该死的桌布卷起来，穿过舞池去了男厕所。大家在这个过程中鼓掌起哄。在把桌布取出来之前，我们还得找个盯梢的人，以及一把钳子。不过即使取了出来，我和果冻豆也不会再回餐厅去了。

亚伯拉罕斯后来在他的文章中承认，“没拉好的裤链”事件“实际上并没有发生在我身上……但它发生在我的几个朋友身上，正如我描述的那样，或是正如它被讲给我听时那样”。亚伯拉罕斯可能弄错了，或者（更有可能）是开玩笑，因为“没拉好的裤链”是一个在美国和海外都很出名的都市传说。斯堪的纳维亚、比利时、爱尔兰都报道过该传说的不同版本，毫无疑问，许多国家都在讲述这个传说。安·兰德斯在1990年8月29日的专栏中，刊登了加利福尼亚州的读者寄来的一个版本：在公交车上，一名男子的拉链夹住了一名女子的狐狸皮披肩。兰德斯将这一作品列为她最喜欢的故事之一，并于1991年5月10日再次提到了这个故事。其他的版本则是关于电影院中的一名男子，他的拉链夹住了前排女士的头发或裙子。在所有拉链故事的异文中，不幸的双方离开现场时仍牢固地缠在一起，这在很大程度上让旁观者感到有趣。

在该主题的另一个异文中，一个年轻人在餐厅或正式晚宴上企图分散同伴的注意力，以便拉起裤链。令人尴尬的是，他让他们朝窗外看，结果却发现两只狗正在草坪上交配。

亚伯拉罕斯对这些故事的解释是，“正在发生的事情处于失控状态，……在事后，强加给它一种秩序感”，他还认为，“你复述故事的能力越强，就越能掌控事件”。

参考文献 Roger D. Abrahams, “The Most Embarrassing Thing That Ever Happened: Conversational Stories in a Theory of Enactment,” *Folklore Forum* 10: 3 (1977), 9–15; *Too Good*, 142–143; *Vanishing Hitchhiker*, 138–139; Bennett and Smith, *Urban Legends*, 163–165.

U11. “被拉开裤链的管道工或机修工” “The Unzipped Plumber or Mechanic”

在这个传说的两个经典版本中，一位购物回来的妻子看到一个男人在水槽（“被拉开裤链的管道工”）或汽车（“被拉开裤链的机修工”）底下工作，只有腿露在外面，她以为是自己的丈夫，便调皮地拉开了他的裤链，还用手抚摸他。过了一会儿，妻子发现她的丈夫正在屋里看报，才知道他放弃了之前尝试的修理工作，并另请了一位机修工。修理工由于裤链突然被拉开，惊吓之中突然起身被撞伤，夫妻俩赶来帮忙时，他已经昏迷了。这个故事的一些版本以妻子要求丈夫帮她拉开裙子拉链开头，当她的丈夫办砸了这件事而且还把裙子弄坏了之后，她发誓要通过拉链在丈夫身上找补回来。加利福尼亚州的一位读者在1990年给我寄来了一个版本，她是在收音机里听到的，该广播员则表示，他是在报纸上看到的，而且这是一个真实的故事：

> 一位新婚妻子在午休时间下班回家时，看到一个男人的腿从水槽下面伸出来，她以为是她的丈夫在修理堵塞的管道。她调皮地扯下他的裤子，开始变得“友好”起来。但实际上这位工人是他们的房东，她的随便让他大吃一惊，一下撞到了排水管上。她给医院打了电话，当医护人员把房东放上担架时，她讲述了刚刚发生的事情。大家笑得不能自已，以至于把担架打翻在了楼梯上，房东又摔折了腿。

与之前的传说“没拉好的裤链”一样，这个传说已遍布全美乃至全世界多年，只要男性的裤链一直存在，它就不会消失。有时，没拉好裤链的传说会与其他意外故事相结合，而这些故事通常都会以“大笑的医护人员”母题结束。

参考文献 *Too Good*, 140–141; *Vanishing Hitchhiker*, 147–148.

U12. 都市信仰故事
Urban Belief Tale

“都市信仰故事”是20世纪50年代和60年代初使用的术语之一，我们现在通常称之为“当代传说”或“都市传说”。美国现代传说的搜集和研究先驱理查德·多尔森应用了这一术语（除了别的以外），但就整个文类而言，他似乎更喜欢简单的“传说”一词，而且还将其通俗地定义为“从未发生却被当作真事讲述的故事”。到1968年，多尔森已经采纳了（有可能是创造了）现在常见的术语“都市传说”。

参见 信仰传说；都市传说（术语）
参考文献 Dorson, *American Folklore*, 249–254; *The Truth*, 14–15.

U13. 《下一个就是你》（电影）
Urban Legend (Film)

电影《下一个就是你》（即*Urban Legend*，有时也被错误地引用成*Urban Legends*）在1998年由三星影业（TriStar Pictures）发行，由杰米·布莱克斯（Jamie Blanks）执导，电影主演包括艾丽西亚·威特、丽贝卡·盖哈尔特（Rebecca Gayheart）、杰瑞德·莱托（Jared Leto）、迈克尔·罗森鲍姆（Michael Rosenbaum）、乔舒亚·杰克逊（Joshua Jackson）和泰拉·里德（Tara Reid）。这部电影以虚构的新英格兰大学校园作为背景，描绘了一个民俗学课程的成员们在研究了当代传说之后，怀疑一系列的失踪和谋杀都沿袭了都市传说的情节。他们研究这个主题，追踪了各种无辜的嫌疑犯之后，最终发现真相——自己同班的一名学生才是杀手。他们的民俗学导师韦克斯勒教授由恐怖片资深演员罗伯特·英格伦扮演，他的角色曾经是一位嫌疑犯，最终却成为受害者（一些学者可能会说他死有余辜，因为他塑造了一个刻板的民俗学家的形象，即他教学的主要目的似乎就是吓唬和恐吓自己的学生）。

U

在《下一个就是你》中，为呈现戏剧性而选择的恐怖传说取材自民俗学学者的出版物，电影宣传资料的参考文献和剧本中传说使用的标题都证明了这一点。如果某个传说中通常不包含谋杀，那么这部电影的编剧就会补充一个谋杀情节。当时还不存在的《都市传说百科全书》出现在一个场景中，而且它还被摆在了学校图书馆里，它的旁边是真正出版过的都市传说集。

虽然大多数影评家对《下一个就是你》的评价不高，但是票房相当不错，盈利至少与过去其他几部青少年杀人狂电影差不多。这部影片的结束场景是杀手逃跑，一群新的学生正讨论着过去的传说和谋杀，这强烈地暗示了该电影还有续集。一位好莱坞制片人正意欲推出另一个与都市传说相关的电影拍摄计划，他这样概括《下一个就是你》的特点——带着可理解的不屑（如果夸张地说）——“作为电影制作的一个模型，它的一切都是我们不希望我们的电影拥有的，编剧、导演和表演一样差劲，最终这部电影沦为一部20岁以上的人都不会感兴趣的烂片”。

2000年，《下一个就是你》的续集《下一个就是你：最终剪辑》上映。一位评论家形容它是“一个愚蠢的大杂烩，把令人作呕的东西塞在了电影中”。虽然一部号称在制作中的都市传说电影是续集中的主要情节元素，但只有一个真正的传说被描绘了出来——一次对“盗肾”故事的糟糕演绎。

另参见 电影和都市传说

U14. 都市传说（术语）
Urban Legend (Term)

尽管“都市传说”一词早在1925年就已出现在《纽约时报》的专栏中，但当时它只是指对都市生活的错误想象，并不具备现代民俗学上的意义。多年后，“都市传说”不得不以一种民俗文类而被重新定义。目前尚不清楚是谁真正创造了这个术语的用法，但最早应用这一术语的民俗学家可能是理查德·多尔森（在1968年），他最初将这一文类叫称为“都市信仰故事”。紧随其后，这一用法在1971年被丹尼尔·巴恩斯和帕特里克·马伦（Patrick Mullen）采用，1979年被我采用。1981年，随着我的《消失的搭车客：美国都市传说及其意义》（*The Vanishing Hitchhiker: American Urban Legends and Their Meanings*）的出版，这个词作为一个专业术语开始迅速普及，不过，与之并存的还包括民俗学学者提出的“当代传说”或“现代传说”，以及通俗作家提出的“都市神话”。2010年，针对“学术社群”术语使用的一份调查结果表明，在学者尚未使用“当代传说”取代“都市传说”之前，“‘都市传说’……被用作指代‘真相’的反面……是‘错误虚假’的同义词”，而不是民俗学学者在学术意义上使用这个词时所指称的含义。

在民俗学学者中，关于哪个术语最适合指称这些“好得令人难以置信”的故事仍然存在很大争论。作为修饰词的“都市”确实无法准确地描述这些传说的性质，但其他术语也有各自的问题。本书首次出版时，一位评论家于2004年甚至批评说：“他的名字（即‘扬·布鲁范德’）如今与‘都市传说’密切相关，而在该领域从事研究的其他人都感觉有必要使用一个不同的术语来描述她/他所做的事情——‘现代传说’‘信仰传说’或‘当代传说’。”奇怪的是，这位评论家又是2007年出版的《都市传说：国际荒诞故事与恐怖传说集》（*Urban Legends: A Collection of International Tall Tales and Terrors*，在这里使用“荒诞故事”完全是用词不当）的合著者之一。尽管布鲁范德的名字确实与“都市传说”这个术语“有关系”，但是我需要强调的是这个术语既不是我创造的，也不是我首先使用的，我是在民俗学学者都已经接受了这一术语的情况下才使用了它。

我坚持使用“都市传说”（这仍然是个人喜好）的理由可以做如下归纳：（1）它是一个长期存在的术语，而且直接来源于早期术语“都市信仰故事”；（2）它在大众媒体和互联网上得到了广泛接受，就这一点而言，它不容易被替代；（3）在建议使用的术语中，它最精简；（4）对它进行“注释”或说明并不比其他术语难，何况全部术语都有其自身的

U

逻辑缺陷。

另参见 信仰传说；当代传说

参考文献 Charles Clay Doyle and Lara Renee Knight, "On the Term 'Urban Legend,'" *FOAFtale News* 63 (December 2005), 1–3; Jan H. Brunvand, "'Urban Legend/Myth' in Recent Political Discourse," *FOAFtale News* 68 (July 2007), 1–2; Brunvand, "'Urban Legend/Myth' in Crosswords and Comics," *FOAFtale News* 69 (December 2007), 4–5 Sandy Hobbs, "Scholarly Use of the Term 'Urban Legend,'" *FOAFtale News* 74 (January 2010), 8–9.

U15. 都市神话
Urban Myth

“都市神话”是许多记者、播音员，有时是大众极其喜爱的一个指代都市传说的不当用词。他们都在宽泛的意义上使用“神话”术语，指的是一种虚假错误的想象或说法，而不是指民俗学学术意义上的那种带有宗教意义的古老故事或本土宇宙哲学的故事。“民俗”这个词本身也遭到了类似的误解，人们的常见表达“这只不过是民俗而已！”说的也是各种各样的在真实性上值得怀疑的事物，无论它们是否真的是民俗。这些学科中严谨的学生会尽力采用正确一致的用法。但对于“都市神话”一词来说，其实没有必要。

即使是严谨、备受推崇的工具书也可能成为这种传说/神话混淆的牺牲品，比如由埃利斯·琼斯（Alison Jones）编纂的平装版《拉鲁斯世界民俗词典》（*Larousse Dictionary of World Folklore*，纽约，1996）。虽然它的封面宣传文案承诺报道“现代社会中的……都市神话”，但实际词条的标题是正确的“都市传说”。这部分精选了几个例子，自称给这一文类下了一个还不错的通用定义；其实它只是重复了一个常见的错误概念，即FOAF是由我创造的，但其实不是。

另参见 “传说”和“都市传说”的定义；朋友的朋友；神话

U16. “都市煎饼”
“Urban Pancake”

参见 “汽车在地震时被盗”

U17. 都市黑豹
Urban Panthers

参见 大型猫科动物出没

U18. “科罗娜啤酒中的尿”
“Urine in Corona Beer”

1986年或1987年，科罗娜的一个谣言流传开来，即从墨西哥进口的啤酒被啤酒厂工人的尿污染过。科罗娜啤酒以透明瓶装出售时，其液体鲜黄的颜色一览无余，这更加推动了谣言的进一步蔓延。正如加里·艾伦·法恩指出的那样，这个谣言有两个主题，即“对污染的恐惧和对竞争的恐惧”，在这个故事出现之时，这两个主题特别适用于墨西哥。一些美国工人害怕来自边境以南的竞争，而像“墨西哥宠物”这样的传说也与该地较差的卫生条件相关。而且这个传说也反映了“巨人效应”，因为科罗娜啤酒是当时增速最快的进口商品。

在对这个荒谬谣言的戏谑回应中，一位美国工程师计算出，要在一个直径20英尺、高20英尺的啤酒桶中添加万分之一的尿液，就需要75个憋足了尿的膀胱。这个谣言（错误地）认为啤酒桶顶部是敞开的，而且在啤酒厂里出入轻而易举。贝德纳尔斯基（P. J. Bednerski）在《芝加哥太阳时报》（*Chicago Sun-Times*，1987年8月23日）上发表了一篇关于杜兰大学谣言专家弗雷德里克·科尼格（Fredrick Koenig）的文章，其中还有一张科尼格教授的照片，他的面前摆着一瓶开盖的科罗娜啤酒，手里端着满满一杯浮着泡沫的啤酒。

虽然这个科罗娜谣言已经销声匿迹了，但这个记忆仍会让一些饮酒者宣称：“我不能忘记那个故事，我也受不了喝这个牌子的啤酒！”

另一个关于尿液污染的谣言是，有测试表明，许多餐厅在收款台提供的自取薄荷糖上有尿液的痕迹，这是因为一些男士在上完厕所后没有好好洗手，所以手指上还残留着尿液。

参考文献 “Corona Beer Latest Target of Nightmare Rumors,” *Denver Post* (August 15, 1987) (*Los Angeles Times* 刊发的一篇文章，被广泛转载); Fine, *Manufacturing Tales*, 169–171; Fine and Ellis, *Global Grapevine*, 168–172.

V

V1. 吸血鬼
Vampires

参见 身体零部件的谣言和传说；苏格兰

V2. “消失的搭车客”
“The Vanishing Hitchhiker”

在所有当代传说中，“消失的搭车客”被搜集得最多、讨论得最广，但其实它是一个例外，因为都市传说通常并不涉及超自然现象。确切地说，我们最好把这个国际故事看作是超自然传说传统延续出来的一部分，而不是把它视为一个通常意义上的“都市传说”。然而，那些流行作品已经牢牢地建立了“消失的搭车客”符合都市传说标准的观念，因此，现在把它从都市传说类别中剔除是不切实际的。

这个传说情节的精髓始终或多或少地被包含在搜集来的数百个异文中：一个神秘的路人搭车要去一个指定的目的地，然后在行驶着的车辆上消失（马车、汽车、货车、出租车、摩托车等）。有时，搭车客首先会讲出一些古怪或者带有预言性质的话，然后，在驾驶员核实乘客给定的地址，并看到这位乘客的照片或者是肖像时，就会确认消失的乘客其实是一个鬼魂。据说，照片上的这个人早就去世了，他是这家住户的一个亲戚，这个人因一场车祸而丧命，其搭车的地点就是当年车祸的事发地。在典型的美国版本中，搭车客是一位身着薄礼服的年轻女子，她向驾驶员借了一件外套或毛衣，在她消失之后，驾驶员通过肖像把她认了出来，发现她把衣服留在了她的坟墓上，她以这种方式把衣服“还给”了驾驶员。这个故事的其他版本还把搭车客说成是一个老妇人、基督徒、摩门教“尼腓人”（Nephite），甚或是耶稣基督本人。

1982年，吉莲·贝内特参加了当代传说的观点会议（参见史密斯，《当代传说观点》，1984，第45—63页），正如她在论文中指出的那样，实际上，幽灵搭车客的故事既不是现代的和都市的，也不是传说。贝内特总结道，“通过认真考察”这个故事，“可以发现，它在细节上不存在明显的一致性，而是包含着许多过渡性的故事，这些故事连接着更为古老的故事，我们通常认为它们是彼此不同的故事”。

讨论“消失的搭车客”的出版物汗牛充栋，它们为评价和扩充这一见解提供了丰富的来源，还有大量的学术著作专门研究这一“经典的汽车传说”。就像我说的这样，要对全部的研究都做出充分的总结，几乎是不可能的。考虑到可能有些材料可供参考，故兹列如下。1981年，我探讨了1940年到1979年间的约40份材料；1993年，贝内特和史密斯的《当代传说：一部民俗学的参考书》列出了133个与“消失的搭车客”相关的文献；1998年，贝内特（参见下文）列出了82条参考文献；而高卢什卡和约翰逊（Galuska and Johnson，参见下文）则整整列出了七页的参考文献，其中还包括一些之前尚未提及的材料。每一次新搜集的都市传说至少都要提到这个故事，而且它还经常会包含其他版本。事实上，从欧洲和非洲，到韩国、日本、澳大利亚、新西兰，以及其他很多国家，在每个国家搜集的都市传说中，我们都会发现这一传说的异文。《新约》（New Testament）里甚至也包含着某种异文。在《使徒行传》（Acts）8: 26—40中，故事讲的是一个驾着战车的埃塞俄比亚宦官让使徒菲利普（Philip）搭便车，他给驾驶员施洗礼，然后就消失了。

“消失的搭车客”除了有它作为民间叙事（无论它被定义成是真正现代的、都市的，甚或是传说）的不可撼动的地位外，也激发了虚构作品、电影、广播和电视剧、至少一款电脑游戏、艺术品、广告、小报宣传和流行歌曲的创作灵感。在该传说的歌曲版本中，有一段《带玛丽回家》的蓝草音乐，还有雷德·索维纳记录的卡车司机的歌曲《大乔和幽灵409》。在《大乔和幽灵409》中，鬼魂是司机，而不是乘客，它似乎对1985年的电影《荒唐小混蛋奇遇记》（*Pee-Wee's Big Adventure*）中的“大玛吉”（Large Marge）情节有启发作用。2010年，民俗学家斯泰韦·史坡林在耶路撒冷的希伯来大学教书，当时他也听学生讲了一个以色列版本的“消失的驾驶员”故事：

在一辆破旧的校车上，公交司机搭载了一位犹太人，把他送到了一座犹太教堂。教堂内的人都非常欢迎他的到来，因为他们还差一个人才能凑够举行正式礼拜时所规定的法定人数（minyan，祷告仪式需要十名成年的男性犹太人）。搭车客向他们询问公交司机是怎么回事。“噢，他是老扎尔曼先生（Reb Zalman）。他在一场车祸中丧生了，当时驾驶的校车为了躲避路上的孩子们而打了一个急转弯。有时，当我们还需要一个人才能够做礼拜时，他就会给我们送来第十个人。”

与“消失的搭车客”的传统情节最为接近的流行歌曲是迪基·李1965年发行的《劳里（奇怪的事情总会发生）》，最后一句歌词是：

然后我瞧了瞧，看见我的毛衣，
就在她的坟墓上！

尽管这个故事的民俗面貌看起来好像是已经被流行文化的表述取代了，但是“消失的搭车客”依然会在口头传统中持续出现，就像1980年，在经历了圣海伦斯火山灾难性的喷发后不久，美国西北部的人们就谈论起了一位能够预测火山喷发的幽灵搭车客。

各种有关幽灵、鬼魂和消失的搭车客传说的阐释——包括古老的和新近的——都倾向于重点讨论现代叙事中保留下来的传统鬼故事的痕迹。例如，贝内特观察到那些回到墓地的搭车客就像是“古老传统的现代表征，在古老传统中，鬼魂在公鸡打鸣之前，必须要回到坟墓里”。因为“死神已经随机选择了这些人”，贝内特认为，搭车鬼魂的“旅程没有尽头，这可能会被视为一种他们试图找回失去之物的尝试——一种对生命本身的追求”。

然而，贝内特也考虑到了这种可能性，即在许多故事中，年轻女性搭车客的薄衣服可能象征了她们的纯真，而不是（像其他人所认为的那样）一具尸体的裹尸布，因此，它暗示了“这些闪闪发光的生命死亡时正处于年轻的童贞和成人的性欲之间”。这是阿兰·邓迪斯借助弗洛伊德学说而发展出来的一个主题。邓迪斯在一篇关于玛丽·沃思的仪式（参见词条“我信仰玛丽·沃思”）的文章中概述了他的观点，认为“消失的搭车客”就像是一个“象征性的道德叙事”：

> 一个搭便车的女孩，也就是说，她冒着失去贞操的危险（汽车后座上湿乎乎的血迹暗示了这一点，汽车后座是人人皆知的青少年，甚至是十一二岁的孩子接吻和爱抚的地点），允许一个完全不认识的（男）人“带她一程”。对青春期的女孩和男孩来说，汽车代表着一个潜在的可移动卧室。过去，人们把加足马力的汽车称为“飞车”（hot rods[1]），仿佛带有几分下体勃起的言外之意。而且，更重要的是，一个女孩如果允许自己被这样带走，她就永远回不了家了。更明确地说，一个女孩一旦失去了贞操，她就会遭到永世的严峻惩罚，即无论她多么拼命地尝试，都无法回到家庭的神圣，以及与之相关的家庭价值观中去。

另参见 非洲；比利时；“车里的尸体”；“鬼魂求助”；以色列；日本；墨西哥；流行文化和都市传说；罗马尼亚；苏格兰；南非；都市传说中的超自然

参考文献 Gillian Bennett, “The Vanishing Hitchhiker at Fifty-Five,” *Western Folklore* 57 (1998), 1–17; *Be Afraid*, 50–56; *Choking Doberman*, 210–212; *Mexican Pet*, 49–55; *Too Good*, 231–234; *Vanishing Hitchhiker*, 24–46; Bennett and Smith, *Urban Legends*, 287–301; John D. Galuska and John W. Johnson, “The Vanishing Hitchhiker: Bibliographic References,” *Research in African Literatures* 38: 3 (2007), 34–40; Ellis, “The Frackville Angel,” in *Aliens, Ghosts, and Cults*, 99–116; de Vos, *Tales, Rumors, and Gossip*, 332–359; Elizabeth Tucker, *Haunted Southern Tier* (Charleston, SC: Haunted America, 2011), 93–103 (“Roadside Ghosts”).

V3. “消失的女士” “The Vanishing Lady”

欧内斯特·鲍曼通过援引1949年1月《科利尔》（*Collier's*）杂志上发表的一个版本，给了这个故事一个母题编号Z552*(a)，并在自己的巨

[1] 从字面上看，有“热棒”之意。

著《英格兰和北美民间故事类型和母题索引》(*Type and Motif Index of the Folktales of England and North America*，1996)中，将其概括为最后一个词条，放在“恐怖故事”的总标题下，内容如下：

> 一个女人和她的女儿在巴黎时同住在一个房间。母亲生病了。医生让女儿到本市的（一个）偏远地区取一种特殊的药。但是，当她再次回到酒店的时候，却怎么也找不到自己的母亲。而且，她还发现她们住过的那个房间看起来眼生，很显然，在她离开期间，房间已经被重新装修了。经理和员工都说以前根本就没见过她，而且登记册上也没有她和她母亲的名字。在一些异文中，她始终没能获得有关这种状况的任何解释。在另外一些异文中，给出的解释是说他们发现这位母亲患上了黑死病，这意味着要采取措施防止恐慌蔓延，而且也要防止酒店的生意受损。

流行作家亚历山大·伍尔科特（Alexander Woollcott）1929年在《纽约客》的个人专栏中第一次探讨了“消失的女士”，这是有关都市传说最早的文章之一。而且他还在自己1934年的书《罗马起火时》(*While Rome Burns*)的开篇中写道：“几年前我才知道，这个故事来自巴黎警方恐怖秘密档案中某一页的真实的复印件。”在伍尔科特的叙述中，这两个女人——一位英国军官的遗孀和女儿，她们从印度回到家乡——在巴黎博览会期间来到巴黎。伍尔科特的故事版本细节翔实，最终得出的结论是，这名妇女死于“从印度偷偷带回来的黑死病”。对于她的死亡之所以秘而不宣，是为了避免在博览会期间造成恐慌。伍尔科特试着通过查找一些印刷版本，来验证这个故事的真实性，他最终追溯到的地点是密歇根州的底特律市，一位记者在1898年发表了这个故事，但是却记不得这个故事是听别人说的，还是人们编造的了。伍尔科特总结道，“消失的女士”是“民间传说型塑过程的一个相当典型的案例”。2010年和2011年，民俗学家邦妮·泰勒-布莱克（Bonnie Taylor-Blake）和加森·奥图尔（Garson O'Toole）通过检索旧出版物的现代数字化数据库，

V

从报纸来源中搜寻到了几个“消失的女士”的早期版本。

凯瑟琳·布里格斯和露丝·唐（Ruth Tongue）提供了一个1915年在英格兰约克郡搜集到的版本。在这个版本中，在她们登记入住了巴黎的酒店后，女儿只是在夜间去了一趟母亲的房间，却发现房间内空无一人，而且已经被重新装修了。她在离开巴黎时没有人向她说明任何情况，但是随后一位英国朋友调查得知，这位母亲在夜间死于霍乱，这家酒店的工作人员已经把证据都销毁了。

尽管“消失的女士”好像已经不在口头传统中流传了，但是它仍然偶尔会在印刷资料中出现。一些美国人可能还记得自己读过或者是在一档神秘的电视节目上看过这样的一个版本——在新奥尔良或里约热内卢的狂欢节期间，一个女人死在了酒店里。在美国、英国和德国的许多电影中也有很多对这一传说的演绎。

参考文献 Katharine M. Briggs and Ruth L. Tongue, eds., *Folktales of England* (Chicago: University of Chicago Press, 1965), 98–99 (“The Foreign Hotel”); Curtis D. MacDougall, *Hoaxes* (New York: Dover, 1940; 1958 paperback), 289; Alexander Woollcott, *While Rome Burns* (New York: Viking, 1934), 87–94; *Be Afraid*, 35–41（收录了Woollcott的复述）and 41–42（收录了Briggs and Tongue的文本）; Bennett and Smith, *Urban Legends*, 8–10; Sandy Hobbs, “Disappearance and Denial: A New Look at a Legend Motif on the Screen,” *FOAFtale News* 65 (August 2006), 1–6; Bonnie Taylor-Blake and Garson O’Toole, “On the Trail of *The Vanishing Lady*,” *FOAFtale News* 76 (September 2010), 8–12, and “Epilogue: On the Trail of *The Vanishing Lady*,” *FOAFtale News* 77 (January 2011), 7.

V4. 异文和版本 Variants and Versions

有时，搜集到的传说和其他民间叙事文本（事实上，包括任何类型的口头民俗）被称为特定故事类型的“版本”或“异文”。虽然现在很多民俗学家并不区分“文本”“版本”和“异文”，但是过去的一些学者却主张使用“文本”或“版本”的术语来指称一个特定的故事叙事，并保留“异文”的术语来指称与这一故事类型“规范”（norm）差别较大的文本。

然而，在大多数情况下，笼统地说“一个‘男友之死’的**文本**”，或

“一个‘丢失的奶奶’的**版本**”，或“一个‘包裹里的死猫’的**异文**”已经足够了，任何一种措辞都没有指向与其标准的故事类型有更大的偏离。毕竟变异性一直都被认为是定义民间传说的特征之一。当人们把搜集来的文本按照内容进行分组时，“子类型”（subtype，主要故事类型的不同分支）和“生态型”（ecotype，或oikotype，故事类型不同区域的子类型）的术语也相当适用。重要的是，在一个分析中，这些术语的使用应当具有一致性，而且还要清楚地说明这些术语如何使用。

另参见 民俗；故事类型

V5. “老兵保险红利”
“The Veterans’ Insurance Dividend”

自20世纪40年代中期以来，一则虚假警告以印刷、影印和传真的形式周期性地流传开来，内容是告诉美国的“二战”退伍军人，最近的国家法案通过以后，他们能够从美国军人保险（GI insurance）中获得分红。通常，现役军人每月的收益会被说成是每10 000美金的保险中会有65美分，或者有时是每1000美金中会有55或65美分。这些警告强调说，除非个人向退伍军人管理局递交书面申请，否则得不到任何福利，而且通常他们还会提供一份申请单，其中也包括费城退伍军人管理局地区办事处的地址。该警告还怂恿读者尽快将此信息传达给他们知道的退伍军人或退伍军人团体。

在这一说法的“活跃时期”，仅费城退伍军人管理局中心每周就会收到10 000至15 000封有关虚假保险分红的信件，尽管国会从未通过任何类似的立法，而且也没有将类似的计划列入议程。在退伍军人管理局发给询问者的答复卡中，将整个事件称为“一个虚假和误导性的谣言”，同时规劝退伍军人尽可能将真相传达给更多的人。“二战”结束后的几十年来，“老兵保险红利”流传的频率和范围都远不及20世纪40年代和50年代的，但是直到1992年，一些退伍军人仍然会收到这样的提醒，而且他们其中的一些人也仍然会向退伍军人管理局提交申请，以期得到这些额外福利。

参考文献 *Curses!*, 261–264; *Too Good*, 408–410.

V6. “录像带中的盗窃” “The Videotaped Theft”

这个传说至少可以追溯至1982年，讲的是新娘的父亲在一场婚宴上发现他装在口袋里的大量现金不翼而飞，而且他女儿婚宴上的酒席承办人也不知去向。这些钱是付给乐队的费用，不得已，他借钱或使用支票或信用卡付了账。后来，他在观看宴会录像时——这段录像是一台留在三脚架上一直工作的摄影机拍摄的，发现新郎（或新郎的父亲）在一把椅子的掩护下，把他夹克口袋里的钱掏走了。面对录像带，小偷供认了自己的偷窃行为，归还了钱款，同时新郎还同意解除婚姻关系，因此这个故事诠释了因果报应（或“罪有应得”）。

一个与此相关的故事，讲述的是一对和强大的犯罪集团家族有关联的夫妇。婚宴的宾客们以现金的方式给足了这对夫妇面子，也表达了尊敬，新娘把这些现金全都装进了她的大手提包里。在她跳舞的时候，她把手提包放在了地上，录像机记录下了一个偷钱的客人。没过多久，人们在附近的一条河里发现了他的尸体。

报纸和杂志上刊登了各种“录像带中的盗窃”的异文，它们把事件描述得五花八门，说成是天主教徒、犹太人、波兰人、意大利人，或其他群体的婚礼，而且还详述了被盗现金的不同数额，以及事件不同的解决方法。《时代》杂志（1986年7月7日）刊登了一篇副标题为“豪华婚礼卷土重来”（Big Weddings Are Back）的文章，这个故事重点说明的是“对任何人来说，资金压力都必然是异常可怕的”：

自由职业萨克斯手阿特·布雷斯勒（Art Bressler）曾参加过

纽约市的多场婚礼，他记得最清楚的事情之一就是新娘的父亲在付账时，手伸到口袋中才发现钱款已经不翼而飞。后来，这对新婚夫妇在看宴会录像时，知道了这一切的真相：他们看到新郎的父亲把手伸到了新娘父亲的口袋，拿走了一沓现金。这笔钱最终被退还回来，但是据布雷斯勒说，这段婚姻也只维持了一个月。

一封寄给建议专栏《亲爱的艾比》的信在1991年发表，这位匿名作者说自己是一名专业摄影师，坚称自己曾经拍摄过这一事件，他向艾比询问应该如何处理这种情况。她只是简单地建议他去拜访一下新娘的父亲，然后把录像带拿给他看，不用给出什么相关的解释。

值得注意的是，虽然这个传说在20世纪80年代和90年代非常流行，却没有人为此提供过一份真实的录像，甚至包括那些讲这个故事的神父和牧师。

另参见 “恼怒的新娘”；“秽行曝光”
参考文献 *Choking Doberman*, 140; *Too Good*, 84–85.

V7. 都市传说中的暴力 Violence in Urban Legends

尽管许多都市传说是幽默的、怪诞的或者仅仅是匪夷所思的，但是其中也有不少都市传说描述的内容涉及攻击、绑架、残害、强奸和谋杀。有时，这些试图发起攻击的行为确实未能得逞，但是暴力主题——有时可能说的是事实——依然是都市传说传统的重要组成部分。没有人否认确实存在这样的罪行，但是如“男友之死”“诱拐未遂”和“盗肾”等结构化的传统故事都包含着重复性的母题和未经核实的细节，它们显然是来自都市传说的世界，而不是真实的世界。许多在网络上流传的虚假警告（如扎针传说、“填充婴儿”和“别闪灯！”），描述的是针对无辜群众的暴力袭击。在诸如“钩子”“断指”和“受伤的盗匪”等传说中，人们采取暴力反击行动来阻止潜在的攻击者。“理发师的误判”描述的是由于某人妄下结论，致使一名无辜的顾客遭到了暴力袭击。

V8. 放生毒蛇传说
Viper-Release Legends

1993年，田纳西州约翰逊城的一篇报纸文章总结了一个流传于世的奇怪的蛇故事（参见克里斯滕·黑贝施特雷特［Kristen Hebestreet］1993年的作品，引述如下）：

> 一个朋友的朋友听说在飞机低空飞过斯皮维山不久之后，三条铜头蛇从山上爬了下来，差点没把他的腿咬断。
>
> 某人堂兄的姐夫听田纳西州野生动物资源局（Wildlife Resources Agency）的警官，或田纳西州河谷管理局（Valley Authority）的职员，或美国林务局（U.S. Forest Service）的护林员吹嘘了有关放养育林响尾蛇的事。
>
> 州和联邦机关每年都会直截了当地否认放养蛇的传闻。野生动物管理员和守林员也都否认放养蛇的行为，他们倾向于认为是养蛇人在做完礼拜之后放走了这些爬行动物，或者是大麻种植户为了防止人们靠近他们的非法种植物……
>
> 各种杜撰的说法千变万化。蛇可能是被人从低空飞行的飞机上丢下来的。人们每年都会听说田纳西州野生动物资源局用来运输虹鳟鱼的卡车失事了，结果箱子里散落出来的不是供人垂钓的鱼，而是被打了结的嘶嘶作响的毒蛇。

这篇文章接下来引用了几位官员的说法，他们都否认放养过蛇，对为什么有人会认为他们会放养蛇，以及这在野生动物管理中有什么合理的目的而感到困惑。即便如此，其中有一位官员提到，他的办公室每年都会接到20到30个市民电话，询问有关蛇的放养地点的事情。

临近的诸州流传着类似的故事，正如1997年1月肯塔基州西自由市的《利金谷通讯》(*Licking Valley Courier*)中的报道所显示的那样，标题是“机构发言人称蛇故事并非如此”(Agency Spokesman Says Snake Tale Not So)。文章开头如下：

> 在过去的几个星期里，有谣言称肯塔基州的鱼类和野生动物部门已经在该地区投放了大量的响尾蛇。根据该故事的一个版本来看，其原因是为了控制野生火鸡的数量。据报道，有半车拖拉机拖车的爬行动物被投放。故事的另一版本讲的是，这些蛇是通过直升机被投放到了指定区域。

该州的鱼类和野生动物部门发言人再次否定了投放蛇的故事，同时也提到了他们得知俄亥俄州也流传着类似的谣言。

欧洲也有类似的故事，被称作放生毒蛇传说，特别是在法国、意大利和瑞士，多年来，这个传说已经为人熟知。让-诺埃尔·卡普费雷描述了它在法国的情况，这些谣言在法国始于1976年，在20世纪80年代初成为全国普遍关注的焦点：

> 在一个专门关注谣言的广播节目中，播音员在广播中承认他对此大吃一惊：“某些谣言简直是太不可思议了……”
>
> 播音员的惊讶之处在于，这个谣言已经在法国的佩里戈尔、洛特和沃克吕兹地区满天飞了。据说，原生态团体(proecology groups)通过飞机向某些郡县投放毒蛇，目的是保护这些濒临灭绝的物种，以及(取决于个人听说的版本)喂养老鹰和其他的食肉猛禽，或者是消灭老鼠和田鼠。

卡普费雷认为，对很多法国人来说，这样的谣言实际上似乎具有一定的现实可能性。因为故事所陈述的放养蛇的动机似乎是“值得赞扬和可信的”，而且也存在一些将濒危动物重新引入法国山区和森林地区的著名项目。此外，他还写到，任何一个国家的大多数现代人只是具备“毒蛇生理学的抽象知识”，因此，他们可能会认为，蛇从飞机或直升机上落下来时会非常缓慢，当它们接触到地面时会弹起来，而不至于受伤。

法国民俗学家维若妮卡·坎皮农-文森曾对投放毒蛇的故事做过最为详尽的研究，她征引了大量的出版文献和口头报告，这些材料都宣称在政府或科学资助项目中曾见到过蛇从空中落下来。她指出，“农村地区生态学家和猎人之间的敌视”这一话题引起了人们的歇斯底里，这种情况在其他国家也很常见。她认为，在许多人的心里，毒蛇是“邪恶动物的典型”代表。坎皮农-文森认为，放生蛇的故事——尽管它在事实上完全没有根据——似乎向人们提出了这个问题，即目前保护珍稀和濒危物种的想法是否可能会“让人类更加喜欢动物，甚至是最坏的动物”。坎皮农-文森在2005年的一本出版物中也讨论了一个与之类似的谣言，它引发了人们在法国某些地区努力恢复狼群的兴趣。

参考文献 Véronique Campion-Vincent, “Viper-Release Stories: A Contemporary French Legend,” in Bennett and Smith, *A Nest of Vipers* (1990), 11–40; Campion-Vincent, “Contemporary Legends about Animal-Releases in Rural France,” *Fabula* 31 (1990), 242–253; Campion-Vincent, “The Restoration of Wolves in France: Story, Conflicts, and Uses of Rumor,” in Ann Herda-Rapp and Theresa L. Goedeke, eds, *Mad about Wildlife: Looking at Social Conflict over Wildlife* (Leiden and Boston: Brill, 2005), 99–122; Kristen Hebestreet, “Agencies Rattled by Snake-Stocking Rumors,” *Johnson City* (Tenn.) *Press* (April 11, 1993); Jean-Noël Kapferer, *Rumors: Uses, Interpretations, and Images* (New Brunswick, NJ: Transaction Publishers, 1990; 1987年初版于法国), 70–71, 72–73, 147–149.

V

W

W1.“正在等送冰人”
“Waiting for the Ice Man”

这个传说与“裸体主妇”相似，讲述了一个裸体女人被别人撞见的故事，也许该传说实际上还是“裸体主妇”的前身，它可以追溯到冰箱还未发明的时代。至迟在20世纪30年代末，这个传说就已经在流传了，故事情节是这样的：一个家庭主妇正要进浴室洗澡，突然想起她需要打开厨房门，好让送冰人把冰块送到冷藏箱。于是她就赤身裸体地去开厨房的门，但是她正好与燃气抄表员撞个正着。这位慌张的女人解释说：“我正在等送冰人。”

几十年前，关于主妇与送冰人之间的风流韵事的谣言和故事很常见，正如尤金·奥尼尔（Eugene O’Neill）在1940年的戏剧《送冰人来了》（*The Iceman Cometh*）中所提到的那样。史蒂芬·派尔（Stephen Pile）报道了一则来自英格兰的异文，讲述了一位来自德文郡达特穆尔的妇女在洗澡时突然冲到厨房去取烤箱里的司康饼。她听到敲门声时，以为是村里的面包师来把面包送到她家的桌子上。于是，她迅速躲进了放着扫帚的橱柜里，然而她很快就被煤气抄表员发现了。她向煤气抄表员解释，“我正在等面包师”；更糟糕的是，司康饼也烤焦了。

参考文献 *Curses!*, 193–194; Stephen Pile, *Cannibals in the Cafeteria and Other Fabulous Failures* (New York: Harper and Row, 1988), 184.

W

W2.“遛狗”
“Walking the Dog”

一个已婚男人每天晚上都要带着他的狗出去散步。他的妻子认为这种锻炼对于她的丈夫和狗来说都很好，但其实这种锻炼并不是她所想的那样。有一天晚上，她的丈夫生病了，可是狗却四处乱窜，想要去散步，于是妻子就带着狗出去了。狗使劲地拖着妻子沿街道到了拐角处，然后，狗直奔邻居的房子而去，还在那儿用力地挠门。门里的人说：

“亲爱的，我马上就出来。”很快，门就开了，一个穿着睡衣的性感女人走出来，手里拿着惯常给狗吃的东西。

参考文献 *Mexican Pet*, 132–133.

W3. 都市传说中的战争
War in Urban Legends

参见 军事传说

W4. 警告
Warnings

参见 虚假警告

W5. “战争获利者”
“The War Profiteer”

在“二战”期间，两个妇女在公交车或地铁里谈论着她们的丈夫作为军火或其他战争物资的制造商，生意做得如何好，然而她们的谈话被别人听到了。“我希望战争永远进行下去。”她们中的一人这样说道。一名乘客走到她面前，扇了她一耳光，并且说道：“这是为我在南太平洋（或者欧洲）打仗（或已战死）的儿子打的。”有时，因为有两个儿子参军，这个人会扇她两个耳光。

虽然《时代》杂志在1942年报道过这样的故事，并且在战争年代也一直有几个版本在流传，但这样的事件却没有得到任何一个目击者或参与者的证实。其他相似的故事描述了对于谈论者的各种斥责，他们或支持战争，或抵制美国的作战部队，或嘲笑残疾的年轻人，然而却不知道这个被嘲笑的人是在战争中受的伤或是因战争而残疾的。

参考文献 *Mexican Pet*, 71; *The Truth*, 149–150.

W6. "注意边距"
"Watch the Margins"

参见 联邦调查局的故事

W7. 滑水者
Water-skiers

参见 "倒霉的滑水者"

W8. "欢迎来到艾滋病的世界"
"Welcome to the (Wonderful) World of AIDS"

参见 "艾滋病玛丽"

W9. "焊熔隐形眼镜"
"The Welded Contacts"

最晚自1967年以来，关于隐形眼镜的虚假警告就已经以印刷形式传播了，它警告隐形眼镜的佩戴者，暴露在焊接电弧下的隐形眼镜会与眼角膜紧紧地粘在一起，以致取出隐形眼镜时，一圈眼角膜也会随之脱落。这样的警告十分具体，列出了在杜奎恩电气（Dusquesne Electric，匹兹堡的一家公司，有时在警告中拼错了）、联合太平洋铁路公司和联合包裹服务公司（United Parcel Service）里发生的焊工意外事故。所有提到的公司、几家焊接物料公司、焊接行业的期刊，以及美国眼科学会（American Academy of Ophthalmology），都已经彻底揭穿了这些警告。在这些揭穿声明中有一句很经典的话："取下你的眼角膜就跟扯下你的耳朵差不多。”

虽然专业人员已经否定了眼角膜/焊熔事件，而且这一事件也没有经过任何验证，况且更不可能真的会造成这样的伤害，但是“焊熔隐形眼镜”的警告复印件依然在几个行业的工人群体中持续流传，无论这些公司是否真的还有焊接业务。在典型的虚假警告中，传单通常以一段伪个人的“民间”声明开头，如“如果你能立即让以下危险引起你周围所有人的注意，我们对此感激不尽”。这种警告文本常常会使用大写字母和这类结语，如“**危险!!!**”和“——**应该到处张贴**——”。这些警告和其他据说涉及极度危险的设备的传说也很相似，如微波炉、丁烷打火机、美黑床等。

另参见 “不幸的隐形眼镜”

参考文献 *Be Afraid*, 172–174; *Choking Doberman*, 157–160; *Mexican Pet*, 165–166; *Too Good*, 402–404.

W10. “福利信”
“The Welfare Letter”

至少从20世纪30年代开始，由申请福利金的半文盲（或福利金接受者）撰写的错误连篇的清单，就已经在管理福利和其他社会服务项目的国家、州和地方机构的办公室里流传开来。这些清单的大标题有时候是“意义不明的书写案例”或“某些人如何谋杀英语语言”。数十年来，在这些清单里，大约有十来条句子一直被反复传抄，其中包括这些可笑的错误：

按照您的指示，我在随附的信封里生了一对双胞胎。

我想尽快拿到钱。我已经和医生在床上躺了两个星期了，他对我没有任何好处。

我丈夫两周前就把他的项目砍掉了，而我至今还没有得到任何救助。

在这类传统中，“福利信”似乎最古老，但相似的语言错误也出现

W

在其他生活领域，包括“家长为学生找的借口”、“这就是你说的，医生”、“法庭实录中的律师提问”、“写给征兵局的真实信件”、“司机们说的难以置信之事”（大概来自保险理赔）、“外国酒店里张贴的告示”，以及“学生考试的真实摘录”。尽管很多有趣的错误确实发生在以上生活场景以及其他需要老百姓书写的情况中，但是缺乏对这些错误的一手经验，以及那些不断重复的错误百出的句子，都有力地表明了大多数类似的语言错误示例都是杜撰的。

另参见 滑稽的报告

参考文献 *Curses!*, 236–239; *Too Good*, 280–283.

W11. “地狱之井”
“The Well to Hell”

1990年，一个首先在原教旨主义基督教团体中流传，尔后在宗教杂志和小册子上发表，最后在小报上被大肆宣扬的怪异传闻称，科学家们在西伯利亚的某个地方钻了一口深井，钻破了地狱之顶，从钻洞里可以听到厄亡者的惨叫。经常有报道称，这口井是由“阿扎科夫（Azzacov）先生（或博士）”指导，在科拉半岛上钻探的。1984年12月，苏联地质学家哥兹洛夫斯基（Y. A. Kozlovsky）在《科学美国人》（*Scientific American*）杂志上发表了关于“世界上最深的井”的报道，但他在文章中并未提及听到了厄亡者的惨叫。

1990年7月16日，调查员里奇·布勒（Rich Buhler）在《今日基督教》（*Christianity Today*，第34卷，第10期，第28—29页）上发文指出，一位挪威的老师在早年访问加利福尼亚时听说了这个故事，而后他在斯堪的纳维亚半岛上将之作为恶作剧进行了传播。芬兰的一家宗教通讯社推动了该故事的进一步流传，随后不久，这个故事的不同版本都声称故事来自芬兰的一份“权威科学期刊”。等到《世界新闻周刊》得到这个故事的时候（1992年4月7日），它已经配上“德米特里·阿扎科夫博士”的照片发表过了，而且据说他来自“南斯拉夫的一所大学”，正在阿拉斯加进行钻探工作。

参考文献 *Baby Train,* 105–108; *Too Good*, 242–243; Williams, *The Cost of Deception*, 57–62.

W12. “什么是爵士乐？”
“What Is Jazz?”

这是一个关于爵士乐的机智回答的好故事。一位女性问：“什么是爵士乐？”通常一些爵士乐大师会给出“如果你不知道，最好别碰它”或“如果你还在问，就是真的不懂它”这样的回答。回答这个问题的人通常被说成是钢琴家托马斯·沃勒（Thomas Waller，绰号“胖子沃勒”）或是小号手路易斯·阿姆斯特朗（有时候也会是钢琴家莫顿［绰号“果冻卷”］）。有关爵士乐的许多历史记录，再加上难以计数的杂志和报纸文章，都对这一事件给出了他们自己的版本，因此我们不可能确证它发生的具体时间、地点和人物。

这个故事与其说是一个传说，不如说是一则逸闻（即，在一个简单的、可能是真实的事件中，包含着一种机智的回答，人们认为它能说明一个人生活或个性的某些方面），但是由于这个故事适用于各种不同的表演者，且长期流传着不同的版本，因而该故事与“小丑波佐的出错花絮”、电梯意外事故以及“最小的粉丝”之类的名人都市传说都很相似。

参考文献 *Baby Train,* 220–222.

W13. “哪个轮胎？”
“Which Tire?”

这个来自学校的典型的狡猾问题故事，说明了教授是如何阻挠错过了正当考试时间的学生通过考试的。两个同班的学生在考试前一天晚上参加聚会，考试当天早上睡过了头。他们对老师说，他们不在城里住，赶来参加考试的路上车爆胎了，因此错过了考试时间。老师同意给他们补考的机会，并让这两人待在不同的房间里。而考试中的第一个问题就是“哪个轮胎？”。

这类故事的几个版本都提到了某所大学的一位教授的名字，这个教授可能确实使用了这个策略，或者至少声称使用过。但是和其他狡猾的问答传说一样，这个关于“哪个轮胎”的测试故事，和“定义‘勇气’”“一个词的考题”一样，都长期广为流传。

参考文献 *Too Good*, 444–445.

W14. 卖良为娼传说 White-Slavery Legends

从20世纪初到20世纪30年代，诱拐年轻妇女卖淫的国际谣言和传说就已经流传开来，它们被称为“卖良为娼”故事。通常，据说这些妇女在被掳走之前，曾出现在百货公司、服装店、美容院、冰淇淋店、电影院的附近，她们可能是被注射了镇静剂，尔后被人带走才沦为地下性交易市场的奴隶的。在一些国家——尤其是法国——这些所谓的罪行与犹太商人有关，但是其实无论在何处，都没有类似的真实罪行被记录在案。

近年来，在大多数卖良为娼传说消失之后，再次出现了新一波的恐怖故事主题，该主题涉及在公共场合使用针头袭击妇女，这也常常被认为是一种向无辜群众传播艾滋病或者肝炎的方式，大概也是病毒感染者的一种报复形式。

另参见 “诱拐未遂”；法国；日本；扎针传说

参考文献 *Baby Train*, 250–251; *Curses!*, 206–208; Mary de Young, “Help, I’m Being Held Captive! The White Slave Fairy Tale of the Progressive Era,” *Journal of American Culture* 6 (1983), 96–99; Kathleen Odean, “Slavers in

Minnesota: A Psychological Reading of the Legend," *Midwestern Journal of Language and Folklore* 11 (1985), 20–30; Bill Ellis, "Whispers in an Ice Cream Parlor: Culinary Tourism, Contemporary Legends, and the Urban Interzone," *Journal of American Folklore* 122: 483 (Winter 2009), 53–74; Bennett and Smith, *Urban Legends*, 41–43.

W15. "我为什么要辞掉我的秘书"
"Why I Fired My Secretary"

参见 "送惊喜的人大吃一惊"

W16. "被丢下的妻子"
"The Wife Left Behind"

媒体报道了大量证据确凿的案例——在没有觉察到乘客已经下车的情况下，司机就开着车离开了，而乘客（通常是司机的妻子）被遗忘在了旅途中的高速公路休息站或其他地方。随后，在州警察或陌生人的帮助下，这个被丢下的乘客又和司机会合了。其中许多叙事都在复述中得到了"改进"，然后作为个人经历故事和准传说而进一步流传。在后一种形式中，妻子被丢下的真实故事可能借鉴了——或融合了——著名的都市传说"旅居车上的裸体"的母题，在这个传说中，丈夫往往是被丢下的那个人，他躺在由妻子驾驶的旅居车后面的拖车里，赤身裸体或者仅着内裤就睡着了。

在英格兰，"旅居车上的裸体"版本中被丢下的是妻子，它通常被称作"被丢在路边的妻子"。然而，一个澳大利亚人在讲述这个故事时，它的标题又成了"穿着内裤的阿姨"（Auntie in Her Panties），这也正体现了人们混淆了关于这一主题的真实事件和都市传说。

另参见 结构的方法

参考文献 *Baby Train*, 231–232; *Curses!*, 126; *Too Good*, 111–112; Bennett and Smith, *Urban Legends*, 180–182.

W17. "飞机上的妻子"
"The Wife on the Flight"

一家大企业——通常是一家航空公司——开展了一个项目，即允许高管带着他们的配偶一起出差，费用由公司承担。此优惠项目使用率很高，经过相当长一段时间之后，该公司对几百名使用了此项服务的高管妻子做了回访，询问她们此次旅行的感受如何。百分之九十的妻子都回答："什么旅行？"

至少在20世纪60年代末，这个故事就已经在商人群体中流传了，尤其是在加拿大和美国的航空业。在"二战"结束的时候，一份报告将该故事与航空公司针对军人妻子的一次促销活动联系起来。在这个主题的异文中，寄给已婚人士的信件询问了他们对于酒店住宿的感受，或者为何没有参加一所大学的夜间课程，然而其实丈夫带出去的是和他有婚外情的女人，而妻子毫不知情。

参考文献 *Baby Train*, 166–168; *Too Good*, 262–263.

W18. "妻子的旅居车报复"
"The Wife's RV Revenge"

一位心里委屈的妻子以某种方式，将她的丈夫及其情人困在家里的小旅居车里，对他们实施了报复。首先，她驾车行驶在曲折、颠簸不平的路上，带给他们一次狂野之旅。然后，她再倒车，把车抵在一面墙上或者其他牢不可破的物体上，以堵住出口。她把他们留在那里，让他们自己逃生或者向他人求助。有时，第二天上午，这位妻子会在律师的陪同下回来解救这对亲热的人。

参考文献 *Choking Doberman*, 66–67.

W19. “手提箱里的野猫” “The Wildcat in the Suitcase”

某人——农夫、牧场主、一群学生——捕获了一只野生短尾猫（一种体形较大的猫科动物），并将其放到手提箱里，准备把它送到动物园。在路上，车抛锚了（或者因为其他原因停下了），手提箱被一群驾驶着货车的无赖偷走了。这辆货车又行驶了几个街区，然后突然停了下来，车门被迅速打开，车里的人和短尾猫向不同的方向逃去。这个故事在美国南部和西南部家喻户晓，有时也被说成是故意将看起来很昂贵的手提箱丢在路边、火车站或公交站的恶作剧，其捉弄的目标通常被认为是少数群体的成员，一般都是黑人或西班牙裔。在1982年和1992年之间，我从住在美国的不同地方的十多个人那里知道了这个故事的多个不同版本，一些人认为，他们曾经在电视脱口秀上听人讲过这个故事，或者是在报刊上读到过这个故事，但是到目前为止，我还没有找到任何类似的资料来源。

“手提箱里的野猫”同其他都市传说相似，都讲述了一个不知情的小偷盗走了一些不好的东西，如死猫、奶奶的尸体或者是尿样。与这个故事的细节最为接近的传说是“狗的尸体被盗”，这是另一个关于手提箱里的动物被盗的故事。一些美国版本的“手提箱里的野猫”声称作恶者是乡村音乐明星的巡演团队成员。在美国流传的另一个故事版本中，手提箱里的动物是一只豪猪。南非也有“手提箱里的豹子”（Leopard in the Suitcase）这一故事，在它的异文中，被偷的手提箱里的动物也有可能是蛇或猴子。

参考文献 Arthur Goldstuck, *The Leopard in the Luggage: Urban Legends from Southern Africa* (London: Penguin, 1993), 1–3.

W20. “遗嘱” “The Will”

1996年10月初，美联社发布了下述文章，并在全球许多家报纸上都发表了题为“简单的祷告带来财富”“祷告让他成为百万富翁”和“商人明白祷告会有回报”的头条新闻：

> 德国，**汉堡**（美联社）——《图片报》周三报道，一名西班牙商人，同时也是个虔诚的罗马天主教徒，在前往斯德哥尔摩的旅途中停下来在教堂里做祷告，最终成为百万富翁。
>
> 这份汉堡市的日报报道，教堂除了一个装着遗体的棺材外空空如也。于是爱德华多·塞拉跪下来，为这个死者祈祷了20分钟。
>
> 塞拉，35岁，他在一份吊唁簿上写下了自己的名字和地址，因为他看到一个便笺上面写着——那些为死者祈祷的人应该写下他们的名字和地址，而且他注意到他是第一个签名的人。当然，他也是唯一的一个。
>
> 《图片报》报道，几周后，他接到了一个来自瑞士首都的电话，告知他成了百万富翁。
>
> 《图片报》报道，延斯·斯文松——塞拉曾为之祈祷——是一个73岁且无亲无故的房地产商，他在遗嘱中明确指出：“谁为我祈祷，谁就会得到我的全部财产。”

尽管有名有姓，也包括了其他的具体细节，但这个新闻故事是假的。这个版本的“意外继承”是一个都市传说，它至少在20世纪80年代中期就已经在国际上很知名了，而且也许早在15年前就已经有人讲过。这个故事的传统版本对事件发生的时间、地点，甚至是参与者都有同样的具体描述，尽管没有任何人得到过来自真正的遗产继承人的第一手材料。美国版的“遗嘱”，常常将故事背景设定在纽约，而那个幸运的继承人不是一个商人而是一个妇女，她急需上厕所，于是她走进曼哈顿的一间殡仪馆，去上了洗手间，出来时，她在一个访客签名簿上写下了自己的名字。

美国《时代》杂志1996年10月21日的国际版（收录在《好得令人难以置信》中），彻底揭穿了这个虚构的西班牙商人的故事，他们试图从最初报道这个故事的《图片报》记者那里获得一些有依据的事实，但无果而终。

最新版的《民间故事类型》将这个传说分类到故事类型1651A*“意外的女继承人”（The Accidental Heiress）中，并引用了荷兰、意大利、英国的例子。贝内特和史密斯提到了英国和南非的版本，同时出版了一个来自澳大利亚的版本。

另参见 故事类型；“意外的遗产”

参考文献 *Curses!*, 267–268; *Too Good*, 86–88; Bennett and Smith, *Urban Legends*, 100–102.

W21.“纤细的金属丝”
“The Wispy Wire”

参见 “技术竞赛”

W22.“受伤的女巫”
“The Witch Who Was Hurt”

参见 “受伤的盗匪”

W23.“证言便条”
“The Witness's Note”

“证言便条”这个故事作为笑话或者一个真实的事件，一直流传在美国律师群体中，而且在英格兰和澳大利亚也为人所熟知。故事讲述的是在强奸案审判中，当法官问作证的受害人，暴徒对她都说了些什么的时候，这个受害人说着说着就哭了起来，“他说‘我想……我想……’哦，法官，我说不出那些话！”于是，这位抱有同情心的法官说，这名女子可以在一张纸上写下那些话，然后在陪审团成员之间传阅。

一个男性陪审员当时正在打瞌睡，当坐在他旁边的那位女陪审员阅读完了那张纸上的内容以后，轻轻推了推他，然后把纸条递给了他。这个男陪审员清醒后开始阅读纸上的内容，然后他笑了，并急忙将这张纸塞进了口袋。当法官让这位男陪审员继续往下传递这张纸条的时候，他回答道："法官大人，这个便条属于我和这位女士之间的私事。"

我们无法找到这个所谓的事件中的便条，或者遇到任何一个目击者或参与者。尽管它不足为凭，但是"证言便条"却成为1988年的电视连续剧《洛城法网》（*L.A. Law*）其中一集的一部分情节。在比尔·斯科特《高矮胖瘦》（1985）一书的澳大利亚版本中，这张便条记录了那个女人对被告说的所谓的挑逗性话语，被告"因此说他受到了鼓励"。在澳大利亚和新西兰地区，这个故事再次出现在了电视节目中。

参考文献 *Choking Doberman*, 141; *Too Good*, 152–153; Bennett and Smith, *Urban Legends*, 184–186.

W24. "啰唆的政府备忘录" "The Wordy Government Memo"

自20世纪40、50年代起，一则政策传说就宣称，美国政府仅是制定圆白菜价格（或是其他极为琐碎的规定）的一份备忘录，就需要有成千上万个单词（通常是26911单词），然而像《主祷文》（The Lord's Prayer）、《葛底斯堡演说》（The Gettysburg Address）和《独立宣言》（The Declaration of Independence）这样的经典之作根本用不了多少单词。这些传说的异文已被讲述、印刷了无数次，其中引用了不同的例子和数字，既有啰唆的备忘录本身，又包括表达简洁的反例。后者通常具有爱国或宗教性质。虽然人们通常认为《独立宣言》仅包含300个单词，但实际上它的字数远不止于此。

欧洲版本的"啰唆的政府备忘录"，有时是指英国关于"带壳鸡蛋"的说明，或是法国针对鸭蛋价格设定的备忘录。一个新近的欧洲版本声称，有一份欧洲经济共同体（EEC）发布的关于进口焦糖和焦糖产品的备忘录。可以预见，欧洲经济共同体的文件字数应该和许多美国早期“圆白菜”的备忘录的是相同的——共26 911字。

另参见 政策传说

参考文献 *Choking Doberman*, 194–196; Max Hall, “The Great Cabbage Hoax: A Case Study,” *Journal of Personality and Social Psychology* 2 (1965), 563–569; *Too Good*, 283–284.

W25. “蠕虫汉堡” “Wormburgers”

参见 麦当劳谣言

W26. 沃思，玛丽 Worth, Mary

参见 “我信仰玛丽·沃思”

W27. “写嗨了” “Writing High”

在服用了迷幻药，或者是为了熬夜复习而服用兴奋剂以保持清醒之后，一个学生去参加了考试。考试结束后，他信心满满，感觉自己做得很好，直到他的教授告诉他，他的整篇文章都写在了答题卷的同一行，或是在所有的试卷上都写满了他的名字。在一个更古老的校园传说中，一个学生在喝了一些鸡尾酒之后，走错了期末考试的教室。她在自己没有上过一天课的政治学考试中得了B的成绩，而她的美国文学课则没有成绩，因为她没有参加这门课的期末考试。

参考文献 *Mexican Pet*, 199.

W28. 书写或印刷传统
Written or Printed Traditions

就“民俗”这一术语的定义而言，它通常指**口头**传统，但有许多传统形式是以手写或者印刷的方式流传，包括签名簿、连锁信、墓志铭、涂鸦和单面大活页上印刷的歌谣。此外，几个世纪以来，民歌、民间故事、笑话、荒诞故事、谚语、谜语等形式的印刷流通，都有助于保持这类材料的活力，因为它们一直不断地在印刷品和口头之间来回传递。

都市谣言和传说一直都有很强的生命力，因为书面、打印、影印以及印刷文本等总是与兴盛的口头传播共存。某些形式，包括虚假警告和滑稽报告，实际上需要一些视觉文本和口头传统相搭配，否则，一个人在没有一份复制的配方的情况下，如何传播像高价配方这样的故事？或者一个人在没有一份复制的克雷格的地址的状况下，如何讲述克雷格·舍古德传说？又或者一个人在没有拼写错误的文本的境况下，如何传达“奶奶的洗衣日”传说的风格？

报纸，尤其是专题和建议栏目，长期以来一直是传播和讨论都市传说的重要媒介。近年来，传真和电子邮件已经成为谣言和都市传说非口头传播的主要渠道，这种“传真传说”（faxlore）和“网络传说”（netlore）通常来自口头传统，同时又会反作用于口头传统。必须承认，尽管“都市传说”（或“都市神话”）这一术语经常被民俗学学者以外的人在对话和印刷中误用，但是这些出版的都市传说集对于公众认识该领域产生了很大的影响。

另参见 虚假警告；电脑；“过去的好时光”；“奶奶的洗衣日”；滑稽的报告；“消失的一天时间”；流行文化和都市传说；影印传说

W29. “认错车”
“The Wrong Car”

上面的标题给出了这个传说的情节，当然，把这个传说叫作“坚持你的权利”可能会更好。1998年，这个故事开始在互联网上流传，讲述了一个老妇人在儿子的建议下，在手提包里放了一把用于自卫的小手枪。不久，她的这把手枪就派上了用场。当她走到商场的停车场时，发现两个人正坐在自己的车里吃吃喝喝。于是这位老妇人挥舞着手里的枪，命令车里的人赶快下车，两人迅速跑掉了。但这位老妇人发现自己的钥匙与车不匹配，随后，她又发现有一辆车与自己的十分相似，就停在它的附近。

这个故事的一些版本这样结尾——这个女人跑去商场的保卫处说她认错车了，但在她详细解释之前，保安员却说没时间听她解释了，因为有一个疯女人在停车场拿着枪威胁人们离开他们自己的车。这个故事的一些版本也存在种族主义元素——这个妇女是一个白人，而被她命令下车的是黑人或者西班牙裔。

大卫·霍尔特和比尔·穆尼详细讲述了这个故事，包括具体的人名和故事发生地点：“72岁的老妇人米尔德里德·科斯顿居住在达拉斯郊区……在10月中旬，她开车到附近的商场……”。他们给这个复述故事取了一个精彩的标题——“奶奶带上枪”（Granny Get Your Gun）。

参考文献 *Too Good*, 93–94; Holt and Mooney, *Exploding Toilet*, 17.

W30. “错切响尾蛇” “The Wrong Rattler”

一些传统的西南部响尾蛇民间传说，有时会在都市民间传说中被重新讲述。在一位民俗学家关于得克萨斯州中北部的田野调查报告中，这一故事的基本情节总结如下：

> 一个男人杀死了一条响尾蛇，并把它扔在通往屋子的庭院小径上。屋里有个人想看看这条响尾蛇，因此天黑之后，男人回到院子里找到响尾蛇，并切掉了它的尾巴。第二天早晨，他发现院子里的

那条死蛇竟然完好无损。也就是说，他把一条活着的响尾蛇的尾巴切掉了，幸运的是他没有被咬伤。

正如1990年在得克萨斯州奥斯汀的一个酒吧里讲述的那样，一个朋友的朋友用锄头杀死了柴堆附近的一条响尾蛇，天黑后他又去到那里把蛇拿去给他的孙子，然而，他在第二天早晨却发现那条死蛇完好如初，当他意识到这个事实时，他就晕过去了。一个听者在听完之后评论说："等等，我在路易斯安那州也听到过这样的故事！"

在该故事的某些版本中，杀蛇人的儿子或孙子会在晚上出去寻找响尾蛇。许多版本提到，这两条蛇是同伴，这反映了一个民间观念，即人们认为响尾蛇一贯是结伴而行的。

参考文献 *Too Good*, 338–339.

W31. "错当休息区"
"The Wrong Rest Stop"

一则在澳大利亚（或者还有其他地方）广为人知的汽车传说，涉及了在丘陵地带的高速公路上为重型卡车设置的"逃生车道"（安全坡道）。这个传说的澳大利亚版本包含着具体的地点，比如位于阿德莱德市北部丘陵之间的、有着"恶魔之肘"之称的急转弯道。在极度危险的路况中，一个卡车司机意识到他的刹车失灵了，便在绕那个陡峭山路的急转弯道时，竭力保持着大卡车不侧翻，祈祷自己能够让卡车驶到安全坡道。就在他驾车绕过坡前的最后一个急转弯时——卡车仍旧在主道上——他惊恐地看到有一家人正在安全坡道上野餐。

参考文献 *Baby Train*, 232.

W32. “错扔假牙”
“The Wrong Teeth”

一些欧洲国家和澳大利亚都记载过这样一个传说，一个男人或女人在海上钓鱼、观光、潜水或冲浪时，弄丢了他或她的假牙。有时，当受害者晕船呕吐时，他或她的假牙从船上掉落了。配偶或其他人为了安慰（或者戏弄）受害者，便把自己的假牙拿出来，假装在钓鱼时钓到了或者在沙滩上发现了受害人的假牙。受害人把假牙放入嘴里，发现并不合适，于是极其厌恶地将其扔进大海，并说道：“这不是我的！这一定是其他人弄丢的！”

另参见　荷兰

参考文献　*Mexican Pet*, 87–88; *Too Good*, 145; Eric Venbrux and Theo Meder, “‘The False Teeth in the Cod’: A Legend in Context,” *Contemporary Legend* 5 (1995), 115–131; Bennett and Smith, *Urban Legends*, 90–91, 96–98.

W

X1. 都市传说中的仇外心理
Xenophobia in Urban Legends

在许多都市谣言和传说中都出现过——仇外心理——对外国人和其他陌生人的畏惧和厌恶（其实，一些现代经典笑话也强烈表达了这种心理）。一些人认为这些民间表达可以作为情绪安全阀，以取代对外来者的实际攻击行为；其他人则坚称仇外心理的表达令人感到可悲，它应当被批评和禁止。然而，要引导、控制或消除任何一种形式的民俗都是非常困难的，甚至是不可能的。

很多现代仇外传说都是基于对外来种族和民族群体的刻板印象，通常是针对那些去了更为发达的国家的移民。无论哪个国家都会产生一些谣言和故事，它们倾向于描述外来者的不整洁、缺乏教育，以及不会使用现代科技。我们听到过类似的指控，比如针对伦敦的巴基斯坦人、加拿大和美国的东南亚人、德国和瑞典的土耳其人、土耳其的日本人、阿根廷和沙特阿拉伯的韩国人、住在澳大利亚城市里的土著居民，以及四处流浪的吉卜赛人。在典型的故事中，据说这些外来者破坏了仁德的政府给他们提供的舒适住宅，吃掉了邻居的宠物，滥用现代家用电器，学不会新地方的习俗和语言等。

其他仇外心理的案例出现在所谓的语言学的都市传说中，描述了异文化中假想的古怪之事。典型的案例是，人们认为因纽特人的举止行为原始而怪异，据说他们在亲吻时要碰鼻子，会让妻子满足客人的性需求，而且他们还会把年迈的亲人遗弃在浮冰上。因纽特人的语言传说是：在他们的语言中，关于雪的不同词语多达500个。其他有关仇外心理的语言传说，描述了把英文的产品名或标语译为外语时出现的离奇错误，暗示了外国人的天真或愚蠢。

另参见 “血祭诽谤”；中国；中国餐馆；移民谣言和传说；“犹太人的秘密税金”；“墨西哥宠物”；偏见性指责；都市传说中的种族歧视；沙特阿拉伯；都市传说中的社会阶层；恐怖主义谣言和传说；旅游恐怖故事；毁坏公共住房；“科罗娜啤酒中的尿”

参考文献 *Baby Train*, 226–228; *Mexican Pet*, 104–105; Fine and Ellis, *Global Grapevine*; Wilton, *Word Myths*, 50–54, 185–197.

X2. 复印传说
Xeroxlore

尽管施乐（Xerox）只是一家现代复印机制造公司的名称，但这个名字（源自“静电复印”[xerographic reproduction]）已经成为所有办公复印机的统称，因此，美国民俗学家迅速采用“Xeroxlore”作为指代所有复印的传统材料的术语（从前被称为“单面大活页打印件”[typescript broadsides]）。尽管后来产生了许多其他的复印机制造商，但这个名字沿用至今。在澳大利亚，一些复印传说的搜集者更多地将之称为“复印民俗”（reprographic folklore）。生产、复制、呈现和传播传统影印材料的现象是国际化的，而且经常会与传真和电子邮件的格式相重叠。一般来说，大多数复印传说都可以用来批判和打破被阿兰·邓迪斯称为“文书工作帝国”（the paperwork empire）的官方办公文化。复印传说的案例经常会在现代办公室里张贴或传阅，许多工作人员还会避开管理者，收集一些非正式的复印材料放在抽屉底部，以便和同事分享。除了一般的办公室工作和商业文化之外，复印传说的典型主题还包括性、种族和反政府情绪。

目前发现的复印传说的种类繁多，包括对官方公告、备忘录、信件、名片、菜单、课程表、词汇表、税表、申请表等的戏仿，以及笑话、漫画、贺卡、图表、曲线图、游戏、连点成图绘画和谜语。这类材料和口头民间传说的共同点在于，它们通常是匿名的，而且存在于众多异文之中。面对那些认为复印传说过于“现代”和琐碎，不足以构成一个恰当的研究领域的言论，保罗·史密斯回应道：“要是研究者们忽略了单面大活页、小册子和其他短期文学样式的存在，还到哪里去研究民歌和叙事歌呢？”

只有一小部分复印传说与都市谣言和传说直接相关。本书中涉及的一些都市传说——例如“过去的好时光”、“奶奶的洗衣日”、滑稽的报告，以及“福利信”——是需要在研究中使用打字机的、打印的或复印的文本。其他与这个领域相关的词条是虚假警告和一小部分传统叙事。

典型的以复印件形式传播的虚假警告包括“蓝星迷幻药”“宝洁公司的商标”“焊熔隐形眼镜”和“别闪灯！”。一些经常作为复印传说传播的都市传说有“一桶砖”、高价配方故事、“黑暗中的屁”、“万圣节派对”（参见“乔装幽会”）、“消失的一天时间”、“送惊喜的人大吃一惊”和“啰唆的政府备忘录”。

另参见 电脑；滑稽的报告；书写或印刷传统

参考文献 Alan Dundes, “Office Folklore,” in Richard M. Dorson, *Handbook of American Folklore* (Bloomington: Indiana University Press,1983), 115–120; Michael J. Preston, “Xeroxlore” in Brunvand, *American Folklore: An Encyclopedia* (1996), 769–770; Graham Seal, *The Bare Fax* (Sydney: Angus and Robertson, 1996); Paul Smith, “Contemporary Legend and the Photocopy Revolution: An Exploration,” in Bennett, Smith, and Widdowson, *Perspectives on Contemporary Legend II* (1987), 177–202.

X

Y1. “最小的粉丝” “The Youngest Fan”

喜剧演员和音乐家史蒂夫·艾伦（Steve Allen）在他1989年的《哑巴》（*Dumbth*）一书中，对现代美国人的教育和智力进行了批评，并提到了下面这个故事：

> 魔术师比尔·赫茨（Bill Herz）在纽约街头无意间听到了两个少年的谈话。其中一个对另一个说：“你知道保罗·麦卡特尼在羽翼乐队之前，曾参加过其他乐队吗？”

在这则逸闻的其他版本中，这些青少年的谈话是他们在唱片店里浏览B列[1]摇滚专辑时被无意间听去的。他们不了解成就非凡的披头士乐队，而只是将麦卡特尼与披头士解散后他所组建的第一个乐队联系起来，这是经常被引用来说明如今的年轻人有多无知的一个例子。其他版本的代沟传说则描述了某人没能记住第一个登月者的名字（实际上是尼尔·阿姆斯特朗），而将之说成是约翰·格伦、杰克·阿姆斯特朗，或是尼尔·扬。[2]

参考文献 *Baby Train*, 217–219.

1 披头士乐队（The Beatles）名字的首字母为B。

2 另参见词条代沟传说。

Z

Z1. 拉链故事
Zipper Stories

罗伯特·弗里德尔（Robert Friedel）在他关于拉链的历史及其社会、文化意义的权威论著中写道："关于拉链在20世纪机械妖魔化言论（mechanical demonology）中的地位的最佳佐证，来自民间传说而不是文学。"（第218页）弗里德尔讲述了两个著名的都市传说，它们在本书中的标题是"没拉好的裤链"和"被拉开裤链的管道工或机修工"。自从20世纪20、30年代拉链被服装行业和公众接受以来，它就成了笑话和传说的主题。典型的拉链民间传说倾向于遵循这样的主题：一条令人尴尬的被拉开的裤链，和一条被卡住的裤链造成的喜剧效果。

参考文献 Robert Friedel, *Zipper: An Exploration in Novelty* (New York: Norton, 1994); *Too Good,* 138–139; Brunvand, "Zipper Stories," in *The Proverbial "Pied Piper" : A Festschrift Volume of Essays in Honor of Wolfgang Mieder on the Occasion of His Sixty-fifth Birthday.* Kevin J. McKenna, ed. (New York: Peter Lang, 2009), 31–45.

Z2. "动物园部门"
"The Zoo Section"

至少有一位美国大学教务处主任，也可能还有其他地方的教务人员，听说过这个发生在教务办公室的故事。一个爱搞恶作剧的人把姓氏与动物谐音相关的新生都安排到了同一个班。当老师在开学第一天宣读全班同学的名单时，听起来就像是在动物园里给动物点名："迪尔（鹿）先生？伯德（鸟）女士？贝尔（熊）先生？菲什（鱼）女士？……"[1]

参考文献 *Baby Train,* 293.

[1] 迪尔（Deere）与鹿（deer）、伯德（Byrd）与鸟（bird）、贝尔（Bear）与熊（bear）、菲什（Fish）与鱼（fish）的发音相同。

附录

The Appendix

参考书目选录

这份列表只选录了一些综合性的著作和集子，以及在各个词条中被多次引述的其他资料。这些选录出来的参考书目在各个词条的参考文献中都列出了作者、短标题和页码。至于我个人的著述，则只列出了短标题，例如，*Baby Train*，*Too Good*，*Be Afraid*等，还有页码。

Baker, Ronald L., ed. 1982. *Hoosier Folk Legends*. Bloomington: Indiana University Press.

Baker, Tom. 2010. *Scary Urban Legends*. Atglen, PA: Schiffer Publishing.

Baughman, Ernest W. 1966. *Type and Motif Index of the Folktales of England and North America*. Indiana University Folklore Series, No. 20. The Hague: Mouton.

Bennett, Gillian. 2005. *Bodies: Sex, Violence, Disease, and Death in Contemporary Legend*. Jackson: University Press of Mississippi.

Bennett, Gillian, and Paul Smith, eds. 1988. *Monsters with Iron Teeth: Perspectives on Contemporary Legend III*. Sheffield, England: Sheffield Academic Press.

Bennett, Gillian, and Paul Smith, eds. 1989. *The Questing Beast: Perspectives on Contemporary Legend IV*. Sheffield, England: Sheffield Academic Press.

Bennett, Gillian, and Paul Smith, eds. 1990. *A Nest of Vipers: Perspectives on Contemporary Legend V*. Sheffield, England: Sheffield Academic Press.

Bennett, Gillian, and Paul Smith, eds. 1993. *Contemporary Legend: A Folklore Bibliography*. New York: Garland.

Bennett, Gillian, and Paul Smith, eds. 1996. *Contemporary Legend: A Reader*. New York: Garland.

Bennett, Gillian, and Paul Smith, eds. 2007. *Urban Legends: A Collection of International Tall Tales and Terrors*. Westport, CT: Greenwood Press.

Bennett, Gillian, Paul Smith, and J. D. A. Widdowson, eds. 1987. *Perspectives on Contemporary Legend II*. Sheffield, England: Sheffield Academic Press.

The Big Book of Urban Legends. 1994. Adapted from the Works of Jan Harold Brunvand by Robert Loren Fleming and Robert F. Boyd Jr. New York: Paradox Press, an imprint of DC Comics.

Blackmore, Susan. 1999. *The Meme Machine*. Oxford, England: Oxford University Press.

Blank, Trevor J., ed. 2009. *Folklore and the Internet: Vernacular Expression in a Digital World*. Logan: Utah State University Press.

Bronner, Simon J. 1990. *Piled Higher and Deeper: The Folklore of Campus Life*. Little Rock: August House.

Brunvand, Jan Harold. 1981. *The Vanishing Hitchhiker: American Urban Legends and Their Meanings*. New York: Norton.

Brunvand, Jan Harold. 1984. *The Choking Doberman and Other "New" Urban Legends*. New York: Norton.

Brunvand, Jan Harold. 1986. *The Mexican Pet: More "New" Urban Legends and Some Old Favorites*. New York: Norton.

Brunvand, Jan Harold. 1989. *Curses! Broiled Again! The Hottest Urban Legends Going*. New York: Norton.

Brunvand, Jan Harold. 1993. *The Baby Train and Other Lusty Urban Legends*. New York: Norton.

Brunvand, Jan Harold, ed. 1996. *American Folklore: An Encyclopedia*. New York: Garland.

Brunvand, Jan Harold. 1998. *The Study of American Folklore: An Introduction*. 4th ed. New York: Norton.

Brunvand, Jan Harold. 1999a. *Too Good to Be True: The Colossal Book of Urban Legends*. New York: Norton.

Brunvand, Jan Harold. 1999b. "Urban Legends." In Margaret Read MacDonald, ed. *Traditional Storytelling Today: An International Sourcebook*. Chicago: Fitzroy Dearborn, 572 – 576.

Brunvand, Jan Harold. 2000. *The Truth Never Stands in the Way of a Good Story*. Champaign: University of Illinois Press.

Brunvand, Jan Harold. 2004a. *Be Afraid, Be Very Afraid: The Book of Scary Urban Legends*. New York: Norton.

Brunvand, Jan Harold. 2004b. "The Vanishing 'Urban Legend,'" *Midwestern Folklore* 30: 2 (Fall 2004), 5 – 20.

Buchan, David. 1981. "The Modern Legend." In A. E. Green and J. D. A. Widdowson, eds. *Language, Culture, and Tradition*. University of Leeds and University of Sheffield, 1 – 15（于1978年的一次会议上发表的论文）.

Campion-Vincent, Véronique. 2005. *Organ Theft Legends*. Jackson: University Press of Mississippi.

Craughwell, Thomas J. 1999. *Alligators in the Sewer and 222 Other Urban Legends*. New York: Black Dog and Leventhal.

Craughwell, Thomas. 2000. *The Baby on the Car Roof and 222 More Urban Legends*. New York: Black Dog and Leventhal.

Dale, Rodney. 1978. *The Tumour in the Whale: A Collection of Modern Myths*. London: Duckworth.

Dale, Rodney. 1984. *It's True ... It Happened to a Friend: A Collection of Urban Legends*. London: Duckworth.

Dawkins, Richard. 1976. *The Selfish Gene*. Oxford, England: Oxford

University Press.

Dégh, Linda. 2001. *Legend and Belief: Dialectics of a Folklore Genre*. Bloomington: Indiana University Press.

De Vos, Gail. 1996. *Tales, Rumors, and Gossip: Exploring Contemporary Folk Literature in Grades 7 – 12*. Englewood, CO: Libraries Unlimited.

Dickson, Paul, and Joseph C. Goulden. 1983. *There Are Alligators in Our Sewers and Other American Credos*. New York: Delacorte Press.

Donovan, Pamela. 2004. *No Way of Knowing: Crime, Urban Legends, and the Internet*. New York: Routledge.

Dorson, Richard M. 1959. *American Folklore*. Chicago: University of Chicago Press.

Duncan, Birke, and Jason Marc Harris, eds. 2007. *Laugh without Guilt: A Clean Joke Book*, Special Edition of *Northwest Folklore*, 16: 1 (Summer 2007).

Ellis, Bill. 2000. *Raising the Devil: Satanism, New Religions, and the Media*. Lexington: The University Press of Kentucky.

Ellis, Bill. 2001. *Aliens, Ghosts, and Cults: Legends We Live*. Jackson: University Press of Mississippi.

Ellis, Bill. 2007. "The Roots of 'Perspectives on Contemporary Legend': The 1960 Rhodes-Livingstone Institute Conference, 'Myth in Modern Africa,'" *Contemporary Legend* New Series 10, 1 – 37.

Fine, Gary Alan. 1992. *Manufacturing Tales: Sex and Money in Contemporary Legends*. Knoxville: University of Tennessee Press.

Fine, Gary Alan, and Bill Ellis. 2010. *The Global Grapevine: Why Rumors of Terrorism, Immigration, and Trade Matter*. Oxford, England: Oxford University Press.

Fine, Gary Alan, Véronique Campion-Vincent, and Chip Heath, eds. 2005. *Rumor Mills: The Social Impact of Rumor and Legend*. New Brunswick, NJ: Aldine Transaction.

Fine, Gary Alan, and Patricia A. Turner. 2001. *Whispers on the Color Line: Rumor and Race in America*. Berkeley: University of California Press.

Frank, Russell. 2011. *Newslore: Contemporary Folklore on the Internet*. Jackson: University Press of Mississippi.

Fulford, Robert. 2000. *The Triumph of Narrative: Storytelling in the Age of Mass Culture*. New York: Broadway Books. (reprint of the 1999 Canadian ed.)

Genge, N. E. 2000. *Urban Legends: The As-Complete-as-One-Could-Be Guide to Modern Myths*. New York: Three Rivers Press.

Gilovich, Thomas. 1991. *How We Know What Isn't So: The Fallibility of Human Reason in Everyday Life*. New York: Free Press.

Goldstein, Diane E. 2004. *Once Upon a Virus: AIDS Legends and Vernacular Risk Perception*. Logan: Utah State University Press.

Green, Thomas A., ed. 1997. *Folklore: An Encyclopedia of Beliefs, Customs, Tales, Music, and Art*. 2 vols. Santa Barbara, CA: ABC-CLIO.

Hand, Wayland D., ed. 1971. *American Folk Legend: A Symposium*. Los Angeles: University of California Press.

Holt, David, and Bill Mooney. 1999. *Spiders in the Hairdo: Modern Urban Legends*. Little Rock, AR: August House（附相应的音频磁带）.

Holt, David, and Bill Mooney. 2004. *The Exploding Toilet: Modern Urban Legends*. Little Rock, AR: August House.

Jackson, Bruce. 2007. *The Story Is True: The Art and Meaning of Telling Stories*. Philadelphia: Temple University Press.

Jacobson, David J. 1948. *The Affairs of Dame Rumor*. New York: Rinehart.

Koenig, Fredrick. 1985. *Rumor in the Marketplace: The Social Psychology of Commercial Hearsay*. Dover, MA.: Auburn House.

Koven, Mikel J. 2008. *Film, Folklore, and Urban Legends*. Lanham,

MD: Scarecrow Press.

Kvideland, Reimund, and Torunn Selberg. 1984. *Papers* [vols. I - IV] The 8th Congress for The International Society for Folk Narrative Research, Bergen [Norway] , June 12th - 17th 1984.

Langlois, Janet. 1987. "Urban Legends and the Faces of Detroit." In Kurt C. Dewhurst and Yvonne R. Lockwood, eds. *Michigan Folklife Reader*. East Lansing: Michigan State University Press, 107 - 120.

Lynch, Aaron. 1996. *Thought Contagion: How Belief Spreads through Society*. New York: Basic Books.

Meder, Theo. 2008. *The Flying Dutchman and Other Folktales from the Netherlands*. Westport, CT: Libraries Unlimited (Greenwood Publishing Group).

Morgan, Hal, and Kerry Tucker. 1984. *Rumor!* New York: Penguin.

Morgan, Hal, and Kerry Tucker. 1987. *More Rumor!* New York: Penguin.

Petzoldt, Leander, ed. 1996. *Folk Narrative and World View* (Papers from the 10th Congress of the International Society for Folk Narrative Research, Innsbruck, 1992), *Beiträge zur Europäischen ethnlogie und folklore. reihe B: Tagungsberichte und materialien*. Frankfurt am Main: Peter Lang.

Pratkanis, Anthony R., and Elliot Aronson. 1992. *Age of Propaganda: The Everyday Use and Abuse of Persuasion*. New York: W. H. Freeman (特别是 "The Psychology of Factoids") .

Roeper, Richard. 1999. *Urban Legends: The Truth behind All Those Deliciously Entertaining Myths That Are Absolutely, Positively, 100% Not True!* Franklin Lakes, NJ: Career Press.

Roeper, Richard. 2008. *Debunked! Conspiracy Theories, Urban Legends, and Evil Plots of the 21st Century*. Chicago: Chicago Review Press.

Sanderson, Stewart F. 1982. "The Modern Urban Legend." The Katharine Briggs Lecture, No. 1, delivered November 3, 1981. London: The Folklore Society.

Schneider, Ingo. 1999. "Traditionelle erzählstoffe und erzählmotive in Contemporary Legends." In Christoph Schmitt, ed. *Homo narrans. Studien zur populären erzählkultur. festschrift für Siegfried Neumann zum 65. Geburtstag*. Münster: Waxmann Verlag, 165 – 179.

Scott, Bill. 1996. *Pelicans & Chihuahuas and Other Urban Legends*. St. Lucia, Australia: University of Queensland Press.

Seal, Graham. 2001. *Great Australian Urban Myths: The Cane Toad High*. Rev. ed. Sydney, New York, etc.: HarperCollins.

Smith, Paul, ed. 1983. *The Book of Nasty Legends*. London: Routledge and Kegan Paul.

Smith, Paul, ed. 1984. *Perspectives on Contemporary Legend*. University of Sheffield, England: Centre for English Cultural Tradition and Language.

Smith, Paul, ed. 1986. *The Book of Nastier Legends*. London: Routledge and Kegan Paul.

Sunstein, Cass R. 2009. *On Rumors: How Falsehoods Spread, Why We Believe Them, What Can Be Done*. New York: Farrar, Straus and Giroux.

Thompson, Stith. 1955 – 1958. *The Motif-Index of Folk-Literature*. Rev. ed. 6 vols. Bloomington: Indiana University Press.

Toelken, Barre. 1996. *The Dynamics of Folklore*. Rev. and expanded ed. Logan: Utah State University Press.

Toropov, Brandon. 2001. *The Complete Idiot's Guide to Urban Legends*. Indianapolis: Alpha Books.

Tucker, Elizabeth. 2005. *Campus Legends: A Handbook*. Westport, CT.: Greenwood Press.

Tucker, Elizabeth. 2007. *Haunted Halls: Ghostlore of American College Campuses*. Jackson: University Press of Mississippi.

Turner, Patricia A. 1993. *I Heard It through the Grapevine: Rumor in African-American Culture*. Berkeley: University of California Press.

Uther, Hans-Jörge. 2004. *The Types of International Folktales: A Classification and Bibliography*. Folklore Fellows Communications Nos. 284 – 286. Helsinki: Finnish Academy of Science and Letters.

Westwood, Jennifer, and Sophia Kingshill. 2009. *The Lore of Scotland: A Guide to Scottish Legends*. London: Random House.

Whatley, Mariamne H., and Elissa R. Henken. 2000. *Did You Hear about the Girl Who...? Contemporary Legends, Folklore, and Human Sexuality*. New York: New York University Press.

Wiebe, Karl. 2003. *This Is Not a Hoax: Urban Legends on the Internet*. Baltimore: Publish America.

Williams, John A. 2001. *The Cost of Deception: The Seduction of Modern Myths and Urban Legends*. Nashville, TN.: Broadman and Holman.

Wilson, Michael. 1997. *Performance and Practice: Oral Narrative Traditions among Teenagers in Britain and Ireland*. Aldershot, England: Ashgate Publishing Company.

Wilton, David. 2004. *Word Myths: Debunking Linguistic Urban Legends*. Oxford, England: Oxford University Press.

都市传说类型索引

下文的都市传说类型索引，是1993年出版的《婴儿列车》一书中索引的扩充修订版。这份列表包括了本人五本都市传说集子中引用、改述和讨论的全部故事、谣言、主题和经过加工的作品（包括某些书面的现代传说）。这份列表增加了一些流传于彼时，但未及收录在我书中的故事。该索引的形式和风格受到了《民间故事类型》的启发，该书初版于1910年，在1928年和1968年又进行了修订和扩充。2004年，如词条故事类型中所述，鸿篇巨制的新版“类型索引”三卷本出版。

最初故事类型索引试图网罗全世界的虚构民间故事，而不是传说。尽管这个最新版本的数千个故事类型（参见上文提到的词条）中包括了少量实际是都市传说的类型，但是它的分类目录和参考资料还未能适配现代都市传说这一差别甚大的领域。下文的索引，尽管它还存在着一些缺点和不足，但更贴切地适用于都市传说材料。当这个索引首次面世的时候，在民俗学学会议上还存在着一些关于它的列表的准确性、完整性和通用性的讨论，但后来，一些欧洲民俗学学者开始采用这个索引了。例如，正像在荷兰和比利时词条中所指出的那样，这两个国家归档和出版的都市传说文本是在“布鲁范德索引”的基础上进行组织和编码的。受此激励，我继续扩充和完善了我的类型索引。

这里依然保留了我1993年索引中的10个主要分类和许多亚类，同时增加的亚类补充了更多的此后在美国和国外出版的都市传说。有些传说类型日渐衰微，在不久之后或在许多的地方，它们不再有存活的迹象。这个索引采用了荷兰一家档案馆的“BRUN”（即布鲁范德）编号，同时省略了他们那些对于我名字的注释，增加了新编号以收录所有的新案例。编号系统中预留的空白考虑到了将来的扩充，而且，如果有必要的话，进一步的划分可以采用小数点（就像在母题索引中那样）或字母（就像在原版类型索引中那样）。因为本书已经包括了按字母表顺序编排的、带解释的传说词条，所以就不再标注我早期集子中被参引的内容的页码。交叉参考则指明了分类目录之间的重叠。

首先第一个亚类，在总标题“关于汽车的传说”下的“超自然故事”，它被选取来收录索引中的四个超自然都市传说，虽然它们其中的两个故事通常并不涉及任何汽车。一般说来，较大的超自然传说主题应该有属于它自己的集子、百科全书和索引，有些现代民俗学学者也并未局限于这几个类型，而是在其都市传说集子中列入了更多的超自然传说。比利时民俗学学者斯特凡·托普就是这些民俗学学者中的一位，在他最近的一本书中，他选择在第三部分“恐怖故事”中增加了一个“鬼故事”的分类目录。我将把如何在现代传说中编制超自然传说的问题留待他人解决，在这里只是言明：正像我的四个超自然案例并不都是汽车传说一样，所有的鬼故事也并不都是恐怖故事。

关于划分都市传说类型索引的目标和问题的进一步讨论，参见词条都市传说分类。

1. 关于汽车的传说

超自然故事（包括非汽车故事。另参见第3部分中的“幽灵马车夫”“舞厅中的魔鬼”和“拉·罗洛那”）：

01000“消失的搭车客” 幽灵或天堂搭车客从行驶的汽车内消失，有时候会在消失之前留下警告或预言。可能出现肖像的身份识别和坟墓上的毛衣这两个母题。

01005“车里的尸体” 通过准确地预测汽车内的尸体，搭车客此前的预言大致被证实。

01010“鬼魂求助” 医生被某人召唤，事后证明它是一个鬼魂。

01011“护卫天使” 天使保护者，对受害者隐形，驱退了针对她的袭击者。

旅行不幸事故：

01100“丢失的奶奶” 车顶上放有奶奶尸体的汽车被盗之后，没能找回来。

01105“旅居车上的裸体” 某人全裸或半裸地离开了旅居车，被留在了公路上（对照“分流的卧铺车”，男子被困在了另一趟开往其他城市的卧铺车内，一丝不挂）。

01110“被丢下的妻子” 妻子被遗忘在了高速公路的停车点。

01115“车顶上的婴儿” 婴儿被遗忘在了车顶上。

01120A“袋鼠盗贼”（“古驰袋鼠”） 被汽车撞晕的动物，人们误以为它死了，结果带着外套跑了。

01120B“死鹿” 被汽车撞晕的鹿，带着猎枪跑了。

01125“疯子和轮胎螺母” 精神病院的病人告诉汽车驾驶员如何换上丢失的轮胎螺母。

01130“一日游” 在英国的度假者错送醉汉游客回家。

01135“神秘旅行” 在英国的度假者参加神秘旅行，去的城市是他们自己的家乡。

01140“冰淇淋汽车” 购买的冰淇淋口味会影响到个人汽车的性能。

01145“名人的车出了故障” 心怀感恩的名人（佩里·科莫等）回赠贵重的礼物给帮助过他的人。

01150劳斯莱斯传说 劳斯莱斯从来不会发生故障，或厂家从不承认。

意外事故故事（另参见第4部分中的“鼠丘和捷豹”）：

01200“坐在大众汽车上的大象” 错把红色小汽车当成了马戏表演中的凳子。

01205“沙鼠（或蛇）造成的意外事故” 动物从盒子里溜了出来，司机停车，他人试图救助的闹剧。

01210“不幸的驾考” 根据考官指示导致的意外事故。

01215“老者与年轻人” 年轻的司机抢占了停车位，年老的司机驾车撞过去以示报复。

01220“被挤碎的大众甲壳虫” 在两辆相撞的卡车中间发现了被挤碎的大众汽车和乘客。

01225“汽车上的尸体” 发现事故受害人被卡在了汽车的前方。

01226“祸不单行” 受害的动物卡在了汽车散热器上，司机错让另一动物结束了痛苦。

01230“错当休息区” 逃生车道上的野餐者。

01235“遗失的残骸” 汽车的残骸在浓密的灌木丛或树林中隐藏多年。

01240“路上的猪”（“鲁莽的驾驶员”） 关于猪的警告被认为是侮辱和蔑视；汽车撞到了真正的猪。

01245“恐惧炙烤” 反对系安全带的故事。

01250“火箭助推器汽车” 装有火箭助推器的汽车崩毁。

汽车恐怖故事：

01300“男友之死” 在因汽车没油被困之后，男友被杀，女孩心神错乱。

01305“后座杀手” 企图行凶的杀手潜藏在汽车后座，被其他驾驶员或者加油站的服务员发现。

01310“多毛的搭车客” 男扮女装，请求搭车，有多毛的手臂，手提包里有短柄斧，行凶未遂。

01315“车底杀手” 砍人脚踝的杀手藏在汽车底下。

断肢故事：

01400“钩子” 钩子男留下的钩子手悬挂在汽车的门把手上。

01405“断指”（汽车故事）带来危险的路人的手指被汽车扯了下来。

01410“断头的宠物或人” 伸向窗外的头（或骑车人的头）被挂了

下来。

01415“收费亭的恶作剧” 将断手伸向收费员。

廉价汽车的幻想：

01500“节油汽车” 试验车模型被意外售出，而后被召回。

01505“死亡之车” 汽车内充满了一股死人的气味，被低价出售。

01510“花心男人的保时捷” 被丈夫抛弃的妻子把他昂贵的汽车贱卖了出去。

01515“便宜的跑车” 母亲将已故儿子的汽车贱卖了出去，浑然不知它的实际价格。

01520崭新的老爷车 在货运车厢、车库、仓库等地，发现了崭新的T型车、A型车、吉普车等，或者是哈雷·戴维森牌的摩托车。

有关汽车的调情或裸体（参见上文“旅居车上的裸体”）：

01600“结实的水泥凯迪拉克” 丈夫在他自己的新车里灌满了水泥，新车是妻子送给他的礼物，他以为这是妻子情人的汽车。

01605“被拉开裤链的管道工或机修工” 妻子把水槽（或车）底下男人的裤链拉开，她以为是她的丈夫（对照第5部分中的“没拉好的裤链”）。

01610“妻子的旅居车报复” 妻子把丈夫和他的情人困在旅居车内，送给他们一趟疯狂之旅。

01615“合体夫妇” 跑车内的阴茎钳持。

技术盲（对照上文的某些旅行不幸事故）：

01700“推车启动” 司机以被要求的车速撞向熄火的汽车来发动它的引擎。

01705“巡航控制” 混淆了巡航控制和自动驾驶。

01710“‘R’意为加速” 对于自动挡汽车挡位标识的误解，D意为慢行、L意为跳跃等。

汽车的破坏或犯罪：

01800“凯迪拉克里的杂音” 汽车装配工人蓄意破坏新车，留下便条嘲弄车主。

01805“不厚道的便条” 司机撞到了停泊的汽车，假装留下了他的姓名和地址。

01806“后窗劫车计谋” 汽车后窗上的纸把司机从车里引诱出来。

01810“卡车司机和骑车人” 卡车司机报复摩托车手。

01815“骑车人与吸烟者” 骑车人批评吸烟者在无烟场所吸烟，愤怒的吸烟者走出餐馆错毁了别人的摩托车，被车主揍了一顿。

01825“拘捕” 司机为逃避酒驾检测，错驾巡警车离去。

01826“认错车” 女人持枪把“她”车里的人赶走了。认错车了。

01830“被盗的样本” 装在酒瓶里的尿样放在了汽车里或自行车筐里，被偷。

01835“二次被偷” 小偷送回汽车，附带门票以示感谢；当车主去看演出、音乐会、比赛等时，家中被盗。

01840“请拿走我的票！” 球队表现差劲，车主故意把票丢在了未上锁的汽车内，希望有人偷走它去看比赛；车主返回时发现了更多的被他人丢下的票。

01845“两个搭车客” 穿戴整洁的搭车客企图行窃；肮脏邋遢的搭车客是一个正在休假的小偷，保护了司机。

01850“偷不走的汽车” 小偷移动了被锁和保护得严严实实的汽车，留下了一张嘲讽便条。

01855“汽车在地震时被盗”（“都市煎饼”）在压扁了的汽车内发现了偷车贼。

01860“被盗的车速监视器” 以为是别人丢在路上的微波炉。

01865“拆车” 男人正在车来车往的公路上换轮胎，拆车贼加入进来提出分赃。

01866“别闪灯！”帮派团伙追赶、杀死闪大灯的司机。

01867“汽油弹” 帮派团伙把燃烧的球状物扔进车窗。

01870“不幸的偷油贼” 企图用虹吸管从旅居车的排泄物收集箱内吸油。

2. 关于动物的传说

动物的灾难：

02000“微波炉中的宠物”（另参见第3部分中的“烘烤婴儿”）正在被烘干的宠物在炉中爆炸。

02005“包裹里的死猫” 被偷或者被调包的包裹里有一只死猫。

02006“挣脱了皮的猫” 爱沙尼亚人虐猫（AT类型1896的新版本）。

02010“狗的尸体被盗” 装有死狗的手提箱在地铁闸门处被偷。

02015“手提箱里的野猫” 恶作剧：驾驶员看到并偷走了放着的手提箱。

02020“公交车上的鸡” 女人为了不带活的动物乘坐公交车把鸡拧死。

替换死动物：

02100“空运宠物” 行李员把死的宠物换成了活的；主人运输尸体回家是为了埋葬。

02105“兔子吹风机” 死兔子被清理干净后放回笼子内；它已经死了，被狗刨了出来。

02110“派对上中毒的猫咪” 客人已经洗胃了，但是猫是被车轧死的，不是因为偷吃食物。

02115“地毯上的隆起物” 地毯工人不小心砸扁了宠物金丝雀、仓鼠、沙鼠等。

02120“宠物劫持者” 大鸟把猫或小狗抓走。

02121“合金轮毂” 戴着磁性项圈的猫被吸在了汽车轮毂上。

02122“企鹅故事” 孩子把动物园的企鹅偷回了家。

02123“倒下的企鹅” 当看到飞机飞过时，企鹅倒地。

02125“飞猫” 试图把猫从树上救下来，把它抛出了围栏。

02130“飞牛” 从飞机上掉下来，落在了经过的汽车或船上。

02135“传教士和猫” 摩门教教徒把猫从法兰绒板旁赶走，一不小心杀死了它。

02140“冰钓犬”(The Ice-Fishing Dog) 钻入窟窿内追鱼，从另一个窟窿冒了出来。

02145“搞砸了的救猫行动” 志愿消防队倒卡车时轧死了刚从树上救下来的猫。

02150愚蠢的宠物救援 错把宠物还给了自认为是它主人的人。

02155 爆炸的动物 鸟儿吃米，蜜蜂被吸入真空吸尘器袋内(另参见下文“动物的报复”)。

打猎传说(另参见第1部分中“旅行不幸事故”下的“死鹿”):

02200“射杀公牛” 恶作剧导致了始料未及的结果；猎人射杀了值钱的农场动物。

02205“无知的猎手” 错将骡子、马等当成鹿。

02210“猎手的噩梦” 昏厥的鹿被认为已经死了，在车内搞破坏。

02215A“动物的报复”或“炸药狗” 绑着炸药的狗爬到汽车、卡车或野营车的底下，或把扔出去的炸药包叼了回来。

02215B“植物的报复” 树形仙人掌压扁了向它开枪的人。

狗的灾难:

02300“小狗的晚餐” 做熟了招待狗的主人，他们是在香港的游客。

02305“高楼上的狗” 追赶扔出去的球，跳出窗外坠亡。

02310“被拴着的狗” 狗被拴在车库门或汽车上，被遗忘后，被吊死或拖死。

02315“被坐扁的狗” 客人坐在了小狗上，并将尸体藏起来。

02320“菲菲打翻了油漆” 油漆工把打翻油漆的错推给狗。变体:“猫咪背了黑锅”人们把偷吃食物的错推给猫或狗。

动物的侵扰或污染（另参见第3部分中的“医疗恐怖”）：

02400“头发里的蜘蛛” 寄生在蜂巢式发型中。

02405“仙人掌里的蜘蛛” 寄生在带回家的多肉植物中。

02410“商店里的蛇” 藏在大衣、毛衣中等，咬了顾客。

02415“脏被子” 蛆虫在里面蠕动，被子滚落到床下。

02420“香蕉（或蔬菜等）里的蛇（或蜘蛛等）” 咬了顾客。

02425“下水道里的鳄鱼” 冲走的小宠物长大了。

02426放生毒蛇传说 据说政府从飞机上向山林投放蛇。

02430“大型猫科动物出没” 野兽超出了它们的活动范围，进入城市或近郊区域。

02435“体内蛇” 蛇钻入体内。

02440“草莓地里的蛇” 偷偷钻入婴儿的嘴中。

02445“章鱼卵致游泳者怀孕” 当女子在大海中游泳时，章鱼卵进入她的体内。

02450“游泳池里的精子” 女子怀孕。

02455减肥药里的绦虫 减肥成功的秘诀。

02456胶纸的危险 舔邮票或信封封口很危险（另参见第7部分中的“自动取款机上的危险”）。

02460蚂蚁或白蚁侵入体内 寄生在肉里导致奇痒无比。

02465“致命的靴子” 靴子里的响尾蛇毒牙要了几代人的命。

02467“错切响尾蛇” 误把活蛇当死蛇处理了。

02470地蜈蚣的故事（“耳朵里的虫子”） 地蜈蚣啃穿了人脑。

02472“下水道中的老鼠行军” 在“鼠王”的带领下，群鼠迁徙。

02475“墨西哥宠物” 流浪的吉娃娃被收养，实际上是一只老鼠。

02480“巨型鲇鱼” 和小汽车一般大，吓坏了潜水者。

水蛇故事：

02500“罐子里的蛇” 拿小蛇当鱼饵。

02505“倒霉的滑水者” 落入蛇窝。

02510“粗心的游泳者” 潜入蛇窝。

02515“游乐场中的蛇”或“情侣隧道中的蛇” 藏匿在乘坐设施里的蛇咬了顾客。

食品和餐馆故事（另参见第5部分中的“食物中的精子”）：

02600“黑麦面包中的老鼠” 被烤进面包里。

02605“肯德基油炸鼠” 啮齿动物裹上面糊油炸冒充鸡肉。

02606“变异鸡” 肯德基饲养特别的肉鸡。

02607胜奇士鸡肉谣言 添加的成分使黑人男性绝育。

02610“宝宝乐泡泡糖中的蜘蛛卵” 寄生在口香糖中。

02615蠕虫汉堡 以蠕虫代替汉堡中的其他食材。

02620A“可口可乐中的老鼠” 被污染的软饮料或啤酒。

02620B“泡菜罐里的手指头”

国外食品中的异物：

02700中国餐馆（和其他民族餐馆） 在杂烩菜等食物里的手指头、猫肉等。

02705“吃宠物” 亚洲移民吃猫和狗。

02710“科罗娜啤酒中的尿” 从墨西哥进口的被污染的啤酒。

其他的狗故事：

02800“不是我的狗” 大狗跟着客人进家，但是它既不是客人的，也不是主人的狗。

02805草坪命令 狗被装满水的瓶子吓跑。

可靠的看家狗：

02900“被噎着的杜宾犬” 入室贼人的手指头卡住了狗的喉咙。

02905“被舔的手” 杀手在黑夜中舔手，被认为是狗。

3. 恐怖传说

保姆故事：

03000“保姆和楼上的男人” 通过电话里的恐吓追查到楼上的分机。

03005“聪明的保姆” 用煤气使婴儿安静。

03010“烘烤婴儿”（另参见第2部分中的“微波炉中的宠物”） 看护人把婴儿烤熟了。

03015“婴儿一个人留在家中” 当父母回来时，发现婴儿已经被饿死了。

03020“锤击孩子” 残忍惩罚孩子被定为无罪。

医疗恐怖（另参见第1部分中的“鬼魂求助”）：

03100医疗事故故事 失败的X光照片；错摘器官或截肢等。

03110升级的医疗问题 治疗小病引起的大问题。

03112“致命的清洁女工” 医院员工为了插上地板抛光机的电源，拔掉了生命维持机的插头。

03115看牙死 牙医处理的“尸体”复活。

03120“二次死亡” 殡仪车内的“尸体”复活，但在与救护车相撞后丧生。

03125“冻僵的大脑” 芬兰男孩没戴帽子，在北方严冬冻僵了大脑。

03130“丢失的病人” 老年患者被忘在了医院的电梯里。

03132“卢尔德奇迹” 游客从休息的轮椅上站起来，围观者高呼奇迹。

03135心肺复苏术的安妮传说 据说用于训练的模型仿制的是事故受害者本人。

03140“肠镜检查” 观察仪器在结肠内引起了爆炸。

03145“亲属的尸体” 被医学系的学生认了出来。

03150“木桶里的尸体” 被饮用的防腐剂酒精。

03155“意外食人者” 把骨灰错当成了食物或调料。

03160“蛛噬” 胀裂，蜘蛛爬出来。

03165“致命的高尔夫球钉” 被咬的球钉上有杀虫剂。

03175“结直肠老鼠”或“塞沙鼠” 直肠里的啮齿类动物。

03180“一品红神话” 认为这种植物有毒。

其他恐怖：

03200撒旦恐慌 邪教、绑架、献祭的谣言。

03205“墓地之赌” 在黑夜中衣服被抓住，人被吓死（AT类型1676B）。

03210“幽灵马车夫” 有关不祥马车夫或致命电梯事故的梦境化为现实。做梦的人收到警告，逃过一死。

03215“地狱之井” 在西伯利亚，地质学家钻井穿透了地狱层。

03216灾难谣言和故事 关于地震、洪水、飓风等的传说。

03220“舞厅中的魔鬼” 因其畸腿或兽足而被人发现。

03221“拉·罗洛那” 哭泣的女人灵魂游荡在人间。

03225卓柏卡布拉，字面意义是“山羊吸血怪” 吸血生物，喜好喝各种动物的血。

03230“毒衣” 穿在尸体身上吸收了尸体的防腐液，杀死了下一个穿着者。

03240“邮票下的信息” 战俘偷偷送出来的消息。

03245“最后一吻”（“身陷耦合器”） 工人身陷轨道耦合器或其他机械中，在人们试图营救时死亡，但他已经向妻子做了最后的告别。

03246吹风死 韩国人担忧在密闭的卧室内开着电扇会导致死亡。

03250“妈妈的恐吓成真”（另参见第4部分中的“意外的多人死亡”） 孩子践行了妈妈的恐吓，杀死了自己的同胞。

03254“求救的哭声”（或“婴儿诱饵”） 用婴儿哭声的录音引诱受害人。

03255“恐怖的高潮” 在最后说出来最坏的消息（AT类型2040）。

03260“我信仰玛丽·沃思”（“血腥玛丽”） 召唤镜中女巫的仪式。

03265“扮演超人的男孩” 男孩扮演超人或大力水手，尝试飞行或展现力大无穷。

03270使用剃须刀片的蓄意破坏 被破坏的乘坐设施致人受伤。

03275旅游恐怖故事 绑架、谋杀等。

03276“消失的女士” 酒店员工清除了身患致命感染病的女房客的全部住店痕迹。

03280“床里的尸体” 在发臭的拉斯维加斯酒店房间内被发现。

03281“中间的男人” 在公交车或火车上，三个人中间的男人是死人。

03290色情虐杀电影 恐怖商业片中的真实杀戮。

4. 意外事故传说

可怕的意外事故（另参见第3部分中的“最后一吻”）：

04005“爆炸的丁烷打火机” 被一粒火花引燃，炸开胸膛。

04007“手机火花爆炸” 在加油站引燃汽油烟雾。

04010“焊熔隐形眼镜” 焊接意外熔化了佩戴的隐形眼镜。

04015“作死！再晒一次！” 女人在美黑沙龙中被烤熟。

04020“割草机意外事故” 提起割草机时割断了手指。

04025“被锯掉的手指” 工人演示，重蹈覆辙。

04030“小米奇之死” 跳跳糖和苏打水在胃里爆炸。

04040“树上的水肺潜水员” 消防飞机从湖中取水。

04045“被钳住的潜水员” 手被大螃蟹或蚌钳住。

04050“被卡住的圣诞老人” 父亲扮成圣诞老人，被卡在了烟囱里。

04055“缩水贴身的牛仔裤” 穿上它进入浴缸后，收紧致死。

04060意外的多人死亡 匆忙救人，害死了另一人或多个人。

滑稽的意外事故：

04100“爆炸的马桶” 妻子在马桶里喷洒了挥发物，丈夫点燃了它，受伤。

04105“爆炸的胸罩” 气压使充气文胸膨胀。

04110“粘在马桶上” 涂上油漆或清漆的座位粘住了受害人。

04115“一桶砖” 绳子和滑轮的灾祸；申请病假的滑稽信。

04120“屋顶的男人” 绳子拴在汽车上确保人身安全，人被拉了下来。

04125“大笑的医护人员” 滑稽意外事故传说的典型结束主题：“他们笑得太厉害，把他给摔了。”

04130“炉栅上的鞋跟” 鞋子掉了，炉栅大开，新娘跌了进去。

04135“滑雪意外事故” 女子在方便的时候顺坡滑了下去，男子在看她的时候受伤了。

04140“高尔夫球袋” 扔到池塘中，但是里面装着汽车钥匙。

04145“失败的自杀” 多种自杀方法相互抵消。

04147“鼠丘和捷豹” 一系列的灾祸毁坏了他的汽车和房子。

04150“不幸的隐形眼镜” 在喝杯子里的水时被吞下。

04155“错扔假牙” 因为恶作剧，失掉两副假牙。

04160“送信的男孩” 搞错了身份，错打男孩（送信人不是学校里的学生）。

04165 笨新娘 没有问妈妈的烹饪小技巧。

04166“塌陷的天使蛋糕”塞进去一卷厕纸。

5. 性和丑闻传说（另参见第1部分中“有关汽车的调情或裸体”）

春药故事：

05000“绿色玛氏朱古力豆” 据说“让你欲火中烧”。

05005“变速杆上的女孩” 在性狂热时插进去。

避孕：

05100“令人伤脑筋的宝贝” 避孕药被换成了低剂量的阿司匹林。

性丑闻*：

裸体窘境：

05300“裸体单身汉” 当他出门取报纸的时候，被困在了公寓走廊上。

05305“裸体主妇” 赤身裸体，戴着橄榄球头盔，被抄表员或管道工撞见。

05306“正在等送冰人” 吃惊的裸体女人说错了话。

05309“送百叶窗的男人” 男人送来百叶窗，遇到了裸体主妇。

05312“送惊喜的人大吃一惊” 前来送惊喜的人被裸男或裸体夫妻吓了一跳（另参见下文“花生酱的惊喜”）。

05315“黑暗中的屁” 被蒙住双眼的人以为他（她）是独自一人。

05318“出来吃饭啦！” 妻子错抓了淋浴男人的下体。

05321“宿舍惊喜” 男人裸着回到房间，令女友和父母大吃一惊。

05324“野营车里的性爱”（Sex in the Camper） 做爱时，拖车帐篷坍塌。

05327“超级英雄的狂欢作乐” 乔装的丈夫被撞得昏迷不醒；裸体的妻子被绑在床上。

05330“猫（或狗）和裸男” 裸男被动物吓到，遭遇意外事故。

05336“没拉好的裤链” 裤链卡住了桌布（另参见第1部分中的“被拉开裤链的管道工”）。

05342“乔装幽会” 身穿万圣节服装或在野营旅行中的夫妻交换配偶。

05345“理发师的误判” 在理发围布下擦眼镜，被误认为在手淫。

05348“执照” 游客因举止可疑被抓；出售卖淫许可证。

---

* “性丑闻”包括“裸体窘境”和“性事曝光”两类，详见词条都市传说分类。

05351“证言便条” 强奸案受害人写的证词被陪审员错当成是对他的引诱之辞。

05354州警的“舞会” 超速司机提出要买警察“舞会”的票。

05357“相亲” #1 男人从约会对象的父亲那里买避孕套。

05360“相亲” #2 女人和急诊室医生约会，他曾为她移除了阻塞的丹碧斯卫生棉。

05363“买丹碧斯卫生棉” 在超市的广播里，混淆了丹碧斯卫生棉和图钉的读音。

05364“童言无忌” 孩子在电视节目上揭露了父亲或母亲的通奸行为。

05365“圣诞剧” 在圣诞庆典上，孩子冒失的即兴台词。

05369“迷奸” 校园约会强暴故事。

05372“同性恋室友” 麻醉并鸡奸了异性恋室友。

05375“意外的遗产” 男人在与旅馆老板一夜风流后留下了同伴的名字，老板留给了同伴一笔遗产（“基尔肯尼寡妇”）。

05378“火鸡脖子” 火鸡脖子被插到沉睡醉汉敞开的裤链间，被猫一点一点地啃了。

05381“屠夫的恶作剧” 把插在敞开的裤链间的香肠切断。

05384“恼怒的新娘” 取消婚礼，向来宾宣告新郎的出轨行为。

05385“恼怒的新郎” 男版“恼怒的新娘”。

性事曝光：

05405“遛狗” 狗带着妻子来到丈夫的情人家中。

05407“花生酱的惊喜” 女人与狗的性行为被发现。

05410“现场拍摄” 蜜月酒店拍摄客人用作色情电影。

05415“令人震惊的录像带” 在社区流传的业余性爱录像带。

05420“丈夫的监听器” 在育儿室，丈夫们关于性的对话通过婴儿监听器传了出去。

其他性故事:

05500“婴儿列车” 早班列车把许多夫妻唤醒；出生率急速上升。

05501“停电婴儿” 断电之后的第九个月迎来婴儿潮。

05505“子弹婴儿” 子弹上的精子导致女子怀孕。

05510“乱交的啦啦队队长” 啦啦队队长或摇滚明星胃里的精子。

05515食物中的精子 不满的雇员污染了快餐。

05520“警长之女” 女孩在帐篷中对巡警进行性贿赂；轮到警长的时候，他认出了行贿人是他的女儿。

05525“雅芳暴露狂” 推销员对着家庭主妇暴露了自己。

05530“绿色兑换券” 妇科医生讲的关于兑换券（或喷雾亮片）粘在下体处的调侃段子。

05535“强力胶的报复” 妻子把丈夫的阳物粘在了他的大腿上。

05540“艾滋病玛丽”或“艾滋病哈利” 受害人，宿醉，欢迎来到艾滋病的世界。

05542艾滋病起源的传统 准科学的解释。

6. 犯罪传说（另参见第8部分政府传说下的“联邦调查局的故事”）

盗窃故事（另参见第1部分中“汽车的破坏或犯罪”下的“二次被偷”，和第3部分中“其他恐怖”下的“求救的哭声”）:

06000“闪闪发光者，未必皆黄金” 小偷抢走了假黄金项链，“受害人”抢夺了小偷的真金项链。

06001“珍珠” 廉价的人造珠宝原来是偷来的一串真珍珠。

06005“受伤的盗匪” 通过受伤的手指被认了出来。

06010“乐于助人的黑手党邻居” 安排返还被盗的财物。

06015“好心办坏事” 错把乘客的手套从地铁车厢中扔了出去。

06020“彩票”（另参见“毒品犯罪”下的“传下去”） 中奖彩票在酒吧里传了一圈之后被偷。

06025“录像带中的贼” 录像显示小偷是婚礼来宾。

06030“秽行曝光” 小偷拍下照片炫耀插在直肠里的牙刷。

06033“垃圾袋里的夜贼” 警告：夜贼有可能藏在路边的垃圾袋里。

06036“滚开！” 男子在建筑工地上偷砖（瓷砖等）时被警察撞见，他假装正在卸车，警察命令他连同所有的建筑材料一起“滚开”。

06037“偷运者” 狡猾的小偷偷走独轮车等，或一个零件一个零件地偷走大型物品。

06040雪茄保险（“雪茄纵火”）男子为昂贵的雪茄投保，抽雪茄，提出索赔。他因为纵火或欺诈被捕。

稀里糊涂的盗窃：

06100“被盗的钱包” 慢跑者把一名无辜的男子当成了扒手，把他的钱包拿走了。

06105“错当匪人”（或“五英镑纸币”） 又一个无辜者被误认为小偷。

盗窃食品：

06200“杂货店骗术” 男子的“母亲”说他将会为她的食品付账；他无法脱身。

06205“曲奇的包装” 在快餐店，陌生人错吃了他人的饼干或糖果。

06210“内疚的节食者” 在咖啡馆，被抓到偷吃盘子里带糖的甜甜圈。

06215“商店扒手和冷冻食品” 藏在帽子里，小偷因太冷而昏厥（变体：帽子里的肉滴下鲜血）。

06216“脑浆外流”（或“饼干子弹”） 把头上的饼干面团当成了被射穿脑袋流出的脑浆。

06220“怀孕的商店扒手” 被指控偷篮球。

暴行和绑架：

06300A“肢体残缺的男孩” 帮派团伙把阉割男孩作为入会仪式的一部分。

06300B“诱拐未遂” 孩子被乔装打扮以便诱拐，被救了下来。

06301“血祭诽谤” 犹太人谋杀基督徒的孩子，取其鲜血用于宗教仪式。

06305“盗肾” 被盗的肾脏用于移植（和其他器官盗窃的故事）。

06306卖良为娼传说 受害人被迫卖淫。

06308扎针传说 被污染的注射器针头藏在投币装置中等。

06309“避孕套上的针孔” 商店或工厂里被破坏的避孕套。

06310“被切断的手指” 切断手指，盗取戒指。

06312香水袭击 香水瓶中的乙醚导致受害人昏迷。

06315“幽灵小丑” 厢式货车中的小丑绑架儿童。

06320万圣节施虐狂 苹果里的剃须刀片等。

06325笑脸帮派 足球流氓在受害人的脸上划出“笑脸”。

06327“全国帮派周” 有关黑帮计划利用“婴儿诱饵”或其他计谋袭击受害人的虚假警告。

毒品犯罪：

06400“蓝星迷幻药” 在传单上提醒父母当心添加了毒品的文身贴。文身的图案有可能是米老鼠、巴特·辛普森等。

06415“传下去” 在毒品危害的讲座中，样品被偷，然后被送回来了更多的毒品。

06420毒品恐怖故事 盯着太阳，剜出眼睛等。

06421“配药派对” 任意摄取处方药。

06425“填充婴儿” 毒品在死婴的身体里。

7. 商业和职业传说（另参见第2部分中某些“动物的侵扰或污染”传说）

公司、商业和组织：

07000“红丝绒蛋糕” 华尔道夫酒店索取的高价配方费。

07005“菲尔斯太太曲奇配方”（还有“内曼·马库斯曲奇”） 更多索取高价配方的故事。

商标、标识等：

07100“宝洁公司的商标” 所谓邪恶的象征意义。

07110“犹太人的秘密税金” 食品商标上的犹太洁食标志反映了对非犹太人的课税。

07115三K党谣言 万宝路香烟上印制的标签揭示了三K党的所有权；其他商标和牌子也是如此。

07120“椰菜娃娃的悲剧” 玩偶被返厂修理；发布死亡证明。

07125麦当劳谣言 蠕虫汉堡，用于吸食可卡因的勺子等。

07127“两元恰克”传说 传说中廉价好酒的起源。

07130“别和得克萨斯混在一起” 关于禁止乱丢垃圾标语的第二层意思。

07135“秘密成分” 化妆品中的胶原蛋白来自流产的胎儿。

07136嘉宝的和解骗局 据说婴儿食品公司在集体诉讼案中会支付巨额赔偿。

07140救赎谣言 积攒的拉环用于慈善救济。

07145“给小巴迪的明信片”（克雷格·舍古德等） 患病的孩子希望创下吉尼斯纪录。

07150创意复古协会传说 创意复古协会成员穿着奇装异服进行角色扮演。

07160“被关在门外的飞行员” 使用消防斧把舱门砸开。

电话：

07200“名人的电话（或电话卡）号码” 为了用光从电话公司得到的判决赔偿款，明星给粉丝们提供免费电话。

07210“拨打911求救” 这个人在电话拨号盘上没有找到11。

07211“拨打手机获救” 用数字代码求救的虚假忠告。

07215“情人的电话报复” 使用东京时间的电话服务，不挂断。

其他技术（另参见第5部分中的“丈夫的监听器”）：

07300下沉的购物中心 不称职的建筑师或不合适的选址；建筑物下沉。

07305下沉的图书馆 建筑师忘了计算书籍的重量。

07310互换的校园建筑 建筑图纸被调换，因此误建在其他校园里。

07320反向的建筑和雕塑、斜塔等 建筑师因为过失而自杀；雕塑背对着教堂，塔楼倾斜。

07325“幽灵录像带” 在《三个奶爸一个娃》的录像带中看到了鬼。

07330演员休息室的故事 该名称的解释。

07335摄影都市传说 伪造照片讲述虚假故事。

电脑民俗：

07400电脑新手的故事 屏幕上的涂改液等。

07405病毒、“神秘故障”“好时光”等 充满创造力的黑客。

07410网络在线传说（Online Lore） 在电脑网络上的俚语和聊天。

07411“英雄黑客” 英雄故事之“梅尔：一个真正的程序员”。

07415“调制解调器税”和“电子邮件税” 在请求被拒绝之后，征税谣言仍在持续。

07420“技术竞赛”（或“改进型产品”） 纤细的金属线被国外竞争者钻孔。

07421“封锁产品” 为了维护利益，阻止有用的发明进入市场。

07422“顿悟传说” 解决问题的灵光一现。

07430“技术盲” 关于五花八门的现代工具的传说。

07431自动取款机上的危险 身份盗窃，有毒的装钱信封。

07432“沸水喷脸” 微波炉加热的水喷到了脸上。

07435“地铁上的电子灯管” 错把荧光灯管当成了地铁扶手。

职业和贸易（包括书写传统另参见第3部分中的“医疗恐怖”和第10部分学院传说）：

07500滑稽的报告 文盲的福利信、搞笑的保险报告等。

07505“过去的好时光” 对教师的严苛规定。

07510“奶奶的洗衣日” 辛苦的手工活，但“知足常乐”。

07515法律恐怖故事（“暴行故事”） 难以置信的判决。

07520“遗嘱” 财产转给了某位参加葬礼的陌生人。

07525“自制测谎仪” 罪人的诡计暴露了自己；唯一没有触摸某物的人。

07530“滤锅复印机把戏” 警察伪造了一个测谎仪；嫌犯招供。

07535“臭虫信” 来自铁路公司的礼貌致歉是一封格式化的信件。

07540“职业决策”（“妓院的簿记员”［Bookkeeper in a Brothel］） 文盲男子意外地成为成功商人，而不是“卑贱”的劳动者。

07545“找到帽子了” 商务旅行者在报销账单上隐瞒了购买丢失帽子的花费。

07550“钻工的报复” 当被解雇时，石油钻工又把工具扔回了钻井中。

07555“飞机上的妻子” 把配偶的免费机票给其他女人用了。

07560“修理烟道” 砖瓦匠在壁炉烟道中装上玻璃直到拿到工资。

07565“神圣之地” 天主教徒在教堂中的某一地点跪拜，其实仅仅因为那里曾有一个他们过去不得不绕开的障碍物。

07570“埋上圣人出售房产” 把圣约瑟埋在院子里，可以获得销售好运。

07575音乐开始　管弦乐队和独奏者都在等待着对方开始演奏。

8. 关于政府、军事和社会的传说

低效率：

08000“啰唆的政府备忘录”　废话连篇地给圆白菜或其他商品定价。

阴谋：

08105“共产党革命章程”　别有用心的总体规划败露。

科学对抗宗教：

08200“消失的一天时间”　美国宇航局的计算机证实了《圣经》的神奇。

08205“麦达琳·默里·欧黑尔的请愿书”　反对一个子虚乌有的禁止宗教广播的举措。

军事和战时传说（另参见第3部分中的“邮票下的信息”）：

08301“人肉香肠工厂”　“二战”中的可怕谣言和传说。

08305“老兵保险红利”　只有你申请，才支付福利。

08310“战争获利者”　希望战争持续；被听者斥责。

08317“啐口水场景”　从战场归来的老兵被反战人士啐口水。

08318“未被认出的战争英雄”（或“指责者碰壁”）　在爱国仪式典礼中因没有起立、敬礼、脱帽等而被指责，这个人原来是一个受伤的老兵或战俘营的受害者。

08323“亲爱的约翰的报复”　被甩的士兵报复前女友。

08325“格林纳达人说英语”　军队为了入侵，寻找会说西班牙语的人。

08335恐怖主义谣言和传说　奇迹般的幸存者等。

08336“‘9·11’的诅咒” 这个日期的数字神秘地重现。

08337“庆贺的阿拉伯人” 在“9·11”袭击中表达喜悦。

08338“心怀感恩的恐怖分子” 向好心人发出有关策划袭击的警告。

其他的政府和社会传说：

08400联邦调查局的故事：新身份、“注意边距”等。

08410“地毯下的窃听器” 把房间地板上的螺丝钉（窃听器？）拆除，楼下房间的吊灯落了下来。

08415文化冲突传说 不知道怎样使用茶包等。

08416“吃票” 一个朋克（或其他外人）吃了同路人的火车票或汽车票。

08418“空气采样器” 罗马尼亚的骗子假装采集公寓内的空气（或水）样品，实际上是搜集瓶子回收利用。

08420毛衣和文身 设计中使用的中文、阿拉伯文等文字，具有令人尴尬的意思。

08425移民谣言和传说 非法甚或是合法移民的不良行为。

08426毁坏公共住房 居民破坏公寓。

9. 名人谣言和传说（另参见第1、4、5和7部分中的各种名人故事）

名人：

09000“电梯事件” 错把黑人当成了抢劫犯；白人乘客坐在了地上。

09003“医生查尔斯·德鲁之死” 输血遭到拒绝，血库的黑人发明家死亡。

09005代沟传说 谁是第一个登上月球的人？（另参见下文“音乐家”的“最小的粉丝”。）

09010“同性恋-耶稣电影的请愿书” 基督被描绘成乱搞的同性恋者。

09025“小丑波佐的出错花絮” 儿童电视节目中的人物在直播中骂脏话，或被小孩谩骂，或“唐叔叔的出错花絮” 中的电台人物（即唐·卡尼）在直播中骂脏话，被解聘。（它被归在各种各样的人身上。）

音乐家：

09110“保罗已死” 麦卡特尼的死亡谣言。

09115桃丽·芭顿的节食食谱 以“T. J.奇迹汤”为特色（变体：“压力食谱”，一个戏仿）。

09130“什么是爵士乐？” 音乐家说：“别碰它。”

09135“最小的粉丝” 在羽翼乐队之前，保罗·麦卡特尼曾加入其他乐队。

09140脱口秀和都市传说 格劳乔（Groucho）的下流言论、约翰尼·卡森的评论、戴夫的臀部等。

09145认错人 导致可笑的结局。

09148“另一个家伙” 和名人一起就餐的同伴未被认出来，但是很出名，他为粉丝们拍照留念，接着为他们的晚餐买单。

09150“蛋卷冰淇淋的戏谑” 见到名人，导致女人把蛋卷放到了手提包内。

09155导游故事。“救了理查德·尼克松”“指出摩门教徒”等。

10. 学院传说（另参见第7部分中的“下沉的图书馆”和“互换的校园建筑”）

教员和研究：

10000“小世界传说” 证明关联人与人之间的链接点很少。

10005“教室里的性” 教员的双关语令女学生窘迫。

10010“杂技教授” 从气窗爬进来，突击测试。

10015“训练教授” 行为举止被班级学生的调控训练所改变。

10020“重复提交的学期论文” 比之前获得更高或更低的分数。

10025论文传说　丢失数据、抄袭等。

10030“斯坦福起源传说”　创始人被哈佛校长冷落，开办了他们自己的大学。

学生（另参见第5部分中的“宿舍惊喜”“迷奸”和“同性恋室友”）：

10100“室友之死”　挠门，但是房内的室友不敢开门。

10101“辅导员之死”　把“室友之死”改编成儿童夏令营的背景。

10105校园谣言恐慌　对特定时间和地点的谋杀的预测。

10110“自杀的规则”　管理部门给活着的室友4.0的成绩。

10115“不得不等”　具体时长取决于迟到教员的等级。

10120“动物园部门”　整个大学班级中净是取动物名字的人。

10135医学生的恶作剧（另参见第1部分中的“收费亭的恶作剧”）　拿尸体取乐。

10140“漫游土地神”　被偷的庭园装饰物的明信片寄到家中。

10145其他的学生恶作剧　引导群众干傻事。

10150“致命的入会仪式”　一个入会的新人被欺辱而亡。

10155“露馅儿的报告”　逃课学生的掩饰弄巧成拙（有时讲的是摩门教传教士）。

10160“大学女儿的来信”　列出的不幸都是假的，但是低分是真的。

答题卷和其他考试传说：

10200“无解的数学难题”　这道难题并不是测试或家庭作业，被不知情的学生解答出来。

10205“气压计问题”　用一个气压计测定建筑物高度的机智“错误”方案。

10210“同情心课程”　冲去考试的学生遇到演员；他们之中没有一个好心人。

10211“洞察力课程” 教授把一根手指浸入尿样中，然而他舔的是另一根手指。他的学生试着模仿他。

10215“开卷考试” 学生带进去一位研究生。

10220“被盗的试卷” 教授把他发给学生的试卷剪掉了半英寸，找出了小偷。

10225“测验已公布” 它被公布在分类广告中。

10230“狡猾的问题和答案” 学生把论文考试的主题换成一些他们能够回答的问题（有时是《圣经》主题）。

10232“哪个轮胎？” 教授针对学生的缺考借口提问。

10235“定义‘勇气’” 白卷就是“定义”。

10240“一个词的考题” 问题是“为什么？”，回答是“因为”“为什么不呢？”等。

10246“作为致命武器的铅笔” 心灰意冷的学生把铅笔插到鼻子中自杀。

10250“写嗨了” 吸了毒的学生把所有的答案都写在了同一行上。

10255“第二页答题卷” 用两张答题卷蒙骗论文考试的各种策略。

10260“你知道我是谁吗？” 迟交的论文塞到了一堆答题卷中。

10265“鸟足考试” 在辨足识鸟的考试后，牢骚满腹的学生伸出自己的脚让教授辨认。

译后记

2012年，李扬作为富布赖特学者在美国加州大学洛杉矶分校进行学术交流期间，收到了布鲁范德教授惠赠的刚刚出版的两卷本《都市传说百科全书》（增补版）。如果说《消失的搭车客：美国都市传说及其意义》是学界公认的都市传说研究开山之作的话，那么这部厚重的百科全书，便是布鲁范德教授数十年学术生涯的收官之作。对都市传说情有独钟的魔宙公司，在2018年策划再版了《消失的搭车客》后，继续推进，在三联生活书店的大力支持下，如今这部重要著作的中译本，终于付梓问世了。《消失的搭车客》出版后随即成为畅销书，广受好评。我们希望这部百科全书，也能得到广大都市传说爱好者的青睐，同时也希望它的出版，可以为民间文学学界的同仁们，提供一部有学术价值的工具书。

在本书出版之前，李扬和张建军在《都市传说类型索引》（《民间文化论坛》2016年第3期）、《都市传说》（《民间文化论坛》2016年第3期），以及《都市传说分类方法论述》（《文化遗产》2016年第3期）等相关文章中，已经对这部百科全书的部分内容有所介绍。随后，李扬组织并指导自己的团队——中国海洋大学“中国历代民间文学与民俗文化”方向的研究生们，合作完成了全书的翻译工作。具体的翻译分工如下：李扬负责“增补版序言”“序言”部分，张建军负责“都市传说类型索引”，以及I、J、T、V部分的翻译，陆慧玲负责D、E、L、M、N、Y部分的翻译，张瑞娇负责F、G、U部分的翻译，孙大伟负责S部分的翻译，田雨璇负责C、X、Z部分的翻译，田永甜负责B、K、W部分的翻译，崔红燕负责H、P、Q部分的翻译，牛鲁燕负责A、O、R部分的翻译。译稿初稿完成后，在陆慧玲、张瑞娇的协助下，由张建军负责统稿，逐节校对，最终全书译稿由李扬修订审定。由于译者水平和经验所限，译文难免存在误错，谨望读者教正。

布鲁范德教授一如既往地大力支持本书的翻译和出版，美国崴涞大学的张举文教授慨然为中译本作序，魔宙公司汪徽、王大宝等和三联生活书店的刘笛、周昱均编辑，为本译著的策划、编辑和出版贡献甚巨。与魔宙结缘，布鲁范德教授的相关著述得以出版并得到有力的推广，实乃一大幸事。在此，向上述人士致以衷心的谢意！

李扬　张建军
2019年5月于中国海洋大学